Издательство АСТ
Москва

УДК 821.161.1-3
ББК 84(2Рос=Рус)6
Ф82

Книга публикуется в авторской редакции

Фрай, Макс
Ф82 Чужак / Макс Фрай. — Москва: АСТ, 2020. — 640 с. — (Лабиринты Ехо).

ISBN 978-5-17-121289-6

Чужак — первый том из цикла книг «Лабиринты Ехо» — самого читаемого автора начала XXI века Макса Фрая.

Если вы взяли в руки эту книгу, будьте готовы отправиться в самое захватывающее путешествие своей жизни, полное опасностей и приключений. Причем надолго! Ведь вы попадете в волшебный мир Лабиринтов Ехо, названный так в честь крупнейшего города могущественнейшего королевства. В Ехо не действуют законы нашего привычного мира, и там происходят странные убийства. И немудрено: в Ехо правит бал нечисть, появляющаяся из зеркал, чтобы влиять на разум людей, питаться снами и отнимать жизни.

Раскрыть преступления чудовищ вам предстоит вместе с сэром Джуффином Халли, начальником Тайного Сыска — своего рода элиты магической полиции Ехо, — и рассказчиком всех этих удивительных историй сэром Максом.

УДК 821.161.1-3
ББК 84(2Рос=Рус)6

ISBN 978-5-17-121289-6

© Макс Фрай, текст
© Ольга Закис, иллюстрации, 2020
© ООО «Издательство АСТ», 2020

ПРЕДИСЛОВИЕ

Для начала займемся расстановкой точек над некоторыми фундаментальными i.

Меня действительно зовут Макс. Сколько себя помню, всегда предпочитал сокращенный вариант собственного имени.

Я родом откуда-то из этих мест. Возможно, даже ваш бывший сосед. Я прожил здесь около тридцати лет, пока не попал в Ехо.

Вы не найдете город Ехо ни на одной карте. Потому как Ехо находится не на этой планете. Точнее сказать, не в этом мире. Второе определение мне нравится больше, поскольку выражение «не на этой планете» неизбежно ассоциируется с полетами на космических кораблях, чего со мной, по счастью, никогда не происходило. Подробный отчет о моем путешествии в Ехо вы найдете в одной из историй, за которые приметесь после того, как покончите с предисловием. Она называется «Чужак».

Итак, город Ехо — это столица Соединенного Королевства Угуланда, Гугланда, Ландаланда иУриуланда, а также графств Шимара и Вук, земель Благостного Ордена Семилистника, вольного города Гажин и острова Муримах.

Далее. Законы природы этого Мира не только допускают, но даже провоцируют развитие так называемых «паранормальных» способностей у всего населения. Особенно у нас, в Ехо, поскольку этот город был построен в Сердце Мира — если пользоваться терминологией местных магов, не прибегая к которой, я и вовсе ничего не смогу объяснить. Если за пределами Угуланда (провинции, в центре которой построен Ехо) дело не заходит дальше какой-нибудь телепатии и прочих пустяков, то у нас все гораздо серьезнее. Колдовать в Ехо не сможет только ленивый. Я вон и то научился, с пугающей меня самого легкостью.

Соответственно, местное население повально увлечено так называемой Очевидной, или «бытовой», магией. Вернее, было увлечено до наступления Эпохи Кодекса, приход которой предварялся трагическими и кровавыми событиями.

Еще в древности некоторые здешние мудрецы предрекали, что чрезмерное увлечение Очевидной магией может привести к трагическим последствиям. Существовала даже теория о возможном «конце света», мрачная и запутанная. Но отказаться от применения магии в то время было невозможно. Многочисленные магические Ордена, все как один чрезвычайно могущественные, на протяжении тысячелетий пытались поделить власть в государстве. Король же, какое бы имя он ни носил, в ту эпоху был не самой значительной фигурой в их напряженной политической игре.

Это продолжалось, пока престол не занял Гуриг VII — человек, перекроивший историю. Он нашел единственного союзника, на которого стоило ставить. Древний Орден Семилистника не только мечтал устранить многочисленных конкурентов, но с давних времен занимался серьезным изучением эсхатологических проблем. Великий Магистр Ордена Нуфлин Мони Мах был одним из тех мудрецов, кто вовремя понял, что катастрофа приближается, и с момента своего вступления в должность начал подготовку к серьезной борьбе с остальными Орденами. Объединившись с Гуригом VII, Орден Семилистника развязал «войну против всех», вошедшую в историю как Смутные Времена. Безумное столетие закончилось сокрушительной совместной победой Короля и Ордена Семилистника. В тот же день был обнародован Кодекс Хрембера, названный так по имени юноши, случайно оказавшегося самой последней жертвой минувшей войны, — новый свод законов, своего рода метафизический уголовный кодекс. Сие знаменательное политическое событие произошло ровно 119 лет назад и положило начало новой эпохе — Эпохе Кодекса.

Основное положение Кодекса Хремббера гласит: «Гражданам Соединенного Королевства запрещается использование Очевидной магии, ежели нет на то специального разрешения Короля или Великого Магистра Ордена Семилистника, Благостного и Единственного».

Какие-то чудеса тем не менее происходят и сейчас, поскольку — цитирую: «гражданам дозволяется использовать Белую магию до пятой ступени только в своем доме или за стенами города и Черную магию до второй ступени только в собственном доме и только в медицине и кулинарии». Тут следует пояснить: «белая» и «черная» — вовсе не означает «добрая» и «злая». Просто Черной магией называется наука о манипуляциях с материальными предметами; свое название она получила в соответствии с цветом земли. А Белая магия оперирует более абстрактными вещами, такими как настроение, мысли, память. Впрочем, у жителей Соединенного Королевства свои оригинальные представления о том, где заканчивается материя и начинается область чистого духа. Скажем, спиритизм, столь популярный среди некоторых моих земляков, здесь считают именно Черной магией, поскольку совершенно убеждены, что призраки не менее материальны, чем, к примеру, кухонные кастрюли. Зато несколько дюжин разнообразных способов убийства — область интересов Белой магии, ибо смерть здесь полагают одним из наивысших проявлений абстрактного. В общем, путаница та еще.

С наступлением Эпохи Кодекса побежденные члены магических Орденов были вынуждены покинуть Соединенное Королевство. Это полностью устраивало победителей: считается, что за пределами Сердца Мира могущественные маги теряют значительную часть своей силы и уже не могут приблизить пресловутый «конец света». Впрочем, иногда некоторые из них наведываются в Ехо, и тогда у нас начинается веселая жизнь.

Запрет на занятия магией ни в коей мере не касается членов самого Ордена Семилистника. Но надо отдать им должное: эти господа обладают знаниями, позволяющими свести к минимуму возможные последствия своих экспериментов. «Экологически чистая» магия — что-то в таком роде.

Кроме того, есть немало заслуженных и уважаемых грозных магов, которые живут в Ехо совершенно открыто и даже пользуются определенными привилегиями. Одни успели вовремя заключить союз с будущими победителями, другие же просто добровольно устранились от борьбы. Все они — удивительные личности и колоритные персонажи; в глубине души я по-детски уверен, что именно на их обаятельной мудрости и держится нынешнее благополучие столицы Соединенного Королевства.

Подводя итог, я хотел бы добавить, что, на мой взгляд, дозволенных ступеней Очевидной магии вполне достаточно, чтобы не заскучать. Хотя те, кому довелось пожить в Эпоху Орденов, со мной не соглашаются.

И наконец. Помимо Очевидной магии есть еще и Невидимая, или Истинная. Мне не раз объясняли, что Истинная магия не только не может разрушить Мир, но даже является непременным условием его существования. Теоретик из меня никудышный, поэтому пришлось поверить на слово.

Но об этой тайной науке знают очень немногие. Собственно, только те, кто ею занимается. А таких, кажется, не слишком много. Замечу, что этот талант совершенно не зависит от того, где вам посчастливилось родиться. Я сам — убедительное доказательство этой теории. Мой друг, начальник и учитель, сэр Джуффин Халли, утверждает, что Истинная магия есть во всех Мирах. Хорошая, в сущности, новость.

Ваш Макс Фрай.

Никогда не знаешь, где тебе повезет. Я — крупный специалист в этом вопросе. Первые двадцать девять лет своей жизни я был классическим неудачником. Люди склонны искать (и находить) самые разные оправдания своим неудачам. Мне даже этим заниматься не приходилось: причина была известна.

С младенческих лет я не мог спать по ночам. Зато сладко дрых по утрам, а именно в это время суток, как известно, и происходит распределение удачи. На утреннем небосклоне огненными буквами начертан девиз несправедливейшего из миров: «Кто рано встает, тому Бог дает», — так ведь?

Кошмар моего детства — ежедневное ожидание ужасной минуты, когда мне скажут: «Спокойной ночи, детка, поцелуй маму и отправляйся в постель». Время, проведенное под одеялом, долгие часы, безнадежно испорченные тщетными попытками заснуть. Есть, впрочем, и приятные воспоминания — о ни с чем не сравнимой свободе, которую, как я быстро понял, получаешь, когда спят все остальные (если, конечно, научишься не шуметь и тщательно скрывать следы своей деятельности).

Но самое мерзкое — мучительные пробуждения по утрам, вскоре после того, как наконец удалось заснуть. Разумеется, школу, ради посещения которой мне приходилось так издеваться над собой, я возненавидел. Правда, целых два года мне довелось учиться во вторую смену. Эти два года я был почти отличником. Больше я отличником не был никогда — до встречи с сэром Джуффином Халли, конечно.

Со временем, как и следовало ожидать, моя привычка, препятствующая гармоничному слиянию с социумом, только усугублялась. Но к тому моменту, когда я окончательно убедился, что такой неисправимой «сове», как я, ничего не светит в мире, принадлежащем «жаворонкам», я встретил сэра Джуффина Халли.

С его легкой руки я оказался на максимально возможном расстоянии от дома и получил работу, вполне соответствующую моим способностям и амбициям: стал Ночным Лицом Почтеннейшего Начальника Малого Тайного Сыскного Войска города Ехо.

История моего вступления в должность настолько необычна, что ее надо рассказывать отдельно. Пока же ограничусь кратким изложением тех давних событий.

Начать, вероятно, следует с того, что сновидения всегда казались мне чрезвычайно важной частью существования. Пробуждаясь от кошмара, я в глубине души был уверен, что жизни моей действительно угрожала опасность. Влюбившись в красотку из сновидения, вполне мог расстаться с текущей подружкой наяву — в юности мое сердце не умело вмещать больше чем одну страсть. Прочитав во сне книгу, с удовольствием цитировал ее своим приятелям. А после того, как мне приснилась поездка в Париж, беззастенчиво утверждал, что был в этом городе, — не такой уж я и хвастун, просто действительно не видел, не понимал, не чувствовал разницы.

Ко всему вышесказанному остается добавить, что время от времени мне снился сэр Джуффин Халли. Постепенно мы с ним, можно сказать, подружились.

Этот экстравагантный тип вполне мог бы сойти за старшего брата актера Рутгера Хауэра (если у вас хватит воображения, попробуйте добавить к этому впечатляющему образу неподвижный взгляд очень светлых, раскосых глаз). Сей жизнерадостный господин с замашками не то восточного императора, не то циркового шпрехшталмейстера сразу же покорил сердце того прежнего Макса, которого я все еще помню.

В одном из моих снов мы начали здороваться, потом — болтать о пустяках, как это нередко случается между завсегдатаями кафе. Светское общение продолжалось несколько лет, пока Джуффин не предложил мне помощь в трудоустройстве. Будничным тоном сообщил, что я, дескать, обладаю незаурядными магическими способностями, которые просто обязан развивать, если не хочу встретить старость в психиатрической лечебнице. И предложил себя в качестве играющего тренера, работодателя и доброго дядюшки заодно. Абсурдное его заявление показалось мне весьма соблазнительным, поскольку до сего дня никаких особых талантов я за собой не замечал и даже во сне осознавал, что карьера моя, мягко говоря, не заладилась. Тогда сэр Джуффин, вдохновленный моими гипотетическими талантами, выудил меня из привычной реальности, как клецку из супа. До самого последнего момента я был уверен, что стал жертвой собственных фантазий, — удивительно все же устроен человек!

Сагу о первом в моей жизни путешествии между мирами, пожалуй, отложу на потом — хотя бы потому, что в первые дни пребывания в Ехо я почти ничего не помнил, еще меньше соображал и, честно говоря, считал происходящее не то затянувшимся сновидением, не то сложносочиненной галлюцинацией. Старался не анализировать ситуацию, а сосредоточиться на решении текущих проблем, благо их оказалось достаточно. Для начала мне пришлось пройти интенсивный курс адаптации к новой жизни: я ведь явился в этот Мир куда более несмышленым, чем обычный новорожденный. Младенцы-то с первого же дня орут и пачкают пеленки, не нарушая местных традиций. А я поначалу все делал не так. Пришлось изрядно попотеть, прежде чем меня можно было выдать хотя бы за городского сумасшедшего.

Когда я впервые очутился в доме сэра Джуффина Халли, его самого не оказалось на месте, поскольку быть Почтеннейшим Начальником Малого Тайного Сыскного Войска в столице Соединенного Королевства — весьма хлопотное занятие. Так что мой покровитель где-то благополучно застрял.

Старый дворецкий Кимпа, строго-настрого предупрежденный хозяином, что меня нужно встретить «по первому разряду», был немало озадачен: до сих пор в этом доме гостили вполне приличные люди.

Новую жизнь я начал с вопроса, как пройти в туалет. Даже это оказалось ошибкой: все граждане Соединенного Королевства старше двух лет знают, что ванная и туалет в любом городском доме находятся в подвальном этаже, куда можно спуститься по специальной лестнице.

А мой вид! Джинсы, свитер, жилет из некрашеной толстой кожи и тяжелые тупоносые ботинки годились здесь только на то, чтобы шокировать старика, обычно невозмутимого, как индейский вождь. Он осматривал меня с головы до ног секунд десять; сэр Джуффин, к слову сказать, клянется, что столь продолжительного внимания Кимпы в последний раз удостаивалась ныне покойная миссис Кимпа в день их свадьбы, лет этак двести назад. В результате осмотра мне было предложено переодеться. Я не возражал. Я просто не мог обмануть ожидания несчастного старика.

Тут началось нечто ужасное. Мне выдали ворох цветной ткани. Я комкал эти узорчатые тряпки в мокрых от волнения руках да ошалело хлопал глазами. К счастью, господин Кимпа прожил долгую и, вероятно, весьма насыщенную жизнь. На своем веку он повидал немало удивительного, в том числе и кретинов вроде меня, не умеющих элементарных вещей. Чтобы не позорить доброе имя своего обожаемого «па-а-а-ачетнейшего начальника», как он именовал сэра Джуффина, Кимпа сам взялся за работу. Через десять минут я выглядел довольно пристойно с точки зрения любого коренного жителя Ехо, но крайне нелепо по собственному скромному мнению. Однако, убедившись, что все эти драпировки не стесняют движений и не разваливаются при попытке сделать несколько шагов, я смирился.

Потом мы приступили к следующему испытанию моих нервов. Обед! Кимпа, благородное сердце, соизволил составить мне компанию, поэтому я с пользой провел время. Прежде чем приступить к очередному блюду, я внимательно наблюдал за действиями своего учителя. Насладившись зрелищем, пытался воспроизвести увиденную премудрость, то есть отправлять в рот необходимые ингредиенты, пользуясь соответствующими приборами. На всякий случай я старался копировать даже выражение его лица.

Наконец меня оставили в покое, порекомендовав осмотреть дом и сад, чем я с удовольствием занялся в обществе Хуфа, очаровательного песика, похожего на мохнатого бульдога. Хуф, собственно, был моим проводником. Без него я бы наверняка заблудился в этом огромном полупустом доме и вряд ли нашел бы дверь, которая вела в густые заросли сада. Там я улегся на траву и наконец расслабился.

На закате старик дворецкий торжественно прошествовал к небольшому нарядному сарайчику в конце сада и вскоре выехал оттуда на некоем чуде техники, которое, судя по внешнему виду, могло передвигаться только с помощью живой тягловой силы, но тем не менее делало это совершенно самостоятельно. На оном агрегате Кимпа и укатил со скоростью, на мой взгляд, приличествующей его возрасту. (Позже, впрочем, я узнал, что в молодости Кимпа был прославленным гонщиком, а скорость, с которой он ездил, считалась чуть ли не пределом возможностей амобилера — так называется это удивительное средство передвижения.)

Вернулся Кимпа не один. Мой старый знакомец, обитатель моих чудесных снов, сэр Джуффин Халли собственной персоной восседал на мягких подушках этой оснащенной мотором кареты.

Только тогда до меня окончательно дошло: все, что со мной случилось, действительно случилось. Я приподнялся навстречу Джуффину и тут же снова грузно опустился на траву, зажмурившись и глупо распахнув рот. Когда я заставил себя открыть глаза, ко мне приближались два улыбающихся сэра Джуффина. Невероятным усилием воли я собрал из них одного, поднял себя на ноги и даже захлопнул пасть. Возможно, это был самый мужественный поступок в моей жизни.

— Ничего, Макс, — понимающе улыбнулся сэр Джуффин Халли, — мне, честно говоря, тоже не по себе, а ведь у меня опыта в таких делах чуть-чуть побольше. Рад наконец познакомиться со всей совокупностью твоего организма.

После этих слов он прикрыл глаза левой рукой и торжественно произнес:

— Вижу тебя, как наяву! — Потом отнял руку от лица и подмигнул мне. — Так у нас знакомятся, сэр Макс. Повторить!

Я повторил. Выяснил, что это «неплохо для начала», после чего проделал процедуру еще раз семнадцать, чувствуя себя слабоумным наследным принцем, которому наконец-то наняли стоящего учителя хороших манер.

Увы, изучением местного этикета дело не ограничилось. Основная проблема состояла в том, что здесь, в Соединенном Королевстве, испокон века обитают могущественные маги, каковыми, на мой взгляд, в той или иной степени являются все местные уроженцы. К счастью, ровно за 115 лет до моего появления в Ехо старинное соперничество бесчисленных магических Орденов завершилось сокрушительной победой Ордена Семилистника и короля Гурига VII. С тех пор гражданам дозволяется проделывать только самые простенькие фокусы, в основном в медицинских или кулинарных целях. Например, магию применяют для приготовления камры — местной альтернативы чая и кофе, которая без чудесного вмешательства чересчур горчит. Или для того, чтобы сохранять в чистоте посуду с маслом, — достижение, на мой взгляд, эпохальное.

Так что невозможно описать, с какой искренней благодарностью я по сей день взираю на Орден Семилистника. Благодаря их проискам и интригам, в конце концов изменившим историю, мне не пришлось изучать в те дни, скажем, двести тридцать четвертую ступень белой магии, которая, по словам знатоков, представляет собой венец человеческих возможностей. Про себя я решил, что официально дозволенные фокусы — это как раз предел моих убогих способностей. Все же я в некотором смысле — инвалид-виртуоз. Как британский безногий ас Дуглас Бадер. Сэр Джуффин, впрочем, утверждает, что мое главное достоинство — это принадлежность к миру чудесного, а вовсе не способность с ним управляться.

Вечером первого дня новой жизни я стоял перед зеркалом в отведенной мне спальне и внимательно изучал свое отражение. Закутан, как манекен. Тонкие складки скабы — длинной просторной туники, тяжелые складки лоохи — верхней одежды, представляющей собой замечательный компромисс между длинным плащом и пончо. Экстравагантный тюрбан, как ни странно, оказался мне к лицу. Пожалуй, в таком виде было легче сохранять душевное равновесие и не слишком ломать голову, пытаясь понять, что же со мной произошло. Этот парень в зеркале мог быть кем угодно, только не моим хорошим знакомым по имени Макс.

Появился Хуф, дружелюбно тявкнул и ткнулся носом в мое колено. «Ты большой и хороший!» — внезапно подумал я. А потом понял, что мысль принадлежала не мне, а Хуфу. Умный песик стал моим первым учителем Безмолвной речи в этом Мире. Если я что-то и смыслю в белой магии четвертой ступени, к области которой относится такого рода общение, все комплименты попрошу адресовать этой удивительной псине.

Дни мои летели стремительно. Утром я спал. Ближе к вечеру вставал, одевался, ел и помногу разговаривал вслух. По счастью, никаких языковых барьеров между мной и остальным населением Соединенного Королевства никогда не стояло. Почему — до сих пор не знаю. Так что мне оставалось только усвоить местное произношение, да принять к сведению некоторое количество новых идиом, а это — дело наживное.

Мои штудии протекали под ненавязчивым, но строгим наблюдением Кимпы, которому было поручено «сделать настоящего джентльмена из этого варвара, родившегося на границе графства Вук и Пустых Земель». Такова была моя «легенда» для Кимпы и всех остальных.

Очень удачная легенда, как я теперь понимаю. Настоящий шедевр сэра Джуффина Халли в жанре импровизированной фальсификации. Дело в том, что графство Вук — самая удаленная от Ехо часть Соединенного Королевства. Его окраины — малонаселенные равнины, плавно переходящие в почти бескрайние необитаемые пространства Пустых Земель, которые уже не принадлежат Соединенному Королевству, поскольку — на фиг они кому-то нужны? Почти никто из жителей столицы никогда там не был, ибо это бессмысленно и небезопасно, а тамошние обитатели, добрую половину которых, по словам сэра Джуффина, составляют невежественные кочевники, а недобрую — беглые мятежные маги, тоже не балуют столицу своим вниманием.

— Что бы ты ни учудил, — заявил по этому поводу сэр Джуффин Халли, раскачиваясь в своем любимом кресле, — тебе даже не придется извиняться. Твое происхождение — наилучшее объяснение любой выходки в глазах столичных снобов. Можешь мне поверить, я сам приехал в столицу из Кеттари, маленького городка в графстве Шимара. Это было очень давно, но от меня до сих пор ждут эксцентричных поступков. Кажется, даже обижаются, когда я веду себя прилично.

— Отлично! Начну прямо сейчас, — и я сделал то, чего мне так давно хотелось: цапнул с блюда маленький теплый пирожок, не прибегая к помощи миниатюрного крючка, который был похож скорее на орудие пыток из арсенала дантиста, чем на столовый прибор. Сэр Джуффин снисходительно ухмыльнулся.

— Из тебя выйдет отличный варвар, не сомневаюсь!

— Меня это не смущает, — с набитым ртом заявил я. — Видите ли, я с рождения абсолютно уверен, что совершенно замечателен сам по себе и никакая дурная репутация мне не повредит. То есть я слишком самовлюблен, чтобы утруждать себя попытками самоутвердиться, если вы понимаете, что я имею в виду...

— Да ты философ, — кажется, сэр Джуффин Халли был мною весьма доволен.

Но вернемся к моим занятиям. Страсть к печатному тексту еще никогда не оказывалась так полезна для меня, как в те первые дни. По ночам я десятками поглощал книги из библиотеки сэра Джуффина, знакомился с новой средой обитания, заодно постигая особенности местного менталитета и зазубривая красочные фразеологические обороты. Хуф ходил за мной по пятам и вовсю общался: давал мне уроки Безмолвной речи. Вечером (то есть где-то в середине моих собственных суток) являлся сэр Джуффин, успевал порадовать меня своим обществом за ужином и незаметно проверить мои достижения по всем пунктам. Проведя так часок-другой, Джуффин исчезал в спальне, я же шел в библиотеку.

Однажды вечером, недели через две после моего прибытия, сэр Джуффин объявил, что я стал вполне похож на человека, а посему заслуживаю награды.

— Сегодня мы ужинаем в «Обжоре», Макс! Я ждал этого дня с нетерпением.

— Где-где мы ужинаем?

— «Обжора Бунба», самая шикарная из паршивых забегаловок. Горячие паштеты, лучшая камра в Ехо, блистательная мадам Жижинда, и ни одной противной рожи в это время суток.

— Что, одни приятные рожи?

— Вообще никаких рож. Да ты знаешь это место лучше, чем большинство жителей Ехо.

— Как это?

— Сам увидишь. Давай, давай, обувайся. Я голоден, как безрукий вор.

Я впервые сменил удобные домашние туфли на высокие мокасины, старающиеся выглядеть настоящими сапогами. Заодно мне устроили экзамен на водительские права. Ха! Было бы о чем беспокоиться! После того как я управлялся с ржавой развалюхой своего двоюродного брата, перекочевавшей ко мне по наследству, когда кузен пошел в гору и обзавелся дорогой тачкой, вождение амобилера не представляло для меня никаких проблем. Несколько дней назад Кимпа продемонстрировал мне немногочисленные операции, производимые с помощью одного-единственного рычага, покатался в моем обществе минут пять, заявил: «можешь», махнул рукой и ушел. Теперь и Джуффин оценил мой профессионализм, сказав: «Эй, парень, потише, жизнь не такая плохая штука, — а через пять минут добавил: — Жаль, что мне пока не нужен возница, я бы тебя, пожалуй, нанял».

Я тут же надулся от гордости.

Немудреный процесс управления амобилером не отвлекал меня от первой настоящей встречи с Ехо. Сначала мы ехали по узким улочкам, петляющим между роскошными садами Левобережья. Каждый участок был освещен в соответствии со вкусами его владельца, поэтому мы путешествовали сквозь пестрые квадраты прозрачного света: желтого, розового, зеленого, лилового. Я уже не раз любовался ночными садами Левого Берега с крыши нашего дома. Но самолично перетекать из одного озера бледного света в другое — это, скажу вам, нечто!

Потом мы неожиданно въехали, как мне поначалу показалось, на широкий проспект, по обеим сторонам которого сияли разноцветными огоньками уже запертые и еще открытые магазинчики. Тут же выяснилось, что ничего я в городских ландшафтах не смыслю: это был Гребень Ехо, один из мостов, соединяющих Левый берег с Правым. В просветах между домами сверкали воды Хурона — согласно официальной версии, наилучшей из рек Соединенного Королевства. На середине моста я даже притормозил, такое великолепие обрушилось на нас с обеих сторон. Справа от меня всеми цветами радуги светилась королевская резиденция, замок Рулх, расположенная на большом острове в центре реки. Слева ровным синеватым светом мерцал другой остров.

— Это Холоми, Макс. Тюрьма Холоми на одноименном острове. Славное местечко.

— Славное?!

— С точки зрения Начальника Малого Тайного Сыскного Войска, каковым я, если ты помнишь, являюсь, это — самое восхитительное место в Мире! — усмехнулся Джуффин.

— А я и забыл, с кем связался.

Я уставился на Джуффина. Он скорчил злодейскую рожу, подмигнул, и мы расхохотались.

Отсмеявшись, двинулись дальше. Вот он, Правый Берег! Джуффин тут же начал командовать: «Направо, направо, теперь налево!» Я продемонстрировал безупречную выправку армейского шофера (откуда она взялась — ума не приложу). Еще немного, и мы были на улице Медных горшков.

— Там дальше наш Дом у Моста. — Джуффин неопределенно махнул рукой в оранжевый сумрак уличных фонарей. — Но время твоего визита туда еще впереди, а пока — стоп! Приехали.

Мы остановились, и я впервые ступил на мозаичный тротуар Правого Берега... Ох, впервые ли?! Но я подавил опасное головокружение в самом зародыше и переступил порог трактира «Обжора Бунба», который, конечно же, оказался моим любимым «баром из снов», местом, где я познакомился с сэром Джуффином Халли и легкомысленно принял самое странное приглашение на работу, какое только можно себе вообразить.

Не задумываясь, я прошел к своему обычному месту между стойкой бара и окном во двор. Пышная брюнетка (сама мадам Жижинда, родная внучка увековеченного обжоры по имени Бунба) улыбнулась мне, как старому клиенту. Хотя почему «как»? Я и был ее старым, очень старым клиентом.

— Это мое любимое местечко, — сообщил Джуффин. — Основной принцип подбора будущих коллег: если им нравится та же кухня и тем более тот же столик, что и тебе, значит психологическая совместимость в коллективе обеспечена.

Мадам Жижинда тем временем поставила на стол горшочки с горячим паштетом. Об остальных событиях вечера умолчу до той поры, когда засяду за справочник для туристов «Лучшие трактиры города Ехо».

Следующий мой выход в свет состоялся через два дня. Сэр Джуффин вернулся домой очень рано, даже сумерки еще не начались. Я как раз собирался завтракать.

— Сегодня твой бенефис, Макс! — Джуффин конфисковал мою кружку с камрой, решив не дожидаться, пока Кимпа приготовит новую порцию. — Проверим твои успехи на моем любимом соседе. Если после нашего визита старый Маклук не перестанет со мною здороваться, сделаем вывод, что ты готов к самостоятельной жизни. На мой взгляд, ты и так неплохо справляешься, но я необъективен, слишком спешу пристроить тебя к делу.

— Учтите, Джуффин, это ваш сосед! Вам с ним потом жить.

— Маклук милый и безобидный. К тому же почти отшельник. Старик так пресытился обществом, пока был Рукой Устранителя Досадных Недоразумений при Королевском дворе, что теперь переносит только меня и еще парочку таких же болтливых пожилых вдовцов, да и то изредка.

— А вы вдовец?

— Да, уже больше тридцати лет, так что это — не запретная тема. Хотя первые лет двадцать я предпочитал не обсуждать ее вслух. У нас женятся поздно и, как правило, надеются, что надолго... Но принято полагать, что судьба мудрее сердца, так что не переживай.

Чтобы я переживал как можно меньше, он заграбастал вторую порцию камры, на которую я, признаться, очень рассчитывал.

Итак, мы облачились в парадные одеяния и отправились в гости. К счастью, выходные костюмы отличались от повседневных только богатством оттенков и узоров, а не покроем, к которому я наконец начал привыкать. Я шел на экзамен, и сердце мое начинало блуждать в поисках кратчайшего пути в пятки.

— Макс, когда это ты успел стать таким серьезным?

Хитрец Джуффин замечал абсолютно все, что со мной творилось. Надо полагать, мои душевные движения были для него чем-то вроде заголовков на первой полосе газеты — редкостная чушь, зато написана огромными буквами, даже очки надевать не надо.

— Вхожу в роль, — нашелся я, — должен же варвар с границ волноваться перед встречей с человеком, который всю жизнь получал подзатыльники от Его Величества!

— Находчивость — хорошо, эрудиция — два с плюсом. «Варвары с границ», как ты выражаешься, заносчивы, горды и невежественны. Плевать они хотели на наши столичные чины и заслуги... Интуиция — отлично! Иначе откуда ты мог узнать, что однажды, еще при покойном Гуриге, сэр Маклук действительно удостоился Высочайшей затрещины, когда самолично наступил на Королевский подол?

— Честно говоря, я собирался пошутить, а не угадать.

— Это я и имел в виду, говоря об интуиции. Вот так, ни с того ни с сего, что-то брякнуть и попасть «в яблочко»!

— Уговорили, будем считать, что я гений. А кроме того, согласно вашей легенде, я — варвар, который всерьез вознамерился сделать карьеру в Ехо и потому должен несколько отличаться от своих невежественных, но гордых земляков. А когда с человека слетает напускная заносчивость, под ней обычно обнаруживается застенчивость. Знаю: сам такой... Берете назад двойку с плюсом?

— Ладно, двойку беру назад, плюс оставь себе. Воздержусь от рекомендаций, что ты с ним можешь проделать. Сам знаешь, не маленький.

Мы пересекли наш сад, через боковую калитку проникли в соседский и оказались перед парадной дверью с надписью: «Здесь живет сэр Маклук. Вы уверены, что вам — сюда?» Я растерянно хихикнул, поскольку уверен отнюдь не был. Зато уверенности сэра Джуффина хватало на двоих.

Дверь бесшумно открылась, четверо слуг в одинаковых серых одеждах хором пропели приглашение войти. Профессиональный квартет, надо отдать им должное!

Потом началось то, к чему я был не готов. Впрочем, Джуффин утверждает, что к приему у сэра Маклука не готов вообще никто, кроме записных светских львов — самых важных и бесполезных существ в Мире.

Орава дюжих ребят угрожающе надвинулась на нас из-за угла с двумя паланкинами наперевес. Одновременно слуги в сером вручили нам по куче пестрого тряпья непонятного назначения. Выход был один: смотреть на Джуффина и стараться скопировать все его движения.

Сперва мне пришлось снять лоохи, без которого я чувствовал себя практически голым: тонкая скаба, придававшая очертаниям моего тела излишнюю определенность, в то время мне еще не казалась костюмом, подходящим для появления на людях. Потом я приступил к изучению выданного мне предмета гардероба. Оказалось, что это вовсе не куча тряпья, а цельная конструкция: большой полумесяц из плотной ткани с огромными накладными карманами. Внутренний край полумесяца украшало своего рода «ожерелье» из пестрых лоскутов тонкой материи. Я уставился на сэра Джуффина. Мой единственный поводырь в лабиринте куртуазности небрежным жестом напялил свой полумесяц на манер младенческого слюнявчика. Я, внутренне содрогаясь, повторил его жест. Банда дворецких сохраняла невозмутимый вид. Очевидно, Джуффин меня не разыгрывал, именно это от нас и требовалось.

Когда мы наконец нарядились, амбалы с паланкинами преклонили перед нами колени. Сэр Джуффин грациозно возлег на сие транспортное средство, я мысленно перекрестился и тоже взгромоздился на носилки. Ехали мы, надо сказать, довольно долго, по пути созерцая пустые, широкие, как улицы, коридоры. Площадь жилища сэра Маклука произвела на меня неизгладимое впечатление. А ведь снаружи и не скажешь: дом как дом, ничего особенного.

Наконец мы прибыли в большой зал, такой же полупустой, как все комнаты в единственном знакомом мне доме Ехо. Впрочем, на этом сходство с интерьерами сэра Джуффина заканчивалось. Вместо нормального обеденного стола и уютных кресел взору моему предстало нечто несусветное.

Комнату рассекал узкий и почти бесконечно длинный овал стола, в центре которого бил фонтан. Он был окружен густым частоколом низких подиумов. На одном из подиумов стоял паланкин, подобный тем, в которых мы только что на славу прокатились. Из паланкина выглядывал бодрый седой старичок совершенно не вельможного вида. Это и был сэр Маклук, наш гостеприимный хозяин. Завидев меня, он тут же прикрыл глаза рукой и продекламировал приветствие:

— Вижу тебя, как наяву!

Я ответил полной взаимностью: это мы проходили. Потом старичок протянул руки к Джуффину, да так темпераментно, что чуть не слетел с помоста вместе со своим сомнительным транспортным средством.

— Прячьте пищу, здесь грозный сэр Халли! — радостно воскликнул он. Я сдуру решил, что это и есть официальная формула приветствия и намотал ее на несуществующий ус. Оказалось — нет. Господа шутить изволят. Я почти обиделся и решил: будь что будет, нервы дороже. Вы хотели провести уик-энд в обществе дикого Макса, дорогой Джуффин? Вы это получите! Сейчас только сделаю глубокий вдох, расслаблюсь и...

Ничего не вышло: меня тут же снова озадачили. Ко мне приблизилось малолетнее существо неопределенного пола. Здесь, чтобы отличить мальчика от девочки, нужны наметанный глаз и большой опыт, поскольку одеваются они совершенно одинаково, волосами обрастают, как придется, и перевязывают их, чтобы не мешали, на один и тот же манер. В руках у ребенка была корзина с маленькими аппетитным хлебцами, в которые я успел влюбиться, истребляя завтраки, созданные Кимпой. Как назло, я оказался первым на пути разносчика лакомств, помощи ждать было неоткуда: Джуффина уже переправили на другой конец комнаты, поближе к гостеприимному Санта-Клаусу времен Римской империи. Я молча взял один хлебец. Существо, кажется, удивилось, но ускользнуло. Когда оно приблизилось к более опытным в таких делах господам, я понял, что было чему удивляться: моей скромности. Джуффин, а за ним и сэр Маклук начали пригоршнями сгребать эти хлебцы и совать в просторные карманы своих «слюнявчиков». Похоже, сидеть мне теперь голодным.

Между тем мои носильщики все еще переминались с ноги на ногу, словно не могли понять, где же меня выгрузить? Судя по их равнодушным лицам, решать этот вопрос должен был я сам.

«Подними большой палец, — раздалась в моей бедной голове чужая мысль, — и они пойдут. Когда захочешь остановиться, покажи им кулак».

«Спасибо, — ответил я, изо всех сил стараясь сделать свое безмолвное обращение максимально адресным, — вы мне практически жизнь спасаете. Всегда бы так!»

«Отлично. С Безмолвной речью ты уже худо-бедно справляешься», — обрадовался он.

Я выполнил первую часть инструкции и поплыл по направлению к моим сотрапезникам. Оказавшись на расстоянии, достаточном для наблюдения за их действиями, я погрозил носильщикам кулаком, и меня наконец водрузили на подиум. Можно было отдышаться.

Потом мы еще не раз путешествовали вокруг стола. Система была такова: напротив каждого подиума стояло одно блюдо. Отведав его и утерев рот одним из ярких лоскутов, украшавших «слюнявчик», следовало поднять палец и отправиться в неспешное путешествие вокруг стола. Возле блюда, вызвавшего особый интерес, можно было сделать привал.

Первые полчаса я все же робел и оставался на месте, хотя еда, напротив которой меня установили, на мой вкус, не заслуживала столь пристального внимания. А потом я освоился, сказал себе: «Какого черта!», вошел во вкус и перепробовал все, что можно было перепробовать. Хлебнув Джубатыкской пьяни, местной огненной воды с неблагозвучным, но точным названием, я даже осмелился встрять в беседу старых друзей — судя по веселью сэра Маклука, небезуспешно.

В общем, обошлось без скандала.

Стоило нам выйти за порог, я не удержался от вопроса.

— Ну как? Вы ведь уже успели обсудить меня с вашим соседом? Благо Безмолвная речь позволяет делать это в присутствии жертвы...

— Полный провал моей легенды! — злорадно ухмыльнулся сэр Джуффин. Выдержал изуверскую паузу, в течение которой я печально обзывал себя тупым, неуклюжим идиотом, и, наконец, пояснил: — Старик все допытывался, где это я откопал такого интеллигентного варвара? Еще немного, и он предложил бы тебе придворную должность.

— Кошмар! И что теперь будет?

— Ничего особенного. Через дюжину-другую дней мы подыщем тебе квартиру, обставим ее в соответствии с твоими наклонностями, после чего ты наконец слезешь с моей шеи и приступишь к работе. Но сперва возьмешь у меня еще несколько уроков.

— Каких уроков?

— Интересных. Не переживай, с правилами поведения за столом покончено. Пора заняться настоящим делом. Я наконец-то разжился помощником, который обладает ярко выраженными способностями к Невидимой магии. Ты сам удивишься, когда поймешь, как легко она тебе дается.

— А с чего вы взяли, будто я?..

— С каких это пор ты перестал мне верить?

— С того момента, как мы вошли в дом вашего соседа Маклука. Вы не предупредили меня, что там будут паланкины и прочая дрянь. Я чуть не умер на месте!

— Но ты справился, — равнодушно пожал плечами сэр Джуффин Халли. — Кто бы мог подумать.

В ту ночь я не только отправился в спальню задолго до рассвета, но и заснул как убитый, к величайшему изумлению малыша Хуфа, который уже привык, что после полуночи интересная жизнь только начинается.

Два следующих дня прошло в приятнейших хлопотах: днем я читал старые подшивки газет — «Королевского голоса» и «Суеты Ехо». Сэр Джуффин нескромно подчеркнул все восторженные публикации, связанные с деятельностью его конторы.

Это было чтение, куда более захватывающее, чем самая остросюжетная литература: прежде мне не доводилось читать газеты, пестрящие скупыми сообщениями о применении Запретной магии куда чаще, чем историями бытовых покушений, драк и вымогательств, — хотя, конечно, случается здесь и такое.

Я быстро запомнил имена своих будущих коллег: сэр Мелифаро (он почему-то всегда упоминался без имени), сэр Кофа Йох, сэр Шурф Лонли-Локли, леди Меламори Блимм и сэр Луукфи Пэнц. Вот, собственно, и все Малое Тайное Сыскное Войско! Да уж, и правда, не слишком большое...

Здесь, в Ехо, пока не успели изобрести фотографию, а портретисты слишком высоко ценят свое ремесло, чтобы работать для газет, так что я пытался представить себе, как они выглядят. (Что бы там ни говорил сэр Джуффин о моей интуиции, позже выяснилось, что я не угадал ни разу!)

На закате я брал амобилер и отправлялся на Правый Берег. Гулял по мозаичным тротуарам, глазел по сторонам, заходил ненадолго в уютные трактиры, старательно изучал топографию. Хорошим я бы стал Ночным Лицом Почтеннейшего Начальника Малого Тайного Сыскного Войска, если бы не смог отыскать улицу, на которой находится мое собственное учреждение! Но это было не так уж и трудно. Я никогда не слышал, чтобы волк заблудился в лесу, даже если это и не тот лес, в котором он родился. Наверное, существует и какой-нибудь неизученный пока «инстинкт горожанина» — если уж можешь ориентироваться в одном большом городе, у тебя не будет особых проблем с другими мегаполисами.

Потом я возвращался домой. Самым странным и очаровательным временем суток, как всегда в моей жизни, оставалась ночь. Сэр Джуффин, по его собственному выражению, временно рассорился со своим одеялом. После ужина он не шел спать, а уводил меня в кабинет и учил «созерцать память вещей». Это была наиболее простая и необходимая в моей будущей профессии часть Невидимой магии, самой туманной и абстрактной науки этого Мира.

Мало кто в Мире вообще подозревает о ее существовании. Способности к Невидимой магии, как я понимаю, никак не связаны с удивительными свойствами Сердца Мира: обнаружились ведь они у меня, чужеземца. Да и сам сэр Джуффин, крупнейший специалист в данной области, — уроженец Кеттари, небольшого городка в графстве Шимара, а тамошние жители весьма отстают от столичных в искусстве разнообразить свою жизнь магическими штудиями.

Вернемся к моим занятиям. Я быстро узнал, что, если смотреть на неодушевленный предмет «особенным взглядом» (уж не знаю, как тут еще можно выразиться), вещь может открыть созерцателю свое прошлое, какие-нибудь события, происходившие при ней. Порой очень жуткие события, как я понял после встречи с булавкой для лоохи, принадлежавшей когда-то члену Ордена Ледяной Руки, одного из самых зловещих магических Орденов древности. Булавка продемонстрировала нам церемонию вступления в Орден своего владельца: экзальтированный мужик добровольно отрубил себе кисть левой руки. После чего пожилой красавец в сияющем тюрбане (Великий Магистр Ордена, как подсказал мне Джуффин) начал проделывать какие-то невообразимые штуки с ампутированной конечностью. В финале рука предстала перед своим бывшим владельцем в центре сияющего ледяного кристалла. Меня передернуло.

Джуффин объяснил, что в результате процедуры новоиспеченный инвалид обрел доступ к неиссякаемому источнику чудесной энергии, а его замороженная конечность стала своего рода «насосом», снабжающим бывшего владельца дивной силой, столь необходимой в его профессии.

— И оно ему надо? — наивно изумился я.

— Чего только не вытворяют люди в погоне за силой и властью! — Джуффин равнодушно пожал плечами. — Нам с тобой повезло: мы живем в куда более умеренные времена. Оппозиция сетует на тиранию Короля и Семилистника. Но они забыли, что такое тирания нескольких десятков могущественных магических Орденов! Почти ни один из которых, кстати, не следовал по пути, требующему отказа от пороков и амбиций.

— Как же они не разнесли Мир на клочья?

— К тому шло, Макс, к тому шло... Но поговорить об этом мы еще успеем. А сегодняшняя ночь наступила специально для того, чтобы подарить тебе возможность как следует позаниматься. Так что возьми вон ту чашку...

Все это было слишком хорошо, чтобы продолжаться долго. Идиллия закончилась вечером третьего дня, когда Кимпа доложил о прибытии сэра Маклука.

— Странно, — заметил Джуффин. — За десять лет нашего соседства Маклук впервые удостоил меня визитом. И так запросто! Я бы сказал, чересчур запросто. Чует мое сердце, принесли мне работу на дом.

Он как в воду глядел.

— Я не решился послать вам зов, поскольку вынужден просить о большой услуге! — с порога заявил сэр Маклук. Одной рукой он держался за грудь, другая отчаянно жестикулировала. — Прошу прощения, сэр Халли, но я нуждаюсь в вашем внимании и помощи.

Они обменялись долгими взглядами. Видимо, старик перешел на Безмолвную речь. Минуту спустя, Джуффин нахмурился. Сэр Маклук как-то виновато пожал плечами.

— Идемте. — Сказал Джуффин, поднимаясь из-за стола. — И ты, Макс, с нами. Можешь не наряжаться: по делу все же идем.

Впервые я наблюдал сэра Джуффина Халли в деле, вернее, на пороге дела. Скорость, с которой он пересек сад, наверняка превышала крейсерскую скорость его амобилера. Я добровольно взял на себя заботу о сэре Маклуке, который явно чувствовал себя неуютно без четверых оболтусов с носилками. Мы пришли к финишу без рекордов, но зато и без особого ущерба для его слабых коленей. По дороге сэр Маклук изволил изложить «интеллигентному варвару» суть дела. Кажется, ему просто хотелось отвести душу.

— У меня есть слуга. Вернее, был слуга. Кропс Кулли. Хороший юноша, я даже собирался пристроить его ко Двору, лет через пятнадцать — двадцать, когда наберется опыта, поскольку опыт... Впрочем, не буду отвлекаться. Несколько дней назад он пропал. Ну, пропал — и пропал. У него была девушка на Правом Берегу. Конечно, его коллеги решили, что молодость бывает раз в жизни, и не стали поднимать шум. Знаете, простому люду порой тоже доступна благородная скрытность. Мне о его пропаже доложили только сегодня, поскольку его девушка встретила на рынке Линуса, моего повара, и начала спрашивать, почему это Кропс давно к ней не приходил, неужели ему совсем не положено Дней Свободы от забот? Тогда все разволновались, потому как — зачем бы это Кропсу Кулли исчезать невесть куда? А полчаса назад Мадди и Шувиш, как всегда в это время, отправились убирать комнату моего покойного кузена, сэра Маклука-Олли... Да, сэр Макс, у меня был кузен, большой, скажу вам, зануда, он даже умереть собирался лет десять, пока наконец решился это сделать в начале года, вскоре после Дня Чужих Богов. Да... И в комнате покойного кузена Олли они нашли бедного господина Кулли, в таком виде... — сэр Маклук раздраженно пожал плечами, словно хотел сказать, что никак не ожидал от бедняги Кропса Кулли такой выходки, пусть даже посмертной.

Тем временем мы добрались до маленькой дверцы — обычного, не парадного, входа в роскошные апартаменты Маклука. Выговорившись, старик немного успокоился. Безмолвная речь — дело хорошее, но психотерапевты не зря заставляют пациентов говорить вслух.

Не тратя времени на вызов паланкинов, мы проследовали в спальню покойного сэра Олли.

Почти половину комнаты занимал мягкий пол. Здесь, в Ехо, считается, что именно так и должна выглядеть кровать. Несколько крошечных инкрустированных столиков нестройными рядами окружали гигантское ложе. Одна из стен представляла собой огромное окно в сад. У противоположной стены располагалось старинное зеркало, сбоку от которого приютился маленький туалетный столик.

Хорошо, если бы этим дело и ограничивалось. Но был в спальне еще один предмет обстановки. На полу между зеркалом и окном лежал труп. Мертвое тело, больше всего похожее на замусоленную жевательную резинку. Зрелище даже не было ужасным. Оно было нелепым, несуразным. Это как-то не вязалось с моими представлениями о несчастных жертвах преступлений: вместо потоков крови, разбрызганных мозгов и леденящих глаз мертвеца — какая-то жалкая жвачка.

Джуффина я заметил не сразу. Он забился в самый дальний угол комнаты. Его раскосые глаза фосфоресцировали в полумраке. Завидев нас, Джуффин покинул свой пост и подошел с озабоченным лицом.

— Две плохие новости — пока. Думаю, позже их будет больше. Первая: это не заурядное убийство. Голыми руками парня до такого состояния не доведешь. И вторая: я не обнаружил никаких следов Запретной магии. Это зеркало у меня на большом подозрении, поскольку находится слишком близко к телу. Но при его изготовлении использовалась черная магия максимум второй ступени. Самое большее, третьей. И это было очень давно. — Джуффин задумчиво повертел в руках курительную трубку, в которую был вмонтирован своего рода «индикатор», выдающий точную информацию о силе магии, с проявлениями которой довелось столкнуться. Стрелка индикатора стояла на цифре 2, на черной половинке круглого «циферблата». Иногда она вздрагивала, пытаясь переползти на тройку, но на это достижение магии, заключенной в старинном зеркале, явно не хватало.

— Мой вам совет, сосед: идите-ка вы отдыхать. Только скажите своим вассалам, что мы с Максом здесь еще покрутимся. Пусть посодействуют следствию.

— Сэр Халли, вы уверены, что я вам ничем не могу помочь?

— Уверен, — вздохнул Джуффин. — Вы не можете. Возможно, ваши люди смогут, поэтому отдайте им соответствующее распоряжение и идите к себе. Что бы ни случилось, это не повод пренебрегать собственным здоровьем.

— Спасибо, — улыбнулся старик, — с меня на сегодня действительно хватит.

Сэр Маклук с надеждой обернулся к дверям. На пороге стоял весьма колоритный господин, судя по всему, его ровесник. Лицо незнакомца вполне подошло бы какому-нибудь Великому Инквизитору, помещать его под серый тюрбан слуги было недопустимым расточительством. Но не я создавал этот Мир, и не мне менять вещи местами.

— Дорогой Говинс, — сказал «Великому Инквизитору» сэр Маклук, — будьте любезны содействовать этим великолепным господам во всех их начинаниях. Это наш сосед, сэр Джуффин Халли, и он...

— Мне ли, старейшему читателю «Суеты Ехо», не знать сэра Почтеннейшего Начальника! — инквизиторская физиономия расплылась в подобострастной улыбке.

— Вот и славно, — почти шепотом сказал сэр Маклук, — Говинс все уладит. Он все еще покрепче меня, хотя и нянчился со мной в те давние благословенные времена, когда я не мог самостоятельно стащить из кухни блюдце с вареньем.

На этой лирической ноте сэр Маклук был подхвачен истосковавшимися по любимой работе носильщиками, водружен на паланкин и унесен в спальню.

— Если не возражаете, я побеседую с вами через несколько минут. Надеюсь, что мудрость уже говорит вам, что местом встречи могло бы стать более... э-э-э... прибранное помещение! — с неотразимой улыбкой сказал Говинсу сэр Джуффин.

— Малая гостиная, лучшая камра в столице и ваш покорный слуга будут ждать вас в любое время, — с этими словами старик растворился в полумраке коридора.

Мы остались одни, если не считать пожеванного парня, а его теперь уже действительно можно было не принимать в расчет.

— Макс, — повернулся ко мне мгновенно утративший жизнерадостность Джуффин, — есть еще одна плохая новость. Ни одна вещь в этой комнате не хочет открывать прошлое. Они, как бы это сказать... Нет, лучше просто попробуем еще раз, вместе. Сам поймешь.

И мы попробовали, сосредоточив свое внимание на круглой коробочке с бальзамом для умывания, произвольно взятой нами с туалетного столика. Ничего! Вернее, хуже, чем ничего. Мне вдруг стало страшно, так страшно, как бывает страшно в кошмарном сне, когда не можешь пошевелиться, а ОНИ подбираются к тебе из темноты. Нервы не выдержали, я выпустил коробочку из рук; почти в ту же секунду разжались и пальцы Джуффина. Коробочка упала на пол, как-то неуклюже подпрыгнула, развернулась и вместо того чтобы катиться к окну, попыталась выскользнуть в коридор, но на полпути остановилась, жалобно звякнув и еще раз забавно подпрыгнув. Мы смотрели на нее, как зачарованные.

— Вы были правы, сэр, — я почему-то говорил шепотом, — вещи молчат, и они... боятся!

— Хотел бы я знать, чего именно они боятся? Такое бывает, но для этого нужна магия не ниже сотой ступени. А здесь...

— Какой-какой ступени?

— Какой слышал!.. Пошли, побеседуем с предводителем местных смердов и его подшефными. Что мы еще можем сделать?

Господин Говинс ждал нас в Малой гостиной (действительно, она была чуть поменьше среднего спортзала). На крошечном столике дымились кружки камры. Джуффин маленько оттаял.

— Мне нужно знать все, что касается этих апартаментов, Говинс. Все — это значит все. Факты, сплетни, слухи. И желательно из первых рук.

— Я — старейший обитатель этого дома... — важно начал старик и тут же улыбнулся. — Куда ни плюнь, я везде — старейший! Впрочем, в Ехо найдется парочка пней постарше... И могу вас заверить, сэр Почтеннейший Начальник, что это очень заурядное помещение. Никаких чудес — ни дозволенных, ни тем более недозволенных. Сколько я себя помню, там всегда была чья-то спальня. Она то пустовала, то была занята. И никто не жаловался ни на кошмары, ни на фамильные привидения. Кроме того, до сэра Маклука-Олли там никто не умирал, да и он прожил лет на пять дольше, чем ему было обещано.

— От чего умер сэр Олли?

— По многим причинам. С детства он всегда был чем-то болен. Слабое сердце, расстроенный желудок, никудышные нервы. А лет десять назад он утратил Искру.

— Грешные Магистры! Вы это серьезно?

— Абсолютно серьезно. Но у него была удивительная сила духа. Вы ведь знаете, люди без Искры редко протягивают больше года. Сэру Олли сказали, что, сохраняя неподвижность и отказавшись от пищи, он проживет лет пять, если рядом будет хороший знахарь. Он десять лет не покидал свою спальню, постился, нанял дюжину безумных, но могущественных старух, которые все эти годы в добровольном заточении караулили его тень. Как видите, сэр Олли поставил своего рода рекорд... Но старухи колдовали у себя дома, так что в спальне ничего особенного не происходило и при нем.

Сэр Джуффин не забыл послать мне Безмолвное объяснение: «Утратить Искру — значит утратить способность защищаться от чего бы то ни было. Даже обыкновенная пища может стать ядом для такого несчастного, а насморк убьет его за несколько часов. А то, что знахарки караулили его тень... Нет, это слишком сложно. Потом».

— Старый сэр Маклук-Олли вел тишайшую жизнь. Год назад он напомнил о себе, швырнув таз для умывания в Мадди, который ему в тот день прислуживал. Приготовленная вода была чуть теплей, чем следует. Я выдал Мадди премию за побои, да он и без денег не стал бы поднимать шум — на старого сэра Олли жалко было смотреть. В общем, больше слуги таких ошибок не допускали, сэр Олли не хулиганил, и ничего интересного, кажется...

Джуффин нахмурился.

— Не надо ничего от меня скрывать. Я ценю твою преданность дому, но это именно я помог сэру Маклуку замять неприятный случай полгода назад. Когда юноша из Гажина перерезал себе горло. Так что пролей бальзам на мое измученное сердце: это произошло в спальне?

Говинс кивнул.

— Если ты думаешь, что признание господина Говинса хоть немного проясняет дело, ты ошибаешься, — подмигнул мне Джуффин. — Оно только запутывает дело, хотя, кажется, куда уж дальше... От всего этого несет магией времен Древних Орденов, а грешный индикатор, дырку над ним в небе... Ладно. Жизнь тем и хороша, что не всегда соответствует ожиданиям.

Он повернулся к Говинсу.

— Я хочу видеть: того, кто нашел сегодня этого бедолагу; того, кто обнаружил кровавый фонтан в прошлый раз; старух, нанятых для сэра Маклука-Олли; еще по кружке вашей превосходной камры для всех присутствующих и... да, на всякий случай пусть явится несчастная жертва домашней тирании. Этот, раненный тазом.

Говинс кивнул. В дверях появился средних лет мужчина в серой одежде, в руках у него был поднос с кружками. Это и был господин Мадди, жертва давнишнего буйства сэра Маклука-Олли и по совместительству главный свидетель сегодняшнего преступления. Вот что значит организаторский талант. Вошел всего один человек, а три приказа из пяти уже выполнены.

Мадди сгорал от смущения, но выправка есть выправка. Потупившись, он лаконично сообщил, что сегодня вечером вошел в комнату первым, посмотрел в окно, поскольку там разгорался закат, потом опустил глаза вниз, увидел то, чего нельзя было не заметить, и решил, что лучше не трогать ЭТО руками, а послать зов господину Говинсу. Что он и сделал.

— А Шувишу я велел оставаться в коридоре. Молодой еще. Куда ему на такое пялиться. — Мадди виновато пожал плечами, словно не был уверен, что не превысил свои полномочия.

— А шума вы не слышали?

— Да какой же шум, сэр? Спальня была изолирована от звуков, так пожелал сэр Олли. То есть я хочу сказать, что хоть пупок себе там порви, никого не побеспокоишь... Ну и вас никто не побеспокоит, конечно.

— Ладно, с этим все ясно. А что это была за драка у вас с сэром Олли? Говорят, вам изрядно досталось.

— Да какая там драка, сэр Почтеннейший Начальник! Больной человек, помирать не хочет, все ему не нравится... Он мне подолгу объяснял, какая нужна вода для умывания. Только назавтра ему нужна была уже совсем другая вода. Я всякий раз шел и делал, как он велел... А однажды сэр Олли рассердился и швырнул в меня тазик. И как швырнул, даром что помирал! — Мадди восхищенно покрутил головой.

Я решил, что будь он тренером сборной по баскетболу, то непременно попытался бы заполучить сэра Олли в свою команду.

— Тазик попал мне аккурат в лицо, краешек врезался в бровь, кровь течет. А я, дурак, хотел увернуться и со всего размаху врезался головой в зеркало. Счастье, что оно крепкое. Старая работа! Я мокрый, лицо в крови, зеркало в крови. Сэр Олли перепугался, решил, что убил меня. Шум поднялся. А когда я умылся, посмотрели — всего-то делов, царапина длиной в полпальца. Даже шрама потом не осталось. Я и не думал жаловаться куда-то, грех на старика обижаться, он ведь без Искры, считай, что помер уже, а я — здоровый. Могу и потерпеть.

— Ладно, дружок. С этим тоже все ясно. Не переживай, ты все сделал правильно.

Мадди был отпущен и отправился созерцать сны — я уверен, простые и невинные. Сэр Джуффин вопрошающе взглянул на Говинса.

— За знахарками уже послали. Надеюсь, что доставят всех, хотя... У них, в некотором роде, тоже беспокойная профессия, как и у вас. А пока я сам могу быть вам полезен, поскольку смерть Наттиса, этого несчастного юноши, произошла у меня на глазах.

— Вот это для меня новость. Как же вам так повезло?

— Это в порядке вещей — парень был моим подопечным. Видите ли, Наттис не был обыкновенным слугой. Два года назад он приехал из Гажина в Ехо и пришел в этот дом с запиской от своего деда, моего старинного приятеля. Старик писал, что его внук — сирота, ничего толком не умеет, поскольку те умения, которые можно приобрести в Гажине, здесь, в Ехо, вроде как и ни к чему. Но паренек был смышленый, в чем я сам убедился. Мой друг просил пристроить его внучонка, как смогу. Сэр Маклук обещал дать ему наилучшие рекомендации, даже собирался найти ему хорошее место у кого-нибудь, кто служит при Дворе. Сами понимаете, это верный шанс самому когда-нибудь попасть ко Двору... А пока я учил мальчика, чему мог. И поверьте, мне доводилось хвалить его и при жизни. Иногда мы устраивали для Наттиса День Свободы от некоторых забот. То есть в такой день он не шел гулять, как в простые Дни Свободы, а оставался в доме. Но не делал никакой работы. Он должен был прожить день джентльменом.

На этом месте я не удержался от сочувственного вздоха. Говинс интерпретировал мой вздох по-своему, печально покивал и продолжил:

— Я имею в виду, что, если хочешь далеко пойти, нужно уметь не только работать, но и приказывать. В такие дни Наттис вставал, требовал слугу, умывался, приводил себя в порядок, одевался как джентльмен, ел как джентльмен, читал газету. Потом он ехал прогуляться на Правый Берег и там тоже старался выглядеть столичным молодым джентльменом, а не юным засранцем из Гажина. Да... И в такие дни ему разрешали пользоваться пустующей спальней сэра Олли. Бедняга как раз уже помер к тому времени, как Наттис начал учиться. Вечером парень засыпал в этой спальне, потом просыпался, требовал слугу. А слугой-то был я! Ведь нужно было не просто театр устраивать, а замечать все его промахи, чтобы их исправлять. В общем, в эти дни я был при мальчике неотлучно, мне это казалось и полезным, и забавным... А в то проклятое утро я, как всегда, явился по его зову. Принес воду для умывания. Конечно, это была лишь церемония: при спальне есть ванная комната. Но настоящий джентльмен начинает утро с того, что требует свою порцию теплой воды.

На этом месте рассказа я слегка приуныл. «Настоящего джентльмена» из меня, похоже, никогда не выйдет. Да и из сэра Джуффина, боюсь, тоже. Обстоятельный господин Говинс тем временем продолжал свой рассказ.

— Наттис умылся и пошел в ванную бриться. Но сразу вспомнил, бедняга, как я в прошлый раз его распекал за эту привычку. Пока ты неизвестно кто, брейся себе в ванной или не брейся вовсе, это твоя забота. Но если ты джентльмен, изволь бриться у парадного зеркала... Словом, мой урок не прошел зря, парень вернулся в комнату и попросил бритвенный прибор, тихонько так. Ну, я сделал вид, что не слышу. Тогда он приосанился, сверкнул глазами, и я — тут как тут, с прибором и салфеткой. А вот потом... Как это могло случиться, ума не приложу. Чтобы здоровый молодой человек в одну секунду перерезал себе горло бритвой! Я стоял в нескольких шагах от него, как положено, с салфеткой и бальзамом, но ничего не успел сделать. Даже не понял, что происходит. А что случилось после, это вы, вероятно, знаете не хуже меня, если уж помогали замять это скверное дело.

— Вы — прекрасный рассказчик, господин Говинс! — одобрительно кивнул Джуффин. — Так что я с удовольствием выслушаю из ваших уст и окончание этой истории. Я в те дни был очень занят. Все, на что меня хватило, — забрать «дело о самоубийстве» из ведомства генерала Бубуты Боха, чьи подчиненные докучали этому дому. И лично вам, как я теперь понимаю. Вникать в детали мне было недосуг.

Дверь открылась, и нас снова обнесли свежей камрой. Говинс прокашлялся и снова взял слово.

— Добавить почти нечего. Само собой разумеется, сэр Маклук сообщил о случившемся в Дом у Моста. Дело-то было простое, поэтому его направили к Начальнику Порядка генералу Боху, и его подчиненные буквально наводнили дом...

— Послушайте, Говинс, возможно, вы знаете — а полицейские проверили комнату на степень присутствующей магии?

— И не подумали. Они сразу решили, что все ясно: парень был пьян. Когда же выяснилось, что Наттис не был пьян ни разу за всю свою недолгую жизнь, полицейские снова решили, что все ясно: парня убил я. А потом они просто исчезли. Как я теперь понимаю, по вашей, сэр Почтеннейший Начальник, милости.

— Как это похоже на Бубутиных питомцев! — схватился за голову Джуффин. — Грешные Магистры, как же это на них похоже!

Говинс деликатно промолчал.

К этому времени подоспели три из дюжины знахарок. Выяснилось, что еще шесть дежурили при пациентах, двоих просто не нашли, а одна старуха, по словам посыльного, наотрез отказалась идти в этот «черный дом».

«Совсем спятила, бедняжка!» — снисходительно подумал я.

Джуффин на секунду задумался, потом решительно приказал впустить всех троих одновременно. По этому поводу я получил еще одно объяснение: «Когда нужно допросить нескольких женщин, лучше всего собрать их вместе. Каждая будет так стараться превзойти остальных, что непременно расскажет больше, чем собиралась. Проблема лишь в том, чтобы не сойти с ума от этого гвалта!»

Итак, дамы вошли в гостиную и важно расселись вокруг стола. Старейшую звали Маллис, двух других, тоже весьма немолодых особ — Тиса и Ретани. Я пригорюнился: впервые попал в общество туземных леди, и на тебе — младшей из них, судя по всему, недавно перевалило за три сотни.

Поведение Джуффина заслуживает отдельных комментариев. Для начала он смастерил из своего лица самую мрачную рожу, какую только можно вообразить. Кроме скорбной физиономии на долю бабушек досталось патетическое прикрывание глаз ладонью и прочувствованный речитатив первого приветствия. В интонациях Джуффина появились душевные завывания, характерные скорее для поэтических чтений, чем для допросов, да и порядок слов в предложениях внезапно причудливо изменился, словно бы он и правда пытался говорить белым стихом. Конечно, здесь к знахаркам нужно обращаться церемонно и уважительно, как на моей «исторической родине» к университетским профессорам, но, на мой взгляд, господин «па-а-ачетнейший начальник» слегка перестарался. Впрочем, мое мнение по этому вопросу вряд ли могло заинтересовать кого-либо из присутствующих, а потому я скромно потупил очи и молчал в тряпочку. Вернее, в кружку с камрой, которой я за этот вечер, кажется, отравился. Ну да, как говорится, на халяву и уксус сладкий.

— Извините меня, торопливого, за причиненное вам беспокойство, мудрые леди, — витийствовал Джуффин, — но без разумного совета жизнь моя проходит бессмысленно. Слышал я, что благодаря дивной силе вашей один из обитателей этого дома, Искру навсегда утративший, жизнь свою продлил на срок, воистину удивительный...

— А, Олли, из молодых Маклуков? — понимающе отозвалась леди Тиса.

Из «молодых»?! Я, признаться, решил, что старуха все на свете перепутала, но Джуффин утвердительно кивнул. Впрочем, она-то наверняка знавала еще их общего деда. (Позже я узнал, что старухи были гораздо старше, чем я мог вообразить, но на покой не спешили: здесь, в Ехо, где триста лет — срок жизни обычного человека, а дальнейшее долгожительство — дело личного могущества, да при их-то профессии, и за пятьсот — не возраст.)

— Олли был очень сильным, — заявила леди Маллис, — а если вы подумаете о том, что его тень стерегли двенадцать старейших леди в Ехо, вы поймете, что он прожил слишком мало. Слишком! Мы-то уж думали, что Искра вернется к нему: в древности такое нередко случалось, хоть вы, молодежь, в это и не верите. Молодой Олли тоже не верил, но это и не нужно. У него все равно был шанс заполучить Искру обратно.

— Никогда о таком не слышал, леди, — заинтересованно сказал Джуффин. (Позже он признался мне, что соврал — «для оживления беседы».) — Я-то думал, что бедняга прожил на удивление долго, а он, оказывается, умер слишком рано!

— Никто не умирает слишком рано, все умирают вовремя. Кому-кому, а тебе, Кеттариец, надо бы знать такие вещи. Ты ведь смотришь в темноту... Но молодой Олли умер не по нашей вине.

— В этом я не сомневаюсь, леди!

— Ты во всем сомневаешься, хитрец. И это неплохо. Я могу сказать тебе одно: мы не знаем, почему умер Олли. А ведь мы должны это знать!

— Браба знает, но не говорит, — перебила коллегу леди Тиса. — Поэтому она не пришла в дом Маклуков. И не придет. Но это и не нужно. Ретани навестила ее на следующий день после смерти Олли. Говори, Ретани. Мы никогда не спрашивали тебя, потому что у нас были другие заботы. Но у Кеттарийца нынче, кажется, только одна забота: узнать, почему Браба боится сюда приходить. И пока не узнает, он от нас не отцепится.

Воцарилось молчание. Потом Джуффин изящно поклонился леди Тисе:

— Да вы у меня в сердце читаете, незабвенная!

Старая карга кокетливо улыбнулась и подмигнула Джуффину. После этого галантного эпизода все присутствующие уставились на леди Ретани.

— Браба сама толком не знает. Но она очень боится. Она не может работать с тех пор, потому что боится, как девчонка.

Она говорит, что кто-то увел тень молодого Олли и чуть не прихватил ее собственную. Мы-то все были уверены, что его тень ушла сама. Непонятно почему, но ушла. Быстро, как уходит женщина, которая не хочет любить. А Браба говорит, что ее увели. Кто-то, кого нельзя разглядеть. Но она так испугалась, что мы решили — зачем расспрашивать? Тень не вернешь. Зачем нам чужой страх? — И леди Ретани умолкла, похоже, до следующего года.

Ведьмочки в тишине попивали камру, деликатно похрустывая печеньем. Сэр Джуффин думал. Господин Говинс значительно молчал. Я глазел на эту милую компанию и бескорыстно наслаждался. Но в какой-то момент мне показалось, что воздух в комнате сгустился так, что дышать стало невозможно. Что-то отвратительное появилось здесь на миг и тут же отступило, не задев никого из присутствующих, кроме меня. Да и я не успел ничего понять. Только липкий комочек абсолютного ужаса проник в мои легкие при вздохе, подступил ко мне тенью какой-то мерзкой догадки, чтобы тут же исчезнуть, к моему величайшему облегчению. Наверное, это и был тот самый «чужой страх», о котором говорила старая леди, но тогда я счел странный эпизод просто беспричинным скачком настроения, для меня обычным. Мне и в голову не пришло делиться этим дурацким переживанием с сэром Джуффином.

Позже я понял, что напрасно скрытничал. «Дурацкие переживания» были чрезвычайно важной частью моей будущей профессии. Священный долг сотрудника Тайного Сыска докладывать шефу о каждом смутном предчувствии, ночном кошмаре, внезапном сердцебиении и прочих душевных неполадках, а вот анализ ситуации и прочую дедукцию вполне можно оставить при себе. Но тогда я постарался просто забыть об этом нехорошем комочке «чужого страха». Мои старания увенчались успехом, почти немедленным.

— Я знаю, как уходит тень, — заговорил наконец Джуффин. — Скажите, мудрые леди, неужели никто из вас, кроме почтенной Брабы, не почуял неладного?

— Мы все почуяли неладное, — усмехнулась леди Маллис. — Почуяли неладное — но и только! Никто из нас не знает, что именно мы почуяли. Нам это не по зубам. И тебе тоже не по зубам, хоть ты и заглядываешь во тьму куда чаще, чем мы. И твой парнишка вряд ли тебе поможет.

Я с ужасом понял, что внезапно удостоился пристального внимания старухи.

— Это тайна, сэр. Просто чужая, плохая тайна, — сказала леди Тиса. — Всем нам она не нравится. Мы не хотели о ней говорить, потому что бессмысленно говорить о том, чего не знаешь. Но когда находишься в обществе двух джентльменов, обреченных глядеть во тьму... Мы решили сказать все, хотя это вам ничего не даст. А теперь мы уйдем.

И три старушки с грацией молодых кошек исчезли за дверью.

«Джуффин, — тут же заныл я, бессловесно, разумеется, — что они несли про "двух глядящих в темноту джентльменов"? Что это значит?»

«Не занимайся пустяками. Так эти леди представляют себе нас с тобой. Они мало что знают о Невидимой магии, поэтому определяют ее как «тьму». Им так проще. И вообще не придавай большого значения всему, что они наговорили. Эти дамы — неплохие практики, но теоретики из них никудышные».

И сэр Джуффин Халли встал из-за стола.

— Мы уходим, Говинс. Здесь надо хорошо подумать. Скажи хозяину, что он может никого не посылать в Дом у Моста, я все оформлю сам. Утром пришлю вам разрешение, сможете похоронить беднягу. Но не обещаю, что все остальное уладится так же быстро, как хлопоты с бумагами. Надо выждать, к тому же я буду очень занят в ближайшие дни. И следите, чтобы никто не шастал в эту грешную спальню. Пусть стоит неубранная, Магистры с ней. Сэр Маклук не должен волноваться: об этом деле я не забуду, даже если захочу. Но если...

— Да, сэр. Если что-то случится...

— Лучше пусть ничего не случается. Просто не надо туда заходить. Присмотрите за этим, дорогой Говинс.

— Вы можете положиться на меня, сэр Почтеннейший Начальник.

— Ну вот и славно. Сэр Макс, ты еще жив? И не превратился в кувшин с камрой? А то знаешь, она имеет такие свойства...

— Джуффин, можно мне еще раз зайти в эту комнату?

Он изумленно приподнял бровь.

— Разумеется, хотя... Ладно, зайдем туда вместе.

И мы зашли в полутемную спальню. Все было спокойно. Индикатор в трубке сэра Джуффина дернулся и снова начал тупо искать компромисс между двойкой и тройкой. Но я пришел сюда не за этим. Оглядевшись, я сразу нашел коробочку с бальзамом, над которой мы безуспешно колдовали в начале вечера. Она все еще лежала на полу, на полпути к двери. Я поднял коробочку и сунул в карман лоохи, хвала Небесам, предусмотренный здешней модой. Виновато покосился на Джуффина. Он хохотал. Ничего, от меня не убудет, а он вполне заслужил хорошее развлечение.

— Зачем тебе эта штуковина, Макс? — спросил Джуффин, когда мы вышли в сад и затопали в направлении дома. — Готовишься к переезду, обрастаешь хозяйством? Почто обобрал моего соседа, признавайся!

— Вы будете смеяться... Да вы уже и так смеетесь, Магистры с вами. Но вы же сами видели, как она боится. Я просто не мог оставить ее там.

— Коробочку?! Ты имеешь в виду коробочку?

— Да, коробочку. Какая разница? Я чувствовал ее страх, я видел, как она пыталась укатиться... Но если вещи умеют помнить прошлое, значит, они его как-то воспринимают. Значит, они живут своей непостижимой жизнью, так ведь? В таком случае какая разница, кого спасать — коробочку или прекрасную даму...

— Дело вкуса, конечно, — прыснул Джуффин. — Ну и воображение у тебя! Молодец! Сколько живу на свете, но в героическом спасении коробочки еще не участвовал.

Он издевался надо мной до самой калитки, но вдруг резко посерьезнел.

— Вообще-то, сэр Макс, ты — гений. Не знаю, как там насчет непостижимой жизни коробочки, но если забрать предмет из зоны страха... Грешные магистры! Ты прав, она вполне может «заговорить» у нас дома. Что-нибудь да расскажет. А старуха может съесть свою скабу. Чтобы мы с тобой да не справились с этой тайной! Справимся, и не такие орехи грызли.

Я решил воспользоваться благоприятным моментом и осторожно спросил:

— А все-таки, что они имели в виду, когда говорили про тьму, в которую мы якобы смотрим? Мне как-то не по себе от всего этого.

— А тебе и должно быть не по себе, — жестко сказал Джуффин. — Это — нормально. Помнишь, как ты сюда попал?

— Помню, — буркнул я. — Но стараюсь об этом не задумываться.

— Ну и правильно. Успеешь еще задуматься, дурное дело нехитрое. Но согласись, такое не с каждым может случиться: удрать из одного мира в другой, в здравом-то уме и при живом теле. Так вот, мы с тобой — из тех ребят, с кем случается еще и не такое. А старухи занимаются магией, да не как все здешние жители — раз в год на собственной кухне, а очень долго и всерьез. И опыт говорит им: что-то с нами не так. Это «не так» они и называют «тьмой»... Понятно?

— Не очень, — честно признался я.

— Хорошо. Попробуем зайти с другой стороны. Тебе иногда бывает страшно или весело, просто так, ни с того ни с сего? Ты выходишь на улицу, спешишь по какому-то глупому делу и вдруг задыхаешься от невероятного, острого ощущения бесконечного счастья. А иногда бывает, что у тебя все в полном порядке, рядом спит любимая женщина, ты молод и полон щенячьего восторга, — и вдруг ты осознаешь, что висишь в полной пустоте, и ледяная тоска сжимает твое сердце, потому что ты умер — даже не так, ты никогда не был живым... А порой ты смотришь на себя в зеркало и не можешь вспомнить, кто этот парень, зачем он здесь. И тогда твое собственное отражение разворачивается и уходит, а ты молча глядишь ему вслед... Можешь ничего не отвечать, я и так знаю, что все это время от времени с тобой происходит. И со мною творится то же самое, Макс, только у меня было достаточно времени, чтобы привыкнуть. Это случается, потому что нечто непостижимое тянется к нам — кто его знает, откуда, зачем и что будет, когда оно прикоснется наконец к твоему рукаву... В общем, мы с тобой имеем талант к некоторому странному ремеслу, в котором никто ни хрена не понимает. И если честно, ничего я тебе толком пока объяснить не могу. Знаешь, об этом просто не принято говорить вслух. Да и опасно — такие вещи должны оставаться в тайне. Есть один человек здесь, в Ехо, который понимает в этом деле побольше нас с тобой, и когда-нибудь ты его увидишь. А до тех пор помалкивай. Ладно?

— С кем это, интересно, я вообще могу беседовать, кроме вас? С Хуфом?

— Ну, с Хуфом-то как раз можно. И со мной можно. Но скоро у тебя начнется куда более бурная светская жизнь.

— Вы все грозитесь.

— Я бы и сам рад поскорее привести тебя в Дом у Моста, но дела в Ехо делаются медленно. Я подал прошение о твоем назначении ко Двору на следующий же день после нашей поездки в «Обжору». Поскольку все дела моего ведомства решаются с максимальной срочностью, через две-три дюжины дней все будет в порядке.

— Это и есть «максимальная срочность»?

— Ага. Привыкай.

Мы уже были дома. Джуффин отправился в спальню, и я остался один. Самое время поразмыслить о тьме, в которую я, черт побери, заглядываю... Напугали же меня эти бабки! А тут еще Джуффин со своей лекцией о таинственных причинах перепадов моего настроения... Бр-р-р-р.

У себя в комнате я вынул из кармана лоохи «спасенную» коробочку: полежи, милая, успокойся, у дяди Макса не все дома, но он хороший. Он защитит тебя от всех напастей, вот только сходит посмотреть во тьму... Но в момент наивысшего расцвета моей благоприобретенной фобии из этой самой тьмы выскочил пушистый комочек: «Макс — грустный — не надо!» Мой маленький друг Хуф так вилял коротким хвостом, что чертова тьма разлетелась в клочья. Я успокоился, выкинул из головы бормотание пожилых русалок, и мы с Хуфом пошли в гостиную — ужинать и читать свежую вечернюю прессу.

В тот день я не засыпал до рассвета: ждал Джуффина, чтобы за кружкой утренней камры еще раз обсудить события минувшего вечера. Признаться, я думал, что теперь сэр Джуффин с утра до ночи будет ломать голову над таинственным убийством. То есть, как старый добрый Шерлок Холмс или не менее старый и добрый комиссар Мегрэ, он будет часами курить трубку, бродить вокруг места преступления, чтобы на исходе очередной бессонной ночи, не без моей скромной помощи, вдруг раскрыть «Дело об изжеванном трупе». Все танцуют.

Меня ожидало глубокое разочарование. Наша утренняя встреча длилась минут двадцать. Все это время сэр Джуффин потратил на то, чтобы обсудить мое одинокое будущее — то есть как я буду жить без него в ближайшие три дня. Пришло, оказывается, время его ежегодного дружеского визита ко Двору, а поскольку такое счастье выпадает на долю Короля всего пару раз в год, он, как правило, не спешит отпускать своего обаятельного вассала. В среднем, по подсчетам сэра Джуффина, эти форс-мажорные обстоятельства длятся дня три-четыре, а потом тяжкие стоны покинутого на произвол судьбы народа вынуждают монарха оторвать от сердца свою добычу и вернуть ее Миру.

Признаться, я понимаю Его Величество. Детектив как жанр в литературе Соединенного Королевства отсутствует напрочь, а сухие отчеты придворных и газетные заметки не могут заменить монолога сэра Джуффина Халли, Почтеннейшего Начальника всего происходящего.

Я неплохо распорядился своим одиночеством: гулял, глазел на прохожих, заучивал названия улиц. Заодно приценивался к домам, сдающимся в аренду. Придирчиво выбирал будущее жилье, желательно поближе к улице Медных Горшков, в конце которой стоит Дом у Моста, резиденция Управления Полного Порядка. По ночам «делал уроки» — снова и снова допытывался у предметов материальной культуры об их прошлом. Было приятно сознавать, что я уже могу проделывать эти фокусы и без помощи Джуффина. Вещи все охотнее делились со мной воспоминаниями, только коробочка из спальни покойного сэра Маклука-Олли молчала с упорством героя Сопротивления. Правда, приступов неконтролируемого ужаса у нас с ней больше не наблюдалось. И на том спасибо.

Поздним вечером четвертого дня появился сэр Джуффин Халли, нагруженный Королевскими дарами, свежими новостями (для меня пока чересчур абстрактными) и накопившимися за время его отсутствия служебными заботами. Поэтому к теме «таинственного убийства в пустой комнате» мы не вернулись ни в тот вечер, ни в следующий.

Наконец жизнь начала входить в прежнее приятное русло. Джуффин стал возвращаться домой раньше. Возобновились наши долгие застольные беседы и даже ночные семинары. С момента загадочного убийства в доме сэра Маклука к тому времени минуло уже две недели. Это по моему счету, а здешние жители не разбивают год на недели и месяцы; они считают дни дюжинами, а свои координаты во времени определяют лаконично: такой-то день такого-то года — и все.

Итак, если пользоваться местным способом отсчета времени, прошло уже больше дюжины дней со времени нашего ночного визита в соседский дом. Слишком большой срок, чтобы поддерживать пламя моего любопытства: оно быстро разгорается и тут же гаснет, ежели не находится способа немедленно его удовлетворить.

Эх, если бы спасенная мною коробочка с бальзамом заговорила прежде, чем я забыл о ней, обратившись к более общительным предметам! Кто знает, сколь буднично, академично и скучно могло бы завершиться это дурацкое дело, если бы не мое легкомыслие?

Так или иначе, но следующее напоминание о стремительно надвигающейся грозе настигло меня ранним вечером восхитительного дня. Я наслаждался шедеврами древней поэзии Угуланда, впервые рискнув утянуть увесистый фолиант из полутьмы библиотеки в сад. Взгромоздился с книгой на одну из ветвей раскидистого вахари, благо эта замечательная порода деревьев исключительно хорошо приспособлена для лазанья впавших в детство мужчин среднего возраста.

С этого наблюдательного пункта я заметил человека в сером, торопливо приближающегося к нашей территории со стороны владений сэра Маклука. Я тут же вспомнил события, связанные с нашим последним визитом туда, и на всякий случай решил переместиться в дом. Сэр Джуффин еще не вернулся, и я решил, что должен выслушать новости лично. Слезал я, на собственный вкус, слишком медленно, но все же переступил порог дома прежде, чем слуга сэра Маклука вышел на финишную прямую — выложенную цветной прозрачной галькой тропинку, ведущую к дому.

В холле я столкнулся с Кимпой, уже спешившим впустить посетителя. Стоило двери открыться, как я выпалил:

— Сэр Джуффин Халли отсутствует, поэтому говори со мной!

Посланец сэра Маклука слегка растерялся. Может быть, потому, что в ту пору я еще не успел избавиться от произношения, режущего слух столичных жителей? Но мой вельможный вид и решительный тон, а может быть, и не замеченное мною вмешательство старика Кимпы сделали свое дело.

— Сэр Маклук просил передать сэру Почтеннейшему Начальнику, что пропал старый Говинс. Во всяком случае, никто его с утра не видел, а такого не случалось уже лет девяносто! Кроме того, сэр Маклук велел сообщить, что его мучают дурные предчувствия...

Важным кивком я отпустил посланца. Как ни крути, а надо слать зов Джуффину. Опыта в таком деле у меня на тот момент еще не было. Не так уж сложно пользоваться Безмолвной речью, когда твой собеседник сидит напротив. А вот найти его невесть где и установить «невидимую связь»... Сэр Джуффин не раз пытался убедить меня, что разницы никакой, и если уж однажды получилось, дальше пойдет как по маслу. Я же на сей счет имел иное мнение. Возможно, мне просто не хватало воображения или опыта.

Конечно, я мог попросить помощи у Кимпы. Никаких препятствий к этому не существовало — ни особой секретности, ни даже моих амбиций (какие тут, к черту, амбиции). Приходится признать: я просто не додумался к нему обратиться.

Итак, я принялся налаживать контакт с Джуффином. Через три минуты я был мокрым, растрепанным и отчаявшимся. Ничего не выходило! Вот так и убеждаешься, что ни на что не годишься.

Оставив всякую надежду на успех, я попробовал еще раз, напоследок. И вдруг — получилось! Я таки «докричался» до сэра Джуффина, хотя представить себе не мог, как мне это удалось.

«Что стряслось?» — Джуффин сразу оценил ситуацию. Прежде он многократно и безуспешно пытался подвигнуть меня на выполнение этой метафизической задачки повышенной сложности. Соответственно, сделал вывод: «Уж если у этого болвана наконец получилось, то какие же обстоятельства его к этому вынудили?!»

Я сконцентрировался и выложил все.

«Хорошо, Макс. Я еду. Жди». — Джуффин был лаконичен, он великодушно экономил мои иссякающие силы.

Сделав дело, я облегченно вздохнул и пошел переодеться: давненько мне не доводилось так вспотеть! Кимпа поглядывал на меня со снисходительным интересом, но от комментариев тактично воздержался. Святой человек.

К приезду Джуффина я был в полном порядке, но так и не вспомнил о нашем «главном свидетеле», маленькой молчаливой коробочке с бальзамом для умывания. Я бы, пожалуй, вспомнил о ней чуть позже, но Джуффин приехал не один, а в сопровождении своего заместителя, сэра Мелифаро. Поверьте на слово: познакомиться с этим господином — все равно что пережить землетрясение силой в пять-шесть баллов. Сэр Мелифаро — не только Дневное Лицо Начальника Малого Тайного Сыскного войска, это еще и главное передвижное шоу Ехо. Парня вполне можно показывать за деньги. Я бы и сам покупал билет раз в дюжину дней, если бы не был вынужден получать это удовольствие ежедневно и совершенно бесплатно.

Но в тот день я еще не знал, что меня ожидает.

В гостиную влетел темноволосый красавчик; судя по первому впечатлению — мой ровесник. Этот типаж весьма ценился в послевоенном Голливуде, именно таких ребят и вербовали тогда на роли боксеров и частных детективов. Наряд незнакомца, впрочем, произвел на меня куда более мощное впечатление, чем его рожа: из-под ярко-красного лоохи виднелась изумрудного цвета скаба, голову венчал оранжевый тюрбан, а на ногах красовались сапоги чистейшей цыплячьей желтизны. Уверен, что если бы повседневный костюм жителя Ехо состоял из сотни предметов, этот модник собрал бы на себе все мыслимые цвета и оттенки. Но обстоятельства пока не давали ему как следует развернуться.

Пришелец сверкнул темными очами, поднял брови так высоко, что они спрятались под тюрбаном, театрально прикрыл руками лицо и взвыл: «Вижу тебя, как наяву, о великолепный варвар, и боюсь, что твой облик будет теперь преследовать меня в страшных снах!» Затем совершил полный разворот на мохнатом ковре, словно это был лед, плюхнулся в кресло, застонавшее от такого обращения, и внезапно застыл, словно умер: даже дышать перестал и уставился на меня пронзительным изучающим взглядом, неожиданно серьезным, бесстрастным и пугающе пустым, что совершенно не вязалось с давешней эскападой.

Я понял, что мне тоже вроде бы надо поздороваться, прикрыл глаза ладонью, как положено, но сказать смог только: «Ну-ну!»

Мелифаро усмехнулся и неожиданно (он все делал неожиданно) подмигнул мне:

— Ты — сэр Макс. Будущая ночная задница нашего «па-а-а-четнейшего начальника». Не переживай, я — его дневная задница, вот уже шестнадцать лет. Человек ко всему привыкает, знаешь ли.

— Еще немного, и авторитет нашей конторы навсегда упадет в глазах сэра Макса, — вмешался Джуффин. — Все мои труды пойдут прахом. Он поймет, что я — скромный заведующий Приютом Безумных, и сбежит обратно, в свои Пустые Земли, оценив преимущества жизни на свежем воздухе.

Я растерянно поморгал.

— Ты мне все успел выложить? — поинтересовался Джуффин. — Больше новостей нет?

— А вам мало?

— Конечно мало, парень! — озабоченно отозвался Мелифаро. — Они забыли сообщить тебе, куда делся этот пропавший, что с ним случилось и кто во всем виноват... И не потрудились привести преступника. Так что придется нам теперь за них отдуваться.

— Сэр Мелифаро! Сэр Макс уже понял, что ты самый остроумный, неотразимый и великолепный. Он не может прийти в себя от счастья, осознав, что припал наконец к истокам могущества Соединенного Королевства. А теперь будем просто работать, — как-то особенно тихо и ласково сказал сэр Джуффин. Мелифаро фыркнул, но принял к сведению.

— Макс, ты идешь с нами. Будешь создавать иллюзию многочисленности. Сэру Лонли-Локли и его волшебным ручкам я давеча сам подписал приказ о даровании пяти Дней Свободы от забот, и он благоразумно смылся из Ехо с утра пораньше. Меламори освобождена от службы, поскольку ее влиятельный папочка по ней, видите ли, соскучился, а сэр Кофа Йох сторожит наше увеселительное заведение у Моста, вместо того чтобы исправно жевать в каком-нибудь «Пьяном скелете», бедолага... Зато мы сейчас перекусим, иначе сэр Мелифаро окончательно потеряет способность соображать. Да и ты всегда готов, насколько я тебя изучил.

Перекусили мы обильно, но очень наскоро. Сэр Мелифаро, кстати, метил в Книгу Гиннесса, в тот самый раздел, где огромные дядьки демонстрируют скоростное уничтожение продуктов питания. При этом он успевал осведомляться у меня, трудно ли обходиться без вяленой конины, и интересоваться у сэра

Джуффина, нельзя ли получить бутерброд с мясом какого-нибудь маринованого мятежного Магистра. Эту шутку я смог оценить по достоинству несколько позже, после того как сэр Кофа Йох прочел мне обзорную лекцию о самых живучих городских мифах.

К дому сэра Маклука мы шли молча. Сэр Джуффин думал тяжелую думу, Мелифаро что-то насвистывал, а я ждал свою первую порцию настоящих приключений. Сразу скажу, что получил я куда больше, чем смел рассчитывать.

Очередной человек в сером впустил нас через маленькую боковую дверь. Мне сразу стало как-то не по себе. Не страшно, а скорее грустно и противно. Что-то подобное я уже испытывал раньше, в тех редких случаях, когда мне приходилось навещать в больнице бабушку. Там было особое отделение для умирающих. Милое такое местечко.

Джуффин бросил на меня настороженный взгляд: «Макс, ты тоже замечаешь?»

— А что это? — растерянно спросил я вслух. Мелифаро изумленно обернулся, но ничего не сказал.

Джуффин предпочел воспользоваться Безмолвной речью: «Это — запах дурной смерти. Я уже встречал такое прежде. Хорошего мало».

Он пожал плечами и продолжил вслух:

— Ладно, пошли в спальню. Чует мое сердце, старик не выдержал и сунулся туда, чтобы навести порядок. Мелифаро, сегодня ты будешь за Лонли-Локли.

— У меня не получится. Я не смогу так напыжиться.

— Ничего, можешь не пыжиться. Просто сунешься первым в это пекло, вот и все. Согласно инструкции, я не имею права подвергать вас риску лишиться моего общества, а сэр Макс пока не очень себе представляет, что нужно делать после того, как войдешь первым.

— К тому же в случае чего меня не жалко. Знаю, знаю, я вам давно надоел. А может быть, просто прогоните меня со службы, и ваша совесть будет чиста? Одумайтесь, пока не поздно, — ухмылялся сэр Мелифаро.

Я объяснил ему:

— Видишь ли, просто я мечу на твое место. А твоему боссу легче убить человека, чем незаслуженно обидеть, так что, сам понимаешь...

— Ну да, — обреченно вздохнул Мелифаро, — конечно, иначе стал бы он меня кормить. А напоследок чего не сделаешь.

— Господа, может быть, вы все-таки заткнетесь? — вежливо спросил Джуффин.

Мы заткнулись и последовали за своим суровым предводителем. Возле спальни Джуффин остановился.

— Это здесь. Добро пожаловать.

Мелифаро не стал вытворять никаких фокусов в духе бравых десантников из кино, а просто открыл дверь и неторопливо зашел в пустую спальню. Эпицентр «запаха дурной смерти» находился именно здесь — судя по тому, насколько гадко я себя почувствовал. Но надо — значит надо. И я последовал за Мелифаро.

На секунду мне показалось, что я умер много лет назад, потом меня начала грызть тоска по смерти, своего рода ностальгия. Впрочем, маленький кусочек равнодушного, здравомыслящего Макса все еще обитал во мне. Так что я взял себя в руки, — вернее, этот благоразумный малыш взял в руки всех остальных подвывающих от смертной тоски Максов.

Сэр Мелифаро, до сих пор пребывавший в счастливом неведении, тоже насторожился и хмуро буркнул:

— Не самое веселое местечко в Ехо, шеф. Куда вы меня притащили? Где музыка и девочки?

Сэр Джуффин сказал каким-то чужим голосом:

— Назад, ребята. На этот раз моя трубка зашкаливает.

Было чему удивляться: индикатор, вмонтированный в трубку, рассчитан на работу с магией до сотой ступени. Этого более чем достаточно, поскольку даже в романтическую Эпоху Орденов мастера, способные на большее, были наперечет. А если уж «зашкаливает»... Значит, здесь присутствует магия более высокой ступени, чем сотая. Какой-нибудь сто семьдесят третьей или двести двенадцатой. С моей точки зрения, никакой разницы.

— Что слу?.. — начал было Мелифаро, но Джуффин заорал на него:

— Уходи! Быстро! — В тот же миг он дернул меня за ногу, и я грохнулся на пол, успев заметить, как мелькнули в диковинном сальто по направлению к окну ноги Мелифаро. Навстречу им неестественно медленно направлялись первые брызги стеклянных осколков. Причудливой изумрудно-красной птицей Мелифаро вырвался в сад... а потом медленно пошел назад.

— Куда, кретин! Уходи! — рявкнул Джуффин, но без особой надежды. Даже мне было понятно, что возвращается парень не по своей воле. Я даже, кажется, видел мерцающую как холодный хрусталь паутину, опутавшую Мелифаро. Лицо его стало совсем юным и беспомощным. Он смотрел на нас откуда-то издалека. Из темного хмельного далека. Нелепо, блаженно улыбался. Медленно шел по направлению к источнику оплетавшей его паутины, к тому, что недавно было большим старым зеркалом.

Джуффин воздел руки над головой. Мне показалось, что он вспыхнул изнутри теплым желтым светом, как зажженная керосиновая лампа. Потом засветилась паутина, опутавшая Мелифаро, сам Мелифаро. Он остановился, обернулся к нам; мне даже показалось, что сейчас с ним все будет в порядке, но теплый желтый свет угас. Мелифаро, продолжая улыбаться, сделал еще шаг по направлению к темному проему в раме.

Джуффин сжался в комок и что-то прошипел. Паутина дрогнула, несколько нитей порвалось со странным звуком, от которого у меня заныло в животе. В темноте того, что мы принимали за зеркало, что-то шевельнулось. На нас уставились пустые глаза, мерцающие тем же хрустальным холодом, что и паутина. Их свет приоткрыл перед нами нечто похожее на морду дохлой обезьяны. Особенно отталкивала и в то же время завораживала влажная темнота провала в том месте, где у млекопитающих обычно располагается рот. Провал обрамляло нечто вроде бороды, но, приглядевшись, я с отвращением понял, что «борода» живая. Вокруг омерзительного рта существа шевелились заросли каких-то паучьих лапок: тонких, мохнатых и, кажется, живущих своей собственной жизнью. Тварь с холодным любопытством смотрела на Мелифаро; нас она словно и не замечала. Мелифаро улыбнулся и тихо сказал:

— Ты же видишь, я иду, — и сделал еще один шаг.

Джуффин вихрем сорвался с места. Что-то выкрикивая чужим гортанным голосом, ритмично ударяя ногами в пол, он пересек комнату по диагонали, потом еще раз и еще. Ритм его шагов и выкриков, как ни странно, успокаивал меня. Я зачарованно следил за этим головокружительным шаманским степом. Паутина дрогнула и угасла, обитатель зеркала, как я смог заметить, провожал перемещения Джуффина меркнущим взором.

«Оно умирает, — спокойно подумал я. — Оно всегда было мертвым, а теперь умирает — как странно!..»

Джуффин ускорил ритм, стук его шагов был все громче, крик превратился в рев, заглушивший даже мои мысли. Тело его казалось мне непропорционально большим и темным, как тень, а стены комнаты сияли голубоватым светом. Один из столиков вдруг поднялся в воздух, полетел по направлению к зеркалу, но рухнул на полпути. Его обломки смешались с осколками битого стекла.

А потом я понял, что засыпаю... или умираю. Вот уж чего я никогда не собирался делать, так это умереть в обществе дохлой обезьяны с волосатой мордой.

Откуда-то из глубины комнаты со свистом вылетел монументальный подсвечник. Кажется, он метил мне в лоб. Я неожиданно разозлился, дернулся, подсвечник рухнул в дюйме от моей головы... И вдруг я понял, что все закончилось. Не было больше ни света, ни паутины, ни даже «запаха дурной смерти». Зеркало снова выглядело обычным зеркалом, но в нем ничего не отражалось. Сэр Мелифаро неподвижно стоял в центре комнаты, среди бытовых руин. Лицо его было теперь печальной неживой маской. Хрустальная паутина свисала тусклыми, тонкими, но вполне реальными волоконцами — что-то вроде стекловаты. Мелифаро, бедолага, весь был в этой липкой дряни. Сэр Джуффин Халли сидел возле меня на корточках и с любопытством разглядывал мое лицо.

— Как ты себя чувствуешь, Макс?

— Не знаю. По крайней мере лучше, чем он, — я кивнул на Мелифаро. — Что это было?

— Это была магия двести двенадцатой ступени, дружок. Твои впечатления?

— А как вы думаете?!

— Я думаю, что все это очень странно. Теоретически говоря, тебе положено пребывать в таком же состоянии, — мы синхронно обернулись, дабы в очередной раз полюбоваться на застывшего Мелифаро.

— Скажи, ты ведь начал засыпать? Что с тобой потом случилось?

— Честно говоря, я не знал, засыпаю я или умираю. И подумал, что не хочу умереть в обществе этой мартышки... А когда в меня полетел подсвечник, я окончательно обиделся — на глупую железяку, на урода в зеркале, даже на вас почему-то. И решил: фиг вам, не умру! Вот, собственно, и все.

— Ну ты даешь, парень! До сих пор считалось, что такое невозможно, а он взял да обиделся. И решил не умирать, всем врагам назло. Забавно. Но все-таки как ты себя теперь чувствуешь?

Мне стало смешно. Тоже мне, добрый доктор Айболит, нашел, о чем беспокоиться. Но, прислушавшись к своим ощущениям, я понял, что действительно чувствую себя не совсем обычно. Например, я прекрасно понимал, что здесь случилось. Мне не надо было расспрашивать Джуффина. Я и так знал, что он два раза безуспешно пытался победить странную силу, исходившую от бывшего зеркала. А потом понял, что не справляется, и сделал реальность в этой комнате неподвижной. Я даже примерно представлял, как он это сделал, хотя повторить бы пока не взялся. Я знал также, что теперь невозможно уничтожить обитателя зеркала, не повредив Мелифаро: паутина связала их как сиамских близнецов.

Но в то же время... В то же время меня мучили совсем другие вопросы. Например, как будет выглядеть сэр Джуффин, если взять осколок оконного стекла и провести по его щеке? И какой вкус у его крови? И...

Я облизнул пересохшие губы.

— Макс, — строго сказал Джуффин, — держи себя в руках. А то взорвешься. Я смогу тебе помочь, когда мы выйдем из этой комнаты, но будет лучше, если ты справишься сам. По сравнению с тем, что ты уже сделал, это сущие пустяки.

Я пошарил по закромам своей души в поисках маленького благоразумного паренька, который нередко приходит мне на помощь в критических ситуациях. Кажется, его не было дома.

Внезапно я вспомнил какой-то старый малобюджетный кинофильм о вампирах. У главных героев были белые от грима лица, неаппетитно перемазанные кровью ротики — как у младенцев, которым досталась непутевая нянька и много варенья на завтрак. Я представил себя в таком виде — симпатягу Макса, признанного любимца девушек и домашних животных. Сначала мне стало стыдно, потом я расхохотался. Ко мне тут же присоединился Джуффин:

— Ну и фантазия у тебя, дырку над тобой в небе! Ох, уморил!

— Это не фантазия, а память у меня хорошая. Видели бы вы этот фильм! — Я осекся и осторожно спросил: — А что, вы мысли мои читаете?

— Иногда. Если это нужно для дела, — невозмутимо подтвердил Джуффин.

Но я его уже не слушал. Мне снова терзало желание выпить глоток его крови. Один маленький глоточек. Желудок содрогался от голодных спазмов. Ни о чем, кроме вкуса крови Джуффина, я и думать не мог. Тьфу ты, гадость, привязалось же!

— Я сошел с ума, да?

— Что-то в этом роде, Макс. Но тебе это, похоже, на пользу. Знаешь, я думаю, что если ты выстоял перед моим заклятием, то справиться с собственным безумием просто обязан.

Я могу тебя вылечить, так что, если припечет, дай знать. Но... сам понимаешь.

Я действительно понимал. Вместе с безумием уйдет и тайное знание, обладателем которого я столь внезапно стал. А дела наши обстояли так, что квалифицированная помощь психически неуравновешенного вампира представлялась сэру Джуффину куда более полезной, чем растерянное блеяние нормального несведущего Макса. С другой стороны, если бы он нечаянно порезал руку, я мог бы... Я снова облизнулся, судорожно сглотнул горькую слюну, схватил осколок стекла и полоснул собственную ладонь. Резкая боль, солоноватый вкус крови — это принесло мне невероятное облегчение.

— Помогите встать, Джуффин. Кажется, у меня кружится голова.

Он улыбнулся, кивнул, подал руку. Я встал, удивляясь, как мог всю жизнь оставаться на столь головокружительной высоте. Пол был на другом краю Вселенной — если он вообще хоть где-то был. Опираясь на Джуффина и осторожно передвигая бесчувственные ноги, я вышел в коридор.

Я знал, что нам предстоит. Силы, вызванные к жизни заклинанием моего покровителя, нарушили равновесие Мира. Ничего страшного, даже в масштабах Левобережья. Но вот в масштабах дома! Любое закрытое помещение сразу же насквозь пропитывается этим нарушающим гармонию излучением. Нужно было срочно остановить течение жизни в теряющем очертания месте, чтобы потом постепенно привести его в порядок. Откладывать это дело было нельзя.

Происходившее все еще стоит у меня перед глазами, но в то же время помнится смутно.

Мы как-то, на первый взгляд бессистемно, бродили по огромному дому. Люди в серых одеждах пытались бежать от нас; некоторые при этом угрожающе скалились.

Порой они вели себя еще более странно. В большой гостиной с фонтаном, где нас принимал сэр Маклук, двое юношей в полной тишине исполняли какой-то странный ритуальный танец. Они грациозно опутывали друг друга чем-то вроде неонового серпантина. Когда мы подошли ближе, я с ужасом понял, что это были внутренности, которые ребята вдумчиво извлекали из своих животов. Крови не было, боли, видимо, тоже. Внутренности мерцали в полумраке огромного зала, отражались в струях воды.

— Этих, пожалуй, уже не спасти, — прошептал Джуффин. Осторожным жестом он остановил и эту сценку. Теперь, после того как заклятие, останавливающее мир, свершилось, не было нужды всякий раз начинать процедуру заново. Заклятие словно шлейф тянулось за Джуффином, а я... Я каким-то образом помогал ему влачить этот «шлейф». Оставалось только укутать тенью заклятия очередную комнату, заставляя людей замирать в самых причудливых позах.

Мы бродили по дому, путешествию нашему не было конца. Иногда ко мне возвращалась жажда крови, но я был слишком занят обороной от взбесившихся предметов обихода, которые открыли на нас настоящую охоту. Больше всего меня возмутило нападение толстенного фолианта «Хроник Угуланда».

— Я же читал тебя, сволочь! — громко возмущался я, отбиваясь от взбесившегося источника знаний увесистой тростью, которой благоразумно вооружился в самом начале похода. Сэр Джуффин остановил и эту сценку.

В одной из комнат я увидел собственное отражение в зеркале и содрогнулся. Откуда эти горящие глаза и чахоточные щеки? Когда я успел так осунуться? Я же недавно обедал.

Впрочем, с точки зрения графа Дракулы, за обедом я не съел ничего путного — тьфу, как глупо! Но держать себя в руках было не так уж и сложно. Человек ко всему привыкает. На том и стоим.

Мы все бродили по дому. Казалось, что теперь так будет всегда — время остановилось, мы умерли и попали в свое персональное, честно заработанное чистилище.

В одной из комнат мы застали самого сэра Маклука. Он был занят нехитрой домашней работой: старательно скатывал в рулон огромный книжный шкаф вместе с хранящимися там книгами. Самое удивительное, что труд его был уже наполовину свершен. Старик обернулся к нам и приветливо осведомился, как идут дела. «Скоро все будет в порядке», — пообещал Джуффин, и сэр Маклук замер над чудовищным творением своих рук. Еще одна статуя в только что основанном Музее восковых фигур. Какой-то юноша в сером топтался на пороге, тихо рыча и ритмично хлопая в ладоши. Миг спустя замер и он.

Потом мы шли по пустому коридору, и мне показалось, что я отстал... — от нас, потому что какую-то долю секунды созерцал сразу два затылка. Один принадлежал сэру Джуффину, а второй — мне самому.

— Устал, сэр Макс? — улыбнулся Джуффин.

— Уходим отсюда, — машинально констатировал я.

— Конечно. Что нам тут теперь делать? Приготовься. Скоро ты будешь в порядке.

— Да я вроде и так уже в порядке. Все прошло, только тошно.

— Это от голода. Пара ведер моей крови, и все как рукой снимет!

— Вам смешно...

— Если бы мне не было смешно, я бы рехнулся, на тебя глядя. Видел себя в зеркале?

— Можно подумать, вы были таким уж душкой, когда шипели на эту уродину в спальне.

— Да уж, представляю... Вперед, Макс. Мы оба честно заслужили передышку.

И мы вышли в сад. Уже стемнело. Яркая круглая луна осветила усталое лицо Джуффина, его светлые глаза стали желтыми. Желтый свет окутал меня, и я удивился: «Зачем человеку глаза? Неужели ему не хватает фонарей?» Это была моя последняя мысль. Честно говоря, мог бы обойтись и без нее.

Потом я посмотрел на свою раненую ладонь и отключился.

Думаете, я пришел в себя неделю спустя, в постели, держась за ручку хорошенькой сиделки? Как бы не так. Вы еще не поняли, что значит работать на сэра Джуффина Халли. Дал бы он мне разлеживаться без сознания, как же.

Меня привели в чувство немедленно, правда, чрезвычайно приятным способом. Я обнаружил себя прислоненным к дереву, с полным ртом какого-то изумительного напитка. Возле меня на коленях стоял Кимпа с чашкой, к которой я тут же сообразительно потянулся. Там меня ждала новая порция лакомства.

— Вкусно, — сказал я. И потребовал: — Еще!

— Нельзя! — объявил Джуффин. — Я не жадный, но бальзам Кахара — самое сильное тонизирующее средство, известное нашей науке. Восьмая ступень Черной магии. Но этого ты не слышал.

— А кому я могу настучать? Вам же?

— Да уж... Ну как, кровушки больше не хочется?

Я внимательно прислушался к голосу организма. Кровушки не хотелось. Потом я осторожно исследовал остальные аспекты своего бытия. Увы, давешней мудрости тоже как не бывало. Хотя...

— Кажется, что-то от того меня все-таки осталось. Не как там в доме, конечно...

Джуффин кивнул.

— Эта встряска пошла тебе на пользу, Макс. Никогда не знаешь, где найдешь, где потеряешь... Ну и денек! Шутки шутками, а Мелифаро-то влип.

— Те патологоанатомы в зале у фонтана, кажется, влипли еще серьезнее.

Сэр Джуффин равнодушно махнул рукой:

— Им уже не поможешь. Помочь остальным — легче легкого. А у бедняги Мелифаро всего лишь небольшой шанс. Пошли домой, сэр Макс. Будем жрать, грустить и думать.

Дома мы первым делом уничтожили все, что нашлось на кухне. Мне это пошло на пользу. Процесс вдумчивого пережевывания стимулирует умственную деятельность, по крайней мере мою.

Ближе к десерту на меня снизошло наконец запоздалое просветление. Я подпрыгнул в кресле, проглотил непрожеванный кусок, закашлялся, потянулся за водой. В довершение всех бед перепутал кувшины и вместо воды залпом выпил чашку крепчайшей «Джубатыкской пьяни». Джуффин глядел на меня с интересом исследователя.

— Откуда столь внезапная страсть к алкоголю? Что с тобой?

— Я — кретин, — удрученно признался я.

— Разумеется, но зачем так переживать? У тебя масса других достоинств, — утешил меня Джуффин. — А почему, собственно...

— Я совсем забыл про нашего свидетеля. Коробочка! Я собирался поболтать с ней на досуге, но...

Сэр Джуффин просто в лице переменился.

— Хвала Магистрам, у меня тоже масса других достоинств. Самое время об этом вспомнить. Непростительная оплошность. Ты имел полное право забыть о коробочке, но я-то хорош! Всегда подозревал, что слабоумие Бубуты Боха — заразная штука. Все симптомы налицо, я опасно болен. Неси сюда свое сокровище, Макс. Посмотрим, что оно нам поведает.

Я пошел в спальню. На подушке лежала моя домашняя туфля. Сверху мирно посапывал Хуф. Я осторожно потрепал мохнатый загривок, Хуф облизнулся, но просыпаться не стал. И правильно, не до него сейчас.

Я нашел коробочку на дне одного из ящиков и потопал обратно. Руки почему-то слегка дрожали. На сердце покоился тяжелый неорганический предмет. А вдруг она опять не пожелает общаться? Ничего, Джуффин что-нибудь придумает. Он из нее душу вытрясет... Интересно, как выглядит душа коробочки? Я хмыкнул, тяжелый предмет на сердце начал рассасываться.

Десерт, каковым решил побаловать утомленных героев добрейший Кимпа, превосходил мои самые смелые представления о хорошем десерте. Поэтому допрос коробочки был отложен еще на четверть часа.

Наконец сэр Джуффин проследовал в кабинет. Я шел следом за ним, сжимая гладкое тело нашего единственного и неповторимого свидетеля мокрыми холодными руками. Я все-таки нервничал. Чувствовал, что коробочка уже готова нам исповедаться. И это еще больше выбивало меня из колеи. В свое время я любил фильмы ужасов, но сейчас я бы с большим удовольствием посмотрел «Маппет Шоу». Просто для разнообразия.

На сей раз подготовка к общению с предметом совершалась куда тщательнее, чем обычно. Сэр Джуффин долго копался в большой инкрустированной шкатулке, где он держал свечи. Наконец выбрал одну, голубовато-белую с причудливым узором, образованным крошечными темно-красными брызгами воска. Минут пять добывал огонь при помощи какого-то нелепого огнива, принцип действия которого я так и не смог понять. В конце концов затея увенчалась успехом. Установив свечу у дальней стены, Джуффин улегся на живот в противоположном углу, жестом пригласив меня присоединиться. Я так и сделал. Пол в кабинете был голый и холодный, никаких ковров. Подумалось: возможно, небольшие ритуальные неудобства расцениваются как своего рода взятки неведомым силам? Интересно, неужели эти «неведомые силы» действительно столь мелочны?

Все было готово. Коробочка заняла свое место точно посередине между нами и свечой. Мне почти не пришлось прикладывать усилий, чтобы проникнуть в ее память. Коробочку, видимо, уже давно распирало от желания пообщаться. «Кино» началось незамедлительно, нам оставалось только смотреть.

Иногда мое внимание предательски ослабевало — прежде мне не приходилось заниматься подобными вещами дольше получаса кряду. В таких случаях Джуффин молча протягивал мне чашку с бальзамом Кахара. Сам он тоже разок-другой прикладывался к зелью — уж не знаю, была ли в том практическая надобность, или просто хороший повод нашелся.

Коробочка, умница моя, показывала только то, что нас действительно интересовало. Сэр Джуффин, правда, не раз говорил, что предметам свойственно запоминать в первую очередь те события, в которых присутствует магия. Наверное, он прав. Но мне нравилось думать, что коробочка сама прекрасно понимает, что нам интересно.

Говорят, мы искренне привязываемся к тем, кому оказали бескорыстную услугу. Судя по моей невольной симпатии к украденной из спальни Маклука коробочке, так оно и есть.

Началось с батального эпизода, с одним из участников которого мы недавно беседовали. Хрупкий старик с красивым изможденным лицом аскета, на котором застыло капризное выражение избалованного одинокого ребенка. Драгоценный тазик для умывания в руках нашего знакомца Мадди. Мизинец старика окунается в воду. Тонкие губы кривятся от негодования. Слуга встает с колен, идет по направлению к двери, искаженное гневом лицо больного принимает дьявольски веселое выражение... бросок, гол! Тазик для умывания, изготовленный, надо полагать, из тончайшего фарфора, врезается в лоб несчастного и разбивается на мелкие осколки.

Ошеломленный, ослепленный потоками воды и тонким ручейком собственной крови, Мадди совершает прыжок, достойный олимпийской медали — если бы такой вид спорта, как прыжки вбок, был признан Олимпийским комитетом. На пути бедняги — роковое зеркало, оно-то и пресекло его полет. Впрочем, все в порядке, никаких сломанных носов и выбитых зубов. Ничего страшного не случилось, Мадди просто уткнулся лицом в зеркало, испачкал его кровью, смешанной с водой, — и только-то.

Изумленный, он повернулся к сэру Олли. При виде его перемазанного кровью лица гнев старика сменился испугом, капризная гримаса — виноватым выражением. Начались мирные переговоры.

Никто из участников событий не заметил того, что увидели мы. По поверхности старого зеркала пробежала легкая рябь — как вздох. В тех местах, где капли крови несчастного слуги коснулись древнего стекла, что-то запульсировало, задвигалось. Миг — и все кончилось. Только зеркало стало чуть темнее и глубже. Но кто обращает внимание на подобные вещи? Губы сэра Олли шевелились, на перепачканном кровью лице Мадди уже появилась робкая улыбка облегчения. Из-за двери выглядывала чья-то любопытная рожица. Конец сюжета, тьма на миг сгустилась перед нами.

Через несколько секунд эта тьма стала просто уютной темнотой неосвещенной спальни. Слабый свет ущербной луны играл на впалых щеках сэра Олли. Что-то разбудило старика. Я понял, что он был испуган. Я всем телом чувствовал его страх, его беспомощность и отчаяние. Я слышал, как он пытался послать зов слугам, я чувствовал, что у старика ничего не получается. Совсем как у меня сегодня, когда я не мог докричаться Джуффина.

Но в моем случае не хватало опыта, сил-то у меня было достаточно, и, в конце концов все у меня получилось. А у сэра Олли уже не было сил, чтобы воспользоваться Безмолвной речью. Его поработил цепенящий ужас. Что-то совсем чужое, не поддающееся ни контролю, ни хотя бы пониманию, было уже рядом с сэром Олли, неподвижно замершим под одеялами. На мгновение мне показалось, что я вижу нечто крошечное, ползущее по шее старика. По телу пробежала отвратительная дрожь.

— Макс, ты видишь эту маленькую мерзость? — шепотом спросил Джуффин.

— Да... кажется.

— Не смотри на нее пристально. А еще лучше — вообще не смотри. Очень сильная дрянь. Хозяин Зеркала может забрать твою тень, даже сейчас, когда он — всего лишь видение. Теперь я понимаю, почему так перепугалась леди Браба. Все-таки она самая талантливая знахарка в Ехо. Такое углядеть не каждому по силам — к счастью! Глотни-ка бальзаму, Макс, сейчас тебе защита не помешает... Так-так-так, эта тварь уходит в зеркало. В тех местах, куда попали капли крови, у него теперь двери... Все, можешь больше не отворачиваться. Ты когда-нибудь видел, как уходит тень? Смотри, смотри!

Дрожь моя прошла, страх, кажется, тоже. Я снова сосредоточился и почти сразу же увидел знакомые очертания спальни. Полупрозрачный сэр Маклук-Олли, помолодевший, но смертельно испуганный, стоял возле зеркала и смотрел на другого сэра Маклука-Олли, неподвижно лежащего в постели. Поверхность зеркала дрогнула, тень (видимо, это и была тень) как-то беспомощно всхлипнула, обернулась к зеркалу, безуспешно попыталась отступить и... нет, не растаяла, а рассеялась в воздухе тысячами сияющих огоньков. Огоньки быстро гасли, но я успел заметить, что некоторые из них исчезли за зеркальной гладью. Пять огоньков, если быть точным, по числу недавно перепачкавших зеркало капель крови бедняги Мадди...

Потом страх ушел, резко и насовсем. Темнота спальни снова стала уютной, успокаивающей. Хотя теперь в комнате был мертвец. Но в конце концов смерть — штука закономерная, в отличие от магии двести какой-то там ступени, черной, белой, да хоть серо-буро-малиновой, будь она неладна.

Я понял, что перестал различать очертания нашего видения, сэр Джуффин локтем пихнул меня в бок. Представление продолжалось.

В спальне снова было светло. Я увидел симпатичного молодого человека в нарядной ярко-оранжевой скабе. Разумеется, это был бедняга Наттис, недоучившийся придворный, которому, к великому сожалению, не сиделось дома, в славном городе Гажине. Паренек смущенно улыбнулся, обнаружив обаятельные ямочки на щеках. Потом он сконцентрировался, придал своему лицу комично грозное выражение. Тут же в кадре появился господин Говинс, печальная судьба которого на сегодняшний день не вызывала у меня особых сомнений. Наставник протягивал ученику бритвенный прибор, рукоятка которого могла бы вызвать нервный тик у любого коллекционера антиквариата. Я — и то оценил.

Я безнадежно отвлекся и потянулся за чудесным бальзамом. Сэр Джуффин покосился на меня не без некоторой подозрительности.

— Только капельку, — виновато прошептал я.

— Не обращай внимания, мальчик. Просто я очень завистлив. Ну-ка, дай и мне глоточек.

Когда способность видеть вернулась ко мне, Наттис уже приступил к делу. Он аккуратно водил бритвой по щеке, слегка улыбаясь каким-то своим мыслям. Бритва постепенно подбиралась все ближе и ближе к голубоватой пульсирующей жилке на его мальчишеской тонкой шее. Впрочем, само по себе это было в порядке вещей. Бритье как бритье.

Но зеркало не дремало. В нужный момент несколько точек на его поверхности дрогнули, ледяной ужас снова решил пощупать мое сердце, которое приглянулось ему как аппетитная девичья попка старому ловеласу. Сэр Джуффин мягко толкнул мой подбородок.

— Отвернись. Опять неприличная сцена. Я и сам на эту дрянь стараюсь не засматриваться. Знаешь, а ведь мне когда-то рассказывали про такие вещи. И дали понять, что с подобным существом легче смириться, чем бороться... Хороша мебель у моего соседа, ничего не скажешь! А ведь с виду такой приличный человек... Ладно. Мальчик, конечно, поддался на его шепот... ох, а теперь смотри во все глаза: такого и мне видеть не доводилось! Только осторожно, рассчитывай свои силы.

Первое, что я увидел, — это беспомощную улыбку на лице парня, так напоминавшую нелепую улыбку нашего «счастливчика» Мелифаро. Трогательные ямочки навсегда обозначились на щеках, гладкой левой и так и не выбритой правой. И кровь, много крови. Кровь залила зеркало, которое возбужденно задвигалось под ее потоками. Так учащенно дышит неопытный ныряльщик, с трудом выбравшийся на поверхность. Сомнений не оставалось: кровь возвращала жизнь зеркалу, которое только казалось зеркалом, а было просто заснувшей дверью в очень скверное место.

Я благоразумно отвел глаза, перевел дыхание, неприятным образом подчинившееся было этому тошнотворному ритму. И снова осторожно посмотрел. Наттис, конечно, уже лежал на полу; Говинс зачарованно уставился на его лицо и не видел, как сыто вздрогнуло напоследок окровавленное зеркало, еще немного потемнело и затихло — на время, конечно. В комнате появились люди. Видение растаяло.

— Джуффин, — тихо сказал я, — так вы знаете, что это такое?

— Знать-то знаю, насколько это вообще можно знать. Это, Макс, видишь ли, легенда. Причем легенда, в которую я до сих пор не слишком верил... Впрочем, верил, не верил — не в том дело. Просто не утруждал себя раздумьями на эту тему. И вот... Ничего, выкрутимся, где наша не пропадала. Смотри, смотри. Сейчас будет самое интересное.

— Мне бы чего-нибудь поскучнее. Тошно уже.

— Еще бы не тошно. Ничего, после такого дебюта тебе служба праздником покажется. Все-таки подобные вещи далеко не каждый день происходят. Они, как правило, вовсе не случаются.

— Надеюсь. Хотя я везучий на развлечения.

Следующий эпизод. Мы увидели, как в спальне появился Кропс Кулли, еще один симпатичный парень, рыжий как апельсин, что, кстати, считается в Ехо неоспоримым признаком мужской силы и красоты. В случае Кропса Кулли это было вполне оправданно. «Здесь вообще очень много красивых людей, — вдруг пришло мне в голову, — куда больше, чем там, откуда я родом. Хотя сами они так не думают, у них какие-то иные эстетические каноны... Интересно, а я тут буду считаться красавчиком или чучелом? Или как?»

Очень своевременный вопрос, конечно.

Тем временем рыжик вовсю имитировал бурную деятельность по уборке комнаты — а чем еще можно заняться, если тебя отправили убирать давно пустующее помещение, которое и без того убирают каждый день? Он дисциплинированно обошел все углы спальни, грозно размахивая пушистой метелочкой, своим единственным орудием труда. Через несколько минут даже имитировать больше было нечего: комната пребывала в идеальном порядке. Тут юный Кропс, очевидно, решил, что заслужил право на передышку. Он остановился перед зеркалом, внимательно изучил свое лицо. Двумя пальцами приподнял уголки глаз. Отпустил их со вздохом сожаления. Видимо, раскосый вариант был опробован не впервые и с каждым разом нравился ему все больше. Потом придирчиво изучил свой нос — покажите мне молодого человека любого пола, довольного собственным носом!

Боюсь, что это мелочное недовольство было последним чувством, которое Кропс Кулли испытал при жизни. Прозрачная мерцающая паутина уже светилась на его рукаве. Еще несколько секунд, и парень оказался в центре почти невидимого кокона. Я животом почувствовал тупое облегчение, охватившее беднягу, все стало просто и понятно: НАДО ИДТИ ТУДА! И рыжий Кропс Кулли шагнул в зеркальную глубину. Его беспомощная улыбка была похожа на выражение лица окаменевшего сэра Мелифаро.

Я отвернулся, когда понял, что мои ощущения неприятным образом совпадают с переживаниями юного Кропса: я уже почти чувствовал, как меня пережевывают, и, что самое мерзкое, это вполне могло мне понравиться. Передо мною мельтешило гнилое обезьянье личико. Пропасть рта в окружении живых паучьих лапок казалась таким спокойным, желанным местом...

Я сделал хороший глоток бальзама Кахара. Да, магия восьмой ступени — это вещь! Чертовски вкусно, и все наваждения как рукой снимает. С детства меня убеждали, что полезной может быть только всякая горькая гадость — и вот выяснилось, что это было вранье. Хорошая новость.

Убедившись, что мой рассудок по-прежнему на месте, я заставил себя вернуться к видению. Снова пустая спальня, прибранная и уютная.

— Видишь, Макс, — локоть Джуффина уткнулся в мой многострадальный бок, — видишь?

— Что?

— Да в том-то и дело, что ни-че-го-шень-ки! Все сразу же кончилось, как отрезало. Теперь понятно, почему мой индикатор скакал между двойкой и тройкой в тот вечер.

Меня осенило. Видимо, веселое приключение, посвященное памяти графа Дракулы, действительно приподняло мой бедный маленький IQ.

— Когда он поест, он спит? Так? И ничего не происходит, потому что зеркало спит вместе со своим обитателем? И никакой магии? Правильно?

— Правильно. Так он нас и поймал. Все подозрения сводились на нет одним взглядом на мою трубку. Обычно магия всегда присутствует в том предмете, в который она вложена. Она либо есть, либо ее нет. Но эта дрянь — живая. А живому свойственно иногда уходить в мир снов. Когда маг спит, молчат все индикаторы — в Мире, конечно. Наверняка в это время они безумствуют в других мирах, если в других мирах есть индикаторы, в чем я, откровенно говоря, сомневаюсь... Пошли в гостиную, сэр Макс.

Сэр Джуффин поднялся с пола, хрустнул суставами, сладко потянулся. Я поднял с пола коробочку и положил в карман. Мне всегда не хватало талисмана. Теперь он у меня, кажется, есть. На том и порешим.

Свеча тем временем погасла. Я машинально потянулся за огарком, чтобы поднять его с пола. Ничего там не оказалось. Ничего! Я уже не удивлялся, только запоминал.

Мы вернулись в гостиную. Небо за окном светлело. «Хорошо посидели!» — равнодушно отметил я. Посыльный сэра Маклука явился каких-нибудь двенадцать часов назад. Надо же!

Камра была восхитительна. Невозмутимый Кимпа принес блюдо с крошечными печеньицами, таявшими во рту. Приковылял заспанный Хуф, сочувственно повиливая хвостом. Мы с сэром Джуффином тут же вступили в молчаливое соревнование — кто скормит малышу больше печенья. Хуф успевал угодить нам обоим, летая по комнате, как короткая мохнатая торпеда. Наевшись, он устроился между нами под столом, чтобы никому не было обидно.

— Макс, — печально сказал Джуффин, — теперь я не уверен, что у Мелифаро есть хоть какой-то шанс. Мы не сможем просто взять его в охапку и вынести из той комнаты, а потом привести в чувство. Он уже принадлежит зеркалу, и невозможно порвать установившиеся связи, пока остановлена жизнь. А как только зеркало оживет, оно возьмет свою пищу, заберет его из любого места, даже из иного мира. Я, конечно, могу уничтожить эту тварь. Шурф Лонли-Локли тоже может. Но я не уверен, что кто-нибудь сумеет убить чудовище достаточно быстро, чтобы удержать Мелифаро по эту сторону... Оставить все как есть? Но это не может продолжаться вечно! Я обязан покончить с зеркалом и его голодным хозяином. Но невозможно уничтожить что бы то ни было, пока остановлен мир. Чтобы убить чудовище, мне придется его разбудить. А значит — отдать ему Мелифаро, напоследок. Сам понимаешь, это — не та жертва, которую я готов принести. И думать не хочу! Замкнутый круг, Макс, замкнутый круг.

Я рассеянно взял еще одно печенье. Было грустно. Прежде мне в голову не могло прийти, что сэр Джуффин, человек, на досуге вытащивший меня из одного мира в другой, — что, скажите на милость, может показаться невероятнее?! — способен быть таким усталым и растерянным. Я понял, что его могущество имеет границы. От этого мне стало одиноко и неуютно. Я громко хрустнул печеньем в мертвой тишине гостиной. Замкнутый круг, замкнутый круг. Зеркало. Замкнутый круг...

У меня перехватило дыхание. Да нет, не может быть! Если бы все было так просто, сэр Джуффин наверняка бы догадался. И все же...

— Джуффин! — сипло позвал я. Остановился, прочистил горло и начал сначала. — Это, наверное, глупо. Но вы сказали: «замкнутый круг». Так вот, когда одно зеркало ставят напротив другого, это тоже замкнутый круг. И я подумал: а что будет, если тварь увидит свое отражение? Может быть, они захотят полакомиться друг другом?

Я наконец отважился поднять глаза на сэра Джуффина. Он смотрел на меня, разинув рот. Наконец плотину прорвало.

— Грешные Магистры! Ты хоть сам понимаешь, что сказал, парень? И откуда ты такой взялся на мою голову? Ты сам-то знаешь, что ты за существо, скажи мне честно?!

Такой бури я, признаться, не ожидал. Первые несколько секунд я наслаждался эффектом своего выступления, потом мне стало неловко. Все-таки никаких удивительных открытий я не совершил. И потом, еще неизвестно, сработает ли... Хотя что-то подсказывало мне: сработает. Кажется, сходное предчувствие охватило и Джуффина: «Сработает, еще как сработает!»

Я встал из-за стола, потянулся, подошел к окну. Сегодняшний рассвет мог с лихвой вознаградить за любую бессонную ночь. Вообще, когда ты клюешь носом УЖЕ, а не ЕЩЕ, пожар на утреннем горизонте впечатляет куда больше.

— Иди-ка ты спать, сэр Макс, — посоветовал Джуффин. — Я вызвал Лонли-Локли, часа через четыре он будет здесь. Сэр Шурф и его волшебные ручки. Тебе понравится. А пока можешь отдохнуть. Я тоже не собираюсь упускать такой шанс.

— Что за «волшебные ручки»?

— Увидишь, Макс, увидишь. Сэр Лонли-Локли — это наша гордость. Постарайся правильно произносить его фамилию, он жуткий зануда на этот счет. Да и не только на этот. В общем, передать не могу, какое удовольствие тебя ждет. А теперь — баиньки.

Не испытывая желания возражать, я отправился в спальню. Опустился на мягкий пол, укутался пушистым одеялом, не веря своему счастью. Я и не представлял, как устал! Но что-то все-таки нарушало мой комфорт. С трудом приподнял голову, чуть ли не пальцами разлепил веки. Ну конечно, на подушке лежала моя собственная домашняя туфля, оставленная там маленьким фетишистом по имени Хуф. Мягкое постукивание лапок свидетельствовало, что виновник беспорядка легок на помине. Я водворил обувь на место. Хуф решил, что теперь на подушке поместятся двое. Возражений у меня не было.

— Разбудишь меня, когда этот рукастый Локи-Локи заявится? — спросил я, уворачиваясь от чересчур мокрого носика.

Хуф умиротворенно засопел. «Макс спит, утром гости... Надо будить. Разбужу...» — донеслись до меня логические заключения понятливого пса. И меня не стало.

Удивительное дело, но проснулся я самостоятельно, на целый час раньше, чем следовало. Чувствовал себя на диво хорошо. Наверное, все еще сказывалось действие тонизирующего бальзама Кахара. Великая вещь!

Хуфа рядом не было. Наверное, крутился в холле, чтобы не пропустить появление сэра Лонли-Локли и честно выполнить поручение. Еще минут десять я просто валялся, потягивался, занимался ленивой утренней возней, которая доставляет настоящее удовольствие только тому, кто хорошо выспался. Потом встал, со вкусом умылся и даже заставил себя побриться (ежедневная мужская каторга, только бородатые счастливы и свободны). Замечу, что никаких нехороших ассоциаций зеркало в ванной у меня не вызывало. Не то чтобы я был таким уж толстокожим. Просто знал, что это — нормальное зеркало. Я вообще стал немного больше знать об окружающих меня вещах после вчерашнего превращения в вампира — славная, однако, страница появилась в моей биографии! Есть о чем рассказывать девушкам. Впрочем, были бы девушки, за байками дело не станет.

Я отправился в гостиную. Кимпа с подносом почтительно материализовался у стола. Появился Хуф, совершенно справедливо полагающий, что добрая половина завтрака достанется ему. Я сгреб собачку в охапку, водрузил на колени, взял первую кружку камры, развернул вчерашнюю газету, извлек из кармана сигарету из своего домашнего запаса. Было нелегко переходить на местный трубочный табак, вкус которого серьезно отравлял мне жизнь. В этом вопросе я весьма консервативен. Оказалось, что мне гораздо проще сменить род занятий, место жительства и даже некоторые способы восприятия реальности, чем привыкнуть к новому сорту табака.

— Хорошо, что ты не остался вампиром, Макс, — приветствовал меня Джуффин. — А то даже не знаю, как бы я тебя прокормил. Говорил бы по утрам Кимпе: «Пожалуйста, голубчик, камру и бутерброды для меня и кувшин крови для сэра Макса». Пришлось бы понемногу извести всех соседей. Использовать служебное положение, заметать следы... Не гнать же такого толкового парня из-за сущих пустяков. Это я тебя хвалю, ты заметил?

— Это вы посыпаете солью мои свежайшие раны, — улыбнулся я и машинально посмотрел на раненную вчера ладонь, о которой совсем было забыл. Немудрено забыть: лапа была в полном порядке. Тонкий как нитка шрамик, больше похожий на дополнительную линию жизни, выглядел так, словно дело было пару лет назад.

Джуффин заметил мое удивление.

— Всего-то вторая ступень черной магии. А получился неплохой крем. Кимпа тебя вчера им намазал, пока ты решал, стоит ли сознание того, чтобы в него приходить. Чему ты так удивляешься?

— Всему.

— Твое право. О, вот мы и в сборе!

Сэр Шурф Лонли-Локли, об отсутствии которого неоднократно сокрушались его коллеги, был словно бы специально создан веселой природой с целью потрясти меня до оснований. Именно меня, заметьте! Аборигены никогда не смогут оценить парня по достоинству, поскольку группа Rolling Stones в этом Мире пока не гастролирует. И никто кроме меня не станет поражаться удивительному сходству сэра Лонли-Локли с их ударником Чарли Уотсом.

Прибавьте к этому каменную неподвижность лицевых мускулов, исключительно высокий рост при исключительной же худощавости, полученную сумму закутайте в белые складки лоохи, водрузите сверху тюрбан цвета альпийских снегов и присовокупите огромные перчатки из толстой кожи, разукрашенные местной разновидностью рунического алфавита. Представляете себе мой культурный шок?!

Зато церемония знакомства с будущим коллегой на сей раз прошла без каких-либо отступлений от сценария. Покончив с формальностями и чинно усевшись за стол, Лонли-Локли торжественно пригубил причитающуюся ему порцию камры. Я все ждал, что он извлечет из-за пазухи барабанные палочки. Сидел как на иголках.

— Весьма наслышан о вас, сэр Макс, — учтиво обратился ко мне новый коллега. — На досуге я нередко обращаюсь к чтению, а посему отнюдь не удивлен вашим грядущим назначением. Многие авторитетные исследователи упоминают об удивительных традициях жителей Пустых Земель, весьма способствующих развитию определенных магических навыков, которых лишены мы, уроженцы Сердца Мира. Сам сэр Манга Мелифаро упоминал ваших земляков в третьем томе своей Энциклопедии Мира...

— Мелифаро?! — изумился я. — Вы хотите сказать, что этот парень еще и энциклопедию написал? Вот уж не подумал бы.

— Если вы имеете в виду моего коллегу, вынужден согласиться, сэр Мелифаро вряд ли имеет склонность к систематическому научному труду, — важно кивнул Лонли-Локли. И умолк, не вдаваясь в пояснения.

— Манга Мелифаро, автор Энциклопедии Мира, которую я все забываю приобрести для своей библиотеки, родной отец кандидата в твои вечные должники, — объяснил Джуффин. — Если это приключение закончится хорошо, я обяжу Мелифаро подарить нам с тобой по комплекту. Он будет только рад. У бедняги весь дом забит батюшкиной писаниной. Повернуться негде.

Сэр Лонли-Локли хладнокровно ждал, пока мы наговоримся. Дождавшись тишины, он продолжил:

— В третьем томе своей энциклопедии сэр Манга Мелифаро писал: «На границах с Пустыми Землями обитают самые разные, порой весьма могущественные люди, а не только дикие варвары, как принято думать». Поэтому я рад видеть вас здесь, сэр Макс.

От имени всех жителей границ я выразил свою признательность великодушному Мастеру Пресекающему ненужные жизни (именно так называлась должность этого во всех отношениях выдающегося господина).

— Пошли, ребята. — Джуффин наконец поднялся из-за стола. — Кстати, сэр Шурф, нам нужно взять с собой зеркало. Самое большое висит в холле. Я купил его на Сумеречном рынке, в самом начале Эпохи Кодекса, когда антикварные лавки в Старом Городе еще не открылись, а спрос на предметы роскоши уже начал расти. Не самое лучшее время для покупок. Боюсь, это было самое дорогое зеркало на всем Левобережье.

Я отдал за него целых пять корон. Чем только не приходится жертвовать!

Мы отправились в холл. Зеркало действительно было огромным и, как мне показалось, вполне стоило своих пяти корон — впрочем, в ту пору я еще не слишком хорошо разбирался в местной экономической ситуации.

«Хорошенькое дело, как же мы его допрем? — с ужасом подумал я. — Впрочем, втроем... Ну, может быть».

Но Джуффин организовал нашу работу иначе.

— Бери-ка его, сэр Шурф, и пошли.

Я уж было подумал, что этот церемонный сэр Лонли-Локли обладает неким мистическим грузоподъемным даром. Потому мы его и ждали. Но парень не стал таскать тяжести. Небрежно провел рукой в огромной перчатке по поверхности зеркала, сверху вниз. Зеркало исчезло — насколько я понял, в его пригоршне. Моя нижняя челюсть улеглась на грудь.

«Джуффин, вы меня этому научите?»

У меня хватило самообладания не заорать вслух, а воспользоваться возможностями Безмолвной речи — на всякий случай. Вдруг здесь считается, что на такой фокус любой идиот способен?

«Научу, — великодушно пообещал сэр Джуффин. — Или сэр Шурф научит. Напомни как-нибудь на досуге».

Дом Маклука был похож на огромный заброшенный склеп. Сэр Лонли-Локли, чтящий служебные инструкции, открыл дверь и первым переступил порог спальни. Мы зашли следом. За время нашего отсутствия в комнате ничего не изменилось.

При виде неподвижного бедняги Мелифаро я, признаться, пал духом. И как я мог быть уверен, что все уже, считай, сделано? А вдруг ничего не получится? И кем мы тогда, собственно, будем? Убийцами? Или просто дураками? Хороший вопрос. Практически нравственная проблема. Можно начинать терзаться.

Сэр Лонли-Локли смотрел на вещи проще.

— Хорошо, что он молчит, — сказал этот душевный человек, кивнув в сторону Мелифаро. — Всегда бы так.

В его тоне не звучало никакого злорадства, это была простая констатация факта: молчащий Мелифаро нравился ему больше, чем разговорчивый. Сугубо эстетический выбор. Ничего личного.

Высказавшись, Лонли-Локли хорошенько встряхнул свой кулак и разжал его. Огромное зеркало из прихожей Джуффина аккуратно опустилось на пол между памятником Мелифаро и таинственным входом в иное, недоброе измерение.

— Немного криво, — вмешался Джуффин. — Давайте попробуем сдвинуть его чуть-чуть вправо, все вместе.

— Зачем вместе? — холодно изумился великолепный Лонли-Локли. — Я и сам справлюсь.

И с восхитительной небрежностью одной левой сдвинул громадину с места. Оказывается, «мистический грузоподъемный дар» все же имел место. Я смотрел на него, затаив дыхание. Как мальчишка-подросток на живого Шварценеггера, ей-богу.

Джуффин придирчиво осмотрел композицию. Все было в порядке, отражение зловещего зеркала с избытком помещалось в нашем. И самое главное, драгоценное имущество сэра Джуффина Халли полностью закрывало Мелифаро.

Шеф Тайного Сыска бросил прощальный взгляд на свое сокровище и принялся командовать.

— Готовься, сэр Шурф. Макс, давай назад, за мою спину. А еще лучше — на порог. Все, что мог, ты уже сделал, теперь твоя задача — остаться живым. Я серьезно говорю, сэр Макс!

Я повиновался и занял наблюдательную позицию поближе к двери. Ничего зазорного в том, чтобы остаться живым, я, признаться, не видел.

Сэр Лонли-Локли наконец соизволил снять перчатки. Только теперь до меня дошло, что об «умелых ручках» говорилось не для красного словца. Моему взору открылись полупрозрачные, ослепительно сияющие в лучах полуденного солнца кисти рук. Длинные когти рассекли воздух и скрылись под белоснежным лоохи. Я ошалело хлопал глазами, не в силах найти иной способ выразить восхищение. Но вдруг вспомнил: нечто в этом роде я уже видел, причем совсем недавно. Где, интересно? В страшном сне, что ли? Сэр Джуффин сжалился над моей бедной головой и шепотом объяснил:

— Помнишь, мы исследовали память одной булавки? Церемония отсечения руки? Орден Ледяной Руки — вспомнил?

Я вспомнил и открыл рот, чтобы спросить, как отрубленные руки стали руками нашего уважаемого коллеги. Но Джуффин предвосхитил мой вопрос:

— Это — перчатки. Потом объясню. А теперь пора бы уже делом заняться.

С этими словами Джуффин приблизился к неподвижному Мелифаро. Встал сбоку, так, чтобы видеть, что происходит в обоих зеркалах. Замер, приподнявшись на цыпочки. Я затаил дыхание. Ждал.

На этот раз никаких танцев не было. Только лицо и поза Джуффина выдавали невероятное напряжение. Потом, внезапно расслабившись, он сделал мягкий жест, словно снимал тонкое покрывало с драгоценной вазы. Почти в то же мгновение Джуффин изо всех сил толкнул беднягу Мелифаро. Тело, сначала неподвижное, потом судорожно изогнувшееся, отлетело на противоположный конец комнаты и шмякнулось на мягкий пол, служивший кроватью. Тут же к нему подскочил сэр Лонли-Локли. Спрятав левую руку под лоохи, правой он быстро обшаривал обалдевшего Мелифаро. Я сразу понял, что происходит: Лонли-Локли уничтожал тонкие мерцающие волоконца, опутавшие беднягу. Работы явно было предостаточно, все равно что блох на дворовой собаке искать. Сэр Джуффин неподвижно стоял в стороне, не спуская глаз с зеркал.

— Макс! — вдруг заорал он. — Мы с тобой молодцы. Получается! Можешь смотреть, но осторожно. Еще осторожнее, чем вчера, ясно?

С моего места было видно не все, однако я благоразумно решил не соваться ближе.

Зеркало пришло в движение. Его разбуженный обитатель был голоден и рассержен. Но во втором зеркале уже шевелился его двойник. Чудовища заинтересованно потянулись друг к другу. Я увидел грузное бесформенное тело существа, больше всего похожее на тело белой лягушки, страдающей ожирением. Туша поросла пучками такой же отвратительно живой шерсти, какая окружала рот существа, темный, влажный, такой притягательный, что...

Я отвел глаза, но этот рот все еще оставался где-то в самой глубине моего сознания. Тогда я заставил себя вспомнить отрезвляющий вкус бальзама Кахара. Это помогло, но лишь отчасти. Вот если бы фляга с бальзамом была под рукой!

Чтобы раз и навсегда отделаться от наваждения, я стукнул себя по уху и тихо взвыл: ну силен, мужик!.. Зато через несколько секунд я был настолько в порядке, что любопытство снова взяло верх. Я повернулся к зеркалам.

Первое, что я увидел, — силуэт Лонли-Локли, нависший над слизистым комом сцепившихся между собой тварей. Борьба шла на равных. Двойник, надо отдать ему должное, не уступал оригиналу. Мерзостный клубок катался по полу, и у меня потемнело в глазах при мысли, что эта дрянь может метнуться мне в ноги. Об опасности я не думал, столь велико оказалось отвращение.

Левая рука Лонли-Локли торжественно взмыла вверх. Это был удивительно красивый жест, лаконичный и мощный. Кончики пальцев искрились, как огни электросварки. Неслышный уху, но раздирающий внутренности визг заставил меня согнуться пополам. Впрочем, визг почти сразу прекратился. Твари вспыхнули белым огнем. Я решил, что этот фейерверк свидетельствует об успешном окончании операции, но тут случилось нечто вовсе несусветное. Зеркала зашевелились по-настоящему. Зазеркальная бездна и ее отражение притягивали друг друга, как магниты. Их встреча, как я понял, грозила нам непредсказуемыми последствиями.

«Макс, на пол!» — рявкнул Джуффин.

Я выполнил приказ без промедления. Сам он кувырком отлетел к окну, разбитому еще вчера, и настороженно замер. Сэр Лонли-Локли одним плавным движением отступил назад, к телу Мелифаро. Там он присел на корточки, предусмотрительно скрестив перед собой руки.

Тихий, но отчетливо враждебный грохот надвигался из двух глубин. Стекла выгнулись, как наполненные ветром паруса.

Впрочем, мы, кажется, оставались в относительной безопасности. До нас им не было дела. Отвратительная бесконечность встретилась со своей копией. Они сплелись в какую-то дикую ленту Мебиуса, пытаясь поглотить друг друга, как только что пожирали друг друга их обитатели. В финале от зеркал остался только темный перекрученный клубок вязкой субстанции.

— Ну, сэр Шурф, это, как я понимаю, уже твоя работа, — с явным облегчением констатировал Джуффин.

— Я тоже так думаю, сэр.

Миг — и от кошмара ничего не осталось.

Джуффин вскочил на ноги. Первым делом он осмотрел Мелифаро, неподвижно скорчившегося на хозяйских одеялах.

— Обыкновенный обморок, — жизнерадостно сообщил он. — Самый обыкновенный вульгарный обморок, ему должно быть стыдно!.. Идем, Макс, поможешь мне навести в доме порядок. А ты, сэр Шурф, доставь этот драгоценный кусок мяса в объятия Кимпы. Пусть приводит его в норму, готовит море камры и не меньше сотни бутербродов. Уничтожайте еду по мере ее появления, а мы скоро к вам присоединимся. Пошли, сэр Макс. До тебя уже дошло, что случилось? Мы сделали его, грешные Магистры, мы его сделали!

Сэр Шурф торжественно натянул свои толстые перчатки, против насущной необходимости которых у меня больше не было никаких возражений. Сграбастал Мелифаро и унес его под мышкой, как свернутый в рулон ковер.

А мы с Джуффином пустились в новое странствие по дому. Он снимал свое заклятие медленно и постепенно. Колдовское оцепенение обитателей дома сменялось крепким сном. Так лучше всего, сон унесет незаконнорожденные гримасы искаженной реальности, все забудется, никто из выживших не будет отмечен проклятием минувшей ночи на всю оставшуюся жизнь. Завтра утром в этом большом доме все будет почти в порядке. Останется только похоронить тех бедняг, что резвились в зале с фонтаном, устроить генеральную уборку, да позвать хорошего знахаря, чтобы поил всех домочадцев каким-нибудь успокоительным зельем на протяжении двух дюжин дней.

Что ж, могло быть и хуже. Могло быть совсем паршиво.

Мы вышли в сад.

— Хорошо-то как! — с облегчением выдохнул я.

Сэр Джуффин Халли соизволил хлопнуть меня между лопаток, что в Соединенном Королевстве допустимо только между ближайшими друзьями.

— Ты оказался лихим ветром, сэр Макс! Куда более лихим, чем я думал. А думал я о тебе не так уж плохо, можешь поверить.

— «Лихим ветром»? Почему именно «ветром», Джуффин?

— Так у нас называют людей, которые непредсказуемы. С которыми никогда не знаешь, что они выкинут в следующую секунду, как поведут себя в драке, как на них подействует магия и как — джубатыкская пьянь. Неизвестно даже, сколько такой человек съест за обедом. Сегодня опустошит все кастрюли, а завтра объявит, что проповедует умеренность. Мне и нужен был такой лихой ветер, свежий ветер из другого мира. Но ты оказался настоящим ураганом, сэр Макс. Мне везет!

Я, было, смутился, а потом решил — чего уж там! Я и вправду молодец. По крайней мере в этой истории с зеркалом старого Маклука. А скромничать будем потом, когда число моих подвигов перевалит за сотню.

Дома нас ждал не только сэр Лонли-Локли, чинно прихлебывающий камру. Мелифаро, бледный, но вполне бодрый, налегал на бутерброды, поднос с которыми стоял у него на коленях. Хуф заинтересованно следил за его действиями. Судя по крошкам, обильно облепившим собачью мордочку, сэр Мелифаро тоже питал к нему слабость.

— Зря вы меня спасали, — улыбаясь до ушей, поклонился он Джуффину. — Глядишь, кладовые ваши целее были бы.

— Нашел чем испугать. Мои кладовые давно нуждаются в проветривании. Кстати, скажи спасибо Максу. Он и есть твой главный спаситель.

— Спасибо, — с набитым ртом промычал Мелифаро. — Так это ты сожрал лягушонка, дружище? Я-то думал, наши грозные колдуны с ним разобрались.

— Мы с Шурфом, конечно, хорошо поработали руками, — скромно признался Джуффин. — Но только после того, как сэр Макс поработал головой. Если бы не его безумная идея насчет второго зеркала, стал бы ты сам бутербродом. Ты хоть что-то помнишь, счастливчик?

— Ничегошеньки. Локилонки вкратце обрисовал ситуацию, но его версии не хватает образности. Я требую литературного изложения!

— Будет тебе образность. Дожуй сначала, а то подавишься.

Сэр Шурф строго покачал головой.

— Сэр Мелифаро, моя фамилия Лонли-Локли. Обяжи меня, усвой это, наконец. Всего десяток букв, не такая уж сложная задача.

— Я и говорю: Лонки-Ломки! — И Мелифаро стремительно повернулся ко мне: — Так получается, ты и есть мой главный спаситель? Ну ты даёшь, сэр Ночной Кошмар! С меня причитается.

Это был миг моего триумфа. Достойный ответ я заготовил еще по дороге.

— Ерунда, парень! У нас в Пустых Землях каждый нищий кочевник имеет в своем хозяйстве такое зеркальце. Не понимаю, почему здесь, в столице, вокруг сущих пустяков поднимают столько шума?

Шурф Лонли-Локли вежливо изумился:

— Неужели, сэр Макс? Странно, что никто из исследователей об этом не упоминает.

— Ничего странного, — нагло заявил я, скорчив злодейскую рожу. — Те, кто могли бы об этом рассказать, умолкли навек. Надо же нам как-то кормить своих домашних любимцев.

Сэр Джуффин Халли прыснул. Мелифаро изумленно поднял брови, но почти сразу понял, что его разыгрывают, и заржал в голос. Лонли-Локли снисходительно пожал плечами и опять потянулся к своей кружке.

— Экономьте силы, ребята, — предупредил Джуффин. — Сегодня в «Обжоре» всенародный праздник, день воскрешения Мелифаро. Вы как хотите, а мы с Максом будем кутить. Мы заслужили. Сэр Шурф, ты едешь с нами, это — приказ! Разве что ты, Мелифаро, наверное, еще очень слаб. Будешь лечиться, а мы уж за тебя погуляем.

— Кто слаб? Я?! Да вы только довезите меня до «Обжоры».

— Ладно, уговорил. Довезем и бросим на пороге. Да, ты же еще не знаешь, как сэр Макс водит амобилер. Нашлась на тебя управа! Уж он-то из тебя душу вытрясет!

— Можно подумать... А что, сэр Макс, ты действительно гонщик?

Я гордо пожал плечами:

— Я так не думаю, но сэр Джуффин был очень недоволен, когда попробовал со мной покататься. Все время просил ехать помедленнее, хотя я едва полз... Впрочем, у вас тут все очень медленно ездят. Интересно, почему?

Мелифаро подпрыгнул в своем кресле.

— Если это правда, то ты — совершенство! И почему вы нас до сих пор не завоевали?

— Военный потенциал жителей границ чрезвычайно невелик, — поучительно заметил сэр Лонли-Локли. — Зато их интеллектуальные способности, безусловно, много выше наших. В отличие от тебя сэр Макс научился правильно произносить мою фамилию с первой же попытки. Не правда ли, впечатляющий результат?

— Макс, ты уверен, что тебе здесь будет удобно? — спросил Джуффин. Вид у него при этом был весьма растерянный. — Или ты просто не привык к мысли, что за твое жилье будет платить Король?

Мне стало смешно. Еще вчера у меня голова кругом шла от восторга при мысли, что я могу поселиться в этом огромном пустом доме. Да, тут всего два этажа, на каждом — по одной комнате размером с небольшой стадион. В Ехо почему-то совершенно не экономят на пространстве. Местная архитектура приемлет исключительно приземистые, двух-трехэтажные, зато чрезвычайно просторные здания. Выбранный мною дом на улице Старых Монеток был несколько миниатюрнее своих соседей, что мне даже нравилось, но, судя по реакции Джуффина, меня пленили трущобы.

— Мы, жители границ — рабы привычки, — гордо заявил я. — Видели бы вы юрты, в которых мы ютимся там, где графство Вук сливается с Пустыми Землями.

Эта конспиративная этнографическая ссылка специально предназначалась владельцу дома, почтительно замершему в стороне. Не сообщать же честному горожанину, что его будущий жилец — выходец из иного мира. Бедняга, конечно, обалдел от свалившейся на него удачи, но не настолько, чтобы пропустить мимо ушей интригующую информацию о моем прошлом.

— Кроме того, мой выбор вполне в интересах дела. Чем хуже будет мой дом, тем больше времени я стану проводить на службе.

— Резонно, сэр Макс. Ну хорошо, наверху ты будешь спать, внизу — принимать гостей. А где ты собираешься держать слуг?

Я решил окончательно добить своего шефа:

— Я не одобряю слуг. Не допущу, чтобы по моему дому шлялся чужой человек, закрывал книги, которые я оставил открытыми, рылся в моих вещах, таскал мое печенье, преданно заглядывал в глаза и ждал ценных указаний. И за все это я еще должен платить? Нет уж, спасибо.

— Все ясно, сэр Макс. Налицо суровый аскетизм на почве патологической скупости. На что ты собираешься тратить сэкономленные деньги?

— Буду коллекционировать амобилеры. При моем темпераменте ни один из них долго не протянет.

Сэр Джуффин вздохнул. Он считал скорость сорок миль в час недопустимым лихачеством. Возможно, так оно и есть. До моего появления в Ехо здесь бытовало невежественное суеверие, будто 30 миль в час — предел возможностей амобилера, этого местного чуда технического прогресса. Так что мне сразу же удалось стать городской достопримечательностью.

— Все-таки ты чучело, сэр Макс. Поселиться в доме, где всего три бассейна для омовения...

Вынужден заметить, что тут я действительно оплошал. Здесь, в Ехо, ванная комната — особое место. Пять-шесть маленьких бассейнов с водой разной температуры и всевозможными ароматическими добавками — не роскошь, а норма жизни. Но сибарита из меня пока не получалось. В доме сэра Джуффина, где таких бассейнов целых одиннадцать, я воспринимал мытье как тяжелую работу, а не как наслаждение. Так что трех мне хватит с избытком, в этом я был уверен.

— Хотя в чем-то ты прав, — сэр Джуффин махнул рукой. — Какая разница, где спать? Ладно, парень. Это — твоя жизнь, и ты можешь измываться над собой, как заблагорассудится. Поехали в «Обжору», сэр Макс. Хороши мы будем, если не заявимся туда на час раньше всех!

Дежурный амобилер Управления Полного Порядка ждал нас на улице. Владелец дома получил вожделенные подписи на бумагах об аренде и, не веря в свое счастье, испарился, пока мы не передумали.

«Обжора Бунба», лучший трактир в Ехо, принял нас в теплые объятия. Мы тут же заняли места за своим любимым столиком, между стойкой бара (говорят, самой длинной в Ехо) и окном во двор. Я уселся лицом к скромному пейзажу, сэр Джуффин — напротив, с видом на стойку и невероятный бюст мадам Жижинды, соответственно.

Мы пришли сюда раньше всех, как и собирались. Сегодня должно было состояться мое знакомство с коллегами, а такие официальные мероприятия сэр Джуффин по традиции проводит только в «Обжоре». Впрочем, с двумя боевыми единицами Малого Тайного Сыскного войска я уже успел познакомиться. Сэр Мелифаро, Дневное Лицо сэра Джуффина Халли, и сэр Шурф Лонли-Локли, Мастер Пресекающий ненужные жизни (славная такая у парня работенка) имели удовольствие со мною обнюхаться, пока мы совместными усилиями усмиряли взбесившееся зеркало старого сэра Маклука. Вышло так, что мои новые знакомцы получили массу впечатлений и охотно пересказывали их зловещим шепотом во время рабочих совещаний за кружечкой камры. Таинственные намеки Джуффина подливали масла в огонь.

В результате я успел приобрести репутацию супермена. Это было лестно, но налагало соответствующие обязательства. Я нервничал и был благодарен Джуффину, который предложил явиться в «Обжору» раньше всех. По крайней мере к приходу будущих коллег я успею согреть место под собой. И возможно, душу, если мне предложат стаканчик джубатыкской пьяни.

Впрочем, тут же выяснилось, что джубатыкская пьянь — далеко не предел совершенства. Нам принесли превосходную камру и кувшинчик ароматного ликера, название которого — «Слезы тьмы» — несколько меня обескуражило. Как оказалось, совершенно напрасно — всего лишь дань поэтическому настроению его древнего создателя, вкуса напитка оно не испортило.

— Расслабься, парень, — ухмыльнулся Джуффин. — Мы с Мелифаро такого о тебе понаплели, а сэр Лонли-Локли при этом столь выразительно молчал, что остальные, бедолаги, придут сюда, увешавшись всеми охранными амулетами, какие сумеют раздобыть.

— Да уж, представляю... Джуффин, а та пожилая леди за соседним столиком не из вашей команды, часом? Что-то она на меня больно опасливо косится.

Сэр Джуффин Халли, к моему изумлению, уставился на меня почти угрожающе. Я уж не знал, что и думать.

— Почему ты сказал это, Макс? Ты можешь объяснить?

— Просто захотел пошутить. И тут весьма кстати подвернулась эта милая дама, которая, между прочим действительно на меня косится. До сих пор.

— Ты все больше удивляешь меня, сэр Макс.

— Что вы имеете в виду?

— То, что завтра я тоже увешаюсь охранными амулетами, — так, на всякий случай.

В это время полная пожилая леди грациозно поднялась из-за своего стола и приблизилась к нам, кутаясь в складки темного лоохи. По дороге дама стремительно менялась в лице. Так что вместо леди к нам подошел обаятельный пожилой джентльмен, крупный и коренастый. Я хлопал глазами, не понимая, что происходит.

— Вижу тебя, как наяву, сэр Макс, — почтительно сообщил он, прикрыв глаза ладонью, как и положено при первом знакомстве. Я автоматически повторил приветственный жест.

— Рад случаю назвать свое имя. Я — сэр Кофа Йох, Мастер Слышащий. Мои поздравления, мальчик. Ты меня сделал.

— Но я и не думал, сэр, — смущенно начал я. — Просто пошутил...

— Скажи еще, что ты больше не будешь, сэр Макс, — от души расхохотался Джуффин. — Посмотрите-ка на него, сидит с виноватым видом. Другой бы на твоем месте лопнул от спеси!

Сэр Кофа Йох мягко улыбнулся:

— Это обнадеживает. В нашей организации должен быть хотя бы один скромник.

Он уселся рядом с Джуффином, лицом ко мне, и с удовольствием попробовал камру.

— Все-таки нигде в Ехо ее так не готовят, — констатировал сэр Кофа Йох и улыбнулся снова: — У меня прекрасные новости для вас обоих. В городе вовсю судачат о новом Ночном Лице господина Почтеннейшего Начальника. Большой популярностью пользуются две версии. Первая: Джуффин Халли привел в Ехо существо из Мира Мертвых. Ты в восторге, сэр Макс? Версия вторая: сэр Почтеннейший Начальник устроил в Управление собственного незаконнорожденного сына, которого прятал где-то на границе с незапамятных времен. Вы довольны, Джуффин?

— Ничего более остроумного они не могли придумать, — ворчливо хмыкнул мой босс. — Столичная мифология развивается исключительно в двух направлениях: запретная магия и сексуальные приключения моей молодости. Последний пункт вызывает особый интерес, поскольку вместо того, чтобы родиться в Ехо, как все нормальные люди, я приехал сюда из Кеттари. Почему-то здесь полагают, что в провинции, кроме ежедневного разврата, заняться абсолютно нечем. Да, Кофа, придется, пожалуй, Королю увеличить ваше жалованье. Выслушивать такую чушь изо дня в день — дорогого стоит.

— Ничего. Первые лет восемьдесят меня это раздражало, а потом я привык. Я очень долго работаю с Джуффином, Макс, — и Кофа Йох снова одарил меня мягкой покровительственной улыбкой.

— А прежде сэр Кофа был Генералом Полиции Правого Берега, — заметил Джуффин. — И на протяжении многих лет пытался меня арестовать. Пару раз его хлопоты чуть не увенчались успехом, однако, пронесло. Дело было в Эпоху Орденов, задолго до последней битвы за Кодекс Хрембера. В те времена, когда каждый горожанин в любую минуту мог выкинуть крендель сороковой этак ступени, а то и похлеще, в соответствии с собственным чувством юмора. Представляешь?

Я молча покрутил головой. Трудно все-таки привыкнуть к мысли, что люди здесь живут не меньше трехсот лет. А более выдающиеся личности, каковых в моем окружении намечалось подавляющее большинство, умудряются продлить свое увлекательное существование чуть ли не до бесконечности.

Интересно, сколько лет сэру Кофе? На вид не больше шестидесяти — по моим меркам. А здесь человек шестидесяти лет — подросток. К примеру, Мелифаро, которого я счел своим ровесником, уже прожил на свете сто пятнадцать годков. Он родился в то самое утро, когда стало известно об окончательной победе Гурига VII над мятежными Древними Орденами и поспешном принятии Кодекса Хремберa. То есть точнехонько в первый день первого года Эпохи Кодекса, над чем любил пошутить, но в душе, кажется, очень гордился.

О возрасте Джуффина я почему-то даже стеснялся спросить. Или просто боялся услышать какую-нибудь головокружительную цифру? В общем, хорош я был среди них — тридцатилетний! Они-то в мои годы только-только грамоте начинали учиться.

Пока я занимался арифметикой, нашего полку прибыло. Молодой человек, чье непропорционально длинное тонкое тело скрывалось под роскошным лиловым лоохи, с порога продемонстрировал мне застенчивую улыбку на очень юном лице. По дороге он умудрился опрокинуть табурет, а потом так мило извиниться перед дамой средних лет, оказавшейся поблизости от места катастрофы, что она проводила растяпу долгим нежным взглядом. Еще издалека это симпатичное существо заговорило, помогая себе отчаянными жестами.

— Я так рад, что могу наконец лично выразить вам, сэр Макс, свое восхищение! И мне нужно вас расспросить о множестве разных вещей. Признаюсь, все эти дни я просто сгорал от нетерпения и любопытства, если вы простите мне такую непочтительную формулировку...

— Кто вы?

Рот мой, помимо воли, расплывался до ушей. Я чувствовал себя рок-звездой под натиском фана, воспитанного бабушкой-графиней.

— Простите! Конечно, я в восторге от возможности назвать свое имя. Сэр Луукфи Пэнц, Мастер Хранитель Знаний, к вашим услугам.

— Это чудо природы присматривает за нашими буривухами, сэр Макс, — вставил Джуффин. — Вернее, буривухи на досуге присматривают за ним.

Мой интерес к господину Пэнцу возрос донельзя. Я уже был наслышан об умных говорящих птицах, наделенных абсолютной памятью. Буривухи почти не встречаются в Соединенном Королевстве, их родина — далекий материк Арварох, но в Доме у Моста проживает больше сотни этих чудесных созданий. Они служат своего рода архивами Управления Полного Порядка. Феноменальная память каждой птицы хранит тысячи дат, имен и фактов. Беседовать с буривухом, полагал я, гораздо занимательнее, чем копаться в бумагах. Мне не терпелось увидеть удивительных птиц собственными глазами, и человек, проводящий с ними все рабочее время, показался мне чрезвычайно полезным знакомством.

— А почему ты один, сэр Луукфи? — спросил Джуффин Мастера Хранителя Знаний, который уже устроился рядом со мной, не преминув обмакнуть полу дорогого лоохи в кружку с камрой. Этим, правда, бедствия пока ограничились.

Теперь, внимательно изучив его физиономию, я понял, что сэр Луукфи Пэнц был не так уж юн, просто он принадлежал к той редкой породе людей, которые сначала очень долго кажутся мальчишками, а потом, в глубокой старости, внезапно начинают выглядеть на свои годы.

Луукфи смущенно улыбнулся:

— Остальные решают серьезную этическую проблему. Вопрос конфликта власти и ответственности.

— О, грешные Магистры! Что там происходит?

— Не беспокойтесь, сэр. Просто они принимают решение. Кто-то ведь должен остаться в Управлении. С одной стороны, это — обязанность сэра Мелифаро, который является вашим Лицом. И когда вы отсутствуете в Доме у Моста, он должен там присутствовать. К тому же он уже знаком с сэром Максом, поэтому вопрос этикета сам собой отпадает. Но с другой стороны, будучи вашим заместителем и, следовательно, нашим начальником, сэр Мелифаро имеет право оставить вместо себя любого, кого сочтет нужным.

Джуффин расхохотался, сэр Кофа понимающе улыбнулся краешком рта.

— Когда я уходил, — продолжил Луукфи, рассеянно отхлебнув «Слезу тьмы» из моего бокала, — леди Меламори решительно заявила, что из них троих только она еще не представлена сэру Максу, поэтому слушать ничего не желает, а пойдет в соседнюю комнату и подождет там завершения этого идиотского спора. Позволю себе с ней не согласиться, спор во всех отношениях интересный и поучительный. Но тут я подумал — ведь сэру Мелифаро может прийти в голову, что я тоже являюсь одним из служащих Тайного Сыска. Словом, я предпочел оказаться невежливым и уйти в одиночестве.

— Отдай сэру Максу его бокал и возьми свой: он более полон, — деликатным шепотом посоветовал сэр Кофа Йох. — Будь осторожен, мой мальчик: а вдруг в глазах жителя Пустых Земель это — самое страшное оскорбление?! А сэр Макс ужасен в гневе, ты и вообразить не можешь, насколько.

— Ой... — лицо сэра Луукфи Пэнца приобрело два выражения одновременно: испуганное и любопытное. — Это правда, сэр Макс?

— Вам повезло, сэр Луукфи, — улыбнулся я. — По нашим традициям, это — самый короткий путь к началу крепкой дружбы. Только для завершения обряда я вынужден опустошить ваш бокал. Тем более что он действительно полон.

Сэр Джуффин Халли посмотрел на меня с почти отеческой гордостью. Луукфи просиял:

— Вот видите, сэр Кофа, а вы говорите — оскорбление. У меня вообще очень хорошая интуиция. Еще когда я учился... Ох, простите, господа, я увлекся, а годы моей учебы — не самая интересная тема для застольной беседы. — Он повернулся ко мне. — Сэр Макс, а это правда, что вы будете работать один и только по ночам? Знаете, ночь — это самое удивительное время суток! Я всегда завидовал людям, которых не тянет в постель сразу после заката. Моя жена, Вариша, например, тоже считает, что только после заката и начинается настоящая жизнь. Поэтому мне так редко удается выспаться, — неожиданно закончил свою речь этот потрясающий парень, слегка смутившись в конце.

— Ничего, — утешил я беднягу, — у вас тоже есть свои преимущества.

— Смотрите-ка, в споре победила идея ответственности, — заметил сэр Джуффин. — Приветствую победителей!

К нам приближалась во всех отношениях замечательная пара. Длинный сэр Шурф Лонли-Локли с лицом памятника Чарли Уотсу, как всегда в белом. На его руку деликатно опиралась маленькая, но определенно шустрая барышня, элегантно укутанная в лоохи цвета ночного неба. Вместо ожидаемой широкоплечей амазонки я заполучил в коллеги небесное создание с личиком девушки Джеймса Бонда, английской актрисы Дианы Ригг. Интересно, как здесь относятся к служебным романам? Надо будет спросить Джуффина.

Шутки шутками, но леди была не только хороша. В темных серых глазах светились разум и смешливость — две стороны одной медали, на мой взгляд. И кроме того... Всем своим недавно проснувшимся для чудесных возможностей телом я ощущал исходящую от этой маленькой леди опасность, не менее грозную, чем источал флегматичный сэр Лонли-Локли, чьи смертоносные руки я уже видел в деле.

— Рада назвать свое имя: Меламори Блимм, Мастер Преследования затаившихся и бегущих, — представилась леди. К моему изумлению, она заметно волновалась. Грешные Магистры, что же ей обо мне наговорили?

— А я рад услышать ваше замечательное имя, — сказал я. Не по регламенту, зато — от души.

Лонли-Локли, вежливо кивнув мне с тайной гордостью старого знакомого, уселся рядом с Луукфи Пэнцом. Меламори подошла совсем близко, и мои ноздри затрепетали от горьковатого аромата ее духов.

— Простите мою фамильярность, сэр Макс, но я решила прийти с подарком. Сэр Джуффин счел бы меня скрягой, если бы я поступила иначе. — С этими словами она извлекла из-под складок лоохи небольшую керамическую бутылку. — Уверена, что вам еще не доводилось пробовать это вино. Я и сама лакомлюсь им крайне редко, хотя мой родич Кима Блимм балует меня, как никого другого в семье.

Бережно передав мне бутылку, она опустилась на табурет рядом с сэром Кофой.

Я задумчиво разглядывал подаренный сосуд.

— Ты не представляешь, как тебе повезло, сэр Макс! — воскликнул Джуффин, помолодевший, кажется, лет на двести. — Это изумительная редкость, «Вечная влага» — вино из самых глубоких подвалов Ордена Семилистника. Кима Блимм, дядя Меламори — Главный Надзиратель за винами Ордена. Поэтому я и держу ее на службе... Не обижайся, леди Меламори! Можно подумать, ты только вчера со мной познакомилась. Могла бы уже составить «Список дурных шуток сэра Джуффина Халли» и за хорошие деньги продать его в «Суету Ехо».

— Сэр Макс совсем меня не знает и подумает, что я действительно попала в Тайный сыск по протекции родственников, — сердито прошептала Меламори.

— Зато сэр Макс знает меня, незабвенная. И кроме того, думаю, он уже тебя раскусил. Еще получаса не прошло с тех пор, как он указал на сэра Кофу, который пришел сюда в облике импозантной леди, и спросил меня, не является ли эта милая дама одним из Тайных сыщиков. Правда, сэр Макс?

Три пары изумленных глаз уставились на меня. Я почувствовал настоятельную необходимость изучить содержимое своей чашки. Смущенно пожал плечами:

— Вы делаете из мухи слона, сэр. Ну, положим, один раз я действительно угадал... Ладно, могу признаться, что, увидев леди Меламори, я подумал, что она по меньшей мере так же опасна, как сэр Шурф. Вот и все. — И подмигнул надувшейся леди. — Я не ошибся?

Меламори улыбнулась, как сытая кошка.

— Думаю, что те ребята, которых я за шиворот приволокла в Холоми или туда, откуда еще труднее убежать... О да, они подтвердили бы вашу правоту, сэр Макс. — И добавила с видом пай-девочки: — Но все же вы мне льстите. Сэр

Шурф — непреззойденный убийца. А я — так, учусь помаленьку... Зато я их очень быстро нахожу. — Меламори снова показала острые зубки. — И стоит мне ступить на чей-то след, как сердце его понимает, что наше свидание неминуемо, и он теряет удачу.

Маленькая опасная леди растерянно оглядела наши внимательные лица и пробормотала:

— Простите, я, кажется, увлеклась. Я уже заткнулась, господа.

— Ничего, — по-отечески утешил ее сэр Джуффин, — пользуйся отсутствием Мелифаро, девочка. На каком месте он прервал бы твою пламенную речь, как думаешь?

— На втором слове, — хихикнула Меламори, — проверено опытом! Впрочем, когда мы с сэром Мелифаро остаемся одни, его галантность не знает границ и он дает мне сказать слов пять-шесть кряду. Представляете?

— Не представляю. Даже мне в его обществе это удается крайне редко, а ведь я какой-никакой, а все же начальник... Кстати, сэр Шурф, как ты его одолел?

— Элементарно. Я попросил вашего личного буривуха, то есть Куруша, повторить служебную инструкцию, которую получил сэр Мелифаро при вступлении в должность. Там ясно говорилось, что... — невозмутимо начал сэр Лонли-Локли.

— Все ясно, — рассмеялся Джуффин, — можешь не продолжать. Ох, дырку в небе над вами обоими, нашла коса на камень!

Я сделал вывод, что гармония в Малом Тайном Сыскном Войске основывается на старом диалектическом принципе единства и борьбы противоположностей. Темпераментный Мелифаро и хладнокровный Лонли-Локли, непредсказуемый Джуффин и респектабельный сэр Кофа Йох, безобидный, долговязый Луукфи и грозная маленькая леди Меламори Блимм. Задумался: кого же предстоит уравновешивать мне? Очевидно, всех сразу: я же — существо из другого Мира, как-никак.

Тем временем внимание всех присутствующих сконцентрировалось на подаренной мне бутылке.

— Могу ли я попросить вас, сэр Кофа, честно разделить эту роскошь между нами? — интуиция подсказала мне, что этот пожилой джентльмен — именно тот человек, к которому следует обращаться в трудных житейских ситуациях.

Своей щедростью я навеки завоевал сердца всех присутствующих. Позже сэр Джуффин сообщил мне, что, если бы я забрал подарок домой, это было бы воспринято как должное: здесь умеют уважать чужую слабость к гастрономическим раритетам. Поэтому мое решение оказалось приятным сюрпризом для компании гурманов.

Во время дегустации Лонли-Локли снова поверг меня в изумление. Из-под белоснежных складок лоохи он извлек потемневшую от времени деревянную чашку и протянул ее сэру Кофе. Само по себе это не слишком удивляло, я вполне мог представить, что сэр Шурф повсюду таскает за собой древний фамильный сосуд, специально для подобных случаев. Но тут я заметил, что у чашки почти отсутствует дно. Сэр Кофа не обратил на это никакого внимания и невозмутимо наполнил дырявый Грааль редким напитком. Из чашки не вылилось ни капли. Джуффин понял, что я срочно нуждаюсь в краткой исторической справке.

— Не удивляйся, Макс. В свое время сэр Шурф был членом магического Ордена Дырявой Чаши. Он служил там в должности Рыбника, Смотрителя Аквариумов Ордена, — не менее дырявых, чем этот почтенный сосуд. Старейшие члены Ордена ели только рыбу, которую разводили в этих самых аквариумах, и запивали ее напитками из дырявых же кувшинов. Правильно, друг мой?

Лонли-Локли важно кивнул и пригубил свою порцию напитка.

— До начала Смутных Времен, — продолжил Джуффин, — Орден Дырявой Чаши состоял в дружбе с Орденом Семилистника, Благостным и Единственным, — комически-почтительный поклон в сторону леди Меламори, — так что был распущен на весьма достойных условиях. Наш сэр Шурф, как и прочие его коллеги, до сих пор имеет специальное разрешение исполнять древний обряд своего Ордена, то есть пить из дырявой чашки. Кстати, при этом Шурф использует недозволенную магию и обязан всеми силами нейтрализовать ее грозные последствия, что каждый раз успешно проделывает, хотя на это уходит изрядная порция силы, полученной им от обряда... Сэр Лонли-Локли, я ничего не упустил?

— Вы очень кратко, но емко изложили причины и последствия моего поступка, — важно кивнул Лонли-Локли. Чашку он держал двумя руками, на его неподвижном лице можно было заметить тень напряженного блаженства.

После того как полный поднос разнообразных горшочков по моему настоянию был отправлен бедняге Мелифаро вместе с его порцией «Вечной влаги», я мог быть уверен: теперь коллеги готовы умереть за мою улыбку, все до единого. Впрочем, я не собирался их на это толкать. Улыбался я в тот вечер много и совершенно бесплатно. Я умудрялся осторожно обходить острые углы этнографических вопросов, сыпавшихся из любопытного, но доверчивого сэра Луукфи, кокетничать с леди Меламори, внимать сэру Кофе, правильно произносить имя сэра Лонли-Локли и смешить сэра Джуффина. Сам себе дивился: никогда прежде буке Максу не удавалось стать душой такого большого коллектива.

Когда количество опустевших горшочков вышло за пределы возможностей здешних посудомоек, мы наконец решились расстаться. Сэр Кофа Йох великодушно вызвался сменить Мелифаро на его посту. Сэр Джуффин Халли не менее великодушно даровал им обоим внеочередной День Свободы от Забот и приглашение на совместный ужин в «Обжоре» — завтра же, на закате. Так что Мелифаро, кажется, только выиграл, пропустив сегодняшнее мероприятие.

Итак, Управлению Полного Порядка предстояло пережить последнюю ночь без меня. Эту ночь я собирался посвятить переезду на новое место. А завтра после обеда я должен был явиться в Дом у Моста и официально вступить в должность, то есть за несколько часов попытаться понять, что же от меня все-таки требуется. Впрочем, неуверенность в своих силах постепенно меня покидала.

За леди Меламори прислали фамильный амобилер. Хрупкая Мастер Преследования таинственно улыбнулась на прощание, тихо сказала, что «сэр Макс» — странное имя: слишком короткое, но хорошее. И укатила домой с поистине королевской помпой — кроме возницы ее амобилер обсуждивали два музыканта, призванные, как я понимаю, возместить отсутствие автомобильной магнитолы.

Луукфи и Лонли-Локли отправились по домам на служебном амобилере Управления Полного Порядка (право на это имеют все сотрудники Тайного Сыска, но не каждый снисходит до того, чтобы своим правом пользоваться). За нами, например, прибыл старый Кимпа, дворецкий сэра Джуффина Халли. Джуффин всегда уезжает домой только на собственном транспорте, аргументируя это тем, что в служебной машине он, соответственно, и чувствует себя на службе. А в собственном амобилере он уже как бы дома. И надо быть последним кретином, чтобы отказаться от возможности расстаться со службой на полчаса раньше. По-моему, очень логично.

По дороге мы сыто помалкивали. Когда знаешь, о чем поговорить с человеком, это — признак взаимной симпатии. Когда вам есть, о чем вместе помолчать, это — начало настоящей дружбы.

— Посидим еще часок за камрой, — не спросил, а скорее констатировал Джуффин на пороге дома. Малыш Хуф встретил нас в холле, восторженно виляя коротким хвостиком. «Макс пришел... и уходит. Далеко-далеко», — донеслись до меня простые печальные мысли собачки.

— Ну, не так уж далеко, — утешил я песика. — Я бы взял тебя с собой, но ты же сам не захочешь расставаться с хозяином. И потом, в отличие от Кимпы, я совершенно не умею готовить. А ты у нас гурман. Так что буду приезжать к тебе в гости. Ладно?

Пушистый мой друг вздохнул и облизнулся. «В гости... Обедать!» — откликнулся он с восторженным энтузиазмом.

Сэр Джуффин был доволен.

— Ну вот, все улажено. Так и надо, Хуф. Здоровый прагматизм и никаких сантиментов.

В гостиной мы уселись в уютные кресла, Хуф преданно улегся на мою ногу, решив, что напоследок имеет право на маленькую измену Джуффину. Кимпа принес камру и печенье. Я с наслаждением закурил свою последнюю сигарету, запас которых подошел к концу. Теперь начинается совсем новая жизнь: или я все-таки перейду на трубку, или брошу курить вовсе. Оба варианта представлялись не слишком соблазнительными, но третьего не дано.

Мы немного посплетничали о моих новых знакомых. Любопытство сэра Джуффина не знает границ. Сейчас его интересовали мои впечатления: как мне понравился Кофа? А Луукфи? А Меламори? Раз уж речь зашла о ней, я решился осведомиться насчет служебных романов — не запрещены ли они каким-нибудь очередным Кодексом Хрембера? Потому что если запрещены, Джуффин может арестовать меня прямо сейчас, за преступные намерения.

— Ничего не знаю ни о каких запретах. Странная идея... А у вас это практикуется — в смысле, запрещается? — удивленно спросил он.

— Не то чтобы запрещается. Просто считается, что служебный роман — это не очень хорошо. Впрочем, все вокруг только этим и занимаются.

— Странное место, этот твой Мир, сэр Макс. Считается одно, а делается другое... У нас вообще ничего не «считается». Закон оговаривает необходимость, суеверия — внутреннюю убежденность, традиции свидетельствуют о наших привычках, но при этом каждый волен делать что хочет. Так что — вперед, если припекло. Впрочем, не думаю, что это хорошая идея. Леди Меламори — странная девушка. Неисправимая идеалистка и, кажется, очень дорожит своим одиночеством. Мелифаро уже несколько лет пытается за ней ухаживать, она с удовольствием это со всеми обсуждает, а толку-то.

— Представляю себе ухаживания Мелифаро! «Уберите свою роскошную задницу с моих глаз, незабвенная, поскольку ее божественные очертания не дают мне сосредоточиться!»

Сэр Джуффин расхохотался:

— Точно! Ты и правда ясновидящий.

— Какое там. Просто некоторые вещи столь очевидны...

— Как бы там ни было, а Мелифаро — любимец девушек. Хоть и не рыжий. Как, впрочем, и ты. Делай что хочешь, сэр Макс. Но боюсь, тебе ничего не светит.

Я пожал плечами:

— Мне всю жизнь не везло с девушками. То есть поначалу всегда везло, даже слишком... а потом они вдруг решали, что им зачем-то срочно нужно выйти замуж, причем за кого-нибудь другого. Это особенно странно, поскольку я, как правило, влюблялся в умных девушек. Но и это не помогало. Хотя как разумный человек может всерьез захотеть замуж — не понимаю! Так что я привык.

— Ну, если ты так говоришь, значит, ты — самый толстокожий или самый скрытный вурдалачий сын в Соединенном Королевстве.

— Ни то ни другое. Это скорее культурологическое различие. У нас принято быстро забывать боль. А те, кто не может хотя бы притупить ее, вызывают жалость, смешанную с недоумением. И родственники уговаривают их показаться психотерапевту. Наверное потому, что живем мы гораздо меньше. И тратить несколько лет на одно горе — безумное расточительство.

— Сколько же вы живете? — неожиданно удивился сэр Джуффин.

— Ну, лет семьдесят-восемьдесят... А что?

— Вы умираете молодыми? Все, до единого?

— Да нет, что вы. За это время мы успеваем состариться.

— А тебе-то сколько лет, сэр Макс?

— Тридцать... скоро будет или уже было. Когда у меня день рождения? Здесь я сбился со счета.

Сэр Джуффин не на шутку встревожился.

— Совсем ребенок! Ну и дела. Надеюсь, ты не собираешься скоропостижно скончаться от старости лет этак через сорок-пятьдесят? Ну-ка, дай я на тебя хорошенько посмотрю.

Секунду спустя он уже ощупывал мою спину ледяными потяжелевшими руками. Потом его руки стали горячими, а мне показалось, что моя личность, привыкшая обитать где-то в голове, позади глаз, переместилась в позвоночник. Я спиной «видел» теплое сияние, исходящее от ладоней Джуффина.

Прекратилось это так же внезапно, как и началось. Сэр Джуффин Халли возвратился на свое место, полностью удовлетворенный результатами осмотра.

— Все в порядке, парень. Ты ничем не отличаешься от, скажем, меня, хотя, наверное, тебе трудно в это поверить. Значит, дело не в вашей природе, а лишь в образе жизни. Здесь, в Мире, ты можешь прожить куда больше трехсот лет — если, конечно, тебя не убьют. Но это уж твоя забота... Ну и напугал ты меня, сэр Макс! Что же за место такое, твоя родина? Из какого пекла я тебя вытащил?

— «Мир мертвых», — печально усмехнулся я. — Ваши городские сплетники почти угадали. Впрочем, все не так страшно. Когда с детства знаешь только один мир, поневоле будешь думать, что все происходящее — в порядке вещей. Покидая свой дом, я ни о чем не жалел, но... Таких, как я, нашлось бы очень мало, а я — не в счет, поскольку всегда был мечтателем и... да, пожалуй, вполне сложившимся неудачником. А большинство людей сказали бы вам, что от добра добра не ищут. Разве что продолжительность жизни могла бы соблазнить многих. Если будете вербовать еще одного моего земляка, имейте в виду.

— Нужны мне твои земляки!

— Кто знает, а вдруг еще кто-нибудь заведет моду видеть вас во сне?

— Ну, разве что. Придется выбивать для него еще одну вакансию. Ладно, ты прав, не буду зарекаться.

Все имеет дурацкое свойство заканчиваться. Сэр Джуффин отправился спать, а я — хлопотать с переездом.

Перед тем как начать, я был уверен, что собирать мне особенно нечего. Куда там! Мое богатство состояло из катастрофически разросшихся гардероба и библиотеки. Подарки Джуффина и приятные последствия моих познавательных прогулок по городу, во время которых я посещал всевозможные лавки, почти машинально прокучивая выданный аванс. Что касается библиотеки, она включала в себя восьмитомную Энциклопедию Мира Манги Мелифаро, любезно подаренную мне его младшим сыном. И этот увесистый восьмитомник был лишь каплей в море.

Помимо прочего, я прихватил с собой костюм, в котором прибыл в Ехо. Джинсы и свитер мне уже вряд ли когда-нибудь понадобятся, и все же рука не поднималась их выбросить. Может быть, представится случай смотаться домой? За сигаретами, например. Кто знает?

Путешествия из спальни к моему новенькому амобилеру, припаркованному у ворот, и обратно, заняли около часа. Но и этой работе пришел конец. С радостно бьющимся сердцем и пустой головой я ехал домой. «Домой» — как странно звучало сейчас это слово.

Я пересек мост Гребень Ехо, заманчиво сияющий огоньками лавок и трактиров, бойко торгующих, несмотря на позднее время. Здесь, в Ехо, люди знают толк в ночной жизни. Возможно, потому, что даже разрешенной магии вполне достаточно, чтобы покутить ночку-другую без ущерба для дел и здоровья.

Миновав оживленное пространство моста, я оказался на Правом Берегу. Теперь мой путь лежал в самое сердце Старого Города. Выбирая жилье, я предпочел его узкие переулки широким проспектам Нового Города, роскошного делового центра Ехо.

Мозаичные тротуары улицы Старых Монеток почти утратили цвет. Но мелкие камешки древней мозаики нравились мне больше, чем крупные яркие плитки, которыми выложены новые улицы. Новоприобретенный опыт говорил мне, что вещи помнят события и могут о них рассказать. Джуффин научил меня их слушать, вернее — созерцать видения, которые они посылают. А я всегда любил старинные истории. В общем, будет чем заняться на досуге.

Мой новый дом явно был рад меня видеть. Еще недавно я подумал бы, что у меня разыгралось воображение. Но теперь я знал: смутным ощущениям можно доверять в той же степени, что и очевидным фактам. Что ж, отлично. Мы нравились друг другу — я и мой дом. Наверное, он устал быть пустым. Хозяин говорил, что последний жилец съехал лет сорок назад, и с тех пор дом навещали только уборщики.

Я перенес вещи в гостиную. Она была огромной и почти пустой, как заведено здесь, в Ехо. Мне такой дизайн интерьеров всегда нравился, вот только развернуться до сих пор было негде. Небольшой стол, на котором громоздилась корзина с припасами, присланная по моему заказу из «Обжоры Бунбы»; несколько удобных кресел, совсем как в гостиной сэра Джуффина; несколько стеллажей, приютившихся у стен — что еще нужно человеку?

Часа два я с удовольствием размещал на полках книги и безделушки. Потом поднялся наверх, в спальню. Половину огромного помещения занимал мягкий пушистый пол: никакого риска свалиться с кровати! Несколько подушек и меховых одеял сиротливой кучкой ютились в дальнем конце этого огромного сновидческого стадиона. Где-то вдалеке маячил гардероб, куда я и вывалил ворох цветной ткани — свою теперешнюю, с позволения сказать, одежду. Ностальгические джинсы, свитер и жилет приютились рядышком. При спальне была маленькая ванная комната, годившаяся исключительно для утреннего туалета. Прочая сантехника обитала в подвале.

Дела были сделаны, ни есть, ни спать пока не хотелось. Покидать дом и отправляться на прогулку — тоже. Зато хотелось продать душу первому попавшемуся черту — всего-то за пачку нормальных человеческих сигарет.

Я сидел в гостиной, неумело набивал трубку и сокрушался о своей горькой доле. В этот час скорби утешал меня только вид на окрестности — напротив возвышался старинный трехэтажный особняк с маленькими треугольными окнами и высокой остроконечной крышей. Как человек, всю жизнь ютившийся по новостройкам, я трепетно отношусь к любому намеку на старину. А тут о древности сооружения вопил каждый камень.

Налюбовавшись этим величественным зрелищем, я взял под мышку третий том Энциклопедии сэра Манги Мелифаро, где рассказывалось о моих так называемых «земляках» — обитателях границы графства Вук и Пустых Земель. Родину, тем паче вымышленную, надо любить, а главное — изучать. Хотя бы имея в виду предстоящие расспросы миляги Лоокфи Пэнца. Кроме того, я находил чтение чертовски занимательным.

На сороковой странице, где рассказывалось, что некое сообщество кочевников Пустых Земель вследствие удивительной рассеянности потеряло в степи собственного малолетнего вождя, после чего эти раздолбаи сами себя прокляли, я уснул. И увидел во сне собственную версию счастливого конца этой безумной истории: их повзрослевший вождь обратился в наше ведомство, и мы с сэром Джуффином помогли парню разыскать его бедный народ. А на прощание сэр Лонли-Локли разработал для него четкую и ясную инструкцию поведения вождя кочевников на рабочем месте.

Проснулся я, по собственным меркам, очень рано, еще до полудня. Долго и старательно приводил себя в порядок — мне, как-никак, предстояло официальное вступление в должность. Спустился вниз и побарахтался в трех своих бассейнах, поочередно. Да, что ни говори, три ванны — лучше, чем одна. И гораздо лучше, чем одиннадцать, да простят меня столичные снобы во главе с сэром Джуффином Халли.

Корзинка с припасами из «Обжоры» наконец-то дождалась своего часа. На мое счастье, там нашелся большой кувшин камры, разогреть которую я мог, а вот приготовить... Во всяком случае, до сих пор результаты моих опытов приходилось выливать. Сэр Джуффин Халли даже подумывал использовать камру моего приготовления для устрашения особо опасных преступников. Его останавливала лишь уверенность, что этот метод сочтут чрезмерно жестоким, а пытки Кодексом Хрембера строжайше запрещены.

Я разогрел камру из «Обжоры» на миниатюрной жаровне, непременной принадлежности всякой хорошей гостиной. И с горем пополам раскурил набитую вчера трубку. Ничего, и с этим справимся! Непривычный привкус местного табака не нанес особого ущерба моему оптимизму. Утро было просто великолепным.

На службу я отправился пешком. Сегодня я собирался продемонстрировать всему городу свое дорогое узорчатое лоохи благородных темных оттенков и черный тюрбан, превращавший меня из заурядного симпатяги в экзотического красавца. Впрочем, кроме меня самого, это зрелище никого в городе не взволновало. Люди спешили по своим делам, сидели в трактирах или мечтательно разглядывали витрины роскошных магазинчиков Старого Города. Ни тебе восторженных взглядов, ни тебе трепетных красавиц, готовых броситься на шею. Вечно так!

Я свернул на улицу Медных горшков. Еще немного, и нога моя впервые переступила заветный порог Тайной Двери, ведущей в Дом у Моста. До сегодняшнего дня я не имел права проникать в здание Управления Полного Порядка через этот вход. Разве что через обычную дверь для посетителей, но до этого я решил не снисходить. Да и делать мне там до сих пор было абсолютно нечего.

Короткий коридор вел на половину, занимаемую Малым Тайным Сыскным Войском — моей родной организацией. Вторая половина здания принадлежала Городской Полиции Ехо под предводительством Генерала Порядка сэра Бубуты Боха, о котором я пока не слышал ни одного лестного отзыва. Я миновал огромную пустующую приемную (дремлющий на краешке стула курьер не в счет), зашел в Зал Общей Работы, где застал Лонли-Локли, что-то сосредоточенно записывающего в объемистую тетрадь. Опечалился. Вот тебе и на. И тут писанина! А как же самопишущие таблички и запоминающие каждое слово буривухи?

Тревога оказалась напрасной. Сэр Шурф Лонли-Локли вел личный рабочий дневник, к тому же исключительно ради собственного удовольствия. Я не стал отрывать его от добровольной бюрократической барщины и прошел в кабинет Джуффина, оказавшийся сравнительно маленькой и очень уютной комнатой.

Сэр Почтеннейший Начальник сидел за столом и, давясь от смеха, пытался отчитывать леди Меламори, замершую напротив него с видом скромной гимназистки.

— А, это ты, сэр Макс? Первое задание: пойди в город и соверши, пожалуйста, какое-нибудь зверское убийство. А то ребята от безделья с ума сходят. Знаешь, что выкинула первая и последняя леди Тайного сыска? Встала на след капитана Фуфлоса, заместителя, шурина и брата по разуму генерала Бубуты Боха. У бедняги начало ныть сердце, плохие предчувствия овладели им. Впервые в жизни он задался фундаментальными вопросами бытия, и это не принесло ему радости. Только сообразительность молодого лейтенанта, сэра Камши, спасла господина Фуфлоса от самоубийства. Его отправили в поместье приходить в себя, а лейтенант Камши был вынужден отправить мне служебную записку. Да, вот на таких ребятах и держится городская полиция! Этого бы сэра Камши, да на место Бубуты... Тебе смешно, сэр Макс?

— И вам тоже, — заметил я. — Не идите против природы. Дайте себе волю, а то лопнете.

Джуффин махнул рукой и внял моему медицинскому совету. Меламори смотрела на нас почти с упреком. Дескать, она тут в кои-то веки должностное преступление совершила, а мы хихикаем.

— Ну что мне с тобой делать, леди? Твое счастье, что этот Камши на тебя, кажется, заглядывается. Представляешь, какой мог бы подняться шум, если бы он чуть больше дорожил буквой закона и здоровьем своего босса?

— Ну, тогда мы бы просто доказали, что капитан Фуфлос — государственный преступник, — парировала Меламори и неотразимо улыбнулась нам обоим. — Вы же первый получили бы удовольствие.

— Мне и без твоей помощи удовольствий хватает, смею тебя заверить. В общем так, леди. Поскольку ты окончательно одурела от безделья, отправишься на три дня в Холоми. Поможешь господину коменданту разобрать секретный архив. Кому и доверить такое дело, если не тебе. У вас в роду умеют хранить тайны. Заодно почувствуешь себя узницей. И поделом! Если у нас что-то произойдет, я тебя вызову. Так что моли Темных Магистров о кровавом преступлении... Да, и не забудь дать взятку сэру Камши. Поцелуем — дешевле, но лучше порадуй его чем-нибудь из запасов своего дяди Кимы. Это уж точно ни к чему не обяжет, зато превзойдет его самые смелые ожидания. А теперь — марш в тюрьму.

Леди Меламори мученически закатила глаза.

— Видите, сэр Макс? Вот он — оплот тирании! В Холоми, на целых три дня, из-за какой-то невинной шутки. Фу!

— Ну, прямо уж «фу»! — ехидно ухмыльнулся сэр Джуффин. — Старый комендант устроит тебе королевский прием. Знаешь, какой у него повар?

— Знаю. И только поэтому не принимаю яд прямо у вас в кабинете. — Меламори замялась и виновато добавила: — Простите меня, сэр Джуффин. Но этот Фуфлос такой идиот! Я просто не могла удержаться.

— Могу себе представить. — И Джуффин снова расхохотался.

Думаю, что леди Меламори Блимм сходили с рук и не такие штучки.

Прекрасная преступница укатила в Холоми на служебном амобилере, успев на прощание сообщить мне, что она «не всегда такая». Хотелось верить.

— Ну, сэр Макс, сегодня я вынужден обратиться к тебе как официальное лицо, — сказал поскучневший Джуффин. — Позволь для начала представить тебе Куруша.

История должностного преступления леди Меламори полностью заняла мое внимание. Теперь я наконец заметил большую мохнатую совоподобную птицу, с важным видом сидевшую на спинке пустующего кресла. Буривух тоже соизволил свысока изучить мою персону.

— Ничего, подходит, — наконец заявило это пернатое чудо.

Насколько я понял, речь шла обо мне.

— Спасибо, Куруш.

Я хотел пошутить, но фраза прозвучала вполне серьезно.

Сэр Джуффин кивнул:

— Это — высшая оценка, сэр Макс. Знал бы ты, что он говорил об остальных!

— А что ты говорил об остальных? — полюбопытствовал я.

— Это служебная тайна, — невозмутимо сообщил Куруш. — А у вас дела.

«Дела» состояли в том, что сэр Джуффин заставил меня произнести какую-то абракадабру на непонятном языке. Выяснилось, что это — древнее заклинание, сила которого якобы намертво связала меня с интересами Короны.

— Но я ничего не чувствую, — растерянно сказал я, после того как выговорил этот чудовищный скетч.

— А ты ничего и не должен чувствовать. Со мною, во всяком случае, тоже ничего особенного не случилось, когда я это говорил. Может быть, все это — просто суеверие, а может быть, оно все же каким-то образм действует — кто знает? А теперь приготовься к худшему. Я вынужден зачитать тебе служебную инструкцию в присутствии нашего Куруша. Можешь не вникать, думай о чем-нибудь приятном, чтение затянется надолго. В случае нужды Куруш процитирует ту главу, в которой возникнет надобность. Да, мой хороший? — Джуффин с нежностью посмотрел на буривуха, который надулся от гордости.

Повторить подробное содержание зачитанной мне инструкции я не берусь. Смысл состоял в том, что я буду должен сделать все, что я должен делать, и не должен делать ничего такого, чего я делать не должен. Чтобы донести до меня сию немудреную истину, какой-то прозябающий при Дворе бюрократ извел несколько листов превосходной бумаги, а сэр Джуффин потратил больше получаса на декламацию этого литературного шедевра. Закончил он со вздохом облегчения. Синхронный вздох вырвался и у меня. Только Куруш, кажется, получил удовольствие от процедуры.

— А почему вы, такие умные птицы, работаете на людей? — спросил я буривуха, поскольку этот вопрос занимал меня последние полчаса.

— Нас здесь мало, — ответила птица, — трудно прожить! А вместе с людьми спокойно и интересно. Там, где нас много, мы живем одни и обладаем силой. Но здесь очень интересно. Столько разных слов, столько историй!

— Достойный ответ, Куруш, — ласково улыбнулся Джуффин. — Тебе ясно, Макс? Они просто находят нас забавными.

Потом мне торжественно вручили мое «боевое оружие» — миниатюрный кинжал, подходящий скорее для ухода за ногтями, чем для убийства. В рукояти был помещен своего рода «индикатор», чутко реагирующий на присутствие магии, как запретной, так и дозволенной. Я уже видел такую штуку в деле и даже успел убедиться в том, что она не всесильна. Что ж, это и лучше — с самого начала не иметь особых иллюзий.

Покончив с формальностями, мы поднялись на верхний этаж Дома у Моста, где меня представили благодушному маленькому толстяку в ярком оранжевом лоохи.

— Рад назвать свое имя: сэр Кумбра Курмак, начальник Канцелярии Малых и Больших Поощрений при Управлении Полного Порядка. Я — самый приятный субъект в этом угрюмом месте, поскольку ведаю наградами и прочими хорошими вещами, — приветливо сообщил мне этот мандаринчик.

— Кроме того, сэр Кумбра Курмак — единственный полномочный представитель Королевского Двора в Канцелярии, — добавил Джуффин. — Так что, как бы мы ни старались, а без веского слова сэра Кумбры все наши дела канут в безвестность.

— Не верьте сэру Халли, сэр Макс, — улыбнулся польщенный толстяк. — Уж кого при Дворе всегда рады выслушать, так это его самого! Но надеюсь, что я все же был первым, кто рассказал Королю о ваших выдающихся заслугах.

Я ошарашенно уставился на своего босса. «Какие такие выдающиеся заслуги?!» — в отчаянии вопросил мой взор.

— Он имеет в виду дело с зеркалом старого Маклука, — пояснил Джуффин. — Конечно, официально ты еще не состоял в Управлении. Но тем больше чести! Соединенное Королевство должно знать своих героев.

— Вы, сэр Макс — первый на моей памяти, кто начинает свою службу у нас с награды, — почтительно поклонился сэр Кумбра Курмак. — А я служу здесь очень долго, можете мне поверить. Итак, примите с восхищением, — он вручил мне маленькую шкатулку темного дерева.

Я уже знал, что в Ехо принято внимательно рассматривать любой подарок, как только он оказался у тебя в руках. Поэтому я попытался открыть коробочку. Ничего не вышло.

— Это же Королевский подарок, сэр Макс, — вмешался Джуффин. — Так просто ты ее не откроешь. Здесь нужна, если я не ошибаюсь, белая магия четвертой ступени. Поэтому открыть шкатулку ты сможешь только дома. В общественном месте применять ее нельзя. В этом есть особый смысл: Королевским подарком каждый наслаждается наедине.

— Прошу прощения, — я, кажется, покраснел. — Мне пока не доводилось получать Королевских подарков, как вы понимаете.

— Все в порядке, сэр Макс, — ободрил меня добродушный сэр Кумбра. — Знали бы вы, сколько здесь служащих, прекрасно осведомленных о том, как нужно поступать с наградой, но ни разу ею не удостоенных! Ваше положение представляется куда более завидным.

Я многословно поблагодарил Короля, его Двор в целом и сэра Курмака в частности, и мы с Джуффином наконец отбыли.

— Предупреждать надо, — ворчливо заметил я. — Наслаждаетесь вы моим позором, насквозь вас вижу!

— Поверь мне, так лучше для всех. Ну какой же ты «варвар с границ», если все делаешь правильно? Терпи, мальчик, конспирация — великая сила.

— Ладно уж. Поможете открыть этот ларчик? Я не потяну.

— Не прибедняйся. Давай так: сперва ты сам попробуешь, а я, в случае чего, помогу. Только запрем дверь... Ничего, ничего, в моем кабинете и не такое вытворялось.

Положив шкатулку на стол, я постарался расслабиться и вспомнить все, чему меня учили. Безрезультатно! Посрамленный, я развел руками.

— Ну, сэр Макс, и я могу ошибаться, — пожал плечами Джуффин. — Ну-ка, ну-ка... Нет, здесь действительно всего лишь четвертая ступень. Это ты уже можешь. Давай еще раз!

Я рассердился. На шкатулку, на Короля, ее мне всучившего, на Джуффина, не желавшего помочь. Ладно, попробуем иначе! В гневе я послал такой зов курьеру, что он, наверное, свалился со стула. Мне даже показалось, что я слышу звук удара, что в принципе было невозможно. Через несколько секунд он робко поскребся в дверь. Сэр Джуффин Халли удивился.

— Кому это приспичило?

— Мне. Без кружки горячей свежей камры я не обойдусь.

— Неплохая идея.

Перепуганный курьер, дрожа всем телом, поставил поднос на край стола и испарился. Джуффин в недоумении посмотрел на закрывающуюся дверь:

— Что это с ним? Они меня побаиваются, конечно, но не настолько же.

— Зато меня — настолько. Я, кажется, погорячился, когда отправлял ему зов.

— А, ну это ничего. Тебя должны бояться, ты же новенький. Не напугаешь сразу, потом будешь часами ждать, пока этот ленивый парнишка соизволит откликнуться... А ты что, в гневе, сэр Макс?

— Да! — рявкнул я. Залпом осушил кружку камры и резко ударил мизинцем по столу рядом со шкатулкой, как меня учили.

К моему изумлению, шкатулка рассыпалась в пыль. Но спрятанный там маленький предмет остался целехонек, что и требовалось. Меня отпустило.

— Ой. Что я натворил?

— Ничего особенного. Ну, использовал магию шестой ступени вместо четвертой, черную вместо белой. Хорошую вещь испортил. С кем не бывает. А в остальном все в порядке. Хорошо, что мой кабинет абсолютно изолирован от прочих помещений. Представляю, какой бы поднялся переполох в Управлении! — начальник, похоже, был в восторге от моей выходки.

— Черную? Шестой? Но вы же меня этому не учили. А я и уроки-то усвоил неважно. Как же так?

— А Магистры тебя знают, сэр Макс. Я же говорил, что ты — лихой ветер, — беззаботно отмахнулся сэр Джуффин. — Только, будь любезен, ограничь зону своей разрушительной деятельности этим кабинетом, и все будет путем. Давай-ка лучше посмотрим, что тебе подарили.

И мы уставились на маленький сверток, лежащий в кучке пыли. Я бережно развернул тонкую ткань. Под нею обнаружилась темно-вишневая горошина. Я взял ее в руки и повертел.

— Что это?

Джуффин задумчиво улыбнулся:

— Это — миф, сэр Макс. То, чего нет. Это — Дитя Багровой Жемчужины Гурига VII. Юмор ситуации состоит в том, что «мамочку» никто никогда не видел, в том числе сам покойный Король и его ныне здравствующий наследник. Ее присутствие во Дворце обнаружил один очень мудрый старый Магистр, мой хороший приятель. Правда, хитрец решил не открывать, где именно находится это невидимое чудо. Сказал, что не знает — уж мог бы что-нибудь получше придумать! Но детки регулярно обнаруживаются в разных укромных уголках дворца. Его Величество дарит сироток своим образцово-показательным подданным. У меня их уже три штуки. Но ты получил ее удивительно быстро. Не скажу, правда, что легко. Досталось тебе в доме моего соседушки изрядно.

— А они волшебные, эти жемчужинки?

— И да, и нет. Совершенно ясно, что-то они могут. Но вот что именно? Поживем — увидим. Пока, во всяком случае, никто этого не знает. Храни ее дома, или закажи что-нибудь ювелиру, как хочешь.

— Пожалуй, первое. Не люблю носить побрякушки.

— Суждение, типичное для варвара, о гроза курьеров! — рассмеялся Джуффин.

Потом меня бросили на произвол судьбы. Джуффин сдал мне свои полномочия и отправился в «Обжору Бунбу» кормить Мелифаро.

— Напомните ему, что он — мой должник, — крикнул я вслед ускользающему шефу. — С него причитается телега гуманитарной помощи.

— «Гуманитарная помощь» — это у вас холодные или горячие закуски? — озабоченно спросил сэр Джуффин.

— Это просто много еды в нужную минуту, — пояснил я.

Ночь прошла настолько спокойно, что я даже слегка разочаровался. Куруш развлекал меня как мог. Выяснилось, что мудрая птица обожает бодрствовать по ночам, в точности как я сам. Такое родство душ обязало меня рассказать буривуху истинную историю своей жизни. Но прежде Куруш принес страшную клятву, что будет хранить эту информацию под грифом «Более чем совершенно секретно». Индейская невозмутимость буривуха повергла меня в изумление.

Утро началось с визита сэра Кофы Йоха. Он явился еще затемно. Ему тоже нередко приходится работать по ночам, поскольку основная обязанность сэра Кофы — подслушивать досужую болтовню в трактирах Ехо и выуживать из нее алмазные крупинки полезной информации. По утрам Мастер Слышащий является в Дом у Моста, приводит свой переменчивый облик в соответствие с суровой правдой жизни и за кружкой камры делится с сэром Джуффином Халли интригующими фактами, а порой — блестящими идеями.

— В городе уже судачат, что ты — незаконный сын Короля, — приветствовал меня сэр Кофа Йох. — Мой вывод: ты все-таки получил Королевскую награду в первый же день службы. Мы с Джуффином даже заключили пари: он ставил на тебя, а я — против. Старый лис заработал 6 коронок на твоей удаче и поэтическом настроении Его Величества Гурига VIII. Ничего, за эту ночь я выиграл в кости несколько дюжин горстей, будет чем рассчитываться.

— А откуда берутся слухи, сэр Кофа? — меня действительно занимал этот вопрос.

— Да откуда они только не берутся. Спроси что-нибудь полегче! Впрочем, думаю, подавляющая часть слухов — это сумма непредусмотренной утечки информации и потрясающей силы воображения многочисленных рассказчиков. Ну и желания, чтобы реальность была не так скучна, как кажется. Не знаю, Макс, не знаю...

— Люди любят говорить, — снисходительно пояснил Куруш.

— Тебе уже рассказывали, какие слухи ходят о нашем Почтеннейшем Начальнике? — спросил Кофа. — Половина из них запущена нами же: Тайный Сыск должен внушать населению суеверный страх. Знаешь ли ты, что у сэра Джуффина Халли есть перстень Хозяин Лжи, испускающий невидимые смертоносные лучи? Каждый, кто скажет в его присутствии неправду, вскоре умрет мучительной смертью. Исходный вариант был куда скромнее: «с помощью волшебной вещицы сэр

Джуффин уличит обманщика». Ужасающими подробностями мы обязаны народному творчеству.

— А еще? — заинтересовался я.

— Ну, Джуффин питается вяленым мясом мятежных Магистров, которое держит у себя в погребе. Нельзя смотреть ему в глаза: можно утратить Искру и зачахнуть. Да, а утраченная Искра, разумеется, перейдет к самому Джуффину. Так... Он живет вечно; его родители — два древних Магистра. Ребята слепили нашего шефа из песка, смешанного с их слюной; у него был брат-близнец, которого он съел; ночью он становится тенью и...

— Перемываете мне косточки? — бодро спросил герой городского фольклора, с удовольствием падая в свое кресло.

— Я пытаюсь предостеречь этого бедного юношу, — улыбнулся сэр Кофа.

— Бедного, как же. Видели бы вы его в обличье вампира... Как прошла ночь, герой?

— Скучно, — пожаловался я. — Мы с Курушем трепались и копались в ваших с Мелифаро дарах. Ужасно!

— И у меня ничего, — подхватил сэр Кофа. — Парочка каких-то жалких квартирных краж в богатых кварталах. Вынесли, правда, самое ценное, но это дело и Бубута одолеет... Мальчик прав, все действительно просто ужасно! Ехо, оплот уголовной романтики, становится провинциальным болотом.

— Это не ужасно, это замечательно. Ужасно, когда здесь становится слишком весело. Иди отдыхать, сэр Макс, пользуйся случаем.

И я отправился отдыхать. Подходя к двери, ведущей на улицу, я услышал доносящийся с улицы рев:

— Бычачьи сиськи! Ты будешь говорить это своей заднице в отхожем месте! — Мощный бас, иногда срывающийся на пронзительный фальцет, сотрясал старые стены. — Я сижу в этом сортире уже шестьдесят лет, и ни одна задница...

Я решительно распахнул дверь. Внушительных размеров Карабас-Барабас, задрапированный в багровые шелка компромисс между толстяком и атлетом, грозно навис над испуганным возницей дожидавшегося меня служебного амобилера Управления Полного Порядка.

— Попрошу соблюдать тишину! — грозно рявкнул я. — Господин Почтеннейший Начальник Малого Тайного Сыскного Войска поклялся испепелить любого, кто ему помешает. И не орите на возницу, он на Королевской службе.

Я отстранил обалдевшего от неожиданности пожилого хулигана и сел в амобилер. Хотел пойти домой пешком, а теперь придется выручать возницу — не бросать же его на растерзание этому крикуну.

— Бычачьи сиськи! Это что за новая дерьмовина в моем сортире? — дар речи, наконец, вернулся к здоровяку.

— Вы, должно быть, много выпили, сэр, — мне стало весело. — Ваш сортир у вас дома, а здесь всего-навсего Управление Полного Порядка столицы Соединенного Королевства. Будьте любезны обдумать эту информацию, поскольку поблизости найдется немало сердитых мужчин, затосковавших от того, что им всю ночь было некого арестовывать. Поехали, — кивнул я вознице, и мы укатили под грохот очередной импровизации на сортирную тему.

— Спасибо, сэр Макс, — поклонился мне пожилой возница.

— А почему, собственно, вы позволили ему орать на себя? Мужик, конечно, грозный, но вы-то работаете на Короля и сэра Джуффина Халли. Вы — важная персона, друг мой.

— Сэр Бубута Бох не всегда принимает во внимание подобные вещи. Ему не понравилось, что амобилер стоит слишком близко к дверям, хотя его собственный возница всегда заезжает чуть ли не в коридор!

— Так это и был генерал Бубута Бох? Ну, он попал.

Нарушитель спокойствия весьма напоминал одного из моих бывших начальников. Я почувствовал нехорошее удовлетворение. Все, прошло ваше время, господа! Сэр Макс сам разберется, кому из вас в каком сортире место. Такое злорадство не делало мне чести, но что делать, я — человек, а не ангел. Какой есть.

Дома я обнаружил, что ужасно хочу спать. Уютнейшая из постелей Соединенного Королевства была к моим услугам. Но вот сны... Меня, можно сказать, предали.

Сны с детства были чрезвычайно важной частью моей жизни, поэтому дурной сон может выбить меня из колеи куда эффективнее, чем реальные неприятности. А в то утро меня решили извести настоящим кошмаром.

Мне приснилось, что я не могу уснуть. Неудивительно, если учесть, что сделать это я пытался на столе в собственной новой гостиной. Я лежал там, подобно хорошему обеду, и смотрел в окно на соседний дом, тот самый изысканный шедевр старинной архитектуры, которым я любовался в первый вечер. Но если наяву дом мне понравился, то сейчас я испытывал к нему смутное, но бесспорное отвращение. За треугольными окнами притаился сумрак, не предвещавший ничего хорошего. Я знал, что обитатели дома давно умерли и только кажутся живыми. Но опасны были не они сами.

Некоторое время ничего не происходило, просто я не мог пошевелиться, и это мне не слишком нравилось. Еще больше мне не нравилось предчувствие: что-то должно было случиться. Что-то уже начинало случаться. Что-то шло ко мне из невыразимого далека. Ему требовалось время, и время у него было.

Эта тягомотина продолжалась бесконечно долго. Начало казаться, что так было всегда и будет всегда. Но в какой-то момент мне все-таки удалось проснуться.

С больной головой, мокрый от липкого пота, мерзкого младшего братишки ночных кошмаров, я был счастлив. Проснуться — это так здорово! Я порылся в шкафу и нашел бутылочку с драгоценным бальзамом Кахара. «Береги его, Макс, эта радость — не для каждого дня», — наставлял меня Джуффин. Но мое тело жалобно взывало о снисхождении, и я не стал терзаться сомнениями. Прежде, когда у меня под рукой не было чудесного снадобья, такой сон мог лишить меня душевных сил на целую неделю. Теперь же мне полегчало сразу, и можно было надеяться, что надолго.

Улыбнувшись послеполуденному солнышку, я отправился вниз, чтобы усугубить приятные перемены с помощью бассейна и хорошей камры.

Через час я был в полном порядке. На службе меня пока не ждали. Полчаса я провел в гостиной с книгой на коленях.

Вид из окна радовал гораздо меньше, чем прежде, но поворачиваться спиной к пейзажу я почему-то тоже не решался.

В конце концов я понял, что так не годится. А посему отложил третий том Энциклопедии Манги Мелифаро, вышел на улицу и приблизился к дому напротив. Достал свой новехонький кинжал с индикатором в рукояти. Посмотрел. Дом был невинен как младенец. Черная магия дозволенной второй ступени — наверное, хозяева готовили камру или боролись с брызгами масла, на что имели полное право.

Мое сердце, впрочем, говорило другое. «Это — дрянное место», — испуганно выстукивало оно. Вообще-то с недавних пор эта полезная мышца стала неплохим советчиком. Следовало бы учесть ее мнение. Но мне хотелось другого: успокоиться и жить дальше. Я очень старался.

«Меньше надо слушать страшных историй на ночь, дорогуша!» — бодро сказал я сам себе.

Чтобы отвлечься, я прогулял по кварталу свою новую игрушку, заодно проверил отношение соседей к Кодексу Хрембера. Судя по показаниям индикатора, они были лояльны к закону и самозабвенно предавались кулинарным экспериментам: черная магия второй ступени сочилась буквально из всех окон. Когда стрелка начала опасливо колебаться между дозволенной двойкой и нежелательной тройкой, я внимательно огляделся. Передо мной был маленький трактир с грозным названием «Сытый скелет». Я сделал вывод, что здешний повар — фанат своего дела. И пошел завтракать. «Обжора Бунба» — это святое, но я обожаю разнообразие.

Кошмары кошмарами, но аппетит мой даже превосходил свои скромные утренние возможности. За соседним столиком две местные кумушки перемывали кости некоей леди Алатане, которую сегодня утром обокрали, пока она болталась по магазинам, «и поделом ей, жадюге!» Я мысленно посочувствовал несчастной леди: я уже видел господина, чьей прямой обязанностью являлась защита ее имущества. А сколько я о нем слышал! Аппетита мне это, однако, не испортило.

Покончив с завтраком, я неспешно отправился на службу, описывая концентрические круги по Старому городу.

По дороге истратил все карманные деньги на совершенно ненужные, но обаятельные предметы обихода. На моей исторической родине считается, что шопинг спасает от стрессов измученных рутиной домохозяек. Могу засвидетельствовать, он спасает еще и бравых Тайных сыщиков от последствий ночных кошмаров.

Нагруженный свертками, я прибыл в Дом у Моста всего лишь на полчаса раньше, чем требовалось.

— Обрастаешь хозяйством, гроза полицейских? — дружелюбно спросил Джуффин, осматривая мои пакеты. — Кстати, генерал Бубута решил, что уж если ты на него орешь, значит, имеешь на это право. Он тебя теперь уважает. И мечтает придушить. Молодец, парень. Признайся, ты ведь искренне решил, что он хулиганит?

— В любом случае он хулиганил. Государственный чиновник высокого ранга не должен вести себя подобным образом. Я тут у вас наведу порядок! — Я сделал страшное лицо. Потом признался: — Всегда мечтал дорваться до власти, сэр.

— Это хорошо, — мечтательно сказал Джуффин, — может быть, вместе мы его изведем... А что с тобой творится, Макс? Какой-то ты не такой.

Я обалдел.

— Неужели заметно? Я-то думал...

— Мне заметно. Надеюсь, Бубута не нанял какую-нибудь ведьму... Да нет, куда ему. Он, в сущности, самый законопослушный из обывателей. Даже дозволенной магией предоставил заниматься жене, сам пальцем не пошевелит... Так что стряслось, Макс?

Я был рад выговориться. Может быть, для этого я и явился на службу так рано?

— В сущности, ничего. Но в моем случае это проблема. Мне просто приснился кошмар. Отвратительный кошмар. Там не было никаких особенных событий, но ощущения мерзейшие... — и я рассказал свой сон во всех подробностях.

— Ты проверил дом, когда проснулся?

— Ага. Черная магия второй ступени. Ребята варили камру, я полагаю. Но вы же лучше меня знаете, что индикаторы порой врут.

— Да, знаю. Но сделать помещение непроницаемым, да еще так, чтобы индикатор был не на нуле, а давал дозволенные законом показания... Теоретически это возможно, но кому такое по силам? Во всяком случае, не мне. Даже не мне! Я, правда, не самый грозный колдун в Мире, но и не последний. Говоришь, мерзкие ощущения?

— Более чем. Сердце чуть не отказалось принимать участие в этом безобразии.

— Ладно. Я там прогуляюсь по дороге домой, посмотрю. Делать-то все равно нечего. Я даже свою «дневную физиономию» отпустил порезвиться на просторах родительского имения. А сэр Лонли-Локли отбыл домой на час раньше положенного времени, чего с ним уже дюжину лет не случалось. Пошли в «Обжору», выпьем по кружке камры. Присмотришь за порядком, Куруш? А Макс принесет тебе гостинец. Можете потом вдвоем прогуляться в Большой Архив. Не знаю, как твои родичи, умник, но сэр Луукфи Пэнц обрадуется. Все равно, чует мое сердце, сегодня ночью будет еще тише, чем вчера, если это возможно. Пошли, Макс.

— Не забудь гостинец, — с невозмутимостью индейского вождя напомнил Куруш.

Все время, что мы провели в «Обжоре Бунбе», сэр Джуффин был образцом отеческой заботы. Удивительное дело, он по-настоящему сочувствовал моей пустяковой проблеме.

— Знаешь, Макс, что бы это ни было, но ты не из тех ребят, кому кошмары снятся от расстройства пищеварения. Иногда твои сны — не совсем обычные сны. Если это повторится, лучше бы тебе провести у меня еще денек-другой, пока мы разберемся, что к чему.

— Спасибо, Джуффин. Но мне не хочется вот так сразу все бросать. Я всю жизнь мечтал иметь такой дом, чтобы спальня под крышей, гостиная — внизу, лесенка со скрипом и никакой лишней мебели. Вот теперь он у меня есть. И знаете, что я вам скажу? Хрен меня кто-то оттуда выживет!

— Ладно. Значит, будешь спать дома и смотреть полдюжины кошмаров за ночь — так, что ли? — хмыкнул Джуффин.

— Не хотелось бы, конечно. А может быть, эта дрянь привиделась мне в первый и в последний раз? Каждому ведь может присниться страшный сон. Просто так, ни с того ни с сего.

— И сердце на улице у тебя заныло просто так? Просто так, сэр Макс, только кошки родятся.

Я прыснул от неожиданности, услышав эту старую глупую аксиому.

— Здесь есть кошки?

— А где их нет?

— А почему я их до сих пор не видел?

— Где, интересно, ты их мог видеть? Ты что, был за городом? Кошек не держат в городских квартирах, равно как коров и овец.

— Странно. Наверное, у вас какие-то неправильные кошки.

— Это у вас неправильные кошки, — патриотично обиделся Джуффин. — А наши кошки — самые правильные кошки во Вселенной.

На этой оптимистической ноте мы расстались. Сэр Джуффин Халли пошел гулять по улице Старых Монеток, а я — в Дом у Моста, бездельничать. Курушу досталось кремовое пирожное, по свидетельствам моих коллег, он их обожал. В финале выяснилось, что буривух не может самостоятельно очистить клюв от липкого крема, и мне пришлось метаться по Управлению в поисках салфетки.

Потом я отправился в Большой Архив и до наступления темноты развлекал сэра Луукфи Пэнца и добрую сотню буривухов сведениями о Пустых Землях, которые успел почерпнуть из эпохального третьего тома. Когда долгие сумерки сгустились до состояния ночи, сэр Луукфи, роняя стулья, с сожалением засобирался домой. Так я узнал, что его рабочий день длится от полудня до полной темноты, в остальное время буривухи предпочитают заниматься своими делами, и беспокоить их не следует. На нашего Куруша они смотрели как на чудака. Все время проводить с людьми — это так эксцентрично!

Я пригласил симпатичного сэра Луукфи выпить по кружке камры в моем кабинете. Он обрадовался и засмущался одновременно. Послал зов жене, после чего сообщил:

— Вариша готова поскучать еще часок. Спасибо, сэр Макс! И простите, что я не сразу принял ваше приглашение. Понимаете, мы недавно женаты и... — бедняга стыдливо запутался в складках собственного лоохи. Мне пришлось его придержать.

— Не надо ничего объяснять, — улыбнулся я, — все правильно, друг мой.

Оказавшись в кабинете, я тут же послал зов курьеру. Тот примчался через несколько секунд, преданно заглядывая мне в глаза. Фильм ужасов «Сэр Макс — пожиратель подчиненных». Хорошо-то как!

Луукфи с удовольствием прихлебывал камру, то и дело макая в кружку узорчатые края лоохи. Я не терял время зря, расспрашивал его о буривухах. Куруша я уже выслушал, теперь мне хотелось узнать мнение другой заинтересованной стороны.

— На эту службу меня пригласили сами буривухи, — заметил сэр Луукфи. Почему они меня выбрали — Магистры знают, но однажды в мой дом постучал курьер и принес мне приглашение в Дом у Моста. Эти птицы сказали, что их вполне устроит мое общество. Прочие кандидатуры, даже племянника Королевской Советницы, они с негодованием отвергли. Ты не знаешь почему, Куруш?

— Я тебе уже много раз говорил: потому что ты способен отличить одного из нас от другого.

— Куруш, ты такой же шутник, как сэр Джуффин! А кто же не может?

— Мне, например, было бы непросто отличить одного буривуха от другого, — озадаченно признался я.

— Вот именно. Уже больше ста лет я говорю ему одно и то же, и он мне не верит, — проворчал Куруш. — Хотя это правда. У него неплохая память — для человека.

— У меня действительно хорошая память, — просиял Луукфи, — хотя мне всю жизнь казалось, что это у других — плохая, а у меня — нормальная.

— Он помнит, сколько у каждого из нас перьев, — доверительно сообщил мне Куруш. — Это большое достижение для человека.

— Еще бы! — присвистнул я. — Если даже это единственное, что вы помните, Луукфи, то по сравнению с вами я — слабоумный. Равно как и остальное человечество.

— Ну что вы, сэр Макс, — серьезно возразил этот замечательный парень. — Вы не слабоумный. Просто рассеянный, как и подавляющее большинство людей.

Грешные Магистры, кто бы говорил о рассеянности.

В конце концов Луукфи откланялся, и мы с Курушем остались одни. Буривух, кажется, задремал. Но я не унывал: в столе Джуффина обнаружилась пресса, свежая и не очень. Хорошо быть новичком в чужом мире. Вечерние газеты захватывают, как фантастические романы, с той лишь разницей, что в любой момент можно отворить дверь и отправиться на прогулку по вымышленной, казалось бы, реальности.

Сэр Кофа Йох снова явился еще до рассвета. Ворчливо сообщил, что новостей нет и не предвидится. Только еще четыре квартирные кражи на голову нашей доблестной полиции. Скукота! Поэтому он идет спать, и пропади все пропадом. Я сочувственно вздохнул и углубился в «Суету Ехо» годичной, кажется, давности.

Сэр Джуффин Халли пожаловал довольно рано, потребовал камры и задумчиво уставился на меня:

— Пока никаких новостей, Макс. Я имею в виду, никаких настоящих новостей. Но есть у меня одна мыслишка... В общем, так. Мой дом, разумеется, всегда открыт для тебя. Но лучше попробуй поспать у себя еще денек-другой. Не будет кошмаров — прекрасно! А если будут... Понимаю, что это неприятно, но сюжет должен развиваться. Возможно, мы узнаем что-то интересное.

— А как вы сами думаете? К чему мне готовиться?

— Честно? К худшему. Не понравился мне этот домик. Очень не понравился. Но придраться не к чему. И ничего похожего на моей памяти не было. Может быть, это от скуки воображение разыгралось... да нет, не думаю. Что-то мы там раскопаем. Явится Луукфи, разузнаю, кто хозяева этого дома. И соседних, заодно. И как им там живется... А пока держи. — Джуффин протянул какую-то невзрачную тряпочку. — Перед сном обмотай шею. Пробуждение гарантируется.

— Что, это может быть настолько опасно?

— Ага. В жизни вообще полным-полно чрезвычайно опасных вещей. И самые опасные — те, которых мы не понимаем. И те, которых вовсе не существует... Ладно. Проснешься, дай мне знать.

Чувство ответственности — не лучшее снотворное. Поворочавшись с боку на бок, я обложился Энциклопедией Манги Мелифаро и принялся рассматривать превосходные иллюстрации. Меня заинтриговали местные кошки, и я надеялся разыскать их изображения. Искать пришлось долго, но я победил. На первый взгляд эти замечательные создания выглядели как самые обычные пушистые коты. Зато впечатляли их размеры: в длину мохнатые коротколапые существа были никак не меньше метра; высота в холке — сантиметров сорок. Я определил это, сопоставив кошек с изображением господина в вязаном лоохи. Обратившись к сопроводительному тексту, я выяснил, что оный господин — не кто иной, как «пастух»; углубившись в объяснения, узнал, что «крестьяне Ландаланда разводят кошек ради их теплой шерсти». Как овец! Я был потрясен и очарован. Завести, что ли, котенка? Столичные снобы считают их мелким домашним скотом, который держат на фермах, но мне-то, варвару с границы Пустых Земель, позволены и не такие причуды.

Убаюканный мечтами о грядущем статусе первого кошковладельца Ехо, я наконец заснул. Право, лучше бы бессонница продолжалась! Милосердная тьма забытья быстро сменилась отчетливой картинкой. Я снова лежал на столе в гостиной, беспомощный и неподвижный.

Хуже всего, что я утратил всякое представление о себе. Кто я, каков я, откуда такой взялся, где нахожусь сейчас, чем занимался, к примеру, год назад, с какими девушками предпочитал иметь дело, как звали моих приятелей, где я жил в детстве — у меня не было ответов на все эти вопросы. Хуже того, у меня и вопросов-то не было. Мои представления о мире ограничивались этой гостиной с видом на треугольные окна соседнего дома. И страхом. Да, именно так, об окружающем мире я знал одно: это — страшное место. Мне было совсем худо.

Наконец окно дома напротив медленно открылось. Кто-то смотрел на меня из комнаты. Потом в окне мелькнула чья-то рука. Горсть песка вылетела из темноты, но не просыпалась на тротуар, а замерла в воздухе маленьким золотым облачком. Еще горсть песка, еще и еще. Теперь в воздухе трепетало не просто облачко, а тропинка. Короткая такая тропинка. Но я был уверен, что знаю, куда она приведет.

«Сюжет развивается, — подумал я. — Вот и славно, сюжет должен развиваться... Да это же не моя мысль, это слова Джуффина! Именно так он и сказал...»

Вспомнив разговор с Джуффином, я тут же вспомнил и о себе. Стало полегче. Страх, увы, остался, но он был уже далеко не единственной составляющей моего существования. Теперь я знал, что сплю; знал, что сплю не просто так, а ради наблюдения за развитием кошмара. И еще я знал, что теперь мне надо проснуться. Но проснуться почему-то не получалось.

«Кретин! Я же забыл намотать тряпочку!» — в панике подумал я. И, хвала Магистрам, проснулся. Спустил ноги со стола...

Силы небесные. Выходит, я действительно спал на столе в гостиной, а вовсе не в уютной постели наверху, куда забрался в компании восьми томов Энциклопедии Мира. Глупость какая. Хотя нет, это уже не глупость, это — крепко сбитый эпизод для фильма ужасов категории В.

Как бы там ни было, я пошел наверх. Колени мои дрожали. Больше всего я боялся, что обнаружу в своей постели еще одного Макса. Поди потом разберись: кто из нас настоящий?

Однако пронесло, постель была пуста. Дрожащими руками я потянулся за бальзамом Кахара, предусмотрительно поставленным у изголовья. Сделал глоток, еще один. Отпустило. Я рухнул под одеяло — не поспал, хоть поваляюсь. И нужно связаться с Джуффином. Благо есть, о чем ему рассказать.

«Я проснулся, Джуффин. Дело плохо».

«Ну, если проснулся, значит, не так уж плохо. Приходи в "Обжору", накормлю тебя завтраком. У меня тоже есть новости».

«Буду через час. Отбой».

«Что-что?» — не понял Джуффин.

«Отбой. Это значит — все, конец связи».

«Отбой!» — с удовольствием повторил он.

«Обжора Бунба» — воистину волшебное место. Эти стены кого хочешь приведут в порядок. Я излагал свое приключение и расслаблялся. Чего не скажешь о Джуффине. У него было лицо человека, обреченного на визит к стоматологу.

— Говоришь, ты проснулся на столе? Значит, дело еще серьезнее, чем я предполагал. Думаю, тебе все же придется на время перебраться ко мне. А вот я, пожалуй, проведу эту ночь в твоей постели. Может, и мне какая-нибудь дрянь приснится?

— У меня другая идея. Я буду спать дома, а вы — сидеть рядом и держать меня за ручку, как заботливая нянька.

— Сходная идея поначалу была и у меня, но...

— Какие «но», Джуффин? Со мной это уже происходит. Сюжет развивается. А вам, наверное, начнут показывать первую серию, потом вторую... Мы потеряем, как минимум, два дня.

— Вероятно. Но мне не нравится, что эта штука так легко тебя ломает. Боюсь, во сне ты пока чересчур уязвим.

— Ну, как сказать. Я же все-таки вспомнил, что это сон. И проснулся, хоть и забыл о вашей тряпочке.

— А вот это очень скверно, сэр Макс. Такие вещи нельзя забывать. Лучше уж забудь, что нельзя мочиться в штаны. Противно, зато безопасно. Между прочим, эта, как ты изволишь выражаться, «тряпочка» — всего-навсего головная повязка Великого Магистра Ордена Потаенной Травы.

— Одного из тех, чьим вяленым мясом вы ежедневно подкрепляете свои силы?

Джуффин с удовольствием хохотнул. Потом снова насупился.

— По-моему, ты переборщил с бальзамом Кахара, Макс. Твоя жизнерадостность меня пугает.

— Она меня самого пугает... Так вы согласны спеть мне колыбельную?

— Можно попробовать. Хотя подозреваю, что присутствие бодрствующего человека, да еще такого заметного, как я, помешает развитию событий.

— По крайней мере отдохну нормально... А что, если мы оба будем спать?

— Да, можно попробовать, хотя, — Джуффин оживился, — кто сказал, что я должен находиться в том же помещении? Я могу проследить за тобой, не выходя из своего кабинета. Так и поступим. Но прежде я все-таки переночую у тебя. Мало ли...

— Дом в вашем распоряжении. Но у меня всего три бассейна, помните? Это вас не остановит?

— Чего не сделаешь ради спокойствия Соединенного Королевства. И своего собственного, если на то пошло. Чуяло мое сердце, нельзя было позволять тебе селиться в этой конуре.

— Ничего, — успокоил я шефа. — Вот вырасту большой, научусь брать взятки, построю себе дворец на Левом Берегу. Все еще впереди. А у вас есть какие-то новости? Вы же собирались буривухов поспрашивать.

— Именно этим полдня и занимался. Новости есть, и весьма настораживающие. Жаль, что я не взялся за это дело несколькими годами раньше. Но если бы не твои сны, мне бы в голову не пришло собрать вместе некоторые факты, каждый из которых сам по себе не слишком интересен. Пошли в Управление, сам услышишь.

Не теряя времени, мы отправились в Большой Архив.

— Луукфи, я бы хотел еще раз послушать ту информацию, которую мы нашли днем.

— Разумеется, сэр Халли. Хороший день, сэр Макс, рано вы сегодня пожаловали! А говорят, что в последнее время ничего не происходит...

Я пожал плечами. В общем-то, в последнее время действительно ничего особенного не происходило, только мелкие квартирные кражи. И спалось мне плохо на новом месте. Вот, собственно, и все.

Луукфи подошел к одному из буривухов.

— Пожалуйста, расскажи нам еще раз об улице Старых Монеток, Татун.

Птица, как показалось мне, пожала плечами. Дескать, охота вам всякую дребедень по второму разу слушать! Но работа есть работа. И буривух начал излагать:

— Информация о владельцах недвижимостью на 208-й день 115 года. Улица Старых Монеток, первый дом. Хозяйка — Хариста Ааг. Никогда ни в чем не подозревалась. Живет за городом. В 109 году Эпохи Кодекса дом передан во временное пользование семейству Поэдра. Заплачено за три дюжины лет вперед. Гар Поэдра утратил Искру и умер в 112 году. Его жена, Пита Поэдра, и дочь Шитта живут там до сих пор. Дочь с детства болеет, но не прибегает к услугам знающих людей и не выходит из дома. Живут замкнуто, посетителей не бывает. Ни в чем не подозреваются.

Второй дом. Хозяин Кунк Стифан. Проживает в доме с двумя малолетними сыновьями. Его жена Трита Стифан умерла в 107 году. В 110 году подозревался в убийстве служанки Памы Лоррас. Был оправдан и получил компенсацию за беспокойство, поскольку знахарь подтвердил, что женщина умерла во сне от сердечной болезни. Пользуется услугами приходящего слуги и четырех учителей для мальчиков. Постоянной прислуги не держит. Из-за болезни в начале года был вынужден оставить службу в Управлении Больших Денег. Живет на Королевскую пенсию.

Третий дом. Хозяин Рогро Жииль, главный редактор «Королевского голоса», совладелец «Суеты Ехо». Досье на него хранится в надлежащем месте. Живет на улице Имбирных снов в Новом городе, дом на улице Старых Монеток не сдается и не продается, поскольку владелец не нуждается в средствах.

— Его досье — это поэма, — шепнул мне сэр Джуффин. — Но в данный момент оно нас не интересует. Можешь полюбопытствовать на досуге, очень рекомендую!

Четвертый дом, пятый дом, шестой... Истории были похожи одна на другую. Обитатели улицы Старых Монеток казались несчастнейшими людьми в Ехо: они болели, теряли близких и умирали сами. Никаких преступлений, никаких самоубийств, ничего загадочного. Но чтобы целая улица была сплошь заселена тяжело больными вдовами и сиротами?! Да еще и в Ехо, где рядовые знахари чуть ли не из мертвых воскресить способны. Ничего себе совпадение!

— Седьмой дом... — продолжал буривух.

— Внимание, Макс, это — тот самый, — Джуффин пихнул меня в бок, — возьми на заметку!

— Седьмой дом, — терпеливо повторила птица. — Владелец Толакан Ен, жена Фэни Ен, детей нет. Дом получен по наследству от отца, сэра Генелада Ена, Главного Поставщика Двора, в 54 году Эпохи Кодекса. Общая сумма унаследованного состояния равна дюжине миллионов корон.

Я присвистнул: сэр Толакан был фантастически богат! На одну корону неделю жить можно — если, конечно, не скупать оптом всякую драгоценную ерунду, выставленную в витринах антикварных лавок.

— Никогда ни в чем не подозревались, — продолжал буривух. — Живут замкнуто. Подробное досье находится в надлежащем месте.

— Замечательно, да? — спросил сэр Джуффин. — Сказочный богач вот уже пять дюжин лет живет в этом убогом квартале, — ты уж не обижайся, Макс, я просто транслирую общественное мнение... И заметь: именно он и его супруга целехоньки. Единственная здоровая пара на всю улицу: ни инвалидов, ни покойников.

— Восьмой дом, — монотонно бубнил буривух. — Владелица Гина Урсил. Ни в чем не подозревается. Прежняя владелица Леа Урсил, мать Гины, утратила Искру и умерла в 87 году Эпохи Кодекса. С тех пор дом пустует, поскольку настоящая владелица проживает в своих владениях в Уриуланде.

— Думаю, все самое ценное из этой беседы ты уже вынес, — вздохнул Джуффин. — Дальше будет то же самое: пустующие дома, больные вдовы, хиреющие вдовцы, покойные родители и чахлые детишки. И на закуску твой сарай, где, как мы знаем, тоже не все благополучно... Спасибо, Татун. Думаю, с нас хватит. Подробности выспрошу у Куруша.

— А трактир? — спросил я. — «Сытый скелет», я там вчера завтракал. С ним, надеюсь, все в порядке?

— Самое светлое место на твоей веселенькой улице. Но возьми на заметку, сэр Макс: люди там работают, ну и едят, конечно,

Но не спят! Даже хозяин заведения, Гоппа Талабун, живет над «Пьяным скелетом», одним из своих трактиров. Их у него, кажется, дюжина. И «скелет» кочует по названиям всех его кабаков. Гоппе кажется, что это забавно. Клиентам, впрочем, тоже.

Джуффин поблагодарил Луукфи и буривухов, и мы отправились в кабинет. Куруш, как всегда, дремал на спинке кресла.

— Просыпайся! — Джуффин ласково пошевелил перышки на нежном горлышке буривуха. — Работать будем.

Куруш открыл круглые глаза и невозмутимо заметил:

— Сначала орехи.

Пока наш умник щелкал орехи, мы успели выпить по кружке камры и потребовать добавки.

— Я готов, — наконец заявил Куруш.

— Ну раз готов, начинай рыться в своей памяти, милый. Нас интересует все, что связано с седьмым домом по улице Старых Монеток. Соберешь все вместе — начинай излагать. Сэр Макс коллекционирует сплетни о своих соседях, так что ты уж расстарайся.

Куруш надулся и умолк. Мне показалось, что он тихо гудит как маленький компьютер. Через несколько минут буривух встряхнулся и начал:

— Седьмой дом по улице Старых Монеток — один из старейших в Ехо. Был построен в 1140 году магистром кузнечного дела Стремми Бро, перешел к его сыну Карду Бро, затем к его наследнице Вамире Бро. В 2154 году Эпохи Орденов Вамира Бро продала дом семейству Гюсотов. Менер Гюсот, известный как Великий Магистр Ордена Зеленых Лун, родился в этом доме в 2346 году, позже получил его в подарок к совершеннолетию и жил там, уединившись от Мира. Как известно, в 2504 году Менер Гюсот учредил Орден Зеленых Лун. До тех пор пока могущество Ордена не было доказано на деле, собрания адептов проходили на квартире Великого Магистра. После того как в 2675 году была построена настоящая резиденция Ордена, седьмой дом на улице Старых Монеток не опустел: Великий Магистр занимался там «особо важными делами», по его собственному выражению.

В Смутные Времена Орден Зеленых Лун пал одним из первых, поскольку принадлежал к числу основных соперников Ордена Семилистника. Большинство послушников, адептов и Магистров были убиты. Великий Магистр Менер Гюсот покончил с собой во дворе горящей резиденции Ордена в 233-й день 3183 года Эпохи Орденов, за пять лет до наступления Эпохи Кодекса. Известно девятнадцать посвященных, оставшихся в живых. Все они, согласно информации Ордена Семилистника, сразу же покинули Соединенное Королевство. Информация о деятельности каждого из них находится в Большом Архиве и пополняется по мере поступления сведений.

Собственность покойного Менера Гюсота, в том числе и дом на улице Старых Монеток, отошла к Королю. По высочайшему приказу дом был продан сэру Генеладу Ену, первому поставщику Двора в 8 году Эпохи Кодекса. В 10 году сэр Генелад Ен скончался, и во владение домом вступил сэр Толакан Ен, Главный Советник Канцелярии Довольствия, единственный сын и наследник покойного. Помещение пустовало, пока в 54 году семья Ен не переехала туда из своих загородных владений. В 55 году сэр Толакан Ен оставил службу в Канцелярии Довольствия. С тех пор они живут уединенно, держат только приходящих слуг. Общественное мнение объясняет такой образ жизни чрезмерной скупостью, что порой случается с очень богатыми людьми... Дайте еще орехов!

Высказав ультимативное требование, Куруш умолк.

— Хорошая история, сэр Макс! — удовлетворенно хмыкнул Джуффин, собирая орехи по многочисленным ящикам своего стола. — Отец приобретает дом и через два года умирает. Все прекрасно, пока дом стоит пустой. В пятьдесят четвертом туда въезжает наследник. Не проходит и года — человека как подменили. Без каких бы то ни было внешних причин он оставляет службу, распускает прислугу и становится одним из тишайших обывателей Ехо. Леди Фэни, самая заметная светская львица первой половины столетия, не возражает. Прежние друзья не получают никаких объяснений — можешь мне поверить, я уже справлялся. Но придраться не к чему: жизнь любого человека, даже самого богатого в столице — это его личное дело. Все недоумевают, потом забывают. Жизнь продолжается.

— Что, совсем носа на люди не кажут?

— Да нет, кончик носа порой высовывается. Но только кончик носа леди Фэни. Она выходит из дома не реже чем раз в дюжину дней. Все такая же замкнутая, непроницаемая, как в те времена, когда ее красота была главной сенсацией при Дворе. Но никаких визитов. Леди Фэни делает покупки. Целые тюки порой необходимых, но, как правило, совершенно ненужных вещей. Выглядит так, словно она поставила перед собой задачу в кратчайшие сроки собрать самую роскошную коллекцию чего попало. Впрочем, для женщины с таким состоянием и кучей свободного времени это вполне нормально.

— Вы узнали немало, Джуффин!

— Ох, Макс, боюсь, что слишком мало! Но это — все, что можно было сделать за такой короткий срок. Ладно, благодари Магистров, что можешь отдохнуть на службе. Набирайся сил, наслаждайся жизнью. А я отправлюсь к тебе. Попробую поспать в этих трущобах. Дырку над тобой в небе, сэр Макс, я-то думал, что времена моих аскетических подвигов навсегда миновали!

Сэр Джуффин отбыл, а я остался в Доме у Моста. Всю ночь старался с честью выполнять приказ шефа касательно отдыха и наслаждения жизнью. Задание было не из легких, но я сделал все, что мог.

Утро, как обычно, началось с явления сэра Кофы. Он выглядел весьма растерянным. Впрочем, это выражение лица шло ему куда больше, чем брюзгливая гримаса беспросветной скуки.

— Кражи продолжаются, — сообщил он. — Это уже начинает казаться нелепым. А нелепость всегда настораживает. Все говорит о том, что кражи совершает один и тот же персонаж. Но как это шустрое существо умудряется одновременно посетить несколько домов в противоположных концах Ехо? А если это разные ребята, то какой гений сумел их так вымуштровать? И главное — зачем? Чтобы даже до Бубуты дошло, что тут действует одна команда? Ладно, мальчик, передай Джуффину, пусть свяжется со мной, если заскучает. Дельце, конечно, пустяковое, да и не по нашему ведомству, но ночью и тощая баба одеялом кажется.

— На безрыбье и рак — рыба, — машинально перевел я. — Я передам. Но думаю, сегодня днем сэр Джуффин и так не заскучает. Я ему тут одну работенку подкинул.

— Ну тогда и вурдалаки с ними, с кражами. Подождут до худших времен. Счастливо оставаться, Макс. Я намерен посетить еще парочку мест по дороге домой, а посему откланиваюсь.

Поскучав еще с полчаса, я получил весточку от Джуффина: «Со мной все в порядке, не считая предстоящего мытья в твоих убогих лоханках. Скоро буду, так что пошли в «Обжору» за завтраком».

Я с удовольствием принялся хлопотать над составлением меню.

К прибытию Джуффина наш рабочий кабинет обладал всеми достоинствами хорошего ресторана: роскошный натюрморт на столе, заманчивые запахи и один голодный гурман в моем лице. Господин Почтеннейший Начальник остался доволен.

— Имею честь доложить, сэр. — Джуффин кривлялся, изображая новобранца, вернувшегося с первого в жизни ответственного задания. — Результаты следственного эксперимента показали, что: а) в соседнем доме действительно кое-что обитает и б) оно меня боится. Или брезгует мною. Или находит невкусным. Или является постоянным подписчиком «Суеты Ехо», а посему уважает и восхищается. Во всяком случае, меня никто не пальцем не тронул. Впрочем, нет, все оказалось еще забавнее. Сначала мне все-таки приснилось, что я лежу на твоем грешном обеденном столе, но это продолжалось не дольше секунды. А потом меня отпустило. Раз — и нет ничего. Я был свободен как птица и мог дрыхнуть, сколько пожелаю. Но я проявил назойливость и попытался сблизиться с нашим таинственным другом. Он же окружил себя такой непроницаемой защитой, что мне не удалось обнаружить внутри славного особнячка никого, кроме крепко спящих хозяев. Но все же мы узнали хоть что-то новенькое!

— Например?

— Например, это не может быть делом человеческих рук. То есть, возможно, именно человек разбудил силы, обитающие в доме. И даже догадываюсь, что история сохранила для всех желающих имя этого героя. Кто из прежних жильцов, кроме Великого Магистра Ордена Зеленых Лун, мог баловаться подобными игрушками? Но факт остается фактом, к тебе пристает какая-то малоизученная инородная дрянь. Везет тебе на экзотику, как я погляжу.

— Я и сам экзотика, — буркнул я. — И чего оно хочет?

— А как ты думаешь? Ням-ням! — плотоядно ухмыльнулся Джуффин. — Во всяком случае, ничего хорошего оно не хочет, это точно. Иначе с чего бы окрестные жители мерли как пауки в дрянной харчевне? Ладно. Что еще мы знаем о противнике? Судя по сегодняшней ночи, можно сказать, что действует он осторожно и избирательно. То есть с опытным колдуном, вроде меня, связываться не станет. Кроме того, наш маленький друг способен ошибаться, что наглядно доказал сегодня, когда сначала вторгся в мой сон, а потом позорно сбежал. Это утешает, не люблю иметь дело с безупречной нечистью... Впрочем, информации, каковой мы располагаем, явно недостаточно. Так что, сэр Макс, придется тебе помучиться кошмарами еще ночку-другую. Я же запрусь в кабинете и буду следить за твоими приключениями. Только не вздумай и сегодня улечься без охранного амулета, каковым я тебя заботливо снабдил.

— Вы имеете в виду тряпочку?

— Я имею в виду головную повязку Великого Магистра Ордена Потаенной Травы. Твое легкомыслие меня доконает! Без этой, как ты изволишь выражаться, «тряпочки», никто не гарантирует, что ты когда-нибудь проснешься. Тебя устраивает такая перспектива?

— Не то чтобы очень. Я не забуду, Джуффин. Странно, что я умудрился забыть о ней вчера. А это неведомое чудище, притаившееся в засаде, не могло стать причиной моей рассеянности?

— А знаешь, вполне может быть. Тем хуже, сэр Макс, тем хуже.

— Если уж будете следить за мной, постарайтесь напомнить обо всех предосторожностях, когда я стану укладываться в постель. Одно из двух: или я действительно становлюсь рассеянным, или эта неведомая тварь делает из меня идиота.

— Ты прав. Случается и не такое. В любом случае лишнее напоминание тебе не повредит. Что-то ты мало ешь, как я погляжу. Не позволяй всякой ерунде портить тебе аппетит! Проблемы приходят и уходят, а твое брюхо остается с тобой. Его нужды — это святое.

— Я исправлюсь, сэр.

И я действительно исправился. Смел с тарелки свою порцию и потянулся за добавкой. Сэр Джуффин Халли смотрел на меня с умилением любящей бабушки.

Все это было прекрасно, но пришло время отправляться домой. На просмотр очередной серии местного «Кошмара на улице Вязов» с беднягой Максом в главной роли. Особого восторга в связи с этим я не испытывал. Сейчас меня поражал собственный идиотический героизм, под влиянием которого я давеча отказался ночевать у Джуффина. Якобы «в интересах дела», но если называть вещи своими именами — из глупого упрямства.

Дома было хорошо, несмотря ни на что. Солнечные лучи пробивались из-за новеньких занавесок цвета темного шоколада, приобретенных мной, чтобы превратить яркий дневной свет в теплый полумрак подводного грота. Разумеется, основной целью покупки было желание избавиться от вида из окна, который всего несколько дней назад стал чуть ли не основным аргументом в пользу выбранного жилища.

Присутствие Джуффина ощущалось в гостиной (невымытая чашка и пустой кувшин из-под камры) и в спальне (подушки и одеяла перекочевали в дальний угол гигантской постели, а моя библиотека у изголовья была подвергнута основательной цензуре, с последующим разбрасыванием неугодных книг по всей комнате). В соответствии со странной логикой внезапных ассоциаций я подумал, что надо бы все-таки завести котенка. «Если все это закончится быстро и благополучно, непременно заведу», — пообещал я себе. И принялся устраиваться поудобнее.

«Эй, Макс, — тут же настиг меня зов Джуффина, ненавязчивый как звон будильника. — Не забудь надеть повязку».

Я подскочил, как укушенный и поспешно обмотал шею охранной «тряпочкой». Грешные Магистры! Кто бы мог подумать, я действительно чуть не забыл про талисман. А ведь был так напуган, какое уж тут легкомыслие.

«Похоже, ты был прав, Макс. Твое внимание могло заниматься чем угодно, только не вопросами собственной безопасности. Тема амулета была искусно заблокирована. Весьма интересным образом — даже жаль, что ты пока не сможешь понять мои объяснения. Мы действительно столкнулись с любопытным явлением... Ладно. Подумай, может быть, у тебя есть и другие амулеты? Ну, просто вещи, к которым ты особенно хорошо относишься. Или вещи, с которыми тебе спокойно, как ребенку с любимой игрушкой. Обложись такими побрякушками с ног до головы. Вреда от них не будет, а кто знает, на что порой способны подобные мелкие талисманы? И не пыхти так, пытаясь послать мне зов. Я все время рядом — в каком-то смысле. Все вижу, все слышу. Все под контролем. Так что можешь расслабиться. Как ты давеча выразился? «Отбой»? В общем, конец связи».

Я задумался. Какие у меня могут быть амулеты? Впрочем, один все-таки есть. Коробочка с бальзамом для умывания из спальни сэра Маклука, мой первый боевой трофей. Я унес ее из того места, где ей не хотелось оставаться, и явственно ощущал, что вещица испытывает ко мне особого рода симпатию. Я бережно поместил своего маленького приятеля в изголовье.

Так, что еще? Ничего, кажется. Разве что «Дитя Багровой Жемчужины», Королевский подарок. Пусть тоже будет рядом. И третий том Энциклопедии Мира сэра Манги Мелифаро заодно. Я действительно привык с ним засыпать, как ребенок с плюшевым мишкой.

Построив изящную баррикаду из амулетов и ощупав шею, чтобы лишний раз убедиться в наличии могущественной «тряпочки», я обреченно улегся в постель. Немного полистал книгу. Сонливость подкралась быстро и незаметно, хотя поначалу я был уверен, что наш сегодняшний эксперимент вполне может провалиться по техническим причинам: от страха и напряжения я попросту не смогу заснуть. Нет, смотрите-ка, все в порядке. Даже чересчур. Чувствовал я себя так, словно меня накачали снотворным. Думаю, «Фредди Крюгер» из соседнего дома позаботился, чтобы никаких нарушений сна у его пациента не наблюдалось. «Надо будет спросить у Джуффина, так ли это, — сонно подумал я. — Хотя чего зря спрашивать, и так ясно...»

На сей раз кошмар получился не столь отвратительным. Я прекрасно понимал, что сплю. Помнил, кто я такой, зачем здесь нахожусь, чего жду и так далее. Присутствия Джуффина я не ощущал, но по крайней мере знал о нем теоретически.

Итак, я опять лежал на собственном обеденном столе в привычной позе «парадного блюда». Занавески, разумеется, были заботливо раздвинуты какой-то неведомой сволочью, поэтому от прекрасного вида на старинный особняк деться мне было некуда. Сердце то и дело сжималось от ужаса, словно бы некая невидимая рука делала мне болезненные внутримышечные инъекции, но у меня пока были силы для сопротивления. К собственному удивлению, я даже начинал злиться. Конечно, гнев пока ничем не мог мне помочь, но кто знает, что будет дальше. Во всяком случае, я ухватился за эту злость, поскольку она была не худшей альтернативой страху.

«Какая-то дрянь не дает мне спокойно спать в собственном доме, за аренду которого в конце концов уплачены деньги. Какая-то поганая мерзость лишает меня отдыха. И даже вместо настоящего остросюжетного кошмара мне навязывают какую-то тупую тягомотину!» — твердил я про себя. Словом, делал все что мог, чтобы по-настоящему завестись. Получалось довольно искренне.

«Молодец, Макс, — голос Джуффина прервал мой гневный внутренний монолог. — Действительно молодец, это работает. А теперь попробуй снова немного испугаться. Твой страх — отличная приманка. Не будешь бояться — тебя, возможно, и вовсе оставят в покое. Но нам-то надо выманить тварь из норы. Будь другом, сделай вид, что сдаешься».

Легко сказать — «испугайся»! К этому моменту я уже был готов крушить и ломать все вокруг. Думаю, на гребне праведного гнева я приближался к полной победе над отвратительным оцепенением, превратившим меня в беспомощнейшее существо во Вселенной.

Одно хорошо в такой ситуации — было бы желание испугаться, и все страшилки мира к услугам заплутавшего в стране кошмаров. Стоило мне снова сосредоточить внимание на темном треугольном окне соседнего дома и песчаной тропинке, угрожающе зависшей в воздухе, гнев сменился страхом, почти паническим. Эксперимента ради (а также во имя собственного психического благополучия) я попытался снова разозлиться. Получилось! Мне очень понравилась возможность быстро менять настроения. Не выбирать из двух зол, а оставить в своем распоряжении оба. Какое-никакое, а разнообразие.

Наконец мне удалось нащупать хрупкое равновесие между страхом и гневом. Бояться, но не до полной потери прочих чувств. Сердиться, но осознавать собственную беспомощность.

И тогда рука из темноты снова бросила горсть песка, потом еще и еще. Призрачная тропинка между нашими окнами становилась длиннее. Прошла вечность, потом еще одна вечность. На исходе третьей вечности мое сердце в очередной раз попыталось отказаться принимать в этом участие, но я с ним договорился. Можно было проснуться, но мне не хотелось дожидаться завтрашнего дня, чтобы посмотреть новую серию. Джуффин хотел полюбоваться на главное действующее лицо этой полуденной мистерии. Я решил, что постараюсь доставить ему такое удовольствие. Буду терпеть, сколько смогу, а потом — еще чуть-чуть. Как и визит к дантисту, такое удовольствие лучше не растягивать надолго.

Когда краешек песчаной тропинки подобрался к столу, на котором пребывала беспомощная груда страха и злости, именуемая Максом, я даже испытал некоторое облегчение. Развязка приближалась.

И точно! Темный силуэт появился в оконном проеме и сделал первый шаг по призрачной дорожке. Шаг за шагом он приближался ко мне. Средних лет мужчина с неразличимым лицом и пустыми блестящими глазами.

Я вдруг понял, что больше не контролирую ситуацию. Не потому, что все это чересчур жутко. И даже не потому, что существо не было (никак не могло быть!) человеком. К этому я теоретически приготовился. Но между нами уже установилась некая связь, и это было много хуже страхов и прочих душевных переживаний. Я не просто ощущал, а видел, как нечто начало изливаться из моего тела. Не кровь, а какая-то невидимая субстанция, насчет которой мне было ясно одно: дальнейшее существование в каком бы то ни было виде без этой штуки совершенно немыслимо.

Что-то сдавило мне горло. Не сказать чтобы сильно, но этого внезапного происшествия вполне хватило, чтобы проснуться. «Тряпочка», о достоинствах которой так много говорил сэр Джуффин Халли, сработала замечательно, а главное — вовремя. Еще секунда — и я не уверен, что ей было бы кого будить.

Я спустил ноги с обеденного стола, уже ничему не удивляясь. Створка распахнувшегося окна жалобно поскрипывала на ветру. Я закрыл окно и с облегчением задернул занавески. Тело смущенно намекнуло, что не прочь грохнуться в обморок. Я погрозил ему кулаком: только попробуй!

«Доброе утро, Макс, — бодрый голос Джуффина медом пролился на мое измученное сознание. — Ты просто молодец, парень! Действительно молодец. Поздравляю тебя с окончанием этого неприятного приключения. Теперь мы знаем все, что нам нужно, так что и настоящий финал не за горами. Хлебни бальзама Кахара так, словно сегодня твоя свадьба, почисти перышки — и бегом ко мне. Ясно? Отбой!»

«Ясно», — машинально ответил я и пополз в спальню. Пять минут спустя, уже вприпрыжку, спустился в ванную комнату, возвращенный к жизни целебнейшим из напитков этого Мира.

Только теперь до меня дошел смысл слов Джуффина. «Поздравляю тебя с окончанием этого неприятного приключения», — вот как он сказал. Значит — все? Значит, как бы там ни было, но этого кошмара я больше не увижу? Грешные Магистры, что еще нужно человеку для того, чтобы быть счастливым!

По дороге на службу я решил, что человеку еще нужен легкий завтрак. В «Сытом скелете», например. И решительно свернул в теплый полумрак. Сэр Джуффин Халли никогда не требовал от своих подчиненных оставаться голодными, даже в интересах дела.

Народу в Доме у Моста сегодня было побольше, чем всегда. Сэр Лонли-Локли делал заметки в своей объемистой тетради, скорчившись на краешке стула в столь неудобной позе, что на него смотреть было больно. Сэр Мелифаро, только что прибывший из родительского поместья, выскочил из своего кабинета, как чертик из бутылки, вопя, что пришел самый знаменитый из незаконнорожденных принцев и он невероятно счастлив погреться в лучах моей славы. Я решил, что бедняга совсем спятил. Потом до меня дошло, что парень имеет в виду Королевский подарок, каковой я удостоился три дня... нет, целую вечность назад. Ночные кошмары кого угодно убедят, что все суета сует и томление духа.

Погрозив кулаком своей «светлой половине», я пообещал, что «папе пожалуюсь», и отправился прямехонько к Джуффину.

В его кабинете я застал леди Меламори, слишком мрачную для только что освобожденной «узницы».

— Хорошо, что ты пришел, Макс. Но наше дело подождет. У нас тут, можно сказать, семейные неприятности. Позову-ка я остальных ребят.

— «Семейные неприятности»? Как это? — изумился я.

— Меня обокрали, — пожаловалась Меламори. — Возвращаюсь домой, а там... Все перевернуто, шкатулки открыты. Дырку в небе над этим ворьем, обидно-то как! Когда я поступила на службу в Тайный Сыск, была уверена, что уж теперь-то мой дом всякая шваль будет за три квартала обходить.

— Какие проблемы, леди? — бодро спросил я. — Встаньте на след мерзавца и дело с концом.

— Да нет там никакого следа! — рявкнула Меламори. — Такое впечатление, что все само ушло.

— А я всегда говорил, что одинокая жизнь — не для маленькой красивой барышни, — с порога заявил сэр Мелифаро. — Если бы в твоей спальне, незабвенная, сидел я, ничего бы не случилось.

— Я заведу собаку, — поджав губки, пообещала Меламори. — Тоже сторож, а жрёт меньше. И, говорят, даже человеческую речь понимает — в отличие от некоторых.

Лонли-Локли вежливо пропустил вперёд сэра Кофу и вошёл следом. Все, кроме Луукфи, были в сборе, а его в таких случаях, как я понял, обычно не тревожат — к его работе в Большом Архиве наша повседневная суета отношения не имеет.

— Ну что, господа, по вкусу ли вам новость? — сэр Джуффин обвёл нас тяжёлым взглядом. — Наших бьют! Надеюсь, все согласны, что барахло Меламори должно быть возвращено на место сегодня же. Поскольку леди расстроена, что не способствует и нашему хорошему настроению, а весь город с любопытством ждёт устрашающих действий Тайных Сыщиков... Я знаю, девочка, что ты никому ничего не говорила, но в Ехо полно дерьмовых ясновидцев! Сэр Мелифаро, это дело будет на твоей совести. Делай, что хочешь, но мы с Максом вынуждены заняться другой неотложной проблемой. Так уж совпало.

Мелифаро тут же устроился на подлокотнике кресла Меламори. Я без особого удовольствия отметил, что леди уткнулась носиком в его плечо.

— Полный список украденных вещей, душа моя. — Мелифаро фамильярно потянул коллегу за кончик длинной чёлки.

— Тридцать восемь колец, все с фамильным клеймом Блиммов на внутренней стороне. Деньги... не знаю, сколько там их было, не считала. Но много денег. Пара тысяч корон, чуть больше, чуть меньше... Словом, не знаю. Восемь ожерелий, тоже с фамильным клеймом на застёжке. У нас в семье всегда метят драгоценности. Я подшучивала над родичами, оказалось — напрасно. Кажется, это всё. Талисманы они не тронули. Да, чуть не забыла! Ещё сперли ту самую куклу, которую ты подарил мне в День Середины Года. Помнишь?

Мелифаро нахмурился.

— Помню, конечно. Такие прорехи в кошельке быстро не забываются. Красивая игрушка. Странно, что они её взяли. Остальное — это как раз понятно... Сэр Джуффин, может быть, угостите камрой, раз уж мы все собрались? Вместе подумаем, поболтаем. Я соскучился в этой грешной деревне! Ваше «дело поважнее» ждет еще полчаса, надеюсь?

— Полчаса любое дело может подождать, кроме разве дел, о которых так любить рассуждать генерал Бубута. Ладно уж, будет вам море камры из «Обжоры», только отработай ее, парень!

— А то!.. Джуффин, а как вы-то сами считаете, разве это не верх идиотизма: сначала забрать из дома все самое маленькое и дорогое, что можно унести в кармане лоохи, и в придачу зачем-то утащить куклу размером с трехлетнего ребенка? Вещица, конечно, недешевая, но в таком случае почему бы не забрать посуду, а заодно и кресло из гостиной? Оно, насколько я знаю, подороже куклы будет.

Мелифаро уже покинул подлокотник кресла Меламори и восседал на корточках сбоку от шефа, вынужденного взирать на него сверху вниз.

— Я знал, что ты за это уцепишься. Одну порцию камры ты уже заслужил.

— Заслужил я, а пить — так все вместе! Ладно-ладно... Сэр Кофа, кто из членов доблестной Городской полиции возглавляет наш «Белый Листок»?

— Сэр Камши, но его сейчас нет в Управлении. Попробуй связаться с лейтенантом Шихолой. Он занимает почетное четвертое место, к тому же занимается квартирными кражами.

— Ладно, я сейчас вернусь. Кто позарится на мою порцию, подавится! — Мелифаро испарился.

Его темп меня впечатлил. Если снимать кино о великом сыщике сэре Мелифаро из Ехо, придется делать короткометражки.

— А что еще за «Белый Листок» такой? — спросил я сэра Кофу. Тот расхохотался. Леди Меламори, и та хихикнула.

— Это мы так развлекаемся. Время от времени составляем объективный список дюжины самых сообразительных служащих полиции. Ну, с кем можно иметь дело в случае нужды. На самом деле там работает много толковых ребят, но с такими начальниками, как Бубута и Фуфлос, они, бедняги, все равно остаются посмешищем. А попасть в наш «Белый

Листок» — большая честь, и парни просто счастливы, когда им это удается. Для них это важнее, чем Королевская Благодарность. Хотя бы потому, что Королевскую Благодарность раз в год получает и генерал Бубута: ему по чину положено... Вижу, что тебе ясно.

Еще бы! Я смеялся, восхищенный идеей подобного рейтинга. «Горячая Дюжина» Дома у Моста. Спешите читать новый список!

Даже Лонли-Локли оживился.

— «Белый Листок» очень помогает в работе, сэр Макс, — назидательно сказал он.

— Сэр Шурф — один из главных составителей, — ухмыльнулся Джуффин. — А вот и наша камра.

Кувшинов с камрой, впрочем, видно не было за грудой сладостей, прибывших из «Обжоры». Тут же (очевидно, на запах) примчался Мелифаро с грудой самопишущих табличек. В свое кресло он упал, перепрыгнув через высокую спинку. Первым схватил пирожное и целиком засунул в рот. Вид у него был как у Куруша: встрепанный, перемазанный, но счастливый. Залпом осушив свою чашку, Мелифаро уткнулся в таблички. Минуты полторы — целая вечность, по его меркам — сосредоточенно читал. Потом подпрыгнул за вторым пирожным и с набитым ртом что-то торжественно изрек. Еще через несколько секунд речь его стала разборчивой.

— Так я и думал! У всех до единого сперли по такой кукле. И кучу дорогой мелочи, разумеется... Но главное — куклы фигурируют абсолютно во всех списках. Потрясающе! Незабвенная, кажется, я подложил тебе изрядную свинью. И поделом. Отвергнутые мужчины страшны в гневе... Так-так-так... Где же я ее купил? На Сумеречном рынке, в какой-то лавчонке. Неважно, я там все переверну!

— Погоди переворачивать, — вмешался сэр Кофа. — Скажите-ка мне лучше, что это за куклы? Как выглядела твоя кукла, Меламори?

— Как живой рыжий мальчик лет двадцати... Только поменьше ростом. Очень красивое лицо. И руки сделаны изумительно.

Я их долго рассматривала. Длинные тонкие пальцы, даже линии на ладошках. Какой-то чужеземный наряд из очень дорогой ткани, я точно не знаю чей... Юбка начинается выше талии и доходит до пят. И роскошный воротник, что-то вроде короткого лоохи. И она была немножко теплая, как человек. Я ее даже чуть-чуть боялась. Поставила в гостиной, хотя такие украшения обычно держат в спальне.

— Стоп, девочка! Не надо ходить ни на какой Сумеречный рынок, Мелифаро. Ешь спокойно. Спорю на что угодно, в Ехо есть только один мастер, делающий что-то подобное. Джуба Чебобарго, волшебных рук человек!

— Вот и славно, — промурлыкал Джуффин. — Вам троим есть чем заняться вечерком. А мы с Максом возьмем с собой сэра Шурфа и отправимся познакомиться с... Что там еще стряслось, дырку над тобой в небе? — Вопрос был адресован смертельно перепуганному курьеру, без стука вбежавшему в кабинет.

— Нечисть разгулялась! — в панике пробормотал тот. — На улице Старых Монеток нечисть разгулялась. Человека загрызла!

— А, ну так бы и сказал, что срочный вызов, — флегматично кивнул Джуффин. — Ступай, дружок. Что ж ты дрожишь-то так? Нечисти никогда не видел? Новенький?

Курьер, судорожно кивнув, растворился в сумраке коридора.

— Пошли, ребята, — вздохнул Джуффин. — Ума не приложу, с чего бы тому, что там завелось, человека грызть? Насколько я знаю, такого рода существа предпочитают другие игры... А все ты, сэр Мелифаро, со своим обжорством! Такое представление без нас началось. Ладно, у вас своих дел по горло. Увидимся. — И он повернулся ко мне: — Чего расселся? Поехали!

Все это время я пребывал в оцепенении. Не могу сказать, что оно прошло, но встать из-за стола и дойти до амобилера я худо-бедно сумел.

Больше всего на свете мне хотелось, чтобы кто-нибудь объяснил, что происходит. Но Джуффин и сам был сбит с толку.

— Ничего не понимаю. Ты нынче держался отлично и дал мне возможность хорошо изучить эту тварь. И я совершенно уверен, что она не должна бы вот так среди бела дня бросаться на людей. Кстати, сэр Шурф, учти, что тут один выход: уничтожить. Так что делом заниматься будешь только ты. Ну а мы поглазеем. Ясно?

— Ясно, — кивнул Лонли-Локли. У него был такой скучающий вид, словно его попросили вымыть посуду.

— Знаешь, Макс, что к тебе приходило? Остатки твоего почтенного соседа сэра Толакана Ена собственной персоной. Хотя какая уж там персона! От бедняги давным-давно не осталось ничегошеньки.

— Каким образом?

— Думаю, что, переехав в этот дом, он сделал большую глупость. Там обитает фэтан, это совершенно ясно.

— Фэтан?

— Ну да, ты ведь не знаешь. Фэтан — это дух обитателя другого Мира, призванный сюда без тела и обученный определенным вещам. Даже в Эпоху Орденов такие твари появлялись очень редко, поскольку по мере обучения они становятся не только полезными, но и опасными. Чем дольше фэтан проживет, тем могущественнее он становится. Рано или поздно дело доходит до того, что он восстает против призвавшего его мага и... Чаще всего фэтан забирает его тело. Видишь ли, любой фэтан тоскует по возможности иметь тело, а заполучив его, отправляется на поиски пищи. Уничтожить фэтана не так уж сложно, в чем ты скоро убедишься, но вот обнаружить его присутствие практически невозможно. Фэтан окружает себя непроницаемой защитой, его основная цель не привлекать никакого внимания. Это защитное поле не позволяет наблюдателю сконцентрироваться на фэтане; даже заметить его почти невозможно. А если кто-то что-то и обнаружит, то просто не сможет вспомнить о своем открытии... Фэтан питает свое новое тело жизненной силой спящих людей, а проснувшись — если вообще проснутся! — они ничего не могут вспомнить. Нам крупно повезло, сэр Макс, нам по-настоящему повезло! Потом объясню почему, это — отдельная история... Вот только одно меня смущает — с какой это стати фэтан стал бросаться на бодрствующих людей? Никогда о таком не слышал... Ничего, разберемся.

— А если он сбежал? — робко спросил я. — Как мы его будем искать?

— Исключено, сэр Макс, совершенно исключено! Ни один фэтан не может покинуть место, где обитает. Это — закон природы. Потому-то, кстати, некоторые маги все-таки отваживались иметь с ними дело. Всегда можно вовремя смыться — если есть голова на плечах, конечно. Продать дом вместе с жильцом, а расхлебывать беду будут другие люди.

— А как же леди Фэни ходила за покупками, если...

— Хороший вопрос. Думаю, что, получив в свое распоряжение два тела, фэтан может себе позволить время от времени отпускать одно на свободу — ненадолго, конечно. Но уверен, что за покупками ходила не леди Фэни, а жалкое воспоминание о ней, запрограммированное на определенные действия. Для конспирации это полезно, а фэтаны уважают конспирацию... Мы приехали, господа. Можно вываливаться на мостовую.

И мы покинули амобилер у входа в мой собственный дом. Сейчас на улице Старых Монеток было довольно людно. Несколько служащих Городской Полиции, полдюжины домохозяек, кучка потрясенных зевак, выскочивших из «Сытого скелета». В центре образованного ими круга мы обнаружили небогато одетую женщину средних лет, голова которой была почти отделена от тела. Поблизости валялась корзиночка с орехами. Рассыпанные орехи образовали некое подобие тропинки между моим домом и обителью фэтана, словно бы невидимая песчаная дорожка из моего сна отбрасывала на землю рваную тень.

Голос сэра Джуффина, требующего объяснений у полицейских, отвлек меня от размышлений.

— Свидетели утверждают, что это был очень маленький человечек, сэр, — растерянно заявил полицейский.

— Где свидетели?

Из толпы зевак вышла юная парочка. Очень симпатичные ребята, совсем молоденькие. Лет шестидесяти, по местным меркам. Леди оказалась более разговорчивой, чем ее спутник. Так, впрочем, часто бывает.

— Мы гуляли по городу. И забрели на эту улочку. Здесь было безлюдно, только далеко впереди шла леди с корзинкой. И тут из вот этого дома, — девочка указала на шедевр древней архитектуры, уже сидевший у меня в печенках, — отсюда выскочил маленький человечек.

— Ты уверена, что маленький? — перебил ее Джуффин.

— Уверена, сэр. Да и Фруд подтвердит. Очень маленький, как ребенок, даже еще меньше. Но одет как взрослый, нарядно и богато. Мы сначала ничего не поняли. Нам показалось, что человечек узнал даму и полез обниматься... ну, подпрыгнул, конечно, потому как иначе он бы ее не обнял, такой малыш. Нам стало смешно. А потом леди упала, и мы испугались. А человечек еще немного над ней попрыгал и ушел.

— Куда он пошел?

— Ну, куда-то пошел... Во всяком случае, не в нашу сторону, хвала Магистрам! Фруд хотел за ним погнаться, но я боялась. Потом мы позвали на помощь.

— Спасибо, милая, все ясно. — Джуффин повернулся к полицейским. — Из этого дома при вас никто не выходил, ребятки?

— Никто, сэр Почтеннейший Начальник. И мы туда не заходили, поскольку...

— Правильно делали. Макс, Шурф, пошли!

И мы пошли в гости к моим соседям, тысячу им вурдалаков на брачное ложе!

В доме было темно и очень тихо. И весьма погано, вынужден добавить. Необъятная гостиная, до отказа забитая роскошными вещами, производила впечатление какого-то гадкого музея, созданного в вестибюле ада на основе имущества обобранных грешников. Я говорю так не потому, что хозяева дома мне порядком досаждали. Просто атмосфера в доме и правда была омерзительная. Даже Лонли-Локли поморщился, а это дорогого стоит.

Впервые за время моего пребывания в Ехо огромные размеры дома действовали мне на нервы. Осмотр первого этажа отнял у нас несколько минут, а ведь мы действовали очень быстро. Правда, безрезультатно. Поиски не дали нам ничего, только настроение окончательно испортилось.

Пришлось подниматься наверх. На втором этаже было так же темно и тихо, как на первом. Лонли-Локли ступил на лестницу, ведущую на третий этаж. Я обреченно последовал за ним. Хорошо бы сейчас проснуться. Но я и так уже был проснувшийся — дальше некуда.

«Эй, Макс, не унывай. — Джуффин понял, что я теряю форму, и великодушно послал мне зов. — Как бы ни повернулось, но работа здесь только для Шурфа, причем не слишком сложная, а мы с тобой просто любопытствуем. Не самая приятная прогулка, но не более того, я тебя уверяю. Выше нос, парень!»

Мне немного полегчало. Я даже наскоро смастерил бледную улыбку и отправил ее сэру Джуффину Халли до востребования.

Наконец мы оказались наверху. Выше — только небо.

Они нас ждали. Те, кто когда-то давно были Толаканом и Фэни Ен, сказочно богатыми, безумно влюбленными друг в друга и бесконечно счастливыми. Впрочем, нет, их-то здесь уже давно не было. Только фэтан-долгожитель, на халяву разжившийся двумя телами.

Существо отлично знало, что ситуация безвыходная, понимало, что его ждет. Оно даже не пыталось сопротивляться. Мне вдруг стало не по себе. Кажется, я сочувствовал этой неведомой твари, которая оказалась здесь не по своей воле и просто старалась выжить — как могла. А ведь какой-нибудь сумасшедший Магистр мог призвать и меня. С моим-то талантом напарываться на неприятности даже во сне! Б-р-р-р-р.

Пять белоснежных лучей устремились навстречу неподвижно застывшей парочке. Левая рука сэра Лонли-Локли испепелила это двутелое существо быстро и качественно. Я надеялся, что безболезненно.

— Джуффин, — спросил я в звенящей тишине, — а от самих Енов что-то осталось? Я имею в виду — ну... душа, что ли. Или как там это называется по-научному.

— Никто не зна... Ох, Макс!

Он молниеносно ударил меня под коленки, и я полетел на пол. Еще в полете понял, что с моим загривком не все в порядке. Почувствовал болезненный укол в том месте, где волосы превращаются в легкомысленный пушок. Потом по шее растекся нехороший холод. Я взвыл и, кажется, отрубился.

А потом вынырнул из полной темноты и обнаружил, что жив. Об этом свидетельствовала острая боль в правом колене и подбородке. Загривок онемел, как от укола новокаина. По шее текло что-то теплое. «Если это кровь, прощай, любимое лоохи!» — мрачно подумал я.

На мой затылок опустилась горячая рука. Это было очень приятое ощущение. Я расслабился и уплыл в страну ласкового забытья. Но долго там не пробыл.

Когда я открыл глаза, мое самочувствие было не то чтобы идеальным, но вполне сносным. Колено и подбородок признавали, что вели себя по-свински, и уже встали на путь исправления. Зато шея и затылок больше не причиняли мне беспокойства. Сэр Джуффин Халли с окровавленными руками брезгливо озирался в поисках подходящего полотенца.

— Занавеской, — удивляясь собственному хриплому фальцету, сказал я. — Наследники вас не засудят, полагаю.

— Умница, Макс. Что бы я без тебя делал?

— Спокойно пили бы сейчас камру в собственном кабинете и горя не знали бы... А что это было?

— Это был исчерпывающий ответ на некоторые теоретические вопросы, каковыми порой задаются университетские умники. Сам полюбуйся. Да не бойся ты крутить головой! Кровь я остановил, рана затянулась. Да и не такая это была великая рана. Словом, голова не отвалится. А отвалится — невелика беда, я тебе новую пришью, лучше прежней.

— Шуточки у вас. Так где же этот ваш «исчерпывающий ответ»?

— Вот он, сэр Макс! — Лонли-Локли присел на корточки и показал мне два небольших предмета, которые осторожно держал своей правой, менее опасной рукой. Это была переломленная пополам статуэтка. Маленькая полная женщина с чем-то вроде трезубца. Некрасивое, но потрясающе живое, полное угрожающей силы лицо принадлежало к разряду незабываемых. Впечатляющая вещь.

— Грешные Магистры! Что это такое?

— Один из многочисленных шедевров начала Эпохи Орденов, — пояснил он. — Амулет, охраняющий дом.

— Сильная была штука, — вздохнул Джуффин. — Думаю, призрак леди Фэни машинально приобрел его в какой-нибудь лавчонке, из тех, где цены стартуют от нескольких сотен корон. Какой же мастер это делал, грешные Магистры! Чтоб ему вурдалаки уши съели.

— Действительно здорово, — согласился я. — Такое лицо. Получается, это была волшебная вещь?

— Ну да. В свое время эта дамочка превосходно охраняла дом от воров и прочих незваных гостей. Не хуже какого-нибудь вооруженного мордоворота... Все это прекрасно, пока подобные амулеты попадают в обычные дома, к нормальным людям. А в доме, где обитает фэтан, с волшебной вещью может произойти все что угодно. Именно эта истина время от времени подвергалась сомнениям в трудах некоторых кабинетных умников. Напавший на тебя раритет совсем взбесился. Это я и называю «исчерпывающим ответом на некоторые теоретические вопросы»... Моя вина, конечно, нельзя было расслабляться в таком месте. Если бы мы с тобой меньше болтали и больше смотрели по сторонам, твой загривок был бы целее. И нервы, заодно. Ладно, пошли отсюда. В Доме у Моста поуютней будет. Может быть, отправить тебя отдыхать, сэр Макс? Ты же, как-никак, раненый. Да и живешь напротив.

— Ага, отдыхать! А вы там без меня будете лопать пирожные и трепаться по поводу этой истории? Если хотите от меня избавиться — убейте. Это — единственный способ.

— Любопытство и обжорство заставят тебя сгореть на работе, — усмехнулся Джуффин. — Ладно уж, поехали.

Стоило нам оказаться в амобилере, как Джуффин скривился, словно у него во рту внезапно обнаружился лимон.

— Ужин откладывается, ребята. Мелифаро истошно зовет на помощь. Похоже, они там здорово влипли. Ха, если уж сэр Мелифаро на жизнь жалуется, что же там творится?! У бедняги даже не было времени на объяснения. Орет, что нечисть действительно разгулялась и теперь разбегается. Словом, ребята весело проводят время. Едем на улицу Маленьких Генералов. Садись-ка ты за рычаг, сэр Макс. Сейчас твое безрассудство только на пользу. А ты, парень, ступай в Дом у Моста, почитай там газетку. Давай, давай освобождай место, — и Джуффин легонько подтолкнул локтем ошеломленного возницу.

Я занял его место, и мы помчались. Джуффин едва успевал выкрикивать: «налево, направо». Кажется, в тот вечер мне удалось выжать из несчастного чуда техники все шестьдесят миль в час.

Спешка была более чем уместна, поскольку улица Маленьких Генералов оказалась на окраине города. Однако мы домчались туда всего за четверть часа. Джуффин мог бы не трудиться, объявляя, что мы приехали. Честно говоря, это не вызывало особых сомнений.

Не могу сказать, что вечерний Ехо — тишайшее место в Мире. Но все же среди здешних горожан не принято бегать по улицам группами по двадцать-тридцать человек, в нижнем белье, в компании собственных малолетних детей и впавших в истерику домашних животных. С воплями носиться по крышам, насколько я осведомлен, в Ехо тоже не принято. А здесь именно этим и занимались.

— Дом Джубы Чебобарго — вон тот грязно-розовый курятник, — указал Джуффин.

Из безжалостно раскритикованного здания выскочил босой мужчина, чье крепко сбитое тело едва прикрывали жалкие остатки разодранной скабы. К подолу рубища был зачем-то прикреплен яркий, блестящий предмет, слишком крупный для того, чтобы считаться ювелирным украшением. В следующее мгновение я увидел, что предмет живой. «Крыса, — ужаснулся я. — Неужели действительно крыса? Кошмар какой!»

Крыс я боюсь с детства. У этой распространенной фобии есть даже длинное научное название, но я его, хоть убей, не помню.

Еще секунду спустя я успокоился. Сказал себе, что разноцветных крыс в природе не бывает. Эта тварь в любом мире должна быть серой или бурой, с рыжевато-ржавым оттенком. К тому же таинственный предмет имел отчетливо антропоморфные очертания.

— Это маленький человечек! — радостно заорал я. — Просто маленький человечек. О котором говорила девочка!

Белое пламя, вырвавшееся из левой руки Лонли-Локли, не оставило от человечка даже пепла. Перепуганный здоровяк понесся дальше, целый и невредимый, демонстрируя досужим любителям мужского стриптиза матово-белую задницу, таинственно мерцающую в сгущающихся сумерках.

— Остановить его, сэр? — осведомился Шурф.

Джуффин покачал головой.

— Это не Джуба. Магистры с ним, пусть побегает. Какое-никакое, а все развлечение. А почему ты так обрадовался, Макс? У тебя была какая-то идея насчет этого маленького человечка?

— Какая там идея, — я, кажется, покраснел. — Я обрадовался, ну... что это — не крыса.

— Крыса? А что это за тварь такая — крыса?

— Так они здесь не водятся?!

— Судя по всему, нет. Разве что под каким-нибудь другим названием. Пошли, посмотрим, что творится в доме. Сэр Шурф, иди вперед. А ты, Макс, береги свою бедную голову. Тебе сегодня не слишком везет.

В тот день я понял, что мне очень нравится находиться в обществе сэра Шурфа Лонли-Локли. Шурф — совершенный убийца. Когда стоишь так близко от смерти, твердо зная, что она тебя не коснется, испытываешь нечто особое. Ни на чем не основанную, но бесспорную уверенность в собственном могуществе. Головокружительная штука.

В холле «розового курятника» мое неуместно хорошее настроение пошло на убыль. Еще один малыш, сладострастно причмокивая, восседал на животе мертвого пожилого толстяка. Кажется, он лакомился его внутренностями. К счастью, Лонли-Локли очень быстро покончил с этой идиллией. Еще немного, и я мог бы расстаться с остатками недавно съеденных пирожных.

— Ба, да это Крело Шир, — удивился Джуффин, подойдя к изуродованному телу. — Жаль беднягу. Никогда бы не подумал, что Джуба может позволить себе такого отличного повара. Ничего себе скромный художник!

Мы вошли в гостиную. Зрелище, представшее перед нами, следовало изваять в бронзе. Героический сэр Мелифаро, в ореоле развевающихся остатков бирюзового лоохи, голыми руками разрывал пополам маленькое, яростно извивающееся тельце. Добрый десяток неподвижных миниатюрных тел служил прекрасным фоном для этого бессмертного подвига. Я невольно рассмеялся. Лонли-Локли пулей вылетел обратно в холл.

— Что, он настолько не переносит смех? — растерянно спросил я.

Мелифаро торжественно потряс маленьким обезглавленным туловищем и тоже ухмыльнулся. Наверное, представил, как это выглядит со стороны.

— Магистры с тобой, Макс. Просто я послал его ловить остальных.

— Остальных?!

— Не меньше дюжины разбежалось. И господин Джуба тоже смылся. Но за него я спокоен, наша Меламори не любит мужчин, которые не уделяют ей внимания. Она его из-под земли достанет.

— А что это за маленькие уроды? Ты можешь мне это объяснить, победитель гномов?

— Почему уроды? Они очень хороши. Полюбуйся. — Мелифаро протянул мне только что оторванную маленькую голову. Я брезгливо поморщился, и тут до меня дошло, что голова деревянная. Действительно красивое лицо.

— Это кукла? Та, которую ты подарил Меламори?

— Та или другая. Неважно. Этих гаденышей здесь было несколько дюжин. И они совершенно взбесились. Когда мы пришли, они как раз совещались, пришить им Джубу, или, напротив, принести ему клятву верности. На беднягу было жалко смотреть.

— Пойдемте, ребята, — прервал нашу увлекательную беседу Джуффин. — Мы, конечно, сэру Шурфу не чета, но каждый должен приносить пользу по мере своих скромных сил. А где, кстати, доблестный сэр Шихола? Неужто дезертировал?

— Почти. Ну, шучу, шучу! Он тоже вызвал подкрепление и теперь возглавляет большие скачки Городской Полиции с крыши на крышу. Надеюсь, они поймали хотя бы парочку... Подлатайте меня на скорую руку, Джуффин. Смех смехом, но я, кажется, не совсем в форме.

Я завороженно следил, как сэр Джуффин Халли провел кончиками пальцев по искусанным рукам Мелифаро. Тот поморщился.

— Да нет, это — ерунда. С животом дело похуже.

— Ага! — Ладони сэра Джуффина метнулись туда, где на ярко-желтой скабе Мелифаро расплывалось багровое пятно. — Ничего себе! Видимо, эти твари без ума от человеческого брюха. И ты еще стоишь на ногах? Молодец! Ну, вот и все. Твое счастье, что они так высоко прыгают. Немного ниже, и даже я не смог бы наладить твою личную жизнь.

— Вурдалака вам в рот, Джуффин! Хороши шуточки.

— Да уж не хуже твоих. Ладно, пошли.

На улице продолжался конец света. Мимо меня с визгом несся совсем крошечный карапуз. Я с ужасом заметил, что за ним с едва слышным шипением шустро семенит маленькая фигурка. В сумерках это было так похоже на крысу, что мне пришлось совершить подвиг, достойный вечной славы. Изогнувшись, я схватил тварь за изящную ножку и, тихо взвыв от страха, со всей дури грохнул существом по истертым булыжникам мостовой. Кукла разлетелась на кусочки.

— Так поступают с непокорными младенцами в Пустых Землях? — с уважительным ехидством спросил Мелифаро. — Пошли поищем, кого бы еще прикончить. Авось повезет.

Но нам не повезло. Не успели мы закончить экскурсию по кварталу, как встретили сэра Лонли-Локли, немного утомленного, но безмятежного. Его белоснежное лоохи по-прежнему находилось в идеальном порядке.

— Все, — сообщил он. — Я только что велел полицейским успокоить людей. Кукол больше не осталось.

— А их точно больше не осталось? — спросил было я. И тут же заткнулся. Если уж Шурф Лонли-Локли что-то говорит, значит, так оно и есть. Пора бы мне это усвоить.

— Отлично. Спасибо за скорость, сэр Шурф. Я уже часа полтора хочу выпить глоток камры, — зевнул Джуффин.

— Именно поэтому я и поторопился, сэр.

Если бы я знал Лонли-Локли немного меньше, я бы поклялся, что он иронизирует.

Мы пошли к амобилеру. По дороге наше внимание привлек оперный рев, показавшийся мне знакомым.

— Такому дерьму место в сортире для свиней! Бычачьи сиськи! Ты отправишься туда и будешь хлебать свое дерьмо, пока оно не кончится в твоей тощей заднице!

— Что, Бубута решил возглавить операцию? — изумился я.

— Разумеется. — Джуффин сиял от восторга. — Это же громкое дело! Спасение общественного спокойствия, и все такое. Неужели ты думаешь, что он способен прохлопать хороший повод блеснуть? К тому же Бубуте только дай волю мечом помахать. В конце концов это его единственный талант... Благодарение Магистрам, сбылись мои мечты! Кажется, одна из тварей успела его цапнуть.

— Нет, сэр, — меланхолично возразил Лонли-Локли. — Просто вместе с генералом Бохом сюда прибыл и капитан Фуфлос. Сэр Фуфлос, как вам известно, весьма дисциплинированный служащий. Когда ему приказывают открыть стрельбу из рогатки Бабум, он так и делает.

Джуффин и Мелифаро переглянулись и заржали.

— Капитан Фуфлос — худший стрелок под этим небом, — сквозь смех пояснил мне Джуффин. — Если он захочет попасть в землю перед собой, его снаряд непременно улетит в небо.

Он повернулся к Лонли-Локли.

— И что произошло?

— Снаряд капитана Фуфлоса срикошетил от стены и ранил генерала Боха. Ранение не опасное, но способно причинить некоторые неудобства. Я имею в виду, что сидеть ему будет несколько затруднительно.

Я присоединился к веселью коллег.

Оказавшись в амобилере на месте возницы, я решил, что тоже давно хочу выпить глоток камры. Поэтому назад мы ехали еще быстрее, если это возможно. Кажется, иногда чертова телега отрывалась от земли.

Если хоть кто-то кроме меня получил удовольствие от поездки, это был Мелифаро. Во всяком случае, мне пришлось пообещать раскрыть ему на досуге «тайну скорости». Тоже мне тайна!

«Хорош я, однако, смеяться над капитаном Фуфлосом, — ни с того ни с сего подумал я. — Сам-то стрелять из этого... «бубума» не умеешь и даже не знаешь, что это такое, дорогуша!»

Джуффин каким-то образом подслушал мой внутренний монолог и поспешил успокоить: «Хочешь, потренируйся на досуге. Но учти, что мы, Тайные Сыщики, считаем ниже своего достоинства управляться с подобной рухлядью. И не отвлекайся на такой скорости, следи за дорогой, ладно?»

Тем я и утешился.

В Доме у Моста нас ждало на редкость душевное зрелище. На столе в Зале Общей работы восседала растрепанная, но счастливая Меламори. Исцарапанные узкие ступни намертво зажали мускулистую шею белобрысого крепыша с багровым от недостатка кислорода лицом. Он был вынужден примоститься у ног великолепной леди в столь неудобной позе, что на месте Почтеннейшего Начальника Канцелярии Скорой Расправы (а проще говоря, главного судьи), я, пожалуй, счел бы наказание достаточным.

— Примите и распишитесь, сэр Мелифаро! — радостно защебетала эта милая барышня. — Я с ним здесь уже час сижу.

— Сама виновата. Могла бы выбрать менее эффектную позу. Мы тебя и так ценим, — проворчал Джуффин. — Убери это безобразие в кабинет Мелифаро. Видеть его не могу. Такие руки, такой талант... И настругать всю эту погань! Тебе что, на кувшин камры не хватало, гений?

Но Джуба Чебобарго не был расположен к беседе. Похоже, он вообще плохо понимал, что происходит.

Леди Меламори грациозно спрыгнула со стола. Бедняга никак не отреагировал на внезапное освобождение из ее объятий. Барышня небрежно ухватила его за соломенную прядь, топорщившуюся на макушке, и без видимых усилий потащила эту груду мяса в кабинет Мелифаро. Тот, восхищенно качая головой, отправился следом.

Усевшись за стол, я тут же принялся ныть. С паскудной физиономией обделенного почестями героя всех мировых войн одновременно я потребовал повторить давешний заказ в «Обжоре», не дожидаясь возвращения остальных коллег. Впрочем, подозреваю, что события развивались бы точно так же и без моей инициативы. Джуффин и сам спешил приняться за камру.

— Следовало бы прибавить к вашему списку пару бутылок хорошего вина. Что-то устал я сегодня, — заметил Лонли-Локли. — Думаю, никто не будет возражать.

Возражать никто не собирался. Черт возьми, нам было что праздновать! Всего пару часов назад мы обнаружили и обезвредили фэтана, одну из наиболее могущественных и опасных разновидностей нечисти в этом Мире. Не говоря уже о совместном истреблении обезумевшей мелюзги и счастливом знакомстве с Джубой Чебобарго, волшебных рук человеком.

Когда подносы из «Обжоры» прибыли, Лонли-Локли извлек из-под лоохи уже знакомый мне дырявый сосуд. Но он ухитрился снова меня удивить. Откупорив бутылку «Сияния», сэр Шурф, не спеша, перелил все ее содержимое в свою чашку. Разумеется, размеры чашки не предусматривали такой алчности. Но оказалось, что через край дырявой чашки жидкость тоже не проливается. Аккуратный столб ароматного зеленовато-желтого вина, подрагивая, замер над сосудом. Лонли-Локли пригубил верхушку этого текучего айсберга. Тот начал таять медленно, но уверенно, пока в руках героя дня не осталась сначала просто полная, а вскоре опустевшая чашка. Мне захотелось перекреститься, но я понимал, что это может сойти за магию какой-нибудь недозволенной ступени, посему я сдержался.

— Полегчало, сэр Шурф? — заботливо спросил Джуффин.

— Разумеется. Благодарю вас, сэр, — на физиономии Лонли-Локли действительно не осталось и следа усталости.

Но мне до сих пор многое было непонятно, так что я потребовал объяснений.

— Так что получается, сэр, Джуба Чебобарго делал эти куклы живыми?

— Почти. Как я понимаю, мастерство Джубы столь велико, что с помощью одной только дозволенной магии и своих удивительных рук он делал эти куклы — ну не то чтобы по-настоящему живыми, но кое-что они могли. Например, собрать деньги и драгоценности, сколько смогут унести, и вернуться к хозяину. Превосходный замысел, преклоняюсь! Если бы за это дело не взялся Мелифаро, хрен бы кто что-нибудь понял еще пару лет. А за такое время можно сколотить неплохое состояние. Впрочем, сегодняшний инцидент в любом случае положил бы конец этой идиллии.

— Так что же произошло? Почему они взбесились? Раньше, как я понимаю, ничего такого не случалось.

— Еще бы! А ты сам не догадываешься, что произошло? Как думаешь, что за малыш выскочил из дома твоих соседей и чересчур страстно поцеловал ту несчастную леди?

— Кукла Джубы Чебобарго! — меня наконец-то осенило. — Леди Фэни купила ее вместе с прочим антикварным хламом. И в этом славном доме куколка рехнулась, в точности как охранный амулет, который на меня напал. Не могу их осуждать, сам бы там рехнулся... Но что произошло с остальными куклами? Это же просто эпидемия какая-то!

— Ты очень точно выражаешься, если захочешь, Макс. Это и есть эпидемия. Обезумевший предмет вернулся домой и внес огромный вклад в науку. Теперь не вызывает сомнений, что волшебные вещи не только сами меняют свои свойства в присутствии фэтана, но и могут поделиться новыми качествами со своими собратьями. Сегодняшний день вообще весьма благоприятен для научных открытий... и мелких бытовых травм.

— И еще для конфликтов с соседями, — проворчал я.

— Между прочим, я с самого начала говорил тебе: не селись в этой дыре! — Джуффин заботливо подлил мне камры.

— А я с самого начала объяснил, что действую исключительно в интересах дела. Сколько душ он еще повыел бы, если бы не напоролся на меня!

— Жители Границ обладают очень развитой интуицией, теперь я в этом убежден, — подвел итог сэр Лонли-Локли.

— И очень развитой удачливостью, — усмехнулся Джуффин. Обернулся ко мне и пояснил: — А ведь ты даже не догадываешься, как вовремя получил Королевский Подарок. Могу поделиться еще одним научным открытием. Надеюсь, последним на сегодня. Знаете ли вы, господа, что мне удалось выяснить, каковы чудесные свойства детей Багровой Жемчужины?

— Пока мы там работаем, здесь раскрываются государственные тайны! — возмутилась растрепанная леди Меламори. Вытянулась по струнке, отрапортовала: — Все отлично, сэр Джуффин. Мелифаро скоро заявится, он там допрашивает Джубу вместе с этим... из полиции. Ну, который на четвертом месте. Действительно, замечательный парень! Но бедняга Джуба пока не в себе. Когда я становилась на его след, я ужасно сердилась. Даже стыдно теперь. Он и так плох после разбирательств со своими «детишками»... И все-таки почему этот Шихола на четвертом месте? По мне, так должен быть, как минимум, на втором.

— Если я правильно понял, интеллект лейтенанта Шихолы проявляется следующим образом: он в восторге от тебя, леди, и не пытается это скрыть.

— Ничего подобного! — фыркнула Меламори. — Мы с ним только о делах поговорили.

— Этого, насколько мне известно, вполне достаточно. Ладно, шучу, шучу! Продолжай, девочка.

— Да Магистры с ними. У вас тут, как я смотрю, новости поинтереснее. Сэр Джуффин, сияющий, не тяните!

— Да я и не тяну. Это ты меня перебила. Могла бы спокойно подслушать под дверью, а потом уже заходить... Так вот, господа. Как я уже говорил, отвечая на вопрос Макса о фэтанах, эти существа умеют прятать воспоминания о себе в самых дальних уголках человеческого сознания. Несчастные жертвы фэтанов никогда не помнят содержание своих кошмарных снов. Они приписывают дурное самочувствие другим причинам. Следовательно, остаются дома и снова ложатся спать, когда приходит время сна, отдавая себя на милость голодной твари. Вот так. Соучаствуя в твоем кошмаре, сэр Макс, я заодно проследил, каким образом работает каждый из амулетов. И собственными глазами увидел Дитя Багровой Жемчужины в деле. Даже не обязательно было класть вещицу в изголовье, вполне достаточно того, что ты однажды подержал ее в руках. Оказывается, эти жемчужинки помогают своим владельцам сохранять память в любых обстоятельствах. Вот, собственно, и все. Прожуй свой кусок, Меламори, и рассказывай. Что там у вас было?

Леди Меламори не последовала мудрому совету и заговорила с набитым ртом. Правила поведения за столом явно не являлись настольной книгой столичной аристократии. Впрочем, меня это зрелище только умиляло.

— Я же говорю, все замечательно! Я встала на след Джубы Чебобарго. Вообще-то это было не так уж обязательно, его домашний адрес — не самая великая тайна этого Мира, но я очень рассердилась. Да оно и к лучшему, вы же сами знаете. К моменту ареста из преступника веревки можно вить! В общем, мы отправились на улицу Маленьких Генералов — я, Мелифаро и этот симпатичный сэр Шихола. Когда мы пришли, господин Чебобарго находился в большом затруднении. Он сидел на полу в гостиной, а эти маленькие твари облепили его с ног до головы. Они как раз решали, что с ним делать. Как мы поняли, у некоторых кукол проснулось что-то вроде сыновних чувств, а в другом лагере преобладала идея борьбы с тиранией. Когда мы пришли, они совещались. Ох, господа! Они ничего не говорили, а только ритмично поскрипывали зубами, этакий компромисс между Безмолвной речью и нормальной. В общем, мы с порога грохнули несколько куколок, и началась безобразная паника. Они рванули кто куда. И господин Чебобарго тоже. Не знаю уж, от кого он удирал — от них или от нас? Наверное, бедняга уже не соображал, что происходит. Ну и мне пришлось отправиться за ним, а Мелифаро и сэр Шихола остались давить эту мелкоту. Остальное вы сами знаете. Да, вот еще что. Полицейские нашли в ванной комнате Джубы Чебобарго почти все похищенные сокровища. И мои тоже. Они как раз были сверху, поскольку меня обокрали последней. А как там ваше «дельце поважнее»? Чем вы занимались? Я же ничего не знаю! — Мелам́ори жалобно посмотрела на Лонли-Локли. Тоже мне, нашла великого скальда.

— Сэр Джуффин сам расскажет, я полагаю.

Сэр Шурф, мягко говоря, не самый несносный болтун в Соединенном Королевстве.

— Расскажу, когда дождемся остальных. Не обижайся, девочка. Терпеть не могу нудить несколько раз одно и то же.

— Ладно уж. Но я умру от любопытства у вас на руках, так и знайте.

Не прошло и получаса, как явился Мелифаро. В отличие от остальных он даже успел переодеться. На сей раз скаба была салатного цвета, а лоохи — в крупную красно-синюю клетку. Неужели парень держит на рабочем месте целый гардероб?

Почти сразу за ним в кабинет Джуффина заглянул сэр Кофа. Дескать, мимо проходил и решил справиться, как у нас дела. Потому что в городе рассказывают удивительные вещи. Например, о Джубе Чебобарго, который якобы оказался главарем банды лилипутов. И о том, что господин Почтеннейший Начальник собственноручно прирезал бывшего царедворца Толакана Ена, за которым, оказывается, водился некий старый карточный долг. Заодно пришиб и супругу жертвы. А потом подмахнул отчет: дескать, Ены баловались запретной магией, да еще и состояли в дружеской переписке с двумя дюжинами мятежных Магистров.

— Хорошая сплетня, — ухмыльнулся Джуффин. — Поучительная. Пусть все запомнят, что карточные долги лучше платить вовремя.

Но главным анекдотом дня стал сэр Бубута Бох, который, невзирая на тяжкое ранение, успел состряпать официальный отчет, в каковом говорилось, что под его мудрым руководством Городская полиция уверенно встала на след, который в будущем может привести к раскрытию серии загадочных ограблений, потрясших Ехо. То есть до бедняги так и не дошло, что дело уже раскрыто. К счастью для Бубуты, его сообразительные подчиненные не стали торопиться с отправкой письма. Спасли своего шефа от позора.

Весь остаток вечера Джуффин повествовал о наших подвигах. Я чуть не задремал в своем кресле, убаюканный сытостью, теплом и возможностью выслушать историю о собственном приключении как захватывающую, хоть и страшную сказку.

— Сэр Макс, я все-таки отправлю тебя домой, — объявил Джуффин. — Все тайны раскрыты, а пирожные съедены. Что тебе сейчас нужно, так это поспать сутки без всяких кошмаров.

— Никаких возражений, — улыбнулся я. — Только еще один вопрос, напоследок. Сэр Мелифаро, я давно хотел выяснить, есть ли в твоем поместье кошки?

— Есть, конечно. А зачем тебе?

— Я дал себе зарок, что, если это дело когда-нибудь закончится, я заведу котенка. А поскольку закончилось не одно дело, а целых два, мне понадобится пара котят.

— Я могу одарить тебя хоть дюжиной. Но что ты будешь с ними делать, скажи на милость? Ты их ешь?

— Мы, жители границ, едим все, — объявил я. Но сжалился над озадаченными коллегами и объяснил: — Гладить я их буду. А они — мурлыкать. Так, собственно, и выглядят классические отношения между человеком и котом.

Дома было хорошо. Кошмары остались позади, а я так устал за эти дурацкие дни. Улегся в постель, закрыл глаза, потянулся так сладко, что чуть не закричал. И уснул — не как младенец даже, как медведь в берлоге. И спал почти так же долго. Только в начале вечера следующего дня удосужился подняться с постели — очень уж проголодался. А жиру, в отличие от медведя, пока не нагулял.

Через час в мою дверь постучали. Это был молоденький курьер Управления Полного Порядка.

— Посылка от сэра Мелифаро, сэр Макс, — почтительно доложил парнишка, протягивая мне огромную корзину. Я еле удержал в руках эту тяжесть. Заперев дверь за курьером, я поднял с корзины узорчатое покрывало. Два темных мохнатых существа посмотрели на меня яркими синими глазами. Я извлек их из корзины. Каждый котенок весил куда больше, чем взрослый кот у меня на родине! Внимательно осмотрел. Черный мальчик и кофейного цвета девочка. Котята продемонстрировали исключительное спокойствие нрава, граничащее с феноменальной ленью. Еще бы, при такой-то упитанности! Я был в полном восторге от приобретения. Настолько, что даже послал зов Мелифаро.

«Спасибо, дружище! Звери обалденные. Слов нет».

«Грешные Магистры, Макс! Ты так забавно говоришь на Безмолвной речи. Что же до кошек — пустяки, невелика услуга. Приятного аппетита!»

А что еще я надеялся услышать?

Котенка-мальчика я назвал Армстронгом, а девочку — Эллой. Решение родилось после того, как они громким басовитым мяуканьем напомнили, что животных нужно кормить. Голоса у моих зверей были достойные, что и говорить. А я любил послушать старый джаз в те далекие времена, когда еще не был сэром Максом из Ехо.

Есть у меня такая примета: перед всяким большим делом в Доме у Моста наступает затишье. Если мне приходится несколько ночей кряду дремать в кресле, задрав ноги на стол, значит, скоро начнется кутерьма.

Впрочем, я не возражаю. Служба в Тайном Сыске пока не кажется мне рутиной. И вряд ли когда-нибудь покажется, если все пойдет, как сейчас.

Когда неотложных дел становится больше, чем исполнителей, все вокруг стоят на ушах и крыша едет от избытка новых впечатлений, мое личное время перестает совпадать с ходом часовых стрелок. Порой за один день словно бы проживаешь несколько лет, но не успеваешь стать старше.

Это мне нравится. Я жаден до жизни. Даже те несколько сотен лет, которые почти гарантированы каждому обитателю этого Мира, кажутся мне очень маленьким сроком. Положа руку на сердце, я просто хочу жить вечно, желательно не слишком дряхлея, хотя и старость меня не так уж пугает. Стоит только посмотреть на Джуффина или на того же сэра Кофу, и сразу понимаешь, что солидный возраст — скорее преимущество, чем проблема.

В то утро сэр Кофа Йох явился ровно на десять секунд раньше Джуффина. За это время он успел усесться в кресло, стереть с лица очередной дежурный облик (низкий лоб, длинный хрящеватый нос, высокие скулы, чувственные губы, раздвоенный подбородок) и сладко, с хрустом потянуться.

Словно бы соглашаясь с коллегой, сэр Джуффин заразительно зевнул на пороге. Водрузил себя на место, снова зевнул — протяжно, с подвыванием. Такие вещи чрезвычайно заразительны, я тоже начал зевать и потягиваться, хотя не так уж скверно выспался сегодня на рабочем месте. Просто отлично выспался, если начистоту. Стоило устраиваться на ночную работу, чтобы наконец сменить привычный совиный режим на общечеловеческий.

Мне, собственно, можно было идти домой. Даже положено. Но прежде я решил выпить кружку камры в обществе старших коллег. А то ведь знаю я их: вот уйду, и они сразу же начнут беседовать о каких-нибудь Самых-Интересных-В-Мире-Вещах. Нет уж! Сейчас меня можно было вытурить со службы только силой.

— Судя по тому, как отвратительно я спал этой ночью, мы можем арестовать все население Ехо за злоупотребление недозволенной магией, — проворчал наконец Джуффин, сердито отхлебнув полкружки камры за один прием. — Куда мы их только сажать будем? В Холоми не так уж много свободных камер.

— Так скверно? — недоверчиво прищурился сэр Кофа.

— Хуже чем скверно. Стоило мне задремать, как очередной сигнал о применении недозволенной магии заставлял меня подскакивать до потолка. Угораздило же меня уродиться столь чутким. Что такое творилось сегодня, Кофа? Вы в курсе? Фестиваль «Колдуем вместе» с участием представителей всех Древних Орденов? — наш начальник возмущенным залпом прикончил камру и с удовольствием предположил: — Неужели я проспал государственный переворот?

Сэр Кофа с отеческой снисходительностью взирал на его возмущение из глубины своего кресла. Дождавшись наконец тишины, Кофа соизволил пуститься в объяснения.

— Сочувствую вам, Джуффин. Но все не так уж занимательно. Скорее, печально.

— Еще бы не печально. Так что все-таки случилось?

— Вы не хуже меня знаете, что старый сэр Фрахра совсем плох. Знахари тут бессильны — ему, как ни крути, больше тысячи лет. Не всякий колдун столько проживет, а Фрахра всего-то и был младшим послушником какого-то задрипанного Ордена;

впрочем, и оттуда его быстро выперли. Пристроили ко Двору, тем дело и кончилось.

— Да, все это я знаю. Неужели старик решил попробовать продлить свою жизнь? Сомнительно что-то. Он мудрый человек и хорошо знает предел своих возможностей.

— Он, безусловно, очень мудрый человек. Достаточно мудрый, чтобы понимать, с чем в Мире надо как следует проститься перед уходом. При этом домочадцы и слуги его обожают. В том числе повар.

Взор Джуффина просветлел.

— Ну да, господин Шутта Вах, младший сын легендарного Вагатты Ваха, главного повара Двора Гурига VII. Того, что ушел в отставку после принятия Кодекса Хрембера.

— И правильно сделал. Старая кухня есть старая кухня. Такой виртуоз, как Вагатта Вах... Что он стал бы делать на кухне без магии двадцатой-тридцатой ступени? Командовать поварятами? Да уж...

— А Шутта кое-чему научился от папеньки, насколько я знаю, — мечтательно протянул Джуффин.

— Естественно. Как вы понимаете, Шутта Вах за своего старого господина — в огонь и в воду. Ну а немного нарушить закон, чтобы побаловать умирающего сэра Фрахру фирменным блюдом их семьи, — самое малое, что он мог сделать. Короче говоря, вчера ночью рождался пирог Чакката. Все ночные гуляки Ехо до утра держали нос по ветру, сами не понимая почему.

— Я прощаю ему свой истерзанный сон, — вздохнул Джуффин. — Парень, конечно же, нашел вас и попросил замолвить словечко за свою грешную голову?

— Шутта Вах действительно нашел меня и предупредил, что намерен нарушить закон, — кивнул сэр Кофа. — Его преданность Королю — вопрос наследственности, а не убеждений. Парень решил избавить нас от лишних хлопот. Сказал, что если мы сочтем нужным отправлять его в Холоми — на здоровье. Просил только подождать до утра. Дескать, накормит старика, а там хоть на плаху.

— Этот пройдоха прекрасно знает, что рука Джуффина Халли не поднимется на кухонного чародея. Что ж, надеюсь, сэр Фрахра умрет счастливым. Хотел бы я быть на его месте!

— Шутта действительно надеется на вашу лояльность. И в знак признательности он решил разделить с вами ответственность, — сэр Кофа извлек из складок своего лоохи шкатулку и бережно передал ее Джуффину.

Тот принял шкатулку как величайшую драгоценность. Клянусь, никогда прежде я не видел на его лице столь почтительного выражения. Он поднял крышку, аккуратно опустил откидывающиеся стенки. Нашему взору предстал огромный кусок пирога. Он выглядел как аккуратный треугольник чистейшего янтаря, сияющий изнутри теплым светом. Руки Джуффина дрожали, честное слово! Вздохнув, он взял нож, отрезал маленький ломтик.

— Держи, Макс. Ты представить себе не можешь, как тебе повезло!

— Ты представить себе не можешь, какую тебе оказывают честь, — улыбнулся Кофа. — Если бы Джуффин отдал за тебя жизнь, это я еще как-то смог бы понять. Но поделиться пирогом Чаккатта?! Что это с вами, Джуффин?

— Не знаю. Просто он везучий, — вздохнул Джуффин. — С вами, Кофа, не делюсь. Уверен, что свою порцию вы уже получили.

— Не без того. Так что пусть ваша совесть будет спокойна.

— И наверняка тот кусок был побольше!

— У зависти глаза велики. Мой кусок был почти вдвое меньше.

Я зачарованно крутил в руках свой ломтик. Что же это за пирог такой? Что это должно быть, чтобы у сэра Джуффина Халли дрожали руки? И я осторожно откусил краешек сияющего чуда.

Ни в одном из человеческих языков нет слов, дабы описать, что случилось в моем рту в то чудесное утро. И если вы думаете, будто испытали все наслаждения, которые могут извлечь ваши вкусовые рецепторы... Что ж, пребывайте в счастливом неведении! Я умолкаю, ибо вкус пирога Чаккатта — по ту сторону слов.

Когда пиршество кончилось, мы некоторое время печально молчали.

— Неужели невозможно отменить запрет хотя бы для поваров? — жалобно спросил я, потрясенный несправедливостью мирового устройства. — Если это — одно из блюд старой кухни, не решаюсь представить себе остальные.

Мои старшие коллеги печально переглянулись. У них были лица людей, навеки утративших самое дорогое.

— К сожалению, Макс, считается, что Мир может рухнуть и от этого, — вздохнул Джуффин. — К тому же Кодекс Хрембера писали не мы.

— Тот, кто его писал, наверное, лет сто просидел на строжайшей диете и возненавидел все человечество, — буркнул я. — Неужели даже Его Величество и Великий Магистр Нуфлин не могут себе позволить есть пирог Чаккатта за завтраком? Не верю!

— Интуиция у тебя и правда отменная. Насчет Короля сомневаюсь, зато в городе судачат о секретной кухне, укрытой в подвалах Иафаха, главной резиденции Ордена Семилистника, — с деланым равнодушием заметил сэр Кофа.

— Может быть, мне вовсе не в Тайный Сыск надо было наниматься? — я адресовал Джуффину укоризненный взгляд. — Замолвите за меня словечко в этом вашем Семилистнике, пусть хоть в дворники наймут, а?

Джуффин рассеянно покивал, залпом допил остывшую камру и одарил нас ослепительной улыбкой.

— Жизнь продолжается, — провозгласил он, — а посему скажите мне, драгоценный мой друг: пирог пирогом, но ведь были и еще происшествия?

— Все, можно сказать, по ведомству генерала Бубуты, — отмахнулся Кофа. — Мелочовка. Просто слишком много происшествий за одну ночь, вот вам и не спалось. Например, идиоты контрабандисты пытались скрыть свой груз от таможни, применив черную магию пятнадцатой ступени. Представляете?

— Да, — сокрушенно кивнул Джуффин, — исключительное слабоумие. Все равно что украсть старую скабу и потом взорвать весь Правый Берег, чтобы никто не догадался.

— Еще подделка драгоценностей. Черная магия всего-то шестой ступени. Потом была неумелая попытка самостоятельно приготовить снотворное. Это вообще чистой воды ерунда... Ну вот вам кое-что посерьезнее. Белар Гроу, бывший послушник Ордена Потаенной Травы, заделался карманником. Хорошим, кстати, специалистом. Этой ночью его чуть было не поймали... да посмотрите сами.

Он протянул Джуффину несколько самопишущих дощечек: удобнейшее, скажу вам, изобретение. Знай себе думай, а они запишут. При этом, правда, выясняется, что некоторые люди даже думают с грамматическими ошибками, но тут уж ничего не поделаешь.

Джуффин снисходительно изучил дощечки.

— Хотел бы я знать, чем все-таки занимается Бубута Бох в рабочее время? И какую часть тела он использует для мышления, когда в этом возникает острая надобность? Ведь даже не задницу: она у него большая, глядишь, до чего-то путного могла бы додуматься... Ладно. Отдадим ему горе-знахаря и контрабандистов, а ювелира и карманника придержим на потом.

Сэр Кофа важно кивнул.

— С вашего позволения, я откланяюсь. Хочу по дороге домой выпить камры в «Розовом Буривухе». Готовить ее они толком не умеют, но там собираются самые языкастые кумушки Ехо, как раз утром, по дороге с рынка. Не думаю, что... Хотя... — сэр Кофа умолк и почти машинально провел рукой по лицу, которое тут же начало изменяться. Потирая растущий на глазах нос, он отправился прокучивать остаток казенных средств.

— Джуффин, — смущенно сказал я, — скажите, а почему бы не передать Бубуте Боху все дела сразу? Он, конечно, козел. Но разгуливающий на свободе преступник — это, кажется, неправильно? Или я опять чего-то не понял?

— Неверно формулируешь. Не «чего-то не понял», а не понял ни-че-го! Разгуливающий на свободе преступник — это мелкая неприятность, а разгуливающий по Дому у Моста Бубута — это катастрофа государственного масштаба. Тем не менее мне приходится с ним уживаться. А «уживаться» в моем понимании означает — контролировать ситуацию. А «контролировать ситуацию» — это значит, что генерал Бубута Бох всегда должен быть нам обязан. Это — единственное состояние его сознания, которое способствует конструктивному диалогу. В то же время у нас всегда должно быть про запас нечто такое, о чем генерал Бубута не знает. Вдруг придется срочно сделать ему подарок или, напротив, припугнуть? Благодарность Бубуты Боха столь же неудержима и шумлива, как газы, которые он испускает на досуге. И так же недолговечна, как их аромат.

— Как все сложно-то, — посетовал я.

— Сложно?! Да ну, элементарно. Кстати, а что такое «козел»?

— «Козел» — это генерал Бубута Бох. А вот вы — настоящий иезуит, сэр!

— Ты здорово умеешь ругаться, если захочешь, — восхитился Джуффин.

— Прошу прощения, — незнакомец, в которого только что превратился сэр Кофа, снова заглянул в кабинет. — С этим грешным пирогом я совсем забыл о главном. Всю ночь в городе циркулировали слухи, что в Холоми умер Бурада Исофс. Я проверил — так и есть. Он сидел в камере номер 5-хох-ау. Джуффин, обратите внимание! Как вам это нравится?

— Подумать только, — проворчал наш начальник. — Каким образом ночные гуляки узнают подобные вещи? Тем паче что дело было в Холоми.

— Сами говорили, что в Ехо полно дерьмовых ясновидцев, — напомнил я.

— Да уж... Спасибо, Кофа! Порадовали. Сколько народу перемерло в этой камере за последние несколько лет, Куруш?

Сонный буривух недовольно нахохлился, но выдал информацию на 225-й день 115 года.

— Досот Фер умер в 114-й день 112 года в камере № 5-хох-ау Королевской тюрьмы Холоми. Толосот Лив умер в 209-й день

113 года там же. Балок Санр умер в 173-й день 114 года. Цивет Марон умер в 236-й день 114 года. Ахам Анн умер в 78-й день 115 года. Совац Ловод умер в 184-й день 115 года. Бурада Исофс умер там же в 224-й день 115 года, если я правильно понял сэра Кофу... Дайте кто-нибудь орехов, — неожиданно неофициальным тоном закончил Куруш.

— Конечно, дорогой. — Джуффин покорно полез в ящик стола за орехами, которых там было куда больше, чем секретных документов. — Ступайте по своим делам, Кофа. Спасибо, что напомнили мне об этой истории. Подумаем, что тут можно сделать.

Наш несравненный «Мастер Кушающий-Слушающий», как окрестил его Мелифаро, кивнул и исчез в полумраке коридора. Дверь бесшумно закрылась. Я поежился под изучающим взглядом сэра Джуффина Халли.

— Ну как, Макс, возьмешься за это дело?

— С какого, интересно, конца я за него могу взяться?

— С того единственного и неповторимого конца, который мы имеем. Отправишься в Холоми, посидишь в этой камере. Нарвешься на неприятности, узнаешь, что там творится. Ну и сообразишь по обстоятельствам, что можно предпринять.

— Я? В Холоми?!

— Ну а куда же еще? Мрут-то там, а не у тебя дома. Завтра и отправишься... Да не переживай ты так. Судя по всему, долго ждать развития событий тебе не придется. Я уверен, что лучше тебя с этим делом никто не справится.

— С каким делом? С сидением в тюрьме?

— И с этим тоже, — сэр Джуффин Халли плотоядно улыбнулся. — Да что с тобой, сэр Макс? Где твое чувство юмора?

— Где-то там, сейчас поищу, — я махнул рукой в неопределенном направлении, доказав, что мои дела не так уж плохи.

— Послушай меня внимательно, Макс. Рано или поздно это все равно бы случилось.

— Вы имеете в виду, что меня все равно упекли бы в Холоми?

— Далась тебе эта тюрьма! Я с тобой серьезно говорю. Рано или поздно тебе придется в первый раз начать действовать самостоятельно. Поэтому лучше уж пусть это произойдет сейчас. Не самое решающее для судеб Мира дело. И не самое сложное, кажется. И я в любой момент смогу прийти на помощь, хотя уверен, что это не понадобится. В общем, сэр Макс, в твоем распоряжении весь день, ночь и завтрашнее утро в придачу. Думай, планируй. Все, что потребуешь, — к твоим услугам. А сегодня вечером вместо службы приходи ко мне. Прощальный ужин для будущего узника, все доступные гастрономические наслаждения Мира к твоим услугам.

— Спасибо, Джуффин.

— Ничего, сочтемся.

— Но может быть, вы мне все-таки объясните...

— Никаких объяснений, и не проси. Вот ужином накормить — это всегда пожалуйста.

На том мы и расстались.

Вечером я отправился на Левый Берег, окрыленный надеждой, что сейчас мне наконец объяснят, какого черта я должен делать в тюрьме Холоми.

Но как же, станет это чудовище менять свои ужасные решения. Дескать, ты сюда жрать пришел — вот и двигай челюстями мне на радость. А то все о работе, да о работе — сколько можно-то!

Ужин, по словам Кимпы, был создан господином «па-а-а-ачтенейшим начальником» лично. Оказалось, что сэр Джуффин Халли великолепно готовит. Но я-то ждал совершенно другого. Я жаждал инструкций.

— Расслабься, сэр Макс. Забудь! Завтра — это завтра. Кроме того, я совершенно уверен, как только ты окажешься на месте, тебе в голову тут же придет какая-нибудь глупость, которая окажется единственно верным решением. Попробуй лучше вот это...

Хуф, маленький песик Джуффина и мой лучший друг, сочувственно сопел под столом. «Макс тревожится... плохо», — донеслась до меня участливая Безмолвная речь собачки. «Один ты меня любишь и понимаешь», — с нежностью ответил я. И снова принялся ныть.

— Джуффин, всем вашим комплиментам я предпочел бы лист бумаги, где печатными буквами по порядку перечислены все действия, которые я должен осуществить.

— Все равно перепутаешь. Ты жуй давай! Это — лучшее, на что я способен. Уже лет сорок мечтаю уйти в отставку и открыть ресторан. Это было бы похлеще «Обжоры»!

— Не сомневаюсь. Только Король не отпустит вас в отставку.

— Оно, конечно, так — до поры до времени.

— А вам не приходит в голову, что народ побоится ходить в такое заведение? Какие слухи пойдут по городу о вашей кухне? Что вы строгаете во все блюда вяленое мясо мятежных Магистров? И сцеживаете в суп кровь невинных младенцев?

— Вурдалаки с тобой, парень! Это же лучшая реклама! Впрочем, невинные младенцы — это что-то новенькое. Надо будет запустить и такой слух.

Ничего более содержательного я от него так и не дождался. Впрочем, одна идея меня в тот вечер все же осенила, уже перед самым уходом.

— Я решил взять с собой сэра Лонли-Локли, — торжественно заявил я, поражаясь собственной гениальности. — Это, надеюсь, возможно?

— Вообще-то камера рассчитана на одного. Будете спать в обнимку? Впрочем, с твоими представлениями о комфорте...

— Нет, вы не поняли. Я собираюсь его уменьшить и спрятать в кулаке. Сэр Шурф меня как раз этому научил несколько дней назад. Он говорит, у меня здорово получается. Правда, мне пока не доводилось практиковать на живых людях, — нерешительно добавил я.

Моя самоуверенность испарялась, как лужа в пустыне.

— А никакой разницы, — успокоил меня Джуффин. — Отличная идея, Макс. Говорил же я, что никто лучше тебя с этим делом не справится!

— Надеюсь, что так оно и есть. А сам-то Лонли-Локли согласится?

— Во-первых, Шурф будет польщен твоим доверием. Он воспринимает тебя куда серьезней, чем ты можешь вообразить.

А во-вторых, его мнение по большому счету никого не интересует: приказ есть приказ. Привыкай, кстати. Ты — мой заместитель и приказывать — твоя прямая обязанность.

— Грешные Магистры, чего я терпеть не могу, так это приказывать, — поморщился я.

— Да уж. А кто запугал своим грозным рычанием всех младших служащих на нашей половине Дома у Моста? А кто генерала Бубуту до припадка чуть не довел? Не прибедняйся, сэр Макс. Из тебя выйдет отличный тиран — из тех, кого с наслаждением убивают во время государственных переворотов.

— Когда у меня наконец появилась возможность отдавать приказы, первые дня два я действительно был счастлив, — смущенно признался я. — А потом понял, что это занятие не по мне. Даже посылая курьера за камрой, я перестаю быть тем симпатичным Максом, которого я столько лет знаю. Так что приказ отдает кто-то другой. Не могу сказать, что он мне нравится.

— Экая ты у нас сложная натура, — ухмыльнулся Джуффин. — Ладно, не переживай, я сам пошлю Шурфу зов и все ему объясню. Есть еще пожелания?

— Пока нет. В чем я действительно уверен, так это в том, что в компании Лонли-Локли мне будет спокойнее. Джуффин, я вам никогда не говорил, что я — довольно трусливый парень? Имейте в виду.

— Представь себе, мне тоже так будет спокойнее, — признался Джуффин. — А я тебе никогда не говорил, что я — не в меру осторожный старый хитрец?.. Учись формулировать, сэр Макс. Я сказал примерно то же, что и ты, а насколько приятней для самолюбия.

Гостеприимный дом шефа я покинул почти в смятении. Я пытался убедить себя, что если уж у Джуффина хватило ума доверить мне самостоятельно разработать и провести операцию, то так ему и надо. Получалось довольно неискренне. Внезапно проснувшийся «комплекс отличника» нашептывал, что я должен все сделать на пятерку, или умереть, чтобы не видеть собственного позора. Где он был, этот комплекс, когда я учился в школе, хотел бы я знать?!

Впрочем, сколько бы я ни ворчал, заранее было ясно, что когда все закончится, я буду счастлив узреть улыбку сэра Джуффина Халли и услышать его покровительственное заявление, способное доконать человека, только что своротившего горы: «Вот видишь, Макс, я же тебе говорил, что все будет в порядке, а ты мне не верил». Пришлось смириться с мыслью, что я готов героически свершать неведомо что во имя снисходительной улыбки своего начальника. Вот ведь до чего докатился.

Была холодная ночь. Одна из самых холодных за всю зиму. Ртутный термометр моей родины наверняка стоял бы сейчас на нуле по Цельсию. Климат в Ехо вообще более чем умеренный: ни морозов, ни жары, что, к слову сказать, совершенно меня устраивает. Романтика снежной зимы никогда не пленяла мое сердце. Терпеть не могу в сумерках идти на работу, шлепая по грязно-белым тротуарам одеревеневшими ногами в промокших ботинках. И раздумывать о том, в какую сумму влетят новые. А в разгар лета я душу отдать был готов за глоток свежего воздуха. Так что мягкий климат Ехо делает меня счастливым. Ну, хоть что-то делает меня счастливым, хвала Магистрам!

Я ехал домой и старался думать не о завтрашнем деле, а о чем-нибудь другом. Например, о том, успею ли я утром увидеть леди Меламори.

К тому моменту моя симпатия к Меламори уже начала принимать опасную форму. Хуже всего, что я никак не мог ее понять, хоть толмача нанимай. С вечера нашего первого знакомства она смотрела на меня с нескрываемым обожанием. Кажется, даже с легким испугом. Но чрезмерное восхищение, насколько мне известно, редко способствует возникновению настоящей близости. Так что я сам не знал — надеяться мне на что-то или взять себя в руки, пока не поздно? И уверен ли я, что еще не поздно, — вот в чем проблема.

Несколько дней назад она меня огорошила: «Приходите ко мне сегодня вечером, сэр Макс! Вы еще не знаете, где мой дом? Его очень просто найти, я живу возле Квартала Свиданий. Правда, забавно?»

У меня закружилась голова, я надулся, распустил хвост, два часа отмокал в бассейнах и напялил лучшее лоохи из своей скромной коллекции. Еще немного, и нос бы припудрил, благо здесь, в Ехо, мужчины не стесняются пользоваться декоративной косметикой, по крайней мере в особо торжественных случаях. Но от последнего рокового шага меня все же удержало консервативное воспитание.

Сторожить рабочий кабинет я поручил Курушу: эта птица способна и не на такое. И помчался в гости.

Но, явившись к Меламори, я застал там Малое Тайное Сыскное Войско, практически в полном составе. Поначалу я не смог скрыть разочарование:

— Леди, вы бы предупредили, что это обычное рабочее совещание. Мы что, на службе редко встречаемся?

Растерявшись, я всегда начинаю говорить бестактности. По счастью, на меня никто не обиделся.

— Зато у меня дома нет Бубуты, сэр Макс, — похвасталась хозяйка. — Скажу вам больше: его нет ни в одном из соседних домов. Удивительно, правда?

— Какой ужас! С кем же я буду общаться? Я как раз намеревался побеседовать с компетентным специалистом обо всем, что плавает в сортирах. Дай, думаю, зайду к леди Меламори, наверняка там уже сидит генерал Бубута.

Я развлекался как мог. Мои коллеги явно получали от этого удовольствие. В конце концов я тоже развеселился, но завязкой романа на той вечеринке так и не запахло. Вероломная леди вовсю кокетничала с Мелифаро и сэром Кофой, а мне доставались лишь нежные взгляды — с расстояния дюжины шагов, не меньше.

Я понял, что начинаю грустить, и постарался отвлечься от размышлений о Меламори. Как же, отвлечешься тут. Неопределенность наших отношений меня здорово издергала. Ну, послала бы леди меня подальше, что ли. По крайней мере все стало бы ясно. Нет — значит нет, заинтересованные лица вешаются в сортирах, жизнь продолжается. Но при каждой встрече она пялилась на меня, как пятилетняя девочка на трехметрового Микки-Мауса: благоговейно приподнималась на цыпочки, восторженно хлопала ресницами, только что подружек не звала поглазеть. Сердце мое, ясен пень, от такого внимания таяло. И я увязал все глубже.

Фу ты, черт! Я отвлекся от печальных размышлений, внезапно заметив, что уже давно сижу в собственной гостиной и механически что-то пережевываю. Желудок со стоном заявлял, что я перестарался. Грешные Магистры, сколько же я успел съесть? И зачем?!

А в городе звонили колокола. Начиналось утро. Время, когда некоторым господам Тайным сыщикам следует вытряхиваться из кресел и отправляться в тюрьму Холоми, чтобы приятно провести время в камере, где слишком часто умирают узники.

В Холоми мне по-прежнему не хотелось. Но вовсе не потому, что в этой грешной камере все время умирают заключенные. В конце концов это — их проблемы. Стыдно признаться, беспокойство вызывал сам факт предстоящего тюремного заключения. До сих пор мне как-то не приходило в голову, что я могу попасть в тюрьму. Тем более здесь, в Ехо. В интересах дела, конечно, но все-таки... По правде говоря, у меня коленки тряслись, когда я представлял себя в арестантской робе у зарешеченного окна. Кстати, а есть ли в Холоми окна с решетками? И зачем, собственно, решетки, когда к услугам тюремщиков магия всех мыслимых оттенков и ступеней?

Относительно сроков предстоящего нам с Лонли-Локли заключения Джуффин не сказал ничего определенного. Дескать, вернетесь, как только с делом закончите. Это что же получается — ежели мы это грешное дело никогда не закончим, то я там так и останусь? Ничего себе перспектива!

Ладно бы я, а бедняга Лонли-Локли за что страдать будет? Впрочем, если нас откажутся выпускать, мы весь остров Холоми в клочки разнесем. В тот момент, как сэр Шурф о супруге своей покинутой затоскует, сразу и разнесем.

С женой Лонли-Локли я познакомился на все той же вечеринке у Меламори. Потрясающая женщина. Умница, красотка и очень смешлива. Наверное, веселый нрав и предопределил ее сердечный выбор. Нет ничего забавнее, чем эта парочка: она маленькая, пухленькая, длинному сэру Шурфу чуть ли не по пояс. К тому же под рукой у леди Лонли-Локли всегда имеется объект для бесчисленных острот, совершенно не способный на них обижаться. Фамилию его она за годы супружеской жизни научилась правильно выговаривать — вот и ладно.

Впрочем, мне показалось, что они все еще влюблены друг в друга. Когда сэр Шурф смотрел на жену, его непроницаемое лицо становилось вполне человеческим. Что ж, хорошо, что Лонли-Локли счастлив в семейной жизни, личное благополучие профессионального убийцы способствует общественному спокойствию.

Сделав такой вывод, я развеселился.

Оставаться в кресле я мог бесконечно, неприятные хлопоты всегда хочется отложить на завтра. Но «завтра» уже наступало. Уютное праздное «вчера» следовало сдать в архив и забыть. Коротенькое теплое «сегодня» все еще пребывало в мягком кресле, прямо под моей задницей. Но это не могло длиться вечно.

Я встал и начал собираться. Армстронг и Элла, мои понемногу взрослеющие котята, басовито напомнили, что им пора завтракать. На прощание я был щедр, даже расточителен.

— Теперь вас будет кормить наш курьер, господин Урф, — сообщил я зверюгам, наполнив их миски. — Говорят, он хороший человек и вырос на ферме, где тоже кормил таких пушистых малышей. А я скоро вернусь. Посижу немного в тюрьме и вернусь, — я рассмеялся, осознав нелепость собственного монолога.

Армстронг и Элла задумчиво смотрели на меня синими глазами, неподвижными и непроницаемыми, как у сэра Джуффина Халли.

Утро было таким же холодным, как ночь. Я шел в Дом у Моста, наслаждаясь каждым шагом. Мысль о том, что в Холоми я могу скоропостижно скончаться, как все мои предшественники, приятно обостряла ощущения. Хотя... Может же все это быть просто цепью нелепых совпадений? Да запросто!

Но сердце не обманешь. Мое сердце, во всяком случае. А оно понемногу наливалось свинцом. Что же будет, когда я окажусь в Холоми? Я нервничал все больше и больше. Даже мысль о том, что грозный Лонли-Локли все время будет прятаться в моем кулаке, как некий волшебный кукиш, успокаивала лишь отчасти. Надо еще успеть его вовремя выпустить в случае нужды.

Сэр Шурф Лонли-Локли ждал меня в Зале Общей Работы. Как всегда, невозмутимый, спокойный, надежный. Чтобы не терять время, что-то записывал в свой «рабочий дневник». Глядя на него, и я приободрился.

— Вы готовы стать моей жертвой, сэр Шурф?

— «Жертвой»? Сэр Макс, вы явно преувеличиваете значение предстоящего события, — флегматично возразил он. — Поверьте, у меня нет никаких причин для беспокойства. А уж у вас — тем более.

— Что ж, спасибо за доверие, — и я совершил наконец почти незаметное стороннему глазу движение левой рукой. Лонли-Локли исчез. Теоретически я знал, что он не исчез, а оказался между большим и указательным пальцами моей собственной верхней конечности. Но в голове сие полезное знание как-то не укладывалось.

— Здорово, сэр Ночной Кошмар! — восхитился Мелифаро, высовываясь из своего кабинета. — Скажи пожалуйста, а не мог бы ты оставить его у себя лет на сто-двести?

— Леди Лонли-Локли будет возражать, а ее огорчать мне не хотелось бы, — улыбнулся я. — А с чего это ты так рано?

— Джуффин разбудил. Прислал мне зов, сказал, что приедет не раньше полудня. Велел тебя проводить. Смерти моей он хочет... И ведь всегда вскакивал на рассвете, а сегодня — на тебе!

— Это он от меня скрывается, — гордо сообщил я.

— От тебя? Делаешь успехи! Насколько я знаю историю Соединенного Королевства, последние лет сто сэр Джуффин Халли ни разу ни от кого не скрывался. Вот в Эпоху Орденов было дело, и не единожды. Так то ж Эпоха Орденов, тогда все друг от дружки бегали. Чем ты его запугал? — Мелифаро уселся напротив.

— Дашь камры — скажу, — посулил я, аккуратно укладывая ноги на стол. Из какого количества дурацких кинофильмов я выудил этот пошлейший жест, вспомнить страшно. — Ты же проводить меня пришел. Значит, должен позаботиться, чтобы я вышел отсюда счастливым. Вот и ублажай меня всеми доступными способами.

— Ну вот еще — ублажать уголовника! — проворчал Мелифаро. — Ладно уж, пользуйся моей щедростью, — он неспешно прогулялся в свой кабинет и принес оттуда кувшин с камрой и две кружки совершенно неправдоподобных размеров.

— Так почему же наш сэр «Па-а-а-ачетнейший Начальник» от тебя бегает?

— Я задаю слишком много вопросов. За это, собственно, он меня и упек в Холоми.

— А, всего лишь. Подумаешь — вопросы! Я-то решил, что вчера вечером ты попытался напоить его каким-нибудь отваром из конского навоза, фирменным блюдом ваших Пустых Земель.

— Было дело, — скромно потупился я. — Но Джуффин сказал, что всю неприятную работу обычно делает его Дневная задница. Молодец, что напомнил, сейчас я тебя угощу.

— Не надо! — Мелифаро изобразил на своем лице выражение неподдельного отчаяния и пулей улетел в кабинет. Несколько раз испуганно выглянул оттуда, потом шутка наскучила, и он вернулся.

Таким приятным образом я убил еще полчаса. Леди Меламори, ради которой я, собственно, и тянул резину, так и не появилась. В конце концов я все-таки сел за рычаг амобилера и поехал в Холоми, сдаваться.

— Вижу вас, как наяву! — старый комендант Холоми почтительно прикрыл глаза, исполняя ритуал первого знакомства. — Счастлив сообщить свое имя: сэр Марунарх Антароп.

Я представился, и меня повели завтракать.

— Вы такой худенький, сэр Макс. В Тайном Сыске очень тяжелая работа, уж я-то знаю. Вам надо много кушать! — приговаривал сэр Марунарх, снова и снова наполняя мою тарелку. — Ничего, у нас вы поправитесь, это я обещаю.

Роскошный завтрак подозрительно смахивал на званый обед. Комендант возился со мною, как заботливый дед. Я-то ехал в тюрьму, а угодил в санаторий. И так, оказывается, бывает.

— Все, я уже поправился. Килограммов на десять, — вздохнул я час спустя. — Спасибо, сэр Марунарх. Мне бы теперь в камере посидеть. Я же, собственно, затем и приехал.

— Я так сожалею, сэр Макс! Боюсь, что у нас вам будет неудобно. Но сэр Халли просил, чтобы я поселил вас не в апартаментах для гостей, а в тюремной камере. Как вы думаете, он не шутил?

— С него бы, пожалуй, сталось, — усмехнулся я. — Да нет, сэр Марунарх, я действительно должен там находиться. В ваших-то апартаментах, хвала Магистрам, никто пока не умирал?

— Я понимаю, — вздохнул старик. — Хорошо, идемте. Кстати, сэр Макс, вы знаете, что, пребывая в камере, вы не сможете пользоваться Безмолвной речью? Тут я ничего не могу исправить, тюрьма устроена таким образом. Вы же знаете, Холоми — волшебное место, не нам, служащим, решать, что здесь возможно, а что — нет.

— Да, мне говорили.

— Поэтому если вам понадобится связаться с сэром Халли или еще с кем-нибудь, скажите охранникам, что хотите отправиться на прогулку, и вас приведут ко мне, в любое время суток. Здесь вы можете делать все, что душе угодно. Мои служащие предупреждены на ваш счет, разумеется.

— Отлично, — кивнул я. — А теперь арестуйте меня, пожалуйста.

Камера № 5-хох-ау показалась мне весьма уютным помещением. Между прочим, на моей исторической родине за такую квартирку пришлось бы выложить пару чемоданов зеленых. А вот уроженцу Ехо, наверное, нелегко было бы смириться с подобной теснотой: всего лишь три «небольшие» (по местным меркам, крошечных, на мой взгляд, огромных) комнаты, все на одном этаже. И еще ванная комната с туалетом этажом ниже, как и положено. Кстати, в ванной было три бассейна для омовения, как и у меня дома. Я начал понимать, почему мой квартирный хозяин так долго не мог сдать свою собственность в аренду. «Вернусь домой, придется установить четвертый бассейн, — решил я. — Нельзя жить как в тюрьме!»

Но, хвала Магистрам, я еще не успел окончательно усвоить столичные привычки, поэтому скромная тюремная камера казалась мне роскошным жилищем. Полчаса спустя я понял, что уже привык здесь находиться.

Я вообще быстро ко всему привыкаю. Стоит с утра перевезти вещи в новый дом, и к вечеру я чувствую себя так, словно жил там с детства. Мне пришло в голову, что через пару дней я, чего доброго, так освоюсь в Холоми, что даже вспомню, за что меня посадили. А потом раскаюсь и твердо решу исправиться.

Итак, я сидел в своей камере и созерцал потолок. Великолепный Лонли-Локли жил какой-то неописуемой жизнью между большим и указательным пальцами моей левой руки. Мне было ужасно интересно, что он при этом чувствует? На всякий случай парень взял с собой свой «рабочий дневник». Сможет ли он скоротать досуг при помощи этой тетрадки, оставалось полной загадкой для нас обоих.

Наконец я решил, что пора спать. Надо бы отдохнуть, поскольку самое интересное, как я полагал, должно было начаться ночью — если оно вообще хоть когда-нибудь начнется, это самое «интересное».

Я по-прежнему боялся, что ничего так и не случится. Интересно, сколько времени мне придется провести в Холоми, чтобы окончательно понять, что семь смертей за три года — прискорбная и идиотская, но все же случайность? Год? Два? Больше?.. Ну ничего, поработают господа Тайные сыщики без нас дюжину дней, сами взвоют! Сэр Джуффин небось будет первым, кто решит, что наша с Лонли-Локли командировка чересчур затянулась.

Спал я тем не менее превосходно. А когда проснулся, было уже темно. Мне принесли арестантский ужин, подозрительно смахивавший на давешний торжественный завтрак. И чего это мы с Джуффином все время ходим обедать в «Обжору Бунбу»? Там, конечно, здорово, но тюремная кухня, пожалуй, более изысканна. Надо бы завести традицию кутить в Холоми, благо служебное положение позволяет. Или просто проводить здесь Дни Свободы от забот — тихо, уютно, никто не мешает.

Приближалась ночь. Чтобы не терять зря драгоценное время, я попробовал сделать то немногое, что действительно умел делать хорошо — побеседовать с окружающими меня предметами обстановки, увидеть ту часть прошлого, которую они «запомнили».

Оказалось, что дело дрянь. Все тюремное барахло отвечало на мой вопрошающий зов только волнами сильного страха. Это мы уже видели. В спальне старого Маклука, где точно так же лучилась ужасом маленькая коробочка с бальзамом для умывания. Можно было не сомневаться, я влип в очередную серьезную историю.

Потом явился охранник, пригласил меня якобы на «вечернюю прогулку» и конвоировал на деловое свидание. Один из тюремщиков по имени Ханед Джанира, оказывается, чуть ли не с утра рвался со мною пообщаться, но добряк комендант, оберегая мой покой, велел ему ждать, пока я проснусь.

Господин Джанира носит звание Мастера Утешителя Страждущих. На самом деле он, как я понял, — что-то вроде тюремного психотерапевта. Регулярно навещает заключенных, спрашивает, как они спали, о чем тревожатся, что хотят передать домой. В Ехо к заключенным относятся чрезвычайно гуманно. Считается, что, если уж человек попал в Холоми, он и так влип дальше некуда, а потому подвергать узников каким-то дополнительным неудобствам — бессмысленно и жестоко. В общем, здесь всячески пекутся о душевном комфорте государственных преступников, и это, конечно, правильно.

— Я подумал, сэр Макс, что вам будет интересна информация, которой я владею, — сказал Ханед Джанира после взаимных приветствий.

Он оказался совсем юным пареньком, круглолицым, с тихим мелодичным голосом и на удивление проницательным взглядом узких зеленых глаз.

— В последнее время у нас тут происходят странные вещи, — сообщил он. — Полагаю, именно из-за них вы сюда и прибыли. И мне показалось, что перед началом расследования вам необходимо меня выслушать. Весь день я ждал, что вы меня вызовете, но так и не дождался. И вот, рискуя показаться назойливым, решил проявить инициативу.

— Я слишком много съел за завтраком, сэр Джанира. Так много, что перестал соображать, — повинился я. — На самом-то деле мне бы полагалось обратиться к вам, как только я переступил порог. Но я всю ночь не спал и вот сразу после завтрака свалился. Простите. Спасибо, что сами пригласили меня к разговору.

По выражению лица Ханеда Джаниры я понял, что этот парень теперь готов за меня умереть. Уж не знаю, что его так подкупило — почтительное обращение «сэр», юному «психотерапевту» по рангу не положенное, или легкость, с которой я признаю свои ошибки. Так или иначе, но тропинку к его сердцу я протоптал без особых усилий.

— Ну что вы, сэр Макс. Вы имели полное право отдохнуть прежде, чем приступить к делам. Я лишь хотел объяснить вам причины собственной назойливости. Возможно, моя информация окажется бесполезной, но... Впрочем, слушайте сами. Два дня назад узники из камер 5-сое-ра, 5-тот-хун и 5-ша-пуй, расположенных в непосредственной близости к заинтересовавшей вас камере 5-хох-ау, пожаловались мне на плохой сон. При этом содержание их кошмаров примерно совпадает.

— Могу только посочувствовать беднягам. И что же им приснилось?

— Всем троим, по их словам, приснился какой-то «маленький полупрозрачный человек». Он вышел из стены, при этом узники испытали неописуемый, как им кажется, ужас. Далее версии немного расходятся. Малеш Пату утверждает, что ему хотят выдавить глаза, а сэр Алараек Васс жаловался, что его «трогали за сердце». Третий же случай довольно забавный. — Джанира потупился. — Заключенный клянется, что ему пытались заклеить задний проход. Больше всего на свете он боится, что в следующем сне эта затея увенчается успехом. Бедняга.

— Да уж, ему не позавидуешь.

Я подумал, что кошмары узников — причудливая смесь реальной опасности и индивидуальных фобий. Что-то нехорошее этот прозрачный мужик наверняка с ними проделывал. А вот интерпретация событий была личным делом каждого. Это понятно. Непонятно другое — откуда вообще взялось это существо, испоганившее их сны? Вроде бы в Холоми невозможно колдовать. Именно поэтому крепость и стала тюрьмой для любителей запретной магии.

— А как обстоят дела с их здоровьем на самом деле? — спросил я. — Вы показывали ребят знахарю?

— Да, конечно. Подобные жалобы нельзя оставлять без внимания. Тем более что неприятности начались у троих заключенных одновременно. Эти господа не были знакомы друг с другом прежде, а здесь, в Холоми, как вы понимаете, они не смогли бы сговориться. Да и зачем? — Утешитель Страждущих пожал плечами. — Оказалось, что здоровьем они действительно не могут похвастаться, все трое. Хотя те органы, на которые якобы покушался приснившийся им «прозрачный человек», в полном порядке.

Я с удовольствием отметил, что версия насчет влияния личных фобий на интерпретацию кошмаров не так уж плоха для дилетанта, коим я, безусловно, являюсь.

— А что же у них не так?

— Все трое постепенно утрачивают Искру, — зловещим шепотом поведал Джанира. И многозначительно умолк, давая мне возможность оценить его сообщение.

Я присвистнул. «Утратить Искру» — значит внезапно потерять жизненную силу, ослабеть настолько, что смерть приходит как сон после тяжелого дня, сопротивляться ей невозможно, да и не хочется. По мнению моих компетентных коллег, эта загадочная болезнь — самая большая неприятность, в которую может попасть человек, родившийся в этом Мире.

— Странно, что несчастные слабеют довольно медленно, тогда как обычно человек утрачивает Искру внезапно, без каких-либо тревожных симптомов, — заметил мой собеседник. — Несмотря на это, наши знахари абсолютно уверены в диагнозе. Они говорят, что моих подопечных еще можно спасти. Но лекарства пока не помогают.

— А вы попробуйте вот что. Переведите бедняг в другие помещения, чем дальше от камеры 5-хох-ау, тем лучше. А их камеры пусть побудут пустыми, пока я не разберусь с причиной всех ваших бед. Надеюсь, это возможно?

— Да, конечно, — кивнул Утешитель Страждущих. И робко спросил: — А вы уверены, что поможет?

— Более-менее. Но это нормально, я никогда ни в чем не уверен до конца. В любом случае попробуйте. И сделайте это прямо сейчас. Возможно, мы с вами спасем несчастных. Не знаю, что они там натворили перед тем, как угодить в Холоми, но ни один человек не заслуживает такого страшного наказания, как кошмарные сны. Говорю вам как крупный специалист в этом вопросе.

— Вы имеете в виду, что умеете бороться с ночными кошмарами, сэр Макс?

— Ага, — ухмыльнулся я. — По крайней мере с собственными.

Распрощавшись с господином Джанирой, я отправился обратно в камеру. Ворчал про себя: «Везет мне на страшные сны, как я погляжу!»

И правда, не успел я прийти в себя после кошмаров, навеянных фэтаном из соседнего дома, как тут же угодил в Холоми, где заключенных мучают страшные сны. О заклеенной заднице, например... Впрочем, сам-то я сегодня днем спал великолепно. Но может быть, именно потому, что днем?

Тяжелая дверь камеры закрылась за мной и... исчезла. Здесь, в Холоми, всякая дверь существует только для того, кто находится в коридоре. С точки зрения заключенного ее как бы и вовсе нет. Чудеса!

Теперь я сгорал от нетерпения: появится ли сегодня ночью «прозрачный человек» и что он будет делать, если я не засну? А я был совершенно уверен, что не засну. Слишком уж хорошо успел отдохнуть днем. И что прикажете делать?

Я стал ждать развития событий. Те же, в свою очередь, не слишком спешили развиваться. Ночь не принесла ни одного ответа на мои вопросы, зато была щедра на странные ощущения.

Я не испытывал ни страха, ни тревоги, зато постоянно чувствовал на себе чужой изучающий взгляд, настолько тяжелый, что мне было щекотно. Щекотка раздражала, как заползшая под одежду гусеница. Я уж и ворочался, и чесался, и ванную бегал принимать раза три — бесполезно!

На рассвете все прекратилось, и я завалился спать. Вообще-то ночью меня осенила одна разумная идея, но ее осуществление вполне могло подождать до обеда. Откладывать на завтра то, что можно сделать сегодня, — мое хобби. С утра до ночи откладывал бы, не щадя живота.

Проснулся я от грохота дверей. Мне принесли еду. Попробовав сырный суп, я начал всерьез обдумывать, какое бы государственное преступление совершить. Отсидеть лет двадцать в таких условиях — ни одна Королевская награда не сравнится с подобным наказанием.

Покончив с супом, я попросился на прогулку, то есть в кабинет господина коменданта. Пришло время поговорить с Джуффином. Ночью я наконец понял, что известная мне часть истории камеры № 5-хох-ау ограничивается датой первой из семи смертей. С тех пор прошло всего три года. А что происходило здесь раньше? Кто сидел в камере прежде? Вот это я и собирался выяснить. В Ехо с такими вещами надо быть начеку. Что бы ни случилось, рано или поздно непременно выяснится, что пару тысяч лет назад здесь побывал очередной Великий Магистр. И нынешние неприятности — закономерное следствие его былых подвигов. Я решил, что совсем не удивлюсь, если обнаружится какой-нибудь проворовавшийся Магистр, побывавший в камере № 5-хох-ау.

Я не сомневался, что сэр Джуффин знает летопись событий в этом милом местечке. Но отправляя меня в Холоми, он молчал, как рыба — не то из вредности, не то просто ждал, когда я сам додумаюсь задать соответствующий вопрос. В воспитательных целях, конечно, дюжину вурдалаков ему под одеяло!

Ну, положим, я и сам хорош. Вместо того чтобы педантично собирать информацию, потратил кучу времени и сил на лирические переживания. Так мне и надо, заключил я, устраиваясь поудобнее в комендантском кресле. И, покончив с самобичеванием, послал зов Джуффину.

«А теперь рассказывайте, с чего все началось, — потребовал я. — Что здесь творилось до 114 дня 112 года? В этой камере сидел какой-нибудь мятежный Великий Магистр, я угадал?»

«Какой ты молодец!» — Джуффин был в восторге от моей сообразительности.

«Не понимаю, за что вы меня хвалите? — проворчал я. — Ну да, вопрос, с которого надо было начинать, я задал сегодня, а не два года спустя. Наверное, для такого идиота, как я, это действительно достижение».

«У меня есть немало знакомых, которым ни двух, ни двухсот лет не хватило бы. Ты злишься на меня, а еще больше на себя самого, но ты действительно молодец».

«Я вас не узнаю, Джуффин. Такие комплименты! Соскучились вы, что ли?»

Я-то, конечно, уже растаял. Какое там, я был счастлив, как свинья, дорвавшаяся до хорошей лужи. Хвалить меня — очень правильная стратегия. Из добросовестно похваленного меня можно свить не одну сотню метров хороших, качественных веревок. Вещь, как известно, в хозяйстве необходимая.

Как бы то ни было, я получил исчерпывающий ответ на свой вопрос и через полчаса снова был дома. То есть в камере 5-хох-ау.

Сидел, развалившись в мягком арестантском кресле. Переваривал полученную информацию. Разумеется, без очередного безумного Магистра здесь не обошлось, это я как в воду глядел. Махлилгл Аннох, Великий Магистр Ордена Могильной Собаки и один из самых яростных противников перемен, угодил в Холоми еще в разгар Смутных Времен. По словам Джуффина, понадобились совместные усилия дюжины лучших практиков из Ордена Семилистника, чтобы лишить свободы эту во всех отношениях замечательную личность. В то время его побаивались даже Великие Магистры других Орденов, которые по большому счету уже давно утратили способность испытывать страх.

Впрочем, не такой уж он был безумец, этот повелитель Ордена Могильной Собаки! Конечно, он шел очень странным путем. Но если верить историческим хроникам, кои я пудами поглощал на досуге, мало кто из Древних Магистров мог похвастаться банальностью избранного пути.

Итак, господина Анноха чрезвычайно занимала проблема жизни после смерти. Не только там, где я родился, но и здесь, в Мире, никто толком не знает ответа на вопрос: а что, собственно, будет с нами, когда мы умрем? Есть лишь невообразимое множество гипотез, туманных, ужасающих и соблазнительных, но ни одна из них не имеет большой ценности для того, кто не приучен принимать чужие слова на веру.

Разумеется, интерес узника камеры 5-хох-ау к бессмертию не был сугубо теоретическим. Тутошние Магистры ребята серьезные и время свое зря не тратят.

Насколько я понял, Магистр Аннох прилагал невероятные усилия, чтобы и после смерти продолжить привычное земное существование в милом его сердцу человеческом теле. Проще говоря, он желал воскреснуть. Я не сомневался, что дядя изобрел некий хитроумный способ вернуться в мир живых. А потом умер. В этой самой камере за номером 5-хох-ау.

Победители вовсе не собирались его убивать. Насколько мне известно, они вообще весьма неохотно убивали своих врагов, полагая, что всякая смерть — событие необратимое. А Орден Семилистника руководствуется теорией, согласно которой необратимых событий должно происходить как можно меньше. Так надо, чтобы Мир стоял крепче, или что-то в этом роде. У меня пока не было времени как следует разобраться в хитросплетениях местной эсхатологии.

Тем не менее Великий Магистр Махлилгл Аннох умер. Это не было самоубийством в привычном смысле слова. Но, думаю, смерть была чем-то вроде лабораторной работы, необходимой для его изысканий.

Тот факт, что стены Холоми — самая непроницаемая преграда для магии любой ступени, не внушал мне особого оптимизма. Напротив, вынуждал предположить, что посмертное существование сэра Анноха ограничено стенами его камеры. Очевидно, сожительство с покойником не слишком благоприятно сказывалось на здоровье соседей мертвого Магистра.

Получается, что заключение в этой камере становилось особой разновидностью смертной казни. Я решил, что это нехорошо. Несправедливо. Заключенный в этом смысле куда более беззащитен, чем обычный горожанин. Он ведь не может по собственной воле сменить место жительства, даже если чувствует, что это нужно сделать немедленно. Не хотел бы я оказаться на их месте. Впрочем, уже оказался.

Ночь я скоротал за чтением очередного тома Энциклопедии Манги Мелифаро, каковая, по счастью, имелась в тюремной библиотеке. Ничего сверхъестественного не произошло, разве что меня снова щекотали чьи-то внимательные глаза. Они были еще более назойливыми, чем вчера. Несколько раз я слышал тихое сухое покашливание, больше похожее на слуховую галлюцинацию, чем на настоящий звук.

Под утро появилось новое странное ощущение. Собственное тело стало казаться твердым, как скорлупа ореха. Настолько твердым, что даже привычную уже щекотку я воспринимал не как прикосновение к коже, а как едва заметное сотрясение окружавшего меня воздуха. Это было не слишком приятно, но я чувствовал, что невидимое существо, следившее за мною всю ночь, довольно еще меньше. Его недовольство отчасти передалось мне — еще немного, и я начал бы укорять себя за то, что не даю обладателю тяжелого взгляда щекотать меня, сколько душе угодно. Экая, дескать, душевная черствость и неуважение к чужим желаниям.

Никакой оригинальности в моих попытках объяснить происходящее не обнаруживалось. «Может быть, это просто мнительность? — раздумывал я. — А возможно, Джуффин наложил на меня некое оберегающее заклятие, а я и не заметил? С него бы сталось! А вдруг положение спасает тот факт, что я — существо из другого Мира, какой-никакой, а инопланетянин?»

В общем, я так устал от всего этого, что уснул, едва дождавшись наступления утра. «Интересно, как течет время для бедняги Лонли-Локли? — подумал я, засыпая. — Скучно ему там небось. И жрать, наверное, хочется. Во влип мужик!»

Зато мне скучать больше не давали. Не дали мне даже выспаться. Был полдень, когда меня разбудило знакомое ощущение щекотки. Я был потрясен. Неужели это существо, чем бы оно ни было, способно действовать и днем? Хотя — почему, собственно, нет? Все самое страшное, чему я был свидетелем за время своей жизни в Ехо, случалось именно днем. Возможно, уверенность, что кошмары подстерегают нас только по ночам, — глупейшее из человеческих суеверий, родившееся в ту далекую эпоху, когда наши предки окончательно утратили способность ориентироваться в темноте.

Умывшись и выпив кувшин камры, я снова принялся рассуждать. Мои предшественники умирали только по ночам. Совпадение? Или причина еще проще: они умирали по ночам, потому что спали по ночам, как все нормальные люди. А из-за меня местной нечисти приходится менять установившийся режим работы... Ох, я ничего не знал наверняка!

Но больше всего меня сбивала с толку собственная невозмутимость: я почему-то по-прежнему ничего не боялся. Ни того, что уже происходило, ни того, что, теоретически говоря, могло бы случиться. Откуда-то у меня появилась дурацкая уверенность, что ничего плохого со мной не произойдет. Ни здесь, ни в любом другом месте. Вообще никогда. Героизм, граничащий с маразмом. Еще совсем недавно я ничем подобным не страдал. Может быть, секрет храбрости — мой «магический кукиш», надежно припрятанный сэр Лонли-Локли? А может быть, тому, кто мной интересовался, было выгодно иметь дело с недальновидным храбрецом? И он незаметно поднимает мне настроение?

Как бы там ни было, больше в тот день я не заснул. До сумерек наливался камрой и читал возлюбленную свою Энциклопедию, умнея с каждой строчкой.

Уже потом я понял, что события развивались в полном согласии с традициями волшебных сказок. В первую и вторую ночь меня лишь слегка дразнили. А настоящие ужасы, как и положено, откладывались на роковую третью ночь.

Начать с того, что с наступлением сумерек на меня навалилась тяжкая сонная одурь. Это было более чем странно, поскольку на закате я обычно испытываю прилив бодрости — вне зависимости от того, как прошел день. Но сейчас приходилось бороться с сонливостью — без особого успеха.

Я попробовал испугаться, посулив себе красочный набор кошмаров, которые, несомненно, подстерегали меня по ту сторону закрытых век. Бесполезно! Не помогала даже мысль о грандиозном позоре, который ожидает меня в случае провала. Колкости Мелифаро, снисходительные утешения Джуффина и, как апофеоз, презрительно поджатые губки леди Меламори. Не помогло даже это. Блаженная дрема наваливалась на меня, как мягкая подушка, ставшая орудием ласкового душителя. Еще немного, и я бы заснул.

Положение спасла бутылочка с бальзамом Кахара. Счастье, что я догадался взять ее с собой. Выпить пришлось немало. Но я не жалуюсь: бальзам Кахара — не только мощное тонизирующее средство, но и обалденно вкусная штука.

Позже Джуффин объяснил, что, выпив бальзама, я спровоцировал того, кто за мной охотился, на поспешные действия. Дескать, он решил, что, если уж я применяю для самозащиты магию всего-то восьмой ступени, меня не стоит считать серьезным противником. Моя кажущаяся беспомощность вынудила таинственное существо принять самое опрометчивое решение за всю свою странную жизнь.

Я не стал спорить с Джуффином. И все-таки мне кажется, что Мертвый Магистр, изрядно обалдевший от одиночества своего призрачного существования, просто не смог больше ждать. Какая уж тут логика? Он хотел взять мою жизнь. И чем раньше, тем лучше. Вероятно, моя Искра, или как это там называется, была той самой порцией, которой ему недоставало. Махлилгл Аннох так долго шел к цели! Капля по капле впитывал силу всех, кто попадал в эту камеру. И однажды оказался настолько силен, что смог забрать первую чужую жизнь, необходимую для того, чтобы вернуть отчасти утраченную собственную. Потом он взял еще одну жизнь, и еще, и еще.

Последняя порция сделала призрак Великого Магистра Махлилгла Анноха настолько могущественным, что он смог проникать даже в сны обитателей соседних камер, надежно защищенных непроницаемыми (для магии живых, но не для него, мертвого) стенами. Он был твердо намерен забрать столько чужих жизней, сколько потребуется, чтобы воскреснуть по-настоящему. И уже стоял на пороге успешного завершения своего эксперимента длиною в целую жизнь. И в целую смерть в придачу. Оставалось добыть всего один глоток таинственного напитка, именуемого здесь «Искрой». И этот соблазнительный «глоток» третью ночь кряду сидел перед жаждущим и не желал засыпать. Конечно, Махлилгл Аннох решил сыграть ва-банк. Я сам на его месте вряд ли поступил бы иначе.

Кроме того, что бы там ни говорил сэр Джуффин Халли, а мой противник был очень близок к успеху. Гораздо ближе, чем я решаюсь себе представить.

Когда в дальнем углу моей тюремной спальни замаячил смутный силуэт незнакомца, я просто оцепенел от ужаса. Вообще-то в моем распоряжении было достаточно информации, чтобы заранее подготовиться к такому повороту событий. Но подготовился я неважно. Совсем хреново подготовился, откровенно говоря.

Словом, я очень испугался и никак не мог взять себя в руки. Хотя сам по себе незнакомец выглядел скорее забавно, чем ужасающе. Призрак Великого Магистра оказался очень маленького роста. Причиной тому было его непропорциональное сложение: крупная голова, мощный мускулистый торс и очень короткие ноги с маленькими, как у ребенка, ступнями. Комическая, в сущности, фигура. Зато загорелое, морщинистое лицо незнакомца производило совсем иное впечатление. Огромные синие глаза, высокий лоб, изумительной лепки нос с тонкими, чуткими ноздрями хищника. Длинные волосы и такая же длинная борода заплетены в многочисленные косы — вероятно, в соответствии с какой-нибудь старинной модой.

«Что ж, непросто следить за модой, сидя в тюрьме. Особенно, если ты призрак», — подумал я. Рассуждение было очень даже в моем духе и доказывало, что все не так плохо.

Но кое-как справившись со страхом, я понял, что случилось кое-что похуже. Мною овладело оцепенение. Я не мог пошевелиться. Стоял, тупо разглядывая пришельца — только и счастья, что на пол ничком не валился. «Действуй, скотина! — заорал маленький умный паренек, обитающий внутри меня, но, к сожалению, не пользующийся пока особым влиянием среди прочих составляющих моей личности. — Действуй! Все уже началось! Все происходит на самом деле! Шевелись!»

Бесполезно.

Я прекрасно понимал, что от меня требуется. Всего-то — встряхнуть рукой и выпустить Лонли-Локли. Но не мог произвести даже это элементарное действие, необходимое для того, чтобы показать ночному гостю «смертельный кукиш». От меня, кажется, уже ничего не зависело. Я понял, что пропал.

— Твое имя Персет, ты — кусочек жизни. Я искал тебя, — прошептал призрак. — Я шел к тебе по дороге; с одной стороны была тюрьма, с другой — кладбище. И только ветер гудел: «У-у-у»! Но я пришел.

Пришел он, видите ли. Мог бы и помолчать, тоже мне непризнанный поэт-символист. Я подумал, что сдаваться человеку, который при первой же встрече начинает грузить собеседника столь громоздкими речевыми конструкциями, было бы просто нелепо. И решил, что не сдамся. Между прочим, я писал монологи получше, когда мне было всего восемнадцать. Уж не знаю как, но я его одолею!

И тут со мною начали твориться совсем уж странные вещи. Я ощутил, что снова начинаю «твердеть». Мне показалось, что я превратился в маленькое, очень твердое зеленое яблочко — из тех, что могут грызть только семилетние мальчишки, которые, как известно, грызут вообще все, что попадает к ним в рот.

Потом меня посетила и вовсе безумная мысль: я решил, что такой взрослый мужчина, как мой противник, ни за что не станет грызть маленькое твердое кислое яблочко, каковым я теперь являюсь. Это бредовое утверждение казалось мне тогда совершенно очевидным фактом, а потому не требовало доказательств и окончательно вернуло мне уверенность в собственных силах. Честное слово, я напрочь забыл о своей человеческой природе и о свалившихся на меня человеческих же проблемах. Мы, кислые зеленые яблоки, живем своей непостижимой беззаботной жизнью.

Мой гость действительно скривился. У него было лицо человека, уже сутки разгуливающего с полным ртом неспелой хурмы. Призрак изрядно растерялся, и вот в этот-то момент маленькое твердое зеленое яблочко снова стало человеком. А человек обрел способность действовать. Встряхнул рукой, сделал одно-единственное неуловимое движение — этого хватило. В центре тюремной спальни появился сэр Лонли-Локли.

— Ты привел Доперста! — почему-то возмутился Махлилга Аннох. Можно подумать, что до начала встречи мы с ним оговорили правила боя, а теперь я нарушил гипотетический договор.

— Ты не Персет, — обиженно добавил призрак. Словно бы надеялся, что я устыжусь и уберу сэра Шурфа в платяной шкаф. Думаю, что мертвый Магистр изрядно расслабился за последние годы, общаясь исключительно с беззащитными перепуганными узниками.

— Сам ты не Персет! — огрызнулся я.

Растерянность призрака была нам на руку. Сэру Шурфу требовалось время, чтобы снять испещренные рунами защитные рукавицы. Ну вот, пока мы с мертвым Магистром препирались, Лонли-Локли успел произвести необходимые приготовления. Сияние его смертоносных рук озарило стены камеры, и жизнь тут же показалась мне чертовски простой и приятной штукой. Доброй сказкой с великим множеством хороших концов — выбирай любой, не пожалеешь.

Я и не подозревал тогда, что мои шансы остаться в живых все еще стремятся к нулю.

Виноват, разумеется, был я сам. Поскольку мне никогда прежде не доводилось иметь дело с отставными Великими Магистрами, я легкомысленно решил, что убить его мы всегда успеем. Мое тщеславие требовало доставить это недоразумение природы в Дом у Моста и купеческим жестом швырнуть к ногам Джуффина. Каким образом я намеревался брать в плен призрака — сам не понимаю. Я получил скверное образование, осно метафизики не преподавали ни в средней школе, которую я с грехом пополам закончил, ни в университете, откуда меня, впрочем, спешно выперли. Дурацкой идеей я тут же поделился с коллегой, а сэр Шурф — самое дисциплинированное существо во Вселенной. Согласно его представлениям, я был руководителем операции, следовательно, мои приказы нужно выполнять, не рассуждая. Даже самые нелепые.

Правая, парализующая рука Лонли-Локли не произвела требуемого эффекта. Вместо того чтобы мирно оцепенеть, призрак начал угрожающе увеличиваться в размерах. В то же время он становился все более прозрачным. Это происходило так быстро, что через какую-то долю секунды его туманная голова уже маячила где-то под потолком.

— Глупый Доперст! — воскликнул Махлилгл Аннох. — Он не может убивать. Уходи, Доперст!

И больше не обращая на Лонли-Локли никакого внимания, туман, почти утративший человеческую форму, потянулся ко мне. Он успел дотронуться до меня. Холодный влажный дряблый кисель — вот что это было. Его прикосновение отдалось горьким привкусом во рту и такой ледяной болью во всем теле, что я до сих пор не понимаю, как остался жив. И даже не потерял сознание. Вместо этого я истошно заорал:

— Мочи его! Мочи!

Грешные Магистры, где была моя голова?!

Словно откуда-то издалека я увидел, как Лонли-Локли соединил свои удивительные руки, скрестил указательные пальцы. Никаких событий за этим многообещающим жестом, однако, не воспоследовало. Минула еще одна томительная секунда. Я ничего не понимал. Почему Шурф его не убивает?! Человекоподобный кисель тем временем угрожающе сгущался вокруг меня.

И тут произошло очередное невероятное событие, ставшее своего рода изюминкой этой феерической ночи. Сияющие кисти Лонли-Локли прочертили в темноте какую-то изумительную кривую. И на нас обрушился водопад. Целые тонны холодной воды поглотили призрачный силуэт. Я по-прежнему не понимал, что происходит, но с удовольствием подставил лицо под освежающие струи. Умывание было как нельзя более кстати.

Но наш противник оказался на редкость живучим существом. Конечно, вода не могла серьезно ему повредить, хотя и послужила причиной очередной метаморфозы. После купания призрак стал стремительно уменьшаться. Только что он был огромным и прозрачным, а спустя мгновение стал маленьким и плотным.

Мои познания в астрономии катастрофически поверхностны, я даже не знаю точно, как называются сверхплотные небесные тела. То, что они — карлики, — это точно. Но вот белые или черные? Не помню! По крайней мере наш «карлик» определенно был белым. Крошечная человеческая фигурка, сияющая такой же пронзительной белизной, как устремившиеся к ней руки Лонли-Локли. Несмотря на миниатюрные размеры, выглядел он весьма угрожающе.

— Вы ошиблись, сэр Макс, — невозмутимо заметил мой великолепный напарник. — Вода ему не вредит.

— Я ошибся?! С чего вы вообще взяли, что нужна вода?

— Но вы же сами велели его намочить.

— Грешные Магистры! Шурф! «Мочи» значит — «убей». И чем скорее, тем...

Я осекся. Мне внезапно стало не до разговоров. Маленькое существо мерцало в воздухе, совсем близко от моего лица. Что-то оно бормотало. «Заклятие накладывает, сволочь», — равнодушно подумал я. Сопротивляться не было сил.

Белый солнечный свет ослепил меня. Я стоял под раскидистым деревом, и неряшливо одетая белокурая девочка, такая же коротконогая, как сэр Махлилгл Аннох, протягивала мне абрикос. «Прими угощение феи, Персет!» Сам не знаю почему, но я взял и надкусил его. Плод был червивым. Маленькая бледная гусеница проскользнула в мой распахнутый настежь рот, нырнула в уязвимую глубину горла. Я почувствовал ее острые челюсти на нежной слизистой оболочке. Яд разлился по телу, переполняя меня тошнотворной слабостью. Мне, наверное, следовало умереть от боли и отвращения, но слепая ненависть переполнила меня, и я закричал. Я кричал так, что из меня подул ветер, с дерева начали падать листья, и белокурая девочка с исказившимся от ужаса лицом ползла по выгоревшей траве, шипя, как гадюка.

Я выплюнул ядовитую гусеницу под ноги Лонли-Локли, которого не было в том саду, и тогда жуткий солнечный свет стал гаснуть.

Что меня по-настоящему восхищает в нашем Мастере Пресекающем ненужные жизни — это его невозмутимость. Ничем его не проймешь. Пока я блуждал по солнечным полянам кошмара, парень делал дело. Он наконец-то пустил в ход свою смертоносную левую руку — с чего, собственно, и следовало начинать. В таких случаях обходится без технических накладок. Человек ты там, или призрак, или еще Магистры знают кто, а смерть будет легка и неотвратима.

А потом этот изумительный парень натянул защитные рукавицы и с ловкостью профессиональной медсестры влил мне в рот остатки бальзама Кахара.

— Это очень полезно в подобных случаях, сэр Макс, поэтому выпейте. Я сожалею, что неверно понял ваш приказ. Но у нас в Ехо «мочить» значит — «делать мокрым». Поэтому я был уверен, что вы имеете в виду какой-то новый способ уничтожения водой. Мне стоило больших усилий намочить противника. Здесь, в Холоми, даже мне нелегко колдовать. Хотя сэр Джуффин, разумеется, проводил со мной специальный курс обучения.

От бальзама Кахара я не только очухался, но и развеселился — явный признак передозировки.

— Способ уничтожения водой, грешные Магистры! Ох, как же так можно. И почему именно водой? Надо было на него помочиться! Это непременно убило бы его, я уверен. Локи, вы никогда не пробовали мочиться на привидения?..

— Сэр Макс, — с упреком сказал мой спаситель. — Моя фамилия не «Локи», а Лонли-Локли. Прежде вам всегда удавалось произносить ее без ошибок. Мне бы хотелось надеяться, что это умение вернется к вам в ближайшее время.

Бедняга, очевидно, решил, что я такая же беспросветная сволочь, как Мелифаро. Следовало немедленно спасать положение.

— Это была не случайная ошибка, сэр Шурф. Просто я вспомнил одного грозного бога, чье имя созвучно с вашей фамилией. Не обижайтесь, дружище.

— Никогда не слышал о боге по имени Локи, — удивленно признался он. — Ему поклоняются ваши соплеменники?

— По крайней мере некоторые, — я и бровью не повел. — У нас в Пустых Землях, знаете ли, многобожие. Всяк верит во что горазд, каждый второй кочевник — сам себе верховный жрец, а некоторые ребята вроде меня и вовсе ни во что не верят, зато интересуются всем понемножку.

— Это ведь не тайное знание? — с надеждой спросил Лонли-Локли. — И вы можете мне поведать?..

— Могу, — кивнул я. — Вам — все, что угодно.

Следующие полтора часа я потратил на то, чтобы за холодными остатками отличной тюремной камры подробно изложить сэру Лонли-Локли скандинавскую мифологию, выдавая ее за легенды Пустых Земель.

Надо отдать должное сэру Шурфу, скандинавский эпос пришелся ему по душе. Особенно Один, предводитель богов и мертвых героев, присвоивший мед поэзии. К поэзии Мастер Пресекающий ненужные жизни относился с чрезвычайным уважением, чтобы не сказать — с трепетом.

Вдохновленный не то внезапным совпадением наших литературных пристрастий, не то чрезмерной дозой бальзама Кахара, я хлопнул по спине своего грозного коллегу. Не подумал, что в Соединенном Королевстве такой жест допустим лишь между ближайшими друзьями. На мое счастье, сэр Шурф не возражал против официального установления дружеской близости. Более того, он выглядел весьма польщенным.

Только потом я понял, что абсолютно не представляю, какие обязательства накладывает на меня звание близкого друга сэра Лонли-Локли. Наверняка здесь, в Ехо, существует огромное количество соответствующих диковинных обрядов. Решил, что придется идти на поклон к Джуффину, пусть научит меня, как здесь дружат. А я запишу в тетрадку и стану сверять по ней каждый свой жест. Лишь бы только в ближайшие полчаса человека не обидеть, с меня станется.

Наконец мы покончили с литературным диспутом и дали о себе знать. Нас тут же выпустили из камеры и отвели в кабинет коменданта. Накормили отличным завтраком, напоили горячей свежей камрой. Это было прекрасно. Окончательно придя в себя, я поспешил удовлетворить мучившее меня любопытство.

— Скажите, Шурф, а как текло время, пока вы были маленьким? То есть я, конечно, не о детстве вас спрашиваю. Я имею в виду то время, когда вы были скрыты от посторонних взглядов в моем кулаке.

— Время? — Лонли-Локли пожал плечами. — Время, сэр Макс, текло как всегда. За эти несколько часов я даже успел проголодаться.

— За несколько часов?!

— Вы хотите сказать, что я ошибся в расчетах?

— Мы провели здесь три дня и три ночи.

— Любопытный эффект, — равнодушно подытожил Лонли-Локли. — Но это и к лучшему. Трое суток — слишком большой промежуток времени для того, кто не захватил с собой бутерброды. Можно сказать, мне повезло, что мое восприятие времени изменилось.

Мне, конечно, хотелось выяснить еще множество подробностей о его существовании в моей пригоршне, но сэр Шурф сказал, что такого рода опыт проще пережить индивидуально, чем усвоить с чужих слов. И великодушно предложил оказать мне эту услугу. Я решил, что потрясений на сегодня, пожалуй, достаточно и дипломатично сменил тему.

С завтраком мы покончили, с гостеприимным сэром Марунархом попрощались. Пора было отправляться в Дом у Моста. Я чувствовал себя превосходно, только тело казалось совершенно невесомым под воздействием непомерной порции бальзама Кахара. Очень хотелось набить карманы камнями, чтобы не взлететь.

— Я не думаю, что вам следует садиться за рычаг, Макс, — заявил Лонли-Локли, усаживаясь в амобилер. — Вы — лучший из всех известных мне возниц, но в прежние времена, когда бальзам Кахара можно было купить в любой лавке, управление амобилером в таком состоянии было строго запрещено.

Пришлось смириться.

— Все-таки вы, жители границ, удивительные существа, — заметил Лонли-Локли, въезжая на деревянный настил парома, курсирующего между островом Холоми и Старым Городом. — Я, признаться, пока не уяснил, в чем именно состоит разница, но вы, Макс, разительно отличаетесь от прочих чужестранцев, — он умолк и углубился в свой знаменитый «рабочий дневник». Надо понимать, спешил зарегистрировать свежайшие впечатления.

— Что вы имеете в виду? — осторожно поинтересовался я.

— Не обижайтесь, сэр Макс. Просто существует мнение, будто бальзам Кахара, как и обычные увеселительные напитки, производит угнетающее действие на психику так называемых «варваров» — уж простите мне кажущуюся грубость этого термина. Некоторые знахари полагают, что бальзам Кахара даже опасен для умственного равновесия ваших земляков. Считают, что волшебные напитки могут употреблять лишь уроженцы Угуланда. С вами же ничего подобного не происходит. Напротив, данный напиток изменяет вашу психику гораздо слабее, чем это происходит с представителями так называемых «цивилизованных народов». Именно это я и имел в виду. И еще раз простите, если я допустил бестактность.

— Теперь вы — мой друг, — напомнил я, — и можете говорить все, что заблагорассудится.

Я вздохнул с облегчением. Когда Лонли-Локли заговорил о моих странностях, я, было, решил, что каким-то образом выдал свое настоящее происхождение, и все конспиративные труды Джуффина пошли прахом. Ан нет, ему, оказывается, удивительно, что я голым на столе после нескольких глотков бальзама Кахара не пляшу. Впрочем, в следующий раз надо будет его порадовать.

Сэр Джуффин Халли был весьма доволен увидеть нас живыми, здоровыми и победившими.

— Я не думаю, что для Магистра Махлилгла Анноха проблема жизни после смерти до сих пор актуальна, — с порога выпалил я. — Если бы мы его убили, когда он был жив, тогда еще всякое могло бы случиться. Но мы-то убили его уже после того, как он умер... Грешные Магистры, что я несу! И почему вы меня не останавливаете?

— Во всяком случае, я совершенно уверен, что его исследования завершены навсегда, — успокоил меня Джуффин.

— Хочется верить, поскольку этот ваш Магистр мне не слишком понравился. Кстати, я очень хотел доставить его вам живым. Ну, насколько его можно считать живым. Но у нас ничего не вышло.

— Магистры с тобой, парень! У вас и не могло ничего выйти.

— Я тоже так считал, — заметил Лонли-Локли. — Но приказ есть приказ.

— Был дурак, исправлюсь, — покаялся я. Рухнул в кресло и вдруг понял, что засыпаю. Пробормотал, закрывая глаза: — Не забудьте рассказать про воду, Шурф. Это было нечто.

Я все еще находился под благотворным воздействием бальзама Кахара, а потому проснулся всего час спустя. Чувствовал себя легким как перышко и на удивление бодрым. Мои коллеги пили камру, заказанную в «Обжоре», и о чем-то тихонько беседовали.

— Ага, оклемался, — обрадовался Джуффин.

Он смотрел на меня с подозрительным энтузиазмом, словно бы я был праздничным пудингом, который дошел наконец до нужной кондиции. Только что не облизывался.

Есть он меня все же не стал. Зато устроил медицинское обследование. Впрочем, на обычный медосмотр эта процедура не слишком походила.

Мне было велено стать у стены. Некоторое время Джуффин сверлил меня неподвижными светлыми глазами — не слишком приятное ощущение! Впервые за время нашего знакомства мне стало неуютно под его взглядом. Потом пришлось повернуться лицом к стене, что я с облегчением проделал. Некоторое время шеф изучал мою задницу и ее окрестности. Не удовлетворившись визуальным осмотром, принялся похлопывать меня по спине. Массаж, в отличие от игры в гляделки, мне понравился. Но потом жесткие ладони — раскаленная правая и ледяная левая легли на затылок, и тут мне стало худо. Словно бы я умер и от меня ничего не осталось. Совсем ничего. И тогда я заорал — не от боли, а чтобы доказать себе и всему миру, что это не так. Ору — следовательно, существую. Идиотская формула, но она работает.

— Расслабься, Макс. — Джуффин заботливо помог мне добраться до ближайшего кресла. — Неприятно, согласен, но уже все.

Хорошее самочувствие вернулось ко мне мгновенно, чего нельзя сказать о душевном равновесии.

— А что это было?

— Ничего особенного. Обычный диалог тела знахаря с телом пациента. Не всем это нравится. Тебе, например, не понравилось, но в таком деле тоже нужна привычка, а у тебя ее нет. Ты готов к новостям?

— Смотря какие новости, — осторожно ответил я. — Они хорошие, плохие или как?

— «Или как». Все зависит от твоего чувства юмора, — многообещающе ухмыльнулся Джуффин.

— Ну, с этим у меня никогда не было особых проблем.

— Сейчас проверим. Видишь ли, сэр Макс, твоя — как бы сказать поточнее... физиология? — несколько изменилась.

— Это как? Я стал женщиной? Или мне больше никогда не придется ходить в уборную? Что вы имеете в виду?

— Да нет, ниже пояса у тебя все в порядке, — расхохотался Джуффин. — Насчет уборной и прочих радостей жизни можешь быть спокоен.

— Уже хорошо.

— Ничего страшного не произошло. Но такие вещи о себе лучше знать, как мне кажется. В общем, ты стал ядовитым.

— Ядовитым? Я?! Вы имеете в виду, что, если меня кто-то съест, он умрет? Немедленно сообщите всем городским каннибалам, иначе произойдет непоправимое! — Я хохотал так, словно делал это последний раз в жизни.

— Да нет, есть-то тебя как раз можно. И трогать тоже. Можно даже пользоваться твоей посудой и полотенцем, если кому-то придет такая охота. Существует только одна проблема. Если ты разозлишься или испугаешься, твоя слюна станет ядовитой. Страшнейший яд, между прочим. Убивает мгновенно, просто попав на кожу — человека, во всяком случае. И этим ядом ты непременно плюнешь в обидчика. Могу тебя заверить, что хорошее воспитание тут не поможет. И сила воли ничего не изменит. Это — не вопрос выбора. Ты плюнешь, даже если примешь решение не плевать. Единственное, что ты можешь сделать, если не захочешь немедленной гибели своего собеседника, — плюнуть куда-нибудь в сторону. Так что воспитывай характер, парень. Чтобы не раздражаться по пустякам.

— Все не так уж страшно, — нерешительно возразил я. — Не слишком я злобен. Если бы что-то подобное произошло с генералом Бубутой, над человечеством действительно нависла бы грозная опасность. Конечно, хорошо бы попробовать — хоть разок. Глядишь, пойду в помощники к сэру Шурфу.

— Иногда это не помешает, — серьезно заметил Лонли-Локли, до сих пор сохранявший безмятежно-равнодушный вид. — Сами знаете, сэр Макс, порой на меня наваливается слишком много работы.

— А если вы забудете дома перчатки, не огорчайтесь. Что-что, а уж слюна всегда будет при мне, — великодушно заявил я.

— Но я не могу забыть дома свои перчатки. Как вам такое в голову могло прийти? — изумился Лонли-Локли.

Я понял, что действительно сказал глупость. Некоторые вещи попросту не могут случиться. Солнце никогда не повернет вспять, песок ни при каких обстоятельствах не утолит жажду, а сэр Шурф, отправляясь на службу, не забудет дома свои смертоносные перчатки. Так уж все устроено.

— А что же теперь будет с моей личной жизнью, Джуффин? — вздохнул я. — Ни одна девушка не решится целоваться с таким чудовищем. Может быть, сохраним новость в тайне?

— Объясни девушкам, что целоваться с тобой — занятие вполне безопасное. По крайней мере когда ты не сердишься. — Джуффин пожал плечами. — А вот что касается тайны... Я не собираюсь созывать по этому поводу пресс-конференцию, но сам знаешь...

— ...в Ехо полно дерьмовых ясновидцев, — закончил я.

— Вот-вот.

— А почему со мной вообще такое случилось?

— Когда ты сталкиваешься с магией высокой ступени, она воздействует на тебя несколько иначе, чем на... скажем так, нормальных людей. — Джуффин выразительно покосился на Лонли-Локли.

Сэр Шурф надежен, как скала, помещенная в сейф в швейцарском банке, но заявлять в его присутствии о том, что я — пришелец из иного Мира, пожалуй, все же не стоило. Впрочем, я уже и так все понял.

— Никогда нельзя заранее узнать, что и как на тебя подействует, — добавил Джуффин. — Помнишь, что случилось в доме моего соседа?

— Но я же совсем недолго был вампиром, — жалобно возразил я. — Через пару часов все стало, как прежде.

— Правильно. Потому что мое заклятие было из тех, что налагаются на короткий срок. А призрак хотел тебя убить. Потому и заклятие у него получилось на славу. Что может быть более продолжительным, чем смерть?

— Утешили, спасибо.

— Привыкай, сэр Макс. Не думаю, что это происшествие — последнее в твоей жизни. Но все к лучшему. В доме Маклука ты стал немного мудрее, теперь в твоем распоряжении оказалось неплохое оружие. Кто знает, что будет дальше?

— Вот именно!

Несколько секунд я искренне пытался себя жалеть, но махнул рукой и снова расхохотался.

— А может быть, меня просто надо сводить к знахарю? Приду, скажу: «Доктор, у меня ядовитая слюна, что делать?» — «Нет проблем! Строгая диета, прогулки перед сном и таблетка аспирина на ночь. Через пятьсот лет все как рукой снимет».

— Аспирин? Что это такое? — внезапно заинтересовался Лонли-Локли.

— О, это воистину магическое средство. Его делают из конского навоза, и оно помогает абсолютно от всего.

— Надо же. А наши исследователи пишут, что на границе очень плохо развито знахарство. Все-таки истина часто оказывается жертвой предрассудков.

Сэр Джуффин Халли схватился за голову.

— Стоп! Я больше не могу смеяться, ибо вывихнул скулу. Последний совет, сэр Макс. Предлагаю считать, что тебе очень повезло. Безобидных и бесполезных привычек у тебя хватает. Самое время обзаводиться опасными. Твое новое приобретение может здорово пригодиться на службе. А если какая-нибудь истеричная барышня откажется с тобой целоваться, ты в нее просто плюнешь, и дело с концом. Ясно?

— Ясно.

— Отлично, — с этими словами он распахнул дверь и принял из рук курьера объемистый сверток. Бросил его мне на колени. — А теперь примерь вот это.

Я развернул пакет. Извлек оттуда черное, расшитое золотом лоохи, черную скабу, такой же тюрбан и пару изумительных сапог. На сапоги я залюбовался особо: их носки изображали стилизованные морды зубастых драконоподобных зверюг, а черные голенища были усеяны крошечными колокольчиками желтого металла. Конечно, у себя на родине я никогда не стал бы обуваться в нечто подобное, но здесь, в Ехо, это было самое то.

— Это подарок?

— Что-то в этом роде. Ты примерь, примерь.

— Спасибо, — и я принялся натягивать сапоги.

— Не за что. Тебе нравится?

— Еще бы! — я напялил на себя черный тюрбан, украшенный такими же крошечными колокольчиками.

— А лоохи?

— Секунду.

Я закутался в черно-золотой плащ и посмотрел на себя в зеркало. Оказывается, золотой узор был вышит таким образом, что большие сверкающие круги располагались на спине и груди как своего рода мишени.

— Действительно здорово. Просто королевская вещь!

— Она и есть Королевская. Я рад, что тебе нравится, сэр Макс. Теперь тебе придется это носить.

— С удовольствием. Почему придется? И потом, жалко таскать такую красоту изо дня в день.

— У тебя будет столько комплектов, сколько понадобится. Ты еще не понял главного. Это — что-то вроде форменной одежды. Ты должен носить ее всегда.

— Отлично, но я все равно не понял. Вы же сами говорили, что, в отличие от полицейских, члены Тайного Сыскного Войска не носят никакой формы. Это что, нововведение?

— Не совсем. Эта одежда — только для тебя. Теперь ты — Смерть, сэр Макс. Смерть на Королевской службе. А для таких случаев существует Мантия Смерти.

— И все прохожие, завидев меня, будут разбегаться, как от зачумленного? Хорошее дело!

— Все не так страшно. Завидев тебя, они будут благоговейно трепетать. И с нежностью вспоминать старую добрую Эпоху Орденов, когда люди в подобных нарядах встречались куда чаще. Твое общественное положение теперь настолько недосягаемо высоко, что... Одним словом, теперь ты — невероятно важная персона. Сам почувствуешь.

— То есть я — большой начальник? Не так плохо, действительно... А почему вы не носите подобную форму, Шурф? Вам-то уж, кажется, просто положено.

— Раньше я действительно носил Мантию Смерти, — равнодушно кивнул Лонли-Локли. — Но времена меняются. Для меня пришло время белых одежд.

— А я-то думал, что ваш костюм — дело личного вкуса. И что же означают ваши белые одежды?

Лонли-Локли пожал плечами. Ему явно не хотелось разглагольствовать на эту тему.

— Прошли времена, когда Шурф был Смертью, — торжественно заявил Джуффин. — Теперь он — Истина. По крайней мере именно так именуется его должность в тайном реестре практикующих Королевских магов. Ну а если говорить проще, наш сэр Лонли-Локли больше не способен рассердиться, испугаться или обидеться — в отличие от тебя, например. Он несет смерть, это правда, но только тогда, когда это действительно необходимо. Не потому, что так хочет он сам. Даже не потому, что ему так приказывают. Если, скажем, я прикажу сэру Шурфу испепелить невиновного, и он, как честный служащий, попытается выполнить мое распоряжение, его рука откажется повиноваться хозяину. Вот и выходит, что по большому счету наш дисциплинированный сэр Шурф не подчиняется никому. Именно поэтому он — больше чем смерть. Он — Истина в последней инстанции, поскольку беспристрастен, как небеса... Тьфу ты, ну я и загнул! Все это, конечно, гремучая смесь наивной философии и скверной поэзии. Но суть дела тем не менее передает верно.

— Хорошо, хоть я не должен носить что-нибудь оранжевое или малиновое, — я пожал плечами. — И все же я не в восторге от этой идеи.

— От тебя и не требуется быть в восторге. Смирись и постарайся получить удовольствие. Все, тема закрыта. Работать сегодня, как я понимаю, вы все равно не будете, а посему пошли в «Обжору». Я проголодался, вы проголодались. Вопросы есть?

— Есть, — проворчал я. — За чей счет гуляем?

В конце вечера за нашим столом каким-то образом собрались все Тайные сыщики. Конечно, ничего удивительного в этом не было. Скорее всего Джуффин просто отправил им зов и предложил присоединиться к нашей пирушке. Но мне приятно думать, что между моими коллегами существует некая таинственная связь. И, прогуливаясь по городу, каждый, сам того не осознавая, непременно приближается к тому месту, где собрались остальные. Каким-то неведомым магнитом мы друг друга притягиваем, примерно так я себе это представляю.

На прощание леди Меламори, весь вечер не сводившая с меня глаз, пригласила нас с Мелифаро навестить ее как-нибудь в сумерках и выпить вместе по чашечке камры. Согласно ее стратегическому плану, мы должны были явиться вдвоем и, вероятно, нейтрализовать друг друга. Интересно, издевалась ли она над нами или, того хуже, сама не понимала, чего хочет?

— Плюнь в нее, дружище, — шепнул мне Мелифаро. — Плюнь в нее, дело того стоит!

— Еще чего, — проворчал я. — Моя слюна — достояние Соединенного Королевства. Переводить ее на личные нужды — служебное преступление. А я и так только что из Холоми.

К ночи я все же добрался домой, где меня встретили Армстронг и Элла, сытые и расчесанные, как и было обещано. Я решил, что теперь буду постоянно пользоваться услугами курьера, которому был поручен уход за моим зверинцем. Парень, в отличие от меня, просто создан для этой работы.

Всю ночь я пичкал своих питомцев деликатесами из «Обжоры» и упивался их благодарным мурлыканьем. Устал от этого занятия смертельно. Но отдохнуть мне не дали.

Разбудил меня стук в дверь. Так самоуверенно грохотать может только государственный служащий не слишком высокого ранга. Я поплелся открывать, злой, сонный и ничего не соображающий. Справа от меня вышагивал Армстронг, слева крутила задницей Элла, оба возмущенно мяукали. Зрелище то еще, полагаю.

За дверью стоял весьма представительный джентльмен, чье породистое лицо даже казалось умным, благодаря элегантным очкам в тонкой оправе и благородной седине на висках.

— Примите мои извинения, сэр Макс! — поклонился он. — Позвольте представиться: Ковиста Гиллер, Мастер Проверяющий Прискорбные Сведения. Я знаю, что являться к вам домой в это время не совсем прилично, но его Величество Гуриг VIII настаивал на срочном визите.

Врожденное чувство гостеприимства и подобострастный тон незнакомца вынудили меня пригласить его в гостиную. Благо там имелись почти полный кувшин камры из «Обжоры» и неплохой набор сладостей оттуда же. Оставалось лишь найти чистые кружки. В большом доме это не так уж просто.

— Что стряслось? — спросил я, когда мои поиски увенчались наконец успехом. — Что за «прискорбные сведения» вы хотите проверить? Неужели на меня наконец-то написали донос? Это надо бы отметить.

— Я сейчас расскажу, сэр Макс, вы только не волнуйтесь! Ничего заслуживающего внимания не произошло, будьте покойны.

— А вы, судя по всему, уже знаете о моем новом назначении, — ехидно заметил я. — Честное слово, я не собираюсь волноваться. Что бы там ни стряслось, но смертная казнь у нас, кажется, не в почете, а из Холоми я только что вернулся. Прекрасно провел время, смею заметить.

— Вообще-то моя основная работа — проверять правдивость поступающих ко двору доносов, это действительно так, — смущенно признался мой гость. — Но прошу вас, сэр Макс, не подумайте, будто Король действительно серьезно отнесся к служебной записке генерала Бубуты Боха. Я здесь совсем по другой причине.

— Так-так-так! Наша беседа становится все более интересной. Сделайте милость, расскажите, какая такая служебная записка? Меня три дня не было в Управлении — по приказу начальства проводил расследование в Холоми. Так что же я натворил, по мнению генерала Боха?

— Мне даже неловко говорить о таких пустяках, сэр Макс! Генерал Бох узнал, что в ваше отсутствие один из младших служащих Управления Полного Порядка посещал ваш дом и...

— И кормил моих зверей, — кивнул я. — Это чистая правда. Он их, между прочим, еще и причесывал. А зачем еще нужны младшие служащие?

— Совершенно с вами согласен, сэр Макс. Скажу вам по секрету, генерал Бох постоянно забывает о том, что Тайный сыск и его Полицейское войско — очень разные организации. Что не принято на его половине Дома у Моста, вполне допустимо на вашей. Бубута Бох не раз присылал нам доносы о поведении самого Почтеннейшего Начальника, я уже не говорю о прочих ваших коллегах.

— И что же именно не нравится Бубуте?

Ковиста Гиллер расплылся в смущенной улыбке.

— А как вы думаете, сэр Макс? Ему все не нравится. Например, что сэр Кофа Йох не появляется на службе, поскольку не вылезает из трактиров.

— Ну да, — согласился я. — Действительно безобразие! Сидел бы себе в кабинете, да ходил бы в общий сортир подслушивать, как Бубутины подчиненные перемывают косточки своему боссу. А то шляется по всему городу, понимаете ли!

Мой собеседник с удовольствием покивал.

— Король даже коллекционирует доносы на вашу организацию. Подклеивает их в особый альбом и украшает собственноручными иллюстрациями. Говорит, что подарит это собрание сэру Джуффину Халли, когда в альбоме закончатся страницы. Именно поэтому Его Величество внимательно прочитал письмо генерала Боха прежде, чем присовокупить его к своей коллекции. И Королю стало любопытно, зачем вы держите в доме скотину и какого рода удовольствие от этого можно получать?

— Да вы сами взгляните, — улыбнулся я. — Видите, какие красавцы мои Армстронг и Элла? А уж какие умники...

Виновники общественных потрясений услышали свои имена и взгромоздились ко мне на колени. Я крякнул под их нешуточной тяжестью. Длинная, тщательно расчесанная шерсть струилась чуть ли не до пола, синие глаза тонули в пухлых щеках, пушистые хвосты щекотали мне нос. Мне было чем гордиться!

— Знали бы вы, как сладко спится под их мурлыканье, — мечтательно сказал я. — Вот такое, с вашего позволения, удовольствие.

— А откуда вы их взяли, сэр Макс? — поинтересовался мой гость.

До сих пор не знаю, с какой стати я решил соврать. Решил почему-то, что котята обидятся, если я открою постороннему человеку тайну их плебейского происхождения.

— Эти котята — прямые потомки диких кошек Пустых Земель и загадочного черного зверя, пришедшего оттуда, куда садится солнце.

Я честно старался имитировать речь экзальтированного дикаря. Потом не выдержал, рассмеялся и уже нормальным тоном объяснил:

— Во всяком случае, именно так говорилось в записке, которую я нашел в корзине с этими малышами. Мне передал ее какой-то купец. Подарок от старого друга.

— Подумать только! — восхищенно воскликнул королевский посланец. — Его Величество угадал. Он сразу сказал мне: «Я уверен, что у этого невероятного сэра Макса живут столь же невероятные кошки. Пойди и все разузнай, мне любопытно». Теперь-то я и сам вижу, сэр Макс. Ваши кошки совсем не похожи на тех, что живут у нас на фермах!

— Если Его Величество считает, что Армстронг и Элла чудесные создания — что ж, я с ним полностью согласен, — подтвердил я, ласково прижимая к себе тяжелые мохнатые тушки. — Они действительно — нечто особенное.

Про себя же я подумал, что у местных фермеров просто не хватает ни времени, ни сил расчесывать роскошную шерсть своих питомцев. Мои котята и правда не слишком напоминали всклокоченных растреп, слоняющихся по крестьянским огородам в поисках дополнительной кормежки.

Мастер Проверяющий Прискорбные Сведения раз пять многословно извинился, что отнимает мое драгоценное время, и послал зов в замок Рулх, главную Королевскую резиденцию. Видимо, столь серьезное дело требовало весьма продолжительного обсуждения — парень молчал чуть ли не целый час.

Наконец Ковиста Гиллер снова обратил на меня внимание. Я, признаться, уже успел задремать прямо в кресле.

— Сэр Макс! — сообщил он почтительным шепотом. — Король хочет иметь таких же кошек. О нет, я не хочу сказать, что Его Величество намерен забрать ваших зверьков. Но ведь у вас мальчик и девочка, а значит, рано или поздно у них появится потомство. Смеем ли мы рассчитывать на котенка из первого же помета?

Это было неплохим решением грядущей проблемы. Котята все равно когда-нибудь появятся, никуда от этого не денешься. Прежде я планировал отправлять потомство Армстронга и Эллы туда, откуда в свое время получил их родителей — в поместье Мелифаро. Но Королевский Дворец — это даже удобнее. По крайней мере ближе к дому.

— Разумеется, когда котята появятся, я с радостью пошлю Королю пару самых толстолапых, — торжественно пообещал я.

Ковиста Гиллер рассыпался в благодарностях, извинениях, комплиментах и наконец исчез за дверью. А я отправился в спальню.

Но выспаться в то утро мне так и не удалось. Через пару часов новый знакомый прислал мне зов. Оказывается, будущих котят Эллы и Армстронга немедленно захотели все придворные. Ковиста Гиллер полагал, что нам необходимо срочно увидеться.

Вечером у меня в руках был список желающих обзавестись «редкой» (и одобренной Королем!) породой кошек. Список из девяносто восьми имен. Я подозревал, что это — только начало. Бедная Элла, ей, пожалуй, столько не родить даже за очень долгую жизнь... Но все эти вельможные господа так жаждали хотя бы просто попасть в список.

Разумеется, Джуффин узнал о моих сношениях с Королевским двором и призвал меня на свидание. Я отправился в Дом у Моста, заранее предвкушая потеху.

— Что ты делаешь с моим Миром, Макс? Во что ты его превращаешь? — с напускной строгостью спросил Почтеннейший Начальник Малого Тайного Сыскного Войска. — И скажи на милость, почему только кошки? Надо было заставить их держать в доме лошадей, ездить верхом из гостиной в спальню. Чего мелочиться?

— Если хотите, можно попробовать, — задумчиво сказал я. — Благо размеры столичных квартир это позволяют.

— Не сомневаюсь, что у тебя получится. Но потерпи пару лет, ладно? В моем возрасте трудно привыкать к таким нововведениям.

— Да Магистры с ними, с лошадьми! Ограничимся кошками.

— Правда? И на том спасибо. Грешные Магистры, иногда я сам начинаю верить, что ты вырос на границе. Ты уж не обижайся!

— А вот ка-а-ак обижусь! И ка-а-ак плюну! — я скорчил зверскую рожу.

— Я бы испугался, пожалуй, да мне по должности не положено, — усмехнулся Джуффин. — Считается, что я никого и ничего не боюсь. Не могу же я вот так вдруг взять да и похерить священные традиции Тайного Сыска.

— Кстати о традициях, — вспомнил я. — Скажите, а что должны проделывать друг с другом так называемые «близкие друзья»? Я не шучу. Мне правда надо знать.

— Что ты имеешь в виду, Макс? Кого ты называешь «близкими друзьями»? Объясни по порядку.

— Прошлой ночью я перебрал бальзама Кахара и хлопнул по спине сэра Шурфа. Он, похоже, был этим доволен, так что все, можно сказать, обошлось. Но потом я подумал, что наверняка существуют некие традиции, в соответствии с которыми я должен что-то регулярно проделывать, иначе он обидится. Ведь так?

— Да нет, ничего в таком роде я не припоминаю. — Джуффин наморщил лоб. — По-моему, никто ничего не должен проделывать. Просто можешь больше не говорить ему «сэр», хотя ты и так давно перестал это делать... Грешные Магистры, да что тут объяснишь! Дружба — она и есть дружба. Кстати, если ты помнишь, однажды я проделал с тобой то же самое.

— Да, но...

Я смущенно замялся. Неловко как-то признаваться человеку, что считаешь его Великим Исключением из всех мыслимых правил. Слишком уж похоже на грубую лесть. Но Джуффин и так все понял.

— Ты имеешь в виду, что я — свой парень, а наш Лонли-Локли — настоящий джентльмен? Да, есть такое дело. Но тебе повезло, Макс. Никаких особенных обрядов для такого случая не предусмотрено. Ну, разве что, если ты придешь к Шурфу в гости, имей в виду, что имеешь полное моральное право принять ванну и остаться ночевать — если захочешь, конечно. И он, соответственно, такое право имеет, но вряд ли им когда-нибудь воспользуется... Ладно, сэр Макс, пару Дней Свободы от забот ты честно заслужил, а посему не смею тебя задерживать.

— Это звучит так, словно вы отказали мне от дома, — улыбнулся я. — Даже обидно как-то. Два дня не ходить на службу? Я же затоскую.

— Я рад, что ты любишь свою работу. Но сейчас тебе нужно как следует выспаться. И никаких приключений. Это я тебе как знахарь говорю. Ясно?

В коридоре Управления я столкнулся с генералом Бубутой. Он почтительно оскалился, потупив багровую физиономию. Кажется, бедняга был на грани обморока. Узрев мою Мантию Смерти, великолепный генерал Бубута понял, что нажил себе слишком опасного врага. Я мог ему только посочувствовать.

Шутки шутками, но, проходя мимо «Сытого скелета», я услышал, как ругаются две пожилые дамы. Если не ошибаюсь, они играли в «Крак», местную разновидность покера. И, само собой, обе мошенничали. Они так расшумелись, что не услышали мелодичный звон колокольчиков на моих сапогах. «Чтоб в тебя сэр Макс плюнул!» — в сердцах заорала одна из них.

Ничего себе. Я сел на мозаичный тротуар и взялся за голову. И просидел так минут десять. Твердил как мантру формулу Джуффина: «смирись и получай удовольствие».

Потом встал и пошел домой. А что еще я мог сделать?

Стоит человеку решить, будто он пришел к согласию с самим собой и окружающим миром, как тут же лучшие друзья начинают делать все, чтобы лишить его этой сладостной иллюзии. Проверено на живом человеке. На мне то есть.

Я вернулся в Дом у Моста после нескольких дней блаженного безделья, омраченных разве что установкой в ванной комнате четвертого бассейна для омовения. Шел по коридору, кутаясь в роскошную Мантию Смерти, предвкушал приятную встречу с коллегами. И они, надо сказать, не обманули моих ожиданий.

В дверях, ведущих на нашу половину, на меня налетел сэр Мелифаро. То, что он впопыхах отдавил мне ногу и пихнул локтем в бок, можно было не принимать во внимание. Но парень решил превратить это незначительное событие в настоящее шоу.

Мелифаро отскочил от меня, как теннисный мячик. Изобразил на своем подвижном лице гипертрофированное выражение ужаса, грохнулся на четвереньки и начал биться лбом о порог. В придачу ко всему он вопил так, что уши закладывало:

— Пощади меня, о грозный сэр Макс, изрыгающий смерть из недр огнедышащей пасти! Не отягощай мое существование своими жгучими слюнями, изобильно стекающими на несчастные головы твоих презренных врагов! Я недостоин столь величественной кончины!

Разумеется, на крик Мелифаро сбежались перепуганные полицейские. Кажется, они действительно решили, что здесь кого-то убивают. Парни растерянно смотрели на моего кривляющегося коллегу, на меня же лишь косились украдкой, словно бы прикидывая: плюнет или нет?

С нашей половины Управления, как и следовало ожидать, высунулась только каменная физиономия Лонли-Локли. Мгновенно оценив ситуацию, сэр Шурф устало вздохнул и захлопнул дверь. Любопытствующих полицейских тем временем все прибывало.

Насладившись всеобщим вниманием, Мелифаро внезапно подпрыгнул и оказался возле меня.

— Я прощен? — невинно спросил он. — Или я недостаточно старался?

— Недостаточно, — я пытался держать себя в руках, поскольку в самом деле начинал заводиться. — В таких случаях полагается каяться никак не меньше часа, к тому же — в самом людном месте города. Отправляйся на Площадь Побед Гурига VII, мой бедный друг, исполни там свой долг, и кара тебя минует.

Высказавшись, я скрылся на нашей половине здания, так хлопнув дверью, что ее ручка жалобно повисла на одном шурупе. Зато я, кажется, начал успокаиваться.

«Ты чего, Макс? — Мелифаро спешно отправил мне зов. — Неужели обиделся? Я хотел сделать тебе приятное».

«Утешайся тем, что сделал приятное толпе сотрудников Городской Полиции и себе, любимому», — буркнул я.

«С каких это пор ты перестал радоваться шуткам? Ну ладно, если ты все еще в гневе, с меня причитается. Приходи в «Обжору», угощу чем-нибудь более крепким, чем твои нервы. Отбой!»

Он явно подлизывался, употребляя мое любимое словечко, но меня это только рассердило.

— Что будет, если я действительно убью его, Шурф? — мечтательно спросил я.

Кажется, Лонли-Локли решил, будто я всерьез вознамерился укокошить своего приятеля. Во всяком случае, он поспешил дать мне подробную юридическую консультацию.

— Пожизненное заключение в Холоми, поскольку вы оба на государственной службе. В данном случае это будет сочтено отягчающим обстоятельством. Или же ничего, если вы сможете доказать, что сэр Мелифаро совершил особо тяжкое преступление. В целом подобная ситуация представляется мне весьма нежелательной. Не нужно так обижаться на Мелифаро. Вы же знаете его, Макс. Беда в том, что мать и старшие братья избаловали парня, поскольку его отец, сэр Манга Мелифаро, в это время...

— Ага, знаю. Шлялся по Миру и писал свою знаменитую Энциклопедию. Великие путешественники не должны обзаводиться семьями, а то их страсть к приключениям порождает соответствующее потомство... Ладно. Пойду в «Обжору» и просто поставлю ему фонарь под глазом. Все-таки парень ждет. Вы запомнили эти перепуганные полицейские рожи, Шурф?

— Разумеется.

— Проследите, чтобы ни один из них в ближайшую тысячу лет не попал в «Серебряный листок». Там не было ни одного интеллигентного лица. И они действительно поверили, что я могу его убить, кретины! Достойные питомцы генерала Бубуты!

Сорвав зло на ни в чем не повинных людях, я почувствовал глубокое удовлетворение и пошел мириться с Мелифаро, благо времени на это хватало. Заскучав дома, я явился на службу гораздо раньше, чем требовалось.

Мелифаро сделал все, чтобы улучшить мое настроение, им же самим испорченное. Так что к тому моменту, когда пришло время заступать на ночную вахту, я уже не представлял собой угрозы для общества.

Сэр Джуффин Халли сидел в кресле, задумчиво уткнувшись в какую-то книгу. Эта идиллия свидетельствовала о том, что в Ехо снова наступило затишье.

— Привет, предатель, — проворчал он. — Сидишь, значит, в «Обжоре» с Мелифаро вместо того, чтобы сменить на посту усталого старика.

— Во-первых, я все равно пришел на полчаса раньше. Во-вторых, Мелифаро замаливал свой грех.

— Знаю, как же. А что в-третьих?

— А в-третьих, я готов повторить это в вашем обществе.

— Что именно?

— Поход в «Обжору».

— Не лопнешь, сэр Макс?

— Обижаете.

— Ладно. Ленив я куда-то ходить, лучше пусть нам чего-нибудь сюда принесут. Садись. Я собираюсь посплетничать.

— Для вас, сэр, я готов даже на это.

— Ха! Он готов, видите ли... Да ты в этой истории — главное заинтересованное лицо! Знаешь, что учудила леди Меламори? Это я только сегодня выяснил. Ты когда с нею в последний раз виделся?

— Два дня назад. Мы с Мелифаро зашли к ней в гости. Все было очень пристойно. На мой вкус, даже слишком.

— Понимаю. Но как раз исход этой вечеринки я мог бы предсказать без всяких ясновидцев, причем за дюжину лет до твоего рождения. Я не о том спрашиваю. Больше вы не виделись?

— Нет. Правда Меламори несколько раз посылала мне зов. Расспрашивала, как я себя чувствую, да какое у меня настроение? Очень мило с ее стороны. Я был тронут.

— А кстати, как ты себя все это время чувствовал?

— Вы имеете в виду, после отсидки в камере смертников? Ну, ядом по крайней мере не плевался. Вас ведь это интересует?

— Что именно меня интересует, я сам как-нибудь разберусь. Расскажи подробно.

— Да нечего особенно рассказывать. Чувствовал я себя великолепно. И настроение было хорошее. Даже слишком. Я как-то беспричинно веселился, словно бы щекотало меня что-то. Хотелось смеяться без всякого повода. Ну, я бродил по дому и хихикал, как идиот. Дети в таких случаях говорят: «смешинку проглотил».

— И это все?

— Ну да. Вам мало?

— По твоей вине, сэр Макс, мне приходится удивляться так часто, что это становится неприличным, — с упреком сказал Джуффин.

Я так и не понял, хвалит он меня или издевается?

— Да что же такое случилось? Не тяните. Мне теперь кусок в горло не полезет.

— Ну, посидишь минуту без куска в горле, а я буду жевать, — злорадно заявил сэр Джуффин, откусывая чуть ли не половину фирменного пирога, только что прибывшего из «Обжоры Бунбы».

Впрочем, он сам сгорал от нетерпения, а потому начал говорить с набитым ртом.

— Так вот, что касается первой и последней леди Тайного сыска. Меламори решила проверить, достоин ли ты ее обожания.

— Я знаю один хороший способ это проверить, — проворчал я. — Если надумает, я к ее услугам в любое время суток. Так и передайте.

— Ну что ты, Макс. Леди Меламори — барышня серьезная. У нее своя метода. Поэтому наша свирепая охотница встала на твой след.

— Она что, с ума сошла?!

— Да нет, не сказал бы. То есть она всегда такая.

— А вы уверены, что она действительно становилась на мой след? Я же прекрасно себя чувствовал.

— Вот-вот. Прекрасно себя чувствовал и — как ты выразился? «Ел смешинки»? Правильно?

Я уже не знал, что и думать. Леди Меламори встала на мой след — надо же! Что обычно в таких случаях происходит с людьми? Сильная депрессия, как минимум. Такая уж работа у Мастера Преследующей, ее и на службе-то за этим держат. Но я-то хорош! Дама сердца топталась по моему следу, а я ничего не почувствовал. Только развеселился. Черствый, толстокожий свинтус. Мутант и урод. Ненавижу.

Был и еще один повод для огорчения.

— Я-то думал, что она спрашивает, потому что действительно беспокоится. Думает, раз меня нет на службе, значит, я заболел. И ждет не дождется, когда я снова появлюсь в Доме у Моста. А она, оказывается, эксперимент ставила. Обидно.

— Не переживай. — Джуффин пожал плечами. — Девочка расспрашивала тебя из самых лучших побуждений — как она это себе представляет. Если бы ты пожаловался на грусть-тоску, она бы немедленно прекратила. И была бы совершенно счастлива. Видишь ли, для Меламори ее опасный дар — вопрос судьбы и чести. Можно сказать, единственное, что у нее по-настоящему есть. Не переживай, все наши ребята прошли через такое испытание. Даже я. В самом начале своей карьеры барышня решила выяснить, что за птица такая ею командует.

— Представляю, каково ей пришлось!

— Да нет, ничего особенного. Я показал ей свой «первый щит», хотя мог рассердиться по-настоящему. Надо отдать ей должное, девчонка пришла в себя уже через час. Она — молодец, наша Меламори!

— Что за «первый щит»? — заинтересовался я. — Научите?

— «Первый щит» — это поэтическое название личного способа тайной защиты, Макс. «Первый» — значит, наименее опасный для противника. Чего мне тебя учить? У тебя щитов побольше, чем у любого человека в этом Мире. Больше даже, чем я смел надеяться. И ты постепенно учишься ими пользоваться, а здесь может помочь только опыт. В общем, не прибедняйся. Ты просто не силен в терминологии.

— Ну и персонаж эта леди Меламори, — вздохнул я, налив себе утешительную порцию камры. — Такая силища ей дана, и при этом ведет себя, как ребенок.

— Ты сердишься на нее, Макс? Не стоит. Бедняга теперь ходит как пришибленная.

— Да не сержусь я. А оплакиваю свое разбитое сердце.

— А я тебя с самого начала предупреждал, что твой выбор дамы сердца — не самое удачное решение. Тебе, сэр Макс, никогда не приходило в голову, что старших надо слушаться?

Я вздохнул и разрезал второй пирог. Бесчувственный я человек. Никакое разбитое сердце не может испортить мне аппетит, неоднократно проверено.

— Ты ничего не хочешь добавить по поводу этого происшествия, кроме печальной повести о разбитом сердце? — поинтересовался Джуффин, когда с пирогом было покончено.

— Не знаю. Собственно, это я должен вас расспрашивать. Как могло случиться, что я ничего не почувствовал? Странные вещи со мной творятся. Ну что ж, если совершу когда-нибудь преступление, могу спокойно пускаться в бега. Опасный я тип, получается!

— Да уж, поопаснее многих, — удовлетворенно кивнул Джуффин. У него было лицо художника, своими руками создавшего шедевр.

— Странно это все. Пока я жил дома, никаких чудесных способностей за собой не замечал. Обычный человек, как все. Ну, сны необычные видел, но это ведь дело частное, интимное. Почем знать, может быть, другим еще и не такое снится, да они молчат?.. А как попал сюда, каждый день что-нибудь новенькое обнаруживается. Может быть, вам просто следует меня разрезать и посмотреть, как я, дырку надо мной в небе, устроен?

— Отличная мысль, сэр Макс! Я подумаю. Кстати, не такой уж ты неуязвимый. Есть и на тебя управа. Помнишь, что с тобой было в «Старой колючке»?

— Там, где хозяйничает этот смешной длинный рыжий парень? Как его... Чемпаркароке! — я смущенно улыбнулся.

Это был не тот подвиг, о котором хочется вспоминать. В «Старую колючку» меня водил Джуффин. Еще в те дни, когда я дожидался приказа о назначении на службу. Он решил, что я непременно должен попробовать так называемый суп Отдохновения, обожаемый всеми гражданами Соединенного Королевства.

Как я понял, суп этот оказывает на горожан легкое наркотическое воздействие, настолько безвредное и приятное, что лакомиться им ходят всей семьей, включая самых маленьких карапузов. Поэтому я бесстрашно ринулся в психоделическую авантюру, хотя всю жизнь испытывал трусливое отвращение к наркотикам и наркоманам. Мой скудный опыт в этой области, приобретенный, разумеется, в старших классах школы, оказался настолько неудачным, что вместо привыкания я приобрел чуть ли не фобию.

Ну и влип же я с этим грешным супом Отдохновения! Вся моя «чужеродность», о которой я время от времени просто забываю, полностью проявилась к тому моменту, когда я покончил с первой порцией. Бедняга Джуффин внезапно оказался в обществе слюнявого идиота, бессмысленно хихикающего над своей тарелкой. Впрочем, и мне пришлось несладко. Не такое уж это удовольствие — быть галлюцинирующим дебилом с нарушенной координацией движений. Респектабельные посетители «Старой колючки», я полагаю, были шокированы моим поведением.

За этим приключением последовали целые сутки таких мучений, словно бы я прекратил принимать тяжелые наркотики после двадцати лет их педантичного употребления. И это несмотря на квалифицированную медицинскую помощь сэра Джуффина Халли. Но даже его дар целителя оказался бессилен. Пришлось терпеть.

Оклемавшись, я дал зарок обходить «Старую колючку» за дюжину кварталов. Джуффин одобрил мое решение и торжественно зарекся есть суп Отдохновения в моем присутствии.

— Только никому не говорите, что меня можно доконать этим супом. А то с кого-нибудь станется подлить его в мою камру и посмотреть, что будет.

— Ну что ты, Макс. Это уже попытка отравления государственного служащего высокого ранга. Как раз по нашему ведомству преступление. Ладно, я, пожалуй, поеду домой. А ты постарайся утром быть поласковее с Меламори. Леди совсем плоха после этой истории. Думаю, она несколько дней и работать-то не сможет. В ее профессии самоуверенность нужна как воздух, а каждое поражение грозит утратой дара.

— Что вы меня уговариваете, Джуффин? Разумеется, я буду душкой. И вовсе не потому... а потому что... Ладно. Считайте, что все в порядке. Знал бы, что происходит, мог бы сразу же пожаловаться ей на плохое настроение, мне не жалко. И всем было бы хорошо.

— Не грусти, сэр Макс. Подумай, сколько в Мире приятных вещей. Это — задание. До завтра!

И сэр Джуффин поспешил на улицу, где его уже ждал верный Кимпа.

Шеф был совершенно прав, в Мире есть великое множество приятных вещей. Мне следовало внять мудрости сэра Джуффина Халли, расслабиться, подобрать сопли и начать новую жизнь — например, с посещения Квартала Свиданий.

Между прочим, в Ехо так поступает большинство одиноких леди и джентльменов. А их тут немало. Браки в Соединенном Королевстве заключают, как правило, в зрелые годы, да и то далеко не все. Здесь как-то не принято думать, что семья — непременно благо, а одинокая старость — синоним неудавшейся жизни. Впрочем, и обратного никто не утверждает. Общественное мнение на сей счет просто молчит, предоставляя каждому устраиваться по собственному усмотрению.

Я-то совсем недавно получил подробную информацию о Квартале Свиданий от Мелифаро, которого изрядно озадачила моя неосведомленность. Дескать, варвар-то ты, конечно, варвар, но нельзя же элементарных вещей не знать!

Эта сторона здешнего уклада оказалась для меня полной неожиданностью. Несмотря на почти паническое желание немедленно обзавестись хоть каким-то подобием «личной жизни», я не был уверен, что уже готов к визиту в Квартал Свиданий.

Объясняю. Когда возвращаешься с вечеринки в компании малознакомой девушки и вы оба понимаете, к чему дело идет, — что ж, это, конечно, не всегда похоже на Великое Любовное Приключение, о котором мечталось в юности, но схема простая и внятная: два взрослых человека сделали более-менее осознанный выбор. На одну ночь или на более долгий срок — это покажут полевые испытания новой комбинации тел.

А в Ехо со случайными связями обстоит совсем иначе.

Среди посетителей Квартала Свиданий следует различать «Ищущих» и «Ждущих», причем каждый сам заранее решает, к какой категории желает принадлежать сегодня. По одной стороне квартала расположены дома, куда приходят Ищущие мужчины и Ждущие женщины; на противоположной собираются Ищущие женщины и Ждущие мужчины. Никаких вывесок нет, считается, что все и так знают, куда и зачем пришли.

Войдя в приглянувшийся дом, каждый Ищущий должен принять участие в своеобразной лотерее — вытащить из вазы жетончик с номером. Кстати, существуют и пустые жетоны. Они означают, что сегодня судьба препятствует вашему любовному свиданию с кем бы то ни было. В таком случае ничего не остается, кроме как развернуться и пойти домой. Теоретически говоря, неудачник может спокойно войти в соседнюю дверь и повторить процедуру, но это считается вопиющим неуважением к собственной судьбе, а ссориться с нею мало охотников.

Заполучив жетон, Ищущий проходит в гостиную, где находятся Ждущие, и вслух считает всех, кто встречается на его пути: «один, два, три...» — пока не встретит Ждущего, чей порядковый номер соответствует заветной цифре.

Замечу, что происходящее никто не контролирует, так что вроде бы можно жульничать. Но тот же Мелифаро не понял, как такая идея могла прийти мне в голову? Ничего более дикого он в жизни, кажется, не слышал. Наблюдая его реакцию, я сделал вывод, что мошенничеством в Квартале Свиданий никто не занимается. Здесь полагают, что фортуна — дама обидчивая, с нею лучше не шутить.

Новоиспеченные любовники покидают Квартал Свиданий, отправляются домой или в гостиницу и стараются извлечь из случайной встречи как можно больше удовольствия. А утром они расстаются навсегда. Это — обязательное условие.

Насколько я понял, никто не станет следить за соблюдением последнего пункта негласного договора и наказывать отступников. Тем не менее правило почитается священным. Мое предположение, что случайная встреча в Квартале Свиданий может повлечь за собой увлекательное продолжение, было выслушано с гримасой отвращения. Словно бы я принялся толковать о прелестях некро-зоофилии и дружески предложил сэру Мелифаро сопровождать меня к ближайшему кладбищу домашних животных. «Никогда больше так не шути, — серьезно посоветовал он. — Особенно при посторонних. Да и при своих не стоит».

Я так и не понял, с какой стати мой приятель стал корчить оскорбленную невинность. Махнул рукой на его предрассудки и наскоро состряпал собственное лирическое объяснение. Дескать, обоюдное согласие любовников с тем, что разлука неизбежна, не самый худший способ окружить ореолом романтики интимную связь со случайным партнером — именно так называется это приятное событие на косноязычном канцелярском жаргоне.

В очередной раз обработав вышеизложенную информацию, я с огорчением констатировал, что мне пока рано отправляться в Квартал Свиданий. Коленки будут дрожать, язык — заплетаться, подмышки, как пить дать, вспотеют. Да и в постели я вряд ли покажу себя с лучшей стороны, слишком уж необычный способ знакомиться. А вдруг моей «судьбой» окажется престарелая беззубая великанша со слоновьими ногами? И как тогда, спрашивается, дожить до утра? Нет уж, лучше положусь пока на более консервативные способы ухаживать за девушками, благо и они местными традициями не возбраняются.

Приняв решение, я огляделся по сторонам в поисках подходящего способа убить время. Единственный возможный собеседник, наш буривух Куруш, дремал, спрятав голову под крыло. Так что я взялся за книгу, забытую в кресле сэром Джуффином Халли. Это была «Философия времени», автор — некий сэр Соброх Хесом. Грешные Магистры, чем только не интересуются люди!

В общем, у меня выдалась нелегкая ночь. Безделье, бесплодные размышления о Квартале Свиданий и философская литература могут довести до цугундера куда скорее, чем колдовские трюки нашей несравненной Мастера Преследования.

Утро, впрочем, принесло добрые перемены. Сэр Кофа Йох развлек меня парочкой пикантных анекдотов. Джуффин вдруг решил остаться дома до обеда, но прислал мне зов, чтобы пожелать хорошего утра. Заодно попросил дождаться Мелифаро, чтобы Тайный Сыск хотя бы формально не оставался без начальника. Я не возражал, поскольку все равно не собирался уходить, пока не увижу Меламори. Она наверняка чувствует себя виноватой, и дурак я буду, если не воспользуюсь столь благоприятным стечением обстоятельств.

Наконец леди появилась. Слонялась по залу Общей Работы, не решаясь зайти ко мне. Дверь кабинета была приоткрыта, посему я имел возможность выслушать целую серию горьких вздохов, слишком громких, чтобы быть натуральными. Насладившись концертом, я послал зов в «Обжору Бунбу» и потребовал камры на двоих и много печенья. Заказ принесли через несколько минут. Когда курьер отворил дверь, Меламори юркнула в дальний уголок зала, не решаясь оставаться в зоне моей видимости. Слушала звяканье посуды, затаив дыхание.

Когда курьер с пустым подносом удалился, я громко спросил у распахнутой двери:

— Если ко мне в кабинет несут поднос с двумя кувшинами камры и двумя кружками, вы делаете вывод, что у меня просто началось раздвоение личности? Мне требуется помощь, незабвенная.

— А это для меня, сэр Макс? — раздался жалобный писк.

— Это — для моей покойной прабабушки, но поскольку она не соблаговолила явиться... В общем, я не сержусь, а камра остывает.

Меламори появилась в дверях. На ее очаровательной мордашке боролись два выражения — виноватое и довольное.

— Джуффин вам наябедничал? Мог бы и промолчать, если уж я так опозорилась, — буркнула она, усаживаясь.

— Никто не опозорился, Меламори. Просто я немного иначе устроен. Не берите в голову. Моя мудрая мама говорила, что если я буду есть много конского навоза по утрам, то вырасту здоровым и красивым и никто не сможет встать на мой след. Как видите, она была права.

Я был великодушен по велению сердца, но и на некую заветную награду, что греха таить, надеялся. В конце концов ее восхищение, пусть даже опасливое — не самое худшее чувство. Уж по крайней мере лучше, чем вежливое равнодушие.

О равнодушии невежливом, с которым мне, увы, тоже не раз приходилось сталкиваться, я и думать не желал.

В результате тщательно спланированной операции я, кажется, окончательно очаровал первую леди Тайного Сыска. Допивая камру, она веселилась от души. Наши руки несколько раз встретились в вазе с печеньем, и лапка Меламори не выказала желания поспешно увернуться от моих пальцев. Окончательно обнаглев, я предложил ей как-нибудь прогуляться по вечернему Ехо. Леди честно призналась, что трусит, но тут же пообещала стать очень храброй — не сегодня, не завтра, но скоро. Буквально на днях. Оставалось лишь определиться с датой свершения подвига. Это была серьезная победа. Я и не рассчитывал.

Домой я ушел счастливым. Часа два ворочался, не в силах унять радостное возбуждение, и наконец задремал под звонкое мурлыканье Армстронга и Эллы, свернувшихся клубками у меня в ногах. Но спать мне пришлось недолго.

В полдень меня разбудил страшный шум. Спросонок я решил, что у меня под окнами происходит то ли публичная казнь (что в Ехо вроде бы не принято), то ли выступление бродячего цирка (что действительно порой случается). Поскольку спать в таком бедламе невозможно, я пошел посмотреть, что случилось.

Распахнув дверь, я понял, что сошел с ума. Или просто не проснулся.

На мостовой перед моим домом выстроился оркестр из дюжины музыкантов, старательно извлекающих из своих инструментов какую-то заунывную мелодию. Впереди стоял великолепный Лонли-Локли и хорошо поставленным голосом пел печальную песню о маленьком домике в степи. «Этого не может быть, потому что этого быть не может», — ошеломленно подумал я. И, едва дождавшись конца серенады, набросился на коллегу с расспросами.

— Что случилось, Шурф? Почему вы не на службе? Грешные Магистры, что вообще происходит?!

Сэр Лонли-Локли невозмутимо откашлялся.

— Что-то не так, Макс? Я выбрал плохую песню?

От смущения и растерянности я был готов заплакать.

— Песня просто замечательная, но... Пойдемте в гостиную. Нам принесут камры из «Сытого Скелета», и вы мне все объясните. Ладно?

Королевским жестом отпустив музыкантов, мой «официальный друг» проследовал в дом. Вне себя от облегчения, я рухнул в кресло и отправил зов в «Сытый Скелет». Не самый скверный трактир в Ехо, к тому же ближайший.

— Я не на службе, поскольку мне даровали День Свободы от забот, — спокойно пояснил Лонли-Локли. — И я решил употребить это время на то, чтобы исполнить свой долг.

— Какой долг?

— Долг дружбы, разумеется, — теперь пришла его очередь удивляться. — Я сделал что-то не так? Но я наводил справки.

— Где вы наводили справки? И зачем?

— Видите ли, сэр Макс, после того как мы с вами стали друзьями, я подумал, что обычаи тех мест, где прошла ваша юность, могут отличаться от наших. Мне не хотелось бы случайно, по неведению оскорбить ваши чувства. И я обратился к сэру Мелифаро, поскольку его отец — крупнейший специалист в области традиций всех народов, населяющих Мир.

— Ага, значит, к сэру Мелифаро.

Я начинал понимать.

— Да, поскольку в книгах не нашлось никаких сведений именно об этой стороне жизни ваших соотечественников. Единственный источник, на который можно полагаться, сэр Манга Мелифаро. Принимая во внимание, что мы оба знакомы с его сыном...

— Да уж, знакомы. И Мелифаро сказал вам, что меня необходимо ублажать романсами?

Я не знал, сердиться или смеяться. В дверь постучали. Курьер из «Сытого Скелета» прибыл как раз вовремя.

— Сэр Мелифаро поведал мне о некоторых традициях Пустых Земель. В частности, сказал, что в полнолуние мы с вами должны меняться одеялами, а в Последний День Года...

— Да? И что же мы должны, по его мнению, проделывать в Последний День Года?

— Посещать друг друга и собственноручно чистить бассейны для омовения. А также прочие гигиенические помещения, включая уборную... Что-то не так, Макс?

Я взял себя в руки. Решил, что чувства Лонли-Локли следует пощадить. Ему будет неприятно узнать, что он стал жертвой розыгрыша.

— Да нет, Шурф, в сущности, все правильно. Только, пожалуйста, не нужно больше ничего такого проделывать. Я вполне нормальный цивилизованный человек. Мне действительно довелось некоторое время пожить в странном месте. Куда более странном, чем вы себе представляете. Но я никогда не цеплялся за варварские обычаи своей родины. Так что для меня дружба означает то же, что и для вас: просто добрые отношения двух симпатичных друг другу людей. Ни обмена одеялами, ни взаимной чистки сортиров не требуется. Договорились?

— Разумеется. Такие взгляды делают вам честь. Я надеюсь, что ничем вас не обидел? Я просто хотел проявить уважение к обычаям ваших предков и доставить вам удовольствие.

— Вы мне его и доставили — в каком-то смысле. Во всяком случае, своим вниманием и беседой. Так что все в порядке.

Накормив и успокоив гостя, я проводил его до дверей и остался наедине с собственным справедливым негодованием. Первое, что я сделал, — тут же послал зов Мелифаро.

«Ты забываешь, я действительно страшен в гневе!» — грозно прорычал я (насколько можно грозно рычать, пользуясь Безмолвной речью).

«А что случилось-то?» — удивленно спросил он.

«Что случилось?! У меня только что был Лонли-Локли с оркестром».

«Что-то не так, Макс? — озабоченно спросил Мелифаро. — Отец говорил, что у вас это принято. Тебе не понравилось? Неужели наш Лонки-Ломки плохо поет? Мне-то казалось, у него должен быть неплохой голос».

И этот туда же.

Я все еще не знал, злиться или смеяться. Посему пошел досматривать сны. И правильно сделал. Как оказалось, это был мой последний шанс выспаться. Вечером я отправился на службу, где благополучно застрял на пару дней, поскольку влип в самый безнадежный из классических криминальных сюжетов.

Кошмар начался внезапно и был приурочен к моему приходу в Дом у Моста. Еще за квартал от Управления я услышал знакомый рев:

— Бычачьи сиськи! Если эти худосочные задницы не могут найти собственное дерьмо в полном дерьма сортире, они будут хлебать его, пока яма не опустеет! Чтобы я передал дело этим тайным дерьмоискателям? Этим генералам степных сортиров, которые не могут расхлебать собственное дерьмо без орды голозадых варваров?!

Мне стало смешно. Дядя так разошелся, что не услышал предупредительного звона колокольчиков на моих сапогах. «Ну подожди, милый, сейчас я тебе устрою! — с восторгом подумал я, приближаясь к Тайному Входу в Управление Полного Порядка.

Ага, «тайному», как же. Дверь была нараспашку, на пороге стоял генерал Бубута Бох, уже не красный, а лиловый от злости.

— А теперь эти голозадые обитатели пустых сортиров будут снимать пенки с моего дерьма!..

Тут Бубута наконец увидел меня и заткнулся так внезапно, словно кто-то остановил Мир.

Думаю, я был великолепен. Развевающаяся Мантия Смерти и гневное лицо. Я призвал на помощь весь свой убогий актерский талант, чтобы злость выглядела натурально. Особенно удался нервный тик, который, согласно моему режиссерскому замыслу, должен был внушить опасение, что я сейчас начну плеваться ядом. Не знаю, насколько достоверно у меня получилось, но Бубута поверил: у страха глаза велики.

Вообще-то он вовсе не трус, этот смешной дядька. Что угодно, только не трусость можно инкриминировать бывшему грозному рубаке Бубуте Боху. Но все люди панически боятся неизвестного. А мой новоприобретенный устрашающий дар, о котором в последнее время так много судачили в городе, относился как раз к сфере неизвестного. Так что беднягу можно было понять.

Генерал Бубута судорожно глотал воздух. Капитан Шихола, его подневольный собеседник, смотрел на меня почти с надеждой. Я неотвратимо приближался. Хотелось довести шутку до конца, плюнуть в него и посмотреть, что будет. Теоретически говоря, мой плевок не угрожал жизни начальника полиции — я не был ни зол, ни испуган. Но я вовремя одумался. Решил, что беднягу может хватить удар, — и как я потом буду расхлебывать неприятности? Поэтому я сменил гнев на милость и приветливо улыбнулся.

— Хороший вечер, сэр Бох! Хороший вечер, капитан!

Моя вежливость окончательно добила Бубуту. И, кажется, разочаровала его подчиненного. Я оставил их в смятении чувств и отправился в кабинет сэра Джуффина Халли, который по совместительству считался и моим пристанищем.

Джуффин был на месте и в приподнятом настроении.

— Ты в курсе, Макс? Нам только что поручили разобраться с одним странным убийством. На первый взгляд дело не по нашей части, но Бубутины орлы его не осилят. Это, кстати, и ему самому ясно, поэтому бедняга не в себе. Да ты, наверное, слышал его вопли. Пойдем посмотрим на убитую.

Мы вышли в коридор. К нам присоединилась леди Меламори, мрачная, как никогда. Странно. Казалось, я весьма качественно развеселил ее утром. Или это убийство так ее огорчило? Сомнительно. Это для меня смерть — из ряда вон выходящее событие, а для Меламори небось уже давно рутина.

— Что так тихо? — изумился Джуффин, прислушиваясь к шорохам за стеной, отделявшей наши апартаменты от территории городской полиции. — Я-то думал, Бубута собирается орать до завтрашнего утра. Неужто голос сорвал? Не верю! Это было бы слишком хорошо.

— Просто я проходил мимо и сделал вид, что рассердился, — скромно сообщил я.

Джуффин посмотрел на меня с изумлением.

— Грешные Магистры! Я добьюсь, чтобы твое жалованье стало больше моего собственного. Ты того стоишь.

Меламори даже не улыбнулась. Словно бы бравый генерал Бубута никогда не был излюбленной мишенью ее насмешек. Мне показалось, что она готова заплакать. Я положил руку ей на плечо, хотел сказать какую-нибудь внушающую оптимизм глупость. Но это не понадобилось. Прикоснувшись к ней, я сам все понял. Не представляю, какие тайные механизмы пришли в действие, но теперь я знал, что творится с Меламори, как знала это она сама. Наша Мастер Преследования действительно временно выбыла из строя. Неудачная попытка встать на мой след что-то нарушила в хрупком механизме ее опасного дара. Ей требовалось время, чтобы прийти в норму. Это как грипп, жителям Ехо, к счастью, неизвестный: хочешь, не хочешь, а выздоровление требует какого-то времени. И теперь Меламори шла на место преступления, как на казнь, ибо предчувствовала, чем все это закончится: полным провалом и новой порцией неуверенности. Но она шла, поскольку не привыкла отступать даже перед непреодолимыми препятствиями. Ужасно глупо, но я бы и сам, наверное, так поступил. Барышня нравилась мне все больше.

Я отправил Джуффину зов:

«Меламори нельзя работать. У нее ничего не получится. И она это знает. Зачем вы ее позвали? В воспитательных целях?»

Джуффин пристально посмотрел на меня, потом на Меламори и вдруг ослепительно улыбнулся.

— Марш домой, незабвенная!

— Почему это?

— Сама знаешь почему. Твой дар принадлежит не тебе лично, а Тайному Сыску Соединенного Королевства. И если некоторые вещи могут ему повредить, ты сама должна принимать меры, чтобы этого не случилось. Это — такое же мастерство, как и все остальное. И нечего перекладывать свои проблемы на плечи старого усталого начальника, который о них попросту забывает. Ясно?

— Спасибо, — шепнула Меламори. На нее было жалко смотреть.

— На здоровье! — фыркнул Джуффин. — Иди домой, Меламори. А еще лучше, съезди к своему дяде Киме. Он — большой мастер приводить тебя в хорошее настроение.

Глядишь, через пару дней будешь в полном порядке. Чем скорее, тем лучше.

— А как же вы будете искать убийцу? — виновато спросила она.

— Сэр Макс, эта леди нас оскорбляет, — ухмыльнулся шеф. — Ей кажется, что наши с тобой умственные способности переживают мрачный период угасания. Она полагает, будто мы — никчемные бездельники, способные лишь почтительно сопровождать Мастера Преследования, бегущего по следу убийцы. Будем обижаться или на месте ее убьем?

— Ой, я не это имела в виду... — на лице Меламори появилась робкая улыбка. — Я исправлюсь. Привезу вам что-нибудь от дяди Кимы. И вы меня простите, правда?

— Я-то прощу, — задумчиво согласился Джуффин. — А вот сэр Макс, говорят, страшен в гневе. Вон генерала Бубуту совсем затюкал.

— С сэром Максом я как-нибудь договорюсь, — заверила его Меламори.

И я, понятно, умер от счастья. Но на ногах как-то устоял.

Виновница моей гибели грациозно откланялась и скрылась за углом, где расположена стоянка служебных амобилеров. Ее прощальная улыбка стала последним приятным событием дня. Продолжение оказалось на удивление паршивым.

В нескольких шагах от нашего любимого трактира «Обжора Бунба» была убита женщина. Молодая, красивая, хотя и не совсем в моем вкусе. Жгучая брюнетка с большими глазами, пухлыми губами и широкими бедрами. В Ехо такой тип женской красоты пользуется исключительной популярностью. Но этой леди перерезали горло, изобразив необаятельную вторую улыбку от уха до уха.

Если верить Джуффину, в Ехо так не убивают. Ни женщин, ни мужчин, никого. Впрочем, в Ехо вообще убивают чрезвычайно редко, если, конечно, дело не касается одного из распущенных Орденов — от этих можно ожидать чего угодно. Но здесь магией и не пахло. Ни запретной, ни разрешенной — вообще никакой. Дружно пожав плечами, мы с Джуффином вернулись к себе.

— Честно говоря, в этой истории меня больше всего потрясло место преступления, — заметил я. — Чего греха таить, весь город знает, что «Обжора Бунба» — ваша любимая забегаловка. Ни один сумасшедший параноик не решился бы напакостить в радиусе дюжины кварталов от этого заведения.

— Ну вот, один решился, — хмыкнул шеф.

— Может быть, он просто приезжий?

— Наверняка. В Ехо так с дамами даже в Смутные Времена не обращались. Как глупо все складывается! Меламори сейчас пригодилась бы нам как никогда. Час, и все было бы кончено. А теперь сиди тут, думай о всякой ерунде.

Пока мы сидели в кабинете, произошло еще одно убийство, на сей раз неподалеку от улицы Пузырей. Точно такая же кровавая «улыбка», только на этот раз Джоконда была постарше, лет трехсот от роду. Местная знахарка, старая Хрида, к которой ходила вся улица, когда заболит зуб или уйдет удача. Все еще моложавая, энергичная и, в отличие от большинства своих коллег, очень милая леди. Ее любили обитатели всех соседних кварталов, а на страницах «Суеты Ехо» несколько раз в год появлялись благодарственные списки исцеленных ею пациентов.

Можно с уверенностью добавить, что оба убийства не были совершены с целью ограбления, поскольку все драгоценности остались при своих мертвых хозяйках. Что касается денег, то их у женщин скорее всего при себе не было. Здесь, в Ехо, считается, что прикосновение к монетам охлаждает любовь, поэтому женщины не любят брать деньги в руки, и лишь самые смелые считают перчатки достаточной защитой. Да и мужчины предпочитают соблюдать некоторые предосторожности. Но дамы на сей счет особенно суеверны.

Поэтому, кстати, жители Соединенного Королевства постепенно ввели в обычай разного рода векселя и расписки, для погашения которых отводится несколько дней в конце года. Я-то сам предпочитаю расплачиваться наличными, и не раз попадал из-за этого в неловкие ситуации. Даешь порой трактирщику деньги, а он смотрит волком, потому что, видите ли, оставил перчатки на кухне, и теперь ему по твоей милости туда-сюда ходить.

Итак, за истекший час мы имели два трупа. И не слишком много идей. Ночь была щедра, мы получили еще четыре «улыбки», похожие одна на другую, как близнецы, в то время как их несчастные обладательницы разительно отличались и возрастом, и внешностью, и общественным положением. Даже жили они в разных районах города. Похоже, злодей сочетал приятное с полезным — зверские убийства с обзорной экскурсией по ночному Ехо.

Ближе к утру мы получили небольшую передышку. Убийства прекратились. Вероятно, их виновник утомился и решил вздремнуть. Джуффин передал все текущие дела Мелифаро и Лонли-Локли. Сэр Кофа Йох отправился собирать сведения об убийствах по трактирам, а мне наш Почтеннейший Начальник велел не отходить от себя ни на шаг. Пользы ему от меня, впрочем, пока не было никакой. Возможно, я являюсь своего рода возбудителем его вдохновения, так сказать, «музой» нашего шефа? Так и муза из меня получилась хреновая — за всю ночь Джуффин ничего выдающегося так и не придумал.

Седьмое убийство мы получили в подарок в полдень, за той же «подписью» и без обратного адреса.

Строго говоря, к этому моменту нам было известно следующее: убийца — скорее всего мужчина (следы, оставленные им в пыли почти стерлись, но размер впечатлял); скорее всего приезжий (уж слишком необычное поведение); обладатель великолепного по здешним меркам ножа; он не грабит своих жертв и вряд ли имеет хоть какое-то отношение к распущенным магическим Орденам, поскольку не занимается традиционной магией даже на собственной кухне. Кроме того, он не был сумасшедшим, поскольку в этом Мире безумие, оказывается, оставляет слабый, но вполне уловимый и узнаваемый запах, какового сэр Джуффин Халли на местах преступлений не унюхал.

— Макс, кажется, ты присутствуешь при историческом моменте, — сказал Джуффин, оставив в покое трубку, которую крутил в руках последние пять часов. — На сей раз я действительно ничего не понимаю. Мы имеем: седьмой труп за последние сутки, кучу улик, которые не говорят ни о чем, и — никакой магии. Ни дозволенной, ни недозволенной. Впору отдать это дело обратно, в ведомство Бубуты и забыть о нашем позоре.

— Но вы же сами знаете, что иногда... — осторожно начал я.

— Знаю. Но никакой нечистью здесь не пахнет. А использовать Истинную магию для зверских убийств? Невероятно! Даже вообразить не могу. Разве что безумец... Но безумием там, как я тебе уже говорил, не пахнет.

— Вам виднее, — вздохнул я. — Идемте обедать, Джуффин. Этим стенам надо от нас отдохнуть.

Даже в «Обжоре Бунбе» было как-то мрачновато. Мадам Жижинда выглядела заплаканной. Еда, как всегда, превосходила ожидания, но мы не были способны оценить ее по достоинству. Джуффин потребовал стакан джубатыкской пьяни, задумчиво понюхал и отставил его в сторону.

— Не совсем то, что требуется после бессонной ночи, — проворчал он.

Пожалуй, это был самый нескладный день за все время, что я здесь нахожусь... Вот именно. За все время, что я здесь. Не так уж долго, честно говоря. Грешные Магистры! Мог бы и раньше сообразить, что кроме туристов из соседних городов по Ехо могут шляться и обитатели иных миров, вроде меня.

— Джуффин, — сказал я, — а что, если это мой земляк?

Шеф поднял брови. Понимающе кивнул.

— Пошли в Управление. Такой разговор не для чужих ушей. Скажи Жижинде, пусть пришлет мне в кабинет камры и что-нибудь выпить. Только не этого, — он с ненавистью покосился на стакан.

В кабинете шеф пронзительно уставился на меня:

— Почему?

— Потому, что это все объясняет. Никакой магии, так? Во всяком случае, никакой Очевидной магии. Это — раз. Потом, если уж я здесь, почему бы не быть и другим гостям? Любая дверь, как ее ни заделывай, навсегда останется дверью, пока стоит дом... Это — два. И потом, вы сами говорите, что в Ехо так убивать не принято. Зато там, где я родился... Такое обхождение с дамами весьма популярно среди некоторых наших сумасшедших. Мы называем их «маньяками». Это — мой третий и главный аргумент. Слишком знакомо. Я не раз видел подобные вещи по телевизору.

— Где ты это видел?

Я замялся, поскольку не видел способа быстро и внятно объяснить, что такое телевизор, человеку, который никогда его не видел.

— Ну, скажем так, это возможность сидеть дома и видеть то, что происходит в других местах. Не все, конечно, а главные новости. Что-то важное или удивительное. И еще кинофильмы. С помощью специального аппарата. И никакой магии... Хотя кто знает, что показал бы ваш индикатор?

— Вот именно. Эх, надо было тебе захватить этот телевизор с собой. Любопытная, должно быть, штуковина.

— А про убийцу вы что думаете? — я честно старался вернуть шефа к текущим проблемам. — Может он быть моим земляком?

— Что ж, версия нелепая и логичная, как раз в твоем духе. Стоит попробовать. Я еду к Мабе Калоху, а ты... Ты едешь со мной. Заодно и познакомитесь. Маба знает твою историю, так что не выпендривайся со своей легендой.

— Сэр, — обиженно сказал я, — это не моя легенда, это ваша легенда. Лучшее в Мире произведение в жанре художественной фальсификации: «Сэр Макс с границы графства Вук и Пустых Земель, нелепый варвар, но гениальный сыщик».

— Моя так моя, — вздохнул Джуффин. — Хоть на что-то я, выходит, гожусь. Поехали.

Теперь мне придется подробно рассказать, как я попал в Ехо, поскольку, как ни странно, это имеет самое непосредственное отношение к дальнейшим событиям.

За двадцать девять лет своей путаной жизни тот Макс, каким я был тогда, ночной диспетчер редакции умеренной во всех отношениях газеты, привык придавать особое значение своим снам. Доходило до того, что, если мои дела во сне шли не так хорошо, как хотелось бы, ничто не могло утешить меня наяву. Сны казались мне даже более реальными и значительными событиями, чем повседневная рутина действительности. Как бы там ни было, я не видел особой разницы, а потому таскал за собой из снов в явь и обратно все проблемы — ну и радости, конечно, когда таковые случались.

Среди множества сновидений я выделял несколько особых мест, которые снились мне с известной регулярностью. Город в горах, где единственным видом муниципального транспорта была канатная дорога; тенистый английский парк, разделенный пополам звонким ручьем; череда пустынных пляжей на угрюмом морском побережье. И еще один город, мозаичные тротуары которого очаровали меня с первого взгляда. В этом городе у меня даже имелось любимое кафе, название которого мне никогда не удавалось вспомнить после пробуждения. Потом-то, попав в настоящий трактир «Обжора Бунба», я сразу же узнал его. Даже обнаружил свой любимый табурет между барной стойкой и окном во внутренний дворик.

В этом месте я сразу почувствовал себя дома; немногочисленные клиенты, толпившиеся у длинной стойки, казались мне старыми знакомцами, а их экзотические костюмы не вызывали удивления. Впрочем, и они косились на мои штаны без особого любопытства. Ехо все же — столица большого государства, к тому же один из крупнейших речных портов Мира. Местных жителей трудно удивить экзотическим нарядом.

Со временем один из завсегдатаев стал со мною здороваться. Я отвечал взаимностью. Доброе слово, как известно, и кошке приятно — даже если она спит и видит сны.

Постепенно новый знакомый завел обычай присаживаться за мой столик — поболтать. Уж это сэр Джуффин Халли умеет, как никто другой, ему только волю дай, любого заговорит.

Так продолжалось довольно долго. Иногда наяву я пересказывал своим друзьям причудливые истории, услышанные от нового знакомца. Те наперебой советовали мне их записывать, но я так и не собрался. Решил почему-то, что некоторые вещи нельзя доверять бумаге. Ну и ленив был, чего греха таить.

Наша странная дружба завершилась внезапно и совершенно для меня неожиданно. Однажды мой добрый собеседник на полуслове прервал очередную байку, с комической серьезностью заговорщика огляделся по сторонам и таинственным шепотом сообщил: «А ведь ты спишь, Макс! Все это — просто сон».

Я был потрясен. Дернулся так, что свалился с табурета и благополучно проснулся на полу у себя дома.

Следующие семь лет мне снилось что угодно, только не мозаичные мостовые чудесного города. Без этих сновидений я затосковал, да и наяву дела мои шли все хуже. Я терял интерес к старым друзьям, ссорился с девушками, менял места работы чаще, чем белье, выбрасывал на свалку книги, в которых больше не находил утешения, а напиваясь, неизменно устраивал безобразные драки, словно бы в надежде разнести на кусочки реальность, которая меня больше не устраивала.

Со временем я, впрочем, успокоился. Обзавелся новым типовым пакетом жизненных ценностей: приятели, девушки, сносная служба, пристойное жилье, обширная библиотека, свидетельствующая скорее о возможностях, чем о вкусах своего владельца. В барах вместо алкоголя все чаще заказывал кофе, принимал душ по утрам, брился не реже, чем раз в два дня, вовремя отдавал белье в стирку, научился держать себя в руках и обходиться язвительными замечаниями вместо кулаков. Но вместо законной гордости испытывал все ту же тупую тоску, что сводила меня с ума в юности. Чувствовал себя мертвецом, восставшим из могилы и зачем-то приспособившимся к тихому, незаметному существованию среди таких же, полуживых.

Но мне чертовски повезло.

Однажды, заснув рано утром после работы, я сразу же увидел длинную барную стойку, свой любимый табурет и старого знакомца, поджидавшего меня за соседним столиком. Я тут же вспомнил, как закончилась наша последняя встреча. Понял, что сплю и вижу сон. Но на сей раз не упал со стула. И не проснулся. Даже не испугался. Наверное, с возрастом худо-бедно научился держать себя в руках.

— Что происходит? — спросил я. — И как оно происходит?

— Не знаю, — сказал мой старый приятель. — По-моему, никто не знает, как происходят подобные вещи. Но они происходят. Мое хобби — по возможности наблюдать этот факт.

— Не знаете? — ошеломленно переспросил я. Мне почему-то казалось, что этот человек обязан знать все ответы на мои вопросы.

— Речь не о том, — перебил меня он. — Скажи лучше, тебе здесь нравится?

— Еще бы! Это мой любимый сон. Когда он перестал мне сниться, я думал, что сойду с ума.

— Понимаю. А там, где ты живешь, тебе нравится?

Я пожал плечами. К этому времени у меня скопилось немало проблем. Не крупных неприятностей — они к тому времени успели остаться в прошлом, — а скучных, заурядных, повседневных проблемок. Я был счастливым обладателем вполне неудавшейся, спокойной, умеренно сытной жизни и больших иллюзий насчет того, чего я на самом деле заслуживаю.

— Ты — ночной человек, — сказал мой собеседник. — И не без некоторых странностей, да? Там, где ты живешь, когда не спишь, это мешает, я полагаю.

— Мешает?! — взорвался я. — Да не то слово!

И сам не заметил, как выложил этому симпатичному дядьке все, что к тому времени успело скопиться на сердце. В конце концов чего стесняться, это же только сон, о чем меня честно проинформировали еще семь лет назад.

Он выслушал меня довольно равнодушно, но и насмехаться не стал, за что я ему по сей день признателен.

— Ну что ж, — заключил он после того, как я умолк. — Все это довольно печально, но у меня есть для тебя отличное предложение. Интересная высокооплачиваемая работа здесь, в этом городе, который ты успел полюбить. Причем только по ночам, как ты всегда хотел.

Я не стал раздумывать. До меня все еще не доходило, что решение, принятое в этом сне, может иметь какие-то последствия. Впрочем, выслушать подробности я все равно хотел — из чистого любопытства.

— О'кей, считайте, что вы меня уже завербовали. Но зачем я вам нужен? Вы хотите сказать, что во всем этом городе нет человека, способного не спать ночью?

— Да нет, такого добра хватает, — ухмыльнулся он. — Кстати, меня зовут Джуффин. Сэр Джуффин Халли, к твоим услугам. Можешь не трудиться, я знаю, что тебя зовут Макс, а фамилия твоя мне без надобности. Ты очень удивишься, но я знаю о тебе не так уж мало. В частности, мне известно, что у тебя имеется некий чрезвычайно редкий талант, как раз по части возглавляемого мной ведомства. Просто до сих пор у тебя не было случая его проявить.

— Какой это талант вы у меня обнаружили? Уж не криминальный ли, часом? — я глупо хихикнул.

— Вот видишь, ты и сам догадался. Молодец.

— Вы это серьезно? Вы что, действительно мафиози?

— Не знаю, что такое «мафиози», но заранее уверен, что я — много хуже.

— Мафиози — это глава преступного сообщества, — объяснил я. — Самый крутой бандит. А вы?

— А я, напротив, начальник Малого Тайного Сыскного Войска города Ехо. В каком-то смысле тоже «самый крутой бандит». Но на службе закона. Впрочем, мое ведомство интересуется исключительно магическими преступлениями.

— Какими? — недоверчиво переспросил я.

— Какими слышал. Магическими. И не нужно корчить рожи, я тебя не разыгрываю. Не до шуток сейчас. Пока забудь. Если мы поладим, получишь ответы на все свои вопросы и даже сверх того.

— Так мы уже, можно сказать, поладили.

— Правда? Что ж, это хорошо. Я-то думал, придется тебя уговаривать. Речь сочинял, старался.

— Лучше скажите, кем я буду, если поступлю к вам на службу?

— Ночным Лицом Начальника Малого Тайного Сыскного войска. Но войско по ночам обычно дрыхнет, так что будешь ты, Макс, по большому счету ночным начальником самого себя.

— Неплохая карьера для гастарбайтера.

— Это точно. Скажи-ка, а если бы я все-таки был этим, как ты выразился, «мафиози», ты бы все равно согласился поступить ко мне на службу?

— Конечно, — честно ответил я. — Я пока не знаю обстоятельств вашей жизни, поэтому не вижу никакой разницы между преступниками и теми, кто их ловит.

— Молодец, коллега, не соврал. Продолжай в том же духе. Правда — не такая важная вещь, чтобы ее скрывать.

У этого сэра Джуффина, с хищным птичьим профилем и холодными глазами мудрого убийцы, была на удивление мягкая улыбка. Я понял, что уже давно не был так очарован — ни во сне, ни тем более наяву. Мне и правда хотелось бы остаться здесь, рядом с этим человеком, а чем он там занимается и какую роль сочинил для меня — дело десятое. Возможно, именно поэтому я решил относиться к нашей беседе так серьезно, словно бы она произошла наяву. Я очень хотел ему верить. Так страстно я уже давно ничего не желал.

— Осталось обсудить технические подробности, — вздохнул сэр Джуффин Халли.

— В смысле?

— А в том смысле, Макс, что тебе еще нужно попасть сюда.

— А разве я не здесь? Ах, ну да...

— В том-то и дело. Думаешь, ты сейчас настоящий? Обычный призрак. Ну, почти обычный. Народ от тебя пока не шарахается, но человек сведущий невооруженным глазом увидит разницу. Да и у тебя будут проблемы с телом, которое сейчас валяется под одеялом. Если оно умрет, тебе крышка. Нет уж, ты должен попасть сюда со всеми потрохами, которые в данный момент находятся неизвестно где.

— Потроха — это да, проблема, — пригорюнился я.

— Совершенно верно. А потому слушай меня внимательно. Тебе предстоит сделать кое-что невозможное, когда проснешься. Первое: ты должен вспомнить наш разговор. С этим у тебя проблем, надеюсь, не будет. А если будут — что ж, придется мне начинать все сначала. Второе: вспомнив, ты должен осознать, что все чрезвычайно серьезно. Тебе придется убедить себя, что некоторые сны могут продолжаться наяву. А если не получится, ты должен уговорить себя проверить. Из любопытства, от скуки — как хочешь.

— Нет проблем. И любопытства, и скуки в моей жизни хватает.

— Что ж, посмотрим. Человек устроен так, что, когда с ним случается нечто необъяснимое, он кладет на это необъяснимое со словами: «Ах какое у меня пылкое воображение!» Тебе предстоит убедиться в моей правоте не далее как через пару часов. Тут я бессилен помочь. Остается только верить в удачу.

— Да ладно вам, — сказал я обиженно. — Не такой уж я тупой придурок.

— Не тупой и не придурок. Но способность верить в чудеса — не самая сильная твоя сторона. Я имел удовольствие долгие годы изучать тебя, Макс.

— А зачем?

— Не «зачем», а «почему». Так уж сложилось. Я случайно увидел тебя здесь много лет назад. Понял, что ты не из местных, подумал, что ты еще недостаточно взрослый для того, чтобы шляться по трактирам. И только потом до меня дошло, что ты — ненастоящий. Так, фантом, призрак, бледная тень далекого сновидца. В здешних местах порой и не такое случается, но нашей магией от тебя не пахло, поэтому никто не заметил подвоха — кроме меня, конечно.

— А вы...

— А я заметил, поскольку немного разбираюсь в подобных вещах. И знаешь что? Я на тебя посмотрел и сразу понял: из этого парня со временем может получиться идеальный ночной заместитель меня самого. А сносный — хоть сегодня.

Я был потрясен. Мне очень давно не делали комплиментов. А столь приятных и неожиданных, кажется, и вовсе никогда не делали. Теперь-то я понимаю, что Джуффин выдал похвалы авансом, чтобы мне легче было поверить в его существование. Как ни будет кричать мой разум, что я спал и видел очередной глупый сон, но смириться с мыслью, будто грубая лесть обаятельного Джуффина — тоже только «глупый сон», — ну нет, это не по мне!

— Когда ты убедишь себя, что надо попробовать, — если убедишь, конечно! — делай следующее... — Джуффин замолчал, потер лоб, прикрыл глаза, приказал: — Дай-ка руку!

Я протянул лапу, в которую он намертво вцепился. И забормотал тихо, поспешно, почти неразборчиво, словно бы старался угнаться за неким невидимым торопыгой-суфлером:

— Ночью, попозже, выйдешь на... да, это место называется: «Зеленая улица». Запомни. Не стой на одном месте, ходи. Ходи час, другой, сколько будет надо. Ты увидишь повозку... У вас это называется «трамвай». Пустой трамвай. Он подъедет, остановится. Заходи внутрь, садись. Трамвай поедет. Делай, что хочешь, но не суйся туда, где должен сидеть возница. Лучше не рисковать, с такими вещами никогда заранее не знаешь... Не волнуйся, не торопись. Это может занять много времени, поэтому возьми с собой бутерброды или еще что-нибудь. Рассчитывай на несколько дней. Я не думаю, что путешествие затянется надолго, но всякое бывает. И самое главное — не надо никому ничего рассказывать. Тебе не поверят, а чужие сомнения всегда мешают настоящей магии.

Он наконец отпустил мою руку, открыл глаза и улыбнулся.

— Последний совет запомни хорошенько, в будущем пригодится. Ты все понял?

— Да, — кивнул я, растерянно массируя пострадавшую конечность.

— Ты сделаешь это, Макс?

— Да, конечно. Но по Зеленой улице не ходят трамваи.

— Думаю, что так, — равнодушно кивнул Джуффин. — А ты что, собрался путешествовать между мирами на обыкновенном трамвае?.. Кстати, а что такое «трамвай»?

Проснувшись, я не предпринимал никаких усилий, чтобы вспомнить сон, — и без того помнил все до мельчайших подробностей. Понять, кто я и где нахожусь, оказалось гораздо труднее, но я справился и с этим.

Было три часа дня. Я сварил себе кофе. Потом сел в кресло с чашкой и первой, самой сладкой, сигаретой. Собирался все обдумать. Сделав последний глоток, решил, что раздумывать тут не о чем. Даже если это был обыкновенный сон, что я теряю? Ну, прогуляюсь до Зеленой улицы — невелик труд. Гулять я люблю, ночь у меня свободна. Зато если сон был вещим... Ну, тогда это шанс! И еще какой!

Меня и правда ничего здесь не держало. Жизнь моя представляла собой большую неинтересную глупость. Мне даже некому было позвонить, чтобы попрощаться. То есть было, конечно, кому позвонить, добрых полсотни имен в телефонной книжке, которую я завел всего-то месяц назад. Но говорить ни с кем не хотелось. Встречаться — тем более. Возможно, у меня просто была депрессия. В таком случае да здравствует депрессия! Потому что я на удивление легко принял самое важное решение в своей жизни. Сам сейчас удивляюсь.

Мною овладела какая-то странная, приятная рассеянность. Ни улаживать напоследок дела, ни тем паче делиться своими планами с задушевными друзьями мне даже не пришло в голову. Вечер я провел не в мучительных раздумьях, а с бесконечными чашками чая у телевизора. Даже последняя серия «Твин Пикс» не показалась мне дурным предзнаменованием. Подумалось лишь, что на месте агента Купера я бы, пожалуй, так и остался бродить по «Черному Вигваму»: все лучше, чем возвращаться к реальности и портить жизнь себе и другим.

В общем, я вел себя так, словно самым интригующим событием вечера должен был стать торжественный вынос мусорного пакета за порог дома. Только укладывая в рюкзак термос с кофе и трехдневный запас бутербродов, я почувствовал себя сумасшедшим идиотом. Но решил, что ради разнообразия можно побыть и идиотом. В последние годы я был просто образцом рассудительности, и результаты совершенно не впечатляли.

Болтаться по Зеленой улице мне пришлось довольно долго. Вышел я из дома около часу ночи, дорога заняла минут двадцать. А одним из последних событий, произошедших при мне в этом мире, было появление на табло электронных часов, сияющих над зданием телефонной компании, огромных цифр 02:02. Такая симметрия всегда казалась мне хорошей приметой, уж не знаю почему.

От созерцания нулей и двоек меня отвлек звон трамвая, пронзительно громкий в тишине ночи. Я не испугался, но у меня закружилась голова, в глазах двоилось, и я никак не мог понять, появились ли трамвайные рельсы посреди узкой булыжной мостовой. Что я разглядел, так это табличку, оповещающую, что я нахожусь на остановке трамвая, следующего по маршруту № 432. Почему-то номер потряс меня больше, чем сам факт существования трамвая, — до сих пор в нашем городе дальше тридцатого дело не заходило. Я нервно хихикнул. Звук собственного смеха показался мне настолько жутким, что я немедленно заткнулся. И тут трамвай вывернул из-за угла. Кажется, он мчался со скоростью экспресса.

Мне очень не хотелось смотреть на водительскую кабину. Но человек устроен так, что то и дело совершает поступки, от которых лучше бы воздержаться. Я увидел широченную людоедскую рожу, скупо украшенную тоненькими усиками. Маленькие глазки, утопавшие в изобилии плоти, горели неземным восторгом. Трудно сказать, что именно в его облике так меня испугало, но в тот миг я хорошо понял, каково приходится скитающейся в Бардо душе, когда ей навстречу выходит первая процессия Гневных Божеств. Слова «страх», «ужас», «шок» — не способны передать охватившее меня чувство.

Трамвай начал тормозить, приближаясь к остановке. Тут я понял, что мне — конец. Если я зайду туда, мне конец, а если повернусь и убегу... Что ж, тогда — тем более! Я снова покосился на водительское место. По счастью, оно уже опустело. Мне стало полегче. Трамвай без водителя, на улице, где не ходят трамваи, маршрут № 432, из ниоткуда в никуда, — это было вполне терпимо. Такая версия искаженной реальности меня более-менее устраивала. В отсутствие людоедской рожи меня устраивало вообще все что угодно.

Трамвай остановился. Ничем не примечательный пожилой экземпляр с корявыми надписями Sex Pistols и «Майкл — козел» на исцарапанном боку. Я бесконечно благодарен неведомому Майклу, он спас мне жизнь, или рассудок, или все вместе.

Выяснив зоологическое происхождение ни в чем не повинного парня, я почти успокоился. Вошел в пустой полутемный салон. Уселся у окна, пристроил рюкзак на соседнем сиденье. Дверь закрылась. Очень уютно закрылась, ничего пугающего в этом событии не было. Мы поехали. Даже скорость была (или казалась) самой обычной. И ночной пейзаж за окном не представлял собой ничего особенного — полузнакомые городские улицы, освещенные бледными кляксами фонарей, редкие желтые заплатки живых окон, жалкая неоновая рябь вывесок. Мне было хорошо и спокойно, словно я ехал в бабушкин загородный домик, где не был с четырнадцати лет. Бабушка умерла, домик продали, и я больше никогда не был так счастлив и свободен, как там.

Я увидел в стекле свое отражение — счастливое, изумленное, помолодевшее. «Экий я симпатяга, однако, если постараюсь».

На одном из сидений я обнаружил какой-то журнал и радостно в него вцепился. Журнал оказался из породы любимых мною дайджестов. Некоторые любят погорячее, а я в ту пору предпочитал засорять мозги дайджестами — экологически чистый наркотик! Время полетело именно так, как я люблю: незаметно.

Наверное это выглядит нелепо — попасть в такую переделку и тут же вцепиться в старый журнал, заедая позавчерашнюю прессу свежими бутербродами. Но так уж я устроен: когда не понимаю, что происходит, стараюсь найти себе какое-нибудь занятие, чтобы отвлечься. В повседневной жизни я нередко веду себя как сумасшедший, зато как только начинаются чудеса, тут же становлюсь психически уравновешенным занудой. Инстинкт самосохранения, очевидно.

Оторвавшись от журнала, я заметил, что за окном светает. Вернее, за окнами. Какая-то струнка внутри меня задрожала, готовясь порваться. Два симпатичных солнышка бодро карабкались на небеса из-за горизонтов, каждое — из-за своего. Два рассвета в одном флаконе, или один — в двух? Слева и справа, чтобы ни одному глазу не было обидно.

Нужно было срочно брать себя в руки, поэтому вместо того, чтобы паниковать, я отвернулся от обоих окон, зажмурился, зевнул и попытался поудобнее устроиться на жестком сиденье. Как ни странно, мне это удалось. Сиденье словно бы стало мягче и больше. Я опустил голову на набитый бутербродами рюкзак и заснул. Спал крепко, кошмары меня не мучили. Видимо, ответственные за мои сновидения ангелы решили устроить перекур. Вот и молодцы.

Трамвайная реальность вообще была ко мне снисходительна. Проснувшись, я обнаружил, что лежу не на жестком сиденье, а на коротком, но мягком кожаном диванчике. Подтянув колени к подбородку, на нем можно было поместиться целиком. Кроме того, откуда-то появился колючий клетчатый плед, почти такой же уютный, как тот, что остался дома. «Как это мило с вашей стороны», — пробормотал я и заснул еще крепче.

К тому моменту, как я пробудился окончательно, салон трамвая стал похож на общежитие для гномов: все сиденья превратились в короткие кожаные диванчики, что меня вполне устраивало. Перед лицом неизвестности грех было не воспользоваться таким замечательным отпуском. Я много спал, жевал свои запасы, время от времени обнаруживал новые журналы, порой в довольно неожиданных местах. Один из них оказался у меня за пазухой, а другой был вставлен в компостер, как некий чудовищный проездной талон.

Что касается сюрреалистических пейзажей, вроде удвоенного рассвета, их больше не было. За окном установилась стабильная темнота. Тем легче было сохранять душевное равновесие.

По моим приблизительным подсчетам, идиллия продолжалась дня три-четыре. Хотя кто знает, как текло время в этом удивительнейшем образчике муниципального транспорта. Главным доказательством того, что мое существование подчинялось исключительно законам метафизики, является тот факт, что меня совершенно не тяготило отсутствие уборной, а это несколько не вяжется с моими представлениями о человеческих возможностях. Всю дорогу с тревогой ждал, что организм потребует внимания к своим естественным нуждам, и безуспешно изобретал хоть сколько-нибудь гигиеничный выход из этого неловкого положения. Однако обошлось.

Финальное пробуждение разительно отличалось от предыдущих. Начать с того, что я был укрыт не пледом, а меховым одеялом. И наконец-то вытянул свои многострадальные ноги. Оглядевшись, я обнаружил, что лежу не в кровати, и не на диване, а на очень мягком полу, в огромной полутемной и почти пустой комнате. В дальнем конце помещения кто-то тихо и, как мне показалось, угрожающе сопел. Я открыл глаза еще шире, потом неловко повернулся и встал на четвереньки. Сопение прекратилось, но через несколько секунд что-то мягко толкнуло меня в пятки. До сих пор не понимаю, как я тогда не заорал.

Вместо этого я, оставаясь на четвереньках, молниеносно развернулся и... уткнулся носом в другой нос, маленький и влажный. Меня тут же лизнули в щеку. Неописуемое облегчение чуть не лишило меня рассудка. Передо мною было совершенно очаровательное создание — мохнатый щенок с бульдожьей мордашкой. Позже, правда, выяснилось, что Хуф — не щенок, а, можно сказать, матерый зверюга, но его компактные размеры и восторженное дружелюбие ввели меня в заблуждение.

Песик радостно залаял. Вскоре в полумраке спальни материализовался невысокий силуэт в просторной, ниспадающей до пола одежде. Приглядевшись, я понял, что это не мой знакомец из снов. Кто-то другой. Неужели я ошибся адресом?

— Господин па-а-ачетнейший начальник изволит вернуться ближе к ночи, а вас, сэр, попрошу сообщить мне свои пожелания, — церемонно сообщил незнакомец, хрупкий сморщенный старичок с лучистыми глазами и неулыбчивым тонкогубым ртом.

Это был Кимпа, дворецкий сэра Джуффина Халли. Сам Джуффин действительно объявился вечером. Только тогда до меня окончательно дошло, что невообразимое путешествие из одного обитаемого мира в другой действительно состоялось.

Вот так я и оказался в Ехо, о чем мне еще никогда не доводилось сожалеть — даже в такие дурацкие дни, как сегодняшний.

Пока я предавался воспоминаниям, служебный амобилер под управлением сэра Джуффина Халли уже с полчаса плутал среди роскошных садов Левобережья. Наконец мы въехали на одну из узеньких подъездных дорожек, выложенную, кажется, исключительно из самоцветов. Поначалу я не заметил никакого дома в глубине густых зарослей. «Наверное, сэр Маба Калох — философ, и его философия требует слияния с природой. Поэтому он живет в саду, без всяких там архитектурных излишеств», — весело подумал я и... уткнулся носом в стену дома, почти невидимую, поскольку постройка была скрыта под плотной завесой вьющихся растений.

— Вот это маскировка! — восхитился я.

— Ты даже не представляешь, насколько ты прав, Макс. Знаешь, почему я сам сел за рычаг этой грешной телеги? Не поверишь! За свою жизнь я несколько сотен раз наносил визит Мабе и всегда был вынужден наугад искать путь в его берлогу. Выучить дорогу сюда невозможно. Всякий раз остается лишь надеяться, что повезет. Маба Калох — непревзойденный мастер скрытности.

— Он от кого-то прячется?

— Да ни от кого он не прячется. Просто людям очень трудно его обнаружить. Это происходит само собой. Один из побочных эффектов занятий Истинной магией.

— А почему ваш дом найти проще простого?

— Во-первых, у каждого из нас свои причуды. А во-вторых, мне еще надо дожить до его лет.

— Вы хотите сказать...

— Я ничего не хочу сказать. Но приходится, поскольку ты спрашиваешь. Орден Часов Попятного Времени существовал... дай-ка подумать... Ну да, около трех тысяч лет. И я никогда не слышал, чтобы там менялись Великие Магистры.

— Ох!

Я больше ничего не мог добавить.

Сэр Джуффин свернул за угол почти невидимого сооружения. Там обнаружилась ветхая фанерная дверь, более уместная в студенческом общежитии, чем на вилле Великого Магистра. С тихим скрипом она открылась, и мы зашли в пустой прохладный холл.

Маба Калох, Великий Магистр Ордена Часов Попятного Времени, известный тем, что мирно распустил свой Орден за несколько лет до начала Смутных Времен, после чего умудрился почти исчезнуть из жизни, ни на день не покидая Ехо, этот живой миф ждал нас в гостиной.

«Живой миф» выглядел весьма прозаично. Невысокий коренастый человек неопределенного возраста, с широким подвижным лицом, украшением которого были почти круглые веселые глаза. Если он и был похож на кого-то из моих знакомых, так это — на Куруша, нашу мудрую птицу.

— Давно не заглядывал, Джуффин!

Сэр Маба Калох произнес эту фразу с таким неподдельным восторгом, словно долгое отсутствие сэра Джуффина наполняло его жизнь воистину неземной радостью.

— Счастлив видеть тебя, Макс, — он отвесил мне шутовской поклон. — Мог бы и раньше показать мне это чудо, Джуффин. А его можно потрогать?

— Ну, попробуй. Насколько мне известно, он не кусается. И не бьется. Его даже на пол ронять можно.

— На пол — это хорошо.

Маба Калох действительно прикоснулся ко мне указательным пальцем и тут же отдернул руку, словно боялся обжечься. Дружески подмигнул, словно бы хотел сказать: мы-то с тобой понимаем, что вся эта клоунада нужна только Джуффину, так ты уж потерпи, доставь старику удовольствие. Сэр Маба не пользовался Безмолвной речью, но я готов спорить, что именно это он имел в виду, когда мне подмигивал. Мне понравился такой подход к делу, несмотря на то, что меня обозвали сомнительным словом «чудо» да еще и пощупали, как свежую булку.

— Усаживайтесь, ребята, — предложил сэр Маба Калох, широким жестом обводя свой обеденный стол. — У меня найдется кое-что получше вашей черной отравы.

Под «черной отравой», как я понимаю, подразумевалась камра, любимый напиток жителей Соединенного Королевства, местный эквивалент чая и кофе одновременно.

— Наверное, опять какая-нибудь вареная трава, — сварливо сказал Джуффин. Обычно он свирепеет, когда кто-то покушается на его маленькие слабости.

— Да уж не эта ваша жидкая смола. Кто вам сказал, что ее вообще можно употреблять в пищу? Сколько бы там над ней ни колдовали все эти горе-умельцы... Не дуйся, Джуффин! Сначала попробуй. Это действительно нечто особенное.

Сэр Маба Калох был совершенно прав. Светло-красный горячий напиток, появившийся на столе, немного напоминал обожаемый мною бальзам Кахара, смешанный с ароматами каких-то райских цветов.

— Ну наконец-то в этом доме подают что-то приличное. — Джуффин начал оттаивать.

— Я не видел тебя таким усталым со дня принятия Кодекса, — наш хозяин встал с кресла и с хрустом потянулся. — Зачем так переживать из-за этих дурацких убийств, Джуффин? Когда Мир действительно мог рухнуть, ты был гораздо спокойнее. И правильно делал.

— Во-первых, если я не могу покончить с делом в течение часа, меня это раздражает, сам знаешь. А во-вторых, Максу в голову пришла идея, которая мне совсем не нравится. Но при этом все объясняет. Если мы оставили нараспашку Дверь между Мирами... Сам понимаешь, Маба, это не шутки!

— Двери между Мирами никогда не бывают по-настоящему закрыты, а посему совесть твоя чиста... Ну, ладно. Я к твоим услугам при условии, что вы оба выпьете еще по чашечке моего приобретения. Я очень тщеславен.

— Грешные магистры! А я-то переживал, что у тебя не осталось ни единой человеческой слабости, — ухмыльнулся Джуффин. И обернулся ко мне: — Сэр Макс, не сиди, как засватанный. Возможно, это — единственный дом в Ехо, где можно вообще не стесняться. Прими к сведению и пользуйся случаем.

— Да я и не стесняюсь. Просто мне всегда нужно время, чтобы...

— Принюхаться? — заинтересованно спросил Маба Калох. Его круглые глаза были самым доброжелательным рентгеном, с каким мне доводилось встречаться.

— Что-то в этом роде. Обычно это продолжается очень недолго, а потом я внезапно понимаю, что уже привык. Но иногда...

— Иногда ты понимаешь, что к ТАКОМУ привыкнуть невозможно, да и не нужно, и стараешься улизнуть, — закончил мою речь сэр Маба. — Что ж, очень верный подход к делу. Принюхивайся, чудо. Что касается меня, я к тебе уже принюхался.

Я кивнул и послушно потянулся за второй чашкой.

— Ты ведь можешь проверить, прав Макс или нет? — Джуффин нервно барабанил пальцами по столу.

— Конечно. Только зачем проверять? Ты и сам знаешь, что он прав, Джуффин. Просто ты устал. И не только от этого дела. Но это был твой выбор — тратить свою жизнь на пустые хлопоты.

— Кто-то же должен этим заниматься, — проворчал сэр Джуффин.

— И не кто-то, а именно ты, так что все правильно. Хочешь, чтобы я посмотрел, как это было?

— Конечно! Если парень из другого мира шляется по Ехо, я должен хотя бы знать, насколько случайно он сюда попал.

— Называй вещи своими именами. Больше всего тебя интересует, сколько еще незваных гостей имеют шанс свалиться в твои объятия.

— Тоже мне, провидец! Конечно интересует. Такая уж у меня работа.

— Ладно. Если захотите еще по чашечке, кувшин на столе. Надеюсь, вы не успеете заскучать. Я сейчас.

С этими словами сэр Маба Калох, к моему великому изумлению, полез под стол. Я ошеломленно уставился на Джуффина.

— Зачем?!

— Посмотри под стол и поймешь.

Я заглянул под стол. Разумеется, там никого не было. А чего еще я мог ожидать?

— Дверь между Мирами может быть где угодно, — мягко сказал Джуффин. — В том числе и под столом — какая разница? Но тому, кто хочет ее открыть, необходимо скрыться от чужих глаз. Мабе хватает секунды, мне, пожалуй, понадобилось бы две. Сколько тебе пришлось ждать то удивительное транспортное средство, на котором ты прибыл в мою спальню?

— Около часа.

— Неплохой результат для начинающего. Подлей-ка мне этого зелья. Кажется, я нашел именно то, что нужно усталому человеку.

— Хорошо бы раздобыть рецепт, — мечтательно сказал я.

— Рецепт?! Его не существует. Я-то знаю, как Маба готовит! Он просто достает из ниоткуда все, что под руку подвернется.

— Грешные магистры! Джуффин, для меня это слишком.

— Да и для меня тоже — пока. А ведь я живу на свете немного дольше, чем ты. И не так уж понапрасну теряю время. Проблема, Макс, состоит в том, что все случается очень постепенно.

— Моя проблема в том, что все случается очень уж внезапно.

— Значит, тебе пока везет. Постарайся с этим смириться.

Где-то в дальнем углу гостиной хлопнула дверь. Сэр Маба Калох вернулся к столу, все такой же жизнерадостный.

— Спасибо, Джуффин! Я получил истинное наслаждение, созерцая открытую вами дверь и то забавное место, которое за ней находится. Это просто здорово!

— Рад, что тебе понравилось. Но по мере того как Макс рассказывает мне о своей родине, она нравится мне все меньше и меньше.

— А я и не говорю, что она мне по душе. Но очень забавное местечко! Давно не видел ничего подобного. Ты рад, что улизнул оттуда, Макс?

— Я теперь даже подумать не могу, что могло быть как-то иначе. Но поначалу... Я, кажется, натер мозоль на том участке мозга, который заведует положительными эмоциями.

Сэр Маба Калох сочувственно покивал, устроился поудобнее в своем кресле, задумчиво извлек из-под стола блюдо с какими-то маленькими булочками. Попробовал, одобрительно кивнул и поставил свой трофей на стол.

— Это съедобно, и даже более того... Не буду томить, просто расскажу, как все происходило. Во-первых, Макс, ты угадал. В Ехо действительно объявился твой земляк. Между прочим, Джуффин, я впервые вижу, чтобы у человека его возраста и пола была так развита интуиция.

— Я тоже, — согласился мой шеф.

Я покраснел от удовольствия.

— С чем вас обоих и поздравляю. Ешьте, не бойтесь! Я, конечно, не могу объяснить, откуда они взялись, тем не менее...

— Отравитель, — буркнул Джуффин, отправляя булочку в рот. Жуй, Макс. Умирать, так всем вместе.

Булочки оказались превосходными. Их вкус был мне знаком, но я не мог понять почему.

— Не знаю, как вам это удалось, — продолжил сэр Маба Калох, — но вы, ребята, сотворили самый безумный способ сообщения между мирами, какой я когда-либо видел.

Я попытался протестовать.

— Почему мы? Его создал Джуффин, а я просто тупо выполнял инструкции. Ни к чему мне чужие лавры, свои девать некуда.

— Ну сам рассуди, Макс, — вздохнул Джуффин, — как я в одиночку мог создать этот дурацкий «трамвай», если до сих пор не представляю себе, что это такое? Когда-нибудь до тебя дойдет, что мы сделали это вместе, а пока — что ж, просто поверь нам на слово.

— Смирись с тем, что ближайшую пару сотен лет ты не будешь ведать, что творишь, — добавил Маба Калох. — Это только поначалу пугает, а потом становится интересно. Ладно, вернемся к моим впечатлениям. Я побывал на темной и унылой улице, где для тебя открылась Дверь между Мирами. Там бродил человек, одержимый убийством. Ничего особенного, но… Я люблю одержимых, Макс. Как бы примитивны они ни были, для них всегда открыт доступ к чудесам. Что касается этого парня, мне сразу стало ясно, что он уже обеими ногами увяз в чуде. К нему приближалась некая причудливая телега, творение рук человеческих, именуемое «трамвай». Никогда не видел ничего более нелепого! Транспортное средство должно уметь ездить где угодно, а не по специальной тропинке, тем более что ни одна тропинка не может быть бесконечной.

— Эта «тропинка» называется «рельсы», — уточнил я.

— Спасибо, Макс. Это, конечно, полностью меняет дело. Когда я понял, как устроена эта странная телега и для чего она нужна, я смеялся до колик. Кстати, для одержимого появление трамвая тоже было сюрпризом. Он, знаете ли, был в курсе, что на данной улице нет упомянутой мной специальной тропинки… Да, Макс, я помню, «рельсов». Следовательно, бедняга был уверен, что эта штука не может здесь ездить… Грешные Магистры, как мало надо некоторым людям, чтобы окончательно потерять разум!

— Скажи мне, Маба, — нахмурился Джуффин, — насколько велика вероятность, что этот трамвай будут встречать и другие люди?

— Их шансы почти на нуле. Во-первых, появление этого недоразумения природы каким-то образом увязано с фазами тамошней Луны и положением прочих планет, поэтому происходит довольно редко. Во-вторых, это очень пустынная улица. И третье, самое главное: этот проход между мирами создавался специально для него, — кивок в мою сторону. — Так что нормальные люди не только не смогут им воспользоваться, но вообще ничего не увидят. Только сведущий человек или сумасшедший, чья собственная личность почти исчезла под натиском безумия, способен пройти через чужую Дверь. Можешь быть спокоен, Джуффин, подобные совпадения нечасто случаются. Разве что забредет сюда пара-тройка тамошних Магистров, но такое возможно во все времена.

— Тем более что там нет никаких Магистров, — добавил я.

— Никогда не суди поспешно, — с упреком сказал сэр Маба Калох. — Ты что, лично знаком со всеми обитателями своего мира?

— Конечно, нет, но...

— То-то же. Если ты ни одного не встретил, это не значит, что их нет вовсе. Будь оптимистом. Мы, Магистры, есть везде!

— Так ты говоришь, нашествия не будет? — с явным облегчением переспросил Джуффин.

— Разумеется, нет. Да, еще одна интересная деталь! В этом «трамвае» был возница. Хотелось бы мне иметь больше времени, чтобы изучить природу этого существа. Займусь на досуге, непременно.

— Восторженный толстяк с тонкими усиками, — онемевшими от ужаса губами выговорил я. — Чудовищная рожа, как только его земля носит... Это был он?

— Разумеется. Кто же еще? Первое созданное тобой существо, Макс. Мог бы испытывать к нему более нежные чувства. Никогда такого не видел!

— Что за возница? — изумился Джуффин. — Ты мне ничего о нем не говорил, Макс!

— Я думал, что вы и без меня все знаете. К тому же я постарался забыть о нем как можно скорее. Я чуть не умер, когда его увидел. Хвала Магистрам, что он почти сразу исчез!

— Ну да, ты небось подумал, что это мой добрый приятель... А я-то хорош! Надо было расспросить тебя поподробнее. Меня подвела практичность, решил: раз уж ты здесь, все остальное не имеет значения... Маба, что же это за существо?

— Я же говорю, еще не знаю. Могу сказать одно: я никогда прежде такого не видел. Если выберу время изучить это явление природы, непременно сообщу результаты исследований вам обоим. Но ты слишком суров к собственному созданию, Макс! Одержимому, например, этот возница очень даже понравился. Он решил с ним поговорить и узнать, откуда взялся трамвай там, где его быть не может. И еще он подумал, что возница может стать его лучшим другом... В некотором смысле это так: они оба — одержимые, каждый по-своему. В общем, трамвай остановился, парень вошел, поприветствовал возницу, и они поехали... Не могу сообщить вам леденящие душу подробности их совместного путешествия, поскольку поленился вникать. Но через какое-то время одержимый оказался в Ехо, на задворках «Обжоры Бунбы». Он был голоден, перепуган, и у него окончательно поехала крыша.

— Что у него поехало? И куда? — изумился сэр Джуффин.

— Крыша. Куда — извини, не знаю. Очевидно, вниз и немного вбок... Шучу, шучу! Я лишь воспользовался его собственным термином, чтобы быть более точным. В таком деле нюансы имеют большое значение. Макс, ты знаешь перевод?

— Ну... — я задумался. — Это значит «сойти с ума» — сразу, но в то же время постепенно, шаг за шагом, погружаясь все глубже и глубже. По крайней мере я сам употребляю это выражение именно в таких случаях.

— Здорово объяснил! — сэр Маба Калох был доволен. — Ну а что случилось потом, вы знаете лучше, чем я, поскольку Дверь между Мирами закрылась и я утратил интерес к вашему приятелю.

— Послушай, Маба, а нельзя ли... — начал Джуффин.

— Нельзя!

— Ладно. Тогда прощай. Не забудь рассказать про загадочное усатое создание, когда разберешься.

— А ты приходи через дюжину-другую дней. Или даже раньше, только не с таким озабоченным лицом. И ты приходи, Макс. Вместе с Джуффином или один, — если сможешь меня найти, конечно. Но тут уж я никому не помощник. Что ж, господа, вы доставили мне истинное удовольствие, взвалив на меня собственные проблемы. А это действительно надо уметь! Прощайте.

И сэр Маба Калох резким толчком опрокинул стол, за которым мы сидели. Стол с грохотом рухнул на пол, брызнули осколки посуды. Я инстинктивно отпрянул, кресло покачнулось, миг — и я приземлился на самую надежную из всех точек опоры, совершив какое-то идиотское сальто в духе сэра Мелифаро.

Мгновение спустя я понял, что сижу не на полу гостиной, а на заросшей травой обочине садовой тропинки. Очумело огляделся. Рядом со мной от души хохотал Джуффин.

— Маба обожает удивлять новичков. После знакомства с ним я оказался на дне озера, где ползал на четвереньках, разыскивая «лестницу наверх», поскольку напрочь забыл, что умею плавать. Какое там, сам факт существования такого полезного навыка, как плавание, не укладывался в моей голове. Мне понадобилось несколько часов, чтобы выбраться на берег. И несколько лет, чтобы вспомнить, как я там очутился. Но к тому времени я уже не смог бы обидеться на Мабу, даже если бы очень постарался. Можешь мне поверить, сэр Макс, с тобой он обошелся более чем гуманно.

— Ничего себе «гуманно». Но ваш сэр Маба мне все равно очень понравился.

— Рад, что наши вкусы совпадают. Поехали. Можешь сесть за рычаг, разыскать обратную дорогу труда не составит.

— А о чем вы с Мабой говорили в самом конце, Джуффин? — спросил я, когда немного пришел в себя после причудливого прощания с Великим Магистром. — Я довольно шустро соображаю, но это уж слишком: «А нельзя ли? — Нельзя!» Простите мою назойливость, но мне ужасно интересно.

Сэр Джуффин Халли махнул рукой.

— Тоже мне тайна! Я собирался спросить, нет ли способа быстро найти твоего земляка, воспользовавшись тобой... — ну как образцом, что ли. Может быть, существует какой-нибудь особый запах твоего мира, неуловимый настолько, что я его не учуял. Или нечто в этом роде, что могло бы ускорить дело.

— Ну и?

— Сам слышал — это невозможно.

— Неужели моя родина ничем не пахнет? Обидно, понимаешь...

— Да она-то, может, и пахнет. Только ты, сэр Макс — никуда не годный образец.

— Обижаете, — растерянно хмыкнул я.

— Напротив. Занятия Истинной магией уже слишком изменили тебя. Ты сам, возможно, не замечаешь этих перемен, но поверь мне на слово, воспользовавшись тобой как образцом, теперь можно найти разве что меня. Или того же Мабу Калоха.

— Это тоже актуально, — заметил я. — Сами говорили, что добираться к нему в гости — не подарок.

— Да, но я предпочел бы для начала найти этого одержимого, а уже потом заняться чем-нибудь более интеллектуальным. Например, поспать... Ого, да мы уже приехали!

— А его одежда, Джуффин? — спросил я, вылезая из амобилера. — Думаю, она подходит для прогулок по Ехо не больше, чем те штаны, в которых я сюда прибыл.

К моему глубокому разочарованию, шеф пожал плечами.

— Ну, что ты. Это же столица Соединенного Королевства! Здесь толпы приезжих. Ни для кого из местных жителей не секрет, что пол-Мира носит штаны. Те же граждане вольного города Гажина, я уж не говорю о милых твоему сердцу обитателях границ. Так что штанами здесь никого не удивишь. Прошли те далекие времена, когда горожане были готовы часами пялиться на всякий иноземный костюм. Теперь они на такую ерунду внимания не обращают... Как дела, Мелифаро?

— Никак. То есть трупов больше не было, — бодро доложил тот. — Парень переутомился, я полагаю. Совсем себя не бережет... Сэр Джуффин, вы готовы защитить мою жизнь от этого истекающего ядом монстра? Давеча он грозился меня прикончить.

Я непонимающе уставился на Мелифаро.

— Когда это? А!..

Я уже и думать забыл о вчерашнем визите Лонли-Локли, после которого жизни «дневной задницы» Почтеннейшего Начальника действительно угрожала некоторая опасность. Вот уж воистину суета сует.

— Ты не обидишься, если я прикончу тебя немного позже? На фоне последних событий убийство — слишком банальный поступок. Не хочу прослыть жалким подражателем неизвестного гения.

— Ну ты даешь. Все-таки убивают дам, а я — мужчина в самом расцвете сил.

Я махнул рукой.

— Невелика разница. Смерть — она и есть смерть.

— Философ, — одобрительно заметил Джуффин. — Пошли ко мне, Мелифаро. Нам как раз нужен сообразительный шалопай вроде тебя, не успевший обалдеть от всего происходящего. Я уже послал зов сэру Кофе, он обещал присоединиться к нам через полчаса.

— Ну да, только прожует полпирога и дослушает свежий анекдот, — с энтузиазмом закивал Мелифаро. — Кофу можно понять, в конце концов это его основная обязанность.

В кабинете Джуффин рухнул в кресло и внезапно широко улыбнулся.

— Все, что могли, мы уже сделали, Мелифаро. Теперь твой ход. Достоверно известно, что убийца — земляк Макса. Твои предложения?

— Костюм отпадает, — тут же сказал Мелифаро. — Прошли те времена, когда новость о человеке в штанах могла стать событием.

— Я же тебе говорил! — обернулся ко мне Джуффин.

— С речью то же самое. В общем, с этими приметами уже можно работать, но времени уйдет... — Мелифаро запустил пальцы под тюрбан. — Подумай, Макс, чем еще твой земляк может отличаться от... э-э-э... нормальных людей... извини, конечно! Что-нибудь такое, на что обращают внимание, что невозможно скрыть даже в такой разношерстной толпе. Есть хоть что-то?

— Мне надо сосредоточиться, — сказал я. — А делать это лучше всего в уборной. Может быть, именно там меня осенит гениальная идея. Простите, господа, я вернусь через минуту.

И я отправился в самый короткий отпуск, право на который имеет всякий человек в любом из миров. Проходя по коридору, услышал одну из своих любимых арий и решил подойти поближе, дабы лишний раз насладиться обществом ее исполнителя.

— Бычачьи сиськи! Какого дерьма она хочет от тебя, Фуфлос? Пусть отправляется туда, где ковыряются в этом дерьме!.. — Генерал Бубута Бох опасливо оглянулся и увидел мою приветливую физиономию. Я как раз выворачивал из-за угла.

— ...Поскольку этих достойных людей, без сомнения, заинтересует все, что она им расскажет, — деревянным голосом закончил сэр Бубута, не отрывая глаз от моего доброжелательного лица. Его заместитель и родственник капитан Фуфлос, выпучив глаза, проделывал какую-то занимательную дыхательную гимнастику.

— Я как раз распорядился, чтобы к вам отправили свидетельницу по делу, которым вы с сэром Халли занимаетесь со вчерашнего вечера, сэр Макс, — почтительно сообщил Бубута.

Может ведь изъясняться нормально, когда захочет.

— Отлично, — важно сказал я. — Вы поступили в полном соответствии с законом и необходимостью, сэр Бох.

Честное слово, он вздохнул с облегчением.

Когда я вернулся в кабинет Джуффина, там было весело. Бойкая рыжеволосая леди в дорогом ярко-красном лоохи вертела в руках кружку с камрой, кокетливо поглядывая на голливудскую рожу Мелифаро. Мне показалось, что время легкомысленного флирта миновало для нее лет сто назад, но сама леди явно считала иначе.

— Вот и сэр Макс. — Джуффин дал себе труд констатировать более чем очевидный факт, чего с ним давненько не случалось. — Начинайте, леди Чедзи.

Дама обернулась ко мне. При виде моего костюма лицо ее вытянулось и сразу же оскалилось самой фальшивой из любезных улыбок. Она поспешила отвернуться, нимало меня этим не огорчив. Я скромно занял свое место, вооружившись полной кружкой камры.

— Благодарю вас, сэр. Если бы вы знали, с какими чудовищами мне довелось столкнуться в Городской Полиции! Они не предложили даме не только глоточек камры, но даже удобного кресла. Мне пришлось сидеть на каком-то дрянном табурете.

— Представляю, как вы настрадались, — лицо Джуффина выражало искреннее сочувствие. — Но мне показалось, что вас привели сюда более серьезные неприятности.

— Да! Еще утром у меня было предчувствие. Я знала, что не нужно идти за покупками! И я не пошла, потому что верю своим предчувствиям. Но потом мне прислала зов моя подруга, леди Хедли. Она очень хотела меня видеть, и я не смогла ей отказать. Мы договорились встретиться в «Розовом буривухе». Я решила не вызывать амобилер, а пойти пешком, поскольку живу на улице Высоких стен, так что...

— До «Розового буривуха» рукой подать, — кивнул Мелифаро. Леди Чедзи посмотрела на него с нескрываемой нежностью, в которой не было и намека на материнские чувства.

— Ваши познания меня просто поражают. Может быть, вы сами тоже живете поблизости?

— Нет, но я как раз планирую туда переехать, — доверительно сообщил Мелифаро. — Продолжайте, незабвенная.

Дама раскраснелась от удовольствия. Я едва сдерживал смех. Хорош бы я был, если бы прыснул! Леди наверняка отказалась бы давать показания, пока меня не четвертуют. Тем более что Мантия Смерти явно сводила на нет мою гипотетическую мужскую привлекательность.

— Я вышла из дома, несмотря на дурное предчувствие. И оно меня не обмануло! Не успела я пройти один квартал, как из-за угла появился какой-то ужасный варвар в отвратительном, грязном лоохи с рукавами и уродливых штанах. И этот кабан шатался! Никогда не видела столь пьяного мужчину, — ну, разве что мой кузен Джамис однажды набрался до подобного состояния. Но это было еще до наступления Эпохи Кодекса, поэтому Джамиса можно понять и простить... И потом этот пьяный мерзавец замахнулся на меня ножом. Он даже порвал мою новую скабу, которую я как раз вчера купила в лавке Диролана! Представляете, во сколько она мне обошлась? Я терпеть не могу таких мужчин, поэтому сначала отвесила ему оплеуху и только потом испугалась. А он зашипел и сказал какое-то странное слово. Кажется, «шелюха»... Ну да, «старая шелюха». Наверное, это какое-то варварское ругательство. А потом он убежал. Я пошла домой переодеться и послала зов Хедли, чтобы она не обижалась на мое опоздание. Ну и объяснила ей причину задержки. А Хедли сказала, что это мог быть тот самый убийца, о котором написали в «Суете Ехо», и тогда я испугалась по-настоящему. А Хедли посоветовала пойти к вам, — то есть не лично к вам, сэр Халли, а в Дом у Моста. Тогда я вызвала амобилер и отправилась сюда. Вот, собственно, и все. Вы думаете, это действительно тот самый убийца? Но он такой слабый! Не представляю, почему те несчастные женщины с ним не справились? Одна оплеуха — и все.

— Благодарю вас, леди Чедзи, — торжественно заявил Джуффин. — Думаю, ваша храбрость спасла не только вас, но еще множество жизней. А теперь отправляйтесь домой. Сожалею, что наша встреча была такой короткой, но нам нужно как можно скорее найти вашего обидчика.

— Вы найдете его, господа, я уверена.

Леди удалилась, грациозно покачивая бедрами и то и дело одаривая нас томными взглядами — вполоборота, через плечо. А счастливчик Мелифаро получил на прощание столь страстную улыбку, что чуть на пол не рухнул под ее тяжестью. Когда леди Чедзи наконец покинула кабинет, бедняга закатил глаза к потолку.

— Грешные Магистры, и за что мне такое наказание?! В конце концов я же не рыжий!

— Зато, в случае чего, должность приказчика в лавке Диролана тебе гарантирована, — ухмыльнулся Джуффин. — Ну что, сэр Макс, ты вспомнил, чем отличаешься от «нормальных людей», если пользоваться терминологией этого горе-любовника?

Я молча пожал плечами, допил остывшую камру. От «нормальных людей» я отличался многим, особенно теперь. Нужно было понять, чем отличаются все мои бывшие соотечественники от нынешних. Веселый эпизод с Бубутой и душераздирающая исповедь леди Чедзи отвлекли меня от размышлений на эту тему.

— А вот и я! — сэр Кофа Йох одарил нас безмятежной улыбкой сытого человека. — Прошу прощения за опоздание, меня отвлек один забавный эпизод. Ваш зов, Джуффин, застал меня на пороге «Старой колючки»...

Я вскочил, опрокинув кресло. Кружка, к счастью, пустая, с грохотом покатилась на пол.

— Я кретин! — взвыл я. — Как же я мог забыть?! Суп, Мелифаро! Суп Отдохновения! Помните, что со мной творилось, Джуффин? Конечно, он шатался! Еще бы! Разумеется, это был мой земляк! Парень попробовал супчик! Какие уж теперь убийства!

— Вот и все, — с облегчением вздохнул Джуффин. — Кончились наши мучения. Гордиться тут нечем, просто повезло. Теоретически убийца мог бы годами бродить по Ехо и питаться чем-нибудь другим.

— А что у тебя случилось с этим супом? — растерянно спросил Мелифаро. — Что-то я вас не понимаю, господа.

— Максу нельзя есть суп Отдохновения, — пояснил Джуффин. — Но не вздумай с этим шутить, парень. На него это действует как яд. После одной тарелки три дня пластом лежал, и я ничего не мог поделать.

— Бедняга, — сочувственно сказал Мелифаро. — То-то ты все время какой-то взвинченный. Словно у тебя Лонли-Локли в заднице сидит. Ты много потерял!

Я пожал плечами.

— Пусть это будет самой страшной утратой в моей жизни. Мне и без супа пока неплохо.

— Теперь мне все ясно, — внезапно заявил сэр Кофа. — Можете посылать Лонли-Локли в «Старую колючку». Убийца там. Из-за него-то я и задержался.

— Я сам съезжу. — Мелифаро одним прыжком оказался на пороге. — Не убивать же этакое чудо природы! К тому же наш Мастер Пресекающий ненужные улыбки как раз разбирает мои бумаги. Грех лишать его такого удовольствия.

— Поедем вместе. — Джуффин встал из-за стола. — Мне тоже любопытно. Не говорю уже о Максе, который просто обязан поприветствовать своего земляка. Ну и сэр Кофа имеет полное право на свою часть лавров.

Я-то, откровенно говоря, особого энтузиазма не испытывал. Мне предстояло увидеть человека, прошедшего тот же путь, что и я. Через мою Дверь между Мирами, если пользоваться терминологией Джуффина. Будь моя воля, я бы отменил свидание. Но меня-то как раз никто не спрашивал.

За рычаг амобилера усадили меня: путь был неблизкий. По дороге сэр Кофа вкратце изложил нам свои впечатления.

— Вскоре после полудня в «Колючку» зашел какой-то странный тип. Как известно, Чемпаркароке обожает странных типов. Чем хуже, тем лучше — вот его девиз. Чемпаркароке все такой же любопытный, как в тот день, когда впервые приехал в Ехо с острова Муримах. Да, так вот. Посетитель с порога сказал ему, что все бабы... дырку над ним в небе, слово какое-то дурацкое — запамятовал!

— Шлюхи, — подсказал я. — Он, вероятно, сказал, что все бабы — шлюхи.

— Правильно, сэр Макс. Ты никак еще и ясновидец?

— Нет. Просто маньяки... — ну, такие люди, как этот тип — часто цепляются за одну-единственную фразу и все время возвращаются к ней. То же самое он сказал этой рыжей: «старая шлюха». Так что...

— А что это значит? — заинтересовался Мелифаро.

— Ничего интересного. Ну, скажем так: «очень плохая развратная женщина».

Выслушав мой перевод, Мелифаро просто расцвел. Но я счел нужным продолжить лекцию.

— Такие ребята всегда имеют большие претензии к женщинам. Ко всем без разбору, или только к блондинкам, или только к толстым — как получится.

— Не отвлекайся на такой скорости, — проворчал Джуффин. — Пусть лучше сэр Кофа ораторствует.

— Чемпаркароке пришел в восторг от одного этого непонятного слова. И на всякий случай согласился со своим гостем. Парень спросил, нет ли у Чемпаркароке чего-нибудь, что могло бы облегчить его страдания. Трактирщик решил, что посетитель хочет получить тарелку его знаменитого супа. И налил ему самого забористого. Тот поначалу не хотел есть, но Чемпаркароке поклялся мамой, что это — лучшее средство от любых страданий. И парень попробовал. Ему понравилось. И еще как понравилось! Чемпаркароке утверждает, что еще никогда не видел столь искреннего восторга по поводу супа собственного приготовления. Доев свою порцию, посетитель убежал. Чемпаркароке понял, что у парня нет денег и он не знает, что за всех голодных в Ехо платит Король. Приезжие часто этого не знают, поэтому попадают во всякие переделки. Чемпаркароке не привыкать. Он порадовался пополнению своей коллекции чудаков и вернулся к делам. Но через час его новый дружок вернулся. Чемпаркароке заметил, что тот топчется у входа, и крикнул ему, что он может заходить, поскольку ничего не должен. И налил ему еще одну тарелку — парень все бормотал об облегчении страданий. Ну и, надо понимать, облегчил — дальше некуда. К тому моменту, как я зашел в «Старую колючку», там уже толпились любопытные. Торговля у Чемпаркароке шла как никогда, так что его доброта окупилась сторицей. И людям было на что посмотреть! С приезжим творилось неладное. После второй тарелки он начал бредить, а после третьей сплясал самый странный танец, какой я когда-либо видел. Наверное, что-то национальное... Потом он задремал, а я решил, что и так задержался. Все равно парень не в том состоянии, чтобы оттуда уйти. Да и Чемпаркароке обещал мне глаз с него не сводить. Я подумал, что этот чудик вполне может оказаться нашим клиентом, поскольку очень уж странно себя ведет. Даже пришло в голову — а человек ли он? Но вот что мне, старому дураку, не пришло в голову, так это вспомнить рассказ Чемпаркароке о том, как вы, Джуффин, затащили в «Колючку» этого бедного мальчика...

«Бедным мальчиком», разумеется, был я. Джуффин покаянно вздохнул, вспоминая свою давнюю оплошность.

У входа в «Старую колючку» я поморщился. Славное место, наверное, но мой организм отказывался с этим соглашаться. Меня начало мутить еще на пороге.

Народу здесь было столько, словно все жители столицы одновременно получили День Свободы от забот. Но, завидев нашу грозную компанию, горожане начали понемногу выбираться на улицу. Рыжий Чемпаркароке сделал умное лицо и начал энергично протирать и без того чистые тарелки.

На широкой деревянной скамье спал мой земляк. По счастью, он не оказался одним из моих школьных приятелей. Это было бы слишком. Да и по возрасту он вполне годился мне в отцы. Или же это нелегкая жизнь маньяка состарила его раньше времени. Выглядел бедняга ужасно: грязный плащ, измятые брюки, недельная щетина, темные круги под глазами. К тому же он здорово переусердствовал с супом Отдохновения. Его хриплое прерывистое дыхание не свидетельствовало о физическом благополучии. Если бы он умер у нас на глазах, я бы не удивился — к тому явно шло.

Джуффин брезгливо поморщился.

— И на поиски вот этого чуда природы мы угробили целые сутки? Фу, как некрасиво! Возьми его, Макс, и пошли отсюда. Чемпаркароке, тебе есть что добавить к той истории, которую ты сообщил сэру Кофе?

Рыжий симпатяга пожал плечами.

— Чего тут добавишь, сэр Почтеннейший Начальник? Некрасивая история. Поначалу он был такой забавный, а потом начал хрипеть, стонать, гоняться за кем-то невидимым по всему трактиру... Ну, народ-то был доволен, люди любят дурачков, даже больных. А потом он упал на лавку и заснул. Только я думаю, что он скоро побеседует с Темными Магистрами. У меня чуйка на такие вещи. Как пить дать, он вам дрыгнет ногами, и все тут!

— Спасибо за хорошую новость. Ничего не имею против, — проворчал сэр Джуффин. — А ты молодец, Чемпаркароке!

Трактирщик был польщен, но явно не понимал, за что его хвалят. Джуффин устало посмотрел на меня.

— Бери его, Макс! Чего ты ждешь? Танцевать он все равно больше не собирается.

Я вздохнул и сделал привычный жест левой рукой. Полумертвый маньяк уютно разместился между большим и указательным пальцами. Чемпаркароке разинул рот: он прибыл в Ехо в самый разгар Эпохи Кодекса, и даже мелкие чудеса все еще были для него в диковинку. Я брезгливо поморщился, и мы отбыли. Мне еще и амобилер пришлось вести с этой пакостью в пригоршне!

В Зале Общей Работы я поспешно избавился от своей легкой, но неприятной ноши, вывалив земляка прямо на ковер. И пошел мыть руки. Я — типичный неврастеник, так что подобные вещи легко выбивают меня из колеи. Уж очень мне не понравился этот маньяк! Дело, наверное, в том, что нас слишком многое связывало, а он при этом чересчур неаппетитно выглядел.

Я вздохнул и потопал обратно.

— Привести, что ли, его в чувство? — задумчиво рассуждал сэр Джуффин Халли, с заметным отвращением разглядывая нашу добычу. — Возни много, но хотел бы я знать...

Я, кажется, примерно представлял себе, что именно хотел бы знать мой шеф... Блаженны несведущие.

— Не бери в голову, сэр Макс, — весело сказал Джуффин.

Обычно он начинает понимать, что со мной творится, прежде чем я сам замечаю перемену в собственном настроении. Но сегодня шеф что-то припозднился с утешениями.

— Это не испытание твоих нервов. Это — удовольствие, потому что у нас есть шанс узнать нечто, чего мы не знали прежде. Выше нос, парень!

— Не уверен, что сие сокровенное знание улучшит мой аппетит, — проворчал я.

Сэр Кофа и Мелифаро смотрели на нас, совершенно не понимая, о чем речь.

— Пустяки, — сказал им Джуффин. — Так, своего рода семейные проблемы... Займусь-ка я этим красавчиком.

— Боюсь, ему уже ничего не поможет, — заметил я. — Помните, я ведь от одной тарелки чуть не окочурился, а этот счастливчик целых три навернул.

— А я и не собираюсь ему помогать. Но, возможно, он захочет исповедаться. — Джуффин присел на корточки возле нашей добычи и начал массировать его уши, потом принялся за горло. Ритмичные движения завораживали, во всяком случае, меня.

«Лучше отвернись, Макс, — раздался у меня в голове безмолвный совет Джуффина. — Тебе совсем не обязательно принимать в этом участие».

Я с трудом отвел глаза. Как раз вовремя — сэр Джуффин Халли совершил поступок, которого я никак не мог ожидать от столь солидного, респектабельного пожилого джентльмена. С пронзительным визгом он вспрыгнул на живот несчастного маньяка, после чего кубарем откатился в сторону.

— Давненько мне не приходилось так развлекаться, — заметил Джуффин, вставая. — Ну, теперь-то он с нами пообщается!

Мой земляк действительно пошевелился.

— Кела! — позвал он. — Это ты, Кела? Я знал, что ты до меня доберешься. Так и надо, парень...

Словно во сне я приблизился к этому нелепому существу.

— Как тебя зовут? — спросил я.

Глупо, конечно. Что мне за дело до его имени? Но это было первое, что пришло мне в голову.

— Не знаю. Меня уже никто никуда не зовет. У тебя есть этот суп? Он действительно уносит боль...

— Ну не сказал бы, — я твердо придерживался собственного мнения на сей счет. — Кроме того, ты можешь от него умереть.

— Это фигня. Я уже умер, но меня разбудили. Кто меня разбудил?

— Я, — заявил сэр Джуффин Халли. — Можешь не трудиться говорить «спасибо».

— Кто-то может объяснить мне, где я? — спросило это несчастное существо. — Человек имеет право знать, где он умер.

— Ты слишком далеко от дома, чтобы название города имело какое-то значение, — сказал я.

— Но мне все равно надо знать.

— Ты — в Ехо.

— Это в Японии? Но здесь никто не похож на япошек... Ты смеешься надо мной, да? Здесь все смеются... Я так долго ехал... Я не помню зачем... И эти шлюхи, они тоже не хотели сказать мне, где я нахожусь. Наверное, они радовались, что я так влип. Ничего, там, куда я их отправил, им не будет весело...

Я с удивлением отметил, что никакие передряги не могли заставить этого целеустремленного человека усомниться в правильности собственных поступков. «Одержимый», как сказал сэр Маба Калох. Все правильно, так и есть. Одержимый.

— Кела обещал, что здесь мне помогут умереть, — внезапно сообщил страдалец. — Это ты, что ли, поможешь?

— А кто такой Кела? — спросил я.

— Повелитель трамваев. Я не знаю, кто он. Он обещал мне, что все скоро кончится. Что я буду спокоен. Он собирался меня убить, но потом передумал. Сказал, это сделают другие. Кела — друг... у меня когда-то был еще один друг, в детстве... я убил его собаку, потому что у нее была течка, это так мерзко!.. Кела — тоже друг. Лучше... лучше всех. Я не знаю... — Он попробовал приподняться и уставился на меня не то с ужасом, не то с любовью. — А, знакомое лицо! Я где-то видел тебя, парень. Только без этого балахона. Во сне... видел... Да.

Его силы начали иссякать. Он прикрыл глаза и затих.

— Где это он мог меня видеть? — изумился я.

— Как это где? В великой битве за конский навоз, когда ты храбро командовал какой-нибудь могучей ордой из пяти человек, — подсказал Мелифаро.

— Заткнись, — проворчал сэр Кофа. — Ты что, не видишь: здесь творится что-то, чего мы с тобой не можем ни понять, ни даже надеяться...

— Все не так страшно, Кофа. Надежда должна умирать последней, — жизнерадостно заявил Джуффин и обернулся ко мне. — Он же сказал тебе: во сне! Где же еще? Нравится это тебе или нет, но между вами существует прочная связь. Очень опасная для тебя связь. Это особая проблема, Макс. Одним словом, тебе придется его убить.

— Мне?!

Я был не просто ошеломлен, я не верил своим ушам. Мир вокруг меня начинал рассыпаться — медленно, как песчаная куча, мимо которой прогромыхал тяжело груженный самосвал.

— Зачем я должен его убивать? Смертную казнь давно отменили, вы же рассказывали... Да он и сам долго не протянет.

— Не в нем дело. Дело в тебе. Этот пришелец воспользовался твоей Дверью. Я не могу сейчас все объяснить. Не время и не место... Ты должен понимать вот что: если парень умрет своей смертью, он откроет для тебя новую Дверь. Она будет ждать тебя где угодно. Никто не знает, как это может выглядеть, а у тебя слишком мало опыта, чтобы вовремя во всем разобраться. И за этой новой Дверью будет смерть, потому что теперь его путь ведет только туда. А убив своего нечаянного побратима, ты разрушишь эту дурацкую, ненужную, не тобою выбранную связь судеб. И учти, у тебя нет времени на раздумья. Он умирает. Так что...

— Я понял, Джуффин, — кивнул я. — Не знаю как, но я вас понял. Вы абсолютно правы.

Мир вокруг меня дрожал и таял. Рассыпался на миллионы мелких ярких огоньков. Все вдруг стало сияющим и тусклым одновременно. И я словно бы видел — нет, осязал — некий короткий коридор, протянувшийся между мною и этим умирающим безумцем. И очень сомневался, что мы с ним — два разных человека. Мы были сиамскими близнецами, жуткими ярмарочными уродцами — с той лишь разницей, что соединяющая нас нить не обросла волокнами плоти, а скрывалась от взоров зевак в каком-то ином измерении. Я знал об этом — возможно, не с самого начала, но когда побежал мыть руки, словно бы это могло помочь, уже знал, это точно. Но скрывал от себя жуткое знание, пока Джуффин не произнес вслух то, чего я не хотел слышать.

И тогда я опустился на колени возле своего отвратительного двойника и достал роскошный поварской нож фирмы «Профилайн» из внутреннего кармана его плаща. А потом я всадил этот нож в его солнечное сплетение, не размахиваясь и не раздумывая.

Вообще-то я никогда не был силачом. Скорее, наоборот. Но этот удар полностью изменил мои представления о собственных возможностях. Нож вошел в тело, как в масло, хотя так, кажется, не бывает.

— Ты достал меня, приятель.

В последних словах умирающего я обнаружил больше здравого смысла, чем в остальных событиях этого дурацкого дня. А потом опять пошел мыть руки. Это был единственный способ вознаградить себя за храбрость.

Когда я вернулся на место казни, там уже суетились младшие служащие с ведрами и тряпками. Труп отсутствовал. Мои коллеги гремели посудой в кабинете сэра Джуффина.

— Спасибо, что так быстро убрали тело, — сказал я, занимая свое место. — Вы будете смеяться, но я еще никогда никого не убивал. Даже на охоте. Одна из кукол Джубы Чебобарго, которую я собственноручно разбил о тротуар, полагаю, не считается. Это своего рода утрата невинности, поэтому будьте снисходительны.

— Его никто не убирал, мальчик, — тихо сказал Кофа. — Он просто исчез, сразу после того, как ты вышел. Но кровь на ковре осталась. Впрочем, там уже наводят чистоту.

— Как дела, сэр Макс? — Джуффин подвинул мне кружку с горячей камрой.

— Сами знаете. Нормально. Только странно как-то. Мир еще не совсем вернулся ко мне, если я понятно выражаюсь.

— Знаю. Но это сейчас пройдет. Ты все сделал правильно. Я даже не ожидал, что у тебя так хорошо получится.

— Как-никак, я ношу Мантию Смерти, — я усмехнулся. — В конце концов смех — это единственный известный мне способ быстро привести себя в чувство.

— Сэр Джуффин, мне надо выпить, — заявил Мелифаро. — Я думал, что ко всему привык за время службы в этом Приюте Безумных, но теперь понимаю, что мне срочно необходимо выпить. Прямо сейчас.

— Я уже послал зов в «Обжору», — заверил его Джуффин. — Две минуты ты продержишься, надеюсь?

— Не уверен. Сначала эти ваши языческие обряды, потом исчезновение главного вещественного доказательства… И вы, конечно, не собираетесь ничего объяснять?

— Не собираюсь. Рад бы, но… Так было нужно, парень, поверь мне на слово.

— Да? А может быть, это просто новый способ развлекаться, а я отстал от моды? Сэр Кофа, ну хоть вы меня успокойте.

— Мне тоже надо выпить, — добродушно улыбнулся сэр Кофа Йох. — А потом я к твоим услугам.

— Не Тайный Сыск, а сиротский приют какой-то, — фыркнул я. — Ну, прирезал я парня — всего одного, заметьте! Ну, исчез он потом куда-то. Можно подумать! Впрочем... мне тоже, кажется, надо выпить. Присоединяюсь.

— Моя команда спивается, — заключил Джуффин. — На одного Лонли-Локли надежда. Где он, кстати?

— Вы меня звали, сэр? — в дверях показался Лонли-Локли. — Вы еще не нашли этого убийцу?

Переглянувшись, мы расхохотались. Все четверо. Поначалу это походило на массовую истерику, но через несколько секунд нам действительно стало весело. Шурф зашел в кабинет, сел в свое кресло и принялся с интересом нас разглядывать. Дождавшись, пока мы успокоились, он снова спросил:

— Так что там с убийцей?

— С ним уже все в порядке, поскольку сэр Макс его прирезал, а труп исчез. — Мелифаро снова расхохотался.

У меня не было сил присоединиться к его веселью. К счастью, курьер с подносом из «Обжоры Бунбы» уже скребся в дверь. Очень вовремя.

Никогда в жизни не думал, что способен залпом выпить полную кружку чего бы то ни было. Тем более джубатыкской пьяни. Но организм, очевидно, сам знает, что ему нужно. И, если потребуется, творит чудеса.

— Сэр Джуффин, — невозмутимо начал Лонли-Локли, — хоть вы скажите...

— Мелифаро абсолютно прав, сэр Шурф. Примерно так все и было — если опустить некоторые пикантные детали.

— Макс, но почему вы сделали это сами? Да еще столь примитивным способом? — в Лонли-Локли справедливо негодовал профессионал, оскорбленный халтурой дилетанта.

— А я очень кровожадный, Шурф, — виновато сказал я. — Иногда просто невозможно удержаться.

На сей раз громче всех ржал сэр Джуффин Халли. Думаю, от облегчения. Он наконец-то убедился, что я в полном порядке.

— Но это очень плохо, Макс, — встревожился Лонли-Локли. — При ваших-то способностях необходимо уметь держать себя в руках. Если не возражаете, я покажу вам несколько простых дыхательных упражнений, способствующих развитию самоконтроля и внутреннего спокойствия.

Ради своего «официального друга» я постарался стать серьезным.

— Спасибо, Шурф. Мне бы это действительно не помешало. Но, если честно, я просто пошутил. Я потом расскажу вам, что случилось. По крайней мере все, что смогу. Боюсь, очень немного!

— Если это имеет отношение к тайне, я бы предпочел оставаться в неведении, поскольку разглашенная тайна оскорбляет Истину.

— Понял? — спросил у Мелифаро сэр Кофа. — Вот тебе и ответ на все вопросы сразу.

— А мне уже до задницы, — мечтательно объявил Мелифаро. — Я выпил, мне полегчало. Ну вас к Магистрам с вашими страшными тайнами! Жизнь и без них вполне прекрасна. Да, кстати, пока сэр Шурф здесь... Ты до сих пор думаешь, что я подшутил над вами обоими, кровожадное чудовище? Сэр Макс, я тебя имею в виду!

— Конечно, — равнодушно сказал я. — Но мне уже тоже «до задницы», как ты выражаешься.

— Тогда ты просто обязан познакомиться с отцом и получить доказательства моей невиновности. Сэр Джуффин, у вас есть возможность утратить нас обоих одновременно? Хотя бы на один день.

— Да на кой вы мне нужны? — пожал плечами Джуффин. — Убирайтесь с глаз моих долой хоть сейчас. Но один день, не больше! Договорились? Сэр Кофа, сэр Шурф, привыкайте к мысли, что завтра за безопасность Соединенного Королевства будете отвечать только вы вдвоем. А сегодня ночью — и вовсе один только Куруш. Да, моя умница? — Джуффин нежно потрепал пушистый загривок птицы. — Лично я намереваюсь проспать сутки, леди Меламори, наверное, уже захлебнулась вином под чутким руководством своего дядюшки, а эти двое собираются пугать кошек в деревне. Хорош Тайный Сыск, оплот общественного спокойствия, нечего сказать!

— Ну что, сэр Макс? — Мелифаро повернулся ко мне. — Отправимся сегодня ночью, через пару часов будем на месте. А если ты поведешь амобилер, то и через час. Деревенский воздух, много еды и мой папа. Это нечто особенное, можешь мне поверить! Впрочем, мама не хуже.

— Много еды, папа и мама — это хорошо, — сказал я. — А быстрая езда — еще лучше. Ты гений, Мелифаро. Я — твой вечный должник. Спасибо, Джуффин. Вы оба просто спасаете мне жизнь.

Я не преувеличивал. Смена обстановки — это было единственное, в чем я сейчас нуждался, но даже не смел мечтать, что мне так повезет.

— Ну что, пошли?

Мелифаро уже приплясывал на пороге. Он не был любителем подолгу сидеть на одном месте. Особенно после того, как план действий уже намечен.

— Пошли, пошли. Джуффин, скажите, а я обязан носить эту зловещую роскошь повсюду?

Я имел в виду свою Мантию Смерти. Не лучший костюм для деревенского отдыха.

— Тебе повезло. Ты должен таскать это барахло только в черте города. — Джуффин ехидно улыбнулся. — А ведь, кажется, раньше костюмчик тебе нравился.

— Он мне и сейчас вполне нравится. Просто не хочу, чтобы тамошние куры со страху перестали нести яйца... Я что-то не то сказал?

— Грешные Магистры, опять тайна! — заламывая руки, воскликнул Мелифаро. — Макс, дырку над тобой в небе, что такое «куры»? Яйца несут только индюшки, поверь уж деревенскому парню.

Пока Мелифаро задумчиво рассматривал мои апартаменты, пытаясь понять, аскетизм или жадность заставили меня тут поселиться, я успел обнять Армстронга и Эллу, насладиться басовитым мурлыканьем своих котят и сообщить им полный набор банальных нежностей, пришедших мне в голову. Потом поднялся в спальню, разыскал в глубинах одежного шкафа тряпки, более-менее соответствовавшие моим смутным представлениям о костюме для отдыха. Вернулся в гостиную с полупустым дорожным мешком наперевес.

— Я готов. Боюсь, у тебя создалось самое прискорбное впечатление о моем образе жизни. Ничего не поделаешь: обожаю трущобы.

— Да что ты, здесь здорово, — отмахнулся Мелифаро. — Никаких излишеств. Настоящая берлога одинокого героя. Нет, правда, очень романтично.

— Хочешь выпить чего-нибудь на дорожку? А то я, кажется, самый негостеприимный хозяин в этом грешном городке. У меня и нет-то ничего, разве что послать в «Сытый скелет»...

— И хвала Магистрам. Я и так перебрал в Управлении. И пьяни, и камры, и всего, чего только мог. Поехали, Макс, а то я с ног валюсь. А ты, наверное, тем более.

— Я-то как раз никуда не валюсь. Ты забываешь, я же «ночная задница». Мое время только начинается. Пошли!

— Знаешь, Макс, в тебе все-таки до смешного много зловещего! — заявил Мелифаро, усаживаясь в мой амобилер. — Эта любовь к ночному образу жизни, эта лихая езда, этот сумрачный взгляд, это черное лоохи... Вот и суп Отдохновения ты не ешь, как все нормальные люди. Я уж не говорю о твоей дурацкой привычке собственноручно убивать беззащитных государственных преступников. Слишком много для одного человека. Не зря Меламори тебя боится.

— Боится?

— Ну да, а ты разве еще не понял? Когда я увидел, как она на тебя смотрит, подумал: «Все, парень, можешь почесать задницу, у тебя появился серьезный конкурент!» А потом понял, что мои ставки не так уж и упали. Леди боится тебя, как страшных снов.

— Ерунда какая. Ей-то чего меня бояться? Меламори — не какая-нибудь глупенькая горожаночка из тех, что готовы напрудить в штаны, когда я захожу в лавку, чтобы купить себе какую-нибудь ненужную дерьмовину.

— В том-то и дело, что не глупенькая. Она в людях разбирается получше остальных. Работа такая. Да ты у нее самой и спроси, я-то откуда знаю, почему?.. Ох, вздремнуть мне, что ли, пока мы едем?

— Тогда мы будем ехать очень долго. Потому что единственная дорога, которую я могу найти без твоих мудрых советов, ведет в Пустые Земли.

Разумеется, я нагло врал, поскольку не знал и этой дороги.

— А я-то думал, что ты все обо всех знаешь. Как Джуффин.

— Все. Кроме адресов, дат рождения и прочих бессмысленных сведений.

— Зря. Кроме этого о людях и знать-то обычно нечего. Ладно, буду командовать... А ты тоже ничего не расскажешь мне об этом происшествии, Макс? Тайны тайнами, но я могу умереть от любопытства.

— Это был мой незаконнорожденный брат! — зловещим шепотом сообщил я. — И поскольку мы оба претендуем на наследство нашего папеньки — две клячи и курган их навоза, — я просто воспользовался служебным положением и устранил соперника.

— Смешно, — печально сказал Мелифаро. — Значит, это действительно страшная тайна?

— Будь моя воля, — проворчал я, — тайной она могла бы и не быть. Но страшная, это точно. Настолько страшная, что даже неинтересно... В общем, если бы я его не убил, то умер бы сам.

— Страсти какие. — Мелифаро обладал неиссякаемыми запасами хорошего настроения. — Ладно, ну ее к Магистрам, эту твою тайну. Кстати, сейчас будет поворот налево... ну и гонщик из тебя бы получился!

— А какие порядки у вас в доме? — спросил я. — Когда Джуффин вытащил меня в гости к старому Маклуку, меня чуть удар не хватил: носильщики, паланкины, везде толпы слуг, переодевание к обеду... У вас не заведено что-то в этом роде?

— Посмотри на меня, сэр Макс. Как, по-твоему, я могу быть сыном людей, которым по душе строгие порядки? Мама считает, что у всякого гостя есть лишь одна святая обязанность: оставаться сытым. А отец признает только одно правило: никаких дурацких правил, и все тут! Знаешь, что по его вине я даже остался без имени?

— Действительно. Я все не мог понять, почему тебя все называют по фамилии? Хотел спросить, но думал, может быть, у тебя просто какое-нибудь чересчур идиотское имя.

— И щадил мое самолюбие? Мог не стараться, этим я не болен, чего и другим желаю. А имени у меня попросту нет. Когда я родился, отец уже отбыл в свое знаменитое путешествие. Мама каждый день посылала ему зов и спрашивала, как меня назвать. И каждый день ему приходило в голову что-нибудь новенькое. Поэтому на следующий день она, на всякий случай, переспрашивала — с тем же, как понимаешь, результатом. Когда мне исполнилось три года, маме основательно поднадоела эта канитель, и она поставила вопрос ребром. Ну а великолепный сэр Манга в это время был очень занят, не знаю уж чем. И заявил: «А зачем ему вообще имя, при такой-то фамилии?» А у моей мамы свои представления о супружеском согласии: «Пусть все будет, как ты захочешь, милый, сам же потом взвоешь». Так что она не стала спорить, тем более что речь шла не о ее имени, а всего лишь о моем. Так я с тех пор и живу. Зато больше мне не на что пожаловаться, это уж точно!

— Здорово. У меня-то все как раз наоборот — с именем мне вполне повезло, но это единственное, за что я признателен своим родителям.

— Да, ведь у тебя тоже только одно имя, — кивнул Мелифаро. — У вас так принято?

— В общем-то, нет. Но ты же видел мое жилье. Я не люблю излишеств.

— Тоже правильно... А теперь нужно еще раз повернуть налево. И все-таки сбавь скорость, сейчас дорога станет гораздо хуже.

— Сбавить скорость? Никогда! — гордо воскликнул я, и мы понеслись по ухабам.

— Приехали, — с облегчением сказал Мелифаро, когда мы очутились у высокой стены, увитой какой-то душистой зеленью. — Как живы-то остались?! Нет, Макс, ты все-таки чудовище! И это чудовище я привел в собственный дом. Ну, да что уж теперь делать, не Джуффина же вызывать на подмогу. Он еще хуже. Пошли, сэр Ночной Кошмар.

Обитатели огромного поместья уже мирно спали. Поэтому мы отправились на кухню, где тихонько уничтожили все, что под руку подвернулось. А потом Мелифаро проводил меня в маленькую и очень уютную комнату.

— В детстве, когда я болел или грустил, обязательно спал здесь. Лучшее место в доме, можешь мне поверить. Располагайся. Эта комната творит чудеса с теми, у кого был тяжелый день, как у тебя сегодня. Во-первых, ты быстро уснешь, несмотря на все свои привычки. А во-вторых... Впрочем, сам увидишь. Эту часть здания мой беглый дед Фило Мелифаро строил сам. А он был не последним человеком в Ордене Потаенной Травы.

— Правда? Джуффин подарил мне головную повязку их Великого Магистра.

— Вот это да! Тебе здорово повезло. Постарайся оставить ее при себе: сильная штука! Я пошел. Если не усну прямо сейчас, то умру на месте. До завтра, чудовище!

Я остался один. Приятная усталость плюшевой подушкой легла мне на грудь. Это было здорово. Я разделся, встал на четвереньки и педантично обследовал местный «сновидческий стадион». Обнаружив одеяло, нырнул в его теплую темноту. Мне было хорошо и спокойно. Спать все-таки не хотелось, но вот лежать на спине и вдумчиво созерцать потолок — что может быть лучше?

Темные потолочные балки завораживали. Мне казалось, что они слегка колышутся, как волны очень спокойного моря. Их ритмичное движение убаюкивало. Я уснул и увидел во сне все те места, которые любил: город в горах, английский парк, пустынные пляжи. Только Ехо мне больше не снился. Ничего удивительного, по его улицам я теперь гулял наяву.

На сей раз мне было очень легко попадать из одного сна в другой. Я менял сновидения по собственному желанию. Утомившись прогулкой по парку, перебирался на пляж; загрустив в одиночестве среди песчаных дюн, оказывался в кабинке канатной дороги. Несколько раз я слышал где-то поблизости тихий смех Мабы Калоха, но так и не смог найти его самого. Но даже это почему-то казалось мне замечательным событием.

Я проснулся еще до полудня, совершенно счастливый и свободный. События прошлого казались мне неплохим приключенческим фильмом, будущее меня не тревожило, настоящее устраивало целиком и полностью.

Умывшись, я закутался в скабу и лоохи светлых палевых оттенков, выбранные вчера для пущего контраста с моей зловещей униформой, и послал зов Мелифаро.

«Уже вскочил? Ну ты даешь! Я и то еще валяюсь. Ну, спускайся вниз, выпей камры с моим знаменитым родителем. Или один, если он уже ушел. Я присоединюсь через полчаса».

Я спустился в гостиную, где моему взору предстало воистину удивительное зрелище. Огромных размеров дядька, потупившись, стоял у стола и ныл:

— Отец, но почему...

— Потому что так будет лучше, — тоном теряющего терпение человека отвечал его собеседник, невысокий изящный мужчина, чьи рыжие волосы были заплетены в роскошную косу.

Оценив ситуацию, я понял, что это и есть сэр Манга Мелифаро, автор страстно обожаемой мною Энциклопедии.

— Хорошего утра, господа.

Я лучился удовольствием, спускаясь в гостиную. Это было странно, поскольку обычно я стесняюсь новых людей и терпеть не могу с кем-то знакомиться.

— Хорошего утра, сэр Макс. Поздоровайся с гостем, Бахба.

— Хорошего утра, сэр Макс, — послушно повторил печальный великан.

— Ладно, ступай к этому торговцу, парень. Только смотри, нам нужны шесть лошадей. Шесть, а не дюжина! Что до меня, то мне они вообще не нужны, но поскольку ты просишь... Но не дюжина! Ясно?

— Ясно, отец! Прощайте, сэр Макс, вы принесли мне удачу, — и повеселевший великан вышел из гостиной.

— Мой старшенький, сэр Макс, — с заметным изумлением сказал сэр Манга. — Дитя «юной страсти», как принято говорить. Ума не приложу, как у меня такое вышло?!

— Вы действительно очень страстный человек, сэр Манга, — улыбнулся я и налил себе камры. Готовили ее здесь не хуже, чем в «Обжоре», честное слово.

— Самому не верится. Кроме него и Мелифаро, каковых вполне достаточно, чтобы разбить отцовское сердце, у меня еще есть средний сын, сэр Анчифа Мелифаро. Стыдно сказать, но он пират. И один из самых грозных, если верить портовым сплетникам. Хотя такой же невзрачный человечишко, как я сам.

— Это хорошо для моряка, — заметил я. — Путешествовать лучше всего налегке, а поскольку собственное тело затруднительно оставить дома, пусть уж оно будет как можно компактнее.

— Вы, наверное, славно спелись с моим младшим, — усмехнулся сэр Манга. — У вас тоже язык до пояса.

— К тому же у него есть только фамилия, а у меня — только имя. Из нас двоих вполне мог бы получиться один полноценный гражданин.

— Тоже верно. А вы действительно родились на границе графства Вук и Пустых Земель? Что-то я там таких ребят не встречал.

— Я тоже, — мне пришлось хладнокровно пожать плечами. — Наверное, я просто большой оригинал.

— По всему выходит... Кстати, сэр Макс, я должен попросить у вас прощения.

— Грешные Магистры, за что?!

— Пока Мелифаро дрыхнет, могу открыть вам секрет. Давеча он спрашивал у меня о некоторых обычаях ваших земляков. Теперь я, кажется, понимаю, зачем ему это понадобилось.

— Обряды верных друзей?

— Да, верно. Мелифаро уже что-нибудь учудил?

— Не он. Другой человек.

— Дырку надо мной в небе, сэр Макс! Видите ли, я тщеславен. И когда я чего-то не знаю... Словом, я не мог так опозориться перед младшим сыном. Пришлось выдумать, что нужно петь в полночь на улице какие-то дурацкие песни...

— Тот парень пел их в полдень. Впрочем, ночью я обычно сижу на службе, а потому не смог бы присутствовать на концерте. Но мы с ним уже договорились. Он обещал ограничиться той музыкой, которая звучит в его безупречном сердце.

— Хвала Магистрам! Потому что меня понесло, и я предположил, что...

— Что в последний день года нужно чистить друг другу сортиры? Это меня потрясло больше всего.

— Ну что вы, сэр Макс. Такого я просто не мог сказать. Я же знаю, как с этим обстоит дело в Пустых Землях. Какие уж там сортиры!

— Значит, это было совместное творчество. Мелифаро приложил руку к вашей версии.

— Вы уж не выдавайте меня, сэр Макс. А то некрасиво получается, — отсмеявшись, сказал сэр Манга.

— Отдать вас на растерзание этому хищнику? Да никогда! — поклялся я. — Но при условии, что вы передадите мне вон то блюдо.

И я с удовольствием захрустел крошечными рассыпчатыми пирожками.

После завтрака я вышел из дома, не дожидаясь пробуждения Мелифаро, и бродил по окрестностям, пока не проголодался. Валялся в траве, нюхал цветы, набивал карманы пестрыми камешками и зачарованно пялился на облака. В общем, это был один из лучших дней в моей жизни.

Вечером мне довелось встретиться с матушкой Мелифаро, чьи монументальные формы проливали свет на тайну происхождения великана Бахбы. При этом она была настолько красива, что дух захватывало. Скульптура, а не человек. Впрочем, весьма жизнерадостная скульптура.

Я сам себе удивлялся: заснул сразу после полуночи как миленький. Впрочем, у меня была серьезная мотивация. Еще одна ночь в маленькой комнате подарила мне новую порцию волшебных снов. Да и вымотался за день, пока скакал по полям.

А утро началось с самой быстрой поездки на амобилере, какую когда-нибудь видел этот Мир: мне пришлось спешно доставить в Дом у Моста проспавшего Мелифаро. Никакого удовольствия от гонки он не получил, поскольку мирно досматривал сны на заднем сиденье. Мне стоило большого труда уговорить Дневное Лицо Почтеннейшего Начальника продолжить это увлекательное занятие в собственном кабинете, когда мы наконец приехали. Завершив сей нелегкий труд, я отправился домой, где воспользовался преимуществами своего ночного расписания: снова залез под одеяло, теперь уже в компании Армстронга и Эллы.

На закате я явился в Дом у Моста и был приятно удивлен. Леди Меламори уже вернулась, повеселевшая и готовая к новым подвигам.

— Вот и славно, — с порога сказал я. — Вы должны мне прогулку, незабвенная. Помните?

— Помню. Пошли сейчас? Сэр Джуффин вас отпустит.

— Отпущу, пожалуй, — мрачный голос шефа раздался из приоткрытых дверей кабинета. — Мне все равно придется сидеть здесь до поздней ночи.

— Что-то случилось?

— Случилось. Ежегодный доклад Двору со мной случился! Через дюжину дней закончится этот грешный год, помнишь? А в беде такого рода ты мне пока не помощник, к сожалению. Так что радуйся жизни, но только ровно до полуночи.

Я восторженно присвистнул: до полуночи, по моим подсчетам, оставалось часов пять. Что-то в последнее время все стало уж очень хорошо. Это даже немного настораживало.

— Только у меня одно условие, сэр Макс, — заявила Меламори, останавливаясь на пороге. — Никаких амобилеров. О вашей езде рассказывают страшные вещи.

— Ладно, — сказал я. — Гуляем пешком, по хорошо освещенным людным улицам. Когда взойдет полная луна и я начну превращаться в кошмарное чудовище, у вас будет возможность позвать на помощь. Кстати, можете брать пример с Мелифаро и переходить на «ты» — чего с нами, вурдалаками, церемониться!

Меламори растерянно улыбнулась.

— Я не могу так сразу на «ты». Я иначе воспитана.

— Зато я могу. Потренируйся минут десять, а я пока буду хамить. Ладно?

— Конечно, Макс. Вы, наверное, подумаете, что я совсем идиотка, но... В общем, предложение касательно людных мест — это то, что надо. Для начала.

— «Для начала» — это звучит замечательно. Вперед, незабвенная!

Мы очень трогательно погуляли по центру Ехо. У меня не проходило ощущение, что в этой идиллии чего-то не хватает. Только потом понял: у Меламори не было портфеля, чтобы я мог его понести. Зато в финале мы лакомились местной разновидностью мороженого в маленьком искусственном садике на Площади Побед Гурига VII. Так что с атмосферой вернувшегося детства все было в полном порядке. Я чувствовал себя помолодевшим лет на двадцать, а леди Меламори, судя по всему — на все девяносто. Да и болтовня наша была идиотически невинной, пока я не счел возможным затронуть занимавшую меня тему.

— Меламори, я давно хотел тебя спросить...

— Не надо, Макс. Я, кажется, знаю, о чем вы... ты... хочешь спросить.

— Правда? Ставлю корону, что не угадаешь.

— Не угадаю?! — взвилась она.

Я нашел самый верный путь: барышня была азартна, как завсегдатай ипподрома.

— Ты хотел спросить, почему я тебя боюсь! — выпалила она. — Давай корону! — ее лицо разрумянилось от этой дурацкой маленькой победы.

— Держи, незабвенная, — я брякнул золотой монеткой об столик, за которым мы сидели. — Завернуть, или ты не суеверна?

— Заверни. Я не суеверна, но... мало ли что.

— Отлично. Но ставлю десять корон, что ты сама не знаешь, чего боишься.

— Не знаю?! Ну уж нет. Я же не сумасшедшая, чтобы бояться невесть чего. Просто ты... вы... Я не знаю, что вы такое. А неизвестность — единственное, что меня пугает. Проиграл, сэр Макс? Деньги на стол! Так и быть, угощу тебя чем-нибудь подороже. Хочешь «Королевского пота»?

— Грешные Магистры! Почему не «Королевской мочи»?! Что это такое?

— Самый дорогой ликер — из тех, что можно открыто купить, конечно.

— Давай, заказывай свой «пот».

— Не мой, а Королевский. А ты меня все-таки разговорил, сэр Тайный сыщик!

— Есть такое дело. Но я все равно ничего не понял. Я — довольно обычный человек. Ну, не без некоторых странностей, которые объясняются моим происхождением. Сэр Манга Мелифаро мог бы прочитать по этому поводу увлекательную лекцию.

— До задницы мне его лекции, — вздохнула Меламори. — Пусть он их Луукфи читает. Парень обожает всякие этнографические глупости. Попробуйте ликер, Макс. Он действительно превосходен, несмотря на сомнительное название. И потом, нам уже пора. Сэр Джуффин без вас... без тебя затоскует.

Ликер действительно был неплох, хотя я не слишком люблю ликеры.

Разумеется, я проводил свою даму домой. Вероятно, это принято во всех Мирах, даже если дама — несравненная Мастер

Преследования. По дороге мы молчали, пока Меламори не решилась поставить все точки над i.

— Все в порядке, сэр Макс. Наверное. Просто у меня есть некие сомнения, которым я не то чтобы доверяю, но... Они есть, одним словом. Разумеется, ты — не какая-нибудь нечисть. И не вернувшийся в Ехо мятежный Магистр. Такие вещи слишком очевидны, они внушают не сомнения, а уверенность. Но на «нормального человека», даже «со странностями», вы тоже не тянете. Я действительно ничего не понимаю. Вы мне очень нравитесь, если уж вам это интересно. Но от вас... от тебя... исходит какая-то угроза. Не угроза вообще, а мне лично, хотя тут трудно что-нибудь сказать наверняка. Наверное, сэр Джуффин мог бы мне помочь, но он не хочет, ты же его знаешь. Так что мне придется во всем разбираться самой. И я разберусь, дырку над тобой в небе!

— Разбирайся, — я пожал плечами. — А когда разберешься, поделись информацией. Потому что лично я не в курсе насчет этой гипотетической «угрозы». Обещаешь?

— Обещаю. Но это — единственное, что я действительно могу обещать. Хорошей ночи, Макс!

Меламори скрылась за массивной старинной дверью, ведущей в ее апартаменты. А я пошел в Дом у Моста, не в силах оценить результаты своего свидания. С одной стороны, они представлялись мне более чем обнадеживающими, а с другой... Я пожал плечами — время покажет. Во всяком случае, нужно напомнить Лонли-Локли, пусть научит меня этим своим дыхательным упражнениям. Кажется, в ближайшее время мне понадобится нечеловеческое самообладание.

Через несколько дней, когда мне начало казаться, что история с моим земляком окончательно канула в прошлое, зов сэра Джуффина Халли поднял меня с постели несколько раньше, чем мне бы того хотелось.

«Просыпайся, сэр Макс! — бодро орал в моем сонном сознании голос шефа. — В Мире есть немало вещей куда интереснее, чем занудный сон, на который ты пялишься вот уже шесть часов кряду. Например, визит к Мабе Калоху. Заеду за тобой через полчаса».

Я вскочил как ужаленный. Раздалось недовольное «мяу!» перепуганной Эллы. Армстронг, надо отдать ему должное, даже ухом не повел.

Это был рекорд: я принял ванну, оделся и осушил кувшин камры за четверть часа. Так что у меня осталось достаточно времени, чтобы просто посидеть в кресле и окончательно проснуться.

— Маба сказал, что уже готов ответить на некоторые вопросы. Нам повезло, Макс. Старик не слишком часто выполняет свои обещания. — Джуффин казался очень довольным. — Ты уже начал заниматься с сэром Шурфом? Самообладание тебе может пригодиться.

— Начал. Но мне будет достаточно увидеть сэра Мабу. Его лицо — лучшее успокоительное, какое я знаю.

— Твоя правда, парень. Хотя это, конечно, иллюзия. На самом деле я не знаю более опасного существа. И в то же время более умиротворяющего, — задумчиво кивнул Джуффин, оставив меня в полном недоумении.

Дом сэра Мабы Калоха мы искали не так долго, как в прошлый раз. Всего-то четверть часа петляли по Левобережью.

В гостиной было пусто. Хозяин дома вышел к нам через несколько минут. В руках у сэра Мабы был огромный поднос, который он с изумлением рассматривал.

— Хотел удивить вас чем-то необычным, но, кажется, это совершенно несъедобно.

Он отшвырнул поднос, я внутренне сжался, предвкушая ужасный грохот. Но поднос исчез прежде, чем достиг пола.

— Я знаю, Маба, что ты не любишь повторяться, но мы были бы счастливы снова хлебнуть твоего красного пойла. Ну, того, что было в прошлый раз, — с надеждой сказал Джуффин.

— Что ж, если вы такие зануды и не хотите новых ощущений... Ладно!

Сэр Маба полез под стол и извлек оттуда кувшин и три маленькие изящные чашки. Они показались мне смутно знакомыми.

— До тебя еще не дошло, Макс? Маба заботливо подсовывает тебе под нос твое собственное прошлое, — усмехнулся Джуффин.

— Конечно! Грешные Магистры, это же чашки из маминого парадного сервиза. Скажу вам по секрету, сэр Маба, я его ненавидел. А булочки, которыми вы кормили нас в прошлый раз, продавались в бистро, через дорогу от редакции, где я работал. Фу, какой я тупой!

— Скорее невнимательный. К тому же ты не был готов встретить здесь вещи из твоего мира. А человек обычно видит только то, что заранее готов увидеть. Запомни на будущее, — с этими словами он извлек из-под стола пирог.

— Бабушкин! — с уверенностью заявил я. — Яблочный пирог моей бабушки. Сэр Джуффин, сейчас вы убедитесь, что моя родина — не самый худший из миров.

— Нет, Макс, — снова огорошил меня сэр Маба. — Не твоей бабушки, а ее подруги, которая в свое время дала ей рецепт. Я подумал, что оригинал окажется лучше копии... Ладно. Как вы поняли, я решил вашу задачку, ребята. Мои поздравления, Макс. Ты создал Доперста, что само по себе довольно странно для новичка в нашем деле. И вообще очень странно.

— Что я создал? Что такое «доперст»? — жалобно спросил я. — Как я вообще мог создать нечто, о чем представления не имею?

— Так оно обычно и бывает, — заметил Джуффин. — Думаю, тот, кто создавал Вселенную, тоже понятия не имел, что такое «Вселенная».

— Ненавижу читать лекции, но ради такого подающего надежды новичка можно пожертвовать собственными привычками, — вздохнул сэр Маба Калох. — Все сводится к тому, что в Мире много непостижимых существ. И среди них встречаются Доперсты. Они не то чтобы враждебно относятся к людям, но... мы слишком разные, чтобы прийти к взаимопониманию.

Доперсты приходят из ниоткуда и кормятся нашими страхами, тревогами и плохими предчувствиями. Нередко они принимают облик какого-нибудь человека и шляются по его знакомым, пугая тех самыми неожиданными выходками или просто взглядом... Я могу сказать тебе, чей облик ты нечаянно придал созданному тобой Доперсту. Ты видел это лицо один раз, в раннем детстве, на улице. Оно испугало тебя, и ты заревел. А потом забыл его — до тех пор пока не пришло время открыть Дверь между Мирами. Ты был хорошо подготовлен к этому событию, не тратил время и силы на ненужные сомнения. Думаю, вы оба просто выбрали очень удачный момент, Джуффин. Мои поздравления, это действительно нужно уметь. В общем, Макс, ты не только открыл Дверь, но и поселил туда это нелепое существо — чтобы было чего бояться. Тебе казалось, что неизвестность непременно должна быть страшной. А поскольку Джуффин не приготовил для тебя ни единого кошмара, ты исправил это упущение самостоятельно. Неосознанно, конечно. Я мог бы объяснить подробнее, но ты все равно ни хрена не поймешь, уж не обижайся. А тебе, Джуффин, я непременно приснюсь и все покажу. Да хоть сегодня ночью. Это очень занимательно... Кстати, Макс, до сих пор никто точно не знал, откуда берутся Доперсты. Так что с твоей помощью мы раскусили еще одну загадку: они — порождение чьей-то готовности к ужасу неизвестности.

Я действительно почти ничего не понял из этих, с позволения сказать, объяснений. Зато кое-что вспомнил.

— А почему призрак — ну, тот, что жил в Холоми, — назвал этим словом Лонли-Локли? Он сказал мне: «Ты привел сюда Доперста, парень!» Неужели наш Шурф тоже?..

Сэр Маба Калох расхохотался.

— А, Махлилгл Аннох! Ну что ты, не бери в голову. Это было его любимое ругательство. Он называл «Доперстами» абсолютно всех адептов чужих Орденов. Ну а ваш Лонли-Локли, насколько я знаю, в свое время состоял... Где он искал Силу, Джуффин?

— В Ордене Дырявой Чаши.

— А, ну да, Безумный Рыбник. Набедокурил он в свое время основательно.

— Сэр Лонли-Локли? Набедокурил?! — изумился я.

— А чему ты удивляешься, Макс? Люди меняются. Ты на себя посмотри. Где этот несчастный паренек, содрогавшийся от цоканья каблуков своей начальницы? — усмехнулся сэр Маба.

— Ваша правда.

— Кстати, я видел, как вы с Рыбником прикончили старика, — заметил Маба. — Водопад меня просто потряс. Это было лучшее шоу с начала этой унылой Эпохи Кодекса.

— Вы видели? — кажется, я уже устал удивляться.

— Конечно. У меня есть хобби: следить за судьбами бывших коллег. Поэтому я не мог пропустить такое развлечение. Но не строй иллюзий на будущее, я никогда не вмешиваюсь. Только наблюдаю. Для того чтобы вмешиваться, существует сэр Джуффин Халли. У нас с ним немного разные взгляды на жизнь... пока.

— Что не мешает тебе получать гонорары за свои, с позволения сказать, «консультации», — ехидно вставил Джуффин.

— Конечно. Я люблю деньги. Они такие красивые... В общем, что касается твоего личного Доперста, Макс. Рано или поздно тебе придется его убить. Нехорошо засорять Вселенную чем попало. К тому же Доперст в проеме Двери между Мирами — это неслыханное безобразие. Вот вам моя консультация, и попробуй сказать, что я зря получаю Королевские деньги, Джуффин!

— Ладно тебе. Нашел главного хранителя государственной казны!

— А как убивают Доперстов? — спросил я.

— Когда убьешь — узнаешь! Не переживай, Макс. Теоретически говоря, дело может ждать сотню-другую лет. Но однажды непременно случится так, что у тебя просто не останется другого выхода. Жизнь — мудрая штука. К тому времени ты, наверное, будешь знать, что нужно делать.

— Ну, если говорите, значит, буду, — я пожал плечами. — Вы меня вконец запутали!

— Так и должна заканчиваться любая хорошая история, Макс! Когда человек перестает что-либо понимать, он на верном пути, — заверил меня Джуффин. — Не будем отнимать твое драгоценное время, Маба. Тем более что мы уже все съели. Не забудь, ты обещал мне присниться!

— Не забуду. Прощайте.

Я ожидал какой-нибудь невероятной выходки, но ничего не случилось. Сэр Маба Калох покинул гостиную через ту дверь, из которой появился, а мы вышли в холл.

— Меня повысили в ранге? — спросил я. — Признали «своим»? Что-то никаких сюрпризов.

— Ты уверен, Макс? — улыбнулся Джуффин, распахнув дверь, ведущую во двор.

— Сами видите! — я переступил порог и замер. Вместо сада мы оказались в собственном кабинете.

— Вот так-то, — подмигнул мне сэр Джуффин Халли. — Никогда не расслабляйся, если имеешь дело с Мабой Калохом!

Я сел в свое кресло и принялся проделывать те самые дыхательные упражнения, которым меня научил невозмутимый сэр Лонли-Локли. У меня была робкая надежда, что это поможет.

На моей исторической родине встречают Новый год. Здесь, в Ехо, в конце зимы провожают старый. У нас говорят: «С Новым годом», здесь: «Еще один год миновал».

За дюжину-другую дней до окончания года граждане начинают понимать, что жизнь коротка, и пытаются успеть сделать все, до чего у них не доходили руки в течение предыдущих двухсот восьмидесяти восьми дней. Выполнить обещания, данные кому-то или самому себе, оплатить счета, получить что причитается и даже добровольно ринуться навстречу всем возможным неприятностям, дабы они не омрачили ту светлую жизнь, которая якобы начнется после окончания «этого ужасного года». Практичность, доходящая до абсурда! Словом, Последний День Года — это не праздник, а дурацкий повод внезапно начать и так же внезапно прекратить суматошную деятельность.

Меня сия буря миновала: годовой отчет писал сэр Джуффин Халли. Впрочем, промаявшись два дня, он переложил эту заботу на железные плечи Лонли-Локли. Оплачивать счета мне пришлось только в «Сытом скелете», что отняло ровно четверть часа. В других заведениях я всегда сразу платил наличными, не то чтобы презирая местные суеверия, а скорее в надежде, что «прикосновение к металлу» действительно охлаждает любовь. Но в моем случае это не сработало.

Неприятности мне вроде не светили, дурной привычки давать обещания за мной тоже не водилось, так что оставалось только получить остатки годового жалованья у казначея

Управления Полного Порядка Донди Мелихаиса, который, надо отдать ему должное, расставался с казенными деньгами с таким искренним облегчением, словно они жгли ему руки.

Покончив с делами, я был вынужден созерцать изможденные лица своих коллег. Они с завистью косились на мой ровный румянец хорошо выспавшегося бездельника. Больше всех в эти тяжелые дни усердствовал сэр Мелифаро. Он даже временно прекратил веселиться и, кажется, похудел.

— Я уже не говорю о работе и прочих неприятностях! Но у меня слишком много родственников, слишком много приятелей, слишком доброе сердце, чтобы им отказывать, и слишком мало Дней Свободы от забот, чтобы выполнять обещания. Только рано осиротевшие аскеты вроде тебя счастливы и свободны, — с горечью говорил Мелифаро.

Дело было после полуночи, дня за четыре до окончания года. Я, как и положено, нес свою ночную вахту, а Мелифаро, явившийся на службу чуть ли не на рассвете, только что закончил приводить в порядок очередную стопку самопишущих табличек, в которой мирно уживались протоколы допросов трехлетней давности и письма от какой-то неведомой леди Асси. Мелифаро клялся собственной здравствующей мамой и всеми покойными Магистрами, что понятия не имеет, кто она такая. Бедняга дополз до моего кабинета, чтобы спокойно выпить камры, поскольку дома его ожидало человек восемнадцать дальних родственников со всех концов Соединенного Королевства, которых Мелифаро уже давно обещал к себе пригласить. Я понял, что парня пора спасать.

— Отправь им зов и скажи, что... Ну, к примеру, что готовится покушение на Великого Магистра Мони Маха, и никто кроме тебя не может предотвратить это злодеяние. Выдумай что-нибудь. А сам иди ко мне и ложись спать. У меня, правда, всего четыре бассейна для омовения и целых две кошки, но из двух зол...

Мелифаро не дал мне договорить.

— О, владыка бескрайних равнин! С этого дня моя жизнь в твоей власти, поскольку ты ее спас. Макс, ты гений! Теперь я знаю цену настоящей дружбе, — бледная тень Мелифаро снова стала похожа на то стихийное бедствие, к которому я привык. Он даже слегка подпрыгнул в кресле — жалкое подобие его обычных стремительных движений, но лучше, чем ничего.

— Ерунда какая, — отмахнулся я. — Можешь дрыхнуть сколько влезет. А я заменю тебя с утра, пока не оклемаешься.

— Заменишь? Обижаешь, Макс, меня заменить невозможно... А может быть, и возможно. А что, вполне. Ох, спасибо!

— Для себя стараюсь. Я — человек привычки. И когда вижу тебя в таком состоянии, мне кажется, что Мир может рухнуть. Мое предложение остается в силе, пока твоя родня не снимется с места.

— Послезавтра! Они отправятся в поместье, чтобы немного помучить папу с мамой, но это уже не мои проблемы. Грешные Магистры, Макс! Я сейчас заплачу.

— Заплачешь утром, когда захочешь принять ванну. Не забывай, у меня всего четыре бассейна для омовения, всего на один больше, чем в тюремной камере.

— Хочешь узнать страшную тайну? У меня их девять, этих лоханок. Но обычно я заканчиваю на второй. Я — ужасный грязнуля. Все, я побежал. Спать, дырку над всем в небе, спать!

Я остался наедине с дремлющим Курушем, ошеломленный собственным великодушием.

Через час мне пришлось оставить мудрую птицу в полном одиночестве и спешно отправиться на окраину Старого города в трактир с готическим названием «Могила Куконина», поскольку сэр Кофа Йох призывал меня на помощь.

Дело было скорее забавным, чем серьезным. И показалось мне своего рода предпраздничным фейерверком. Для некоего господина Плосса, одного из постоянных клиентов «Могилы», наступил неприятный момент оплаты счетов. За весь год сразу, разумеется. Денег у него при себе не оказалось. Господину Плоссу всего-то и надо было — дождаться завтрашнего дня, получить жалованье на службе и рассчитаться с долгами.

Если бы он просто сказал об этом хозяину «Могилы», все было бы в полном порядке — народ здесь, в Ехо, миролюбивый и понятливый. Но парень хорошо выпил, расхрабрился и решил сэкономить. Подозреваю, ему просто было неловко просить об отсрочке в присутствии дюжины соседей.

Господин Плосс рискнул проделать фокус, для которого требуется магия двадцать первой ступени, а это — изрядный перебор. Он заставил беднягу трактирщика «вспомнить», что уже расплатился с ним вчера. Обманутый хозяин даже начал извиняться за свою рассеянность, объясняя ее все тем же окончанием года. Плут великодушно даровал ему прощение.

В предпраздничной суете эта проделка вполне могла бы сойти с рук, если бы в «Могилу Куконина» лихим ветром не занесло сэра Кофу Йоха. Наш Мастер Слышащий имеет удивительный талант появляться именно там, где его присутствие может максимально испортить жизнь хорошим, в сущности, людям. Индикатор, вмонтированный в миниатюрную табакерку, тут же доложил сэру Кофе, что кто-то балуется с запретной магией. Обнаружить новоиспеченного колдуна было делом техники.

Когда до несчастного господина Плосса дошло, что невинный розыгрыш и сэкономленные двадцать корон чреваты десятком лет в Холоми, парень подумал, что терять ему нечего, хлопнул еще один стакан джубатыкской пьяни и решил костьми лечь, но не сдаваться. До сих пор не пойму, мужество или слабоумие руководило его решением.

Скрывшись в уборной, Плосс принялся шантажировать окружающих заявлениями, что, дескать, его эзотерических познаний хватит, чтобы превратить всех присутствующих в свиней и продать их в соседний трактир за хорошие деньги.

Посетители на всякий случай молниеносно покинули заведение, а трактирщик начал слезно умолять сэра Кофу не губить его семейство, да еще и перед Последним Днем Года. И тогда, по многочисленным просьбам публики, сэр Кофа Йох вызвал меня. Наш Мастер Слышащий мог бы справиться с дюжиной таких Магистров-любителей, как господин Плосс, но не с толпой рыдающих от страха поварят.

Запахнувшись в черно-золотую Мантию Смерти, кое-как скорчив ужасающую рожу, я ворвался в злосчастный трактир. Колокольчики на моих сапогах вызванивали некое подобие рождественской песенки, непослушный рот то и дело разъезжался в улыбке, из-под тюрбана во все стороны торчали отросшие патлы. Не Смерть на Королевской службе, а некое предпраздничное недоразумение. Но хозяин «Могилы» вздохнул с видимым облегчением. Его работники смотрели на меня, как умственно отсталые подростки на Арнольда Шварценеггера. Вот что значит репутация.

Остановившись на лестнице, ведущей в уборную, я послал зов несчастному преступнику: «Здесь сэр Макс, парень. Так что лучше выходи сам, пока я не начал сердиться. Не дразни смерть, в Холоми отлично кормят».

Это сработало. К моему неописуемому изумлению, господин Плосс тут же покинул спасительный сортир. Он был настолько перепуган, что нам же с сэром Кофой пришлось приводить его в чувство. Я даже разорился на одну горсть, поставил парню стакан джубатыкской пьяни за свой счет: в каком-то смысле он доставил мне удовольствие. Думаю, хозяин «Могилы Куконина» до сих пор хранит полученную от меня монетку, поскольку уверен, что это — наилучший охранный амулет.

Тут наконец прибыли чиновники из Холоми, вызванные сэром Кофой. Мы сдали им на руки свою добычу, которая к этому времени находилась в безнадежно сумеречном состоянии ума. Я впервые лично присутствовал при церемонии взятия под стражу. Так что получил массу впечатлений.

Один из прибывших, дежурный Мастер Свершения, вознес над головой арестованного маленький, но увесистый жезл. Я испугался, что сейчас он угробит беднягу преступника: бац! — и все тут! Но обошлось. На моих глазах вершилась магия, а не пошлая физическая расправа. Жезл алым заревом вспыхнул над головой осужденного, в воздухе на миг проявились огненные цифры «21». Все правильно, именно эту ступень магии, по свидетельству сэра Кофы, и применил несчастный.

На свет был извлечен увесистый том Кодекса Хрембера в белоснежном переплете. На этой «Библии» Соединенного Королевства мы с Кофой, хозяин «Могилы» и трое поварят торжественно поклялись, что действительно лицезрели вышеупомянутый фейерверк. Вообще-то достаточно одного свидетеля, но когда их много, служащие Канцелярии Скорой Расправы проявляют склонность к излишествам. Обилие свидетелей, кроме всего прочего, демонстрирует высокому начальству служебное рвение исполнителей. Обычные, словом, чиновничьи игры.

Бедолагу Плосса, вконец ошалевшего после вышеописанной юридической процедуры, увезли. Мне было приятно лишний раз увидеть сэра Кофу, и я с удовольствием продлил бы это чудесное мгновение, но...

— Сам знаешь, Макс, в конце года так много работы, — ответил наш Мастер Кушающий-Слушающий на мое легкомысленное предложение вместе отправиться в Дом у Моста на предмет задушевных сплетен за кувшином камры. — Что-то говорит мне: «Зайди в "Пьяную бутылку", Кофа». А посему вынужден откланяться.

— Ясно. Идите, что с вами делать. Спасибо, что не забываете меня, кошмарного... Это было смешно? Я имею в виду мое появление.

— Что ты, мальчик. Это было вполне ужасно. Совсем как в старые добрые времена. Я чуть не прослезился от умиления.

Я вернулся в Управление.

Через час сэр Кофа прислал мне зов: «Макс, я был прав. Магия седьмой ступени, некая леди пыталась выдать монету в одну корону за целую дюжину. Тоже расплачивалась за истекший год, будь он неладен! Иду развлекаться в "Горбуна Итуло". Чует мое сердце, будет и там сегодня веселье».

Я удивился.

«Но это же самое приличное заведение в Ехо. Туда ходят только респектабельные чревоугодники, не знающие, куда девать деньги. Думаете, они станут мелочиться?»

«Конец года — есть конец года. На всякий случай будь наготове. Отбой!»

Все Тайные сыщики подцепили мое дурацкое словечко, превращающее Безмолвную речь в какое-то подобие переговоров по рации.

Моя помощь сэру Кофе больше не понадобилась. Но не потому, что жители Ехо образумились. Просто они не буянили при аресте. Это позволяло надеяться, что дело обойдется штрафом и строжайшим предупреждением.

Джуффин появился в Управлении рано утром, чуть ли не затемно и только на минутку. Он даже не стал пить камру — событие почти столь же нетривиальное, как конец света. Достал из ящика нашего стола какие-то многочисленные свертки, доверительно сообщил мне, что твердо намерен сойти с ума, и умчался с такой скоростью, какая не снилась даже Мелифаро в его лучшие дни.

Потом появилась леди Меламори и с порога начала жаловаться на жизнь.

— Макс, вы не представляете, — бедняга до сих пор спотыкалась на личных местоимениях. — То есть ты не представляешь, как ужасно иметь большую семью!

— Вполне представляю, — вздохнул я. — В данный момент у меня дома дрыхнет еще одна несчастная жертва родственных связей. В то время как его три миллиона семь тысяч сто девяносто четыре родственника считают, что он спасает Соединенное Королевство.

— Ты имеешь в виду Мелифаро? Счастливчик! Мне хуже, моя родня достаточно влиятельна, чтобы освободить меня от службы, если служба мешает идиотским семейным сборищам. Так что мне уже никто не поможет. Хорошо, что год заканчивается не каждую дюжину дней!

— Возьми кружку камры, — предложил я. — Посиди со мной полчаса. Не самое занимательное приключение в твоей жизни, но... Во всяком случае, отдохнешь. Может быть у тебя даже появятся силы причесаться.

Меламори уставилась на свое отражение, порожденное выпуклым боком стеклянной кружки.

— Фу, как стыдно! Ты прав, Макс, мне действительно не помешает полчаса нормальной жизни, — она сняла маленький лиловый тюрбан и принялась собирать растрепанные волосы. — Ничего, еще три дня — и все!

— Предлагаю отметить твое возвращение к нормальной жизни самой утомительной из прогулок, — я решил, что немного назойливости не повредит. — Людные места, освещенные улицы и никаких безобразий.

— Не обязательно, — неожиданно улыбнулась Меламори. — Я имею в виду, что людные места — не обязательно. Кто, интересно, сможет меня защитить от сэра Макса, запугавшего весь Ехо? Бубутины подчиненные?.. Но это дурной тон — обещать что-либо в самом конце года! Так что я ничего не обещаю. Вот кончится этот грешный год...

— Все ясно. В следующем году постараюсь наобещать как можно больше всяких глупостей самым разным людям. Чтобы не чувствовать себя внезапно излечившимся обитателем Приюта Безумных. Буду как все.

— Спасибо за камру, Макс. Мне надо уходить. Мои родители выхлопотали для меня три Дня Свободы — но, увы, не от забот, а от нормальной человеческой жизни. Если они узнают, что я пришла сюда только для того, чтобы пожелать вам... — тебе! — хорошего утра, вместо того чтобы выполнять свой «сыновний долг»...

— Дочерний, — машинально поправил я.

— Что? Нет, я не ошиблась. Именно сыновний. Мой отец, Корва Блимм, очень хотел мальчика. И до сих пор уверен, что я родилась девочкой исключительно из упрямства... Сбегу я когда-нибудь в ваши Дикие земли, клянусь Миром!

Помрачневшая Меламори безнадежно махнула рукой и покинула мой кабинет, а затем и Дом у Моста.

Я зевнул, скорее от растерянности, чем от усталости. Мир явно катился в тартарары.

Даже несокрушимого сэра Лонли-Локли не миновала сия горькая чаша. Ну, положим, работа над отчетом, сваленная на него Джуффином, была Шурфу только в радость, поскольку потакала его низменным бюрократическим инстинктам. Но дома парня тоже поджидали какие-нибудь скопившиеся за год заботы, а ведь любому человеку нужно спать, даже Лонли-Локли. Поэтому выглядел он неважно. Впервые я заметил на его бесстрастном лице вполне человеческое выражение. Оно свидетельствовало о том, что беднягу все достало.

Педантично, кружка за кружкой, допив мою камру, сэр Шурф героически приступил к последней части отчета.

Впрочем, я был не единственным нормальным человеком в этом предновогоднем бедламе. Жизнь нашего Мастера Хранителя Знаний, сэра Луукфи Пэнца, похоже, не претерпела никаких существенных изменений. Он появился еще до полудня и зашел ко мне поболтать.

— Вы, похоже, тоже не обременены ни беспечными обещаниями, ни счетами, ни родней? — я с удовольствием созерцал жизнерадостную мальчишескую физиономию Луукфи.

— А почему вы так решили, сэр Макс? — удивился он.

— Потому что вы — единственный человек, на чьем лице нет следов утомительных проводов уходящего года.

— А что, год уже заканчивается?

— Через три дня, — подтвердил я.

— Грешные Магистры! Совсем запамятовал! Надо будет спросить у Вариши, может быть, я что-то должен сделать... Спасибо, что напомнили, сэр Макс!

Луукфи опрометью выскочил из кабинета, опрокинув чашку и уронив кресло. Недопитая камра унылым восклицательным знаком расползлась по зеленому ворсу ковра. Мне оставалось только пожать плечами и вызвать курьера. Должен же кто-то навести порядок.

После полудня я начал клевать носом и потихоньку проклинать засоню Мелифаро. Я, конечно, обожаю спасать человеческие жизни, но моя рубашка, которая, как известно, ближе к телу, нуждалась в отдыхе.

Мелифаро все же пришел раньше, чем я исчерпал безграничный запас известных мне ругательств. И выглядел так здорово, что я почувствовал себя святым. Это было еще приятнее, чем запугивать население Ехо своей Мантией Смерти.

— Хвала сэру Ночному Кошмару, дарующему сладкие сны! — с порога воскликнул Мелифаро.

Он мог бы продолжать свою тираду до бесконечности, но меня это не устраивало.

— Я пошел дарить сладкие сны самому себе. Если кто-то попробует меня разбудить, начну плеваться, так и знайте! — грозно заявил я и потребовал служебный амобилер. Сейчас десятиминутная прогулка не казалась мне наилучшим способом добраться домой. Я так хотел спать, что раздеваться начал еще в амобилере. Но кого этим удивишь в конце года.

Следующие два дня прошли соответственно. Всеобщее напряжение нарастало. Но утром Последнего Дня Года я внезапно понял, что все закончилось.

Сэр Джуффин Халли появился в положенное время, уселся в кресло и некоторое время мечтательно молчал.

— Ты так и не научился варить камру, Макс? — внезапно спросил он.

— Не думаю, что у меня есть хоть какой-то талант к этому делу. Помните мои первые опыты? Их результаты были столь ужасны, что я решил не продолжать.

— Ладно. Сейчас я тебя научу это делать. А то меня совесть загрызла: заманил человека в чужой, незнакомый мир и отправил в большую жизнь, не научив самым необходимым вещам.

Я настолько изумился, что рискнул сказать «да». И мы принялись колдовать над крошечной жаровней, которая обнаружилась в бездонном столе Джуффина. Наше совместное произведение было вполне сносным, хотя не могло соревноваться с шедеврами из «Обжоры». Но после дегустации мне предстояло повторить тот же подвиг в полном одиночестве.

— Дырку в небе над твоим домом, Макс, — проворчал Джуффин, попробовав творение моих рук. — Ты этому никогда не научишься. Безнадежно!

— Я — пришелец, — гордо заявил я. — Варвар, дикарь и невежа. Меня надо жалеть и воспитывать, а не критиковать. К тому же, если бы меня предупредили, что вам нужен парень, умеющий варить камру, я бы сразу честно сказал, что вы пришли не по адресу.

— Невежество — не грех, — вздохнул Джуффин. — Но я не могу понять, почему у тебя не получается? Ты же с легкостью проделываешь куда более сложные вещи.

— Талант, — авторитетно заявил я. — На все нужен талант. И именно в этой области я бездарь. Ваше счастье, что вы никогда не пробовали яичницу моего приготовления. Не говорю уже о прочем. Бутерброды — это мой потолок.

— Правда? Ужасно. Ладно, пошли в «Обжору». А если без нас кто-то придет, Куруш с ними разберется. Да, моя умница? — Джуффин погладил буривуха по мягким перьям.

Куруш выглядел очень довольным.

В «Обжоре» мы засели прочно, двумя кружками камры дело не обошлось. Это был продолжительный солидный завтрак, окончательно убедивший меня, что предпраздничный кошмар остался в прошлом.

— Не вздумай только улизнуть домой, — напомнил Джуффин. — В полдень состоится торжественное всучивание Королевских даров. Насколько я знаю, тебе тоже причитается какая-то хреновина.

— А сэр Кумбра Курмак не может расстаться с моим сувениром на час раньше?

— Какой хитрый! Нет уж. Да и Кумбра все равно не явится раньше полудня.

— Может, ну ее, эту награду? Я два дня кряду спасал жизнь Мелифаро. И единственное, о чем теперь мечтаю, — оказаться в постели.

— Обойдешься. Да не хмурься ты так. Я приготовил тебе отличный подарок. Похлеще Королевского.

Джуффин протянул мне керамическую бутылку, трещины на темной поверхности которой свидетельствовали о солидном возрасте.

— Это…

— Тихо, тихо. Да, он самый, — улыбка на лице шефа свидетельствовала, что мне достался бальзам Кахара, сладостное порождение Запретной магии, единственное зелье, способное вернуть мне хорошее самочувствие в любой ситуации. Как раз вовремя.

— Вы так шипите, как будто нас сейчас застукают. Хотел бы я знать кто?.. Что, сэр Кофа поблизости?

— Вечно ты так, — проворчал лысый длинноносый старик, только что усевшийся за соседний столик.

Ну да, сэр Кофа Йох, собственной персоной, но как всегда в незнакомом обличье, наскоро состряпанном во имя конспирации.

— А я-то только собрался вас арестовать, господа. И теперь буду вымогать взятку. Поскольку, в отличие от тебя, сэр Макс, не сплю уже четверо суток. Дырку в небе над этим Последним Днем Года!

Я с готовностью начал открывать бутылку.

— Что-то вы разошлись, ребята, — ехидно ухмыльнулся Джуффин. — Восьмая ступень магии, да в общественном месте... Использование служебного положения — вот как это называется!

— Ладно вам, Джуффин. Ну, хотите, мы с Максом напишем на себя донос? И на вас заодно. И пронаблюдаем, что вы с ними будете делать.

Давно я не видел сэра Кофу таким счастливым. Он помолодел лет на... Ох, не знаю я таких больших чисел!

В полдень мы наведались в Канцелярию Малых и Больших Поощрений, где уже собрались жаждущие наград. «Никогда в жизни не видел столько копов одновременно!» — невольно подумал я и не удержался от смешка.

По счастью, с тех пор как ирония судьбы облачила меня в Мантию Смерти, я мог позволить себе нарушить регламент любой официальной церемонии. А уж в Доме у Моста мне было позволительно все, чего душа пожелает. Кому какое дело до трепещущих подчиненных генерала Бубуты Боха и их босса, тяжко сопящего под бременем собственной значительности.

Впрочем, сегодня Бубута был какой-то осоловевший. Я вспомнил, что в последнее время совсем не слышал его утонченных монологов, проникнутых глубоким знанием науки дефекации. Наверное, предновогодние хлопоты измочалили даже бравого генерала полиции.

Наконец толстенький симпатичный сэр Кумбра вручил мне очередную Королевскую шкатулку, и я отправился домой. Во-первых, порция выпитого мною тонизирующего бальзама была чисто символической: его следовало беречь для более тяжелых ситуаций. А во-вторых, меня ждали котята, ошалевшие от близкого знакомства с сэром Мелифаро. Они заслуживали утешения и награды.

— Макс! — голос Джуффина настиг меня на пороге. Я обернулся.

— Еще что-то?

— Да. На тебе висит одно невыполненное обещание. Лучше бы уладить дело до Конца Года.

— Какое обещание? — я действительно ничего не понимал.

— Когда ты был у меня в последний раз, ты обещал Хуфу, что скоро его навестишь.

— Это приглашение?

— Это напоминание. Ну а если мое общество тебе еще не опостылело, знай, что я вернусь домой на закате и ни минутой позже. Не думаю, что сегодня вечером кто-то должен сидеть в Управлении. Во всяком случае, до полуночи Куруш справится со всеми делами без тебя, поскольку дел наверняка не будет. Если я еще хоть что-то понимаю в столичных традициях.

— Спасибо. Разумеется, я приду. И съем все, что обнаружится на столе. А потом отправлюсь рыться в кладовых.

— Не сомневаюсь. Ладно, иди уж, дрыхни.

Армстронг и Элла встретили меня недовольным мяуканьем. В последние дни по вине засони Мелифаро они получали свой завтрак на несколько часов позже и не собирались приветствовать эти перемены.

— Все, пушистые, — доверительно сообщил я котятам, торопливо наполняя миски. — Все! Начинается нормальная жизнь.

Любопытство оказалось сильнее усталости — перед тем как заснуть, я открыл Королевскую шкатулку, чтобы ознакомиться с ее содержимым. Не прошло и ста дней с тех пор, как я мучительно пытался открыть точно такую же шкатулку. Теперь я сделал это почти машинально. Выходит, магию четвертой ступени мы уже освоили. И много чего еще, дырку над всем в небе!

На сей раз мне досталась поразительно красивая вещица: небольшой медальон из белой стали, каковая в этом небогатом на твердые металлы Мире ценится гораздо дороже золота. На медальоне было изображение толстого, диковинного, но весьма симпатичного зверька. Присмотревшись, я понял: неизвестный художник пытался изобразить моего Армстронга (или Эллу — невелика разница), как он это себе представлял.

Трех часов сна хватило с лихвой, даже одна капля бальзама Кахара, оказывается, творит чудеса. На радостях я привел в порядок дом, котят и даже собственную небритую рожу, а потом долго сидел в гостиной, набивая трубку местным табаком, ко вкусу которого я так и не смог привыкнуть. Но возня с трубкой сама по себе — приятнейшая разновидность домашнего отдыха.

На закате я бережно погрузил себя в амобилер и отправился на другую сторону Хурона, тихое и респектабельное Левобережье. Я ехал по совершенно пустым улицам. Владельцы ресторанов мирно клевали носами на порогах своих заведений, без особой надежды на прибыль. По мозаичным мостовым сонно бродили птицы. Жители Ехо отдыхали от забот уходящего года. Веселых вечеринок не намечалось. Только долгий, спокойный сон, о котором так долго тосковала столица.

Джуффин собственноручно отпер мне дверь. Его дворецкий отправился спать сразу после того, как закончил накрывать на стол. Наши посиделки, наверное, казались усталому Кимпе верхом эксцентричности.

Первым делом я обнял погибающего от восторга Хуфа. Песик тщательно облизал мой нос и принялся за ухо. Я предпочитаю другие способы умывания, но тут решил потерпеть.

— Я без подарков, — заявил я, усаживаясь в уютное кресло. — Вы же знаете, какой я экономный. Разве что для тебя, малыш, кое-что найдется.

И я развернул крошечный сверток. Там были наши с Хуфом любимые печенья из «Горбуна Итуло», отменно вкусные и запредельно дорогие. Сэр Джуффин Халли утверждает, что приготовить такое лакомство без использования запрещенных ступеней магии практически невозможно. Тем не менее тамошний повар вне подозрений. Его проверяют чуть ли не каждую дюжину дней — и ничего. Вот что значит кулинарный талант, об отсутствии коего у меня мы сокрушались не далее чем утром.

«Макс — хороший!» — Хуф прекрасно владел Безмолвной речью. Собственно, лучше, чем я сам.

— Ты на это печенье все свои сбережения угрохал? — поинтересовался Джуффин.

— Половину. А вторую половину я, как вы выразились, угрохал вот на это — жестом заправского фокусника я встряхнул левой рукой, и на стол шлепнулась маленькая пузатая бутылочка из темного стекла.

— Врешь. Такие вещи не продаются, — мечтательно вздохнул Джуффин. — Неужели опять Меламори поделилась? Я-то наивно полагал, будто она тебе наступила на сердце. А это был тщательно продуманный стратегический план. Ты — гений, Макс. Открыл самый безотказный способ таскать вино из подвалов Семилистника. Очень практично. Я потрясен.

— Думаете, она мне как сердечному дружку гостинцы от дядюшки таскает? Ага, как же! Просто я с ней поспорил. И выиграл, в кои-то веки.

— Поспорил?

— Ну да. Леди чрезвычайно азартна. Да вы сами небось знаете.

— Никогда не придавал этому значения. И на что вы поспорили?

— Я сказал ей, что буду четверть часа беседовать с генералом Бубутой и он ни разу не употребит слова «задница», «сортир» и «дерьмо». Леди не поверила, что такое возможно. Тогда я пошел к Бубуте и стал обсуждать с ним последние газетные новости. Он, сами понимаете, слушал, сопел да поддакивал. В душе-то небось тысячу раз меня проклял. Я просто воспользовался ситуацией — Меламори несколько дней отсутствовала и была не в курсе некоторых перемен в наших с Бубутой отношениях.

— Зато я наслышан. Говорят, у него началось нечто вроде нервного тика. Когда Бубута начинает высказывать вслух плоды своих занимательных раздумий, он постоянно оборачивается, чтобы проверить, нет ли тебя поблизости. Грешные Магистры, Макс, у меня и в мыслях не было, что ты сделаешь меня столь счастливым.

— Могли бы просто нанять на мое место какого-нибудь зловещего вурдалака.

— Жизнь показала, что ты страшнее. Так что, ты выиграл спор?

— Как видите, — я кивнул на бутылочку. — «Темная суть», один из лучших сортов, по словам Меламори. Она сказала, что за такое — не жалко.

— Девочка абсолютно права — в обоих случаях. Ты меня поражаешь, Макс. Такие вина пьют в одиночку, запершись на все замки в дальней комнате, чтобы лихим ветром не занесло лучших друзей.

— А я к вам подлизываюсь. Как я понял, в ваших подвалах хранится не только вяленое мясо убиенных Магистров, но и пара ящиков с бальзамом Кахара.

— Обижаешь. Зачем мне их хранить? Такую ерунду я и сам могу приготовить, ибо не возбраняется пренебрегать Кодексом в интересах Короны. Великий Магистр Нуфлин Мони Мах тоже так полагает.

— Тем более. Я полностью разделяю ваши с Великим Магистром взгляды на жизнь. Жаль, что я никогда этому не научусь!

— Да уж, вряд ли. Ты и камру-то варить никогда не научишься, бедолага.

Сэр Джуффин Халли искренне мне сочувствовал.

— Должен же быть у меня хоть один недостаток, — утешил я своего многострадального учителя, придвигая к нему бутылочку с «Темной сутью».

Возвращаясь на службу, я чувствовал себя скорее тележкой торговца съестным, чем человекоподобным существом. Хотелось поразмяться.

Несмотря на оптимистические прогнозы сэра Джуффина Халли, который сулил мне тишайшую из ночей, в Управлении меня уже ждала чудная разминка. В Кресле Безутешных в Зале Общей Работы тихо подвывала очаровательная леди средних лет в дорогом лоохи, накинутом прямо на линялую домашнюю скабу. Дама находилась на той стадии потрясения, когда невнятное бормотание уже кончилось, а дар речи еще не вернулся. Поэтому я не стал оспаривать гражданское право нашей гостьи на тихие подвывания, а, повинуясь какому-то дремучему инстинкту, вручил ей кружку холодной камры собственного приготовления, которая все еще стояла на столе. Решил, что такая гадость способствует восстановлению душевного равновесия не хуже нашатырного спирта, который здесь, между прочим, запрещен как имеющий отношение к черной магии третьей, представьте себе, ступени.

Леди машинально сделала глоток дряни и окончательно умолкла. Даже всхлипывать перестала. Удивительно, что она вообще выжила.

Полное представление о том, что происходило с несчастной посетительницей до того, как она ушла в себя, мог дать только Куруш, единственный свидетель ее незапланированного визита. Я повернулся к нему, и буривух без лишних вопросов выдал свежайшую информацию:

— Мой муж стал куском мяса, мой муж стал большим куском мяса, мой муж стал куском мяса...

Я жалобно посмотрел на Куруша, потом на даму, потом опять на Куруша, потом — на потолок, который должен был заменить мне небо. За что, о Темные Магистры? Ведь я не такой уж плохой парень! Можно даже сказать, я — очень хороший парень, так что не надо, ладно?

Какое там «ладно». Безумие прогрессировало, Куруш продолжал старательно твердить о муже и мясе. Я знал, что теперь он не замолчит, пока честно не выложит все, что было сказано в мое отсутствие. Услышав собственный монолог из уст говорящей птицы, леди свернула с пути, ведущего к спокойствию, и встала на тропу истерики. Я силой влил в нее еще один глоток черной гадости. Это помогло. Бедная женщина подняла на меня прекрасные растерянные глаза и прошептала:

— Это ужасно, но в кровати действительно лежит огромный кусок мяса, а Карри нигде нет.

Буривух наконец замолчал. Казалось, он тоже был растерян. Я осторожно погладил птицу.

— Умница моя, все в порядке. Мне это не нравится, но ты тут ни при чем. Ты — молодчина, Куруш. Если бы я знал, что тут творится, не стал бы так засиживаться.

Куруш снова самодовольно надулся. Сэр Джуффин Халли сумел воспитать самого избалованного буривуха во всем Соединенном Королевстве. Впрочем, наш Куруш был не только самой избалованной, но и самой великодушной птицей в мире.

— Людям не свойственно приходить в Дом у Моста в Последнюю Ночь Года, — сказал он. — Так что ты не виноват, Макс. Молодец, что вообще вернулся.

Я повернулся к женщине.

— Как вас зовут, незабвенная?

Она улыбнулась сквозь слезы. Отлично, Макс, ты — настоящий плейбой, несмотря на Мантию Смерти.

— Танита Коварека. Мой муж Карри... я хотела сказать, Карвен Коварека. У нас маленький трактир здесь, в Старом городе. «Пьяная бутылка», может быть, вы знаете. Но теперь Карри... — леди тихо, но отчаянно всхлипнула.

— Думаю, нам следует отправиться к вам домой, — сказал я. — По дороге вы мне все объясните, если, конечно, тут можно что-нибудь объяснить. Вы не возражаете, если мы пойдем пешком?

— Конечно, — согласилась она. — Мне надо бы попробовать успокоиться.

Перед уходом я еще раз погладил Куруша. Баловать и еще раз баловать — так велели сэр Джуффин и мое собственное сердце.

По дороге леди Танита действительно почти успокоилась. Человек просто не может страдать дольше, чем он может страдать. Исчерпав свои возможности, мы вольно или невольно переключаемся на другие дела, и это — величайшее из благ.

— Вас все так боятся, сэр Макс, а рядом с вами, оказывается, спокойно, — внезапно сказала она. — Люди болтают, что сэр Почтеннейший Начальник нашел вас на том свете, это так?

— Почти на том свете, — выкрутился я. — На границе графства Вук и Пустых Земель.

— Жаль, — вздохнула моя спутница. — Если бы это была правда, вы смогли бы рассказать мне, как там будет жить Карри.

Я подумал, что господину Коварека чертовски повезло. Даже если он действительно умер, при жизни его окружали любовь и забота, это уж точно.

— Вы пока погодите, леди Танита, — сказал я. — Может быть, ничего непоправимого не случилось.

— Случилось, — прошептала она. — Это был не просто кусок мяса, сэр Макс, это был кусок мяса человеческой формы. И он был одет в пижаму Карри.

Леди Танита всхлипнула, но у нее больше не было слез. И она продолжала говорить, поскольку это был единственный способ облегчить боль.

— Мы легли спать очень рано — устали. Ну, как все, наверное. Да и посетителей не было, их сегодня нигде нет... А потом я внезапно проснулась. Знаете, сэр Макс, я всегда просыпаюсь, когда у Карри что-нибудь болит, или он просто хочет пить. Мы долго живем вместе — наверное, поэтому. Мы поженились очень рано. Наши родители были в ужасе, но они просто ничего не понимали... Да, так что я проснулась в полной уверенности, что у Карри что-то не так. И увидела этот ужасный кусок мяса в его пижаме. Знаете, у него даже осталось что-то вроде лица... Мы уже пришли, сэр Макс. Только я не хочу подниматься в спальню.

— Я пойду наверх один. И знаете что? Я бы на вашем месте отправился сейчас к какой-нибудь подруге. На худой конец, к кому-то из родственников. Поднимете их с постели, расскажете о своем несчастье. Они будут поить вас всякими зельями, в конце концов вы устанете от их глупых утешений и заснете. Все это будет ужасно, но... В общем, есть такой способ не сойти с ума. А я пришлю вам зов, если мне будет нужно вас расспросить. Но, думаю, не раньше, чем утром.

— Я пойду к Шатти. Это младшая сестра Карри. Леди Шатторая Коварека, если полностью. Она хорошая девочка, и мне самой придется ее утешать, а это лучше, чем... Вы действительно очень хороший человек, сэр Макс. Такой совет может дать только человек, который знает, что такое боль. Спасибо вам.

— Вас проводить? — крикнул я в темноту.

— Шатти живет на соседней улице, — слабый голосок леди Таниты таял где-то в тусклом оранжевом тумане уличных фонарей.

Я вздохнул и вошел в дом. Гостиная была сравнительно маленькой. Конечно, ведь большую часть дома занимала «Пьяная бутылка», уютный трактирчик, атмосфера которого совершенно не соответствовала дурацкому названию. Я был здесь как-то раз, еще осенью. И, кажется, даже поболтал с хозяином, невысоким мускулистым человеком с неправдоподобно густой каштановой шевелюрой. Тогда я еще не носил Мантию Смерти и на меня не обрушивались отовсюду натянутые любезные улыбки и очумевшие от ужаса взгляды.

Я снова вздохнул и пошел наверх. Знала бы леди Танита, что без нее мне станет страшно, как ребенку, родители которого впервые рискнули отправиться вечером в кино! Но делать было нечего.

С тяжелым сердцем я распахнул дверь спальни. В нос мне ударил самый замечательный из запахов, какой только можно себе вообразить — запах вкусной еды. Это оказалось настолько неожиданно, что я замер. Потом все-таки нашарил выключатель. Теплый оранжевый свет залил комнату.

Здесь, в Ехо, для освещения улиц и помещений нередко используют особенные светящиеся грибы: они охотно плодятся и размножаются в специальных сосудах, заменяющих абажуры. Фокус состоит в том, что грибы начинают светиться, когда их что-то раздражает, так что выключатель приводит в движение специальные щеточки, которые осторожно, но назойливо щекочут шляпки грибов. Те реагируют немедленно.

Оранжевый свет сердитых грибов нравится не всем, многие эстеты предпочитают свечи или шары с голубоватым светящимся газом. В частности, так поступает сэр Джуффин Халли. Я привык к голубому свету, пока жил у него, и обзавелся такими же шарами для собственной квартиры. Но и оранжевое освещение казалось мне довольно милым. Хозяевам этого дома, очевидно, тоже.

Итак, грибы разгневались, и я смог оглядеться.

В центре пушистого ковра среди разбросанных одеял лежало нечто. Оно действительно было одето в своего рода пижаму: просторную скабу из мягкой ткани. Я так и не приучил себя пользоваться этим безобразием. Бодрствовать в скабе и лоохи — это одно, а спать в балахоне, напоминающем ночную рубаху твоей бабушки, — извините! И потом, в хорошей постели надо спать голым — правило, проверенное временем.

Загадочное нечто явно принадлежало к лагерю моих идейных противников, поскольку носило пижаму. На этом его сходство с человеком практически заканчивалось. Передо мной действительно был кусок мяса — хорошо приготовленного, аппетитно пахнущего мяса. Оно издавало головокружительный, дразнящий и почему-то знакомый мне запах.

Я подошел поближе. Это оказалось тяжким испытанием для моих нервов. Меня чуть не стошнило, несмотря на чудесный аромат. У куска мяса действительно имелось жалкое подобие человеческого лица. Остатки лица обрамлял ореол каштановых кудрей, которые узнал даже я, хотя видел беднягу Карвена всего один раз в жизни. Леди Танита была права, у нее не оставалось оснований надеяться на лучшее.

— Грешные Магистры! — растерянно сказал я вслух. — И что же мне теперь делать?

Я спустился вниз в гостиную, оттуда прошел в темный ресторан и налил себе полный стакан содержимого первой попавшейся под руку бутылки. В темноте я так и не разглядел названия напитка, но вкус был сносным. Потом я набил трубку. В сложившейся ситуации дрянной вкус местного табака не имел никакого значения. Это было лучше, чем ничего.

Я сидел один за стойкой бара в тусклом ореоле оранжевого уличного света, цедил анонимный напиток и курил. Этого нехитрого ритуала оказалось достаточно, чтобы мысли пришли в порядок. Я понял, что мне не нужно беспокоить ни Мелифаро, ни тем более сэра Джуффина. Пусть себе дрыхнут. Не такой уж я кретин, чтобы не справиться с элементарными вещами. В конце концов это и есть моя работа.

Покончив с моральным разложением, я вернулся в спальню. Аппетитный запах снова показался мне знакомым. Где же я мог его унюхать? Не в «Обжоре Бунбе», это точно. Запах в «Обжоре» совершенно особенный, более резкий и пряный. И не в «Сытом скелете», откуда мне каждый день носят завтраки. И не... Вот привязалось же! Все равно ведь не вспомню. Не на бабушкиной же кухне так пахло, хотя... Я окончательно запутался, как часто случается при попытках выловить нужную крупинку из каши воспоминаний.

Махнув рукой на это безнадежное дело, я полез в карман за кинжалом. Индикатор, вмонтированный в рукоятку, сообщил мне, что речь идет всего лишь о черной магии второй ступени. Это было не только официально дозволено, но и крайне логично, поскольку передо мной находились останки хозяина трактира, а кому, как не повару, иметь дело с разрешенной ступенью черной магии. Которой, по моему скромному разумению, было совершенно недостаточно, чтобы превратить человека в такое... Ладно, с этим будем разбираться позже. Сейчас нужно просто забрать тело в Дом у Моста, поскольку так, наверное, положено.

А потом, я и подумать не мог оставить этот кошмар в супружеской постели. Рано или поздно симпатичной леди Таните придется вернуться домой. Хорош я буду, если обреку ее снова увидеть жуткое мясо.

Мне не было жаль эту женщину. То, что я испытывал, нельзя назвать жалостью. Просто все, что творилось с ней, в каком-то смысле происходило и со мной самим. Боль леди Таниты долетала до меня как звук телевизора, орущего в соседней квартире: она была не во мне, но я не мог от нее избавиться. Одним словом, я на собственной шкуре испытывал буквальное значение слова «сострадание».

Нет ничего проще, чем совершить невозможное. Стоит только представить себе, чем сейчас придется заниматься, и сознание тут же отключается. А когда приходишь в себя — все уже позади.

Клянусь Миром, заворачивая кошмарный кусок мяса в одеяло, я не испытывал никаких эмоций. Я не испытывал их и позже, проделывая полюбившийся мне фокус, в результате которого омерзительный сверток поместился между большим и указательным пальцами моей левой руки. И пока шел по пустому городу в Дом у Моста, чувства мои помалкивали. Словно бы какая-то часть меня, нежная и истеричная, была на время помещена в морозильную камеру — до лучших времен.

Оказавшись в Управлении, я всерьез задумался — где выгрузить свою ношу? В маленькой, темной, надежно изолированной от остального мира комнатушке, где полагалось хранить вещественные доказательства, или в прохладном подвальном помещении несколько больших размеров, которое считалось моргом и почти всегда пустовало? Я настолько серьезно отнесся к этой проблеме, что решил посоветоваться с Курушем.

— Если ты уверен, что он когда-то был человеком, значит, он — труп, — заявила мудрая птица.

Мне стало легче. Хоть какая-то определенность.

Только после того, как аппетитно пахнущий покойник оказался на каменном полу, я позволил себе снова стать слабонервным неврастеником. И пошел мыть руки. Полчаса их тер, сдирая ногтями нежную кожу запястий.

После ритуала очищения верхних конечностей мне полегчало, и я вернулся в кабинет.

— Хорошо год заканчивается, — подмигнул я Курушу. — Визит прекрасной дамы и много еды.

— Ты шутишь, Макс? — осторожно спросил буривух. — Мне не кажется, что это можно есть. Впрочем, люди постоянно едят всякую гадость.

— Конечно, шучу, — я погладил пушистую птицу. — Ты не знаешь, Куруш, где-нибудь не осталось нормальной камры? Такой, которую варил не я.

— В кабинете Мелифаро наверняка есть почти полный кувшин, — сообщил буривух. — Я видел, как его принесли, и знаю, что хозяин кабинета ушел буквально через несколько минут. И еще туда принесли пирожные. Кто знает...

— Ясно!

Я опрометью бросился в кабинет своей «светлой половины». На столе Мелифаро нашелся и кувшин с камрой, и несколько пирожных. Парень так спешил вернуться в свой опустевший после отъезда родственников дом, что не стал доедать лакомства. А ведь при его темпах это — минутное дело. Нам с Курушем чертовски повезло — даже до безотказной мадам Жижинды мы вряд ли сегодня докричались бы. Когда угодно, но только не в Последнюю Ночь Года.

К рассвету я успел не только выпить всю камру и помочь Курушу очистить клюв от вязкого сладкого крема. Я сделал больше: наметил план наших дальнейших действий. Меня разобрал азарт, совсем как великую спорщицу Меламори. Первый раз за все время моей службы дело попало ко мне в руки с самого начала. Ужасно хотелось довести самому его до конца и сделать все правильно. Разумеется, и речи быть не могло о том, чтобы распутать дело в одиночку, да это и не требовалось. Но вот встретить Джуффина не только скверной новостью, но и путным планом действий я был просто обязан.

Джуффин, видимо, почуял неладное. Во всяком случае, приехал гораздо раньше, чем собирался.

— Не спалось, — мрачно заявил шеф, усаживаясь в кресло. — У тебя все в порядке, Макс?

— У меня — да. Но вот у милой леди по имени Танита Коварека — не сказал бы! Одной вдовой стало больше за эту дивную ночь.

И я подробно выложил сэру Джуффину все, что имел выложить.

— То-то я подскочил как укушенный. Хотел бы я знать, открыла Жижинда свой притон или еще дрыхнет?.. Ничего, ради таких старых клиентов может и расстараться. Сейчас взгляну на твой хваленый «кусок мяса», и — завтракать! Пошли, сэр Макс.

Испортив аппетит посещением морга, мы пошли в «Обжору». Где была наша логика, хотел бы я знать?

Мадам Жижинда встретила нас на пороге. Видимо, у нее тоже неплохая интуиция.

— Джуффин, у меня было время, чтобы подумать, — покраснев, я смущенно уставился в тарелку. — В общем, у меня есть план, хотя...

— Что с тобой, Макс? — изумился шеф. — Где твоя хваленая самоуверенность? Ты что?

— Ну, пока я обо всем этом думал, казался себе ужасно умным, а теперь... Разумеется, у вас тоже есть план действий. И не чета моему.

— Ты это брось! — Джуффин соизволил дружески хлопнуть меня между лопаток. — Мало ли что у меня есть. Да и кто тебе сказал, что у меня вообще есть какой-то план? Делать мне нечего — пустяками заниматься. Давай выкладывай.

— Я думаю вот что. Все это ужасно странно, конечно. Не знаю, было такое в эпоху Орденов или нет... Словом, я бы навел справки в Большом Архиве. Пусть Луукфи опросит буривухов. Если что-то такое было, это может нам помочь. Потом мы должны выяснить, чем занимался этот господин Карвен Коварека. Может быть, он путался с какими-нибудь беглыми Магистрами, состоял в тайном Ордене или что-то в таком роде? Надо разузнать. Думаю, для сэра Кофы это пара пустяков. И наверное, Меламори должна побывать в их спальне. Ну, чтобы понять — был там посторонний человек или нет? Я так не думаю, но для очистки совести... Я сам могу побеседовать с леди Танитой. Она, кажется, испытывает ко мне симпатию. Я дал ей дурацкий совет, как не сойти с ума, и мы подружились. Ну и командовать парадом, наверное, должен Мелифаро. Он знает, как организовать всем веселую жизнь, да и с Бубутиными ребятами, кажется, ладит... Это все.

— Ну и замечательно, — обрадовался Джуффин. — Я могу уходить в отставку хоть завтра. Ты действительно молодец, я не издеваюсь. Ешь давай!

Я с удовольствием принялся за остывшую еду.

— Будем действовать в соответствии с твоим планом, — решил Джуффин. — Ты действительно все предусмотрел почти безупречно. Только одно замечание.

— Какое? — с набитым ртом промычал я, счастливый, что замечание всего одно.

— Ты должен вспомнить, где тебе встречался этот запах, — серьезно сказал он.

— Ох! Я чуть не рехнулся, когда пытался это сделать. Безрезультатно!

— Могу облегчить задачу. Этот запах — не из твоего мира. Можешь мне поверить. Он очень странный, но здешний. Это точно. Так что просто погуляй по городу. Для начала обойди все места, где бывал раньше. И принюхивайся. Кто знает...

— Ладно. Хотя... Где гарантия, что, когда я приду, они будут готовить то же самое?

— Ты везучий, Макс. Вот тебе единственная и неповторимая гарантия. Главное — не подцепи насморк, сейчас это более чем некстати. Пошли в Управление. Ты будешь командовать, а я наслаждаться.

— Смеетесь?

— Какой уж тут смех. Твой план действительно выше всяких похвал. Вот и претворяй его в жизнь.

— Джуффин, мне легче сделать все самому, чем объяснить куче народу, чем они, по моему разумению, должны заниматься.

— Знаю. Мне тоже. Но жизнь не всегда похожа на удовольствие. Тебе нужно привыкать и к этому.

Мы вернулись в Дом у Моста. Джуффин внезапно решил, что может отправиться домой и досмотреть парочку снов, поскольку его доверие ко мне, дескать, безгранично. Этим он меня окончательно добил. Я понял, что должен раскрыть это дело до заката или умереть. Сгореть со стыда и рассыпаться серебристым пеплом где-нибудь в темном углу Управления Полного Порядка. Благо темных углов у нас тут предостаточно.

Я горько вздохнул, взял себя в руки и принялся за дело. Послал зов Мелифаро, сэру Кофе и Меламори. Велел им поторопиться на службу. Все трое были потрясены до глубины души, но мне не настолько легко давалась Безмолвная речь, чтобы предоставить коллегам возможность высказать все, что они думают обо мне и моем идиотском вызове на рассвете Первого Дня Года. Рявкал: «отбой», — и отключался.

Беспокоить Луукфи пока не было смысла: буривухи из Большого Архива все равно до полудня клюв не откроют. У них свой ритм жизни. Это только наш Куруш святой.

Первой явилась Меламори. Кажется, я дал ей неплохой повод вырваться из родительских объятий на пару часов раньше, чем это планировалось. Во всяком случае, она не сердилась.

— Отлично выглядишь! — не подлизываться было просто невозможно. — Выспалась? — я галантно наполнил камрой ее чашку.

— Что-то случилось, или вы... ты просто соскучился? — усмехнулась Меламори.

— Я, конечно, соскучился, но это не повод будить тебя на рассвете. Я не такой изверг, как говорят в народе. Ну, прикончить пару десятков стариков и младенцев — дело обычное, но не дать леди выспаться... Обижаешь, незабвенная!

— Так что случилось-то?

— Случился труп. Очень странного вида. Можешь сходить полюбоваться. Заодно принюхайся. Я не шучу, принюхайся хорошенько. Потом возвращайся сюда. Для тебя найдутся еще одна кружка камры и задание.

Меламори дисциплинированно отправилась в морг. Вернулась оттуда с выражением озабоченности на прекрасном лице.

— Знакомо? — спросил я.

— Да, но... Понятия не имею, почему.

— Со мной та же история. Ладно, не мучайся. Не помнишь — и не надо. Вот тебе твоя кружка. Допьешь — и шагом марш в «Пьяную бутылку».

— И что я там буду делать? Надираться до потери сознания с утра пораньше?

— Совершенно верно. А в перерыве между восьмым и девятым стаканами джубатыкской пьяни не поленись подняться в хозяйскую спальню. И проверь, не побывал ли там вчера ночью кто-то кроме ее законных владельцев — и меня, разумеется.

— Так это был Карвен — там, в морге? Я немного знаю его жену. Грешные Магистры, ну и подарочек к Последнему Дню Года!

— К Первому, Меламори. Будь оптимисткой. У меня на родине есть поверье: как встретишь Новый год, так его и проведешь. Представляешь?

— Вы... ты это серьезно, Макс? — Меламори смотрела на меня почти с суеверным ужасом. — И нельзя ничего сделать, чтобы год прошел иначе?

— У меня на родине — ничего. Но в Ехо глупые приметы Пустых Земель не действуют. А посему шагом марш в «Пьяную бутылку».

— Иду, иду. Между прочим, ты — тиран почище Джуффина!

— Надеюсь. И кстати, о тирании. Боюсь, что мне предстоит шляться по всем забегаловкам Ехо и вспоминать, где я слышал этот грешный запах. А поскольку он знаком и тебе, леди, приказываю составить мне компанию.

— Вы мне приказываете таскаться с вами... с тобой по забегаловкам? — Меламори начала смеяться.

— Конечно, — улыбнулся я. — Использую служебное положение в личных целях. Всю жизнь об этом мечтал, и вот — дорвался до власти. Теперь не отвертишься.

— Да я и не собираюсь. — Меламори посмотрела на меня с таким восторгом, словно я внезапно стал рыжим. И отправилась выполнять мое задание.

Сэр Кофа Йох прибыл ровно на две секунды раньше Мелифаро. Им обоим не терпелось выяснить, все ли в порядке с моей бедной головой. Но событие потрясло обоих. С начала Эпохи Кодекса это было первое серьезное происшествие, случившееся в Ехо в Последнюю Ночь Года. Так утверждал сэр Кофа Йох, а это что-нибудь да значит.

К их приходу я уже порядком устал. Поэтому коротко изложил свой план действий и отдал распоряжения так буднично и лаконично, словно всю жизнь только этим и занимался.

— Не думаю, что бедняга Карвен мог связаться с какими-то темными делами, — сэр Кофа задумчиво теребил полу лоохи. — Но ты прав, мальчик. Нужно расспросить, чем он занимался в последнее время. Люди порой такое вытворяют, что диву даешься.

— Особенно в конце года, знаю, как же! — улыбнулся я.

— Вот именно. Зайду на закате, а если раскопаю что-нибудь невероятное, пришлю тебе зов.

Кофа провел рукой по лицу, черты которого тут же послушно переменились. Вывернул наизнанку пурпурное лоохи — скромной коричневой подкладкой наружу. Наш Мастер Слышащий был готов к тяжелому трудовому дню.

— А мне что делать прикажешь, ужасное дитя ночи? — Мелифаро уже выскочил из кресла. На всякий случай.

— Пошляйся по Управлению. Зайди в морг, полюбуйся на мой трофей. Заодно можешь позавтракать, если понравится. Дождись Меламори, узнай, что у нее. Впрочем, я заранее уверен, что никого кроме хозяев не было в той грешной спальне. Наведайся на Бубутину половину, может быть, кто-то из полицейских что-то знает — чем черт не шутит. В общем, постарайся испортить жизнь всем, кто под руку подвернется.

— А кто такой этот «черт», который шутит?

— Ну... нечто среднее между вурдалаком и мятежным Магистром.

— А, что-то вроде тебя?

— Я спас тебе жизнь. Спрятал от орды родственников под собственным одеялом! — с упреком сказал я. — И вместо того чтобы лобызать мои ступни или хотя бы немедленно пригласить меня пообедать...

— Я свинья, — сокрушенно признался Мелифаро. — Приглашаю. Прямо сегодня. Работа работой, но жрать-то все равно надо.

— Приятно слышать мудрые речи. Но учти, меньше чем на «Горбуна Итуло» я не согласен.

— Дешевле я свою жизнь и не оценил бы. Разрешите идти, сэр великий повелитель?

— Разрешаю. Да, и разбуди меня часа через два, ладно? У меня свидание с прекрасной леди.

— Может быть, я тебя заменю? — с энтузиазмом предложил Мелифаро.

— Обойдешься. Ты — не совсем то, чего жаждут безутешные вдовы. К тому же у тебя в это время будет свидание с прекрасным сэром Луукфи, не забыл? И вообще дай мне поспать.

— Прямо здесь?

— А где же еще? Если я доберусь домой, никакие силы не вытащат меня из-под одеяла.

— Да, из-под твоего одеяла вылезти просто невозможно, — тоном знатока подтвердил Мелифаро. — Заклятие ты на него наложил, что ли?.. А если придет Джуффин и захочет здесь поработать?

— Ничего, он мне не помешает, — великодушно заявил я, сооружая жалкое подобие кровати из имеющихся в наличии кресел.

— Начинаю понимать, — задумчиво изрек Мелифаро. — Ты прикончил нашего бедного шефа, и теперь...

— Если ты не дашь мне поспать, я и тебя прикончу, — буркнул я откуда-то из объятий сладкой дремы. — Я передумал, дружище: разбуди меня не через два часа, а через два с половиной... В общем, через три. И скажи Урфу, чтобы покормил моих кошек. Вчера я обещал бедняжкам, что у нас начинается нормальная жизнь.

— Ладно, спи. Я все сделаю. А то еще плеваться начнешь! — Мелифаро исчез за дверью.

Мне показалось, что я закрыл глаза всего на минуту. Когда я открыл их, Мелифаро снова стоял у меня над головой.

— Ну, чего еще? — пробормотал я.

— Как это «чего еще»? Сам просил разбудить. Давай поднимайся, сэр Ночной Кошмар. Мне пора в Большой Архив. К тому же есть новости.

— Дырку в небе над этим грешным Миром! — я со стоном оторвал голову от того места, где у нормальных людей обычно находится подушка. — Три часа уже прошли? Какой ужас!

— Три с половиной, — сообщил Мелифаро, протягивая мне кружку с горячей камрой. — Джуффин прячет бальзам Кахара в нижнем левом ящике стола. Он сделал бутылку невидимой, но ты ее нашаришь. Могу отвернуться.

— Без тебя знаю, — проворчал я.

И полез в стол сэра Джуффина Халли с целью хищения его личного имущества. Несколько секунд спустя я уже погибал от желания немедленно своротить гору-другую.

— Вот теперь рядом с тобой можно находиться, — одобрительно сказал Мелифаро. — И давно ты знаешь про этот тайник?

— С первого дня службы. После скандального приключения с супом Отдохновения наш шеф понял, что бальзам Кахара — мой единственный шанс обзавестись безобидным грешком. Так какие новости?

— Сначала наши: Меламори не обнаружила никаких посторонних следов. Кроме твоих, конечно. Как ты и предсказывал. Кушающий-Слушающий пока не объявлялся. Зато у городской полиции есть новость, затмевающая все остальные: Бубута пропал!

— Что?! — я поперхнулся камрой. — Так и убить можно!.. Ты это серьезно?

— Куда уж серьезнее. Пошел вчера обедать, сразу после раздачи Королевских сувениров. С тех пор его никто не видел. Подчиненные решили, будто генерал отправился домой, и были слишком счастливы, чтобы испытывать сомнения. Домашние считали, что Бубута на службе. Думаю, их это тоже вполне устраивало. Сегодня утром его жена наконец решилась послать зов своему сокровищу...

— И что?

— Очень странно, Макс! Он жив, в этом леди Бох совершенно уверена. Жив, но не отзывается. Как будто очень крепко спит.

— А Меламори? Она его искала?

— До сих пор этим занимается.

— Как это? Я думал, что она работает быстро.

— То-то и оно! В Канцелярии Поощрений нет Бубутиного следа.

— Это невозможно. Вчера в полдень он там топтался.

— Правильно, топтался. Жизнь, знаешь ли, сложная штука. Это у тебя на родине все просто: конский навоз — он или есть, или его нет.

Я сделал страшное лицо, Мелифаро молниеносно скрылся под столом, откуда продолжил свой рассказ жалобным голосом испуганного маленького мальчика.

— Ни в Канцелярии, ни на лестнице, ни у входа. Бубутиных следов нет нигде! Вернее, они есть везде, но очень старые. Им дюжина дней, как минимум. Не годятся!.. Дяденька вурдалак, вы больше не сердитесь?

Я смеялся как безумный. Не так над выходкой Мелифаро, как над новостью. Вот это новость!

— Вся городская полиция сейчас ищет Бубуту. Если они не найдут его до заката, дело официально передадут нам.

— Джуффин знает? — отсмеявшись, спросил я.

— Еще бы он не знал!

— Он счастлив?

— Спрашиваешь! Сказал, что будет кутить в полном одиночестве, поскольку сбылась его главная мечта. А на закате явится сюда, чтобы приступить к поискам... Может быть, это его рук дело?

— Не удивлюсь, — улыбнулся я. — Ты так и собираешься сидеть под столом до его прихода? А Большой Архив?

— А не будешь плеваться?

— Буду. Тебя может спасти только бегство под крылышко буривухов.

— Резонно! — Мелифаро пулей вылетел из-под стола, залпом прикончил свою камру, помахал мне на прощание и скрылся в коридоре.

Я остался один. И послал зов леди Таните.

«Я приду к вам через четверть часа, сэр Макс, — ответила она. — Знаете, ваш совет... В общем, все примерно так и было, как вы сказали. Я не сошла с ума. Даже поспала несколько часов. Спасибо».

Я велел младшим служащим навести порядок в кабинете и послал зов в «Обжору». Если уж я должен выворачивать наизнанку бедную леди Таниту, пусть хоть поест. Вряд ли кому-то кроме меня, удастся уговорить ее позавтракать. Да и мне — не факт. Но попробовать надо.

Леди Танита Коварека пришла, как и обещала, через четверть часа. Она успела переодеться, так что сегодня показалась мне образцом элегантности. Здесь, в Ехо, нет дурацкого обычая носить траур. Считается, что боль каждого — его личное дело, и оповещать о своей утрате уличных зевак совершено не обязательно.

— Хороший день, сэр Макс, — не без сарказма заметила эта чудесная женщина.

Ей хватило мужества оценить горькую иронию традиционного приветствия. Леди Танита восхищала меня все больше.

— Мне нужно выяснить, чем занимался ваш муж, — сказал я. — Особенно в последнее время. Говорить о нем сейчас очень больно, но...

— Я все понимаю, сэр Макс. Такие вещи сами собой не случаются. Конечно, вы должны найти того, кто... Но боюсь, тут я вам не помощница.

— Знаю, что вы хотите сказать. Ничего такого не было. Всегда кажется, что до того, как стряслось несчастье, с человеком ничего особенного не происходило. А потом выясняется, что какие-то совершенно незначительные поступки были, оказывается, первыми шагами по тропе беды.

В свое время я проглотил достаточно детективных романов, чтобы уяснить эту немудреную истину. Оставалось лишь надеяться, что авторы книг хоть немного разбирались в жизни.

— Хорошо, сэр Макс. Но я могу сказать только одно — наша жизнь текла как обычно.

— Отлично, леди Танита. Но сами подумайте: я — человек посторонний. И не знаю, как обычно течет ваша жизнь. Так что рассказывайте подробно.

— Да, конечно. Каждый день Карри вставал до рассвета и отправлялся на рынок. У нас полно слуг, но он всегда выбирает продукты сам. Карри — очень хороший повар... Был. Для него это не просто способ зарабатывать на жизнь, а что-то большее. Искусство. Дело чести и любви, если хотите. Когда я просыпалась, он уже был на кухне и вовсю командовал. Мы открывались за два часа до полудня. Иногда раньше, если так хотели клиенты. Но с утра за стойкой всегда дежурил кто-то из слуг, так что у нас с Карри было время, чтобы заняться другими делами или даже отдохнуть. Ближе к вечеру Карри отправлялся на кухню и готовил одно или два своих фирменных блюда. Остальное делали наши работники. Я становилась за стойку, но иногда Карри отпускал меня погулять. Он обожал обслуживать посетителей и слушать их комплименты. Ближе к полуночи он обычно шел спать, поскольку привык рано подниматься. А я оставалась в ресторане. Конечно, не одна, со мною были слуги. А сразу после полуночи я уходила наверх. У нас есть один парень, Кумарохи, он всегда готов поработать ночью при условии, что ему дадут отоспаться днем.

— Понимаю, я и сам такой. Скажите мне, леди Танита, а что Карвен делал в свободное время? Даже от любимой работы иногда надо отдыхать.

— Карри бы с вами не согласился. Единственный вид отдыха, который он признавал, — это встать за стойку и почесать язык с клиентами... Не поверите, но даже в другие трактиры он всегда ходил только с одной целью: разнюхать чей-нибудь секрет. У него это здорово получалось! Карри ведь никогда не учился готовить. Я имею в виду, он не был профессиональным поваром. В юности он служил возницей при Канцелярии Довольствия. И был довольно известным гонщиком. «Пьяная бутылка» досталась мне по наследству от бабушки. И поначалу нам обоим оставалось только положиться на слуг: мы и камру-то толком сварить не умели. Пару лет Карри вертелся на кухне среди поваров, помогал чистить овощи... А потом взял, да и приготовил салат. Обыкновенный салат, но люди говорили, что не пробовали подобного с начала Эпохи Кодекса! Оказывается, он подсмотрел, как готовит наш повар. Ну и кое-что придумал сам. Так все и началось.

— И часто ваш муж выходил на охоту? — спросил я.

Леди Танита непонимающе уставилась на меня.

— Я имею в виду охоту за чужими кулинарными тайнами.

— Примерно раз в дюжину дней, а иногда и чаще. Он даже научился изменять внешность, поскольку повара не любят делиться секретами с коллегами. Ничего не поделаешь, конкуренция.

— Вот видите, леди Танита. А вы говорите, что жили тишайшей жизнью. В то время как господин Карвен под чужой личиной проникал в секреты своих коллег. Согласитесь, так поступает не каждый второй обыватель... Ох, извините мой дурацкий тон! Я так привык.

— Все в порядке, сэр Макс. Даже если вы начнете говорить, как кладбищенский служащий, это ничего не изменит. Так даже лучше. Пока вы улыбаетесь, я забываю, что Карри уже нет.

— Леди Танита, — серьезно сказал я. — Имейте в виду, кроме этого Мира есть и другие. Уж за это я, во всяком случае, могу поручиться. Поэтому... Где-нибудь он сейчас есть, ваш Карвен. Просто очень далеко отсюда. Когда умерла моя бабушка — а она была единственным человеком в семье, которого я по-настоящему любил, — я сказал себе, что она просто уехала. И еще я сказал себе, что мы, конечно, не можем увидеться, и это очень плохо, но она где-то есть, и жизнь продолжается... Поверьте, леди, уж кому знать о смерти, если не мне. — Я многозначительно повертел в руках черную полу своей зловещей мантии.

Кто бы мог подумать. Моя наивная детская религия оказалась именно тем, в чем нуждалась эта несчастная женщина. Во всяком случае, она задумчиво улыбнулась.

— Наверное, вы правы, сэр Макс. Мне почему-то кажется, что вы действительно правы. Хотела бы я только знать, что это за Миры и понравится ли там Карри? Впрочем, быть в другом месте — это все-таки лучше, чем не быть нигде. И потом... Может быть, когда придет мое время, я смогу его найти, как вы думаете?

— Не знаю, — честно сказал я. — Но очень надеюсь, что так оно и есть. Всем нам найдется, кого поискать за Порогом.

— Вы действительно очень хороший человек, сэр Макс.

— Только не говорите об этом в городе, а то я не смогу нормально работать. Так лучше для всех — пока нарушители закона боятся моего наряда, нет нужды пускать в ход более грозное оружие.

Воспоминание о смертельно перепуганном господине Плоссе вызвало мою невольную улыбку. Оно оказалось как нельзя более кстати — у меня наконец родился очень неплохой вопрос.

— Леди Танита, подумайте хорошенько: у вашего мужа не было каких-нибудь особенных планов в связи с Последним Днем Года? Может быть, он дал себе некое обещание? Например, разнюхать очередную кулинарную тайну или изобрести новый рецепт. И, может быть, он даже исполнил свое намерение?

Я никак не мог расстаться со своей любимой гипотезой о вмешательстве таинственного мятежного Магистра. Я уже привык думать, что это тяжелое наследие прошлого стоит за любым нетривиальным происшествием. Мог же парень обратиться к такому опасному советчику в интересах любимого дела!

— Карри никогда не посвящал меня в свои кулинарные дела. Он любил делать сюрпризы. Знаете, сэр Макс, Карри чувствовал себя... Наверное, кем-то вроде Великого Магистра. Да он и был таким, когда попадал на кухню! Но я думаю, что вы правы. В последнее время Карри действительно почти каждый день уходил из дома. Часа на два-три. В своем ужасном белобрысом парике. И подолгу возился на кухне по утрам, пока там никого не было. А в последний вечер он выглядел таким довольным! Да, сэр Макс, вы абсолютно правы. Теперь я уверена, что Карри разузнал чей-то секрет, будь он неладен.

— И вы не знаете, чей именно секрет пытался выведать господин Карвен? — спросил я без особой надежды.

— Нет, сэр Макс. Единственное, что я могу вам сказать наверняка: Карри интересовали только лучшие из лучших. Вы знаете, какая кухня в «Сытом скелете»?

— Еще бы. Я живу по соседству. Вам, леди Танита, могу признаться: когда я заметил, что тамошний повар слегка перебарщивает с черной магией, сразу понял — здесь можно хорошо позавтракать.

— Так вот. Такой уровень Карри не интересовал. Это было ниже его представлений о хорошей кухне.

— Ничего себе! Круг подозреваемых заметно сужается. Вы действительно здорово облегчаете мою задачу. А какие заведения пользовались уважением вашего мужа?

— Дайте подумать. Он не любил хвалить конкурентов, но… «Обжора Бунба» и «Горбун Итуло», разумеется. Эти — лучшие из лучших! «Жирный индюк», «Толстяк на повороте»… Да, из всех «скелетов» он не слишком бранил «Пляшущий скелет». Тамошний повар когда-то работал подручным у легендарного Вагатты Ваха. Вообще Карри считал, что лучшие повара до сих пор служат в богатых семействах. Там они располагают свободным временем, чтобы заниматься настоящим творчеством вместо того, чтобы кормить всякой дрянью толпы подвыпивших олухов, по его собственному выражению. Карри мечтал познакомиться с Шуттой Вахом, сыном знаменитого Вагатты, но это было совершенно невозможно. Человеку с улицы невозможно проникнуть в их круг. Может быть, Карри все-таки смог пробраться на чью-то домашнюю кухню?.. Впрочем, нет, не думаю. Это было бы чересчур.

— Спасибо, леди Танита. Пока достаточно. Не сердитесь, если мне придется послать вам зов. В мою дурацкую голову в любое время суток может прийти какой-нибудь вопрос. Так что готовьтесь к худшему.

— Если бы это и было худшим, — улыбнулась леди Танита. — Сэр Макс, мне больше не с кем посоветоваться… Может быть, вы можете сказать, что мне теперь делать? Чтобы не сойти с ума, как вы вчера выразились.

— Что вам делать? Я не знаю. Я знаю только, что мог бы сделать сам на вашем месте.

— Что? Что бы вы стали делать?

— Я бы все бросил. И начал бы какую-нибудь совершенно новую жизнь. Я имею в виду, что постарался бы поменять все сразу: дом... или даже город. Но дом — это как минимум. Я сменил бы работу, если бы у меня была хоть малейшая возможность это сделать. Стал бы иначе одеваться и причесываться, завел бы кучу новых знакомых. Я старался бы много работать и уставать до полусмерти, чтобы сон искал меня, а не наоборот. А через дюжину дней я посмотрелся бы в зеркало и увидел бы там незнакомого человека, с которым никогда в жизни не случалось моих несчастий... Дурацкий совет, да?

Леди Танита смотрела на меня изумленными глазами.

— Это действительно очень странный совет, но... Я попробую, сэр Макс. Это лучше, чем возвращаться домой, где все равно нет Карри. То, о чем вы говорите... Это так просто, но мне бы в голову не пришло. А вы сами так поступали когда-нибудь?

— Два раза. В первый раз у меня не слишком хорошо получилось, но все-таки я не рехнулся. Зато во второй раз я действительно добился больших успехов. Можно сказать, неслыханных.

— Когда переехали в столицу из пограничных Пустых Земель?

— Совершенно верно. Но мне просто повезло. Если бы не сэр Джуффин...

— Это нам с вами повезло, — улыбнулась леди Танита. — Уж если под Мантией Смерти скрывается такой милый человек, как вы, что ж, значит, Мир рухнет еще не скоро. Я сегодня же перееду в Новый город, в самый центр. И открою новый трактир. Там ужасная конкуренция! Найму новых людей. Пока мы встанем на ноги или окончательно разоримся... Думаю, за это время я успею привыкнуть к мысли, что Карри просто уехал.

— Вы — молодец, незабвенная, — искренне сказал я.

А про себя подумал, что хотел бы обладать таким же мужеством, чтобы воспользоваться собственными советами, если когда-нибудь любопытные Небеса снова решат проверить на прочность мое глупое сердце.

Леди Танита ушла, а я отправился в Большой Архив. Сэр Луукфи Пэнц, роняя стулья, задумчиво бродил среди нахохлившихся буривухов. Мелифаро восседал на столе, глубокомысленно болтая ногами.

— Ну что? — спросил я с порога.

— Ни-че-го! — по слогам отчеканил Мелифаро. — По всему выходит, что ни один сумасшедший Магистр до сих пор не додумался до такого простого способа быстро и вкусно приготовить праздничный обед. Кстати, об обеде. Я готов исполнить свой долг прямо сейчас. С тобой, Ночной кошмар, или без тебя, но я иду питаться. Или у вас на руках будет еще один труп.

— Пойдете с нами, сэр Луукфи? — спросил я.

— Я не могу, сэр Макс. — Мастер Хранитель Знаний виновато развел руками. — Во-первых, я должен неотлучно находиться здесь до заката, а во-вторых... Знаете, моя жена — хозяйка ресторана. Очень хорошего ресторана. И когда мы только познакомились, я обещал Варише, что никогда в жизни не зайду в другое заведение. Кроме «Обжоры», разумеется, но тут уж ничего не поделаешь, работать у сэра Джуффина Халли и не ходить в «Обжору» невозможно, она это понимает. Я хотел сделать Варише приятное, а теперь вынужден держать слово, так что...

— А как называется ваше заведение? Надо бы к вам наведаться.

— Разумеется, надо, сэр Макс. «Толстяк на повороте». Это в Новом городе. Знаете?

Еще бы я не знал. Мысль о том, что обожаемая супруга сэра Луукфи — одна из главных подозреваемых, здорово подняла мне настроение. И аппетит заодно.

«Горбун Итуло», самый дорогой ресторан Ехо, находится довольно далеко от нашего Управления. Именно по этой причине я был в «Горбуне» всего два раза.

В первый раз я забрел туда совершенно случайно, когда изучал Ехо. Цены меня потрясли. Они были запредельно высокими даже по сравнению с нашим любимым «Обжорой» — не самым дешевым заведением в городе. Тем сильнее разгорелось мое любопытство. Я был просто обязан выяснить, что можно получить за такие деньги.

Больше всего меня поразила обстановка. Нигде в Ехо я не встречал ничего подобного. Здесь не было ни стойки бара, ни многочисленных столиков. Только просторный холл и множество дверей. Пожилая черноволосая леди с угрюмым лицом открыла передо мной одну из них. За дверью оказалось маленькое уютное помещение с круглым столиком, в центре которого бил фонтанчик. Языки разноцветного пламени многочисленных свечей рассеивали мягкий полумрак. Словом, обстановка впечатляла. Еда, конечно, тоже. Только создавалось впечатление, что мне не хватает образования, чтобы оценить все нюансы этой изысканной кухни.

Ну а второй раз я был здесь совсем недавно, чтобы купить пакет печенья для Хуфа.

Похоже, Мелифаро тоже не был здешним завсегдатаем.

— Я чувствую себя болваном, — признался он, усаживаясь за стол. — Богатым болваном, которому совершенно нечем заниматься, кроме как мучить свое брюхо дурацкими деликатесами.

— Именно поэтому я так рвался сюда, — заметил я.

— Чтобы почувствовать себя богатым болваном?

— Да ни в коем случае. Чтобы ты наконец-то узнал себе цену.

— Перебрал ты своего бальзаму, сэр Ночной Кошмар. Я его кормлю, а он надо мной издевается! Загадочная душа, дитя Пустых Равнин — что с тебя возьмешь.

Дверь открылась. И к нам пожаловал хозяин заведения, сам легендарный горбун Итуло, знаменитый тем, что собственноручно готовил все триста блюд, имевшихся в меню. Поэтому клиентам этого шикарного заведения было необходимо запастись ангельским терпением: иногда заказа приходилось ждать часа два.

— Не закрывайте дверь, — попросил я. — Здесь немного душно.

— Я же говорю, что ты переборщил с бальзамом, — дружелюбно подмигнул Мелифаро. — Удушье — первый признак отравления.

— Хотел бы я послушать, что ты запоешь, протаскавшись сутки в этом одеяле. — Я с отвращением кивнул на свою роскошную «мантию».

— Господин Итуло, на наших с вами глазах приоткрылась одна из страшных тайн Вселенной. Теперь мы точно знаем: Смерть потеет! Во всяком случае, иногда.

Мелифаро вдохновенно кривлялся и размахивал руками перед носом трактирщика. Но, увы, наш хозяин был не самым смешливым человеком в Ехо. Он натянуто улыбнулся и положил на столик увесистый том, больше всего похожий на старинную библию первопечатника Гутенберга. Это было меню.

Я предоставил Мелифаро полную свободу действий. Платить-то предстояло ему. И если парень решил потратить полчаса своей жизни, чтобы выяснить, чем отличается паштет «Холодный сон» от жаркого «Небесное тело», — я не изверг какой-нибудь, чтобы лишать его интеллектуального наслаждения.

— Если вы, господа, предпочитаете кристально ясное понимание вкуса, я посоветовал бы вам задержать внимание на этой странице, — витийствовал господин Итуло.

— А что вы можете порекомендовать человеку, привыкшему к вяленой конине? — ехидно спросил Мелифаро.

— Вот... У меня есть замечательное жаркое, я готовлю его из сердца загнанной лошади, по старинным рецептам. Очень дорогое удовольствие, поскольку платить приходится за целую лошадь. Вы же знаете, сколько стоит породистый конь. И еще работа наездника. Я уже не говорю о приправах.

— Не желаешь, сэр Макс? — с нежной заботой в голосе спросил Мелифаро. — Мне для тебя ничего не жалко.

— Да иди ты! — буркнул я. — Меня гораздо больше интересует «кристально ясное понимание вкуса». Да и свинство это — мучить животных.

— Тоже мне, дитя степей.

Разочарованный Мелифаро снова уткнулся в меню. Горбун что-то озабоченно бубнил, мой друг с упоением переворачивал страницы. Я краем уха прислушивался к их затянувшемуся диалогу, подставляя пылающее лицо прохладному сквознячку из холла. И вдруг...

Сэр Джуффин Халли был совершенно прав, говоря о моем везении. Мне действительно чертовски повезло. Слабый аромат, тот самый чудесный запах вкусной еды, столь неуместный в морге Управления Полного Порядка, снова щекотал мои ноздри.

— Я хочу вот это! — заявил я, ткнув пальцем по направлению к распахнутой двери.

— Что именно, сэр? — всполошился хозяин.

— То, что там пахнет. И ты хочешь этого, правда? — я выразительно посмотрел на Мелифаро, нос которого уже с любопытством развернулся в сторону дверей.

Доли секунды оказалось достаточно, чтобы в его темных глазах сверкнуло полное понимание.

— Да, господин Итуло. Мы решились. Это пахнет просто великолепно! Что это за номер? Ну-ка, ну-ка...

— Невозможно, господа, — горбун покачал головой. — Этого блюда нет в меню, так что не трудитесь искать.

— Как это нет? — Мелифаро подскочил в кресле.

— Дело в том, что это очень дорогое блюдо...

— Отлично, — сказал я. — Нам как раз хочется чего-нибудь подороже. Правда, мой бедный друг?

— Да, мой ненасытный враг! — Мелифаро и бровью не повел.

— В любом случае, господа, это невозможно, — наш хозяин был неумолим. — Для того чтобы приготовить это блюдо, требуется не одна дюжина дней. У меня есть несколько старых клиентов, которые заказывают его заранее. Теоретически я могу пойти вам навстречу, но ваша порция будет готова через... Даже не знаю, через сколько дней, поскольку некоторые ингредиенты мне доставляют купцы аж из Арвароха. В нашем полушарии они не произрастают. Могу занести вас в список и дам знать, когда все будет готово. Но я ничего не обещаю.

— Ладно, — я махнул рукой. — В таком случае принесите что-нибудь с «кристальной ясностью вкуса». Будем постигать вашу науку с самых азов. Только, пожалуйста, никаких лошадиных сердец. В остальном полагаемся на ваш выбор.

— Я бы порекомендовал вам остановиться на номерах 37 и 39, господа, — у горбуна явно отлегло от сердца. — Вам придется ждать меньше часа; в то же время это — настоящие шедевры. Что будете пить в ожидании?

— Камру, — заявил я.

— Камру? Перед едой? Но ваши вкусовые рецепторы...

— Значит, нам понадобится еще и кувшин воды. Чтобы наши вкусовые рецепторы были умыты перед самым значительным событием в их жизни. И не закрывайте дверь, ладно? Жарко тут у вас.

Когда мы остались одни, Мелифаро наконец-то получил возможность высказаться.

— Запах, как в нашем морге, дырку в небе над твоим длинным носом, Макс! Правильно?

— Расцениваю как комплимент. Всю жизнь мечтал иметь нос подлиннее. Да хотя бы как у Джуффина.

— У тебя ужасный вкус. Твой нос — самый писк моды.

— Ну, хоть где-то он хорош. Свяжись с Кофой. Я, к сожалению, слишком быстро устаю от Безмолвной речи. Пусть наш кушающий-слушающий выложит все, что он по этому поводу думает.

— Ты правда от этого устаешь? — удивился Мелифаро.

— Представь себе. Ты когда-нибудь учил иностранный язык?

— Было дело. Жить рядом с моим папочкой и не зубрить дурацкие наречия каких-то идиотов, которым не хватает ума пользоваться нормальной человеческой речью, решительно невозможно.

— Ну, тогда ты меня поймешь.

— Могу только посочувствовать. То-то у тебя это так смешно получается.

— Давай, вызывай Кофу, девятый том Энциклопедии Манги Мелифаро! А то я лопну от любопытства.

— Даю, вызываю. — Мелифаро сделал умное лицо: вышел на связь с нашим Мастером Слышащим.

Через несколько минут нам принесли два кувшина — с камрой и водой. А лицо Мелифаро снова приобрело человеческое выражение. Бедняга был готов лопнуть от избытка информации и вытекающих из нее выводов. Когда угрюмая леди наконец удалилась, Мелифаро был на грани обморока.

— Твой нос — это действительно нечто! — выпалил он. — Во-первых, сэр Кофа почти уверен, что знает, о каком блюде идет речь. Паштет «Король Банджи». О нем давно ходят самые невероятные слухи. Даже в эпоху Орденов приготовить подобное блюдо было под силу не всякому повару. А уж теперь... Интрига состоит в том, что для создания «Короля Банджи» требуется магия никак не меньше десятой-одиннадцатой ступени. Но Итуло — самый законопослушный гражданин в Ехо. У него за двойку ни разу не зашкалило с тех пор, как был написан Кодекс. В общем, вся эта история с «Королем Банджи» окутана тайной. Его действительно нет в меню. Сам Кофа несколько раз пытался заказать знаменитый паштет, но, как и мы, получал только смутные обещания, что его занесут в список. Но среди горожан есть несколько человек, которые, по их собственным словам, лакомились здесь этим паштетом. Сэр Кофа в последнее время не раз слышал такие разговоры. И вот еще любопытный факт: среди счастливчиков не было по-настоящему богатых людей. Обычные благополучные горожане, из тех, кто может прийти к горбуну пару раз в год, но не чаще... А Итуло говорил о цене так, словно нашего с тобой годового жалованья не хватило бы на порцию этого грешного месива.

— Он не хочет с нами связываться, это ясно, — кивнул я.

— С Тайным Сыском? Резонно. Что-то с ним не так, с этим грешным паштетом!

— А это были все новости?

— Представь себе, нет. Знаешь, где вчера обедал Бубута?

— Грешные Магистры, неужто здесь?

— Ага. И не в первый раз. Оказывается, генерал Бубута пристрастился к роскоши еще несколько дюжин дней назад. А в последнее время вообще обедал только у Итуло.

— Думаю, жалованье у него не меньше нашего. Но каждый день — это уже чересчур!

Во мне внезапно проснулся маленький экономный паренек, искренне пекущийся о Бубутином кошельке.

— Меньше, Макс. Генерал полиции получает вдвое меньше, чем рядовой Тайный сыщик. Ты не знал?

— Ну, тем более. Не нравится мне эта история. Как-то все неправильно. Насколько я разбираюсь в людях, ребята вроде Бубуты не любят сорить деньгами потихоньку. А здесь... Эти дурацкие отдельные комнатки — как в притоне каком-то, честное слово. Просто отлично для человека вроде меня, которому чужие глупые рожи портят аппетит. Но уж никак не для Бубуты! Зачем ему обедать в таком дорогом заведении, если не затем, чтобы это все видели? Не представляю себе Бубуту, в уединении вдумчиво распознающего оттенки вкуса.

— Что такое «притон», Макс? — спросил Мелифаро. — Из тебя сегодня незнакомые словечки так и сыплются.

Я схватился за голову. Действительно, что такое «притон»? И зачем герои моих любимых книжек во главе со скучающим сэром Шерлоком Холмсом шлялись по притонам? Правильно, чтобы курить опиум. И чем порой заканчивалось для них посещение притонов? То-то и оно, бедный Бубута. Но откуда здесь, в Ехо, опиум, скажите мне на милость? И на кой он сдался людям, которые имеют возможность совершенно легально в кругу семьи насосаться своего супу Отдохновения и балдеть, сколько душа пожелает? Ох, я ничего не понимал, и в то же время...

— Кофа случайно не знает, в какой кабинке обедал Бубута?

— Сейчас спрошу.

Мелифаро снова окаменел, на сей раз ненадолго.

— Здорово! — сказал он через минуту. — Люди на все обращают внимание, когда речь идет о такой заметной персоне.

Несколько раз Бубуту видели выходящим из самой дальней кабинки, той, что справа, если смотреть от входа.

— Отлично, — обрадовался я. — Мне очень туда хочется. А тебе, Мелифаро?

— Спрашиваешь. Сейчас пойдем или после еды?

— Как получится. Надо постараться сделать это незаметно.

— Зачем? — изумился Мелифаро. — Кто, интересно, посмеет нам помешать?

— Никто. И все-таки мне хочется зайти туда незаметно. Не знаю почему. Мы, жители границ, такие загадочные.

— Да уж, особенно если переберете бальзама Кахара. Ладно, незаметно так незаметно. И как ты себе это представляешь?

— Для начала мы осторожно пошлем зов в эту комнатку. Просто чтобы понять, есть ли там кто-то. Если есть, придется подождать, пока они набьют брюхо и смоются. Если нет, нам лучше поторопиться, пока никто не пришел. Сделаешь?

— Только ради тебя... Да, там сидит один парень. Какой-то он сонный. Ничего не заметил. Совсем ничего, даже не вздрогнул.

— Ну вот, нам везет. Значит, успеем поесть.

— Надеюсь. Я собирался умереть от голода еще в Архиве, если ты помнишь. А что мы будем делать потом?

— Ничего особенного. Дождемся, пока эта мрачная дама уйдет на кухню, и просто тихонько туда зайдем. Ну и посмотрим, чем там пахнет.

— Пахнет? Ты думаешь...

— Ничего я не думаю. Посмотрим. У меня камень на сердце, Мелифаро. А эта мышца имеет дурацкое свойство ныть, когда дело пахнет керосином.

— «Керосином»? Ты имеешь в виду этот загадочный вкусный запах? — спросил Мелифаро.

Я уже начал уставать от лексических недоразумений, которыми изобиловал сегодняшний день. А посему просто пожал плечами.

Угрюмая леди с двумя подносами в мускулистых руках отвлекла нас от керосина, столь озадачившего моего коллегу. И мы с удовольствием набросились на еду. «Кристальная ясность вкуса» действительно имела место. Даже я оценил.

— Постарайся держать себя в руках, — попросил я Мелифаро. — Не ешь все. Оставь немного на тарелке.

— Это зачем еще?.. А, понимаю. Ты имеешь в виду, что нам, возможно, придется здесь засидеться? Не переживай: этот соня уже уходит. Я за ним слежу.

— Вот и славно. Тогда не держи себя в руках, так и быть, разрешаю!

— Спасибо! — с набитым ртом отозвался Мелифаро. — Думаю, что мы уже можем выползать... нет, еще чуть-чуть. Он остановился в холле. Отлично, я как раз хотел дожевать этот кусочек. Пошли, Макс. Самый подходящий момент, старой мымры тоже нигде нет.

Мы выскользнули в холл. Зайти в дальнюю кабинку, всемирно знаменитую тем, что в ней побывал великолепный генерал Бубута, было делом нескольких секунд.

— Грешные Магистры! Этот запах! — изумленно прошептал Мелифаро. — Пахло именно отсюда. Засоня наворачивал «Короля Банджи» или как там его... Посуду уже убрали, а запах как на кухне.

— Не «как». Это пахнет именно с кухни.

— Нет, Макс. Кухня не здесь, а слева от входа. Видел, куда пошел горбун с нашим заказом?

— Значит, здесь две кухни. Сам рассуди: запах очень сильный. Да и нечему больше здесь так вонять. Ты мне лучше вот что скажи, сэр Девятый Том: твоей безграничной мудрости хватит на то, чтобы быстро найти дверь, которую такой болван, как я, будет искать до послезавтра?

— Потайную дверь? Сейчас посмотрим.

Мелифаро закрыл глаза. Неуверенной походкой прошелся по комнате. Я замер в ожидании ужасного грохота опрокинутой мебели. Пронесло! Парень аккуратно обошел кресло, стоявшее на его пути, и медленно двинулся дальше. У дальней стены он остановился, потом встал на четвереньки и продолжил свое познавательное путешествие.

— Вот! — Мелифаро повернул ко мне улыбающуюся физиономию. — Иди сюда, Макс, я тебе кое-что покажу.

Я вздрогнул: его прикрытые веки фосфоресцировали в полумраке бледным зеленоватым сиянием.

— Надеюсь, не задницу? — я так испугался его мерцающих глаз, что потребовалось срочно разрядить обстановку.

— Что надо, то и покажу. Вот смотри!

— Ну и?.. Пол как пол. Ага, тепленький, — я с изумлением обнаружил, что небольшой участок пола под моими руками был почти горячим.

— Тепленький? Чего ж ты мне голову морочил? — обиделся Мелифаро. — Ты и сам мог найти эту грешную дверь. Руками я, между прочим, не умею.

— Делать мне было нечего — ее искать. А ты тогда зачем нужен? Ну, сам подумай, сколько бы мне пришлось тут на карачках ползать. Твой способ лучше.

Не мог же я признаться, что до сих пор понятия не имел об этой своей способности.

— Открывать тоже мне? — сварливо спросил Мелифаро.

— Это в твоих же интересах. Джуффин тебе рассказывал, как я однажды пытался открыть шкатулку с Королевским Подарком?

— Рассказывал. Он собрал нас всех и сказал: «Ребята! Если хотите остаться в живых, не позволяйте сэру Максу открывать консервы в вашем присутствии!» Мы очень испугались и долго плакали.

— Консервы? Ты сказал: «консервы»?

Меня почему-то очень удивило, что в Ехо тоже есть консервы. Ну да, где мне было на них нарваться, ел-то я в основном по ресторанам да в гостях.

— А ты что, уже опять проголодался? — изумился Мелифаро, небрежным жестом сдвигая в сторону половицы.

Мы уставились в темноту, из которой на нас наползало облако аппетитного аромата.

— Пошли, — вздохнул я. — Хороши мы будем, если это просто запасной вход на все ту же кухню.

— Ага. Замаскированный, как тайная лазейка в сад Ордена Семилистника. Так не бывает, Макс.

Мы спустились вниз по маленькой лесенке. Мелифаро предусмотрительно водворил фальшивый пол на место, и мы оказались в полной темноте.

— У тебя, как я понимаю, нет проблем с ориентацией в пространстве? — с надеждой спросил я.

— А у тебя что, есть?

— Не знаю. Думаю, что есть. По крайней мере я ничего не вижу.

— Ладно, давай руку, горе ты мое. Тоже мне, Дитя Ночи.

Взявшись за руки, мы медленно пошли навстречу сгущающимся божественным ароматам. Постепенно я обнаружил, что каким-то образом знаю, где надо повернуть, чтобы не впечататься лбом в стену, а где — поднять повыше ногу и переступить некую невидимую, но твердую преграду.

— Это была шутка? — спросил Мелифаро, пытаясь отобрать у меня свою лапу. — Нашел время издеваться!

— Всю жизнь мечтал пройтись с тобой под ручку, а тут такой повод... Да не выдирайся ты! Серьезно тебе говорю, я еще не знаю, умею я ориентироваться в темноте или нет. Я о своей персоне никогда ничего не знаю заранее.

— Везет тебе, однако. Какая у тебя жизнь интересная... Стоп. Мы пришли. Теперь нам все-таки понадобится иллюминация. Ты же у нас, кажется, куришь?

— Насколько можно курить эту пакость, которую здесь считают табаком... Но спички у меня есть, не переживай.

— Боюсь, что этого мало. Раскуривай свою трубку. Это единственный осветительный прибор, который есть в нашем распоряжении.

— Смерти ты моей хочешь... Ладно, так и быть.

Я быстро набил трубку. Идея была действительно шикарная. Стоило сделать затяжку, и слабый красноватый свет пламени рассеял тьму. Мы стояли на пороге маленькой комнатушки, заставленной громоздкими шкафами. Странная мебель! Что-то в этом роде я не раз видел дома, но никогда — здесь, в Ехо, где немногочисленные изящные предметы домашней обстановки больше похожи на произведения искусства.

Поскольку возможности моих легких были ограничены, мы снова оказались в темноте.

— Что это было? — Мелифаро дернул меня за полу Мантии Смерти. — Затянись еще разок, пожалуйста.

— Будешь много командовать, научу курить, — грозно сказал я. — Стыд какой — взрослый мужик и не курит!

— Когда мне было восемнадцать лет, я спер трубку своего старшего братца, выкурил почти все, что нашлось в его табакерке, и отравился. Ну, Макс, посвети, пожалуйста. Что это за штуки такие?

— Угробишь ты меня, — я подошел вплотную к ближайшему шкафу и сделал мощную затяжку.

Грешные Магистры! Это был не шкаф. Это была клетка. А в клетке лежал человек. Похоже, он спал. Во всяком случае, парень никак не отреагировал ни на наше появление, ни на клубы табачного дыма, расползающиеся вокруг.

— Ни живой, ни мертвый, — констатировал Мелифаро. — Попробуй послать ему зов, Макс. Очень любопытное ощущение. Все равно, что поговорить с колбасой.

Черт меня дернул послушаться. «Любопытное ощущение» оказалось самым омерзительным переживанием в моей жизни. Мне вдруг показалось, что я сам стал живой одушевленной колбасой, сохранившей очень человеческое свойство размышлять о своей сущности и судьбе. Колбасой, которая мечтает о том времени, когда ее кто-то съест.

Я не мог выпутаться из липкой паутины кошмарных ощущений. Спасла меня оплеуха, достаточно сильная, чтобы я выронил трубку, отлетел к противоположной стене и больно ударился коленом об угол еще одной клетки.

— Ты что, Макс? — дрожащим голосом спросил Мелифаро. — Во что ты начал превращаться? Кто тебя этому научил? Что вообще происходит?!

— Не знаю, — выдохнул я, нашаривая погасшую трубку.

Сейчас хорошая затяжка была просто необходима: колбаса не курит, уж это точно! Противный привкус травы, которую в Ехо по недоразумению считают табаком, убедил меня, что я человек. Еще секунда, и я вспомнил, кто я такой.

— Ох, дружище, иногда я сам себя удивляю, — признался я. — И сам себя боюсь. Я опасен для собственной жизни — по-моему, так.

— Может быть, ты просто какой-нибудь бывший Великий Магистр? Ну, Джуффин врезал тебе как следует, и ты утратил память?

— Надеюсь, что нет. Кстати, о побоях. Спасибо, что дал мне по морде. Кажется, ты спас мне жизнь. Ты никогда не пробовал это с покойниками? Может, сработает?

— Пустяки, дружище. Мне так давно этого хотелось. А тут такой повод... Все-таки что с тобой случилось?

— Я послал ему зов. И, наверное, перестарался. Какая-нибудь сотая ступень этой вашей грешной магии вместо второй — вечно так! Я даже яичницу всю жизнь пересаливал. В общем, со мной бывает.

— Да, дела... А ну-ка оглянись! Кажется, там нечто любопытное.

Я оглянулся. В этой клетке тоже лежал человек. Я пыхнул трубкой, чтобы рассмотреть его получше. Грешные Магистры! Это был кусок мяса, все еще не утративший очертания человеческой фигуры. Кусок ароматного мягкого мяса, одетого в скабу и лоохи.

Нервы мои были на пределе. Мы, кажется, распутали это проклятое дело. Распутали куда быстрее, чем рассчитывали. Но облегчения я пока не испытывал.

— Ты видишь? Мелифаро, он их ГОТОВИТ! Он их как-то готовит, эта скотина... Пошли зов нашим. Мне очень нужен Лонли-Локли. Чем скорее, тем лучше.

— Да, — прошептал Мелифаро. — А мне очень нужна уборная. Меня тошнит. Мы же ели то, что он приготовил!

— Валяй здесь, — равнодушно сказал я. — Не стесняйся. Но не думаю, что нас кормили человечиной. Надеюсь, у горбуна только одно фирменное блюдо.

— Лонли-Локли скоро придет, — сообщил Мелифаро. — Я попросил его взять с собой нескольких ребят из полиции. Что за пакость мы с тобой раскопали, Макс? Пошли посмотрим на остальных.

— Ты уверен, что тебе этого хочется? Тогда без меня. Не хочу блевать после хорошего обеда, я иначе воспитан. Моя мама считала, что после посещения дорогого ресторана и по большой-то нужде неделю ходить не стоит.

— Все шутишь, Ночной Кошмар? Откуда у вас на границе дорогие рестораны, хотел бы я знать... Хуже, чем есть, все равно уже не будет. А вдруг в других клетках живые люди?

— Может быть. Иди, посмотри. А с меня хватит.

Я отвернулся от мерзкого «фирменного блюда» и с удовольствием затянулся дымом. Не так уж он плох, этот местный табак.

— Макс, я был не прав, — голос Мелифаро показался мне неправдоподобно звонким. — Бывает еще хуже. Подойди-ка сюда и посвети мне. Ну, затянись еще раз! Можешь закрыть глаза, если не хочешь смотреть.

Разумеется, я посмотрел. Всегда был уверен, что любопытство меня погубит. Кусок мяса в лоохи — это уже достаточно отвратительно, но когда выше пояса — мясо, а ниже — все еще ноги... Впрочем, меня не стошнило. Мой желудок — довольно надежная штука. Какая бы гадость ни встретилась на его жизненном пути, он продолжает нормально функционировать. Но вот сохранять вертикальное положение мне сразу перехотелось. Я грузно осел на пол, словно был не человеком, а хозяйственной сумкой после посещения супермаркета.

И только тогда я понял, что мы уже не одни.

Дальше все было как во сне. Секунда длиной в целую жизнь — так это обычно называется. «Длиной в жизнь» — слишком сильно сказано, но парочка часов была в этой грешной секунде, что правда, то правда.

Я увидел невысокий сгорбленный силуэт, более плотный, чем темнота дверного проема. Повар спешил навести порядок на своей кухне. Он был взбешен и не думал о последствиях. Одного мгновения оказалось достаточно, чтобы я стал этим человеком и перестал им быть, и понял: он — одержимый!

Горбун Итуло захватил с собой тесак и шелковую удавку, которой здесь умерщвляют индюков перед тем, как ощипать и изжарить. Горбун пришел, чтобы убить нас, гадких мальчишек, напроказивших среди его кастрюль. С самого начала его шансы были на нуле, но безумцев не заботят подобные мелочи.

Я обернулся и еще раз посмотрел на чудовищное произведение кулинарного искусства. Все что угодно, грешные Магистры, все что угодно, но люди не должны так умирать!

Я хотел разозлиться. Очень хотел. Но ничего не получалось. Я оставался совершенно спокойным. Мне было почти все равно. Проклятые дыхательные упражнения, которым научил меня Лонли-Локли, сделали нервного Макса на редкость уравновешенной скотиной. Это означало, что цирка не будет — пока я добрый, плеваться бессмысленно. Дохлый номер.

А ведь горбун так старался разозлить меня, бедняга! Он приближался, размахивая своими орудиями производства. Думаю, уверенность кулинарного гения, что нас с Мелифаро действительно можно убить этим убогим оружием, оказалась последней каплей. Куда там гневаться! Мне стало весело.

Так и не рассердившись, я решил хотя бы попугать Итуло. И заодно рассмешить Мелифаро, который был сейчас чрезвычайно серьезен — в кои-то веки.

Я заговорщически подмигнул темноте и смачно плюнул в перекошенную физиономию нашего гостеприимного хозяина. А потом занес правую руку для хорошего удара ребром ладони по горлу нападающего — было ясно, что без драки сегодня не обойдется.

Что чувствует змея, когда вонзает ядовитые зубки в побеспокоившую ее чужую плоть? Кажется, теперь я это знаю.

Ничего особенного она при этом не чувствует. Ни-че-гошень-ки!

Случилось то, что рано или поздно должно было случиться. Чудовищный дар Великого Магистра Махлилгла Анноха наконец-то проявился в полную силу. Вопреки прогнозам Джуффина, это произошло в тот момент, когда я не был ни испуган, ни разгневан. Тем не менее горбун Итуло рухнул замертво, сраженный моим плевком, убойная сила которого отныне не вызывала никаких сомнений.

— Вот как оно бывает, оказывается! — Мелифаро смотрел на меня с неподдельным восхищением. — Грешные Магистры, Ночной Кошмар, ты возрождаешь лучшие традиции Эпохи Орденов. Без тебя Мир был бы так скучен!

— Я убил его? — мне все еще требовалось подтверждение со стороны.

— А у тебя есть сомнения? Думаешь, ты просто сказал ему: «Уходи, противный»?

— Знаешь что? Я счастлив, — честно сказал я. — Никогда в жизни не видел подобного свинства: кормить людей такой пакостью, за такие сумасшедшие деньги! Он надолго испортил мне аппетит и был наказан по заслугам. Кстати, я спас твой кошелек. Ты ведь еще не успел расплатиться за обед?

— Хороший способ сэкономить, не спорю. Кроме того, этот Великий Магистр Ордена Большой Колбасы, кажется, собирался порезать тебя на ломтики и подать к столу. В соусе из моей крови, я полагаю.

— Хотел бы я только знать, — способность соображать вернулась ко мне довольно быстро. — Тот парень, Карри — Карвен Коварека. Он превратился в мясо у себя дома, а не в какой-нибудь клетке. И как?..

— Оставь ты эти пустяки, сэр Макс. Твое дело — убивать ни в чем не повинных людей. А с остальным я и сам справлюсь. Можешь мне поверить: часа через два... ну, через три я смогу ответить на все твои вопросы. Пошлю-ка зов Лонли-Локли, пусть расслабится. Теперь он может спокойно пойти пообедать.

Ты оставил беднягу без работы. Что мне сейчас нужно, так это дюжина Бубутиных ребят потолковее.

— Какие проблемы? Думаю, тебе стоит обсудить это с их шефом, — горько усмехнулся я. — Тебе еще не пришло в голову, гений?

— Ты думаешь...

— Я ничего не думаю. Думать — это твоя работа. Моя работа — убивать ни в чем не повинных людей. Но генерал Бубута здесь обедал, а потом пропал. Возьми мои спички и пойди его поищи. Если он уже готов, припрячем для Джуффина. Кто знает, может быть, сэр Почтеннейший начальник захочет получить это на ужин.

— Ну тебя к Магистрам, сэр Макс! Гадость какая. Давай свои спички.

Через несколько минут до меня донесся восторженный голос Мелифаро.

— Джуффин нас уволит, Ночной Кошмар! Бубута здесь, и он, кажется, в порядке. Даже не ощущает себя колбасой, просто спит.

— Он здесь со вчерашнего дня. Видимо, превращение в паштет — довольно долгий процесс. Эх, если бы не мое проклятое везение, бедняга Джуффин был бы так счастлив! Видать, не судьба.

— Что здесь происходит? Вы здесь, сэр Мелифаро? — это был голос лейтенанта Шихолы, отличного полицейского и нашего хорошего приятеля.

— Здесь я, здесь. Не шумите, ребята. Ваш босс, кажется, задремал.

— Что?! Наш босс?

Шихола прибавил шагу, так что об труп сумасшедшего повара он споткнулся уже на хорошей скорости. Я успел подхватить его в тот момент, когда породистый нос лейтенанта был уже в дюйме от пола. Его коллега, шедший следом, чудом избежал этой участи, еще несколько полицейских со страху потянулись к своим рогаткам. Мелифаро захрюкал от смеха.

— Эй, ребята! — я изо всех сил старался говорить серьезно. — Стрелять не советую. С перепуганной Смертью шутки плохи.

— Хороший день, сэр Макс, — пробормотал Шихола, высвобождаясь из моих объятий. — У вас отличная реакция, на мое счастье. Обо что это я споткнулся?

— О тело государственного преступника. Отравителя, каннибала и похитителя генерала Бубуты. Господин Итуло так старался сделать вашу жизнь легкой и приятной! Честное слово, господа, мы с сэром Мелифаро очень сожалеем. Мы страшно виноваты перед вами. Получайте своего начальника в целости и сохранности.

— Не «мы», а только ты. — Мелифаро поспешил откреститься от сомнительных лавров. — Я просто пришел сюда покушать. Так что, господа, если вы собираетесь бить морду спасителю вашего босса, вам — к сэру Максу. Прошу соблюдать очередь.

Полицейские смотрели на Мелифаро как на больного ребенка. Им казалось, что говорить ТАКОЕ о человеке в Мантии Смерти, да еще в его присутствии — это уже не храбрость, а самоубийство. Я сделал страшное лицо и показал Мелифаро кулак. Все-таки при посторонних не стоит расслабляться. А то как их потом в страхе держать прикажете?

— Не буду вам мешать господа, — я отвесил поясной поклон Мелифаро. — Работайте спокойно.

— А ты? — возмутился Мелифаро.

— А что мне здесь делать? Пойду обрадую Джуффина. К твоему приходу он как раз успеет меня убить за такую хорошую новость. А потом, глядишь, успокоится. Тебя же спасаю. Мне-то что, я — бессмертный!

Бедняги полицейские слушали мою речь, разинув рты.

На пороге меня настиг зов Мелифаро: «Ты это серьезно, насчет бессмертия, Макс?» Я вздохнул и воспользовался Безмолвной речью, от которой мне весь день удавалось отлынивать: «А кто меня знает! Я же тебе говорил».

И пошел в Дом у Моста. Мне действительно не терпелось покаяться перед шефом. Да и Меламори я с самого утра не видел.

В кабинете сэра Джуффина Халли я был через десять минут, поскольку сам вел амобилер.

— Вот уж не ожидал от тебя такой прыти, Макс. Обнаружить Бубуту через дюжину секунд после заката! Ну, ты даешь. Это рекорд даже для нашей конторы — раскрыть дело меньше чем через минуту с момента его официальной передачи. Есть что отпраздновать. Пошли в «Обжору», повод того стоит. Да не озирайся ты по сторонам, леди Меламори уже часа два как дома, полагаю. Я отпустил беднягу: сначала родственники, потом твой дурацкий вызов на рассвете... Это что, от избытка нежности? Пошли, пошли!

— Что, пока я ехал сюда, Мелифаро успел прислать вам зов? — мне стало немного обидно. — Я-то думал, у меня язык заболит, пока я вам все выложу.

— Какой зов? Какой Мелифаро?! Обижаешь, Макс. Зачем мне чей-то отчет? Я всегда с тобой — в некотором смысле. И не потому, что мне этого так уж хочется. Только не переживай, пока ты сидишь в уборной, я вежливо отворачиваюсь.

— Всегда? — я обалдел. — Вот это новость!

— Ну, не стоит преувеличивать. Я бы с ума сошел, все время на тебя пялясь. Но когда я беспокоюсь, мне проще посмотреть, как у тебя дела, чем продолжать беспокоиться. Расслабься.

— Ну, если вы не подсматриваете в уборной... Так и быть, расслаблюсь. А вы что, действительно беспокоились? — недоверчиво переспросил я и... врезался лбом в дверной косяк. Джуффин получил море удовольствия.

— Думаешь, только твое сердце способно ныть перед неприятностями?

Джуффин сжалился и небрежным движением ледяной ладони привел в порядок мой расквашенный лоб.

— Пошли, пошли. Если ты еще час будешь смотреть на эту дверь, она, возможно, исчезнет. Но не будь мстительным.

Да, а теперь о неприятностях. Ты сделал два чудовищных ляпа, которые никому, кроме такого счастливчика, не сошли бы с рук.

— «Ляпа»? — удрученно переспросил я. — А я-то думал, вы меня будете хвалить.

— А я тебя хвалю. Быть везучим в нашем деле куда важнее, чем хорошо соображать. Кроме всего, этому не научишь. Да не дуйся, парень! О своей гениальности и всех вытекающих из нее последствиях ты и без меня знаешь. Что будешь есть?

— Ничего! — с отвращением сказал я. — Думаю, вы меня поймете. После такого зрелища... Ну, разве что пирог, только без мяса.

— Ты такой впечатлительный? Ну, как знаешь. Выпить хочешь?

— Нет. То есть да, но...

— Какой кошмар. Однажды ты погибнешь от этого зелья. Ладно уж, держи, только чуть-чуть, ясно? — Джуффин протянул мне невидимую бутылку с бальзамом Кахара.

— Ох, вы ее с собой взяли!

Я расплылся в благодарной улыбке и сделал маленький глоток. А больше и не требовалось.

— Рассказывайте о моих ляпах, Джуффин. Теперь я готов даже к прилюдной порке.

— Во-первых, ты забыл попросить сэра Кофу зайти в морг и понюхать, чем там пахнет. Он бы сразу сказал тебе, что это за запах. И можно было бы обойтись без твоего мистического везения. Кстати, что тебя понесло обедать именно в «Горбуна», ты можешь мне объяснить?

— Могу. Моя сверхъестественная интуиция. Впрочем, вру. Моя сверхъестественная пакостность. Мелифаро задолжал мне обед за пользование моим любимым одеялом. А я очень дорого ценю свое одеяло. Пришлось идти в самый дорогой трактир.

— Ну-ну. Жизнь давно не казалась мне такой удивительной штукой. Ладно. Насчет сэра Кофы ты все уяснил?

— Все, — вздохнул я. — Идиотизм, не спорю. И ведь остальных-то я туда отправил!

— Весьма остроумное решение. Ладно, со всеми бывает.
— А что еще? — осторожно спросил я. — Что еще я натворил?
— Да ничего ты больше не натворил, Макс. Вот только как вы с Мелифаро беду не учуяли? Знаешь, что горбун всерьез вознамерился вас отравить? С самого начала. Он был уверен, что вы пришли искать Бубуту. А поскольку у безумцев своя логика... Я сам понял это довольно поздно. Может быть, дело в том, что сумасшедшего трудно раскусить. Словом, после того как ты унюхал «Короля Банджи», Итуло твердо решил угостить вас хорошей порцией яда.
— И что? — глупо спросил я.
— А ничего. Я уже собирался вмешаться. Но горбун просто забыл это сделать. Стоило ему зайти на кухню, решение тут же вылетело из его несчастной головы. Так что вас пронесло, а я очень удивился. Лет пятьсот так не удивлялся! Чтобы отравитель забыл положить яд — ну, знаешь ли, это опровергает основные законы Вселенной!
— Сами говорили, что я везучий, — я пожал плечами и наконец решился задать вопрос, мучавший меня уже очень давно. — Вы сказали: «лет пятьсот»? А сколько...
— Сколько мне лет? Не так много, как может показаться. Всего-то семь сотен с хвостиком. По сравнению с тем же Мабой Калохом я просто юноша.
— «С хвостиком»? Ну, вы даете! — я восхищенно покрутил головой. — Научите?
— А кто напугал беднягу Мелифаро заявлением о собственном бессмертии? Молчи уж.
— Не ждали?
Малиновая комета ворвалась в «Обжору» и обрушилась на стул рядом со мной. Скорость Мелифаро меня поражала: это чудо природы даже успело переодеться.
— Все в порядке, сэр Джуффин. Представляю себе, как вы расстроились, но пара дюжин дней без Бубуты нам обеспечена, как минимум. Его доставили к Абилату Парасу. И сей великий целитель утверждает, что привести Бубуту в чувство будет весьма затруднительно. Бубуте еще повезло!

Остальных можно хоронить хоть сегодня, изменения необратимы. Но как этот горбун их заманивал! Сам не знаю, плакать мне или смеяться.

— Смейся, конечно, тебе это больше к лицу, — посоветовал Джуффин. — Выпей чего-нибудь, бедолага. Поесть не предлагаю, если уж сам сэр Макс от еды нос воротит.

— Ну, разве что чего-нибудь сладкого, — протянул Мелифаро. — Только никакого мяса!

— Как похожи мои «лица», кто бы мог подумать, — усмехнулся Джуффин. — Жрите свои пирожные, барышни. А я, с вашего позволения, займусь более серьезным делом.

Шеф торжественно приподнял крышку с горшочка, наполненного знаменитым горячим паштетом мадам Жижинды. Мы с Мелифаро с отвращением переглянулись и, дабы отвлечься, принялись разорять вазу со сладостями.

— Давай рассказывай, — с набитым ртом потребовал шеф. — Макс сейчас лопнет от любопытства, да и мне, признаться, не все пока ясно. Как, ты говоришь, он их заманивал?

— По Ехо давно гуляли слухи об этом грешном паштете. И куча народу приходила к Итуло, чтобы причаститься к тайне старой кухни. Мужик действительно научился его готовить, не прибегая к недозволенной магии. Одно слово — гений!.. Я нашел его бумаги, а полиция уже допросила прислугу, так что можно с уверенностью сказать, как все было. Горбун заносил гурманов в список, наводил справки, потом вызывал некоторых желающих, желательно, зажиточных и одиноких. И кормил их своим дрянным деликатесом. Знаете, что это было за зелье? Некоторые люди — не все, конечно, лишь самые слабые и уязвимые — попробовав эту дрянь, понимали, что не могут без нее обходиться. И когда такой клиент являлся к Итуло среди ночи, валялся у него в ногах и предлагал все свое состояние за тарелку паштета, повар делал вывод, что еще одна рыбка на крючке. Он заставлял их очень дорого оплачивать свой приятный путь по тропе дурной смерти. Ребята залезали в долги, продавали недвижимость. Во всяком случае, один из них продал два дома, это я уже знаю точно.

За несколько дюжин дней горбун успевал раздеть несчастных обжор до нитки. А к этому времени они уже были готовы сделать следующий шаг. В один прекрасный день клиент просто засыпал над своей тарелкой. Вернее, впадал в обморочное состояние. Горбуну не стоило труда поместить его в клетку в подвале. И тогда начиналась последняя стадия кормления. Обитателей подвала пичкали уже другой смесью. Чудовищное изобретение великого кулинара, по запаху и вкусу очень похожее на сам паштет, но куда более радикальное. Еще несколько дней, и в распоряжении нашего повара оказывалась большая порция «Короля Банджи» для новых несчастных гурманов. Что они теперь будут делать, бедняги?

— Ходить по знахаркам. — Джуффин пожал плечами. — Лучше поздно, чем никогда. Значит, сам паштет доводил ребят до полного отупения, а потом они ели еще какую-то дрянь, от которой превращались все в тот же паштет... Такой красиво выстроенный порочный круг. И все это он проделывал, прибегая исключительно к дозволенной магии? Вот это талант, дырку над ним в небе! Какая жалость...

— Бедняга Карвен, — вырвалось у меня. — Охота за кухонными тайнами оказалась опасным занятием. Наверняка он проник на закрытую кухню Итуло и спер оттуда первый попавшийся горшок, из которого пахло «Королем Банджи». Принес домой, изучал, дегустировал, конечно. Увлекся небось и сожрал все за один присест. Как не повезло!

— А, несчастный хозяин «Пьяной бутылки». — Джуффин вздохнул. — Плохо начинается год, ребята. Двумя прекрасными поварами стало меньше. Надо что-то предпринимать.

— И все же что-то здесь не так, — сказал я. — Если горбун столь тщательно подбирал кандидатов в жертвы, каким образом генерал Бубута мог влипнуть в эту историю? В конце концов какой-никакой, а Начальник Порядка... Что, горбун совсем сошел с ума?

— Он безусловно сошел с ума — дальше некуда. Но дело не в этом. Произошло забавное недоразумение. Однажды Бубута пришел к Итуло с супругой. Торжественный семейный ужин, все было очень мило, пока генерал не увидел в одной из комнат сэра Балегара Лебда, своего бывшего сослуживца. Старого, одинокого отставного генерала Королевской Гвардии. Того самого, кстати, чей внешний вид меня сегодня доконал.

— Этого, который стал паштетом по пояс?

— Ага. В тот вечер несчастному как раз несли объект его последней страстной привязанности. Дверь открыли, Бубута увидел старого товарища, побежал обниматься. Ну и подцепил кусок с его тарелки, по старой дружбе. А на следующий день явился к горбуну и стал требовать повторения. Тот поначалу пытался послать его к знахарке, понимал, чем это пахнет. Но Бубута шумел...

— Могу себе представить! — ухмыльнулся Джуффин.

— В общем, горбун испугался, что Бубута приведет к нему всю городскую полицию. И выбрал меньшее из двух зол... Кстати, я видел расписки! Бубуте это удовольствие обошлось почти бесплатно — по сравнению с прочими, конечно. Вот и вся история.

— Еще не вся, — пообещал Джуффин. — Самое интересное впереди. Теперь нам предстоит спасать репутацию Бубуты Боха, бравого генерала полиции. Придется отдать ему ваши лавры, ребята.

— Зачем? — я чуть не подавился. — Вы же мечтали отправить его в отставку! А тут такой повод.

— Ох, сэр Макс, политикой тебе лучше не заниматься! Вот посмотри на свою дневную половину... Нет, лучше не смотри. На его физиономии я вижу столь же дурацкое изумление. Уж ты-то, сэр Мелифаро, мог бы и сообразить.

— Вы хотите сказать?.. — в темных глазах Мелифаро сверкнуло понимание.

— Ну да. Свалить Бубуту и сделать городскую полицию посмешищем в глазах всего Ехо? И как они будут работать, эти славные ребята? А кто будет делать их дело? Мы всемером? Да уж, спасибо! К тому же нет худа без добра. Королю мы отошлем отчет о том, как бравый генерал Бубута Бох сунулся в самое пекло, чтобы уличить преступника, а у себя припрячем более правдивую версию. Так что Бубута у нас будет шелковый. Хотя его, беднягу, и без того Макс запугал до нервного тика. Жизнь прекрасна, господа!

— А я-то думал, вы нас убьете за то, что мы его так быстро нашли, — разочарованно вздохнул я. — Экий вы однако интриган!

— Интриги — это же самое интересное, Макс. Одной магии недостаточно, чтобы развлекаться по высшему разряду... О, сэр Шурф появился. Хотел бы я знать, где все-таки мой кабинет — в Доме у Моста или здесь?

— А у вас есть сомнения? — Мелифаро невинно похлопал ресницами.

— Хороший вечер, господа. — Шурф Лонли-Локли с достоинством поклонился и уселся рядом с Джуффином. — Я вам не помешал?

— Заскучал, сэр Лонки-Ломки? — ехидно спросил Мелифаро. — Этот изверг Ночной Кошмар опять оставил тебя без работы?

— Меня зовут Лонли-Локли, — невозмутимо заявил Мастер Пресекающий ненужные жизни. — А нашего коллегу зовут сэр Макс. У тебя ужасная память на имена, Мелифаро. Существует целый ряд упражнений для развития памяти.

Сэр Шурф сгреб с блюда последний шарик воздушного крема и отправил его в рот. Я был ошеломлен. Неужели Лонли-Локли начал шутить?! Да нет, небось померещилось. Кажется, упражнений для развития чувства юмора ни в одном из Миров пока не придумали.

— Вы действительно воспользовались вашим даром, Макс? — полюбопытствовал Лонли-Локли. — Я был уверен, что на этой стадии наших занятий вам будет нелегко утратить душевное равновесие. Наверное, недооценил ваш темперамент.

— Да нет, с моим темпераментом все в порядке. Произошло нечто странное. Я хотел рассказать вам, Джуффин, да запамятовал. Я ведь не рассердился и не испугался, какое там. Хотя понимал, что в сложившихся обстоятельствах это необходимо. Но горбун был такой комичный со своим дурацким тесаком и глупой индюшачьей удавкой! И я решил пошутить. Ну, я подумал, что после всех этих слухов о моей ядовитой слюне он может испугаться и обычного плевка. Хорошо, что меня раньше не потянуло на такие шуточки!

— Ты это серьезно, Макс? — Джуффин уставился на меня самым ужасающим из своих ледяных взглядов. Через секунду он устало вздохнул. — Да, разумеется, ты не шутишь. Выходит, не один ты можешь ошибаться. С другой стороны, это неплохо, что вопросы жизни и смерти не зависят от твоих ненадежных эмоций. Ты всегда опасен. Всегда — значит, всегда. Хорошо, что ты теперь это знаешь. Будем принимать жизнь такой, как она есть... Вы еще не передумали насчет паштета, ребята?

Мы с Мелифаро дружно помотали головами.

— Какое кокетство! Хотите, чтобы я поверил в вашу тонкую душевную организацию? Может, вы еще и на отдых попроситесь?

— И не подумаю, — гордо заявил я. — Особенно если вы доверите мне вернуть на место то, что находится в вашем кармане.

— Ну уж нет! Той порции, что ты уже в себя влил, хватит до послезавтра. — Джуффин очень старался быть грозным начальником. — Ладно, на том и порешим. Твое счастье, Мелифаро, можешь идти домой. И вам, сэр Шурф, не помешает отдохнуть. Этот грешный Конец Года всех измотал. Всех, кроме сэра Макса, так что пусть идет дежурить. Ясно, герой?

Джуффин так выразительно посмотрел на меня, что я понял: предстоит еще кое-что интересное.

— Тогда я пошел.

Вставая из-за стола, я кое-что вспомнил и ехидно улыбнулся. — С тебя еще один обед, Мелифаро. Как я понимаю, в «Горбуне» с тебя не взяли ни горсти.

— У тебя одно на уме, — изумился Мелифаро. — Из-за одного стола еще не вылез, а уже за следующий норовишь. Тебя вообще хоть что-то интересует, кроме еды?

— Еще? Конечно! Меня очень интересуют сортиры. Как и моего лучшего друга, генерала Бубуту Боха. Он многому меня научил.

— Но это плохо, Макс, — печально сказал Лонли-Локли. — В Мире столько чудесных вещей. Вы никогда не увлекались чтением?

— И вы мне поверили, Шурф?! — возмутился я.

И с достоинством удалился под дружный хохот Джуффина и Мелифаро. Лишь у Лонли-Локли хватило выдержки пожелать мне хорошей ночи.

В кабинете меня настиг зов сэра Джуффина.

«Я не отпустил тебя домой, потому что мне нужно, чтобы ты попробовал заснуть, сидя в моем кресле. Обязательно постарайся, хотя бы на рассвете. В остальном — делай что хочешь. Отбой!»

Я был озадачен. Впрочем, спать мне пока все равно не хотелось. «Делай, что хочешь» — это звучало заманчиво. Я немного подумал и послал зов Меламори. На мое счастье, она бодрствовала.

«Я очень сожалею, незабвенная. Мы закончили с этим дурацким делом, поэтому мой утренний приказ касательно забегаловок, кажется, теряет силу».

«Я знаю, Макс. Но может быть, у горбуна были сообщники? И сейчас они готовят "Короля Банджи" в моем любимом кафе на Площади Побед Гурига VII? А сэр Кофа пошел спать еще раньше, чем я. Так что, если вы меня вызовете...»

«Разумеется, я тебя вызываю. Соединенное Королевство погибнет, если мы немедленно не устроим проверку. А один я туда не пойду, очень боюсь темноты. Отбой, незабвенная. Жду!»

Я даже покрутил головой от восторга: как же все здорово складывается!

Меламори явилась через полчаса. И уставилась на меня весело и встревоженно, как могла лишь она.

— Только по освещенным улицам! — с улыбкой сказала Меламори. — Ой, а кто будет за вас... за тебя дежурить?

— Куруш, конечно. Кто же еще?

Буривух приоткрыл один глаз и снова нахохлился.

И мы пошли гулять по освещенным улицам. А где нам еще было гулять, скажите на милость? В Ехо, хвала Магистрам, вообще нет темных переулков.

— Я, наверное, жуткая зануда, Макс, — сказала Меламори, вцепившись наконец в рюмку со своим любимым ликером. — Я обещала вам... тебе, тьфу ты! Обещала, что разберусь, почему я тебя боюсь. Но я так ни в чем и не разобралась. И это, наверное, очень плохо. Потому что... — Она окончательно исчерпала свой словарный запас и мрачно уставилась в рюмку.

— Да чего тут разбираться, — усмехнулся я. — Просто я очень страшный! Не переживай, незабвенная, меня все боятся. И не делают из этого трагедию. И вообще не надо тебе ни в чем разбираться. В таких делах люди просто спрашивают свое сердце и поступают, как оно требует.

— А у меня два сердца, — огрызнулась Меламори. — Одно храброе, а второе — мудрое. И они хотят совершенно разных вещей.

— Ну, тогда... — мне оставалось только пожать плечами, — тогда составь расписание. Пусть сегодня командует одно, а завтра другое. Все-таки выход.

— Ты торопишься, Макс? Зачем? Жизнь такая длинная. Так хорошо, пока не знаешь, что есть и что будет. А когда все уже произошло... что-то чудесное исчезает после того как... Я не знаю, как объяснить!

— У нас разное воспитание, незабвенная. — Я снова пожал плечами, уже который раз за вечер. Беседа с этой милой леди оказалась хорошим поводом сделать гимнастику. — Я-то как раз предпочитаю определенность. Хоть какую-то!

— Проводи меня домой, Макс, — внезапно сказала Меламори. — Я переоценила свои возможности... во всех отношениях. Не обижайся, ладно?

— Какие обиды? — я встал из-за дурацкого маленького столика. — Может быть, мы просто можем делать это немного чаще? Я имею в виду совместные прогулки. Пока твои два сердца будут выяснять отношения между собой, я мог бы быть немножко счастлив.

— Конечно! — обрадовалась Меламори. — Если это вас... тебя... не раздражает. Я имею в виду, что прогулки — не совсем то, чего обычно хочется людям от тех, кто им нравится. Я-то как раз — досадное исключение из этого правила.

— Когда я был молод и жил очень далеко отсюда, — тоном тысячелетнего старца продекламировал я, извлекая из плетеного кресла эту милую сумасшедшую женщину, — у меня иногда бывали трудные времена. Скажем так: порой у меня был всего один пирожок, в то время как мне хотелось съесть целый десяток. Но я никогда не выбрасывал этот единственный пирожок под тем предлогом, что я хочу гораздо больше. Я всегда был практичным парнем, Меламори.

— Я поняла, Макс. — Она улыбнулась. — Вот уж никогда бы не поверила, что вам когда-то приходилось обходиться одним пирожком.

— До сих пор приходится, как видишь. В некотором смысле... Пошли уж, чего мы тут топчемся? Ты же стоя спишь.

— Сплю! — покорно согласилась Меламори.

И я повел ее домой.

Дело зашло так далеко, что на прощание мне достался звонкий детский поцелуй в щечку. «Не стоит обольщаться, — подумал я, — наверное, леди спросонок решила, что я — ее папочка!» Но голова кругом шла от счастья. Никакая дыхательная гимнастика тут не помогала.

На службу я возвращался кружным путем. На ходу думается лучше, чем в кресле, а мне было о чем подумать. Например, о двух сердцах леди Меламори. В устах любой другой девушки заявление о споре двух сердец показалось бы мне дурацкой высокопарной метафорой. Но что я вообще знаю о физиологии обитателей Ехо? Очень и очень немного, если разобраться.

Вернувшись в Дом у Моста, я послал зов леди Таните. Мой скромный опыт в такого рода делах подсказывал, что она вряд ли крепко спит в это позднее время. Я оказался прав.

«Хорошей ночи, леди Танита. Это я, Макс. Сегодня на закате я убил того, по чьей вине умер Карвен».

Я решил не объяснять несчастной вдове, что кошмарная смерть ее мужа была нелепой случайностью. Вряд ли это стало бы хорошим утешением.

«Спасибо, сэр Макс, — ответила она. — Все-таки месть — это лучше, чем ничего. А я уже переехала. И это тоже лучше, чем ничего».

«Когда откроете новый трактир, пошлите мне зов. Непременно приду спасать вас от разорения! Хорошей ночи, леди Танита».

«Не думаю, что вам понравится то, что готовит мой новый повар, хотя... Конечно, приходите. Хорошей ночи, сэр Макс. И еще раз спасибо. За месть и за совет».

Когда невидимая связь с леди Танитой оборвалась, я остался совсем один, если не считать сладко спящего Куруша. А вскоре сон сморил и меня.

Памятуя наказ сэра Джуффина Халли, я дисциплинированно задремал в его кресле. Это было ужасно неудобно: у меня ныла спина, затекли ноги, я просыпался через каждые пять минут, а потом снова проваливался в дрему. «Не вертись, не отвлекайся!» — твердил мне во сне голос Мабы Калоха, самого таинственного существа в этом нескучном Мире. Лица его я, впрочем, не видел. Под утро мне приснился еще и Джуффин, но у меня не было сил, чтобы понять, а уж тем более запомнить содержание этих суматошных сновидений.

— Ужасно выглядишь, Макс.

Веселый голос Джуффина вернул меня к жизни. Было утро. Я чувствовал себя совсем больным.

— Издеваетесь? — устало спросил я. — Что вы там затеяли с сэром Мабой?

— А ты помнишь? — заинтересовался Джуффин. — Помнишь, что тебе снилось?

— Не-а. Только ваше присутствие, более чем утомительное, смею заметить. Ну и голос сэра Мабы, он велел мне «не вертеться». Что это было, Джуффин? Чистой воды насилие!

— Ничего, придешь домой, поспишь, будешь как новенький. Но прежде чем уходить, попробуй еще раз сварить камру.

— Мстите мне за Бубуту? — жалобно спросил я. — Ну и зверь вы, однако.

Шеф посмотрел на меня с искренним сочувствием.

— Что, так плохо? Ну постарайся, Макс. Честное слово, я не издеваюсь. Разве что самую малость.

Я отправился вниз и хорошенько умылся. Мне действительно стало полегче, хотя тело все еще зверски ныло. Вернувшись в кабинет, я хмуро загрохотал посудой. Сэр Джуффин Халли выглядел, как режиссер на премьере: ужасно нервничал и тщательно это скрывал. Я быстро покончил с безумным кулинарным экспериментом.

— Вот. Получите и распишитесь. Кого пытать собрались? Что, прислуга горбуна не колется? Так ее, старую мымру!

К моему глубокому изумлению, Джуффин не только понюхал содержимое посудины, но и попробовал его на вкус. Когда он сделал второй глоток, мой рот распахнулся до предела.

— Не хочешь попробовать, Макс?

— Лучше просто убейте! — вздохнул я.

— Как хочешь, — сэр Джуффин Халли наполнил свою кружку. — Все еще немного хуже, чем в «Обжоре», но... Мне нравится!

— Что вы такое говорите? Зачем вы это пьете? Из экономии? Я могу заказать за свой счет в «Обжоре», я богатый и щедрый! Не надо, сэр!

— Ты еще не понял, Макс? Это вкусно. Попробуй сам, не валяй дурака.

И я попробовал. Камра действительно была хуже, чем в «Обжоре», но лучше, чем в «Сытом скелете», что возле моего дома. Гораздо лучше!

— Вы что, научили меня варить камру, пока я спал? — до меня начало доходить.

— Не я, а Маба. Мне это оказалось не под силу. Проходить между Мирами я тебя, может быть, и сам могу научить — со временем. Но не готовить! Даже Мабе это далось с трудом.

— Но зачем? Вам что, понадобился новый повар?

— Ну уж нет! Хорошего повара из тебя никакие силы не сделают. Честно говоря, нам с Мабой просто захотелось узнать свои возможности. Мы не были уверены, что у нас получится. Но теперь мы знаем, что нам нет равных. Да и тебе какая-никакая польза. Иди спать, бедняга! Сегодня ночью можешь наслаждаться жизнью. Возвращайся завтра ровно за час до заката. Нам предстоит важный визит.

— К сэру Мабе? — Я просиял.

— Эк размечтался! Жизнь не может быть непрерывной чередой наслаждений. Мы едем в Иафах.

— В главную резиденцию Ордена Семилистника?!

— Совершенно верно. Будем перекраивать историю.

— Каким образом, Джуффин?

— Потом расскажу. Иди, приходи в себя. Хорошего утра, Макс!

Дома я сразу залез под одеяло и уткнулся носом в мягкий бок Армстронга. Элла звонко мурлыкала мне на ухо.

— С Новым годом, пушистые! — сказал я котятам. Они равнодушно зевнули. Я тоже зевнул и отключился.

Когда я проснулся, в спальне было почти темно. Это тянуло на рекорд, давненько я не спал до заката.

«Неужели дрыхнешь? Во даёшь! — раздался в моей одуревшей со сна голове зов Мелифаро. — Ну и молодец, я только что заработал корону».

«Что?» — обалдело спросил я.

«Ничего особенного. Я поспорил с Меламори. Она утверждала, что ты проснешься до заката, я брякнул, что после. И был готов к проигрышу. Но ты меня здорово выручил».

«Значит, с тебя причитается не один, а два обеда. Твои долги растут на глазах, бедняга. Отбой!»

Я зевнул и поплёлся вниз, голова гудела как с похмелья. Элла и Армстронг сыто дремали над своими мисками в центре гостиной. Младший служащий Управления Полного Порядка, фермерский сын Урф, наверняка приходил, пока я спал: котята выглядели сытыми, к тому же их шерсть была тщательно причёсана. В детстве я не раз пугал родителей лунатическими прогулками по коридору, но вряд ли сумел бы проделать столь сложную операцию, не размыкая глаз.

Когда я смыл липкую паутину сверхплановых сновидений и начал чувствовать себя человеком, под дверью жалобно заскулил курьер из «Сытого скелета». В последний момент я сообразил, что так и не успел одеться и, недолго думая, закутался в пёструю подстилку Армстронга. Это, конечно, не Мантия Смерти, но открывать дверь голым я не решился. Взглянув на лицо курьера, я понял, что кошачья подстилка — тоже не лучший домашний костюм, но менять что-либо было уже поздно. Бедная моя репутация.

Закрыв дверь, я вернул коврик на место и с удовольствием приступил к завтраку. После первой кружки камры я стал гораздо сообразительнее. До меня дошло, что азартная леди Меламори могла бы найти несколько дюжин более остроумных поводов для пари с Мелифаро. Наверное, она была не прочь поразмять ноги в моем обществе, но проявить инициативу постеснялась. Спор о времени моего пробуждения — отличный способ не только получить информацию о моей персоне, но и тактично напомнить о себе. Поэтому я немедленно связался с этим непостижимым существом.

«Хороший день, незабвенная».

«Не день, а вечер, сэр засоня! По вашей милости я проиграла целую корону».

«Виноват, каюсь. Но у меня была ужасная ночь: мне снился наш шеф. Можешь себе представить? Меня надо жалеть, а не ругать. И еще меня надо проветривать. Как старое зимнее лоохи».

«Я зайду за тобой через полчаса. Сэр Джуффин по секрету сообщил, что сегодня ночью ты свободен, и у меня грандиозные планы».

И я чуть не умер от счастья. А потом пошел одеваться. Если леди Меламори застанет меня завернутым в подстилку Армстронга, мои ставки, пожалуй, резко упадут... Или наоборот?

Когда ошалевшая от собственной решительности Мастер Преследования застыла на моем пороге, я уже был прекрасен и готов ко всему. «Ко всему» — значит пройти, если понадобится, тысячи миль по мозаичным тротуарам Ехо в сопровождении леди Меламори. Совместная пешая ходьба — именно то, что, по ее мнению, требуется неравнодушным друг к другу мужчине и женщине. Возможно, я торопился с выводами насчет этого «друг к другу», но отчаянные глаза Меламори подтверждали мои самые смелые догадки.

На сей раз мы доковыляли почти до Нового Города — от моего дома часа полтора ходьбы, между прочим. Меламори успела рассказать мне массу свежих сплетен, но я слушал вполуха — уж слишком было хорошо.

— Здесь есть одно замечательное место, — моя спутница замедлила шаг. — Старый пустой особняк с садом. По вечерам в саду торгуют какими-то дрянными напитками, поэтому там совсем безлюдно.

— Я знаю огромное количество безлюдных мест с дрянными напитками, начиная с собственной квартиры, — рассмеялся я. — Стоило так далеко идти!

— Это особенное место. Раньше тут была загородная резиденция Ордена Потаенной Травы. В ту пору Ехо был гораздо меньше, чем сейчас, как ты понимаешь. В общем, тебе понравится. Это здесь!

Мы свернули в подворотню, вид которой не обещал ничего эстетически приемлемого в конце тоннеля. Но впечатление оказалось обманчивым. Темный узкий пролет вел в запущенный сад, озаренный голубоватым светом крошечных стеклянных шариков, наполненных сияющим газом. Здесь не было привычных столиков, только невысокие скамеечки, приютившиеся среди вечнозеленых кустов Кахха, похожих на обыкновенный можжевельник. Воздух был удивительно холоден и прозрачен, он не остужал кровь, а лишь леденил кожу, как ментоловая салфетка. Голова шла кругом, мне казалось, что я удивительно молод, а мир вокруг полон тайн. Что ж, если разобраться, все это было чистой правдой. Единственной реальностью, данной мне в ощущениях.

Я расплылся в улыбке.

— Здесь и правда здорово.

— Ага. Не вздумай заказывать камру, она у них отвратительная. Уж лучше что-нибудь покрепче. Такого рода напитки при всем желании невозможно испортить.

— Покрепче? Не забывай, у меня еще утро.

— Да, действительно. Ну, тебе же хуже, сэр Макс. А я буду пьянствовать, у меня, с твоего позволения, уже давно вечер.

— Пьянствуй на здоровье. Надеюсь, здесь найдется вода из какого-нибудь священного источника. Именно то, что мне сейчас требуется.

Воду здесь, увы, не подавали, так что я был вынужден довольствоваться стаканом какого-то кислого компота. Думаю, мы с Меламори были замечательной парочкой: хрупкое создание, налегающее на крепчайшую джубатыкскую пьянь, и здоровый мужик в Мантии Смерти, прихлебывающий компотик.

— Если уж говорить, так здесь, — вдруг выпалила разрумянившаяся от своего пойла Меламори.

Словно бы испугавшись звука собственного голоса, она умолкла. А когда я совсем было собрался ее растормошить, так же неожиданно продолжила:

— Что касается моих страхов, Макс. Кое-что я все-таки раскопала. Ну-ка скажи мне: какого цвета у тебя глаза?

— Ко... ка... Кажется, коричневые... или...

Я был ошеломлен. Грешные Магистры, что это с моей памятью? Как можно забыть о цвете собственных глаз?

— Ага, значит, сам не знаешь. Ладно, смотри. — Меламори извлекла из складок лоохи маленькое зеркальце. — Смотри, смотри!

Из зеркальца на меня уставились серые глаза, круглые от удивления.

— Что это со мной? Совсем забыл, надо же.

— Забыл? Немудрено было забыть, вчера они действительно были карие — вечером. А утром — зеленые, как у потомка драххов. А когда я заходила в Управление за три дня до Конца Года — голубые. Я еще подумала, что они такие же, как у моего дяди Кимы.

— Очень мило с твоей стороны, Меламори, обращать внимание на такие мелочи. Но для меня это новость. Даже поверить трудно. Ты ничего не перепутала?

— На что будем спорить? — усмехнулась Меламори. — Посмотришь на себя через час. Они у тебя все время меняются.

— Не буду я с тобой спорить, — буркнул я, отдавая зеркальце. — Ты меня, пожалуй, без гроша оставишь. Но хоть убей, не понимаю, при чем тут какие-то страхи? Ну, меняются у меня глаза — тоже мне чудо! Кто бы говорил. У тебя же вся родня в Семилистнике. Тебе небось не привыкать.

— В том-то и дело! Я много чего знаю, но о таком никогда не слышала. Вчера вечером, когда до меня наконец дошло, я даже спросила у дяди Кимы. Не стала говорить про тебя, сказала, что заметила у одного из курьеров. И Кима тоже заявил, что мне померещилось, поскольку так, по его мнению, не бывает. Я не рискнула настаивать, но сегодня утром спросила у сэра Джуффина. И знаешь, что он мне сказал?

— Попробую угадать. «В Мире много чудесного, девочка!» Или: «Не забивай себе голову пустяками, Меламори». Я угадал?

— Почти, — вздохнула Меламори. — Он заржал и заявил, что это далеко не единственное твое достоинство. И добавил, что в городе полно обыкновенных ребят, без всяких там странностей, и именно поэтому они совершенно не подходят для работы в нашей конторе.

— Приятно слышать, — улыбнулся я. — Скажу ему спасибо при случае.

— Сэр Макс, все это очень весело, но... Ты вообще уверен, что ты — человек?

— Не знаю, — расхохотался я. — Вот уж никогда не задумывался!

— Сэр Джуффин ответил мне то же самое. И точно так же ржал. А мне что делать прикажете?! Службу бросать, чтобы вас... тебя не видеть? Или напиваться при каждой встрече для храбрости? Сэр Макс, я тебя спрашиваю!

Наверное, мне следовало немедленно придумать какую-нибудь успокоительную глупость. Это было в моих же интересах. Но Меламори нравилась мне так сильно, что ни врать, ни выкручиваться не хотелось.

— Я и правда не знаю, — повторил я. — Всегда был совершенно уверен, что нормальнее меня человека еще поискать надо — как ни странно это, вероятно, звучит в моих устах. Только не надо морочить мне голову, Меламори. Не такая уж ты трусиха, насколько я разбираюсь в людях.

— Да, не трусиха. Но... Я выросла среди особенных людей, Макс. Отец, которого в Смутные времена прочили на престол в случае гибели обоих Гуригов, дяди и тетки из Ордена Семилистника, да еще и матушкино семейство, состоящее в родстве с древней Королевской династией. Можешь себе представить это окружение! И я привыкла к тому, что и сама — «особенная». «Самая главная» — так, что ли. Я все знаю, все понимаю и кого угодно могу довести до ручки — ну, почти кого угодно. Мне кое-как удалось смириться с тем, что сэр Джуффин Халли выше моего понимания, поскольку знаю историю Смутных Времен не из книжек, а из уст очевидцев... Но я не хочу, чтобы мне нравился человек, который... которого...

— Которого ты не можешь «довести до ручки»? — понимающе спросил я.

— Да, наверное. К тому же меня так воспитали... В общем, если я чего-то не понимаю, я этого боюсь. Орден Семилистника на том и стоит: осторожность и познание, именно в такой последовательности. А поскольку я знаю не так уж мало и почти все могу хоть как-то себе объяснить, обычно я — не трусиха. Но стоит мне посмотреть на тебя, сэр Макс, и я теряюсь.

— У тебя есть только один выход, — подмигнул я. — Изучи меня получше. Покончи с осторожностью и приступай к познанию. Ты обнаружишь, что я жуткий зануда, и все будет в порядке. Советую поторопиться, к следующему полнолунию я окончательно утрачу человеческий облик.

Мне оставалось только веселиться. Чего-чего, а таких проблем с девушками у меня еще не было. Как правило, их не устраивали совсем другие вещи. И я оптимистически полагал, что справиться со смутными страхами Меламори будет легче легкого. Присмотрится повнимательнее и поймет, что ко мне можно относиться как угодно, только не бояться. В качестве ужаса, летящего во мраке ночи, я смотрюсь совершенно неубедительно.

Вечер закончился сумбурным распитием очередной бутылки эксклюзивного Орденского вина в гостиной Меламори. Правда, мы оказались там не наедине, а в обществе ее восьми подружек. Барышни были одна краше другой и так бойко щебетали, что голова у меня пошла кругом.

Меламори здорово переборщила с горячительными напитками, поэтому на прощание мне достался вполне страстный поцелуй. Почти настоящий. Я был настолько сбит с толку, что решил просто радоваться тому, что есть, а там — будь что будет.

Весь остаток ночи я бродил по Ехо, пугая одиноких прохожих своей Мантией Смерти. Голова горела от шальных предчувствий. Какой-то дремучий инстинкт требовал немедленных отчаянных поступков. Но воспитание взяло вверх, и в окно спальни леди Меламори я все-таки не полез.

Уснуть мне, впрочем, тоже не удалось, даже после полудня. Покувыркавшись часа два среди одеял, я махнул рукой на свой режим дня и отправился в Дом у Моста гораздо раньше, чем это было необходимо.

— Не спится, сэр Макс?

Мне крайне редко доводилось видеть своего шефа в дурном расположении духа, но таким счастливым, как сегодня, Джуффин никогда на моей памяти не был.

— Что стряслось? — спросил я. — Бубута все-таки умер?

— Ну что ты, Макс, он в порядке. Собирается прислать вам с Мелифаро приглашение в гости, как только начнет подниматься с постели. Так что готовься. Тяжко быть спасителем генерала Бубуты Боха. Подозреваю, что благодарность этого чудесного человека окажется куда более утомительной, чем его гнев. Но Магистры с ним. Ты помнишь пирог Чаккатта?

— Еще бы!.. А, понимаю. Неужели вам удалось раздобыть еще одну порцию?

— Смотри на вещи шире. Скоро пирог Чаккатта будет доступен любому задрипанному горожанину. Ну и нам с тобой заодно.

— Как это? — осторожно спросил я. — Вы что же, собрались переписать Кодекс Хремберa?

— Всегда знал, что твоя интуиция — это нечто. Угадал, Макс! Не то чтобы совсем переписать, но... В общем, мы внесем туда одну маленькую поправку. Аккуратную такую поправочку. Все уже готово. Осталось получить официальное согласие Великого Магистра Нуфлина. За этим-то мы к нему и отправимся. Когда я говорю «мы», я имею в виду нас обоих. Вернее, троих, сэр Кофа тоже приглашен.

— Джуффин, — я чуть было дара речи не лишился. — Я-то вам зачем? Я, конечно, польщен и все такое... Но вы уверены, что я — тот самый парень, которого следует тащить в резиденцию Семилистника? А как насчет цвета моих глаз? Вас не упекут в Холоми за общение с потусторонними существами? Леди Меламори это одобрит.

— А, она тебе уже все выложила? Смешная девочка. Но, в отличие от нее, Нуфлин — мужик серьезный. И прожил чрезвычайно долгую жизнь. Он в курсе насчет Истинной магии и всего остального. На заре Смутных Времен его эмиссары у меня в ногах валялись — именно потому, что он был в курсе. Без таких ребят, как мы с сэром Мабой, Орден Водяной Вороны...

— «Водяной Вороны»? — я расхохотался.

— Смейся, смейся. Теперь-то уже можно. А полторы сотни лет назад это было совсем не смешно. За ними стояла настоящая сила, а не какие-нибудь дерьмовые фокусы. Именно по их милости Мир был готов рухнуть к Темным Магистрам в тартарары. Прочие — так, подсобили чем могли.

— Все равно смешное название. Так что же получается, победа Короля и Семилистника в Битве за Кодекс — ваших рук дело?

— Отчасти. Я тебе как-нибудь расскажу на досуге — когда будешь готов понять хотя бы половину сказанного. Не обижайся, способность понять зависит от личного опыта, а не от умственных усилий. Так вот, возвращаясь к твоему вопросу. Я беру с собой тебя и сэра Кофу по той простой причине, что меня об этом попросил сам Нуфлин. Он — хозяин дома, ему и решать.

— Хочет посмотреть на диковинку из другого мира?

— Хочет посмотреть на моего будущего преемника, если уж на то пошло.

Я чуть не свалился на пол вместе с креслом. И начал проделывать дыхательную гимнастику Лонли-Локли. Кажется, именно это помогло мне выжить.

— Да ты не переживай, — ухмыльнулся Джуффин. — Какое тебе дело до того, что случится лет через триста? Насколько я знаю, ты никогда не надеялся прожить так долго, а потому воспринимай мое заявление просто как информацию о своей загробной жизни. Договорились?

— Договорились, — вздохнул я. — Все равно больше так не шутите, ладно?

— А кто сказал, что я шучу? Все, хватит причитать. Ты же с самого начала знал, зачем я тебя сюда вытащил. Другое дело, что ты весьма успешно скрывал от себя это знание. Уж что умеешь, то умеешь. Свари-ка лучше камру, тебе нельзя терять форму.

— Это уже лучше. Сейчас я опозорюсь, вы разжалуете меня в уборщики, и все будет в порядке.

— Не прибедняйся, — хмыкнул Джуффин, отведав мое творение. — Сегодня даже лучше, чем вчера.

Ровно за час до заката появился сэр Кофа Йох, на сей раз — в собственном обличье, закутанный в роскошное темно-пурпурное лоохи. Никогда прежде я не видел такого сочного, словно бы изнутри сияющего цвета.

— На такую одежду имеет право один лишь сэр Кофа, — сообщил Джуффин. — Поскольку он хранил покой этого грешного городка на протяжении двухсот лет. В те времена должность начальника городской полиции внушала куда большее почтение, чем звание Великого Магистра. И не зря, именно благодаря Кофе обывателей Ехо почти не коснулись Смутные Времена. Убил бы его за это! Как они меня достали, эти обыватели.

— Виноват, — потупился сэр Кофа Йох. — Что поделать, служба была такая.

— А как же случилось, что теперь на вашем месте сидит генерал Бубута? — спросил я. — Интриги, да?

Джуффин и Кофа переглянулись и скорчились от смеха. Я тупо хлопал глазами.

— Мальчик, ты до сих пор не понял, где работаешь! — сэр Кофа успокоился первым. — Объясняю: это было повышение. Да еще какое! Ты что, не знаешь, что Джуффин — второе лицо в государстве?

— После Короля?

— Ну что ты. После Магистра Нуфлина, конечно. Ну а мы с тобой и его величеством Гуригом VIII топчемся где-то в первой дюжине.

— Ну и дела, — я огорченно покрутил головой.

— Не расстраивайся, Макс. В конце концов это — неофициальная версия иерархической лестницы, жить она не мешает. Поехали!

И мы поехали в Иафах.

Явные Ворота замка Иафах, резиденции Ордена Семилистника, Благостного и Единственного, открываются только два раза в сутки: на рассвете и на закате. Ранним утром они открыты для представителей Королевского Двора и прочих светских лиц. Ну а в сумерках сюда проникают такие темные личности, как мы. Считается, будто Малое Тайное Сыскное Войско — самая зловещая организация в Соединенном Королевстве. Хотя, с точки зрения посвященного, это звучит более чем забавно.

Великий Магистр Ордена Семилистника Нуфлин Мони Мах ждал нас в темном просторном зале. Разглядеть его лицо в густом полумраке было практически невозможно. А потом я понял, что у него уже давно нет лица. Точнее сказать, старик сам позабыл свое лицо, а посему никому не дано его разглядывать. И еще я понял, что Великий Магистр сам соизволил подарить мне это безмолвное объяснение.

— Вы не поверите, какое огромное счастье дожить до вашего визита, господа! И что вы думаете? Я таки дожил до этого дня.

Голос Магистра Нуфлина свидетельствовал о преклонном возрасте, но за этими дребезжащими звуками скрывалась такая невероятная сила, что я поежился. Впрочем, тон он взял насмешливый и вполне дружеский.

— Ты теперь служишь у Джуффина, мальчик? — Нуфлин Мони Мах с откровенным любопытством уставился на меня. — И как она тебе, эта служба? Говорят, ты делаешь успехи? Не надо стесняться старика Нуфлина, Макс. Меня надо или бояться, или не бояться. Первое тебе вроде как ни к чему — мы ведь не враги. Можешь не отвечать, садись и слушай, что будут говорить старые мудрые люди. Потом расскажешь внукам. Хотя откуда у тебя могут взяться внуки?

Я внял совету Великого Магистра и молча уселся на низкий удобный диван. Мои старшие коллеги сделали то же самое.

— Джуффин, ты так любишь хорошо покушать! — приветливо сказал Нуфлин. — Это даже удивительно, что ты так долго тянул с этой поправкой. Мои мальчики от нее просто в восторге. Они говорят, что оппозиция будет вынуждена заткнуться лет на двести. Тоже мне, теоретики!.. Кофа, ты мудрый человек, скажи мне честно: ты когда-нибудь видел эту «оппозицию»? Я в нее вообще не верю. Это — детские выдумки. Моим мальчикам кажется, что без врагов старому Нуфлину станет скучно жить. Скажи, Кофа, неужели я плохо разбираюсь в людях?

— Вы правы, — подтвердил Мастер Слышащий. — Если она и есть, эта оппозиция, то не в Ехо. А если кто-то что-то и бубнит в каком-нибудь Ландаланде...

— Ой, нам так страшно, да? — подхватил Нуфлин. — Мы просто не знаем, что делать. Ладно, с этим разобрались. Джуффин, расскажи мне, как будет выглядеть весь этот бардак, и покончим с делом. Между прочим, твой мальчик не спал больше суток, ты это знаешь? Нельзя так мучить своих людей. Ты всегда был такой злой человек.

— Он сам себя мучает, без посторонней помощи, — ухмыльнулся шеф. — Что же касается поправки. Каждому повару серьгу Охолла в ухо, как у ваших послушников, и пусть себе экспериментируют на кухне с запрещенной магией, хоть черной, хоть белой — до двадцатой ступени, конечно. Больше никак нельзя.

— Ой, Джуффин, да зачем им больше? Если честному человеку надо просто хорошо приготовить покушать, ему больше и не потребуется.

— Да. И заодно мы можем быть уверены, что они никогда не решатся на большее. Какая-никакая, а все же дополнительная гарантия безопасности.

— И чего ты раньше молчал, Джуффин? Ты что, ждал, когда я начну думать про такие вещи? Для меня, между прочим, и так очень неплохо готовят. Кто бы мог подумать, теперь все люди будут иметь свой хороший обед, как в старые добрые времена! Нам с тобой поставят по памятнику перед каждым трактиром. Ну и молодому Гуригу тоже, чтобы не обижался.

Я внимательно следил за ходом беседы и сразу понял, что Кодекс Хрембера больше не будет препятствовать созданию кулинарных шедевров. Меня это даже пугало: уж если до сих пор я был жутким обжорой, то что же со мной станет теперь?! Небось разъемся до Бубутиных размеров. И леди Меламори начнет бояться меня еще больше — а ну как пузом задавлю.

В какой-то момент мне показалось, что здесь присутствует еще один слушатель, только невидимый. Я даже явственно услышал знакомое снисходительное хихиканье. Неужели любопытство сэра Мабы Калоха распространяется и на столь приземленные материи? Во всяком случае, мне был известен лишь один любитель незримо присутствовать при важных событиях.

Мои размышления прервал Магистр Нуфлин.

— А что ты думаешь обо всем этом, молодой человек? Ты тоже любишь хорошо покушать?

— Люблю. Правда, повар из меня никакой, поэтому мои взгляды на этот вопрос полностью совпадают с философией сэра Мабы Калоха: откуда бы ни появлялась еда, хоть из другого Мира, лишь бы она была вкусной. Я правильно излагаю? — подобострастно спросил я, адресуя выразительный взгляд темному углу, откуда, по моему разумению, взирал на нас сам Маба.

Это была шутка, предназначенная исключительно для сэра Джуффина Халли. Я решил, что шеф ее оценит, а остальные не заметят. Вместо этого все трое уставились на меня как ботаники-любители на какую-то редкую разновидность плотоядного растения — с восторгом и опаской.

— Ой, Джуффин! — дребезжащий голос Великого Магистра вспорол тишину. — Какой нюх у твоего мальчика! Унюхать старого пройдоху Мабу — кто бы мог подумать? Где ты его нашел?

— Примерно в тех же краях, где мы с вами в свое время похоронили Лойсо Пондохву. Даже чуть подальше.

— Что я тебе скажу, Джуффин — он того стоит!

Я нутром почувствовал, что Великий Магистр снова уставился на меня. Не скажу, чтобы нутро было этим довольно, но я благоразумно терпел. Некоторое время Нуфлин внимательно меня разглядывал, а потом снова заговорил.

— Мальчик, пойди и спроси у этого хитреца Джуффина, когда старый Нуфлин в последний раз удивлялся? Ой, даже не спрашивай. Если я сам не помню, он тоже не вспомнит. Но когда кто-нибудь спросит об этом у тебя, можешь ему сказать, что старый Нуфлин очень сильно удивился вечером третьего дня сто шестнадцатого года Эпохи Кодекса. И это будет правда, потому что сегодня я таки удивился! Что я могу для тебя сделать, мальчик? За такие вещи лучше сразу говорить спасибо, чтобы потом не кусать локти.

Я совершенно обалдел от происходящего, но решил, что объясняться не стоит. Если Великий Магистр Нуфлин Мони Мах думает, что я гений, — что ж, да будет так. Мне стыдно, зато Джуффину приятно. А просьба у меня действительно имелась.

— Если вы хотите сделать меня счастливым, все в вашей власти, — я очень старался быть почтительным, хотя это, кажется, не требовалось.

— Ой, Макс, я и без тебя знаю, что все в моей власти, — усмехнулся старик. — Ты давай переходи к делу.

— Разрешите мне иногда носить обычную одежду — не на службе, конечно. В свободное время. — Я демонстративно оттопырил полу черно-золотой Мантии Смерти. — На работе она необходима, и потом, это действительно красиво. Но иногда мне очень хочется побыть незаметным. Просто отдохнуть от чужих взглядов. Тем более, оказалось, что мне совсем не нужно злиться или бояться, чтобы стать ядовитым. Жизнь показала, что эта способность всегда при мне. Зато не нужно бояться вывести меня из равновесия: я способен себя контролировать.

— Кто бы мог подумать, такой хороший мальчик и такой ядовитый! — развеселился Нуфлин.

— Скажите спасибо Магистру Махлилглу Анноху, — ухмыльнулся Джуффин. — Помните такого?

— Ой, еще бы мне его не помнить. Такой маленький человечек. И такой серьезный! Так это он тебе сделал подарок, Макс? Как это умно с его стороны — хоть кому-то принести пользу напоследок... И что, Джуффин, мальчик говорит правду? Он действительно получил себе такой ядовитый рот? И может с ним работать, даже когда добрый?

— Макс еще не настолько мудрый, чтобы начинать вам врать. Вот лет через триста — пожалуй.

— Ой, хвала Небу, я не доживу. Что я тебе скажу, Макс: когда ты не работаешь, одевайся как тебе нравится. И имей в виду, за эту услугу ты мне еще будешь должен. Не каждый таки день старый Нуфлин меняет установленные традиции.

— Не могу описать, как я вам благодарен!

Я действительно был счастлив. Мне даровали свободу. Восхитительную свободу быть незаметным человеком. Болтать с хорошенькими трактирщицами, угощать табаком симпатичных старичков и заводить кратковременную, но страстную дружбу с чужими собаками. Что еще нужно для счастья?

— Когда ты станешь старше, ты поймешь, что Мантия Смерти нужна не всем этим глупым людям, а тебе самому, — сказал Великий Магистр. — Вспомнишь тогда мудрого старого Нуфлина! Мантия Смерти, как и Мантия Великого Магистра — такой хороший способ сказать Миру «нет». Они — сами по себе, а ты — сам по себе... Ой, и только не возражай мне, что ты не хочешь говорить «нет» этому Миру! Вот придешь ко мне лет через пятьсот, и я послушаю, что ты тогда запоешь.

Судя по всему, старик с легкостью забыл собственное недавнее обещание не прожить и трехсот лет. Или же он полагал, будто сможет принимать визитеров и после кончины? Впрочем, кто их, Великих Магистров, знает, как у них там заведено с жизнью после смерти.

— Не будем отнимать ваше драгоценное время, Нуфлин, — сказал сэр Джуффин Халли, поднимаясь с дивана. — Я помню, как быстро вам надоедают собеседники. Даже такие славные ребята, как мы.

— Ой, только не прибедняйся, Джуффин. Я же знаю, что вы просто хотите пойти поужинать и помыть мои старые кости. Думаете, я собираюсь вам мешать? Или приглашать вас поужинать со мной? Ну, тогда вы меня еще плохо знаете. Идите себе в своего «Обжору». А ты сделай себе хорошую ночь, мальчик. Тебе это понадобится.

Грешные Магистры, что он имел в виду?!

Мы покинули Иафах через подземный ход, соединявший замок с подвалами Дома у Моста. Как я понял, это было очень важной частью ритуала: входить в резиденцию Ордена Семилистника следует на виду у всех желающих, а вот покидать это священное место нужно тайком, через собственный, заранее припасенный выход. Услуги проводников гостям не полагаются, да и отпирать ради них ворота никто не станет.

— А кто этот Лойсо Пондохва, которого вы невесть где похоронили? — спросил я, едва успев переступить порог.

— А, Лойсо. Великий Магистр того самого Ордена Водяной Вороны, название которого вызвало у тебя такое веселье. Иди уж спать, герой, — подмигнул мне Джуффин. — Тоже мне «ночное лицо»! У тебя глаза на ходу закрываются. Все равно нам с сэром Кофой теперь всю ночь работать.

— Ради такого святого дела можно и поработать, — важно кивнул сэр Кофа. — Мои поздравления, Джуффин! Так легко добиться внесения поправки в Кодекс... Вы из старика веревки вьете.

— Хорошо, что именно я. Представляете, Кофа, что сталось бы с Миром, если бы это удавалось кому-то другому?

— Ужас. Послушайся Джуффина, Макс. Иди спать. От тебя сейчас толку...

Я не возражал. С толком и правда обстояло неважно. Разве что щели моей спящей тушкой закладывать, чтобы не дуло. Но до сих пор обитатели Дома у Моста не жаловались на сквозняки.

Сонный-то я был сонный, но по дороге все же послал зов Меламори.

«Как дела, незабвенная?»

«Никак. Поскольку ты шлялся по Иафаху, мне пришлось принимать у себя Мелифаро. И, конечно, девочек. Они друг другу очень понравились. Бедняга, наверное, до сих пор сам не свой после столь крупномасштабного флирта. Он-то привык барышень по одной обрабатывать, а тут — такие возможности».

«А я им понравился?»

«Не знаю, не помню... Я вчера здорово переборщила с пьянью и ликерами. Хорошей ночи, Макс. Я уже засыпаю».

«До завтра?» — с надеждой спросил я.

«Конечно. Отбой!»

Меламори тоже подцепила мое дурацкое словечко. Мне это было приятно, словно бы она носила в кармане подаренную мною безделушку и время от времени показывала ее знакомым.

Стоило заснуть, как жизнь моя, и без того не слишком скучная, стала еще более интересной. Мне приснилось, что в моей спальне по-хозяйски устроился невидимый гость.

— Привет, ясновидец! — голос Мабы Калоха я узнал сразу же. — Молодец, конечно, что меня обнаружил. Но впредь не выпендривайся, ясно? Все и так знают, что ты умный, а я люблю сохранять инкогнито.

— Простите меня, сэр Маба.

Спать-то я спал, но соображал неплохо, так что сразу понял, о чем шла речь.

— Ничего страшного не случилось, эти трое — тот еще народ. Они и без твоей выходки меня учуяли. Но на будущее учти, если хочешь со мной пообщаться — на то есть Безмолвная речь. А сообщать всем присутствующим: «Здесь сэр Маба Калох», — все-таки не стоит, ладно?

— Ладно, — буркнул я. Мне все еще было стыдно.

— Вот и славно. Раз уж меня занесло сюда лихим ветром, сделаю тебе подарок.

— Какой?

— Хороший. Береги теперь свою подушку. Смотри, чтобы никто никогда не сдвинул ее с места.

— Почему?

— Потому что подушка такого великого героя может стать отличной затычкой в щели между Мирами. Я понятно выражаюсь?

— Нет! — честно сказал я.

— Ох, Макс. И как бедняга Джуффин тебя чему-то учит, ума не приложу. Ладно... Помнишь, как я добывал из-под стола все эти дурацкие угощения?

— Да. Хотите сказать, что я теперь тоже так смогу?

— Ну, положим, ТАК ты сможешь еще не скоро. Но если хорошенько постараешься, может быть, сумеешь выцарапать из далеких Миров эти свои смешные курительные палочки, без которых тебе жизнь не мила. Попробуй, когда проснешься. А подушку прибей гвоздями к полу, мой тебе совет.

— Но что я должен делать?

— Сунуть руку под подушку. А потом все пойдет как по маслу. Только запасись терпением, парень. Поначалу это весьма продолжительная процедура. Сам увидишь.

— Ну, сэр Маба... Если я смогу добыть хоть одну нормальную сигарету, я ваш вечный должник.

— Вот и славно. Твое смешное пристрастие — наилучшая гарантия того, что ты будешь прилежно заниматься. Хорошая практика — вот что тебе сейчас нужно. А я пошел.

— А... а вы мне еще будет сниться? — с надеждой спросил я. — Может быть, я еще чему-нибудь смогу научиться?

— Сможешь, конечно. И даже без моей помощи. Не обещаю, Макс, что буду часто навещать тебя в ближайшее время. Ты такой молодой, а я такой старый. Скучно мне пока тебя учить. Пусть уж Джуффин с тобой возится. Тем более что сейчас ты хочешь смотреть совсем другие сны. И это вполне в твоих силах.

— Что вы имеете в виду?

Бесполезно. Сэр Маба Калох уже исчез. Вместо него в оконном проеме стояла Меламори. Я обрадовался, но почему-то не удивился.

— Хороший сон, незабвенная, — весело сказал я. — Как же я рад тебя видеть!

— А это именно сон? — спросила Меламори. — Ты уверен?

— Да. Причем это мой сон, а не твой. Ты мне снишься.

Меламори улыбнулась и начала таять. Тоненький силуэт стал совсем прозрачным. Я хотел удержать ее, но понял, что не могу пошевелиться. Я весил тонну, да нет, какое там, много больше!

— Да, я уже почти дома, — удивлённо пискнула Меламори и исчезла окончательно.

Я проснулся. Было раннее утро. Армстронг и Элла тихо посапывали где-то в районе моих пяток. «Котята! Они же могут сдвинуть подушку, то есть «затычку». И другие Миры хлынут в мою бедную спальню», — спросонок ужаснулся я. И опрометью кинулся к маленькому шкафчику в конце комнаты. Нашёл клубок ниток и иголку. Моя запасливость иногда просто поражает. Снова залез в постель и накрепко пришил уголки подушки к толстому спальному ковру. Перевёл дыхание — вот теперь всё в порядке. Можно спать дальше.

Моя голова опустилась на ковёр рядом с пришитой подушкой, и я отключился. На сей раз обошлось без сновидений, во всяком случае, я ничего не запомнил.

Окончательно я проснулся около полудня. Солнце, очаровательно наглое, каким бывает только ранней весной, с любопытством выглядывало из-за занавесок. Я задумчиво посмотрел на крепко пришитую подушку: что за глупость? И тут же всё вспомнил.

Угадайте с трёх раз, что я сделал в первую очередь? Разумеется, тут же сунул руку в гипотетическую «щель между Мирами» и замер в трепетном ожидании. Но ничего особенного не почувствовал.

Наверное, это выглядело очень глупо: голый человек на четвереньках, одна рука под подушкой, на лице — напряжённое ожидание чуда. Хорошо, хоть окна были закрыты шторами.

Примерно через четверть часа я начал думать, что сэр Маба Калох — не дурак пошутить. Милая шутка, маленькая, но изящная месть за моё давешнее «разоблачение». Впрочем, он сказал, что это «весьма продолжительная процедура», поэтому надежда, имеющая чудесное свойство умирать последней, всё ещё теплилась в одном из тёмных закоулков моего сердца. Предположительно в левом желудочке.

Прошло ещё минут десять. Ноги затекли, несчастный локоть вопил о помиловании. У надежды начались предсмертные судороги. И тут я понял, что кисть моей правой руки больше не лежит на мягком ворсе под тёплой подушкой. Она была... её не было вовсе. И в то же время я вполне мог пошевелить пальцами, только для этого требовались скорее волевые, чем мышечные усилия.

Я так испугался, что забыл обо всем на свете. Затекшие ноги, сведенные судорогой плечи — какие пустяки! Что случилось с моей бедной лапой, хотел бы я знать, дырку над всем в небе?! Не нужны мне дурацкие сигареты, буду курить глупый вонючий трубочный табак, только верните мою любимую руку!.. Хотя. и сигарета мне сейчас тоже не помешала бы. Честно-то говоря.

Я так рванулся назад, что потерял равновесие и шлепнулся на бок. Благо хоть с четверенек падать невысоко. Я нервно рассмеялся. Моя рука снова была со мной. Более того, между средним и указательным пальцами она сжимала наполовину выкуренную горящую сигарету. Фильтр, красный от губной помады, — значит, я ограбил какую-то барышню. Синие цифры 555 под фильтром... Грешные Магистры, да какое это имеет значение! Я сделал затяжку, и голова пошла кругом.

Нужда сделала меня жутким скрягой. Через несколько секунд я осторожно погасил сигарету и пошел умываться. Потом разогрел остатки вчерашней камры, сел в кресло и с нежностью раскурил измятый бычок. Дивное начало дня. Словно бы в сказку попал.

Стоит ли добавлять, что до заката я не вылез из спальни. Каюсь, но даже желание увидеть Меламори не заставило меня отправиться в Дом у Моста раньше времени.

Первый опыт, оказывается, был самым успешным: при последующих попытках ждать мне приходилось еще дольше. Но теперь-то я знал, ради чего страдаю. К моменту ухода на службу у меня было четыре сигареты. Три кем-то начатых и одна целая. Аккуратно упаковав свою добычу и спрятав сверток в карман Мантии Смерти, я отправился в Управление Полного Порядка. Со всеми этими запредельными экспериментами я даже забыл поесть.

После вчерашнего исторического события я, признаться, ожидал, что перед дверью для посетителей будет стоять огромная толпа поваров, жаждущих получить вожделенное разрешение применять на своей кухне магию запретной двадцатой ступени и серьгу Охолла в придачу.

Ничего подобного. Посетителей не было ни на улице, ни в коридоре, ни даже в Зале Общей Работы, где предполагалось устроить временную приемную. На столе восседал Мелифаро, у него было скучающее лицо хорошо отдохнувшего человека. Сэр Джуффин Халли вышел мне навстречу из своего кабинета.

— С ума сойти, Макс. Ты сегодня вовремя, а не на три часа раньше. Что с тобой, парень?

— А вы не в курсе? Мне приснился сэр Маба.

— Да? И это видение было слишком прекрасно, чтобы просыпаться?

— Значит, вы не знаете? Он научил меня доставать сигареты. Из-под подушки!

— Смотрите-ка, какой он заботливый. Не ожидал! И у тебя что-то получилось? Ну да, разумеется, получилось, это написано большими буквами на твоей счастливой физиономии. Странно, Маба никогда не был хорошим педагогом, он слишком нетерпелив, чтобы возиться с новичками... Мы болтаем о пустяках, Мелифаро, не бери в голову. — Джуффин наконец-то обратил внимание на выпученные от любопытства глаза своего Дневного Лица. — Теперь тебе придется гораздо больше работать, бедняга. Сэр Макс, как я понимаю, будет посвящать все свое время увлекательным процедурам с собственной подушкой.

— Да, это серьезная причина, — кивнул Мелифаро. — В самом деле, чего тебе тут всякой ерундой заниматься? Подушка — это я еще понимаю. А там, глядишь, до увлекательных процедур с одеялом дорастешь.

Но я был великодушен, как всякий по-настоящему счастливый человек.

— Рано меня хоронить, еще попрыгаем. Скажите лучше, где повара? Или я пришел слишком поздно? Что тут с утра творилось?

— Да ничего тут не творилось, — зевнул Мелифаро. — Приходил Чемпаркароке, хозяин «Старой колючки». Заявил, что он свои фирменные супы Отдохновения вообще без всякой магии готовит, была бы трава для заправки хорошая. Но серьга Охолла, дескать, вещь шикарная, и клиентам понравится.

Смешной парень! Потребовал проделать процедуру надевания серьги перед зеркалом, чтобы следить за процессом. Я решил повеселиться, вызвал младших служащих. Ребята обступили Чемпаркароке, каждый держал по зеркалу, так что тот мог созерцать свои отражения во всех ракурсах. Я всадил ему в ухо серьгу, завывая какие-то ужасные заклинания, половину из которых выдумал на ходу. Парень был просто счастлив. Полчаса крутился перед зеркалом в коридоре, заодно зазывал полицейских в свое заведение, снова вернулся ко мне, сообщил, что серьга ему нравится, и наконец ушел. Теперь в «Старой колючке», надо думать, аншлаг.

— Ты хочешь сказать, что за серьгой приходил один Чемпаркароке?! Которому, по его словам, магия вообще не требуется? Что же это, Джуффин? Как же так? — Я растерянно повернулся к начальнику. — Вы так все хорошо устроили, уговорили магистра Нуфлина, а эти идиоты...

— Да в том-то и дело, что не идиоты. Рассудительные, осторожные господа. Ты думал, они прибегут в первый же день? Серьга Охолла — это не шуточки. Знаешь, что будет с тем, кто решится применить магию хотя бы двадцать первой ступени, если у него в ухе висит эта цацка? Немногие способны пережить болевой шок, который им в этом случае гарантирован! А наши славные кухонные чародеи — живые люди, и они совсем не готовы к таким ограничениям. Каждый полагает, что если он однажды, по случаю, нарушит запрет, то от нас можно и спрятаться, если повезет. Да и в Холоми не так уж страшно попасть. Чуть ли не половина первых лиц Соединенного Королевства в свое время там посидела, и ничего. А насчет серьги Охолла двух мнений быть не может: она или есть, или ее нет.

— А снять?

Я ничего не понимал. Вчера я так хотел спать, что не успел расспросить Джуффина, что такое, собственно, эта «серьга Охолла»?

— Ох, Макс. Что ты несешь? Смотри, степное чудо!

Мелифаро протянул мне довольно большое кольцо из темного металла. От обычной серьги кольцо отличалось в первую очередь тем, что было сплошным, без всяких там застежек. Я осторожно взял вещицу. Она показалась мне тяжелой и теплой.

— Вдеть ее в чье-то ухо довольно легко, но и это может только компетентный специалист. Например — я. Поскольку этот металл, как ты понимаешь, не может проникнуть в человеческую плоть без некоторых специфических заклинаний, — важно объяснял Мелифаро. — А вот снять... В Ордене Семилистника есть несколько ребят, которые специализируются на процедурах такого рода. Но прийти в Иафах и сказать: «Ребята, снимите с меня эту дрянь, мне тут поколдовать срочно приспичило», — не самый разумный поступок. Я прав, шеф?

— Абсолютно, — зевнул Джуффин. — Ты настолько прав, что мое присутствие здесь становится просто неуместным. Я пошел спать, мальчики. Устал, как сердитый убийца.

— Так что, все было зря? — печально спросил я. — В смысле ваша затея? Повара не станут с нами связываться?

— Ну что ты. Все образуется. Сегодня у Чемпаркароке толпится весь город. Завтра к нам заявится парочка его коллег похрабрее. Вечером все клиенты ринутся к ним. Послезавтра придет еще человек десять. Через полдюжины дней нам придется отбиваться от желающих. На все нужно время, ясно?

— Ясно. — Я вздохнул с облегчением. — Ладно, несколько дней как-нибудь потерплю.

— Вот обжора, — восхищенно сказал сэр Джуффин и удалился.

Мелифаро слез со стола.

— Я, пожалуй, все-таки зайду в «Колючку». Мне очень любопытно: врал Чемпаркароке, что серьга ему нужна только для красоты, или правду говорил? Что за супчик он теперь варит? Бедный Ночной Кошмар, тебе-то там все равно делать нечего.

— Тоже мне горе. Иди уж, морфинист несчастный.

— Кто-о?! Ну ты и ругаешься иногда. Наверное, это что-то очень неприличное!

— Почему неприличное? Так у нас на границе называют кочевников, пристрастившихся к пожиранию свежего конского навоза. Они тоже утверждают, что это приносит отдохновение.

— Завидуешь, — подытожил Мелифаро. — Ладно, Магистры с тобой, я пошел наслаждаться.

— Это кто еще будет наслаждаться, — промурлыкал я, оставшись один.

И отправился в наш с Джуффином кабинет. Налил себе камры, достал самый коротенький окурок. Жизнь была прекрасна и без супа Отдохновения.

В этот вечер я никуда не отлучался, поскольку леди Меламори, оказывается, плохо спала прошлой ночью и слишком устала, чтобы гулять. Зато мне было твердо обещано: «Завтра твои бедные ноги проклянут тебя, Макс!» За неимением лучшего обещание было очень даже ничего.

Прогнозы Джуффина сбывались. На следующий день в Доме у Моста побывала мадам Жижинда со своим поваром. Ближе к вечеру явилась еще одна пышная рыжеволосая красотка с фиалковыми глазами. За нею понуро тащились целых два перепуганных повара. Это зрелище я не пропустил, поскольку пришел на службу довольно рано. Только когда сверху, путаясь в полах лоохи, прибежал раскрасневшийся Луукфи, до меня дошло, что это и есть знаменитая леди Вариша, обожаемая молодая жена Мастера Хранителя Знаний и хозяйка знаменитого на весь Ехо ресторана «Толстяк на повороте». Сэр Лонли-Локли произнес длинную речь на тему «как же все мы счастливы», — ну и так далее. Наш Мастер Пресекающий ненужные жизни просто незаменим в подобных ситуациях. Мелифаро откровенно любовался гостьей, то и дело толкал Луукфи локтем в бок и вопил во весь голос: «Ну ты даешь, парень!»

В конце концов польщенная нашим вниманием леди Вариша удалилась, бережно поддерживая свое сокровище: у бедняги Луукфи ноги от смущения заплетались. Повара, чьи уши уже были украшены хитроумными побрякушками, угрюмо следовали за хозяйкой.

А потом мы с Меламори отправились гулять, оставив в канцелярии одного Куруша. Буривух не возражал: я обещал ему пирожное.

Тягостных бесед о моей «нечеловеческой природе» на сей раз не было. Страстных поцелуев на прощание, увы, тоже. Но я не огорчался. Если этой потрясающей леди требуется время, чтобы расчистить для меня местечко в сердце, — что ж, на здоровье. Я мог позволить себе роскошь стать терпеливым — теперь, кроме свиданий наяву, у меня были сны.

Стоило мне закрыть глаза, она тут же появлялась в оконном проеме спальни. В отличие от оригинальной версии, Меламори из снов совсем меня не боялась. Подходила совсем близко, улыбалась, щебетала какую-то славную ласковую ерунду, вот только прикоснуться ко мне не могла, словно бы между нами возвышалась не видимая глазу стеклянная перегородка. Я и сам не мог ничего поделать: двигаться в этом сне было очень трудно. Мне удавалось чуть-чуть привстать, но этим мои достижения и ограничивались. А потом она исчезала, я просыпался и подолгу ворочался в постели, перебирая в памяти все подробности нашей встречи.

Дни бежали удивительно быстро. Дома я часами просиживал над своей подушкой. Процедура по-прежнему оставалась долгой и утомительной. Но я не возражал — счастье, что у меня вообще хоть что-то получается! Как и почему — этими вопросами я старался не задаваться. Все равно ведь ничего путного не придумаю, пусть уж идет, как идет.

По вечерам я прилежно бродил по Ехо в обществе Меламори, ночью бездельничал и болтал с Курушем, а за пару часов до рассвета отправлялся домой, чтобы увидеть еще одну Меламори. Меламори из моих снов.

Джуффин, очевидно, догадывался, что со мной происходят странные вещи. Во всяком случае, он не возражал против моих регулярных отлучек со службы. А при встрече я всякий раз замечал в его глазах искорки неподдельного любопытства. Исследователь, склонившийся над колбой, — вот на кого был похож в такие минуты наш «па-а-а-ачетнейший начальник». Я же, очевидно, был для него чем-то вроде редкой разновидности вируса. Впору возгордиться.

Кулинары же действительно начали приходить в Дом у Моста целыми толпами. После того как нас почтил своим присутствием господин Гоппа Талабун, хозяин всех «скелетов»: «Сытого», «Пьяного», «Толстого», «Счастливого» и иже с ними, — стало ясно, что гениальная идея Джуффина прижилась наконец в народе.

Самому Гоппе серьга Охолла был совершенно ни к чему: он не только не умел готовить, но и питался, по слухам, всухомятку. Господин Талабун привел к нам две дюжины своих главных поваров. А пока Мелифаро совершал над ними надлежащие обряды, прочитал свободным от дел сотрудникам Тайного Сыска назидательную лекцию о вреде обжорства. Знал ведь, хитрец, что его никто и слушать не станет.

С вечера нашего исторического визита в Иафах прошло дней десять. Однажды за час до заката сэр Кофа Йох прислал мне зов. Я как раз пытался выудить из щели между Мирами шестой по счету окурок. Как правило, добыть до ухода на службу больше пяти сигарет мне удавалось редко, но я очень старался.

«Сегодня возьми с собой нормальную одежду, Макс, — посоветовал Кофа. — Пригодится!»

«Что-то случилось?» — встревожился я.

«Нет. Но что-то обязательно случится, верь мне. Жди меня после полуночи, мальчик. Отбой!»

Я был так заинтригован, что даже забыл порадоваться шестой сигарете, оказавшейся в моей руке.

В Доме у Моста творился ставший привычным бардак. Похудевший, злой Мелифаро отбивался от дюжины поваров, жаждущих получить серьгу Охолла.

— Я работаю до заката, господа. До за-ка-та! Знаете, что такое закат? Это когда солнышко идет баиньки. Знаете, что такое солнышко? Эта такой кругленький светящийся шарик, он ползает по небу. Кажется, я все понятно объясняю? Приходите завтра!

Повара угрюмо топтались в Зале Общей Работы. Они надеялись, что сэр Мелифаро еще немного пошумит и снова возьмется за дело.

— Почему бы вам действительно не прийти завтра, господа? — дружелюбно спросил я. — Впрочем, если так уж припекло, я сам могу вами заняться. Есть желающие?

Исподлобья разглядывая мою черно-золотую Мантию Смерти, повара начали отступать. Через минуту мы с Мелифаро остались одни.

— Спасибо, Ночной Кошмар. — Мелифаро устало улыбнулся. — Никогда не думал, что в Ехо столько поваров. Сегодня я облагодетельствовал сотни полторы. А это же все-таки магия! А я не такой железный, как кажется этому извергу Джуффину. Пойду спать: завтра будет то же самое.

Я прошел в кабинет. Сэра Джуффина Халли уже не было. Наверное, отправился в какой-нибудь трактир пожинать сладкие плоды своих государственных трудов.

— Макс, — в приоткрытую дверь заглянула Меламори, — вы... Ты уже пришел?

— Нет, — я помотал головой. — У тебя галлюцинации.

— Я так и думала. — И Меламори уселась на ручку моего кресла.

Вот это да.

— Угостишь меня камрой, сэр Макс? Давай тут посидим, поболтаем. Не тянет меня сегодня гулять. Знаешь, я ужасно сплю в последнее время. Я хотела тебя спросить...

— Спрашивай.

Но тут нас прервал курьер из «Обжоры Бунбы». Меламори налила себе камры и уткнулась носом в кружку. Это означало, что говорить мы начнем минут через десять, — я уже изучил все ее привычки. Поразмыслив, я достал сигарету. Магистры с ней, с конспирацией! В случае чего скажу, что мне прислали посылку с далекой дикой родины.

Но Меламори не было дела до моих сигарет.

— Ты мне снишься каждую ночь, — угрюмо заявила она. — И я хотела спросить: ты это нарочно делаешь?

Я честно помотал головой. Моя совесть была чиста: я действительно ничего для этого не делал. И понятия не имел, как делать такие штуки «нарочно».

— Ты мне тоже снишься. Что в этом удивительного? Я о тебе думаю, и ты мне снишься. Вот и все. Так всегда бывает.

— Я имею в виду другое. Ты уверен, что ни капельки не колдуешь?

Я искренне рассмеялся.

— Я просто не умею так колдовать, Меламори. Спроси Джуффина. Он так намаялся, пока научил меня делать элементарные вещи!

Это было некоторым преувеличением: учился я легко и быстро, но мне показалось, что сгустить краски не помешает. Пусть леди думает, что я тупица, и спит спокойно.

— Ладно. Наверное, я действительно много думаю о вас... О тебе. Но меня так напугали эти сны! Я просто хотела сказать, Макс, что если ты все-таки колдуешь, то это не нужно. Меня не надо ни к чему принуждать, я и сама хочу, но... Просто подожди еще немного. Со мной никогда не происходило ничего подобного. Мне нужно привыкнуть.

— Конечно. Все будет, как ты скажешь, грозная леди. Я могу ждать, могу научиться стоять на голове или перекраситься в рыжий цвет. Со мной очень легко договориться.

— Перекраситься?! В рыжий цвет? Ну ты даешь! — Меламори с облегчением расхохоталась. — Придет же такое в голову! Представляешь, как это будет выглядеть?

— Я буду прекрасен, — гордо заявил я. — Ты глазам своим не поверишь.

Оставшись один, я восхищенно покрутил головой. Мой выстраданный, вымечтанный служебный роман медленно, но верно выходил на финишную прямую. А сны... Ну что ж, мы «наступили друг другу на сердце», как говорят здесь, в Ехо, вот и сны у нас соответствующие.

Мне в голову не приходило, что к вопросам Меламори следует отнестись серьезнее. Мне бы догадаться, что мы видим один сон на двоих, но я знать ничего не желал. Иногда я бываю удивительно туп. Особенно если мне это по какой-то причине удобно.

— Скучаешь? — Сэр Кофа Йох появился так внезапно, что я подскочил как ужаленный. — Давай, переодевайся. Пошли!

— Куда? — растерянно спросил я.

— Как куда? Туда, где творятся чудеса! Займусь твоим воспитанием. Переодевайся.

— А кто здесь останется? — я уже снял черно-золотую Мантию Смерти, под которой, хвала Магистрам, была совершенно нейтральная темно-зеленая скаба. И начал переобуваться — сапоги с колокольчиками и драконьими мордами на носках выдали бы меня с головой.

— Как — кто? Куруш. Сидел же он здесь в одиночестве, пока леди Меламори таскала тебя по злачным притонам, где можно только испортить желудок.

— Максу вообще никогда не сидится на месте, — пожаловался буривух. — Уходит, приходит... Люди такие суетливые.

— Святые слова, умник, — согласился Кофа. — Но ты ведь не против?

— Я не против, если мне принесут пирожное, — заявила мудрая коррумпированная птица.

— Хороший мой, я тебе дюжину принесу, — пообещал я, закутываясь в скромное лоохи болотного цвета: обожаю быть незаметным. — Я готов, сэр Кофа.

— Ничего ты не готов. Сам же не хочешь, чтобы тебя узнавали. Думаешь, твоя физиономия — самая неприметная в Ехо? Можешь мне поверить, это не так. Иди-ка сюда.

С минуту сэр Кофа придирчиво меня рассматривал. Потом вздохнул и сделал мне легкий массаж лица. Было приятно и немного щекотно. В финале он осторожно потянул меня за нос.

— Думаю, сойдет. Пойди полюбуйся.

Я вышел в коридор и уставился в зеркало. Из зазеркалья на меня взирал какой-то малоприятный субъект: раскосый, длинноносый, с заметно оттопыренной нижней губой и мощными надбровными дугами. Мой старый знакомый симпатяга Макс исчез безвозвратно.

— Сэр Кофа, а вы потом сделаете, как было? — испуганно спросил я. — Честно говоря, этот тип мне не нравится.

— Много ты понимаешь. Тип ему, видите ли, не нравится. Зато теперь ты незаметный. Это очень обычное лицо, Макс. Неужели никогда не обращал внимания?

— Каюсь, нет. Некоторые вещи до меня очень медленно доходят. Да я не против, только не забудьте вернуть мое лицо на место.

— Оно само вернется на место, не позже чем к утру. Такие фокусы долго не работают. Ну все, можно идти.

Кофа стремительным движением рук изменил собственную физиономию. Теперь мы с ним были похожи на мудрого папочку и не хватающего звезд с неба сынульку: наши новые лица явно принадлежали к одному и тому же морфологическому типу, но Кофа выглядел постарше, да и поинтеллигентнее.

— Так куда же мы все-таки идем? — спросил я, лопаясь от любопытства.

— Дырку над тобой в небе! Ты еще не догадался?! Мы отправляемся в чудесное путешествие по трактирам. Начинается новая эпоха: Эпоха Хорошей Еды. И я не хочу, чтобы убогое образование в этой области обрекло тебя на унылое существование в новом прекрасном Мире. Я вообще очень добрый человек, тебе это не приходило в голову?

— Вы хотите сказать... — я начал смеяться. — Вы хотите сказать, что я удрал со службы, чтобы шляться по трактирам? Сэр Кофа, это действительно здорово!

— Не вижу ничего смешного. Могу тебя заверить, что Джуффин сочтет наш поход достаточно веским оправданием, даже если в твое отсутствие Дом у Моста провалится в тартарары к Темным Магистрам. И вообще я-то делаю свою работу, а ты... Ты мне помогаешь.

— Ох, Кофа! Вы знаете, как вас называет Мелифаро?

— Разумеется. Мастер Кушающий-Слушающий. Не вижу в этом ничего плохого. Кто бы хихикал, сэр Ночной Кошмар!

К моему удивлению, мы прошли мимо нашего любимого «Обжоры Бунбы».

— Ты и без того шляешься сюда с Джуффином чуть ли не каждый день. Он вообще жуткий консерватор, — презрительно махнул рукой Кофа. — Вбил себе в голову, что от добра добра не ищут. Кухня в «Обжоре» хорошая, не спорю, но каждый день одно и то же — невозможно!

Для начала мы зашли в трактир «Веселые скелетики». Я подумал, что опутавшая Ехо сеть разнообразных «скелетов» чем-то напоминает многочисленные Макдоналдсы на моей родине. И улыбнулся.

— Ты чего? — спросил Кофа, усаживаясь за столик в дальнем углу зала.

— Да так. Просто подумал, что в Ехо слишком много разных «скелетов».

— А ты знаешь историю их появления? Ну да, конечно, не знаешь. Джуффин никогда не имел представления, о чем стоит рассказывать в первую очередь. Тогда слушай. Хозяин всех «скелетов» — Гоппа Талабун. Ну, ты его видел, он приводил в Управление своих поваров. Парень происходит из очень богатой семьи. Клан Талабунов, потомственных дегустаторов, — в свое время это были очень влиятельные люди. Эти господа так любили вкусно пожрать, что через некоторое время после начала Эпохи Кодекса изрядно затосковали. Они собрались все вместе, велели своим поварам приготовить еду «как раньше», — то есть не пренебрегая запрещенной магией. И лопали, пока не умерли от обжорства. Времена тогда были повеселее, чем нынешние, у нас с Джуффином дел и без них хватало. Когда мы выкроили полчаса, чтобы нагрянуть к Талабунам, арестовывать было некого: одни трупы. Некоторые не смогли жрать до потери Искры, они отравились. Гоппа получил огромное наследство, в том числе дома своих родственников, и открыл в них трактиры. Это забавно, поскольку сам Гоппа по молодости записался в аскеты, все время ругался со стариками и презирал семейные традиции. Разумеется, он не принимал участие в их последнем пиршестве. Говорят, Гоппа до сих пор питается одними бутербродами, и я этому верю. У парня весьма своеобразное чувство юмора: посмотри вон туда. — Сэр Кофа указал на ярко освещенную нишу в противоположном конце зала.

В нише был установлен столик, за которым чинно восседали два небольших скелетика.

— Они настоящие, Макс. Настоящие скелеты Гоппиных покойных родственничков. Такие есть в любом его заведении, если ты помнишь. А название каждого трактира правдиво описывает характер покойного. Хозяевами этого дома были муж и жена, оба маленького роста и действительно очень веселые. Хорошие люди, я был с ними дружен... А сейчас нам подадут нечто особенное, так что соберись с силами, мальчик. Повара здесь, кстати, до сих пор те же, что и раньше. А Талабуны всегда могли себе позволить лучших из лучших. Торжественный момент, сэр Макс: нам несут «Великий пуш»!

Когда я посмотрел на приближающегося к нашему столику старшего повара, мне стало не по себе: парень катил перед собой тележку, на которой возлежало нечто вроде китайских пельменей, только каждый «пельмень» был около метра в диаметре.

— Я конечно, люблю пожрать, — шепотом сказал я Кофе, — но вы явно переоценили мои возможности.

— Не говори ерунду, мальчик. Сейчас все будет в порядке. Молчи и наблюдай.

Остановившись возле нашего столика, повар с достоинством поклонился и поставил перед нами две сравнительно небольших тарелки. Не успел я задуматься о несоответствии размеров посуды и еды, а повар двумя широкими лопаточками аккуратно подцепил верхний «пельмень». И начал на него дуть. Так осторожно и терпеливо дует заботливая бабушка на ложку с овсяной кашей, умоляя любимого внука превозмочь себя и впустить в организм еще одну порцию пользы. Но в отличие от бабушкиной овсянки, «пельмень» начал стремительно уменьшаться. Когда «Великий пуш» превратился в среднестатистический пирожок, повар быстро переправил его на тарелку сэра Кофы, и тот начал есть.

— С этим делом лучше поторопиться, мальчик, — с набитым ртом сообщил мой Вергилий. — Через несколько минут будет уже невкусно.

Я счел за благо прислушаться к разумному совету. Как только пирожок шлепнулся на мою тарелку, я приступил к делу. Внутри «Великого пуша» обнаружилось много какой-то воздушной мясной начинки и целый океан ароматного сока. Это было восхитительно!

Повар подбрасывал на наши тарелки все новые и новые «пуши», мы тоже не сдавались. Наконец тележка опустела, мы остались одни.

— Запомни, Макс. «Великий пуш» можно заказывать только здесь. В остальных трактирах уже не то, я проверял. — Кофа мечтательно закатил глаза. — А ведь когда-то это было обычным повседневным блюдом. За последние сто лет столичные повара подзабыли азы своей профессии. Ничего, наверстают. Время все лечит. Пошли дальше, мальчик.

И мы пошли дальше.

— Я вообще никогда не забывал воздавать должное кухне «скелетов», — разглагольствовал сэр Кофа Йох. — Конечно, с одной только дозволенной магией они мадам Жижинде или тому же горбуну Итуло, да хранят его Темные Магистры, в подметки не годились. Это люди старой школы, без хорошего заклинания они и бутерброд толком не смастерят, что правда, то правда. Зато теперь пришло их время.

— Кстати, — спросил я, — а как же Гоппа смог оставить у себя поваров? Разве вы не упекли их в Холоми?

— В Холоми? Но за что?

— Как за что? Вы же сами сказали, что они приготовили еду «как в старые времена». Поколдовали знатно, я полагаю.

— Да, но... Видишь ли, Макс, повара просто выполняли приказ. Им и оправдываться не пришлось: хозяева выдали им бумагу, где сообщали, что всю ответственность берут на себя. Вот если бы кто-то из Талабунов выжил, его бы мы, пожалуй, «упекли», как ты выражаешься.

— Там, где я вырос... Словом, там пришлось бы отвечать всем: и тем, кто приказывал, и тем, кто действовал.

— Глупости какие. Как можно наказать человека, если он поступает не по своей воле?! Ну и порядки в этих ваших Пустых Землях.

Кофа посмотрел на меня так выразительно, что я понял: да не верит он в нашу с Джуффином «легенду»! Не верит, но помалкивает.

Следующим объектом нашего внимания стал «Счастливый скелет». Сэр Кофа многозначительно указал мне на нишу в конце зала: там восседал одинокий, но улыбчивый остов.

— Здесь мы будем есть индейку «Хатор», — торжественно заявил сэр Кофа.

— Что?! Как она называется? — я ушам своим не верил.

— «Хатор». Это совершенно непостижимая звероподобная богиня из какого-то другого Мира. Я и сам толком не знаю. Да и никто, пожалуй. Факт, что у нее бычья голова.

— Коровья, — машинально поправил я. — Хатор — женщина, поэтому и голова у нее коровья, а не бычья.

— Где ты учился, парень? — изумился сэр Кофа. — Ты знаешь такие вещи!

— Нигде я особо не учился, — честно признался я. — Просто читал все, что под руку подвернется. Хорошее средство от бессонницы.

— Все, что под руку подвернется?! И часто ты ворочаешь руками в запретной библиотеке Ордена Семилистника? Ладно уж, не умеешь — не ври.

Я пожал плечами. Сообщать сэру Кофе, что богиня Хатор — одна из многочисленных зооморфных представителей древнеегипетского пантеона, наверное, все-таки не следовало. Вдруг это — священная тайна?

На сей раз два дюжих поваренка бухнули на наш столик огромное блюдо. На блюде покоилась рогатая бычья голова. Между рогов зависла жареная индюшачья тушка. Сначала мне показалось, что она нанизана на шампур, потом я понял, что лакомство парило, словно в невесомости.

— Не вздумай класть индейку на тарелку, — шепнул сэр Кофа. — Она должна оставаться там, где пребывает. Срезай мясо ножом, помогай себе вилкой. И не вздумай трогать ее руками: испортишь вкус!

Я послушался. Такой вкус и вправду грех было портить.

...После четвертого по счету трактира я заскулил и запросил пощады. Мне показалось, что я имею все шансы разделить печальную судьбу семейства Талабунов.

— Ну и слаб же ты брюхом, парень! Никогда бы не подумал. Здесь есть одно забавное место, хочу тебе показать. У них превосходные десерты и очень маленькие порции, честное слово.

— Ладно, — буркнул я. — Но этот притон — последний на сегодня.

Заведение называлось «Герб Ирраши».

— Кто такой этот Ирраши? — вяло поинтересовался я.

— Ну ты даешь! Кто такая «Хатор», он, видите ли, в курсе. А название соседнего государства...

— Я просто объелся и перестал соображать.

Стыдно, конечно. Несмотря на то что восьмитомная Энциклопедия Манги Мелифаро давно переместилась из книжного шкафа в изголовье моей постели, знание географии Мира до сих пор не стало одним из моих достоинств.

Сэр Кофа Йох укоризненно покачал головой, и мы вошли в «Герб Ирраши».

— Хокота! — крикнул нам приветливый бармен.

— Хокота! — важно ответил сэр Кофа.

— Что вы такое говорите? — поинтересовался я.

— А. Это один из милых обычаев заведения. Держат его наши ребята, коренные уроженцы Ехо. Но кухня у них иррашийская, и говорить с посетителями они стараются на ломаном иррашийском, в меру своих способностей. Это забавно. Ирраши — одна из немногих стран, где не пользуются нормальной человеческой речью. Нашим снобам такая болтовня кажется верхом изысканности.

— Ясно. А вы просто поздоровались, как я понимаю?

— Разумеется. Посмотри-ка, Макс. Видишь того парня в сером лоохи? Как странно он одет, не находишь?

— Странно? Что вы имеете в виду?

Я внимательно оглядел скромно одетого незнакомца средних лет, который сгорбился над своей кружкой, примостившись у стойки бара.

— Не видишь? А пояс?

— С моего места не видно никакого пояса... Ну-ка подвиньтесь. Ага. Грешные Магистры, красота-то какая!

Под серым лоохи незнакомца действительно виднелся роскошный широкий пояс, фантастическая вещица, переливающаяся как яркий перламутр.

— То-то же. Нет, действительно странно. Парень одет более чем скромно. Хуже некуда одет, если разобраться. Скаба у него вообще латаная, ты заметил?

— Ну и глазастый вы, Кофа.

— Есть такое дело. А вот и наш десерт!

Порции действительно были небольшие. Нам досталось по кусочку странного дрожащего пирога. Это не было похоже на желе, пирог дрожал по каким-то своим личным соображениям, а не вследствие студенистости. Но какие ложки нам подали! Они были просто огромными. Я не очень-то представлял себе, как такой ложкой можно есть десерт. Она же в рот не пролезет!

— Позвольте, любезный, — сказал я молоденькому пареньку. — Это не ложка, а издевательство. Не могли бы вы поискать для нас другие приборы?

— Хварра тоникаи! Окир блад туу.

Сделав это заявление, парень испарился. Я вопросительно посмотрел на своего спутника.

— Что он имел в виду, Кофа?

— А Магистры его знают. Я ведь не переводчик с иррашийского. Сначала он извинился. А вот потом... Думаю, обещал поискать. Но ты совершаешь ошибку, Макс. Эти смешные поварешки — милая изюминка «Герба». Такой изысканный десерт и такие ужасные огромные ложки. Больше нигде в Ехо ты ничего подобного не увидишь.

— Обойдусь без «изюминок», — я махнул рукой. — Не стану я есть этой лопатой. Лучше уж руками! Эх, где моя Мантия Смерти?! Будь я при ней, хозяин этой дыры уже притащил бы мне фамильный сервиз своей бабушки! Мое лицо еще не вернулось на место? Я сейчас начну скандалить!

Мне было весело. Кофе, судя по его довольной физиономии, тоже.

— Что, трудно быть простым смертным? Нуфлин-то тебе дело говорил... А что, пошуми, это даже интересно. А я буду кушать. Мне и такая ложка хороша.

Но буйствовать мне не пришлось. Молоденький официант уже мчался к нам, победно размахивая маленькой ложечкой. Именно так я себе и представлял идеальный инструмент для расправы с десертом.

— Шоопра кон! — парень почтительно поклонился и вручил мне этот замечательный прибор. Потом повернулся к сэру Кофе и виновато пробормотал: — Хварра тоникаи! Прэтт!

— Ладно уж, — проворчал удивленный сэр Кофа, — ступай себе, горе мое. — И повернулся ко мне. — Ну ты даешь, мальчик! Тебе уже и Мантия Смерти ни к чему, люди тебя все равно боятся. Инстинкт, наверное... Ишь, для сэра Макса они, понимаете ли, нашли ложку, а для меня — так нет! Уму непостижимо.

Я был совершенно счастлив своей пустяковой победой. Да и сам десерт тоже не обманул моих ожиданий.

— Смотри-ка, Макс, — сэр Кофа пихнул меня в бок. — А вот и второй! Ничего не понимаю. Это что, новая мода?!

— Второй? Что — второй? Я вас не... — начал было я и тут же заткнулся.

Стоило посмотреть на дверь, как все стало ясно. Красивый молодой парень в роскошном желтом лоохи замер на пороге. Нарядный плащ распахнулся, открыв нашим заинтересованным взорам ветхую скабу и изумительный перламутровый пояс. Точно такой же, как у того парня за стойкой.

— Ничего себе совпадение, — хмыкнул Кофа. — Впервые в жизни вижу такую вещицу, и тут же появляется близняшка. Смотри-ка, ребята заметили друг друга! Так-так-так...

Обладатели поясов действительно замерли, уставившись друг на друга. На лице юноши в желтом промелькнули изумление, страх и, кажется, даже сочувствие. Он открыл рот, сделал шаг по направлению к стойке, потом резко развернулся и ушел. Второй привстал было с табурета, но махнул рукой и повернулся к хозяину. Тот поставил перед ним еще одну кружку, и парень занялся дотошным изучением ее содержимого.

— Как тебе это нравится, Макс?

— Странно как-то. — Я неопределенно махнул рукой. — Ага, он уходит. Пойти, что ли, за ним?

— Сиди уж, герой. Не нужно нам за ним ходить.

— Почему, Кофа?

— Потому... Как бы тебе объяснить?.. Знаешь, это просто не принято, чтобы Тайные сыщики сломя голову гонялись по Ехо за первым попавшимся подозрительным субъектом. Профилактика преступлений — вообще не наш профиль. Вот если что-то произойдет и нас хорошо попросят разобраться, тогда — другое дело. Словом, никуда мы с тобой не пойдем.

— Ну, вам лучше знать.

Признаться, я был разочарован.

— Именно так, — подмигнул сэр Кофа. — Не унывай, все твои приключения и погони еще впереди. А пока наслаждайся жизнью.

— Наслаждаться? По-моему, вы издеваетесь. После этой ночи я неделю не смогу смотреть на пищу.

— Это тебе так кажется, мальчик. Сейчас я приоткрою тебе главную тайну старой кухни.

— Нет! — я зажмурился и помотал головой. — При всем моем уважении к вам, Кофа, я отказываюсь!

— Никогда не принимай скороспелых решений. Ты же не знаешь, о чем речь. Ну не переживай, Макс. Я тебя собираюсь не кормить, а лечить от обжорства. Честное слово.

— Тогда вперед! — обрадовался я. — Лечиться сейчас самое время.

И мы покинули «Герб Ирраши».

— Если ты еще когда-нибудь обожрешься до полусмерти, ступай в «Пустой горшок». — вещал сэр Кофа. — Запомни этот адрес, мальчик. Улица Примирений, тридцать шестой дом. У меня есть предчувствие, что ты будешь приходить сюда очень часто.

В «Пустом горшке» было людно, но и работать здесь умели быстро. Через несколько минут к нам подошел повар с небольшой тележкой. С невозмутимостью опытного фармацевта загрохотал склянками. Я присмотрелся. Грешные Магистры! Меня чуть не стошнило. Парень извлек из банки огромный кусок зеленоватого мягкого сала и положил его на крошечную жаровенку. Минута — и он слил в высокий стакан цветного стекла мутный растопленный жир. На жаровню шмякнулся второй кусок сала. Я судорожно сглотнул слюну и отвернулся. Сэр Кофа невозмутимо взял стакан и опорожнил его, не поморщившись.

— Это не так страшно, как кажется, мальчик. Давай бери свою порцию. Я не издеваюсь, а хочу тебе помочь. Тоже мне, герой... Ну хоть понюхай!

Я послушно понюхал содержимое своего стакана. Ничем тошнотворным оно не пахло. Скорее наоборот — легкий ментоловый аромат щекотал мои ноздри. Я вздохнул и проглотил ужасное зелье. Все прошло не так страшно, как казалось. То есть совсем не страшно. Словно бы выпил рюмку мятного ликера, разбавленную стаканом воды.

— Ну как? — заботливо спросил Кофа. — Какой ты, однако, впечатлительный. Никогда бы не подумал! Ладно, пошли. К твоему сведению, это называется «Кость речной крысы». Странное название, конечно. Запомни, пригодится.

На улице сэр Кофа внимательно посмотрел на меня.

— Ты уверен, что не голоден, Макс? Можем навестить еще парочку местечек.

— Магистры с вами, Кофа! Подумать страшно...

— Ну, как знаешь. Ладно уж, иди в Управление, все равно скоро рассветет. И не забудь про пирожные для Куруша. Он их честно заслужил.

— Само собой. Спасибо за науку. Это была самая прекрасная ночь в моей жизни.

— Надеюсь, что так. Хорошей ночи, Макс!

По дороге в Управление я выполнил свое обещание: зашел в «Обжору» и купил целую дюжину пирожных. Курушу столько не съесть, но за возможность удирать со службы и переплатить не грех.

Аппетитный запах свежей выпечки навел меня на мысль, что неплохо бы перекусить... Грешные Магистры, наверное, я сошел с ума. Какая уж еда после такой ночи!

Куруш был совершенно счастлив и тут же принялся уплетать лакомства. Я переоделся в Мантию Смерти и пошел взглянуть на себя в зеркало. Странное зрелище! Мои черты уже угадывались под несимпатичным фальшивым обликом. У меня было два разных лица, и одно просвечивало сквозь другое. Я поежился и пошел вниз умываться.

На обратной дороге снова посмотрел в зеркало. Наконец-то! Оттуда выглядывала моя старая добрая рожа. Я был готов заплакать от умиления — какой же я все-таки славный. Дело вкуса, конечно, но мне нравится.

Я вернулся в кабинет. Куруш приканчивал третье пирожное, уже без особого энтузиазма. Я с завистью посмотрел на птицу и... Словом, я съел целых пять штук. У меня не на шутку разыгрался аппетит. Эта «Кость речной крысы» была просто дьявольским зельем: я чувствовал себя так, словно не ел целые сутки. Вот уж воистину чудеса.

А дома мне снова приснилась Меламори. Разделяющая нас невидимая стена вдруг исчезла, и она уселась рядом со мной. Ее забавляла моя неподвижность. Не только забавляла, но и делала очень храброй. Мне досталось не так уж мало поцелуев, настолько настоящих, что можно было бы и призадуматься. Но не хотелось ни о чем таком думать дурацкой моей башке! А потом она исчезла, а я проснулся.

Меламори всегда исчезла из моих снов примерно в одно и то же время, вскоре после рассвета — как раз тогда, когда люди просыпаются, чтобы отправиться на службу. Но я старательно не придавал значения и этому совпадению. Если уж у меня что-то есть, я буду цепко держаться за свое достояние, даже если это всего лишь сны.

Незадолго до полудня я снова задремал под басовитое мурлыканье своих котят. Но почти сразу же услышал зов сэра Кофы.

«Хватит валяться, Макс. Здесь намечается кое-что весьма интересное».

«Опять жрать?» — с ужасом спросил я.

«Нет. Работать. Помнишь тех ребят с поясами?»

«Еще бы! Ох, хоть час у меня есть? Чтобы умыться».

«Ладно уж, мойся. Но через час мы тебя ждем».

Я вскочил с постели. Засоня Армстронг и ухом не повел, а Элла взревела и бросилась вниз, к своей миске. Пришлось заниматься еще и кошачьей едой. А вот на запредельные манипуляции с табачными изделиями времени уже не хватило. Счастье, что я запаслив, как белка: припрятал несколько окурков на черный день вроде сегодняшнего.

В Зале Общей Работы снова толпились повара. Сочувственно кивнув Мелифаро, я прошел в наш кабинет. Неузнаваемый сэр Кофа Йох, на этот раз кудрявый, румяный и большеглазый, о чем-то шептался с Джуффином. Увидев меня, они умолкли.

— Тайны? — спросил я. — Страшные или не очень?

— Так себе. Серединка на половинку. — Джуффин ехидно улыбнулся. — Как твой желудок, герой? Городские туалеты еще целы, или ты их разнес после такой напряженной ночи?

— Стараетесь компенсировать отсутствие генерала Бубуты? Это не ваша стезя, Джуффин. К тому же Бубута незаменим.

— Да уж... Прогуляйся-ка до морга и обратно. Очень познавательная экскурсия. А мы пока закончим с нашими тайнами. И не надо так выпячивать подбородок. На самом деле это тайны Великого Магистра Нуфлина. Не слишком занимательные, на мой вкус.

Я дисциплинированно отправился в морг, находившийся в ведомстве Городской Полиции Ехо. Грешные Магистры, вот уж не ожидал, что все будет так просто. Там лежал наш вчерашний знакомец в нарядном желтом лоохи. Вот только пояса на нем больше не было. Убийство с целью грабежа? Не самая популярная разновидность преступлений в Ехо. Я покрутил в руках свой волшебный кинжал. Индикатор и не думал дергаться. Никакой Запретной магией тут не пахло. Но уж если Джуффин захотел, чтобы я это увидел... Наверное, что-то здесь нечисто. Но вот что?

Так. Во-первых, никакой крови. И вообще, где следы насилия? Отравили его, что ли?.. Да нет, какое уж там «убийство с целью ограбления»! Стал бы Джуффин с этим возиться.

Я еще раз внимательно посмотрел на мертвеца. Что-то с ним не так. Была тут какая-то очень простая и очевидная нелепость, ускользающая от моего внимания.

Так и не сообразив, в чем дело, я пошел обратно. И, сгорбившись под грузом тяжелых мыслей, налетел на бывшего лейтенанта Городской Полиции Шихолу. После чудесного спасения Бубуты Шихола был спешно произведен в капитаны, чего, в отличие от большинства своих коллег, давно заслуживал.

Парень пошатнулся, но устоял.

— Ходили любоваться на нашу находку, сэр? — спросила несчастная жертва моих раздумий, потирая ушибленный подбородок.

— Ага. Что-то с ней не в порядке, с вашей находкой, — я задумчиво посмотрел на Шихолу.

— Думаю, что так. Еще бы — сначала сэр Кофа сюда приходил, потом сам сэр Почтеннейший Начальник пожаловал, а теперь вы. Дался вам этот оборванец!

— «Оборванец»? — изумленно переспросил я.

Дорогое желтое лоохи и шикарные сапоги убитого, кажется, не соответствовали такому определению. И тут до меня дошло! Под этим нарядным лоохи убитый носил старую линялую скабу, прискорбное состояние которой я мельком отметил еще вчера. Кажется, парень не снимал ее годами. Конечно же, это и было то самое, такое очевидное несоответствие.

— Ну да, разумеется, оборванец! — радостно воскликнул я и умчался, оставив капитана Шихолу недоумевать в одиночестве.

— Ну, что скажешь?

Джуффин улыбался столь благодушно, словно бы возможность посмотреть на труп была его лучшим подарком к моим именинам.

— Ничего особенного. Парень нелепо одет. Могу честно признаться, мне понадобилось довольно много времени, чтобы это понять. Такое впечатление, что он несколько лет не переодевался. Кстати, кто снял с него пояс — убийца или вы?

— Во всяком случае, не мы — к сожалению.

— А от чего он умер? Я не заметил никаких ран. Его отравили?

— Возможно. Пока ничего не ясно. Хочешь еще что-то добавить?

— Ничего.

— Так уж ничего?

— Ну, сердце противно заныло. Причем еще вчера, когда мы с Кофой встретили его в иррашийском трактире. Никаких более конкретных соображений у меня действительно нет.

— А меня и не интересуют конкретные соображения. Что меня действительно занимает, так это именно твое дурацкое сердце. Если бы у тебя было несколько сердец, я бы раздал их ребятам вместо этих дрянных индикаторов. Всякий раз, как случается что-то интересное, они дружно застывают чуть ли не на нуле. Идиотизм какой-то. Представь себе, мы с Кофой никакой особой «беды» так и не учуяли, зато ее учуял твой новый приятель.

— А кто у меня нынче новый приятель? Шихола?

— Короткая у тебя память, — ухмыльнулся шеф. — Великий Магистр Нуфлин Мони Мах час назад соизволил прислать мне зов. Требует, чтобы мы срочно разобрались с этим делом. У него отвратительные предчувствия и никаких конкретных соображений. Вы с ним случайно не родственники?

— Вам виднее, — вздохнул я. — Вы — единственный и неповторимый знаток моей биографии. Угостите камрой, Джуффин. Сначала я не выспался, потом смотрел на труп, и вообще жизнь ужасна.

— Что, не удалось развлечься с подушкой? — рассмеялся Джуффин. — Ну, не все коту индюшата! А камру сам свари, зря я, что ли, тебя учил? Да не скрежещи так зловеще зубами, сэр Макс. Кофа еще не пробовал твое творение. Ну, пожалуйста!

— Против волшебного слова не попрешь, — польщенно проворчал я. — Экий вы все-таки деспот, сэр.

— На том и стоим.

Я действовал почти машинально, тем не менее так хорошо у меня еще не выходило! Сэр Кофа — и тот не стал нос воротить.

Чувство законной гордости развеяло дурные предчувствия, не покидавшие меня с момента визита в морг. Я извлек из складок Мантии Смерти сверток с окурками. Мои старшие коллеги брезгливо поморщились, но мне было наплевать. Если люди обречены курить вонючую гадость, которую по недоразумению считают трубочным табаком, их можно только пожалеть.

— А в какой стране делают такие пояса? — спросил я. — Вы же наверняка знаете, Кофа.

— Хороший вопрос, Макс. Но пока это неизвестно. То есть, насколько я выяснил, их не делают нигде, но этой информации явно недостаточно. Собственно, я как раз собрался съездить на таможню. Поскольку решено взяться за дело всерьез, нам не обойтись без Нули Карифа. Это его работа — быть в курсе дел всех наших дорогих заморских гостей. За тем я тебя и разбудил, чтобы ты составил мне компанию.

— Вам понравилось? — улыбнулся я.

— Что, твоя компания? А как она могла мне не понравиться? Это было так забавно. Особенно героическая борьба за ложку.

— И вы, сэр Кофа, надо мной смеетесь, — вздохнул я. — Уйду я от вас к генералу Бубуте. Вы злые. А он простой и добрый. Мы будем вместе ходить в сортир, сидеть в соседних кабинках и перестукиваться.

— Зачем перестукиваться, Макс? — мои коллеги взвыли от смеха.

— Для полного взаимопонимания, — проникновенно объяснил я. — Вам такая душевная близость и не снилась.

— Пошли уж, гений, — с отцовской нежностью сказал сэр Кофа. — Душевной близости не обещаю, но скучно не будет.

Начальник Таможенного сыска Соединенного Королевства сэр Нули Кариф оказался личностью, замечательной во всех отношениях. Очень маленький, очень говорливый и, как мне показалось, совсем молодой. Круглые очки в тонкой оправе достойно завершали это восхитительное зрелище.

— Сэр Кофа, вот это да! А вы сэр Макс? Вот здорово! Что-то случилось, ребята? Можете не говорить, понимаю — случилось. Стали бы вы просто так сюда тащиться через весь город!

Как там Мелифаро? Что слышно о его старшем братце? Скоро этот пират нагрянет в Ехо? Говорят, Мелифаро надел на Чемпаркароке серьгу Охолла с такими крутыми заклятиями, что теперь ее никто никогда не сможет снять, даже в Семилистнике... А у нас столько всего случилось! Вы помните Каффу Хани, сэр Кофа? Так вот, он теперь у нас не служит, арендовал корабль и отправился Магистры знают куда. Грандиозно! Так и надо!.. А вы много народу убили, сэр Макс? Наверное, много! И правильно, так и надо!.. Да, так как там Мелифаро? Это правда насчет Чемпаркароке?.. У вас все-таки что-то случилось, сэр Кофа, или вы просто так зашли?

Монолог начальника таможни грозил оказаться бесконечным, но сэр Кофа умудрился его прервать.

— Мы так и будем топтаться на пороге, Нули? Или все-таки зайдем в твой кабинет?

— Тоже мне кабинет. Так, одно название. Посмотрите сюда, сэр Кофа! Это же склад, а не кабинет. Здесь хранится половина арестованных грузов, поскольку хранить эту дрянь в общей кладовой слишком опасно, а ребят из Иафаха такие пустяки не интересуют. Замкнутый круг! В общем, скоро я буду принимать посетителей прямо на причале. А что, поставлю там свое кресло и... Да вы уже знаете, что наш Каффа Хани стал капитаном? Подозреваю, он пойдет в пираты и закончит свои дни на виселице в каком-нибудь жарком Ташере или в далеком Шиншийском Халифате. А что, так и надо!.. Да, вы, конечно, садитесь, господа, если тут еще есть куда сесть. Сэр Макс, вы когда-нибудь сидели на столе Начальника Таможни? Уверен, что никогда! Попробуйте. Или садитесь в мое кресло, а я — на стол. Хорошее место! Я здесь даже сплю иногда. Знаете, порой эти грешные корабли приходят один за другим, и все норовят привезти в Ехо какую-то запрещенную дрянь. А что, так и надо!.. Какой смысл быть моряком, если не возить контрабанду? Это просто глупо. Я не понимаю таких людей... Сэр Кофа, здорово все-таки, что вы пришли меня навестить, но я заранее уверен, что это неспроста! У вас что-то случилось, я угадал?

— Разумеется, ты угадал, Нули. Может быть, угостишь нас камрой и заткнешься на три минуты? О пяти минутах не прошу, понимаю, что это невозможно. Ну как, договорились?

— Да, конечно, камру сейчас принесут. Вы какую предпочитаете, сэр Макс? Местную, или ирраший́скую? А может быть, вы любите камру из Арвароха? Ну так ее все равно уже выпили! Мои подчиненные вообще больше ничем не занимаются, только пьют камру из вот таких больших кружек! — он для убедительности развел в стороны свои маленькие руки. Размеры гипотетических кружек впечатляли.

— Если вы не преувеличиваете, сэр Нули, то у бедняг очень тяжелая работа, — посочувствовал я. — Такую кружку и поднять-то нелегко.

— Конечно, сэр Макс! Мы тут дурака не валяем! Ребятам приходится попотеть, — на полном серьезе подхватил этот потрясающий парень. — Зато и жалованье здесь очень хорошее. Тот же Каффа Хани проработал у нас всего три года, а уже смог арендовать корабль, я вам еще не говорил? Теперь он будет возить сюда контрабанду, а я — его ловить. Грандиозно! А вот и камра.

Сэр Нули понюхал содержимое кувшина и взорвался очередной тирадой.

— Это ирраший́ская. Вообще-то дрянь, зато заморская. Где вам еще такое подадут? Угощайтесь, господа. Хотя я бы предпочел это вылить, так надоело!.. А вот и старый Тювин пришел. — Нули указывал рукой в дальний угол своего загроможденного тюками кабинета, где едва заметно мерцало какое-то белесое пятно. — Сэр Макс, вы же еще не знаете нашего Тювина! Познакомьтесь, это мой предшественник, сэр Тювин Саливава, убит в пятьдесят втором году Эпохи Кодекса, когда пытался обыскать самого знаменитого контрабандиста Эпохи Орденов, можно сказать, великого человека. Не помню уж, как его настоящее имя, все звали его Белая птица, а иногда Солнце за пазухой... Контрабандисты вообще очень романтичный народ! Но парень тоже не вышел живым из этой схватки. Старик Тювин был просто молодец. Если бы он в тот вечер столько не выпил, Белая Птица никогда его не достал бы... Грандиозно, правда?

— Так это... это что, привидение? — ошеломленно спросил я, внимательно рассматривая мерцающее пятно.

— Конечно, призрак, а кто же еще? Старик сегодня не в форме, — я имею в виду, что обычно Тювин имеет вполне человеческие очертания. Наверное, он вас стесняется, или же... Вообще-то господин Саливава был так пьян, когда его убили, что его призрак до сих пор слабо соображает, что происходит. Но он все равно молодец! Здорово мне помогает. Как появится перед каким-нибудь бравым капитаном, как рявкнет: «Твари негодные!» — и ребята сами, без всяких усилий с моей стороны, начинают открывать свои тайники. А я могу просто идти спать, что обычно и делаю. Грандиозный мужик этот Тювин! Так любить свою работу!.. Да, сэр Кофа, что же у вас все-таки стряслось? По глазам вижу, что вы не просто так пожаловали.

— Нули, я еще минуты две подожду. А если ты к тому времени не заткнешься добровольно, мы с Максом тебя свяжем, сунем кляп в рот и перейдем к делу. Ясно?

— Ну что вы такое говорите, сэр Кофа? Когда это я отказывался поговорить о деле?.. Так я все-таки угадал, у вас ко мне дело! Отлично, я вас слушаю, господа, только сначала скажите мне: эта история про Мелифаро и Чемпаркароке — правда?

— Грешные магистры! — сэр Кофа поднял глаза к небу. — Разумеется, нет, сам мог бы сообразить. Дался вам всем этот Чемпаркароке... А теперь, Нули, напряги свою знаменитую память. Речь пойдет не о контрабанде, так что...

— Так вам тогда не ко мне, — радостно затараторил сэр Нули Кариф. — Я знаю, к кому вам нужно обратиться!..

— Да выслушай ты сначала! — рявкнул сэр Кофа.

Это подействовало. Нули Кариф наконец заткнулся, поправил свои уморительные круглые очки и изобразил внимание. Сэр Кофа удовлетворенно вздохнул и продолжил.

— Я знаю, что ты замечаешь всякую ерунду, если она выходит за рамки твоих представлений о скучном. Мне нужно, чтобы ты вспомнил, не было ли в последнее время каких-нибудь ребят, чьи пояса поразили твое воображение?.. Стоп, только не вздумай вываливать на нас полную информацию обо всех поясах, которые ты видел в своей жизни! Меня интересует широкий пояс из неизвестного материала, немного похожего на перламутр, только гораздо ярче. Все, можешь открыть рот, ты и так долго терпел. Так мило с твоей стороны, Нули.

— Видел! — с восторгом заявил сэр Нули Кариф, победоносно оглядывая нас с Кофой. — Видел, причем совсем недавно! Теперь надо вспомнить, где и у кого я это видел... Вы же знаете, сколько народу здесь шляется. И это правильно, так и надо, порт есть порт! Зачем он вообще нужен, если люди будут обходить его стороной, верно? Так... Ну, дело было уже в этом году. То есть меньше дюжины дней назад. Хорошо! Так, дальше... Я увидел этот пояс и сказал Ду Идунну: «Арестовать бы сейчас этих пиратов, Ду, были бы мы с тобой самыми модными ребятами в столице!» Не «пирата», а именно «пиратов» — значит, их было двое, в таких поясах. Или даже больше. Да, и еще получается, что мы были вместе с Ду Идунном, а он не появляется на службе уже полдюжины дней: болеет. Он вообще такой хилый парень или прикидывается. Я до сих пор не понял... Грандиозно! У меня в голове Магистры знают, что творится, а Ду должен помнить, чем занимался перед тем, как захворать, он очень мнительный. Когда заболеет, непременно вспоминает всех, с кем встречался, и пытается убедить жену, будто его «сглазили». Я пошлю ему зов и спрошу, а вы угощайтесь камрой, господа. Закончится — еще принесут, знали бы вы, как ее у нас много, этой дряни...

Сэр Нули Кариф умолк и напрягся. Перешел на Безмолвную речь, как я понимаю.

Через полчаса мне стало ясно, что Безмолвная речь не сделала нашего гостеприимного хозяина менее разговорчивым. Сэр Кофа изобразил страшное лицо и громко кашлянул. Нули покивал головой, виновато пожал плечами и снова ушел в себя. Еще через несколько минут он задумчиво слез со стола и вышел из кабинета. Я вопросительно посмотрел на Кофу.

— Ему надо посекретничать, Макс, — объяснил тот. — В народе ходят слухи, будто я могу подслушивать чужие разговоры на Безмолвной речи.

— Только слухи? — недоверчиво спросил я.

— Ну... Вообще-то я действительно могу, но... Это слишком утомительно, да и вредно для здоровья. Знаешь, мальчик, некоторые вещи лучше просто не делать. Тем более что гораздо легче прочитать мысли каждого из собеседников по окончании их разговора. Так что я и не собирался... Но ведь никому ничего не докажешь, пусть себе прячется.

— Прошу прощения, господа, — физиономия Нули Карифа была скорее довольной, чем виноватой. — Одно к одному, мне еще и в уборную приспичило. Вы уже были в нашей новой уборной? Мальчики украсили ее всеми контрабандными талисманами, которые не вызвали интереса в Иафахе. Очень познавательное зрелище!.. Я нашел ответ на ваш вопрос, сэр Кофа, не волнуйтесь.

— Не тяни, Нули. Вашу уборную мы обсудим в следующий раз.

— Зря вы так, сэр Кофа! Такого вы нигде больше не увидите! Ладно, как хотите... Ду все прекрасно помнит. Это были судовладелец из Ташера и его капитан. Прибыли в порт утром пятого дня этого года. У них шикарная лоханка, получше многих наших будет. Можете полюбопытствовать, она еще стоит у причала. Называется «Вековуха». Смешно, правда? Моряки порой так называют свои ни в чем не повинные корабли — обхохочешься!.. Сейчас я вам скажу, как зовут владельца... — Нули полез в стол, достал пачку самопишущих табличек и уткнулся в них носом. — Ага, его имя Агон, и это все. У жителей Ташера такие короткие имена! Да, Ду Идунн мне напомнил, что такие же пояса были среди их груза. Мы еще шутили: жаль, дескать, что не к чему придраться, а то забрали бы все себе... Всего-то четвертая ступень Белой магии, ничего запретного. Пришлось пропустить.

Сэр Кофа решительно забрал таблички и принялся их изучать.

— Любопытно, — сказал он через некоторое время. — Как я понимаю, никакого товара на продажу, за исключением этих поясов, у ребят не было. Тоже мне туристы.

— Они сообщили, что собираются покупать товар в Ехо. Имеют право! — заметил Нули Кариф.

— Ага. Покупать здесь, а продавать у себя, в Ташере, где цены на все в несколько раз ниже. Какой мудрый человек этот купец Агон! Как он хорошо ведет свои дела! Подобная торговая операция имеет смысл только в том случае, если столичный товар не покупать, а красть... Тоже мысль, между прочим! На судне кто-то есть, Нули?

— Да, конечно. Капитан и часть команды. Экономят на гостинице или стерегут свою посудину. Она того стоит, крутая лоханка, я вам говорил? Но там нет ничего интересного, сэр Кофа. Я у них все перерыл.

— Сейчас выясним, что это за «крутая лоханка» и есть ли там так называемое интересное. Спасибо за камру, Нули, только мой тебе добрый совет: переходи снова на местную. Думаю, твой помощник хворает именно от этой заморской дряни. Она же горчит, и от нее начинает ныть желудок. И держи ушки торчком: если что-то еще услышишь об этих поясах, немедленно посылай мне зов, в любое время. Все документы о «Вековухе» я забираю, давай распишусь. — Кофа хлопнул ладонью по маленькой толстой табличке, которую начальник таможни извлек чуть ли не из-под тюрбана. — Вот и ладненько! Хорошего дня, Нули. Пошли, Макс.

Я тоже распрощался с симпатичным таможенником, и мы отправились в порт смотреть на «Вековуху» и знакомиться с ее капитаном.

Контуры изящного парусника действительно не оскорбляли глаз. Да и капитан выглядел не хуже. Статный красавец с длинной косой и бородой ниже пояса встретил нас на причале. Его облик дополнял строгий черный костюм: просторные штаны и что-то вроде широкой куртки до колен. Пояс, если он все еще был на капитане, ясное дело, скрывался под этой «рясой».

— Капитан Гьята, к вашим услугам, господа, — сухо представился он.

Капитан говорил с забавным тягучим акцентом. «Хвала Магистрам, что он не из Ирраши, намаялись бы с переводчиками», — подумал я.

— Тайное сыскное войско Ехо. Давайте поднимемся на ваше судно, господин Гьята, — не менее сухо сказал сэр Кофа Йох.

— Судно является личной собственностью господина Агона, и я не имею права пускать туда посторонних.

— На всей территории Соединенного Королевства Тайный сыск имеет полное право выпотрошить не только вашу личную собственность, но и вашу личную задницу, если нам покажется, что там можно найти что-нибудь интересное, — в голосе сэра Кофы зазвучали некие новые для меня нотки, ласковые и в то же время угрожающие.

— Я могу сказать только одно, господа: мне приказали никого не впускать на корабль. Мне остается только одно — умереть, выполняя приказ. Мне очень жаль.

Капитан Гьята совершенно не походил на тупого фанатика. И на закоренелого преступника он не был похож, — хотя, конечно, кто знает, как именно должны выглядеть закоренелые преступники? Но у него были усталые, печальные глаза, а слово «умереть» капитан произнес почти мечтательно.

Сэр Кофа послал мне зов: «Будь наготове, Макс. Не хотелось бы его убивать, но сам видишь — похоже, с ним не все ладно».

Затем Кофа снова обратился к капитану:

— Что ж, я понимаю, приказ есть приказ. В таком случае вам придется немного прокатиться в амобилере. Надеюсь, ваш хозяин не запретил вам кататься?

— Нет, — растерянно, но с явным облегчением сказал капитан Гьята. — Об этом и речи не было. Так что я не против.

— Вот и отлично. Прикажите своим подчиненным охранять судно, пусть уж ваша совесть будет чиста.

Капитан отправился отдавать распоряжения, а я растерянно уставился на сэра Кофу.

— Такое поведение нормально для жителей Ташера, Кофа?

— Разумеется, нет. Парень околдован, это совершенно ясно. При этом от него несет всего лишь белой магией четвертой ступени, что вполне законно. Сейчас Джуффин с ним разберется, получишь удовольствие!

— А корабль?

— Да Магистры с ним, с кораблем. Я уже отправил зов в Дом у Моста. Через полчаса здесь будет Лонли-Локли и дюжина полицейских. Самая лучшая команда для славного обыска, какую только можно придумать. А вот и наш героический капитан. Хорошо все-таки, что он добровольно согласился с нами поехать.

— Я к вашим услугам, господа, — с достоинством поклонился капитан Гьята.

Всю дорогу капитан с восторгом пялился в окно. Тот факт, что его арестовали и везут в Дом у Моста, совершенно не производил впечатления на нашего героя. Капитан наслаждался обзорной экскурсией. Я вполне разделял его чувства — Ехо и правда чертовски красивый город. Пора бы уж привыкнуть, а я все восторгаюсь.

В Доме у Моста тем временем произошли большие перемены. Зал Общей Работы пустовал: поваров бросили на произвол судьбы до лучших времен. Ни Меламори, ни Мелифаро нигде не было. Наверное, побежали тянуть новую тайну за какие-то неизвестные мне хвостики, каковых у каждой нормальной тайны обычно имеется немало.

Сэр Джуффин Халли встретил нас чуть ли не облизываясь. Он смотрел на капитана Гьяту, как голодный кот на сметану.

Поначалу допрос показался мне невероятно скучным. Джуффин педантично выяснял у капитана Гьяты какие-то занудные подробности касательно технической оснастки судна, торговых дел его хозяина, биографии всех членов экипажа и прочей тягомотины. Господин Гьята спокойно отвечал на одни вопросы и решительно умолкал, услышав другие, на мой взгляд, совершенно безобидные. Сэр Джуффин взирал на его упрямство с бесконечным благодушием.

— Так вы говорите, что ваш помощник... как его... да, господин Хакка, раньше служил на судах Соединенного Королевства? Это очень интересно, капитан... — каким-то особенно монотонным голосом говорил Джуффин, — ...это очень интересно, капитан... очень интересно, капитан... очень интересно...

Красавец капитан закатил глаза и мешком рухнул на пол. Джуффин устало утер пот со лба.

— Крепкий мужик. Крепкий и очень перепуганный. Мне едва удалось его успокоить, — он вздохнул и продолжил лекторским тоном: — С заколдованным человеком, Макс, надо быть очень осторожным. Я бы мог быстренько наложить на капитана какое-нибудь сильнодействующее заклятие, но пока нам неизвестно, что с ним уже успели сделать. Знаешь, сочетание разных заклинаний порой приводит к совершенно диким результатам. Когда я был молодым и глупым помощником шерифа в городе Кеттари, мне попалась одна дама. Она вела себя как одержимая, и мне пришлось немного поколдовать, чтобы спасти собственную шкуру. Дело было, как ты понимаешь, далеко от Ехо, а магия в провинции обычно более чем примитивная, никаких сюрпризов я не ожидал. Так вот, моя подследственная взвизгнула и распалась на части. Я был в шоке, а мой шеф, старый шериф Кеттари, убил целые сутки, чтобы привести меня в порядок.

Джуффин мечтательно улыбнулся, словно это было самым приятным воспоминанием его молодости.

— Так что же вы с ним все-таки сделали? Это что, гипноз?

— Я понятия не имею, что ты называешь словом «гипноз». Я его просто успокоил. Очень сильно успокоил. Таким спокойным наш капитан еще никогда не был, клянусь всеми Магистрами! И теперь мы можем снять с него этот ужасный балахон.

Как и следовало ожидать, под черной курткой капитана Гьяты красовался драгоценный пояс, точная копия тех, что мы видели вчера.

— Серьезная штука, — улыбнулся Джуффин. — Кофа, Макс, обратите внимание, какая неопрятная рубаха. Твои выводы, Макс?

— Ну, в путешествии нелегко следить за своим костюмом... — глубокомысленно начал я.

— Ерунда. Штаны и куртка у капитана в полном порядке. Неужели не доходит?

— Он просто очень долго не снимал свою рубашку! — сжалился надо мной сэр Кофа. — Потому что...

— Потому что этот пояс надет поверх рубахи! — меня наконец-то осенило. — Пояс невозможно снять, да? И тот парень в морге — он вовсе не оборванец! Он не мог снять пояс, вот и таскался в старой скабе, не раздеваясь.

— Ну, наконец-то дошло, — обрадовался Джуффин. — Кстати, насчет того парня в морге. Он не снимал свою скабу очень долго, возможно, пару лет, это заметно. А «Вековуха» пришла в Ехо всего восемь дней назад. Надо разобраться, Кофа. Свяжитесь с Нули Карифом, пусть поднимет архивы. Можете уединиться в кабинете Мелифаро, его все равно нет. Я послал парня выяснять личность убитого. Такое впечатление, что это очень непросто... А мы с Максом попробуем обобрать до нитки беднягу капитана. Вы нам тут все равно не помощник.

— Ну-ну, Джуффин. Зачем мне ваши тайны? У меня своих хватает, — усмехнулся сэр Кофа, закрывая за собой дверь.

— Вы отослали его, потому что... — осторожно начал я.

— Поэтому, поэтому. Не задавай дурацких вопросов. Заниматься Истинной магией в присутствии посторонних... Сэр Маба Калох может позволить себе такую роскошь, а я — нет. Ты — тем более. А без Истинной магии мы только убьем нашего бравого капитана. Во-первых, это было бы несправедливо, а во-вторых, он наверняка может кое-что рассказать. В общем, так, Макс. Пока просто наблюдай за мной. С тобой никогда не знаешь, чем дело закончится. Если почувствуешь, что можешь мне помочь, — действуй. Нет — лучше не выпендривайся.

Джуффин вздохнул, засучил рукава и принялся аккуратно постукивать кончиками пальцев — нет, не по перламутру, по воздуху. Пальцы останавливались буквально в миллиметре от пояса. Его движения завораживали, так что я, кажется, задремал, невзирая на очевидную важность происходящего...

Я спал, и мне снилось, что я — капитан Гьята. Мне было очень паршиво, поскольку я догадывался, что сейчас случится. Этот странный старик, Почтеннейший Начальник какой-то фиговины, хотел мне помочь, но я-то знал: стоит ему прикоснуться к Поясу (в моем новом сознании пояс был именно Поясом, с большой буквы), стоит ему прикоснуться к Этой Вещи с намерением снять ее, как я умру. И смерть моя будет хуже, чем просто смерть, она будет бесконечно долгим, мучительным умиранием.

— Джуффин, — я еле ворочал языком, мучительно преодолевая дрему, — не нужно ничего делать. Мы убьем его, что бы вы там ни придумывали. Я знаю!

— Это не ты знаешь, Макс, — спокойно сказал Джуффин. — Это капитан Гьята знает. А он знает лишь то, что ему сказали. Следовательно, это может и не быть правдой. Спокойно, парень, не увлекайся так сопереживанием. Опасная штука!

И руки Джуффина наконец прикоснулись к поясу.

Тяжелая темная волна боли накрыла меня с головой. Это была не просто боль, это была смерть. Какой дурак сказал, что смерть приносит успокоение?! Смерть — это тошнотворная беспомощность и бесконечная боль тела, раздираемого на мелкие кусочки острыми зубами прожорливой вечности. Во всяком случае, смерть капитана Гьяты была именно такой.

«Но я — не капитан Гьята», — подумал кто-то рядом со мной. Да нет же, не «кто-то», а я сам так подумал. Я, Макс, живое человеческое существо, а не один из жестких волокнистых лоскутов тела несчастного ташерского капитана. Осознание этого нехитрого факта сулило избавление.

Чужие ощущения уходили, а собственные возвращались ко мне медленно и торжественно, словно бы лениво пританцовывая под болеро Равеля. Видеть, дышать, осязать собственной задницей жесткое сиденье кресла — как же это было здорово! Одежда промокла насквозь, но даже это казалось мне чудесным событием. Была такая дурацкая фраза: «Мертвые не потеют»... Я улыбнулся.

Джуффин поднялся с корточек и изумленно посмотрел на меня. Проклятый перламутр шмякнулся на ковер.

— Ты в порядке, Макс?
— Сейчас разберусь. А капитан? Он умер?
— Нет. Ты его спас.
— Я? Спас?! Грешные Магистры, каким образом?
— Ты взял на себя половину его боли. А половину крепкий человек вполне способен пережить. Никогда не видел такой странной штуки. Пояс... он притворялся, Макс! Представляешь? Притворялся, как хитрый живой человек. И когда я поверил, что он уже безопасен... В общем, тебе все понятно.

Я устало кивнул. Голова кружилась, мир не то чтобы уходил от меня, но дрожал, как студень. Голос Джуффина доносился откуда-то издалека.

— Ну-ка глотни своего любимого зелья.

В моем рту начался праздник: Джуффин поил меня бальзамом Кахара, а это означало, что сейчас я буду в полном порядке. Мир действительно прекратил дрожать, хотя обычной бодрости я по-прежнему не испытывал.

— Вам досталось поровну, но капитан, пожалуй, начнет функционировать еще не скоро, — заметил Джуффин. — Ничего, сейчас отдадим его сэру Абилату, к утру, глядишь, и оклемается. Думаю, все станет гораздо проще, когда наш бравый капитан начнет говорить. Кстати, Макс, теперь ты можешь себе представить, что случится с тем безумцем, который решится хорошенько поколдовать с серьгой Охолла в ухе. Помнишь, ты спрашивал, чего они боятся? Ну что ж, нет лучшего ответа на любой вопрос, чем хорошая практика... Но какой ты все-таки молодец!

— Я не молодец, а жертва обстоятельств, — вздохнул я. — У меня же не было выбора — спасать этого беднягу или нет. Я и сообразить-то ничего не успел. Вот если бы я сам все это проделал...

— «Сам», «не сам»... Это все бесполезная философия, — махнул рукой Джуффин. — Если уж ты это сделал, значит, сделал. Вот что важно. А соображать совершенно не обязательно. Сделал — значит, можешь. Можешь — значит, молодец. Я достаточно просто выражаюсь?

— Достаточно. Дайте еще бальзама, а то будет вам труп великого героя, как раз к ужину. Сможете добавить в свой салат из вяленых Магистров.

— Держи, только не увлекайся. — Джуффин протянул мне бутылку. — Слушай, до тебя же, наверное, так и не дошло! Теперь это зелье можно купить чуть ли не в любой лавке, поскольку для его приготовления требуется всего лишь восьмая ступень магии. Я не догадался тебе сказать.

— Вот теперь я точно не умру! — улыбнулся я. — Теперь меня никто не сживет со света! Моя жизнь наконец-то обрела смысл. Я буду выпивать бутылку бальзама в день и познаю счастье.

— Узнаю старого доброго сэра Макса, — обрадовался Джуффин. — А то сидела тут какая-то бледная тень. И все же, думаю, тебе надо отдохнуть. Иди домой, попробуй уснуть или хоть так поваляйся. До утра мы как-нибудь справимся.

— Уйти и упустить все самое интересное? Нашли дурака!

— Не будет этой ночью ничего интересного, Макс. Мы с Кофой разнюхаем, что сможем, и подождем, пока очнется капитан Гьята. Я уже и Меламори отпустил, и Лонли-Локли сразу после обыска в порту домой отправится. И Мелифаро отпущу, как только он сообщит мне имя нашего мертвого приятеля. А тебе сейчас полагалась бы целая дюжина Дней Свободы от забот, если бы не это грешное дело. Смерть — достаточно уважительная причина, а ты сегодня почти умер, что бы ты сам об этом ни думал. В общем, марш домой! Это — приказ. Встать-то можешь?

— После трех глотков бальзама? Да я сплясать могу, — самоуверенно заявил я.

Встал... и тяжело осел на ковер. Ноги у меня все еще имелись, но повиноваться они отказывались.

— Вот видишь, — вздохнул Джуффин. — Ну, давай я тебе помогу.

— Странно, я себя так хорошо чувствовал, пока не встал, — жалобно сказал я, опираясь на его плечо. — А теперь не человек, а мешок дерьма какой-то.

— Ничего, это пройдет очень быстро, — успокоил меня шеф. — К утру будешь в полном порядке. Приходи в полдень, ладно?

— Разумеется. Я могу и раньше.

— Раньше не нужно. Из меня плохая сиделка. Ненавижу возиться с болящими.

Джуффин с облегчением выгрузил меня на заднее сиденье служебного амобилера. И я отправился домой.

Вылез из амобилера я уже самостоятельно. И без особых усилий добрался до собственной гостиной. Не так уж плохи были мои дела, судя по всему. Немного подумав, я послал зов в «Сытый скелет». К приходу курьера как раз успел доковылять до ванной. Пришлось возвращаться. Скорость передвижения, увы, не впечатляла.

Но через час я был в полном порядке. Скинул с себя мокрую от пота одежду, искупался, поел. Недомогание постепенно превратилось в приятную усталость, так что я пополз в спальню. Заснул еще до полуночи. Тоже мне, «ночной человек»!

Мой сладкий сон снова был со мной. Меламори появилась в оконном проеме, постояла там немного и подошла ближе. Я попробовал пошевелиться. Как всегда в этих чудесных снах, мне удалось только чуть-чуть приподняться, опираясь на подушку. Меламори подошла еще ближе и уселась рядом со мной. Я поднял руку и попытался обнять свое сновидение. Оно не возражало.

Уж не знаю, давешнее ли неприятное приключение было тому виной или солидная порция бальзама Кахара прибавила мне сил, но на сей раз тяжелое непослушное тело с горем пополам выполняло мои команды. Когда видение Меламори оказалось под моим одеялом, я мысленно поздравил себя с победой.

И тут произошло событие, которое не лезло ни в какие ворота. Я поцарапался. По-настоящему поцарапался об острый край медальона, украшавшего грудь моего чудесного сна. Некоторое время я растерянно разглядывал крошечную капельку крови на своей ладони, а потом проснулся. И тут же получил чудовищный пинок в живот.

— Это... это хуже, чем свинство, Макс! — взвизгнула Меламори, живая и настоящая леди Меламори, занося изящную ножку для следующего удара.

Леди целилась туда, куда целиться совершенно не следует ни при каких обстоятельствах. Поэтому я, не раздумывая, вцепился в ее босую ступню и изо всех сил дернул. Меламори грохнулась на пол и клубком откатилась в дальний конец спальни.

— Ты все-таки колдовал! — прошипела она. — Я же просила тебя не колдовать, а ты скалил зубы и нес всякие глупости. Ты хуже древних Магистров! Они хоть не врали, когда делали гадости!

— Никто тебе не врал, — со спокойствием абсолютного шока сказал я. — Неужели не видишь — я удивлен не меньше, чем ты. Я ничего такого специально не делал. Просто ты мне снилась, и я был рад. Не вижу никакого повода для драки... Радоваться надо, когда с тобой происходят чудеса, а не...

— Не нужны мне никакие дерьмовые чудеса! — рявкнула Меламори.

Я изумился: сколько злости может поместиться в такой маленькой леди!

— Ни один дерьмовый вурдалак не смеет меня ни к чему принуждать! Мерзость какая. Заснуть у себя дома и проснуться в постели у какого-то... у какой-то твари, которую и человеком-то назвать нельзя! Пакость! Меня тошнит от тебя, сэр Макс! Знаешь, что я сейчас сделаю? Я пойду в Квартал Свиданий. По крайней мере встречу там настоящего живого мужчину и забуду этот кошмар. Убила бы тебя, если бы могла, так и знай! Твое счастье, что я могу убить только человека!

Во мне медленно закипал гнев. Когда на тебя выливают столько помоев сразу, никакие дыхательные упражнения, активно пропагандируемые сэром Лонли-Локли, не помогают.

— Истеричка! — рявкнул я. — Дрянь трусливая! Пойди и разыщи себе какой-нибудь кусок киселя, чтобы твоих убогих силенок хватило свернуть ему шею! Тебе же требуется мужчина, которого в любую минуту можно убить! «Встать на его след», и дело с концом!.. Говорят тебе, что не было никакого заговора. Было чудо! Понимаешь, дура несчастная, чу-до!

— Это ты мне говоришь? — тихо спросила Меламори. — После всего, что ты наделал?

— А я ничего не наделал. Я ложился спать, закрывал глаза и видел тебя. Вот и вся моя «магия». Не веришь — не надо.

Я вспомнил, как радовался своим снам, от тоскливого сознания утраты ощутимо заныл живот, и новая волна гнева накрыла меня с головой. В рту начала скапливаться густая, горькая слюна. Леди Меламори здорово повезло, что я мог себя контролировать. Я сплюнул на пол, тупо посмотрел на дыру в ковре, над которой поднималось облачко вонючего пара, взял себя в руки и отвернулся. Меламори забилась в угол, ее колотила дрожь. Мне стало стыдно и грустно, жизнь казалась огромной несусветной нелепостью.

— Извини, Меламори. Я сказал ужасную глупость, и ты тоже, можешь мне поверить. Возьми мой амобилер и поезжай домой. Поговорим позже.

— Не о чем нам говорить. — Меламори опасливо выбралась из своего укрытия и осторожно, прижимаясь к стене, пошла к двери. — Даже если ты не врешь... Тогда еще хуже! Значит, ты не сможешь это остановить. Ничего, я найду средство. Никто никогда не будет меня принуждать, тебе ясно?!

Она хлопнула дверью так, что один из хрупких шкафчиков грохнулся на пол. Из него, жалобно позвякивая, покатились безделушки. Я взялся за голову. Все это было как-то чересчур. Кажется, мой роман накрылся... Чем накрываются такие вещи? Правильно, Макс, неприлично, но правильно.

Я поднялся с постели и пошел вниз. Мы, тошнотворные дерьмовые вурдалаки, имеем отвратительную привычку вливать в себя целые кувшины камры после того, как насильно принудим очередную милую леди ко всяким гадким вещам. А еще мы курим свои омерзительные, вонючие сигареты из другого Мира, и это возвращает нам иллюзию душевного спокойствия. Правда, очень ненадолго.

Хуже всего, что у меня нет ни капли терпения. Уж если с моей жизнью случилось что-то не то, я не стану дожидаться благоприятного момента, который позволит исправить ситуацию. Лучше уж я сам все окончательно испорчу, зато прямо сегодня, без всякого там томительного ожидания и дыхательной гимнастики.

Разумеется, это глупо, но есть вещи, которые сильнее меня. Ждать и надеяться — верный способ скоропостижно рехнуться, а вот носиться по городу и делать глупости — именно то, что надо. Любые действия дарят мне иллюзию, что я сильнее безжалостных обстоятельств. «Надо что-то делать!» — это своего рода защитный рефлекс, дремучая реакция дурацкого организма.

Словом, что я действительно ненавижу, — так это сидеть на месте и страдать.

Поэтому я вернулся в спальню и начал одеваться. Я был совершенно уверен, что собираюсь на службу. «Пойду помогу Джуффину, — думал я. — Хоть какая-то работа у него для меня найдется. А утром глоток бальзама Кахара — и буду как новенький».

Только на улице я понял, что одет не в Мантию Смерти, а в лоохи болотного цвета, в котором недавно предавался обжорству в компании сэра Кофы. Я пожал плечами. Возвращаться домой и переодеваться было выше моих сил: дом караулили гадкие воспоминания, слишком свежие, чтобы на них нарываться. Идти в Управление в этом наряде, насколько я знал, не полагалось.

«Погуляю по городу, успокоюсь, подумаю, а там посмотрим», — равнодушно решил я и свернул в первый попавшийся переулок.

Ноги несли меня, куда считали нужным. Я не вмешивался. Память и способность ориентироваться на местности временно отказались принимать участие в прогулке. Мысли тоже куда-то ушли, и это было прекрасно. Я, признаться, и не рассчитывал на такую удачу.

Мой стремительный полет сквозь ночь пресекла кожура какого-то экзотического плода. Я самым глупым образом поскользнулся и грохнулся на тротуар. Хорошо, хоть на мне не было Мантии Смерти: этот нелепый кувырок вполне мог замарать мою зловещую репутацию. От неожиданности я вспомнил всю нецензурную брань своей исторической родины, которая, как мне казалось, уже давно перекочевала в сумрачные тайники пассивной лексики. Двое мужчин, выходящих из какого-то заведения, посмотрели на меня с искренним восхищением. Я осекся. И понял, что следует подняться с мозаичного тротуара. Хвала Магистрам, он хоть был сухим.

Я встал и посмотрел на вывеску заведения, из которого только что вышли стихийные поклонники моего ораторского искусства. Название трактира показалось мне более чем судьбоносным. Оно именовалось «Ужин вурдалака». Я горько усмехнулся и решительно зашел внутрь. Обстановка вполне соответствовала моим ожиданиям. Здесь царил полумрак, а одинокий силуэт хозяина за стойкой наводил на самые мрачные предчувствия: парень не поленился хорошенько растрепать свою роскошную шевелюру и намазать веки каким-то фосфоресцирующим составом. В ухе, конечно же, болталась серьга Охолла. Мне стало почти весело. Вот куда надо было затащить Меламори для нашей сегодняшней дискуссии! Думаю, хозяин этого притона был бы на моей стороне.

Я уселся за самый дальний столик, поверхность которого была небрежно размалевана красной краской. Предполагалось, что это пятна крови. Немного подумал и потребовал что-нибудь из старой кухни: несчастья только улучшают мой аппетит, тут мне повезло.

Мне подали совершенно безобидный квадратный кусочек пирога. Но стоило сделать небольшой надрез, как пирог буквально взорвался — в точности как зерно кукурузы на раскаленной сковородке. Теперь у меня на тарелке лежало целое облако кудрявой воздушной массы, настолько вкусной, что я заказал вторую порцию. Между прочим, это чудо называлось «Дыхание зла».

Добившись состояния приятного отупения, я потребовал камры и принялся набивать трубку. В довершение ко всем бедам мои жалкие запасы окурков иссякли. Вечно так — уж если плохо, то плохо абсолютно все!

Я курил и с живой заинтересованностью слабоумного глазел на посетителей. Один из них как раз собирался уходить. Прическа — точь-в-точь как у капитана Гьяты, чью жизнь я нечаянно спас. Коса почти до пояса и роскошная борода. Уж не с «Вековухи» ли этот парень? Какой-нибудь судовой повар, пополняющий картотеку своих профессиональных секретов.

Я присмотрелся к незнакомцу повнимательнее. Он как раз полез за кошельком куда-то в таинственные глубины своей просторной куртки. Грешные Магистры! Тусклое сияние перламутра — пояс. Вернее, Пояс! Еще один околдованный. Надо было что-то предпринимать.

Конечно, я мог просто арестовать парня. Более того, был просто обязан это сделать. Но я хорошо помнил чудно́е поведение капитана Гьяты. Такой заколдованный вполне мог вбить себе в голову, что должен умереть, но не сдаваться. Поэтому я решил просто пойти за ним. Одежда на мне, хвала Магистрам, в кои-то веки была неприметная — почему бы не пошпионить? Тоже ничего себе развлечение, все лучше, чем скулить над своим разбитым сердцем.

Я звонко шлепнул корону на «кровавую» поверхность столика. Конечно, это было слишком много за пару кусков пирога в такой забегаловке, но хозяин «Ужина вурдалака» честно заслужил мою симпатию. Всклокоченный хитрец углядел блеск светлого металла и сделал восхищенные глаза. Я приложил палец к губам и выскользнул за дверь. Мой бородатый друг как раз сворачивал за угол. Я прибавил шагу.

Кажется, прежде мне не доводилось бывать в этом районе Ехо. Или же ночью город становится совершенно неузнаваемым. Впрочем, мне было не до экскурсии: я напряженно пялился в спину незнакомца. Куда-то он меня приведет? Мне уже грезилось, как я обнаруживаю целую «малину» этих опоясанных бедняг, и мы с Джуффином благородно спасаем их задрипанные жизни. Впрочем, я не горел желанием повторить давешний флирт с чужой смертью. Ладно, как-нибудь выкрутимся.

Грешные Магистры, кто бы мог подумать! Бородатый объект моего пристального интереса привел меня не куда-нибудь, а в самое сердце Квартала Свиданий. Околдованный или нет, он, очевидно, страдал от одиночества и собирался испытать судьбу. Я криво улыбнулся: где-то здесь сейчас околачивается леди Меламори, если еще не передумала искать забвение от моих «омерзительных объятий». Но хорош я буду, однако, если этот шустрый парень сейчас обретет свое счастье на одну ночь! Не в постель же с ними залезать, в самом деле.

Но жизнь была мудрее меня. Искать выход из предполагаемой дурацкой ситуации так и не пришлось. Незнакомец резко остановился и повернулся ко мне.

— Ты опоздал, — сказал он с тягучим ташерским акцентом, точно так же говорил капитан Гьята. — Знаешь, сколько здесь народу? Подойдешь еще на шаг, и я позову на помощь.

До меня начало доходить. Меня приняли за банального грабителя. А собственно, что еще может прийти в голову богатому иностранцу, за которым вот уже полчаса тащится какой-то подозрительный тип в неприметном лоохи?

— Я не вор, — сказал я с самой обаятельной из своих улыбок. — Я — гораздо хуже. Нет на меня управы. Собственно, вы угадали с точностью до наоборот. Тайное Сыскное Войско Соединенного Королевства. Не желаете ли прогуляться в Дом у Моста?

Меня переполняло какое-то дурацкое веселье. Я подмигнул бородачу. Глупые обстоятельства беседы с подозреваемым в центре Квартала Свиданий заставили меня вспомнить многочисленные анекдоты из жизни сексуальных меньшинств. Так что я похабно вильнул бедрами и сложил губы бантиком.

— Этой ночью я твоя судьба, бедняга! Как тебя зовут, красавчик?

«Красавчик» судорожно ловил ртом воздух. Кажется, моя дикая выходка окончательно его доконала. Но голос этого достойного сына Ташера оставался твердым.

— Я не могу идти с вами, сэр. Весьма сожалею, но я вынужден защищаться.

И бородач извлек из-под куртки огромный разделочный нож, каковой в далеком жарком Ташере, вероятно, считается обыкновенным кинжалом.

— Никто меня не любит! — заключил я. — Ладно, можем и подраться. Тем более что я знаю твое слабое место, дружок. Я не стану резать тебя на куски. Просто расстегну твой чудесный поясок и посмотрю, что случится. Ну как, не передумал? Давай сюда свою игрушку!

Недавние неприятности сделали меня идиотически храбрым. Я сам себе удивлялся. Кажется, я решил, что мне нечего терять. Мой противник занимал сходную жизненную позицию.

— Мне все равно, — угрюмо сказал незнакомец, половчее перехватывая свой инструмент. — Будем драться. Я очень сожалею, сэр.

Внезапное движение руки, и серебристая молния вонзилась мне в живот... Вернее, она должна была бы туда вонзиться. Вот только никакого живота у меня уже не было.

По правде говоря, я до сих пор не очень-то понимаю, что тогда случилось. Я вел себя как второстепенный герой малобюджетного фильма, а посему должен был умереть прямо там, на мозаичном тротуаре Квартала Свиданий. Почему этого не произошло? Трудно сказать. Думаю, какие-нибудь уроки сэра Джуффина Халли не пропали даром, хотя я до сих пор не уверен, что он учил меня подобным вещам.

Нож упал на тротуар, а я попытался сообразить, что происходит. Меня не было. Не было — и все тут. Нигде! Я каким-то образом исчез, ушел в «никуда» и перестал быть «чем-то» — всего на секунду. А потом снова появился. Как раз вовремя, чтобы наступить ногой на нож и на потянувшуюся за ним руку ошеломленного убийцы-неудачника.

— Привет! — весело сказал я. — Сейчас будем раздеваться. Или просто пойдем в Дом у Моста, как захочешь, дорогуша. Выбирай, сегодня — твой день.

Бородач дернулся с такой силой, что я чуть было не полетел вверх тормашками со всеми своими безвкусными шуточками. До меня наконец дошло, что мои шансы в этой корриде более чем сомнительны. Мантия Смерти и много хорошей еды сделали из Макса очень неосторожного парня. Пушной зверь песец подкрался незаметно и теперь ласково терся о мои ноги. Мне это не нравилось.

Я твердо знал, что плевать в бородача не собираюсь. Убивать его было бы жестоко, да и глупо — кто знает, какие тайны может поведать этот сердитый дядька? С другой стороны, куда мне с ним драться, с таким амбалом?! Я никогда не был хорошим драчуном. Шуму наделать — всегда пожалуйста, но выстоять в настоящей драке не на жизнь, а на смерть — это вряд ли.

В общем, что бы там ни говорил сэр Джуффин Халли о возможных последствиях встречи двух заклятий, а мне пришлось рискнуть и немножко поколдовать.

Хвала Магистрам, кое-что я умел. Отточенный хорошей практикой жест, и здоровенный бородатый дядька спрятался между большим и указательным пальцами моей левой руки.

Я устало уселся на мостовую, опустил голову на колени. «Надо отнести этот сувенир Джуффину, — угрюмо подумал я. — Ничего, сейчас пойду. Только чуть-чуть посижу и пойду в Дом у Моста, и пропади все пропадом!»

Я был в шоке от собственных выходок, всех до единой. Усталость навалилась на меня тяжелым камнем, пошевелиться было просто невозможно.

Чья-то легкая рука опустилось на мое плечо.

— Здесь что-то случилось, сэр? Мы слышали шум. Может быть, вам нужна помощь? — спросила изящная светловолосая леди в роскошном узорчатом лоохи.

Ее хмурый широкоплечий спутник присел на корточки и пытливо заглянул мне в лицо. Что я мог сказать этим славным ребятам? В конце концов я совсем недавно был сэром Максом, самым легкомысленным государственным служащим на обоих берегах Хурона.

— Ничего страшного, господа! — улыбнулся я. — Я пришел сюда с другом, и этот дурак наотрез отказывался заходить в Дом Свиданий. Сначала полночи плакался мне, какой он одинокий, а стоило прийти сюда — и я ничего не смог с ним поделать! Стыдно сказать, но он боялся. Дал мне по морде и убежал.

— Ваш друг безумен, — леди изумленно покачала головой. — Как можно бояться своей судьбы?!

— Выходит, можно, — вздохнул я, задумчиво разглядывая свою левую руку, где каким-то непостижимым образом пребывал арестованный. — Так что все в порядке. Спасибо, господа. Хорошей вам ночи.

— У нас будет хорошая ночь, — улыбнулась леди.

Ее спутник наконец прекратил внимательное изучение моей физиономии и взял даму под руку.

— Магистры с ним, с вашим безумным другом. Зайдите сами, испытайте свою судьбу. Утро еще не скоро, — она лукаво улыбнулась и помахала мне на прощание.

Оставшись один, я задумчиво посмотрел на закрытую дверь Дома Свиданий. Уж не околдовала ли меня эта белокурая незнакомка? Не знаю, но мне вдруг ужасно захотелось войти.

В конце концов у меня еще не было женщины в этом Мире. Разве что во сне, но это, кажется, не считается.

Словно бы со стороны я наблюдал, как высокий молодой человек в невзрачном балахоне поднялся с мостовой и взялся за дверную ручку. Кажется, это был я сам. Во всяком случае, я обнаружил себя уже за порогом этого заведения. Я нервно рылся в кармане лоохи, потому что с меня требовали две короны. Дом находился как раз на той стороне улицы, где Ищущие — мужчины, а Ищущий платит за вход за двоих.

Я отдал деньги, совершенно не понимая, что должен делать дальше. Давнишние объяснения Мелифаро вылетели из моей бедной головы. «Грешные Магистры, куда я приперся, я же с арестованным!» — в панике подумал я. И понял, что в другой руке у меня уже зажат крошечный гладкий керамический квадратик с номером 19. Как и когда я его успел добыть — было для меня полной загадкой.

Я задумчиво посмотрел на огромный стеклянный шар, стоявший прямо на полу у самого входа. Он был полон таких же квадратиков. Наверное, я как-то успел вытащить эту ерундовину. «Так, что теперь?» — с ужасом спросил я себя. Меня била дрожь. Я уже и не вспоминал, что пришел сюда, чтобы встретить некую неизвестную женщину, «испытать судьбу», по выражению милой светловолосой незнакомки. Меня заботило только одно: не сделать еще одну глупость. Для одной ночи я уже наворотил более чем достаточно.

— Чего вы ждете, сэр? — с приветливым удивлением спросил меня улыбчивый хозяин. — Ваш номер — 19. Идите навстречу своей судьбе, друг мой.

— Да, конечно, — улыбнулся я. — Спасибо, что напомнили, зачем я сюда пришел. Люди такие рассеянные, а я, как-никак, человек...

Я наконец-то вспомнил, что нужно делать. И медленно пошел в глубь помещения, где мельтешили одинокие дамы из числа Ждущих, прекрасные и не очень. Мелькнула шальная мысль: «Клянусь мамой, еще ни один коп не искал себе любовницу с арестованным в кулаке!» Я нервно хмыкнул и принялся считать:

— Один, два, три... — я даже не видел лиц, они сливались в одно смутное колышущееся пятно, а я шел сквозь это пятно с дурацкой усмешкой, — шесть, семь... какая жалость, что у меня совсем другой номер, незабвенная... десять, одиннадцать... позвольте пройти... восемнадцать, девятнадцать. Вас-то мне и надо, леди!

— Ты нарочно? Опять колдуешь? — спросил знакомый голос. — Зря ты это, сэр Макс. Ну да теперь уж ничего не поделаешь. С судьбой не спорят, так ведь?

Я наконец сфокусировал зрение. Бледное пятно лица постепенно приобрело знакомые милые очертания. Леди Меламори настороженно смотрела на меня. Кажется, она не могла решить, что лучше: броситься мне на шею или спасаться бегством.

— Это уже слишком, — сказал я. — Нет, это действительно чересчур!

А потом я уселся на пол и начал смеяться. Плевать мне было на приличия да и на все остальное! Мой разум решительно отказывался принимать участие в этом бредовом приключении.

Кажется, моя истерика лучше всяких слов убедила Меламори в том, что никакого заговора против нее не было. Никогда.

— Давай уйдем отсюда, сэр Макс, — попросила она, присев на корточки рядом со мной. Осторожно погладила мою бедную сумасшедшую голову, шепнула: — Ты перепугаешь посетителей. Пошли, на улице досмеешься, если захочешь. Поднимайся!

Я послушно оперся на маленькую сильную ручку. Грешные Магистры, эта хрупкая леди подняла меня без всяких усилий.

Свежий ветерок быстро расставил все по местам, так что смеяться мне сразу расхотелось.

— В последнее время происходит множество странных вещей, Меламори, — сказал я. И замолчал. Да и о чем тут было говорить.

— Макс, — отозвалась она. — Мне очень стыдно. У тебя в спальне... словом, теперь я понимаю, что несла ужасную чушь, но мне было так страшно! Я совсем голову потеряла.

— Представляю, — я пожал плечами. — Заснуть у себя дома, а проснуться черт знает где...

— Кто такой «черт»? — равнодушно переспросила Меламори.

Мне уже не раз приходилось выпутываться из подобных идиоматических недоразумений, но тут я только устало махнул рукой.

— Какая разница. Только знаешь, я ведь действительно ничего специально не делал. Я до сих пор понятия не имею, как это могло получиться...

— Верю, — кивнула Меламори. — Теперь я понимаю, что ты сам представления не имеешь, что можешь натворить, но... Это уже не имеет никакого значения.

— Почему?

— Потому что... Так уж все получилось. Только мы пойдем к тебе, а не ко мне. Я живу слишком близко, поэтому... Словом, пусть эта последняя прогулка будет долгой.

— Последняя? Ты с ума сошла, Меламори. Думаешь, я откушу тебе голову в порыве страсти?

Я пытался стать веселым, потому что я должен был немедленно стать веселым, дырку над всем в небе!

— Конечно, ты не откусишь мне голову, она просто не пролезет в твою глотку. — Меламори беспомощно улыбнулась. — Но не в этом дело. Ты вообще понимаешь, где мы с тобой встретились, Макс?

— В Квартале Свиданий. Ты не поверишь, но я сам не знаю, как меня туда занесло... Думай, что хочешь, но я пришел туда вслед за парнем с перламутровым поясом... Ну, ты же знаешь про всю эту кутерьму с поясами?

Меламори кивнула, и я продолжил:

— Мы немного побезобразничали на улице, а потом я его арестовал. Он все еще здесь! — я показал ей свой левый кулак.

— Ты хочешь сказать... — Меламори расхохоталась.

Теперь пришла ее очередь усаживаться на тротуар. Я сел рядом и обнял ее за плечи. Меламори стонала от смеха.

— Я-то думала, что ты... Ох, не могу! Ты — самый потрясающий парень в Мире, сэр Макс. Я тебя обожаю! Какая... какая досада!

В конце концов мы пошли дальше.

— Ты никогда раньше не был в Квартале Свиданий? — внезапно спросила Меламори.

— Да нет. У нас, в Пустых Землях, все обстоит как-то проще... Или наоборот, сложнее — это смотря с какой точки зрения. В общем, не был я там никогда.

— И ты не знаешь, — голос Меламори окончательно превратился в шепот, — не знаешь, что люди, которые встретились в Квартале Свиданий, должны провести вместе ночь и расстаться?

— В нашем случае это совершенно невозможно, — я улыбался, хотя мое сердце медленно опускалось вниз. — Мы же оба не собираемся бросать работу, как я понимаю.

Меламори покачала головой.

— Это не обязательно. Мы можем видеться сколько угодно, но... мы будем чужими, Макс. Я имею в виду... Словом, и так понятно. Это — традиция. Тут уж ничего не поделаешь. Я сама виновата, пошла туда из вредности, хотела что-то доказать, не знаю уж кому... Не нужно мне было сегодня никуда ходить, да и тебе тоже. Хотя кто тут может быть виноват? Такие вещи люди сами не решают.

— Но...

Я совсем растерялся. У меня в голове уже была такая каша, что можно было просто заткнуться.

— Давай не будем об этом, Макс, ладно? Утро еще не скоро, а... Говорят, что судьба умнее нас.

— Не будем так не будем. Но мне кажется, что все это какая-то первобытная ерунда. Мы сами можем решить, что делать. При чем тут всякие дурацкие традиции? Если хочешь, сегодня мы можем просто погулять, как будто ничего не случилось, никому ни о чем не станем рассказывать, а потом, когда...

— Не хочу. Да это и невозможно. — Меламори вздохнула, улыбнулась и нежно закрыла мой рот ледяной ладошкой. — Хватит об этом, ладно?

Мы молча пошли дальше. Улица Старых Монеток была уже совсем близко. Еще несколько минут, и мы вошли в мою темную гостиную. Раздалось требовательное мяуканье Эллы и Армстронга. Ночь там или день, с дамой ты или без, а раз уж пришел — давай еду! Так что мне пришлось на минутку отвлечься. Меламори с изумлением разглядывала моих котят.

— Так вот они какие, будущие родители Королевских кошек! Где ты их взял, Макс?

— Как где? Их прислали из поместья Мелифаро, разве ты не знала?

— А почему тогда весь Двор убежден, что это неизвестная порода?

— А Магистры его знают. Просто я их расчесал. Кажется, до меня это никому в голову не приходило... Меламори, ты уверена, что все в порядке? Что бы ты там ни думала, но больше всего на свете я ненавижу принуждение.

— Я же сказала тебе: от нас теперь ничего не зависит, Макс. Все уже случилось. Единственное, что мы можем сделать, — это потерять еще кучу времени.

— Ладно, — улыбнулся я. — Не буду я с тобой спорить... пока! — и я сгреб в охапку это чудо природы. — Я тоже не собираюсь терять время.

— Только постарайся не выпустить своего арестованного. Чего я точно не собираюсь делать этой ночью, так это гоняться за ним по всему дому.

Меламори улыбнулась насмешливо и печально. Я представил себе, как будет выглядеть наша погоня, и рассмеялся так, что мы оба чуть не полетели с лестницы. Меламори напрягла свое воображение и тоже захихикала. Наверное, мы вели себя не слишком романтично, но это было именно то, что надо. Смех — отличная приправа к страсти, куда лучшая, чем томная серьезность, с каковой набрасываются друг на друга герои мелодрам, которые я ненавижу.

Единственное, что порядком отравляло мне жизнь, так это дурацкие разговоры насчет «последнего раза», которые столь несвоевременно начала и так же несвоевременно оборвала Меламори по дороге домой. Считается, что предопределенность разлуки обостряет наслаждение. Не знаю, не знаю! Думаю, что эта ночь показалась бы мне по-настоящему прекрасной, если бы не мысли о том, что скоро придет утро и мне придется вести безнадежную войну с предрассудками своего наконец-то обретенного сокровища. Эти размышления не способствовали моим судорожным попыткам почувствовать себя счастливым.

— Как странно, — сказала Меламори. — Я так тебя боялась, Макс. А оказалось, что с тобой хорошо и спокойно. Так спокойно, словно бы только это мне и было нужно всю жизнь... Глупо все получилось.

— Что получилось глупо? — улыбнулся я. — Надеюсь, не то, что я только что делал?

— Ну уж! — рассмеялась Меламори. — На этот счет трудно что-то сказать. Занятие само по себе не слишком интеллектуальное!

Теперь мы смеялись вместе. А потом Меламори разревелась, что, по моим представлениям, было делом абсолютно невозможным. Я так растерялся, что целую минуту изобретал способ ее успокоить. Тоже мне, «мыслитель».

Солнце, появления которого я с ужасом ожидал всю ночь, все-таки вскарабкалось на небо в положенное время. Меламори дремала на моей пришитой подушке, чему-то улыбаясь во сне.

К этому моменту мне стало совершенно ясно, что нужно делать. План действий, простенький, но сердитый, был ясен, как утреннее небо. Я просто никуда ее не отпущу. Пусть себе спит, а когда проснется, я буду сидеть рядом. Я сгребу ее в охапку, и она станет визжать, выдираться и нести всякую чушь насчет своих дурацких традиций. А я буду молча слушать весь этот бред и ждать столько, сколько понадобится, чтобы она умолкла хоть на миг, и тогда я скажу ей: «Милая, пока ты спала, я договорился с судьбой. Она не будет возражать, если мы еще немного побудем вместе!» А если у леди Меламори все еще останутся возражения, ее просто никто не станет слушать.

Мне наконец-то стало полегче, даже спать захотелось, но вот об этом лучше было и не мечтать. Так что я сделал хороший глоток бальзама Кахара. Сон отступил, бормоча извинения. Оставалась только одна проблема физиологического свойства: мне давно хотелось в туалет. Покидать наблюдательный пост я не решался, но, с другой стороны, воспитание не позволяло мне справить нужду прямо в собственной спальне.

Через полчаса я понял, что некоторые вещи просто невозможно терпеть до бесконечности, и внимательно посмотрел на Меламори. Она спала, в этом не было никаких сомнений. Так что я на цыпочках вышел из комнаты и пулей полетел вниз. Не так уж много времени заняло это путешествие, но когда я поднимался в гостиную, сердце сжалось от боли и сказало мне: «Вот и все!»

Я тяжело опустился на ступеньку и услышал хлопок входной двери и дребезжание собственного амобилера. Понял, что все кончено. Вот теперь действительно все.

Я хотел послать зов Меламори, но знал, что это не нужно. Ничего не нужно. Судьба, с которой я якобы «договорился», лихо крутанула перед моим носом своей жирной задницей.

Кое-как справившись со скулящим сердцем, я вернулся в ванную, умылся, оделся и пошел на службу. В конце концов у меня в кулаке до сих пор сидел арестованный бородач, который отныне мог считаться надежным приворотным средством. Другое дело, что счастья мне этот диковинный талисман так и не принес.

Разумеется, моего амобилера перед дверью не было. Интересно, хищение личного имущества у любовника, встреченного в Квартале Свиданий, — тоже освященная временем традиция?

Пришлось идти в Дом у Моста пешком. Каждый камень на мостовой дурным голосом орал о моей потере. «Несколько часов назад вы проходили здесь вместе!» — бестактно напоминали невысокие старинные особняки улицы Старых Монеток. Мне было совсем худо. И тогда я совершил единственный поступок, который сулил хоть какой-то выход: послал зов сэру Джуффину Халли. «Я иду к вам, Джуффин. И несу подарок. Расскажите пока, как дела, ладно?»

«Тебя чуть не прикончили сегодня ночью, так ведь?» — осведомился шеф.

«Ага! Сегодня ночью. А потом еще раз, сегодня утром — в некотором смысле. Четверти часа еще не прошло... Но это не относится к делу. Поговорите со мной, Джуффин. Просто расскажите, как идет это дело с поясами, ладно?»

Безмолвная речь, как всегда, требовала от меня столь полной концентрации, что, пользуясь ею, я не мог думать ни о чем другом. И это было прекрасно.

«Конечно, когда это я отказывался сэкономить время? Слушай меня внимательно. Во-первых, Мелифаро еще вчера выяснил личность убитого. Молодого человека зовут Апатти Хлен. Ах да, тебе же это имя ничего не говорит. Это была громкая история, Макс. Дело случилось года два назад. В дом семейства Мони Махов — да-да, Макс, сэр Икаса Мони Мах — внучатый племянник самого Магистра Нуфлина — так вот, к нему приехал сын давних друзей его жены. Хлены еще в Смутные Времена перебрались в свое поместье в Уриуланде, ну а молодого Апатти отправили в столицу, когда пришло время решать, что делать с его бестолковой жизнью. Мальчик пожил с полгода в доме Мони Махов — чему-то он там учился, я полагаю. А потом исчез, прихватив с собой Белый Семилистник. Нам уже доподлинно известно, что незадолго до этого скандального происшествия Апатти купил в одной из портовых лавок нарядный сверкающий пояс. Сэр Икаса отлично запомнил эту вещицу, поэтому сомнений быть не...»

— Хороший день, сэр Макс! Ходишь ты почти так же быстро, как ездишь.

Безмолвная речь оборвалась на полуслове, зато зазвучала живая. Оказывается, я уже переступил порог нашего кабинета.

— Или езжу так же медленно, как хожу. Так я не понял — что он там спер у магистрова племянничка?

Я старался держаться молодцом. Словно бы ничего не случилось. Вряд ли Джуффин должен расплачиваться за мое фатальное неумение заводить служебные романы с хорошим концом.

Шеф с недоверием покачал головой и сунул мне в руки кружку с камрой. В его глазах было нормальное человеческое сочувствие. Или померещилось?

— Он спер Белый Семилистник, Макс. Это — просто красивая безделушка, всего лишь копия Сияющего Семилистника, великого амулета Ордена Семилистника. Еще в Эпоху Орденов ходили слухи о могуществе этой вещицы. Могу открыть тебе страшную государственную тайну: все эти слухи — чистой воды чепуха. Единственное, на что действительно способен Сияющий Семилистник, так это приносить счастье лично сэру Нуфлину.

— Не так уж мало.

— Да, но и не так уж много, с другой стороны. А Белый Семилистник не может и этого. Просто красивая бесполезная штуковина. Но мальчик ее стащил и исчез на два года. Мы проверили — «Вековуха» в те дни стояла в нашем порту, так что лично у меня нет сомнений, что бедняга Апатти провел долгие каникулы в Ташере, а теперь вернулся домой, на свою голову. Знаешь, почему он умер?

— Решил избавиться от нарядной вещички? Снял пояс?

— Почти угадал. Но парень не сам сделал такую глупость. Его ограбили. А поскольку грабителя очень заинтересовал поясок, он тут же полез его снимать. Что случилось с Апатти, ты можешь себе представить. Плохая смерть.

Я содрогнулся.

— А почему вы уверены, что это был грабитель? Может быть, парень все-таки решил плюнуть на запреты и избавиться от пояса? Может же человек махнуть на все рукой и поступить так, как ему хочется?

— Ага! И испытать всю прелесть последствий. Не находишь, что это чересчур смелая гипотеза? А грабителя уже нашли. Мертвого. Он примерил обновку, а потом решил раздеться, бедняга. Полицейские принесли его в морг еще вчера вечером, вскоре после твоего ухода. Теперь эти двое лежат рядышком, любо-дорого посмотреть.

— Ясно, — равнодушно откликнулся я. — А как наш капитан?

— Сладко спит после задушевной беседы. Дело было так: купец Агон нанял его четыре года назад для торговых поездок. И подарил ему этот грешный пояс — «в знак дружбы», так сказать. Капитан тут же надел обновку и, как ты понимаешь, попался. Ему продемонстрировали силу пояса. Не всю силу, конечно, а так, для острастки. Потом господин Агон объяснил бедняге, что его дело — беспрекословно выполнять приказы, и тогда все будет в порядке. Но капитану не поручали ничего особенного, он просто гонял «Ековуху» из Ташера в Ехо и обратно. Ну и сторожил ее от любопытных глаз. Команду Гьята набирал сам, вот только перед последним рейсом Агон привел нового кока. Кандидатура не обсуждалась, старому коку указали на дверь. Да, и самое главное: на новичке не было никакого пояса. При этом Гьята уверен, что господин Агон побаивался собственного протеже. Чувствуешь интригу, сэр Макс? Думаю, это и есть главный герой. Ничего, дойдет дело и до него! Кстати, по прибытии в Ехо кок исчез, поэтому еду команде носили из ближайшего трактира. Но в общем, не так уж он нам и помог, славный капитан Гьята! Пояс поясом, но Агон понимал, что нельзя доверяться пленникам и рабам. Кстати, капитан собирается посвятить остаток своей долгой жизни преданному лобызанию твоих ног и прочим глупостям в таком духе. Парень считает, что ты спас его шкуру и душу, и он совершенно прав. А что за «подарок» ты мне обещал? Хвастайся!

— Еще один счастливый обладатель пояса. Собирался меня прирезать. Но все, как видите, закончилось хорошо. До сих пор не понимаю, что я такое сотворил. Я увидел, что в меня вонзается нож, исчез, а потом появился — целый и невредимый.

— Знаю, — ухмыльнулся Джуффин. — Это у тебя здорово получилось. А все остальное — просто ужасно. Ты вел себя как мальчишка, сэр Макс. Тебе не стыдно?

— Не-а. Дурак, конечно, но я всегда такое за собой подозревал, чего уж там...

Я вспомнил, как перепугал незнакомца своим кривлянием, и невольно улыбнулся.

— Мелифаро бы понравилось, вам так не кажется?

— Кажется, — рассмеялся Джуффин. — Но как ты за ним шел! Это было ужасно. Парень вычислил тебя через несколько секунд и с перепугу рванул в ближайшее людное место. Боюсь, обучить тебя искусству слежения будет не легче, чем сделать из тебя пристойного повара. Проще уж превратить тебя в невидимку.

— Джуффин, — осторожно спросил я. — А вы за мной все время наблюдали?

— Делать мне больше нечего. Я, между прочим, еще и работал. Я был рядом только когда дело запахло кровью. Хотел тебе помочь, но ты и сам как-то выкрутился. Запомнил, как это делается?

— Издеваетесь? Я вообще ничего не понял!

— Вот. В этом беда талантливых людей, Макс. Вы сначала делаете, а потом безуспешно пытаетесь понять, как это вас угораздило. Мы, бездари, куда надежнее. Ладно, давай займемся твоей находкой.

— Выпустить его? — изготовился я.

— Погоди, не делай резких движений. Сперва расскажи, как он выглядит, этот неудавшийся резчик по живому мясу? Я наблюдал за тобой, а не за ним.

Я подробно описал внешность своего партнера по прогулке в Квартал Свиданий. Пока я трепался, горькие воспоминания опять вцепились в мое сердце. Я замолчал и тупо уставился куда-то в пол.

— Отлично, Макс! — Джуффин демонстративно не замечал моей мировой скорби. — Знаешь, кого ты поймал? Это сам хозяин «Воковухи», господин Агон собственной персоной. Твоя знаменитая удачливость почище всяких там амулетов.

— Да уж, — мрачно сказал я. — Можете разодрать меня на кусочки и раздать страждущим, я не против. А что мне теперь с ним делать? Оставить его себе на память о чудесной ночи?

— Не самая худшая идея. Я подозреваю, что господин Агон ближе всех к разгадке малоприятной тайны этих дурацких поясов. Поэтому среди запретов, наложенных на него хозяином пояса, наверняка есть запрет иметь дело с властями. Оказавшись в Доме у Моста, он тут же умрет. Мы просто не успеем его спасти.

— А если сделать как вчера? — предложил я. — Разделю с ним боль, глядишь и выживет.

— А ты действительно готов пойти на это? Я бы не советовал.

Я пожал плечами.

— А что делать? Кроме того, я еще никогда не был таким храбрым, как сегодня. Пользуйтесь случаем.

— Только этого мне не хватало, — проворчал шеф. — Угробить тебя, спасая этого достойного сына далекого Юга. Нет уж, сегодня мы будем умнее. Поедем в Иафах. Женщины Семилистника что-нибудь придумают, тем более что мы стараемся для их босса.

— Для Магистра Нуфлина?.. Ох, погодите, а разве в Ордене Семилистника есть женщины?

— А с чего ты взял, что в Ордене Семилистника не должно быть женщин? — удивился Джуффин. — Их там еще больше, чем мужчин. Так же было и во всех прочих Орденах. Ты не знал?

— Откуда я мог знать? Я их никогда не видел. И все Великие Магистры, о которых я слышал, — мужчины.

— Да, конечно. Но, видишь ли, женщины почему-то склонны к скрытности. Вступая в Орден, они обычно так резко порывают с Миром, что с ними почти невозможно иметь дело. Среди них часто встречаются весьма могущественные особы, но до сих пор еще ни одну из них не удавалось уговорить принять какой-нибудь важный сан. Они считают, что это «отвлекает от главного». В каком-то смысле они абсолютно правы. В общем, поехали, сам увидишь!

— А при чем тут Магистр Нуфлин? — спросил я, усаживаясь за рычаг амобилера. — Вы сказали, что мы стараемся для него.

— Где твоя хваленая интуиция, Макс? Сам подумай. Молодой человек, ставший пленником загадочного пояса, крадет копию Сияющего Семилистника, которая годится только на сувениры. Теперь в Ехо снова появляются люди в таких же поясах. Как ты думаешь, что им может понадобиться?

— Настоящий амулет Магистра Нуфлина?

— Ну, наконец-то. Сообразил, поздравляю!

— Интересно, как они себе это представляют — стащить цацку из Иафаха?

— А ты подумай, Макс. Все очень просто: если бы удалось надеть такой пояс на того же Нуфлина, он бы сам вынес все, что требуется.

— Но это невозможно, Джуффин! Как они собираются всучить эту дрянь самому Великому Магистру?

— Ну, ему самому, пожалуй, сложно. Но это и не обязательно. В Ордене Семилистника столько народу. А кроме того, в Ехо немало мест, связанных с Иафахом тайными коридорами. Как наш Дом у Моста, например. Достаточно надеть такой поясок на любого нашего курьера, и он сунется в самое пекло и вынесет оттуда охапку Темных Магистров, а не только Сияющий Семилистник. Если ему повезет, конечно, но людям иногда везет! Словом, парень, у которого хватило ума смастерить эти пояса, вполне способен проверить и такое дельце. Я, например, точно смог бы.

— Так то вы!

— Среди мятежных Магистров были ребята и посмекалистее, чем я. На что у них никогда не хватало ума, так это на критическое отношение к дурацким суевериям.

— Так вы думаете, что за всем этим стоит какой-нибудь мятежный Магистр?

— Разумеется. А кому еще может понадобиться этот грешный амулет, сам подумай? Разве что ювелиру, но в Мире есть куда более драгоценные вещи... Мы приехали, Макс, тебе так не кажется?

— Ой, конечно, а я и не заметил. Но ведь сейчас не рассвет и не закат. Как мы зайдем в Иафах?

— Через Тайную Дверь. К женщинам Семилистника все равно иначе не попадешь.

Джуффин вышел из амобилера, я последовал за ним. Шеф задумчиво пошел вдоль высокой темной стены, наконец остановился и решительно хлопнул ладонью по слегка выступающему зеленоватому камню.

— Давай за мной, парень. Лучше закрой глаза, побереги нервы.

И не оглядываясь на меня, шеф начал погружаться в камень. Раздумывать было некогда, я послушно закрыл глаза и ломанулся следом. Мускулы инстинктивно напряглись в предчувствии удара. Но никакого удара не последовало — мгновение, и сэр Джуффин поймал в охапку мое готовое к нелегкой борьбе с препятствиями тело.

— Куда это ты собрался, Макс? — весело спросил он. — Уже все, открой глаза, если не веришь.

Я огляделся. Мы стояли в густых зарослях старого запущенного сада.

— Хороший день, Джуффин! И как тебя еще земля носит, старый лис?

Звонкий жизнерадостный голос раздался за моей спиной. Я вздрогнул и обернулся. Обладательница голоса была образцовым экземпляром идеальной бабушки: невысокая, пухленькая, совершенно седая леди, доброжелательная улыбка которой обнаруживала обаятельные ямочки.

— Какой хороший мальчик, Джуффин, — она разглядывала меня с нескрываемой симпатией. — Ты сэр Макс, милый? Добро пожаловать!

Старушка с неожиданной нежностью обняла меня. И мне показалось, что я вернулся домой после долгого отсутствия.

— Это леди Сотофа Ханемер, Макс, — сообщил шеф. — Самое ужасное существо во Вселенной, так что не расслабляйся.

— Да уж не ужаснее тебя, Джуффин, — расхохоталась леди Сотофа. — Идемте, господа. Ну и проблемы у вас с Нуфлином, Джуффин, вот что я тебе скажу... Мне бы ваши проблемы! А вот тебе срочно надо покушать, милый. — Последняя реплика относилась ко мне.

— Какая хорошая идея, — флегматично заметил Джуффин.

— Да, что-что, а уж перекусить ты всегда готов, знаю я тебя. За то и люблю! А куда ты пропал в последнее время? Совсем перестал меня навещать. Думаешь, небось мне с тобой скучно? Ну так вот что я тебе скажу. Есть такое дело, старый зануда. Но сердцу не прикажешь, оно тебе всегда радо. А сердце надобно баловать.

Леди Сотофа шустро семенила впереди, показывая нам дорогу, но то и дело оборачивалась, подкрепляя всякую реплику комичной гримаской. Маленькие ручки оживленно жестикулировали, лоохи трепетало на ветру, ямочки на щеках становились все отчетливее. Я так и не смог поверить в ее могущество, как ни старался.

Наконец мы зашли в уютный садовый павильон, который оказался рабочим кабинетом леди Сотофы. Там нас встретила другая милая леди, помоложе. С возрастом она обещала стать точной копией своей коллеги: легкая полнота и очаровательные ямочки на щеках у нее уже имелись.

— Ой, Сотофа, вечно ты водишь к себе мужчин! Могла бы и угомониться.

Смех нашей новой знакомой звучал как колокольчик.

— Конечно, я их вожу, Ренива. Мы же с тобой договорились: я вожу к себе мужчин, а ты их кормишь. А теперь брысь на кухню! Так хорошо, как ты, эти глупые мальчики, которые считаются нашими поварами, все равно не приготовят.

— А что, надо хорошо? — леди Ренива подняла брови. — Я-то думала, мужчинам все равно что кушать, лишь бы давали. Ладно уж, накормлю твоих ухажеров, но тебе зачтется.

Она исчезла за перегородкой, и мы остались втроем.

— Ну что, сэр Макс, испугался? — захихикала леди Сотофа. — Думаешь, сумасшедший Джуффин привел тебя к таким же сумасшедшим старым курицам? Можешь не отвечать, по глазам вижу: именно так ты и думаешь. А ну-ка давай сюда свой кулачок! Давай, давай, не бойся.

Я растерянно посмотрел на Джуффина. Тот сделал страшное лицо и энергично закивал. Я протянул Сотофе вспотевшую левую руку, где уже почти дюжину часов томился господин Агон, непутевый купец из Ташера.

Веселая старушка осторожно погладила мои пальцы, немного помедлила, нахмурилась, потом снова улыбнулась, показав обворожительные ямочки.

— Проще простого, Джуффин! Неужели сам не мог справиться?

— Знаешь, что не мог, — буркнул Почтеннейший Начальник Тайного сыска. — Это у тебя все просто.

Леди Сотофа укоризненно покачала головой и вдруг резко надавила на основание моей ладони. От неожиданности и боли я взвыл и разжал пальцы. Тело бедняги купца бухнулось на ковер, а леди Сотофа торжествующе потрясала чудесным перламутровым поясом, каким-то образом оказавшимся в ее руках.

— Вот так, Джуффин! Жалеешь теперь небось, что природа наградила тебя этой погремушкой, которой вы все так гордитесь?

— Не преувеличивай, незабвенная, — проворчал тот. — У меня в запасе есть пара фокусов, которым ты пока не научилась.

— Оно мне надо? — отмахнулась Сотофа. — Твои «фокусы» на хлеб не положишь.

Она повернулась ко мне:

— Тебе понравилось, милый?

Я потрясенно кивнул и уставился на своего недавнего пленника.

— Он жив, леди Сотофа?

— А куда он денется? Я могу привести его в чувство хоть сейчас, но лучше сделаю это перед вашим уходом. Потому что кормить этого олуха я не собираюсь, а если мы будем кушать, а он — смотреть, получится некрасиво, тебе так не кажется?

После обеда, который подействовал на меня как лошадиная доза транквилизаторов, леди Сотофа склонилась над неподвижным телом купца Агона.

— Сколько можно валяться, бездельник?! — грозно рявкнула она чужим, визгливым голосом. Несчастный пошевелился.

— Эту тайну я могу тебе подарить, Джуффин, — улыбнулась Сотофа. — Любого человека можно быстро вернуть к жизни, если крикнешь ему на ухо ту фразу, от которой он привык просыпаться в детстве. Как видишь, мамочка этого господина не умела контролировать свои эмоции — как, впрочем, и моя. Ты помнишь мою мамочку, Джуффин? Светлого ей покоя! Думаю, общение с ней и сделало нас с тобой такими хорошими колдунами, надо же было как-то спасать свою шкуру. А теперь забирайте этого оборомота и убирайтесь, мальчики. Вам надо работать, мне надо работать. Не все же наслаждаться жизнью!

Мы погрузили в амобилер спасенного нами и уже заметно ожившего купца. Я был так огорошен случившимся, что даже ни о чем не спрашивал.

— Как тебе это чудо?

Вот уж не подозревал, что голос Джуффина может звучать так нежно.

— Ох. Представить себе не могу, каковы все остальные!

— Положим, остальные не так хороши. Сотофа — лучшая из лучших. Ее даже Магистр Нуфлин побаивается. Мой авторитет пошатнулся в твоих глазах, сэр Макс?

— Скажете тоже. Но она действительно — нечто невероятное!

— Сотофа — моя землячка, ты уже понял? — улыбнулся Джуффин. — И мой лучший друг в этих краях, хотя видимся мы нечасто и все больше по делу. А лет этак пятьсот с лишним назад у нас был невероятно бурный роман. Жители Кеттари получали море удовольствия, когда после очередной ссоры я арестовывал ее «именем закона» и через весь город конвоировал в Дом на Дороге. Так называлось тамошнее Управление Порядка. Пятьсот лет назад, представляешь?.. А потом Сотофа вбила себе в голову, что ей надо вступить в какой-нибудь Орден, и укатила в столицу. Я был в шоке от ее выходки. Но жизнь показала, что девочка совершенно права: в Ордене ей самое место.

Я внимательно посмотрел на Джуффина.

— Вы мне это нарочно рассказываете?

— Разумеется, нарочно. Должен же ты узнать, почему она столь непочтительно со мною обращается, — подмигнул шеф. — А то, чего доброго, решишь, что из меня любая леди старше трехсот веревки вить может.

В Доме у Моста нас встретил Мелифаро.

— Джуффин, — сказал он скорбным шепотом, — я ничего не понимаю. Меламори заперлась в моем кабинете, причем меня самого она туда не пускает. И, кажется, она плачет.

— Пусть поплачет, — разрешил шеф. — Отчего бы хорошему человеку не поплакать, если ему хреново? Все образуется, парень, только не лезь ее утешать. Убьет на месте, и я тебя не спасу, поскольку буду очень занят. Найди Лонли-Локли, пусть бросает все дела и ждет здесь. И сам никуда не уходи. А Меламори передай, что через полчаса мы будем работать так, что щепки полетят. Если хочет принять участие, пусть приводит себя в порядок. Пошли, сэр Макс!

Не давая мне опомниться, Джуффин подхватил под мышки несчастного купца Агона и рванул в кабинет. Я растерянно плелся следом.

— Значит, так, — отчеканил шеф, усаживая нашего пленника в кресло. — Ненавижу вмешиваться в чужие дела, но иногда приходится. Сейчас именно такой случай. Не вздумай ничего предпринимать, будет только хуже. Леди Меламори так же паршиво, как тебе. Или еще паршивее. Но у нее с самого начала не было никаких иллюзий относительно сегодняшнего утра. Она знает кое-что, чего не знаешь ты. Например, что случается с людьми, рискнувшими нарушить традицию и обмануть судьбу. Об этом не принято говорить вслух, поскольку такие вещи каким-то образом знают все. Кроме тебя и других приезжих, конечно.

— Да о чем же?! О чем все знают? — взвыл я.

— Видишь ли, один из любовников, нарушивших запрет на последующие встречи, непременно умирает. Кто именно — никогда заранее не ясно. Но могу спорить, что в вашем случае это будешь не ты, поскольку... Впрочем, неважно. Поверь мне на слово, ты более удачлив, чем Меламори. Так уж все сложилось.

— Впервые такое слышу, — буркнул я. — И, простите, не могу поверить. Какая-то дешевая любовная мистика.

— Вся твоя жизнь с некоторых пор — дешевая, как ты выражаешься, мистика, любовная и не только. И зачем бы я стал тебе врать? Мы-то с тобой, хвала Магистрам, не в Квартале Свиданий встретились.

— Это правда, — криво улыбнулся я. — Но мне все это очень не нравится. Я-то думал, леди просто суеверна, как дикарка. Надеялся, что когда-нибудь смогу ее переубедить.

— Если постараешься, сможешь. Но не советую. «Не моя девушка», — эта фраза звучит куда лучше, чем «мертвая девушка», ты не находишь? У хорошей дружбы есть свои преимущества перед страстью, в чем вам обоим еще предстоит убедиться... Все, эта тема закрыта, теперь работать.

Я ошеломленно смотрел на Джуффина. Тот виновато пожал плечами, словно давая мне понять, что законы природы от него не зависят.

— Надеюсь, ты не станешь меня душить, если я отдам этому несчастному человеку несколько капель твоего любимого бальзама? — беззаботно спросил он.

— Не стану, если и мне достанется. Я действительно здорово устал.

— Ладно уж, нахлебник! Почему ты до сих пор не купил себе бутылку? Я же говорил...

— Я экономлю, неужели не понятно?

Сэр Джуффин Халли с облегчением рассмеялся. Кажется, я и правда приходил в норму. Узнать, что моя боль честно поделена на двоих, оказалось достаточно, чтобы вернуться к жизни. Что-то похожее произошло вчера с капитаном Гьятой. Кроме всего, мне дали понять, что я был не «отвергнутым мужчиной» из слезливого романа, а просто человеком, вынужденным согласиться со своей судьбой. Это очень больно, зато не обидно. И куда более естественно.

Глотнув бальзама Кахара, наш пленник начал соображать, что к чему. Когда до купца дошло, что пояса на нем больше нет, он попытался облобызать наши ноги, что нас совершенно не устраивало.

— Лучше ворочай языком, да поживее, — проворчал Джуффин. — Во-первых, кто нацепил на тебя это украшение?

— Его зовут Хроппер Моа, и он из ваших мест, сэр.

— Можешь не продолжать. — Джуффин повернулся ко мне: — Великий Магистр Ордена Лающей Рыбы собственной персоной. Орденок-то был так себе, паршивенький, но парень всегда отличался незаурядным воображением.

Он снова уставился на купца. Тот невольно поежился. Могу его понять, в Джуффиновой коллекции тяжелых взглядов имеются совершенно чудовищные экземпляры.

— Что он от тебя хотел, Агон?

— Одну вещицу. Он хотел украсть одну вещицу, какой-то «великий талисман», я сам толком не знаю... Мое дело было маленькое — всучивать пояса нужным людям. Потом Хроппер сам посылал им зов или встречался лично и сообщал, что от них требуется.

— Отлично. Кому же ты всучивал пояса в этот приезд?

— Никому. На сей раз Хроппер сам поехал со мной. Кажется, он понял, что без его участия толку не будет. Я делал все, как он говорил, но... Самой большой моей удачей был этот мальчик, Апатти, но и он добыл лишь никчемную копию. После этой неудачи Хроппер год злился, еще год думал, а потом мы снова отправились в Ехо, и он пообещал, что это — последнее путешествие, а потом он меня освободит.

— И ты сможешь продолжить свой бизнес, так? — лукаво прищурился Джуффин. — Из этих опоясанных ребят получаются такие хорошие воры, правда? Сделают все, что им скажешь, хозяина, в случае чего, не выдадут. Тебе же понравилось, Агон, признайся! Сколько столичного добра ты вывез в свой солнечный Ташер?

— Я не...

— Ты пока помалкивай. Я изучил все нераскрытые дела о квартирных кражах, которые висят на совести нашей городской полиции. Даты этих памятных событий по большей части приходятся на те счастливые для всего Соединенного Королевства периоды времени, когда твоя «Вековуха» стояла в нашем порту. Продолжать?

Бородач смущенно уставился в пол. Сэр Джуффин ухмыльнулся.

— Вижу, что продолжать не обязательно. Значит, так. Сейчас ты расскажешь мне, где находится твой друг Хроппер. И если я смогу найти его с твоей помощью, считай, что тебе повезло. Заплатишь своему капитану, вышлю тебя из Соединенного Королевства без права возвращения, и прощай навек! Твои подвиги не по моему ведомству, в конце концов... А если не смогу — что ж, тогда я просто опять надену на тебя эту чудную вещицу, прекрасный пояс, изготовленный Магистром Хроппером Моа лично. Ты везучий, купец?

— Я не знаю, где Хроппер, — в панике пробормотал господин Агон. — Он мне ничего не говорил.

— Похвальная предосторожность, — согласился Джуффин. — Было бы странно, если бы он тебе докладывался.

Но у тебя еще есть шанс. Представь себе, меня устроит, если ты скажешь, где он был вчера. О большем не прошу.

— Вчера мы встречались в «Золотых баранах», сразу после обеда, но я не знаю...

— Хорошо, что после обеда, а не во время, — поморщился Джуффин. — Вульгарная дорогая забегаловка, отвратительная кухня. Как раз для такого прохиндея, как Хроппер! Ладно, сэр Макс, упакуй нашего гостя. Возьмем его с собой, вдруг пригодится.

Я непонимающе уставился на своего шефа, потом до меня дошло.

— Конечно.

Одно движение, и купец занял привычное место между большим и указательным пальцами моей левой руки. Мне начинало казаться, что мы с господином Агоном теперь вечно будем вместе.

В кабинет заглянул Мелифаро.

— Все в сборе, Джуффин. Нельзя так много работать, Ночной Кошмар, ты на себя не похож!

— Тоскую по свежему конскому навозу, — мрачно заявил я. — Ностальгия называется.

— А, ну так бы и сказал. Я-то решил, ты просто устал убивать людей. А что, бывает. Сам Лонли-Локли и тот иногда устает.

— Любимая работа не может утомлять, — назидательно сказал я.

И вышел в Зал Общей Работы, как бросаются вниз головой с небоскреба: быстро, решительно и не задумываясь о последствиях.

— Пошли, пошли, ребята, — раздавался у меня за спиной бодрый голос Джуффина. — Цель — «Золотые бараны». Леди Меламори, имей в виду, первый ход — твой.

— С удовольствием, — кивнула Меламори. Она старалась не смотреть на меня. Наверное, это было правильно. «Так и надо!» — сказал бы ей маленький сэр Нули Кариф.

— Противник серьезный. Магистр Хроппер Моа. Слышала о таком?

— А, из Ордена Лающей Рыбы? Тоже мне, серьезный! — Меламори высокомерно передернула плечами.

— Некоторые магические Ордена, не претендовавшие на главенство, имели свои опасные секреты, — сэр Лонли-Локли укоризненно покачал головой. — Вам, леди Меламори, лучше не забывать об этом ради собственной безопасности. И в интересах дела, конечно.

— Поняла? Не задирай нос! — резюмировал Джуффин. — А теперь поехали. Сэр Макс, марш за рычаг, сейчас твоя дурь нам на пользу, дорога каждая минута. У тебя есть единственный и неповторимый шанс угробить Малое Тайное Сыскное войско почти в полном составе. Что Кофа и Луукфи будут без нас делать, я весьма смутно представляю.

— Как что? Сэр Кофа продолжит кушать, а Луукфи все равно ничего не заметит! — фыркнул Мелифаро. — И никто не прольет ни слезинки над нашими изуродованными телами.

— Думаю, такая катастрофа была бы серьезной утратой для Соединенного Королевства, — внушительно сказал Лонли-Локли.

Мелифаро тихо пискнул от счастья, но в голос не заржал.

— Пока вы оплакивали собственную участь, мы уже приехали, — усмехнулся я. — Тоже мне, герои. Выгружайтесь. Вперед, леди Меламори, и покажи всем этим Магистрам из Хрюкающей Кошки, почем фунт Бубутиного дерьма в неурожайный год.

Моя тирада потрясла меня самого. Джуффин и Мелифаро переглянулись и прыснули, как школьники. Даже хмурая Меламори невольно улыбнулась. Сэр Шурф Лонли-Локли оглядел нас как больных, но любимых детей и вышел из амобилера.

А потом Мастер Преследования сняла свои изящные сапожки, зашла в трактир и покружила по залу.

— Есть! Магистра всегда легче найти, сэр Джуффин, — крикнула она. — Вот его след. Он где-то близко, клянусь вашим носом!

— Клянись своим носом, девочка. Мой мне еще пригодится.

Сэр Джуффин Халли выглядел, как рыбак, подцепивший метровую форель.

Меламори отправилась по следу. А мы погрузились в амобилер и стали ждать ее вызова. Примерно через полчаса рука Джуффина опустилась на мое плечо.

— Улица Забытых Поэтов, Макс. Знаешь, где это?

— Впервые слышу. А что, есть и такая?

— Ты не рассуждай, а жми на рычаг. Поезжай в сторону Иафаха, это в той стороне. Маленький такой переулочек, я тебе покажу, куда повернуть.

Улица Забытых Поэтов действительно оказалась узеньким переулком, настолько заброшенным, что между цветными камнями мостовой, образующими причудливые узоры, проросла какая-то белобрысая весенняя трава.

На этой улице был всего один дом, зато какой! Настоящий старинный замок, окруженный высокой стеной, еще хранящей следы невнятных древних надписей. Возле калитки, нетерпеливо притоптывая босой ножкой, стояла Меламори. Была в ней какая-то бесшабашная нервная веселость, не внушавшая мне доверия.

— Он здесь, — сквозь зубы процедила Мастер Преследования. — Почуяв меня, гаденыш сначала загрустил, а потом начал терять остатки своего жалкого рассудка. Зря вы велели мне ждать вас, Джуффин! Я бы его уже сделала. Ну, я пошла, догоняйте.

— Никуда ты не пошла! — рявкнул Джуффин. — Первым пойдет Лонли-Локли, это его обязанность. А тебе вообще лучше бы посидеть в амобилере. Где твоя хваленая осторожность, леди?

— Да вы что?! — вспыхнула Меламори. — Как это — посидеть? После того как я до него почти добралась?! Я должна идти первой!

Она говорила с нетерпеливым, злым вдохновением, какого я в ней до сих пор не замечал. Даже во время нашего дикого скандала, с которого началась вчерашняя ночь, блеск ее глаз пугал меня куда меньше.

«И куда ты так разогналась, моя хорошая?» — печально подумал я.

И вдруг понял, что случилось.

— Это не Меламори говорит. Вернее, она сама не понимает, что несет. Меламори встала на след Хроппера, а он... Ну, как бы потянул за свой конец нити, когда понял, что происходит. Не знаю, как точнее выразиться. Парень думает, что за ним идет один человек, и спешит сразиться. Удивительно, что она вообще нас дождалась.

Сэр Джуффин больно сжал мое плечо.

— А ведь так оно и есть, только я... Ладно! Тебе ясно, Меламори? Ты позволишь, чтобы Магистр какого-то паршивого, всеми забытого Ордена принимал за тебя решения? А ну-ка иди сюда.

Меламори с изумлением посмотрела на нас и помотала головой.

— Я не могу, сэр. Я действительно не могу! И я уверена, что нам срочно нужно идти в дом, пока он не убежал... Вурдалаков вам всем под одеяло, вы правы, это не совсем мои мысли! И я так не хотела вас ждать! Если бы вы приехали хоть минутой позже...

Тем временем Лонли-Локли успел выйти из амобилера и без видимых усилий поднять Меламори на руки.

— Вот и все. Теперь вам легче, леди? — он усадил растерянную Меламори на плечо. — Почему бы нам не обсудить вышеизложенный удивительный эффект несколько позже, господа? — невозмутимо спросил этот замечательный человек.

Мы переглянулись.

— В самом деле почему бы? — ехидно переспросил Джуффин, и мы с Мелифаро живо оторвали свои зады от сидений. Шеф последовал за нами.

— Ну что, теперь ты согласна подождать нас в амобилере, девочка?

— Теперь я на все согласна. — Меламори, как обезьянка, вцепилась в шею Лонли-Локли. — Я ужасно боюсь высоты! Но может быть, мне все-таки можно пойти с вами? Я буду держаться сзади, честное слово! Обидно все-таки сидеть в амобилере.

— Ладно уж, теперь можно. Только обуйся. На след становиться тебе пока больше не стоит, а пяткой на какой-нибудь осколок непременно напорешься. Знаешь, чей это дом? Здесь живет старый сэр Гартома Хаттель Мин. Лет сто назад в Ехо страшные сказки рассказывали о беспорядке в его доме, пока эта тема всем не надоела... Сэр Шурф, отнеси-ка леди к амобилеру и поставь на место. Вот так. А теперь бери Макса под мышку и — вперед, а мы втроем вас догоним.

Сэр Лонли-Локли окинул меня оценивающим взглядом и галантным жестом профессионального грузчика обнял за талию.

— Шурф, у меня нет проблем с передвижением, — заорал я. — Джуффин просто так выразился.

— Это правда, сэр Джуффин? — вежливо поинтересовался Лонли-Локли.

— Что?.. О, грешные Магистры, вы меня сегодня с ума сведете! Конечно, я не имел в виду ничего подобного, сэр Шурф. Просто идите вместе. Тоже мне, Тайный сыск, гроза Вселенной! Цирк какой-то.

И мы с Лонли-Локли наконец-то вошли во двор, а потом и в темный, пахнущий сыростью холл этого огромного запущенного дома.

— А как мы будем искать этого парня, Шурф? — в панике спросил я. — Это же не дом, а город какой-то.

— Да, дом довольно велик, — важно согласился Лонли-Локли. — Не волнуйтесь, Макс. На таком расстоянии даже я способен взять его след. У меня не так уж мало опыта в подобных делах. Прежде чем леди Меламори поступила на службу, мы несколько лет были вынуждены работать без Мастера Преследования, поскольку это — очень редкий талант, и найти подходящего человека всегда крайне затруднительно. Наш прежний Мастер Преследования, сэр Тотохатта Шломм, встретил свою смерть в ситуации, весьма похожей на сегодняшнюю. Только противник у него был куда серьезней. Тот господин раздобыл себе перчатки, вроде моих.

Я присвистнул, Лонли-Локли пожал плечами и продолжил.

— Сэр Тотохатта был безупречным Мастером Преследования, но никогда не отличался осторожностью. Знаете, Макс, для меня это до сих пор очень большая боль: мы поступили в Малое Тайное Сыскное Войско в один день и успели стать друзьями. Сейчас нам налево, не наступите на этот осколок, его никакой сапог не выдержит... Именно поэтому я и предупреждал леди Меламори о том, что все Ордена, даже не слишком могущественные, имели свои опасные секреты. Ей действительно угрожала серьезная опасность... Назад, быстро!

Белое лоохи Лонли-Локли причудливым привидением метнулось в темноту. Его сияющая правая рука, несущая не смерть, а оцепенение, на секунду озарила перепуганное старческое лицо. Потом снова стало темно.

Я подошел поближе и уставился на сморщенного смуглого старичка в потрепанном лоохи. Его тело неподвижно лежало на полу в неестественной позе: руки подняты над головой, ноги согнуты в коленях. Так могла бы выглядеть опрокинутая статуя, а не живой человек, пусть даже лишившийся сознания.

— Это и есть Великий Магистр?

Лонли-Локли покачал головой.

— Нет, Макс. Это хозяин дома, сэр Гартома Хаттель Мин. Видите, на нем такой же пояс, как у прочих. Это очень разумно со стороны сэра Хроппера — послать в засаду постороннего человека. Когда Мастер Преследования близок к цели, он перестает обращать внимание на все остальное, так уж они устроены. Поэтому леди Меламори и не должна была идти одна, это допустимо только при погоне за простым горожанином. Да и то, на мой взгляд, нежелательно.

— А что он мог сделать, этот старик? — растерянно спросил я. — Вряд ли он такой уж великий воин.

— Никогда не судите поспешно, друг мой. Если человек однажды научился стрелять из рогатки Бабум, он никогда не утратит свои навыки. А выстрел в голову вполне способен убить кого угодно, даже Мастера Преследования. Видите, что у него в руках?

У меня голова пошла кругом. Меламори могла умереть от выстрела из какой-то примитивной рогатки, в паршивом захламленном коридоре — это уж слишком! Магистры с ним, с моим разбитым сердцем, пусть делает, что хочет, пусть хоть замуж выходит, подобно моим многочисленным старым подружкам, но она должна быть жива. Уж не знаю, есть ли у хорошей дружбы преимущества перед страстью, как утверждает

Джуффин, но у хорошей дружбы и вообще у чего угодно есть бесспорные преимущества перед смертью.

— Пошли отсюда, Шурф, — хрипло сказал я. — Угробим этого Хроппера, и дело с концом.

У Лонли-Локли не было никаких возражений, и мы отправились дальше. Поскитавшись по замусоренным коридорам и крутым лестницам, мы оказались в подвальном помещении.

— Держитесь позади меня, Макс, — тоном, не терпящим возражений, сказал Лонли-Локли. — Сегодня не самый спокойный день — слишком много неожиданностей. Он где-то здесь, так что...

Сияющие белизной смертоносные руки Лонли-Локли чертили в темноте причудливые узоры.

— Что вы делаете, Шурф?

— Чем искать жертву, лучше заставить ее выйти. Неужели вы думаете, что я могу только убивать, Макс? Моя профессия требует гораздо более разносторонней подготовки. Видите — вот и он. Данное заклинание работает безотказно, во всяком случае, когда дело касается людей... Вот так!

Последнее восклицание сопровождалось яркой вспышкой. Я понял, что сэр Хроппер Моа, Великий Магистр Ордена Лающей Рыбы, покинул мир живых и занял почетное место в списке последних достижений Тайного Сыска.

— Вот и все. — Лонли-Локли натянул свои рукавицы. — Закончить дело всегда проще, чем начать, вы никогда об этом не задумывались, Макс?

— Нет. Но я непременно подумаю на эту тему, обещаю.

— Сэр Шурф, как всегда, на высоте, — раздался у нас за спиной довольный голос Джуффина. — Сожалею, что пришлось задержаться, ребята. Я воспользовался случаем и прочитал леди Меламори лекцию над телом этого старого неряхи.

— Я же вам говорила, что мы пропустим самое интересное, — обиженно сказала Меламори откуда-то из темноты. Всех уже убили, и это ужасно.

— Самое интересное? — брови Джуффина поползли вверх. — Тоже мне, «самое интересное». Знаете, что находится в этом подвале, господа?

— Разумеется, — физиономия Мелифаро показалась в дверном проеме. — Здесь находится тайный ход в Иафах, поскольку старший сын сэра Гартомы Хаттель Мина — один из видных младших Магистров Ордена Семилистника, Благостного и Единственного, передай привет дяде Киме, Меламори. Вы это имели в виду, сэр?

— Как вы все хорошо работаете, — поморщился Джуффин. — Уже и удивить никого ничем нельзя. Поздравляю, ребята, сегодня Великий Магистр Нуфлин будет спать спокойно, а это не каждый день случается. Жаль, конечно, что ты убил Хроппера, сэр Шурф.

— Но вы же сами знаете, что с мятежными Магистрами, совершившими более трех попыток убийства, вне зависимости от их исхода, необходимо поступать именно таким образом.

— Не бери в голову, сэр Шурф. Ты все сделал правильно. Просто я очень хотел узнать, что этот псих собирался вытворять с Сияющим Семилистником? Насколько мне известно, эта вещица не может пригодиться ни одному существу в Мире, кроме Магистра Нуфлина. Или все-таки?..

Некоторая неуверенность в голосе сэра Джуффина Халли придавала особую прелесть завершению этого дела. Впрочем, нам предстояло еще много хлопот.

Мы вернулись в Дом у Моста, выгрузили старого Хаттель Мина в маленькой комнате, с грехом пополам заменявшей камеру предварительного заключения. Было решено не приводить этого горе-стрелка в чувство, пока проклятый пояс облегает его тощее брюхо — зачем нам лишние хлопоты?

— Можете отправляться на отдых, ребята, — распорядился Джуффин. — Все, кроме... Ты как, сэр Макс, готов еще попрыгать?

— Еще бы! — искренне сказал я.

Мне подумать было страшно, что придется идти домой, где теперь обитают не только пушистые Армстронг и Элла, но и сладкие воспоминания, от которых лучше держаться подальше.

Я посмотрел на Меламори, внимательно изучающую пол под собственными ногами. Возможность отправиться на отдых явно не вселяла в нее энтузиазма. Ее дела действительно были плохи, ничуть не лучше моих, потому что не я один этой ночью нашел наконец то, что так долго искал. Рано или поздно ей придется постараться сделать свою жизнь хотя бы сносной, так что лучше уж рано! И я совершил первое, что пришло в голову: послал зов Мелифаро.

«Если ты не пойдешь провожать ее, парень, то будешь полным кретином!»

Мелифаро от изумления чуть с кресла не свалился и вопросительно уставился на меня.

«Делай, что тебе говорят!»

«Что это с тобой, Ночной Кошмар? Я-то думал, вы, жители бескрайних равнин, ревнивы как...»

«А я — сумасшедший житель бескрайних равнин. Кончай трепаться, Девятый Том Энциклопедии. Отбой!»

Я спасся бегством, закрывшись в нашем с Джуффином кабинете. Поскольку действительно «ревнив, как...». Как кто, хотел бы я знать?!

Сэр Джуффин Халли присоединился ко мне через несколько минут.

— Ты уверен, что выдержишь еще одну ночь, Макс? На самом деле мне не так уж нужна твоя помощь. Только выпусти своего ближайшего друга. Сможешь без него обходиться?

— Какого друга?.. Ох, грешные Магистры, я и забыл!

Мне стало смешно: я так привык таскать за собой крошечного купца Агона, что совсем перестал обращать на него внимание.

— Он вам прямо сейчас нужен?

— Да нет, можно подождать еще часок, если ты не торопишься. Леди Сотофа обещала приехать к нам часа через два. Мне нужно, чтобы Агон послал зов своим пленникам, всем этим перепоясанным беднягам. Они будут приходить в Дом у Моста, а леди Сотофа — их раздевать. Ей это ничего не стоит, как ты уже понял.

— В таком случае точно никуда не уйду. Леди Сотофа — лучшая из женщин. Вы не находите?

Сэр Джуффин хмыкнул.

— Не знаю, не знаю... Очень может быть. Ладно уж, сэр Макс, сейчас нам принесут ужин, а своего приятеля выпустишь попозже. Ты здорово не хочешь возвращаться домой, я тебя правильно понял?

Я пожал плечами.

— Сами знаете, не хочу.

— Отлично, значит, не я один умру от усталости на рассвете. Но знаешь, даже твой любимый бальзам Кахара будет помогать тебе еще дня два-три. От силы четыре. Тебе не приходило в голову, что сменить жилье проще, да и практичнее, чем со слипающимися глазами слоняться по Управлению?

— Не приходило. Я идиот, да?

— Иногда, — улыбнулся Джуффин. — Хочешь остаться в Старом городе или переедешь в Новый? Тогда у тебя появится возможность ежедневно демонстрировать твой главный талант. Я имею в виду, ломать амобилеры.

— Менять, так все сразу. Перееду в Новый город. Где-то там открыла трактир одна милая леди. У меня в свое время хватило ума дать ей тот же самый совет, который я только что услышал от вас. Забавно, себе самому хрен что-то путное присоветуешь, а другим — запросто... Кстати, вы на меня клевещете. Я пока не сломал ни одного амобилера.

— Не сломал, так еще сломаешь. В общем, держи ключ, запомни адрес: улица Желтых Камней, восемнадцатый дом. Я честно старался найти что-нибудь похуже, чтобы тебе было уютно.

— У меня ужасное предчувствие, что там не меньше десятка бассейнов для омовения.

— Всего восемь. Конечно, бывает и меньше, даже в шикарных домах Нового города, но видишь ли, есть принципы, через которые мне трудно переступить.

— За такие вещи лучше сразу говорить спасибо, чтобы потом не кусать локти, как сказал Великий Магистр Нуфлин.

До меня наконец дошло, что сделал для меня шеф.

— Вы ведь спасаете меня, Джуффин! Хотите, я вам полу лоохи поцелую? Вижу, что не хотите. Но когда вы успели все это провернуть?

— Ерунда какая. А Безмолвная речь зачем? А младшие служащие Канцелярии Полного Порядка?.. Ешь лучше, чем о пустяках волноваться. Кстати, твой зверинец и прочее богатство тоже может перевезти кто-то из курьеров. Да хоть тот же Урф, он уже привык заниматься твоим хозяйством.

— Грешные Магистры, вы такой мудрый, а я такой дурак!.. Но знаете, я, пожалуй, оставлю за собой и дом на Улице Старых Монеток. У меня там пришита подушка, затычка в «щели между мирами»...

Джуффин начал смеяться. Ржал от души, как породистый жеребец, долго и заразительно. Я вопросительно уставился на него — с чего бы такое веселье?

— Все это ерунда, Макс! Маба просто пошутил. Он любит дурацкие шутки. Тебе не нужно было пришивать эту грешную подушку. Можешь взять ее с собой куда угодно и продолжать свои занятия с тем же успехом: тайна не под подушкой и даже не в самой подушке... Ох, Макс, какой же ты смешной!

— Так что, меня разыграли?

Мне стало немного стыдно. Впрочем, шутка сэра Мабы была очень даже ничего.

— Все равно. Пусть одним пустующим домом на улице Старых Монеток станет больше. Кто знает, может быть, мне однажды захочется туда вернуться?

— Время покажет, — пожал плечами шеф. — А теперь выпускай своего пленника.

Купец Агон, совершенно обалдевший от то и дело происходящих с ним метаморфоз, немедленно послал зов своим товарищам по несчастью, после чего отправился в камеру предварительного заключения.

Я устало опустил голову на стол. Все мы были товарищами по несчастью: модники в сияющих поясах, столичные повара, щеголяющие с серьгой Охолла в ухе, мы с Меламори, прочие посетители Квартала Свиданий и многочисленные обитатели всех Миров, связанные по рукам и ногам заклятиями, обязательствами, судьбой, в конце концов.

— Все не так страшно, милый, — голос леди Сотофы выдернул меня из темного омута доморощенной философии в прекрасный мир, где ждали свежая камра и славная ночная работа.

Я улыбнулся.

— Как только встретишь хорошего человека, сразу выясняется, что его любимое хобби — читать мои мысли.

— Оно мне надо, Макс? — отмахнулась старая леди. — Просто у тебя была невероятно умная и унылая физиономия, как у всех мальчиков, задумавшихся о своих смешных проблемах. Ну, где там ваши бедолаги?

— Ты приехала раньше, чем обещала, — заметил Джуффин. — Так что не обессудь, придется подождать.

— Ой какая роскошь! Уж и не припомню, когда мне в последний раз удавалось целый час ничего не делать.

— На час не рассчитывай. Думаю, они начнут приходить с минуты на минуту... А вот и первый, к сожалению.

Первым, кстати, оказался тот самый парень, которого мы с Кофой приметили в «Гербе Ирраши», в самом начале этой истории. Бывают же совпадения!

Легкие руки леди Сотофы творили чудеса с обыденной обстоятельностью повседневности. При этом ее рот не закрывался ни на минуту. Она успевала снисходительно посочувствовать каждому пациенту и позубоскалить с нами на его счет. После чего счастливые и свободные пленники поясов сообщали, где их можно будет найти в ближайшую дюжину дней, ежели возникнет такая надобность. Куруш, недовольный большим объемом нудной работы, ворчал, но информацию все же обрабатывал. У птицы просто не было другого выхода — с такой феноменальной памятью он при всем желании не смог бы ничего позабыть.

— У них не будет неприятностей с законом, как я понимаю? — осведомился я.

— Разумеется, нет, — заверил меня Джуффин. — Как можно осудить человека, у которого не было выбора? Придет же такое в голову! Единственный кандидат на неприятности — твой приятель Агон, поскольку некоторые незаконные действия он предпринимал по собственной инициативе. Но пусть себе катится в свой солнечный Ташер. Нужен он мне, как заноза в заднице... Ах да, Сотофа, у нас есть еще один красавчик. Он тебе очень понравится, обещаю. Пойдем!

И вскоре ничего не соображающий, растерянно хлопающий глазами, старый стрелок Хаттель Мин возник на пороге кабинета. Я поздравил себя с тем, что его вид не вызвал у меня никаких эмоций.

Через несколько минут старика отпустили, снабдив длинным списком контор, где можно нанять квалифицированных ремонтников и уборщиков. Впрочем, надежды, что он воспользуется добрым советом, почти не было.

Рассвет я встретил в новом доме. Элла и Армстронг с восторженным мяуканьем носились по всем шести комнатам. У сэра Джуффина Халли странные представления о «скромном жилье».

Бегло осмотрев квартиру, я рухнул на новую постель и уснул как убитый. На этот раз Меламори мне не приснилась. Как и раньше, я ничего для этого не предпринимал. Просто какая-то часть моей жизни навсегда ушла в прошлое.

А на закате меня разбудил зов сэра Кофы.

«Жду тебя в «Золотых Баранах», Макс. Найдешь дорогу, надеюсь?»

«Но Джуффин говорил, что там ужасная кухня», — сонно возразил я.

«Слушай его больше. Джуффин — самый невыносимый сноб в Ехо. Как, впрочем, все провинциалы, прожившие здесь лет сто. Обещаю, тебе понравится. Кроме того, со мной твой должник».

«Какой должник? Ох, Кофа, дайте проснуться!»

«Капитан Гьята. Ты спас ему больше чем жизнь, и парень собирается честно вернуть тебе долг. Сказать по правде, я тебе не завидую: у капитана чрезвычайно серьезное лицо и не менее серьезные намерения. Он собирается ждать хоть триста лет, пока сможет сделать для тебя что-нибудь равноценное. Одним словом, чем скорее ты придешь, тем больше еды тебе достанется. Отбой».

— Хороший день, Ночной Кошмар! — улыбка Мелифаро выходила за пределы его лица.

— Плохая ночь, Дневная Греза!

Какую-то долю секунды Мелифаро оторопело пялился на меня, потом с облегчением кивнул.

— Понял! А что, не худшая из шуток. Сам придумал?

— Нет, Лонли-Локли научил.

— Иди ты! — Мелифаро жизнерадостно заржал.

Мы сидели в «Обжоре Бунбе». Мой коллега ужинал после тяжелого рабочего дня, а я завтракал перед не менее тяжелой рабочей ночью. Скорее всего мне предстояло сидеть в собственном кабинете, вдыхать головокружительные весенние запахи, нахально проникающие в казенное помещение из распахнутого окна, и заниматься дыхательной гимнастикой, которой меня действительно научил Лонли-Локли. В этой области наш неулыбчивый сэр Шурф и правда был крупным специалистом.

Начало весны — не лучший сезон для склейки разбитых сердец, так что я был не самым счастливым человеком в последнее время. Если бы Мелифаро был знаком со мной дольше полугода, он безошибочно смог бы понять это по ядовитым интонациям моих, обычно безобидных, шуточек... Грешные Магистры, а ведь действительно, еще и полугода не прошло с тех пор, как я оказался в Ехо! Я изумленно покачал головой.

— Ты чего? — полюбопытствовал Мелифаро.

— Вспомнил, сколько я тут торчу. Всего ничего получается, а...

— А сколько народу загубил! — уважительно подхватил Мелифаро. — А какие планы на будущее!

— Не без того, — хмыкнул я. — Вы все у меня еще попляшете!

— Кстати, Джуффин просил тебе передать, чтобы ты не слишком тщательно пережевывал, — отсмеявшись, сообщил Мелифаро. В его голосе чувствовалась легкая зависть.

— Он хочет испытать на мне какую-нибудь новую клизму — так, что ли? Его надежды напрасны. Мой желудок способен переварить и вовсе непрожеванные куски, — сварливо отозвался я.

Но сердце радостно екнуло. Если сэр Джуффин затеял торжественное возложение на мои плечи какой-нибудь неразрешимой проблемы... Грешные Магистры, да это же именно то, что мне требуется!

Мелифаро вздохнул.

— Он собирается с тобой секретничать. Некая страшная тайна огромными буквами начертана на челе нашего шефа. Думаю, тебе предстоит перегрызть глотки нескольким десяткам мятежных Магистров, чтобы вырвать из их преступных рук великий секрет какого-нибудь Вселенского слабительного. Подозреваю, что мне суждено всю жизнь оставаться несведущим свидетелем ваших зловещих интриг.

— Тогда я пошел. «Зловещие интриги» — это звучит слишком соблазнительно.

— Ты что, и доедать не будешь? Сгоришь ты на работе, Ночной Кошмар. А я еще попляшу на кучке твоего пепла.

— Не буду ни доедать, ни платить, — гордо сказал я, запахнувшись в теплую Мантию Смерти. — Я такой страшный, что мне все можно! Так что на твоем месте я бы не особенно рассчитывал на балетную карьеру, бедняга.

С этими словами я стремительно стартовал: наш диалог мог продолжаться бесконечно, а меня окрыляла гремучая смесь любопытства и надежды.

Сэр Джуффин Халли как раз принюхивался к содержимому кувшина с камрой. Удовлетворенно кивнул и наполнил кружку.

— Эксперимента ради изменил своим принципам. Эта камра не из «Обжоры», Макс. Заказал ее в «Толстяке на повороте». Дай, думаю, узнаю, чем это женушка нашего Луукфи на жизнь зарабатывает? Оказалось, очень неплохо. Ты уже был там когда-нибудь?

Я помотал головой.

— Это нехорошо. Непатриотично, я бы сказал. Раз уж хозяйка «Толстяка» — жена нашего коллеги, значит, мы просто обязаны... Да ты садись. Мог бы и доесть, между прочим. Что-то я тебя не узнаю. Променять еду на работу...

— Не вы один у нас любопытный, — вздохнул я. — Все-то вы обо мне знаете, Джуффин. Даже о том, что остается на дне моей тарелки, — уму непостижимо!

— Не все, а только самое важное. У меня к тебе серьезный разговор, Макс. Действительно очень серьезный. Хочу озадачить тебя одной проблемой.

— Наконец-то! — с восторгом сказал я и полез в карман за свертком с окурками, которые благополучно продолжал извлекать из щели между Мирами. То есть из-под собственной подушки.

Педагогическая система сэра Мабы Калоха такова: очень много маленьких пряников и ни одного кнута. Действует безотказно. Измученный отвратительным привкусом местного табака, я целыми днями таскал сигареты с недостижимой территории собственной родины, даже не пытаясь понять, как это у меня получается.

— Я с самого начала приберегал эту задачку для тебя, — заговорил Джуфин. — Только мне казалось, что придется подождать несколько лет, дать тебе время привыкнуть к нашему Миру. Но оказалось, что ждать не нужно. Ты и так уже привык — дальше некуда.

— Я только что сам об этом думал, — кивнул я. — До меня вдруг дошло, что мы с Мелифаро знакомы меньше, чем полгода. А ведь вы привели его в дом всего через пару дюжин дней после того, как я... Рехнуться можно!

— Да уж. — Джуффин пожал плечами. — Мне самому твои темпы кажутся фантастическими. И ведь вроде бы знал, с каким шустрым господином связался, а все равно удивляюсь. Так что я уверен, ты справишься. Да и момент сейчас самый подходящий. Небольшое путешествие на край света — именно то, что тебе требуется, так ведь?

— Джуффин, — жалобно попросил я, — не тяните! Вы меня уже так заинтриговали, что голова кругом.

— Да я и не тяну. Просто жду, пока ты нальешь себе еще камры, усядешься поудобнее, закуришь и приготовишься слушать. История длинная, Макс. И очень запутанная.

— Дырку над вами в небе, сэр! Я обожаю длинные запутанные истории.

— Что-то неладное творится с моим родным городом Кеттари, Макс.

Я даже рот открыл. Чего-чего, но такого начала я не предвидел. Джуффин понимающе улыбнулся.

— Твои познания в географии Соединенного Королевства пока не слишком глубоки...

— Не щадите мое самолюбие, сэр, я никогда не беру его с собой, выходя из дома. Я вообще не знаю вашей географии. Это — медицинский факт.

Джуффин кивнул и развернул карту. Я зачарованно уставился на нее: местная картография — отдельная область искусства. Коротко остриженный узкий ноготь моего шефа сухо постукивал по маленькому пестрому пятнышку, приютившемуся где-то на западе среди изящно вычерченных горных пиков.

— Это Кеттари, Макс. А Ехо — вот здесь, видишь? — Ноготь хищно царапнул миниатюрное изображение городка в нижней части карты. — Не так уж далеко, хотя... В общем, не так уж и близко! Знаешь, что значит этот пестрый кружок?

Я помотал головой.

— Это значит, что основным занятием жителей города являются разного рода прикладные искусства. Испокон веков Кеттари был знаменит своими коврами. Даже во времена моей юности они были неподражаемы, хотя тогда в Мире было куда больше фантастических вещей, чем сейчас. Таких шикарных ковров до сих пор нигде больше не делают. Разумеется, столица охотно торгует с Кеттари: здесь любят роскошь.

— Тот огромный ковер цвета темного янтаря, что лежит у вас в гостиной, оттуда! Я угадал?

— Угадал. А почему ты так подумал?

— Потому что... Да потому что по краям вышита надпись: «Мед Кеттари»!

— Вурдалака тебе в рот, парень! Ты слушать-то будешь?

— Буду, буду, — я добавил себе камры и старательно изобразил на лице выражение тяжкого умственного усилия. — Нет, ну правда, рассказывайте.

— Несколько дюжин лет назад в Ехо возник обычай ездить в Кеттари большими караванами. Это действительно удобно, так что никого это нововведение не удивляло. Еще тогда я обратил внимание, что каждый караван непременно сопровождает уроженец Кеттари. Но подумал — если мои земляки хотят немного заработать, с какой стати я буду им препятствовать? Разумеется, поначалу не все желающие съездить за покупками соглашались путешествовать в большой компании, да еще и платить за услуги проводника. Было несколько забавных случаев: столичные балбесы не смогли найти дорогу в Кеттари. Возвращались растерянные, несли какую-то чушь, что Кеттари, дескать, разрушен и необитаем. Удивляться тут нечему, дураков везде хватает, и какие только оправдания не найдет человек для своей глупости! Но все эти истории убедили наших купцов, что небольшая плата Мастеру Предводителю Каравана, как именуют себя мои земляки, наименьшее из зол. Никому не хочется терять время, терпеть убыток и становиться посмешищем.

— Вы говорите, что взрослые люди в здравом уме не могли найти дорогу в ваш Кеттари? — удивленно переспросил я. — Неужели в Соединенном Королевстве так плохо с дорогами? Я-то думал, что...

— Хороший вопрос, Макс. Этому многие удивлялись — как вообще было возможно заблудиться? Графство Шимара — не самая отдаленная провинция, да и Кеттари — не глухая деревня. Предводители караванов объясняли трудности тем, что большинство городков вокруг Кеттари в Смутные Времена были разрушены. Поскольку жизнь этих населенных пунктов зависела исключительно от нужд провинциальных резиденций Орденов, вокруг которых они были построены, возрождать их не было смысла. Упоминали и о разрушенных дорогах. И вот это довольно странно — лично я никогда не слышал, чтобы во время Великой Смуты кто-то разрушал дороги. Да и зачем?.. Был, правда, смешной случай с одним из Магистров Ордена Потаенной Травы, близким родственником нашего Мелифаро. Покидая столицу, парень опасался, что его будут преследовать, и заставил дорогу, по которой удирал, устремиться в небо. Зрелище было то еще: едешь по дороге и вдруг понимаешь, что она ведет вертикально вверх, к облакам. Я даже предлагал Магистру Нуфлину оставить все как есть, но он в ту пору был не слишком сговорчив, поэтому дорогу быстро привели в порядок. Впрочем, дело было не в графстве Шимара, а здесь, в окрестностях Ехо. Так что я всегда сомневался насчет разрушенных дорог. Но решил — если местные жители так говорят, значит, им виднее. Да и какое мне до всего этого дело? Наши купцы возвращаются из Кеттари, нагруженные коврами. И кстати, тоже сетуют на ужасное состояние дорог. Кеттарийские ковры меж тем становятся все лучше, а путешественники в один голос твердят о красоте и богатстве моего родного городка. Не знаю, не знаю! На моей памяти Кеттари никогда не был таким уж процветающим. Хотя, конечно, со временем все меняется, и хорошо, когда к лучшему.

— А вы сами, — спросил я. — Сколько лет вы там не были, Джуффин?

— Очень долго. И сильно сомневаюсь, что когда-нибудь туда вернусь. В Кеттари у меня не осталось ни друзей, ни родни, так что ни нежность, ни обязательства больше не связывают меня с этой точкой на карте. Я совершенно не сентиментален — кстати, как и ты сам. Но дело даже не в этом. Существует нечто вроде внутреннего запрета. Я знаю, что ехать в Кеттари мне не только не нужно, но и нельзя. А мой опыт свидетельствует, что внутренний запрет — единственный реально существующий. Тебе знакомо подобное чувство, Макс?

Я задумчиво крутил в руках окурок.

— Думаю, что знаю, о чем вы говорите. Настоящий внутренний запрет — великая сила! Только я часто не могу отличить его от прочего хлама: всяких там параноидальных мыслей, суеверных привычек... Понимаете, да?

— Еще бы. Не переживай на сей счет, ясность ощущений — дело наживное. Ладно, давай вернемся к делу. Пару лет назад произошла совершенно дикая история. В этот самый кабинет явились два беглых преступника. Один из них истошно орал, что они желают сдаться господину Почтеннейшему Начальнику лично, а второй молчал, уставившись в одну точку. Ребята проходили по ведомству городской полиции, куда угодили по какому-то пустяковому поводу. Они сбежали из-под стражи, что меня совсем не удивляет: при бардаке, царящем в Бубутиной конторе, это более чем закономерно. Один из беглецов по имени Мотти Фара оказался моим земляком. Как и я сам, он не был в Кеттари довольно долго. С начала эпохи Кодекса или еще дольше. Но когда влип в неприятности, решил, что родной город — не худшее место, чтобы скрыться от столичной полиции. Так что ребята отправились в Кеттари. И заблудились.

— И вам кажется, что это уже слишком, да? — понимающе кивнул я. — А может быть, у вашего земляка просто беда с головой? Ну, знаете, как это бывает?

— Мой земляк не производил впечатление идиота, — сухо возразил Джуффин. — По моему скромному разумению, у господина Фары должно было хватить ума, чтобы попасть в родной город. Но у него ничего не вышло. После этой передряги беглецы вернулись в столицу. Вместо того чтобы скрываться, они заявились прямехонько в Дом у Моста, что само по себе совершенно невероятно. И стали умолять о встрече со мной. Мое любопытство не позволяло пренебречь их просьбой — люди нечасто совершают такие нелепые поступки.

— Часто! — буркнул я. — Еще и не такие.

— По большому счету ты прав, — улыбнулся Джуффин. — Но у нас, уроженцев Кеттари, практичность в крови. Ты не отвлекайся, самое интересное впереди.

— Извините, Джуффин. Что-то я сегодня не в меру веселый.

— Да уж, веселый, нечего сказать. Ты у нас в последнее время такой веселый, что смотреть тошно, — вздохнул шеф.

Он покинул свое кресло, подошел ко мне и неожиданно дернул меня за ухо. Это было так нелепо, что я нервно расхохотался. А отсмеявшись, с изумлением понял, что мое настроение действительно заметно улучшилось. Даже разбитое сердце казалось целехоньким.

— Ты заслужил передышку, — тяжелая рука Джуффина легла на мое плечо. — Это мой маленький подарок. Вообще-то все, что с тобой происходит, ты должен переваривать самостоятельно, без посторонней помощи. Но от любого правила иногда можно отступить — ежели недалеко и ненадолго. Тем более что мне сейчас требуется все твое внимание, а не его жалкие ошметки. Ясно?

Я молча кивнул, наслаждаясь отсутствием привычной ноющей боли в груди, верной спутницы каждой моей утраты.

Джуффин вернулся на место и продолжил рассказ.

— Мой земляк выглядел смертельно перепуганным. Он утверждал, что Кеттари исчез. Вернее, лежит в руинах. Его спутник находился в сумеречном состоянии рассудка, а безумием от него пахло, как потом от фермера. Беднягу пришлось отправить в Приют Безумных: он и имя-то свое грешное не мог выговорить, только мычал. Но сам Мотти Фара показался мне очень рассудительным господином. Он заявил, что два года в тюрьме Нунда, причитающиеся ему по закону — сущие пустяки по сравнению с исчезновением нашего с ним родного города. А потом этот истинный патриот Кеттари сделал вот так, — указательным пальцем правой руки Джуффин два раза быстро стукнул себя по кончику носа. — И добавил, что за побег я ему, как земляк земляку, прибавлять не стану. Это наш любимый кеттарийский жест, Макс. Он означает, что два хороших человека всегда могут договориться. Я так расчувствовался, что был готов и вовсе его отпустить, но к сожалению, Бубутины ребята уже знали, что хитрец сидит у меня под крылышком. Так что мне не удалось проявить свой патриотизм в полной мере.

Я не мог сдержать улыбку — столько убийственной иронии было в интонации шефа.

— Пошли дальше, Макс. Через несколько дней из Кеттари прибыл очередной караван, нагруженный коврами. Пару дюжин надежных свидетелей процветания этого славного городка. Я мог расслабиться: все-таки мои беглецы просто заблудились! Но голос внутри меня упрямо твердил, что все не так просто. А уж если я обдумываю какую-то проблему дольше одного дня, это верный признак того, что дело пахнет кислым. Когда в Мире все в порядке, я и сплю спокойно. Такой уж у меня организм. У тебя, кстати, тоже, если я не ошибаюсь.

Я кокетливо вздохнул.

— Куда мне! Мой покой зависит от более приземленных вещей. Если не забыл сходить перед сном в уборную, сплю как убитый, если забыл — ворочаюсь с боку на бок и терзаюсь мрачными предчувствиями касательно ближайшего будущего Вселенной. Я же очень примитивно устроен, разве вы не знаете?

Джуффин ухмыльнулся и подлил мне камры: чистосердечное признание заслуживало награды.

— В придачу к моим собственным сомнениям земляк чуть ли не ежедневно слал мне письма. Герб Королевской каторжной тюрьмы Нунда с тех пор так и стоит у меня перед глазами. Содержание писем не отличалось разнообразием. Вот взгляни на одно из них. Это, конечно, бумага — заключенным самопишущие таблички не положены. Но, насколько мне известно, ты привык к бумаге?

Джуффин открыл маленькую шкатулку, извлек оттуда квадратик плотной бумаги и протянул его мне. Я с любопытством уткнулся в чужую корявую писанину.

«Сэр Почтеннейший Начальник, я боюсь, что вы мне так и не поверили. Но Кеттари действительно больше нет. Там пустое место, одни развалины! Я не мог заблудиться, я знаю каждый камень в окрестностях. Я помню семь деревьев вахари у городских ворот. Они еще есть, а вот самих ворот нет. Только кучка камней, на которых еще сохранились остатки резьбы старого Квави Улона. И за ними — только пыльные камни».

Я вернул письмо Джуффину, тот задумчиво покрутил его в руках и спрятал обратно в шкатулку.

— Потом он умер, этот бедняга. Уже больше года назад. Вот его последнее письмо, оно несколько отличается от прочих. Чем дальше, тем интересней! Держи, Макс.

Я получил новый бумажный квадратик и, спотыкаясь на изломах мелкого незнакомого почерка, начал читать:

«Сэр Почтеннейший Начальник, я снова решился отнять ваше время. Надеюсь, что вам все еще передают мои письма. Сегодня ночью я не мог уснуть. Снова и снова думал о развалинах, которые ждали меня за теми деревьями. А потом я вспомнил, что мы с Захо долго бродили по этим развалинам. Наверное, тогда он и свихнулся, а я просто потерял память. До сих пор я был уверен, что мы сразу же ушли оттуда, и не мог понять, почему это Захо покинул разум. Он ведь не из Кеттари. Если кому-то и следовало свихнуться, так это мне. Но сегодня ночью я вдруг вспомнил, что мы зашли в разрушенный город, и я даже нашел остатки своего дома. А Захо сказал, что я зря переживаю, — вот же площадь и высокие дома, и там гуляют люди. Но я ничего не увидел. А мой друг побежал туда, и я его долго искал. Иногда я слышал голоса людей, где-то далеко, так что я почти не разбирал, о чем они говорят. Только однажды ясно услышал, что говорят о старом шерифе, сэре Махи Аинти, и очень удивился: он же исчез лет четыреста назад, когда еще и моих родителей на свете не было. И вдруг кто-то говорит, что он, дескать, сейчас придет и во всем разберется. А потом я нашел Захо, он сидел на камне и плакал. И не отвечал на мои вопросы. Я увел его оттуда, и мы отправились обратно в Ехо. Сэр Почтеннейший Начальник, вы не подумайте, будто я решил что-то присочинить, я действительно вспомнил все эти подробности только сегодня ночью. И я крепко сомневаюсь, что вспомнил все, что со мной там случилось. Очень прошу вас, разберитесь, что случилось с Кеттари. Я очень любил этот городок, и у меня там осталась младшая сестренка. Я хотел бы найти ее, когда выйду из Нунды, а это случится очень скоро».

Здесь письмо обрывалось. Маленький кусочек бумаги не мог вместить все откровения несчастного кеттарийца.

— А от чего он умер? — спросил я.

— Хороший вопрос. Его вывели на прогулку, погода была ясная, сухая. Вдруг ударила молния. От бедняги остался лишь пепел, а сторож отделался опаленными бровями и ресницами. Потом загрохотал гром, начался ливень. Дождь шел две дюжины дней без перерыва, первый этаж тюрьмы был затоплен. Под шумок у них сбежала чуть ли не дюжина заключенных. Нунда — это тебе не Холоми! Шуму было много... Знаешь, Макс, с самого начала я склонялся к тому, чтобы поверить своему земляку. Одна только его добровольная сдача властям чего стоит. Это как же надо было перепугаться, чтобы сотворить такую глупость! Но это последнее письмо и его странная смерть оказались последней каплей: я понял, что парень привел меня на порог одной из самых загадочных историй, какие только... Ты хотел о чем-то спросить?

— Да. Кроме приключений вашего несчастного земляка и его страхов... Есть еще что-то, о чем вы не говорите?

— Забавно. Твоя интуиция работает, даже когда это совершенно не нужно. Я бы и так рассказал. На самом деле ничего особенного, только одно маленькое наблюдение. Видишь ли, моих сомнений было достаточно, чтобы внимательно присмотреться к коврам, которые привозят из Кеттари. Голову могу дать на отсечение, что они чуть-чуть попахивают Истинной магией, хотя сделаны без ее участия. И все же... Знаешь, это странно. До сих пор я мог почуять ее присутствие в человеке, который обеими ногами увяз в тайне, даже если он сам об этом не подозревает, как было, к примеру, с тобой. Но вещи, неодушевленные предметы?! Никогда прежде не сталкивался с чем-то подобным.

Я пожал плечами.

— А дом сэра Мабы Калоха? Он же весь окутан тайной, его даже найти трудно. Ведь дом — это неодушевленный предмет? Или я опять что-то напутал?

— Нет, ты абсолютно прав. И лишний раз доказал, что я нашел наилучшее решение этой маленькой, но интереснейшей проблемы.

— И какое же?

Я-то спрашивал, но мое сердце уже знало ответ. Оно отчаянно колотилось об ребра. Джуффин кивнул.

— Ты уже сам все понял, Макс. Отправишься в Кеттари. Присоединишься к каравану, посмотришь, как там и что. В крайнем случае просто ковер себе привезешь. Надо же обживать новую квартиру. Если уж мне самому туда лучше не соваться, почему бы не съездить тебе? По большому счету это — одно и то же.

— Ничего себе «одно и то же»! Я-то готов, но вот пользы от меня поменьше будет.

— Откуда ты знаешь? Может быть, и побольше. Тайны любят новичков, особенно таких фартовых, как ты. А мы, пожилые мудрецы, должны сидеть дома и думать тяжкую думу. Словом, я давно решил, что это дело специально создано для тебя, только не надеялся, что ты так скоро будешь готов. Отпускаю тебя с легким сердцем — не думаю, что это будет слишком опасно.

— Ага. Посылая меня в Холоми разбираться с этим коротконогим привидением, вы тоже были уверены, что я справлюсь. А что получилось?

— Как — что? Ты блестяще справился, как я и предполагал.

— Да я же чуть все не испортил. Даже два раза кряду.

— «Чуть» не считается, Макс. Ты действовал быстро, почти все твои решения были верными. Ты не находишь, что для человека, прожившего в этом Мире всего сотню дней, такое просто невозможно?

— У Мелифаро в свое время была хорошая версия на мой счет, — вспомнил я. — Он предположил, что я — мятежный Магистр, утративший память после того, как вы самолично огрели меня по башке. Вы уверены, что ничего подобного не было, сэр?

Джуффина такая гипотеза развеселила. Я дал ему отсмеяться и продолжил:

— Вы же знаете, что я не возражаю против опасностей и приключений, тем более сейчас. Но объясните, ради всех

Магистров, почему вы уверены, что эта поездка не опасна? У вас хорошее предчувствие?

Сэр Джуффин серьезно кивнул.

— Да, и предчувствие тоже. Но не только. Я уже говорил о Кеттари с Мабой Калохом. Он наверняка в курсе происходящего, но темнит. У Мабы свой взгляд на такие вещи, ты же знаешь. Он меня успокоил: что бы ни происходило в Кеттари, это не угрожает Миру и вообще относится, по его выражению, скорее к радостным событиям. Впрочем, у Мабы то еще представление о «радостных событиях». Кстати, старик в восторге от того, что ты туда поедешь. Хотел бы я знать, почему?.. Как бы то ни было, но я должен знать все подробности этой истории. Мое любопытство всегда было превыше долга, а в деле с Кеттари меня призывают разобраться оба этих резона. И самое главное — у меня появился отличный повод сделать твою нелегкую жизнь еще тяжелее. Что скажешь?

— Выразить не могу, как меня это радует. А что за «старый шериф Кеттари»? Ну, сэр Махи Аинти, о котором говорили голоса? Вы же сами были шерифом Кеттари! Вы что, сменили имя?

— Я? Да нет, Магистры с тобой! Я стал шерифом Кеттари после него. А поначалу старый Махи был моим начальником. И не только. Если лет через триста у тебя спросят: «Кто такой этот Джуффин Халли?» — а у тебя как раз появится желание поговорить, ты расскажешь обо мне примерно то же самое, что я сейчас мог бы выложить тебе про Махи. Впрочем, Махи не пришлось вытаскивать меня из другого Мира, тут мы с тобой отличились.

Я вопросительно смотрел на Джуффина. Так этот сэр Махи Аинти и научил моего великолепного шефа всяким непостижимым вещам, которые именуются «Невидимой» или «Истинной» магией?! Шеф утвердительно кивнул. Вопрос, вертевшийся у меня на языке, не был для него тайной. У меня мурашки по спине пошли от такого взаимопонимания.

— Могу добавить, что старик действительно исчез лет четыреста назад. То есть никуда он, конечно, не исчез, а просто покинул Кеттари, сказав мне на прощание: «Пришло твое время поразвлечься, Джуффин, только не вздумай слать мне зов:

заработаешь головную боль!» Махи никогда не отличался многословием, не то что я, грешный. Так что благодари Темных Магистров, Макс, тебе достался не самый ужасный экземпляр наставника.

— Да я и так их каждый день благодарю, ребятам уже тошно от меня небось, — улыбнулся я. — Когда ехать-то?

— Караваны в Кеттари собираются раз в две дюжины дней. Ближайший отправляется дня через четыре, если я не ошибаюсь. Надеюсь, что к его отправлению у нас все будет готово.

— Что — «все»? — удивился я. — Чего тут готовить? Или вы еще не закончили?

— Считай, что еще и не начал. Во-первых, один ты туда не поедешь. Не вздумай спорить, это не мои причуды, а правило.

— Да я и не спорю. И с кем же я поеду?

— Сначала мне хотелось бы выслушать твои соображения.

— Я человек привычки. Если уж отправляться неведомо куда, непонятно зачем, то только с Лонли-Локли. Я уже однажды попробовал, и мне понравилось. Вот только кто будет наводить страх на столичных кровопийц, если мы оба смоемся из Ехо?

— Не переживай, — усмехнулся Джуффин. — Ты еще не видел, как я это делаю. Можно и тряхнуть стариной в случае чего, а то разленился я тут с вами. Да и сэру Кофе пора бы жирок подрастрясти.

— Ох, действительно, — я даже поежился. — Каюсь, не подумал, что вам может прийти охота тряхнуть стариной... Выходит, вы согласны со мной касательно кандидатуры Лонли-Локли?

— Еще бы я был с тобой не согласен. Я и сам так решил, просто любопытство разбирало: угадаешь или сядешь в лужу? На этот раз твоя задница осталась сухой, прими мои поздравления.

— И как я понимаю, нам с Шурфом придется замаскироваться. Нас же весь город в лицо знает. Думаю, что ехать в Кеттари в компании двух штатных убийц из Тайного Сыска мало кому захочется, — я посмотрел на Джуффина. — Моя задница еще не намокла?

— Пока нет. Продолжай, ты верно рассуждаешь.

— Ну, со мной проблем не будет, — самоуверенно заявил я. — А вот как быть с Шурфом? Он такой приметный! На одного сэра Кофу надежда.

— Плюх!

Я ошеломленно посмотрел на шефа, потом понял и расхохотался.

— Что, я все-таки сел в вашу грешную лужу?

— Еще бы! — Джуффин веселился от души. — Какой ты скромный, сэр Макс! Уж если с кем-то у нас и будут проблемы, так это с тобой. А ты, оказывается, очень ненаблюдательный. У Шурфа, хвала Магистрам, внешность самая неприметная, таких ребят полный город. Изменить цвет волос, напялить что-нибудь пестрое вместо его белого лоохи, снять рукавицы, и ты сам его не узнаешь — мало ли в Мире высоких людей.

— Тем лучше. Но почему со мной должны быть какие-то проблемы? У меня что, необычное лицо?

— Во-первых, оно у тебя действительно довольно необычное. Сам подумай, ты встречал в Ехо ребят, которые могли бы сойти за твоих братишек?

Я смущенно пожал плечами: признаться, я просто не обращал внимания на подобные мелочи.

— Ты у нас — редкая птица. Но это — не проблема, сэр Кофа может превратить твою физиономию во все, что угодно. Проблема состоит в твоем акценте, Макс.

— А разве у меня?.. — я покраснел.

— Есть, есть, это только ты не замечаешь. И полгорода уже знает, что так отрывисто говорит только «грозный сэр Макс, облаченный в Мантию Смерти». Тебя раскусят, как бы ты ни маскировался. Промолчу насчет твоей Безмолвной речи, тебя и понять-то иногда трудно!

— Так что же делать? Может быть, прикинуться немым?

— Немые пользуются Безмолвной речью еще лучше, чем прочие. Для них, как ты понимаешь, это единственный способ общаться. Не горюй, сэр Макс, мы сделаем из тебя шикарную даму, ты сам удивишься.

— Даму? Шикарную? Из меня? Да вы что, Джуффин?! — моему изумлению не было предела.

— А чему ты так удивляешься? Сэр Кофа поработает с твоим лицом и голосом, парик подобрать — вообще не проблема...

— И я стану главным посмешищем Дома у Моста в этом сезоне, — продолжил я. — Джуффин, ну какая из меня может получиться дама?

— Высокая, худая и довольно широкоплечая. Пожалуй, не из тех, что нравятся мужчинам, — равнодушно согласился Джуффин. — Но это проблема Лонли-Локли: будет путешествовать с некрасивой женой.

— С женой?! Вы что, издеваетесь?

Я уже чуть не плакал.

— Что произошло с твоей головой, Макс? — холодно спросил шеф. — Разумеется, вы будете выдавать себя за супружескую пару. В Кеттари именно так чаще всего и ездят: парочками. Сочетают приятное с полезным, покупку ковров с совместным отдыхом. Если к каравану присоединится женщина, которая говорит с таким же акцентом, как у тебя, все подумают, что она — просто твоя землячка. Почему бы доброму горожанину не жениться на леди из Пустых Земель? У нас, в Ехо, любят экзотику. Вы не вызовете никаких подозрений, и все будет в порядке. И не смотри на меня, как на палача. Чего ты вообще так переполошился?

Я и сам не мог объяснить почему. Наверное, во мне вопили какие-то дремучие предрассудки. Если мужчина переодевается в женское платье, значит, с ним не все в порядке. Впрочем, с костюмом-то как раз особых проблем не будет: в Ехо наряды мужчин и женщин отличаются настолько неуловимо, что у меня пока не хватало опыта, чтобы отличить женское лоохи от мужского.

— Не знаю, что и сказать. Нелепо это как-то.

— Не вижу тут ничего нелепого. Хорошая ночь, сэр Кофа!

Я обернулся. На пороге стоял сэр Кофа Йох, наш Мастер Слышащий, он же непревзойденный мастер маскировки. В руках у него был объемистый сверток.

— Этот милый мальчик очень не хочет становиться девочкой, — тоненьким голоском сообщил Джуффин. — Как вы думаете, Кофа, вдвоем мы его одолеем или лучше сразу позвать подмогу?

Сэр Кофа Йох одарил нас обоих покровительственной улыбкой и водрузил свою ношу на стол.

— Вы что, собираетесь делать это прямо сейчас? — жалобно спросил я. — Может, отпустите погулять напоследок?..

Сходные чувства всегда охватывали меня в кресле дантиста: очень хотелось куда-нибудь смыться и прийти завтра — то есть никогда.

— Нагулялся уже, — злорадно хмыкнул Джуффин. — Слушай, Макс, успокойся немедленно. Это же обыкновенное переодевание, как на карнавале. Был когда-нибудь на карнавале?

— Был, — буркнул я. — Мне тогда было лет шесть, и я переоделся зайчиком...

Мои коллеги взвыли от смеха.

— «Зайчиком»! На карнавале! В Пустых Землях! — стонал сэр Кофа. — Мальчик, ты вообще думаешь перед тем, как говорить?!

Я не выдержал и тоже рассмеялся.

— Ладно, валяйте, Кофа. У меня действительно небогатый опыт карнавальной жизни, так что...

— Сразу бы так. — Джуффин протянул мне еще одну кружку с камрой. — А то запаниковал... Слушай, может быть, ты подумал, что мы превратим тебя в настоящую женщину? И тебе, чего доброго, придется исполнять супружеские обязанности?

— От вас всего можно ожидать.

— Не переживай, парень. Во-первых, сделать из мужчины настоящую женщину и наоборот — теоретически это возможно, но мы с Кофой пока не такие могучие колдуны. Сэр Маба, пожалуй, смог бы, хотя... Да нет, вряд ли, зачем ему! Кстати, не удивлюсь, если Сотофа такое умеет, надо бы у нее спросить при случае... А во-вторых, сэр Лонли-Локли все равно не стал бы изменять жене с какой-то тощей широкоплечей иностранкой. Хвала Магистрам, уж в чем, а в женщинах Шурф знает толк.

— Какую ерунду вы говорите, Джуффин. Почему это «тощая», «широкоплечая»? У нас получится очень милая девочка, вот увидите, — тоном оскорбленного профессионала сказал сэр Кофа.

Он уже начал распаковывать свой сверток. Я с ужасом покосился на высунувшиеся наружу рыжеватые кудри. Кажется, это была моя будущая прическа.

Джуффин заметил выражение моего лица, махнул рукой и снова расхохотался.

— Мы решили сделать это заранее, чтобы у тебя было время привыкнуть, — добродушно объяснял сэр Кофа. — Я не раз переодевался женщиной, — да ты и сам помнишь нашу первую встречу в «Обжоре». Видишь ли, у женщин немного другая походка, манеры. Иная реакция на события. Четырех дней маловато, но ты у нас всему быстро учишься. В крайнем случае будешь дамой со странностями. И не волнуйся, все перемены в твоей внешности произойдут на короткое время. Кстати, Джуффин, сколько времени ему понадобится провести в Кеттари? Мне нужно знать.

— Дай подумать... Дорога займет дня три. В Кеттари караван обычно остается дней шесть-семь. Этого может не хватить. Тогда нужно будет остаться и ждать следующий караван, а это еще две дюжины дней. Потом обратная дорога. Да, Кофа, думаю, что твое заклятие должно продержаться четыре дюжины дней. В таком деле лучше пусть будет избыток.

— Четыре дюжины дней? — жалобно спросил я. — А если мы вернемся раньше? Что я буду делать в таком виде?

— Как что? Работать. Какая разница, что за личико прячется под Мантией Смерти? — пожал плечами Джуффин. — Ты подожди, тебе еще понравится!

— Да уж. Представляю, какое удовольствие получит Мелифаро! Вот смеху будет!

— А почему ты вообще так уверен, что над тобой будут смеяться? — спросил Джуффин. — Это что, еще один милый обычай твоей прекрасной родины?

Я растерянно кивнул.

— А что, в Ехо такие вещи не считаются смешными?

— Сэр Кофа только что напомнил тебе, что регулярно разгуливает в женском наряде. Ты когда-нибудь слышал шутки по этому поводу? От того же Мелифаро?

— Нет...

Я был вынужден признать, что ничего подобного действительно не происходило. Над аппетитом сэра Кофы не потешался только ленивый, но к его переодеваниям относились как к должному: работа — она и есть работа. Меня опять подвела дурацкая привычка посещать чужие монастыри, с энтузиазмом размахивая собственным уставом.

— Давай раздевайся, — скомандовал Кофа. — С твоей фигурой действительно будут некоторые проблемы, так что лучше начнем с самого трудного. Физиономию-то я тебе в минуту подправлю.

— Совсем раздеваться? — растерянно спросил я.

— Разумеется совсем, — прыснул Джуффин. — Ты что, еще и к знахарям никогда не ходил?

— Почти не ходил, хвала Магистрам. Я их боюсь.

— А чего их бояться? — удивился сэр Кофа. — Знахари помогают нам подружиться с собственным телом. И нрав у них поэтому мягкий. Одно удовольствие иметь с ними дело.

— О, вы не знаете наших знахарей! Разрежут на кусочки по пьяному делу, а потом решат, что проще похоронить, чем собрать, как было.

— Дырку над тобой в небе, Макс, что же это за место такое, твоя родина? — в который раз изумился Джуффин. — Ладно уж, делай, что тебе говорят. А вы, Кофа, закройте дверь на ключ, а то еще занесет кого-нибудь лихим ветром.

— Мир узнает, как протекают суровые будни Тайного Сыска, и содрогнется, — хмыкнул я, раздеваясь.

Мне пришлось почти час неподвижно простоять в центре комнаты, а сэр Кофа старательно массировал воздух вокруг моего бедного тела. Ко мне он так и не прикоснулся, но ощущения были приятнейшие, как от легкого расслабляющего массажа.

— Вот и все, Макс. Подумай, кстати, как тебя теперь будут звать. Тебе понадобится хорошее женское имя.

Я с опаской оглядел себя. Все было в полном порядке, то есть без изменений: бедра не расширились, бюст не вырос...

— Это же не настоящее женское тело, — улыбнулся сэр Кофа. Это просто иллюзия. Зато отличная иллюзия! Одевайся, сейчас поймешь. Да не в это!

Я растерянно вернул свою скабу на ручку кресла.

— Возьми на столе. Я принес тебе отличный костюм, столичные модницы от зависти лопнут. Давай, давай, одевайся, сейчас ты здорово удивишься!

Я порылся в разноцветном тряпье, обнаружил там темно-зеленую скабу и быстренько напялил ее на себя.

— Ой!

Это было все, что я мог произнести: тонкая ткань наглядно обрисовывала нежные изгибы какого-то незнакомого женского тела. Джуффин с восхищением посмотрел на Кофу.

— Здорово! Гораздо лучше, чем я себе представлял. Ну, давай, заканчивай. Такая милая леди, с такой угрожающей щетиной, смотреть больно. Ты бы хоть брился иногда, сэр Макс!

— А я брился. Вчера, — я пощупал подбородок. — Тоже мне щетина! Смех один.

— Ничего, Макс, теперь у тебя таких проблем долго не будет, — пообещал сэр Кофа, намазывая мою растерянную рожу какой-то черной дрянью. — Вот так! Эта штука действует даже дольше, чем требуется.

— Это лучшая новость с момента принятия кулинарной поправки к Кодексу. Уже можно умываться или нужно ждать?

— Чего ты собрался ждать и зачем тебе умываться? — удивился Кофа.

Он надел на меня светлый рыжеватый парик, длинные пряди которого сразу же начали щекотать мне плечи.

— А, ты имеешь в виду мою мазь? Ну, так она уже исчезла вместе с твоей щетиной. Я все же колдун, а не брадобрей!.. Да, и не вздумай снимать этот парик: будет больно. Теперь это твои настоящие волосы — на какое-то время. Садитесь в кресло, леди. Уже почти все в порядке, остался последний штрих.

Мне пришлось пережить пятиминутный массаж физиономии, на сей раз довольно неприятный. Особенно досталось моему носу. Я был уверен, что от такого обращения бедняга просто обязан побагроветь и распухнуть. Даже слезы на глазах выступили, но я мужественно терпел.

— Все! — устало вздохнул сэр Кофа Йох. Джуффин, у нас найдется выпить? Давно я так не потел.

— Это гениально, Кофа, — с восхищением сказал сэр Джуффин Халли, пристально разглядывая меня. — Кто бы мог подумать! Даже если эта милая леди выйдет на площадь Побед Гурига VII и начнет орать, что ее зовут сэр Макс, ее поднимут на смех, тем дело и кончится... А выпить нам сейчас принесут. И не только выпить. Такое дело грех не отметить! Надень лоохи, сэр Макс, и пойди полюбуйся на шедевр старого мастера. Тебе понравится, обещаю.

Я закутался в узорчатое лоохи цвета речного песка. Мне было здорово не по себе. Кто-то еще посмотрит на меня из большого зеркала в коридоре?

— Не так, леди, — остановил меня Кофа. — Женщины никогда не закалывают полу лоохи булавкой, а просто перебрасывают ее через плечо. И они совершенно правы, так проще и элегантней. Ну-ка пройдись.

Я послушно прошелся по кабинету.

— Да, с походкой надо что-то делать, конечно. Она все портит, — огорчился Кофа. — Ладно, пойди полюбуйся на себя, привыкай понемножку, а потом будем учиться.

— А тюрбан? — спросил я.

— Это необязательно. Девушки с такими роскошными волосами предпочитают ходить с непокрытой головой, особенно если они приехали издалека. А вы приехали издалека, леди, судя по вашему говору. Давай-давай, топай к зеркалу, я жду комплиментов. Как мы назовем нашу девочку, Джуффин?

— Пусть сам решает, — ухмыльнулся сэр Джуффин. — Должен же этот бедный парень хоть что-то решать сам! Что скажете, леди?

— Мерилин Монро, — рявкнул я и расхохотался. Это весьма смахивало на истерику.

— Что тут смешного? — удивленно спросил Джуффин. — Красивое имя, звучит как иностранное, но это и хорошо... Подожди-ка, Макс, это что, какое-то ваше неприличное ругательство?

— Почти, — я решил не вдаваться в подробные объяснения.

С замирающим сердцем я поплелся в коридор. Приблизился к зеркалу, собрал все свое мужество и уставился на потемневшую от времени правдивую поверхность. Оттуда на меня с неподдельным любопытством взирала высокая, симпатичная, нарядная леди, очень даже в моем вкусе. Меня самого, разумеется, в зеркале не было.

Я всмотрелся в ее миловидное лицо, надеясь обнаружить хоть отдаленное сходство. Ничего от моего старого приятеля Макса не осталось и в помине.

Я попробовал пройтись, не сводя глаз с зеркала. Да, барышня была немного угловата, что правда, то правда! Мне стало смешно, голова шла кругом. Когда элегантная леди в зеркале весело заржала, я понял, что вполне могу сойти с ума. И пошел обратно в кабинет. Мои старшие коллеги уже весело позвякивали посудой.

— Грех такую красавицу Лонли-Локли отдавать, — возмущенно сказал я. — Он все равно не оценит. Вы действительно гений, Кофа! Я ее люблю. В смысле — меня!

— Я совсем забыл про голос, — вздохнул сэр Кофа. — Выпей вот это, леди Мерилин, а то безобразие просто.

Он протянул мне маленькую склянку с какой-то подозрительной синей жидкостью. Я брезгливо понюхал, вздохнул и выпил. Ничего страшного, что-то вроде сухого шерри, только очень горячее.

— А больше вы мне ничего не предло...

Я осекся: теперь и мой голос стал чужим. Нет, я не начал пищать, это был довольно низкий, грудной, но, без сомнения, женский голос.

— Держи, мальчик, — сэр Кофа протянул мне кружку с джубатыкской пьянью. — Тебе действительно надо выпить.

После нескольких глотков ароматного напитка, обладающего убойной силой, я развеселился. Думаю, что корни моего хорошего настроения уходили в темную глубину настоящего безумия: слишком уж быстро мой знакомый сэр Макс, Ночное Лицо сэра Джуффина Халли, превратился в какую-то рыжую девчонку.

— Надо бы поработать над твоими манерами, леди, — вздохнул Джуффин. — Пока ты больше похожа на городскую сумасшедшую, чем на жену зажиточного обывателя.

— Манеры?! Одну секунду!

Я вскочил и прошелся по кабинету, старательно виляя бедрами. Потом сложил губы как для поцелуя.

— Я вам нравлюсь, господа?

Сэр Кофа удрученно молчал.

— Какой ужас, Макс! — искренне сказал Джуффин. — Неужели на твоей родине так действительно принято?

Я вернулся на место.

— Да нет. Во всяком случае, не всегда, — я немного успокоился. — Так себя ведут лишь очень распущенные женщины, и только от случая к случаю.

— Все равно кошмар. Думаю, ты мне должен не один хороший обед за то, что я тебя оттуда вовремя вытащил.

— Ничего себе «вовремя»! Вот если бы лет на десять раньше...

— Не уверен, что это было бы разумно. Как-нибудь объясню почему. Вы здорово устали, Кофа? — сочувственно спросил сэр Джуффин у Мастера Слышащего.

Тот меланхолично пережевывал свой кусок пирога.

— А как вы думаете? Такие фокусы не каждый день делать приходится, хвала Магистрам! А тут еще учи эту леди хорошим манерам...

— Не надо. Мы сами справимся. Ситуация почти безнадежная, но у меня есть одна идея.

— Какой вы мудрый человек, Джуффин! Думаю, без хорошего чуда тут действительно не обойтись.

— Вот и ладненько. Поклюйте тут носом на пару с Курушем, а мы с Максом немного погуляем. Пошли, Макс... тьфу ты, леди Мерилин!

— Я не клюю носом, а запоминаю, что вы говорите, — огорошила нас мудрая птица. — Я всегда знал, что люди странные существа, но сегодня с вами особенно интересно.

— Еще бы! — ухмыльнулся Джуффин, поглаживая мягкие перья буривуха. И мы покинули кабинет.

— Куда мы едем? — спросил я, усаживаясь в амобилер.

— А ты не догадываешься? Я знаю только одну старую даму, способную сделать из этой сумасшедшей барышни настоящую леди.

— В Иафах? — просиял я. — К леди Сотофе?

— Да, я уже послал ей зов. В конце концов она тоже из Кеттари, так что дело касается и ее. Сотофа на удивление легко согласилась помочь. Вообще-то это не в ее стиле. Кажется, она питает к тебе некоторую слабость.

— И пользуется полной взаимностью.

— Вот и славно. Чего ты ждешь, леди Мерилин? Поехали!

Леди Сотофа встретила нас на пороге маленького садового павильона, который служил ей рабочим кабинетом.

— Ой, какая хорошенькая девочка! Жалко, что не настоящая. Такую я бы, пожалуй, к себе взяла, — улыбнулась она, обнимая меня.

Я, как всегда, немного растерялся. Кажется, еще никто никогда не радовался моему приходу так неудержимо, как эта могущественная ведьма с манерами любящей бабушки.

— Садись, Джуффин. Помнишь, какую камру варили пятьсот лет назад у нас в Кеттари, в «Деревенском Доме» на Веселой площади? Ну, так я умудрилась сделать это еще хуже! Попробуй, будешь доволен. А для тебя, девочка-мальчик, у меня есть нечто особенное.

Леди Сотофа извлекла из-под лоохи крошечный кувшинчик, внешность которого свидетельствовала о глубокой древности.

— Это очень вкусно и весьма полезно — в некоторых случаях.

— Никак у тебя нашлась «Дивная половина», Сотофа? — Джуффин даже головой покачал от изумления. — Лет триста она мне на глаза не попадалась!

— А тебе-то зачем, Джуффин? — звонко расхохоталась леди Сотофа. — И хорошо, если уж тебе не попадалась, значит, другим — тем более. Такие вещи должны таиться в темноте. А ты садись, Макс. Не за стол, а вон в то кресло, там тебе будет удобнее. Держи! — она протянула мне рюмку с темно-красной густой жидкостью, немного подумала, потом кивнула. — Да, одной хватит. В таком деле лучше не увлекаться.

Я послушно взял рюмочку и попробовал. Это действительно было вкусно, не хуже бальзама Кахара.

— Смотри-ка, пьет, — ухмыльнулся Джуффин. — У меня бы он сперва битый час выспрашивал, что это за отрава.

— Какой умный мальчик, — обрадовалась леди Сотофа. — Я бы и сама дюжину раз подумала прежде, чем выпить какое-нибудь зелье из твоих рук, старый ты лис!

Сэр Джуффин Халли выглядел очень довольным.

— А теперь просто расслабься, — сказала эта чудесная старушка. — Могу объяснить, чем я тебя напичкала, мне не жалко. В старые времена «Дивную половину» давали безумцам.

— Спасибо вам, леди Сотофа, — мрачно хмыкнул я. — Утешили вы меня.

— Сначала дослушай, глупенький, — добродушие ужасной колдуньи было неиссякаемо. — Безумцам давали это зелье, и бедняги тут же начинали вести себя абсолютно нормально. Оно потому и называется «Дивная половина» — считалось, будто снадобье помогает безумцам найти половинку своей души, заблудившуюся впотьмах. Это продолжалось, пока один мудрый человек не обнаружил, что эти несчастные не становятся нормальными людьми, а только кажутся таковыми. В то время как их истерзанная душа пребывает неведомо где... Ты понял?

Я печально помотал головой.

— Ничего, какие твои годы, поймешь когда-нибудь. Сейчас ты немножко поспишь, а когда проснешься, то останешься таким же глупеньким сэром Максом. Но вести себя будешь, как настоящая милая леди. Ты останешься тем, кто ты есть, но людям будет казаться, что они имеют дело с совершенно другой личностью. Честно говоря, это не очень хорошее зелье, мальчик. Уж если люди хотят казаться иными, они должны сами что-то для этого делать, а чудесные микстуры развращают дух. Но один раз и ради важного дела можно, я полагаю. Не думаю, что тебе так уж необходимо учиться быть настоящей женщиной, ты и без того вполне хорош.

— Спасибо вам, леди Сотофа. Одна вы во всем Мире меня любите и хвалите, — я отчаянно клевал носом.

— Молчи уж и спи. Не вздумай сопротивляться дреме, а то все пойдет насмарку. Видишь ли, чудесные вещи предпочитают случаться, пока человек спит, так уж все устроено.

Леди Сотофа укрыла меня меховым одеялом и повернулась к моему шефу.

— Неужели у нас наконец нашлось время спокойно поболтать, Джуффин? Ты же никуда не спешишь?

Сквозь сон я успел заметить, что сэр Джуффин два раза стукнул себя по носу указательным пальцем правой руки, их знаменитый кеттарийский жест, «хорошие люди всегда могут договориться», как же, как же.

Когда я проснулся, было уже светло. Улыбающаяся леди Сотофа сидела рядышком и с любопытством разглядывала мою физиономию.

— Ой, Макс, ты так долго спишь, — ее улыбка стала еще шире. — Где ты этому научился?

— Врожденный талант, — важно сказал я чужим бархатистым женским голосом.

Никаких эмоций по этому поводу я не испытывал, что само по себе не могло не радовать. Оглядевшись, я понял, что мы с леди Сотофой остались одни. Неужели шеф бросил меня в Иафахе? С него станется.

— А где Джуффин?

— Как где? Дома. Или на службе — не знаю, не справлялась. Знаешь, сколько ты проспал? Мы, конечно, здоровы языками чесать, но за это время можно было обсудить даже все причины зарождения Вселенной, что, честно говоря, не так уж занимательно.

— И сколько же я спал?

— Больше суток, Макс. Я — и то удивилась.

— Ничего себе! Джуффин мне голову оторвет.

— Он, конечно, еще и не такое может, этот ужасный Джуффин, но я не думаю, что у тебя в ближайшее время кто-то что-то станет отрывать. Поверь уж старой прорицательнице.

— Все равно я должен бежать, — засуетился я. — Мне же уезжать завтра. Или послезавтра? Я даже этого толком не знаю.

— Конечно, ты должен бежать, мальчик, — согласилась леди Сотофа. — Но сначала нужно умыться, а если получится, я еще и камрой тебя угощу. Вообще-то я ненавижу возиться с жаровней, но ради тебя расстараюсь.

Я улыбнулся.

— Балуете вы меня, леди Сотофа.

— Конечно. Кто-то же должен это делать. Ванная комната внизу. У нас все, как у нормальных людей.

— А я-то думал, что она в каком-нибудь другом Мире! — крикнул я, спускаясь по лестнице.

— Одно другому не мешает, — заметила леди Сотофа.

В ванной я тут же уставился в зеркало. Да, леди Мерилин Монро перестала быть угловатой, спасибо леди Сотофе и ее «Дивной половине». Моих заслуг тут не было, это уж точно.

Иллюзия казалась настолько реальной, что раздевался я почти в панике. Обнаружил под тонкой скабой собственное тело, с облегчением вздохнул и начал умываться.

Наверх я возвращался вприпрыжку — от избытка сил. Проспать больше суток сидя в кресле и так хорошо себя чувствовать — вот это я понимаю, магия высокого полета!

Пухленькая седая старушка, которая, вне всяких сомнений, была одним из самых могущественных существ в этом Мире, ждала меня за столом.

— Вот камра, а вот печенье. Больше ничего нет. Но ты ведь и не любишь завтракать по-настоящему?

Я кивнул.

— Вы и это знаете?

— Тоже мне тайна. Молод ты еще, чтобы иметь от меня тайны, мальчик.

— Вы меня пугаете. Знать про меня все — какой кошмар!

— Абсолютно ничего кошмарного, Макс. Напротив, все это так мило. Даже твое темное прошлое в каком-то дурацком, ты уж прости меня, месте.

— Совершенно с вами согласен, именно что в дурацком... А может быть, вы можете залатать мое глупое сердце, леди Сотофа? Этот садист Джуффин утверждает, что со всеми своими бедами я должен справляться самостоятельно, но у меня пока неважно получается.

— Ой, да какие у тебя беды? — отмахнулась моя собеседница. — Все твои беды как летний снег. Вот он есть, миг — и нет ничего, просто показалось. Не надо только все время тыкаться носом в прошлое или мечтать о том, каким могло бы стать будущее. Сегодня у тебя маскарад, получай удовольствие.

Это были просто слова, но я почувствовал не меньшее облегчение, чем от давешней Джуффиновой ворожбы с моим ухом.

«Действительно, какие такие «беды», дружище? — сказал я себе. — Ты сбежал оттуда, где тебе было хреново, попал в лучший из Миров, вокруг тебя полным-полно невероятных людей, которые наперебой стараются угостить тебя собственной мудростью и еще чем-то вкусненьким в придачу. А ты все ноешь да ноешь, свинтус неблагодарный!»

— Леди Сотофа, вы действительно лучшая из женщин, — вздохнул я.

— Разумеется, я лучшая, — усмехнулась старушка. — А к тому же еще и красавица.

— Представляю себе! — мечтательно сказал я. — Хотелось бы хоть в щелочку посмотреть на вашу развеселую юность.

— Взглянуть, как этот сумасшедший Джуффин бегал за мной, размахивая ордером на арест, после того как я отказалась ехать с ним за город? — расхохоталась леди Сотофа. — Да, это было то еще зрелище!.. Ладно уж, пока мы с тобой подружки, могу похвастаться. Только смотри не влюбись, со мной тебе светит еще меньше, чем с Киминой племянницей.

И не давая мне опомниться, она вскочила с места и начала вращать руками с невероятной скоростью и силой. Я не мог разглядеть ничего, только стремительное мельтешение ее ладоней.

— Ну как?

К этому моменту я уже был изрядно поколочен чудесами и начал думать, что никогда больше не стану бурно на них реагировать. Но, увидев перед собой невысокую юную красавицу, я оцепенел и судорожно втянул в себя воздух. С выдохом были проблемы. Фантастическая леди Сотофа небрежно похлопала меня по спине.

— Ой, можно подумать, так все страшно!

Кое-как отдышавшись, я захлопнул пасть и уставился на это чудо. Вот уж у кого была фигура знаменитой Мерилин Монро, чье имя я легкомысленно присвоил своему новому телу. Только леди Сотофа оказалась яркой брюнеткой с длинными, чуть приподнятыми к вискам зелеными глазами и белоснежной кожей.

— Давайте обратно, а то я за себя не ручаюсь, — я был готов зажмуриться, от греха подальше. — А почему вы?..

— Почему я всегда так не выгляжу? Сам подумай, зачем оно мне надо? Чтобы все младшие Магистры Ордена Семилистника мечтали по ночам ущипнуть меня за задницу? Ну так мне это уже неинтересно, а глупеньких мужчин даже жалко.

Леди Сотофа снова занялась своей странной физзарядкой, только ее руки теперь вращались в обратном направлении.

— Думаю, теперь тебе пора в Дом у Моста.

Пухленькая улыбчивая старушка положила теплую тяжелую ладошку мне на плечо. Я кивнул. Говорить не хотелось. Мне только что подарили чудо и тоненький ломтик причудливой мудрости женщин Семилистника в придачу.

— Не огорчайся, леди Мерилин, ты тоже хорошенькая, — леди Сотофа провожала меня веселым смехом. — Главное, постарайся получить удовольствие от этого приключения. Обещаешь?

— Обещаю! — твердо сказал я.

И моя леди Мерилин Монро бодро отправилась на службу. А по дороге я зашел к первому попавшемуся ювелиру и купил ей несколько драгоценных колец: пусть радуется, сестренка. Я начинал дружить со своим новым обличием.

Повинуясь привычке, я проник в Дом у Моста через Тайную Дверь. Только потом понял, что это было изрядным нарушением конспирации, ну да сделанного не воротишь. К счастью, моей оплошности никто не заметил — и на улице, и в коридоре было безлюдно.

Зов сэра Джуффина настиг меня уже на нашей половине Управления.

«Хорошо, что ты наконец проснулся, Макс. Лучше поздно, чем никогда, — жизнерадостно тараторил шеф. — Дождись меня непременно, хочу посмотреть, что из тебя получилось. Мы с Меламори идем по следу одного симпатичного отравителя. Ничего особенного, но я не люблю отпускать ее одну на такие прогулки».

«И правильно», — согласился я.

Я был рад за Меламори — и при деле, и в безопасности, так и надо!

«Без тебя знаю, что правильно, леди Макс, — огрызнулся восхитительный сэр Джуффин Халли. — Ладно уж, отбой!»

В нашем кабинете царила настоящая идиллия. На рабочем столе, скрестив ноги, восседал Мелифаро, неподвижный, как статуя. «Так вот он какой, когда его никто не видит!» — весело подумал я.

Заметив меня, а вернее симпатичную леди Мерилин, произведение искусства встрепенулось, спорхнуло с постамента и уставилось на мое новое лицо с таким неподдельным восторгом, что я тут же понял: вот он, наш с Мерилин звездный час! Сумасшедший план родился в мгновение ока. «Постарайся получить удовольствие от этого приключения», — велела мне леди Сотофа, а старших надо слушаться.

— Что у вас стряслось, незабвенная? — с нежным участием спросил Мелифаро.

И мы с леди Мерилин окончательно решили: будь что будет, только бы не рассмеяться раньше времени.

— У меня ничего не стряслось, хвала Магистрам, — застенчиво улыбнулся я. — Отец попросил меня навестить это место и передать его благодарность сэру Максу и еще одному господину... — кажется, его папа написал какую-то книжку... Ах да, конечно, сэру Мефиляро!

— Мелифаро! — галантно поправило меня Дневное Лицо Почтеннейшего Начальника. — Я перед вами, незабвенная. Но кто ваш отец и за что он собирается нас благодарить?

— Боюсь, что вы не очень дружны с моим отцом. Тем не менее он обязан вам жизнью. Меня зовут леди Мерилин Бох.

— Так вы дочка генерала Бубуты? — восхитился Мелифаро. — Грешные Магистры, почему же я вас раньше не видел?

— Я совсем недавно приехала в столицу. Сразу после того, как я родилась, еще в Смутные Времена, отец отправил меня к родне в графство Вук. Понимаете, моя мать не была его женой, но отец всегда заботился обо мне. А после смерти моей мамы он уговорил леди Бох, и они удочерили меня официально. У папы тяжелый характер, я знаю, но он очень хороший человек.

— И очень храбрый! — с энтузиазмом подхватил Мелифаро. — Ваш отец — настоящий герой войны за Кодекс, так что не обращайте внимание на разные глупые слухи, леди Мерилин. Лично я очень уважаю вашего батюшку.

Я внутренне взвыл от восторга. Оказывается, сэр Мелифаро очень уважает генерала Бубуту! Как он мне потом в глаза будет смотреть, бедняга?

— Да, мой папа такой: грубоватый, но искренний, — моя леди Мерилин нежно улыбнулась. — К сожалению, он все еще очень болен.

Что-что, а это было сущей правдой. Приключение с паштетом «Король Банджи» надолго вывело из строя скандально известного генерала городской полиции. Я продолжил:

— Но отец не хочет, чтобы его сочли неблагодарным, поэтому он просил меня прийти сюда и найти сэра Макса. И вас, конечно.

Я нашарил в кармане одно из новых колец и протянул его Мелифаро. — Это вам, сэр Муфуларо, в знак дружбы и признательности.

Мелифаро восторженно полюбовался на кольцо и тут же попытался его надеть. М-да, руки у меня помельче будут, мой бедный друг смог напялить украшение только на левый мизинец, да и то с трудом.

— Скажите, а могу ли я увидеть сэра Макса? — мечтательно спросила леди Мерилин.

Мелифаро забеспокоился, любо-дорого было смотреть. Он подошел ко мне, нежно положил руку на плечо, наклонился к самому лицу и таинственным тоном сообщил:

— Сэра Макса сейчас нет, незабвенная. Я не уверен, что он скоро появится, и это, честно говоря, к лучшему. Я бы не советовал вам с ним встречаться.

Становилось все интереснее.

«Грешные Магистры, неужели я могу конкурировать с его голливудской рожей?! — обрадовался я. — Он же всерьез разволновался!»

— Почему, сэр? — мы с леди Мерилин старались быть очень наивными: приоткрыли рот и глупо захлопали ресницами.

— Это очень опасно, — доверительно сообщил Мелифаро. — Наш сэр Макс — ужасное существо. Настолько, что его даже заставили носить Мантию Смерти. Представляете, незабвенная?

— Но отец говорил… — робко начал я.

— Ваш отец тяжело болен, леди. Кроме того, им движет чувство благодарности. Уверен, если бы не эти обстоятельства, он ни за что не позволил бы вам встречаться с этим кошмарным человеком. Знаете, ведь сэр Макс все время убивает людей. Изо дня в день! Причем не только преступников. Парень просто не может держать себя в руках. Всего два дня назад он плюнул ядом в такую же милую леди, как вы. Ему показалось, что она разговаривала с ним непочтительным тоном.

— А почему его не посадили в Холоми? — спросил я, изо всех сил стараясь не расхохотаться.

— Это все интриги сэра Джуффина Халли, нашего Почтеннейшего Начальника. Сэр Макс — любимчик шефа, и тот его постоянно покрывает. Знали бы вы, сколько трупов невинных людей они сожгли в этом самом кабинете! Я — храбрый человек и люблю риск, только поэтому я еще не ушел со службы. Мои коллеги один за другим подают прошения об отставке. Еще недавно в Малом Тайном Сыскном войске служило три сотни человек, а теперь нас осталось всего семеро.

Мелифаро понесло, он громоздил одну нелепицу на другую и уже не мог остановиться. Я закрыл лицо руками и старался смеяться беззвучно. Худо-бедно удавалось.

— Что с вами, незабвенная? — встревожился Мелифаро. — Я вас напугал?

Я молча кивнул. Говорить что-то было свыше моих сил. Еще немного, и я бы лопнул от смеха.

— Не обращайте внимания, леди. Это же Тайный Сыск, самая ужасающая организация Соединенного Королевства, здесь еще и не такое случается. Да по сравнению с тем же сэром Джуффином Халли этот сэр Макс — просто щенок!

«Ага, — подумал я, — мало того что я "жестокий убийца", так еще и "щенок". Ох, заплатишь ты мне, сэр Мелифаро, я тебе жизни не дам. Так беззастенчиво врать бедной маленькой провинциалочке!»

— Один я — нормальный человек в этой конторе. — Мелифаро уже ласково обнимал меня за плечи. — Ну что ж вы так расстроились, незабвенная? Это же Ехо, столица Соединенного Королевства, привыкайте. Впрочем, у столичной жизни есть и приятные стороны. И если уж я вас так огорчил, я просто обязан исправить свою ошибку. Давайте я покажу вам вечерний Ехо. И угощу вас ужином, какого вы больше нигде не попробуете. Договорились?

«Тоже мне ухажер, — презрительно подумал я. — Грешные Магистры, неужели женщины покупаются на такие дешевые штучки? Или он решил, что для леди из графства Вук сойдет и так?.. А интересно, Мерилин ему действительно понравилась, или парень просто хочет всегда быть в форме?»

Я вздохнул и покачал головой.

— Я не могу принять ваше приглашение, сэр. Мы с вами почти незнакомы.

— А я как раз и предлагаю вам познакомиться получше, — обезоруживающе улыбнулся Мелифаро. — Честное слово, я буду вести себя хорошо, и мы здорово повеселимся. Обещаю!

Мы с леди Мерилин робко улыбнулись.

— Ну, если вы обещаете вести себя хорошо...

— Разумеется! Я заеду за вами сразу после заката, незабвенная, — и Мелифаро опасливо покосился на дверь.

Появление гипотетических конкурентов было сейчас крайне нежелательно. Поэтому, по его замыслу, красивая леди Мерилин должна была быстро выкатываться из Дома у Моста во избежание встречи с сэром Максом, «Ночным Кошмаром» и «пожирателем младенцев», от греха подальше.

Я неторопливо поднялся с кресла для посетителей и направился к собственному месту.

— Зачем заезжать, сэр Фулумяро? Лучше я вас здесь подожду.

— Куда вы, леди Мерилин? — растерялся Мелифаро.

Я молча полез в ящик стола и извлек оттуда невидимую бутылку с остатками бальзама Кахара.

— Что вы делаете, леди?! — в голосе Мелифаро явственно слышались нотки ужаса.

Наверное, я немного рисковал. Этот миролюбивый парень был таким же опасным существом, как вся наша милая компания. Если бы он принял меня за какого-нибудь вернувшегося в Ехо мятежного Магистра, дело вполне могло бы закончиться серьезной потасовкой. Но, хвала Магистрам, хорошенькая рыженькая леди Мерилин была вне подозрений.

Я молча открыл бутылку и сделал символический глоток. Практической надобности в этом не было, я и без бальзама мог бы сейчас перевернуть мир. Просто нам с леди Мерилин захотелось вкусненького.

— Что вы творите, леди Бох?! — на Мелифаро смотреть было жалко. — Это место сэра Джуффина Халли, и рыться в его столе нельзя.

— Мне можно, — спокойно сказал я. — Мы, жители графства Вук, обожаем лазать по чужим столам. Иногда в них можно найти немного свежего конского навоза. Что, съел, Девятый Том?

На Мелифаро лица не было. Кажется, я немного переборщил. Даже мстить перехотелось.

— Ну что ты так переполошился? — ласково спросил я. — Ты был когда-нибудь на карнавале?

Здоровый организм Мелифаро взял свое, и он расхохотался. Я вспомнил содержание нашей беседы и тоже наконец-то дал себе волю.

Сэр Джуффин Халли застал нас сидящими на полу в обнимку. Мы тихо похрюкивали, ибо ржать в голос уже не могли.

— Макс, ты же был таким романтичным мальчиком, — вздохнул шеф. — Даже в Квартал Свиданий ходить стеснялся. И что ж? Стоило тебе обзавестись бюстом и провести сутки в обществе безумной Сотофы — и ты уже в объятиях малознакомого мужчины.

— Сэр Джуффин! — простонал Мелифаро. — Если вы его таким оставите, я на нем женюсь, честное слово!

— Я не выйду за вас, сэр, вы меня обманывали, — кокетливо заявил я. — Ох, Джуффин, слышали бы вы, что он нес!

Мы с Мелифаро опять взвыли от смеха.

— Вас что, водой отливать, мальчики? — деловито осведомился Джуффин. — Что у вас тут произошло?

— Ничего такого, о чем я не могла бы рассказать своей маме! — брякнул я. Сэр Джуффин присоединился к нашему дуэту.

Через четверть часа мы с Мелифаро кое-как пришли в себя и даже нашли в себе силы наперебой пересказать Джуффину подробности нашего «знакомства». Надо отдать должное Мелифаро, он не пожалел ярких красок на описание собственного идиотизма.

— Ну, леди Мерилин, ты делаешь успехи, — улыбнулся шеф. — И кого это два дня назад так шокировало предложение превратиться в женщину?

— Просто я даже не надеялся стать такой красавицей, — я подмигнул Мелифаро. — Кстати, кое-кто приглашал меня поужинать. Вы не передумали, сэр?

— С такой красоткой хоть на край света! Куда пойдем после ужина, к тебе или ко мне? — невозмутимо спросил Мелифаро.

— Разумеется, ко мне. У меня как раз папа дома. Генерал Бубута, если ты помнишь. Он расскажет тебе о своих военных подвигах. Сэр Джуффин, я свободен сегодня вечером, или у нас появилась новая сотрудница? Мне пойдет Мантия Смерти, мальчики?

Мое новое обличие вело себя куда легкомысленнее, чем старое.

— Думаю, что прогулка по городу тебе не повредит, леди Мерилин. Надо же привыкать к новому имени и прочим обстоятельствам. А ты, сэр Мелифаро, не особенно заглядывайся на эту вертихвостку. Послезавтра утром она нас покинет и отправится в свадебное путешествие с сэром Лонли-Локли.

Мелифаро понимающе присвистнул.

— Так это что-то серьезное, господа? Я-то думал...

— Что ты думал? Что мы с Максом от скуки с ума сошли? Разумеется, это «что-то серьезное». Так что прогуляй свою новую подружку по городу. Заодно проследи, чтобы она откликалась на собственное имя и не вздумала брякать «я пошел» вместо «я пошла».

— С этим у него и так все в порядке, смею вас заверить, — вздохнул Мелифаро. — Что же это за жизнь такая, сэр Джуффин? Только встретишь хорошую девушку, а она тут же оказывается Ночным Кошмаром... И к тому же выходит замуж за Лонли-Локли! Думаете, я железный?

— Ты? Ты железный, можешь не сомневаться, — успокоил его шеф. — Макс... То есть леди Мерилин. Мы с сэром Шурфом ждем тебя завтра на закате. Домой ты потом вряд ли попадешь, так что постарайся уладить все дела и собрать вещи. И не переживай за свою скотинку, наши младшие служащие скоро передерутся из-за того, чья очередь за ними присматривать.

Я приуныл. Бедные мои котики, совсем непутевый у них хозяин.

— Кажется, у Эллы скоро появятся котята, — меланхолично сообщил я коллегам. — Будущие «Королевские кошки». Хотя она у меня такая толстая, что хрен разберешь...

— Ох, Макс, мне бы твои проблемы, — устало сказал Джуффин. — Сэр Мелифаро, забирай эту красотку, и марш отсюда. У меня еще свидание с господином отравителем, между прочим.

— Знаешь, леди Мерилин, с такой милой мордочкой и дурацкими шуточками Ночного Кошмара ты могла бы быть идеальной женщиной, — галантно заявил Мелифаро, усаживая меня в амобилер.

— Ничего, побуду идеальным мужчиной, где наша не пропадала, — ухмыльнулся я. И потом решился спросить о том, о чем никогда не заикнулся бы в своем нормальном обличье. — А как же леди Меламори?

— А леди Меламори бормочет во сне твое имя, если тебе так уж интересно. А прочее время суток посвящает глубокомысленным монологам о преимуществах одинокой жизни. Что у вас там случилось, хотел бы я знать? Может быть, леди Мерилин любит посплетничать?

— Может, и любит. Только ничего с нами не случилось, кроме судьбы. Встретились в Квартале Свиданий, на свою голову.

— А, это бывает, — сочувственно вздохнул Мелифаро. И тут же оскалился до ушей: — Зато если ты станешь настоящей девчонкой, у моей мамы появится шанс наконец-то меня женить! Учти, я еще ни одной девушке ничего подобного не говорил.

— Ну спасибо. Но я пока не готов к семейной жизни. Поехали уж, с тебя сегодня действительно причитается.

Часа три спустя, сытая, довольная и слегка захмелевшая леди Мерилин остановила свой амобилер у дверей дома леди Меламори. Ее женское сердце говорило мне, что так надо, а я не сопротивлялся. Не слишком задумываясь над своими действиями, я послал зов Меламори.

«Это я, Макс. Выгляни на секундочку, я жду у входа».

«Макс, я не могу! — испуганно отозвалась Меламори. — Ты думаешь, что делаешь? Нам нельзя видеться, пока... Пока этого хочется».

«Если уж я приперся сюда среди ночи, то наверное, не для того, чтобы нам с тобой стало еще хуже. Ты сначала выгляни, а потом решай, впускать меня или нет. Клянусь любимой пижамой сэра Джуффина, ты не пожалеешь. Такого сюрприза тебе никто кроме меня не сделает. Жду!»

Здоровое любопытство оказалось сильнее опасений. Минуту спустя кончик носа леди Меламори высунулся наружу.

— Кто вы? — резко спросила она. — И где сэр Макс? Это что, шутка?

— Конечно, шутка, незабвенная, — улыбнулся я. — И очень хорошая шутка, ты не находишь?

— Вы... Что вы хотите этим сказать?

— Попробуй встать на мой след. И все твои сомнения как рукой снимет. Ну, чего же ты ждешь?

Меламори молниеносно скинула домашние туфли, миг — и она уже стояла у меня за спиной. Несколько секунд напряженной тишины, и она сдавленно охнула.

— Сэр Макс, что с тобой случилось? — побелевшими губами спросила она. — Тебя заколдовали?

— Ага! Правда, только на время, потому что я должен срочно выйти замуж за Лонли-Локли... Т-с-с-с, это страшная тайна! Может быть, мне все-таки можно зайти?

— Думаю, что можно. — Меламори начала улыбаться. — Ты мне объяснишь, что происходит?

— Разумеется, объясню. Надо же двум хорошим подружкам о чем-то поболтать. Знаешь, я подумал, что друзьями нам с тобой стать будет трудновато, поскольку... В общем, ты сама все прекрасно понимаешь. А вот подружками — это в самый раз, для начала. Кстати, меня зовут Мерилин, думаю, так тебе будет проще.

— Да уж, куда как проще.

Мы наконец прошли в гостиную. Меламори вдруг с облегчением рассмеялась.

— Садись, леди Мерилин. Молодец, что пришла! Я очень хотела тебя видеть.

— Женская интуиция! — лукаво усмехнулся я. — Великая сила. Кстати, она мне подсказывает, что у тебя найдется какой-нибудь сувенир от дяди Кимы. Когда уж кутить, как не теперь? Я ведь послезавтра уезжаю.

— Навсегда? — в ее голосе был неподдельный ужас.

— Ну уж — навсегда. И не надейся. На пару дюжин дней, всего-то.

— А куда?

— В Кеттари. Нашего шефа скрутил тяжелый приступ ностальгии, и он велел наковырять ему мешок булыжников из мостовых его детства. Опустошай свои тайники, незабвенная.

Когда я напьюсь, у меня развяжется язык, и я тебе все расскажу, честное слово.

— Ты будешь пить «Глоток судьбы», Мерилин? — невозмутимо спросила Меламори. Я даже вздрогнул от неожиданности.

— «Глоток судьбы»?! Ну-ну. Это мы уже, кажется, пробовали.

— Где ты, интересно, могла пробовать такое вино, Мерилин? — все так же бесстрастно парировала Меламори. — Это редкая вещь.

— Еще бы не редкая, — рассмеялся я, с удивлением ощущая, как последний тяжелый камень падает с моего сердца. — Конечно, я буду это пить. Кто я такая, чтобы отказываться от «Глотка судьбы»?

— Вот и славно.

Древнее вино оказалось темным, почти черным, на дне стакана мерцали какие-то едва заметные голубоватые искры.

— Хороший знак, Мерилин, — улыбнулась Меламори, постукивая пальчиком по краю стакана. — Кима говорил мне, что эти огоньки появляются, только если вино пьют люди... Как бы это лучше объяснить... Люди, с которыми все правильно. Понимаешь? Не «хорошо» и не «плохо», а правильно.

— Кажется, понимаю. Только у меня есть другая формулировка: «по-настоящему». Меня всегда поражало, как мало людей живут по-настоящему... Я понятно выражаюсь?

— Уж что вы с Максом действительно умеете делать, Мерилин, так это понятно выражаться. — Меламори покачала головой. — Вкусно?

— Спрашиваешь!

— Тогда выкладывай твою историю. Могу принести клятву молчания, если хочешь.

— Нужна мне твоя клятва! Просто слушай и смотри на меня, ладно? Мы с леди Мерилин — те еще сказочники.

И я обстоятельно изложил историю дикого костюмированного бала, блистательной королевой которого я оказался. Герой-любовник Мелифаро был главным героем финала.

— Грешные Магистры, я не подозревала, что еще когда-нибудь в жизни буду так смеяться! — вытирая слезы, прошептала Меламори. — Бедный Мелифаро, не везет ему с девушками! Ты бы все же подумала, Мерилин, где ты еще такого парня найдешь?

— Спасибо, я учту твой совет. Смотри-ка, уже светает. Когда же ты спать будешь?

— Ну, опоздаю на службу, подумаешь. Скажу сэру Джуффину, что давала тебе уроки женского кокетства.

— Да, это мне особенно пригодится. Учитывая кандидатуру моего будущего «спутника жизни», — я с трудом поднялся с низенького диванчика. — Пойду-ка я спать, Меламори. Да и тебе пора. Лучше мало, чем ничего.

— Не важно сколько, важно как. А сегодня я буду спать как убитая. Спасибо тебе, Мерилин. Передай сэру Максу, что это была отличная идея.

— Передам, — я зевнул и помахал ей рукой. — Хорошего утра, Меламори.

Замечу, что леди Мерилин тоже спала как убитая, чего с моим старым знакомым Максом давненько не случалось. У этой девочки было отличное каменное сердечко, куда надежней моего собственного.

На закате я пришел в Дом у Моста. Со мной была дорожная сумка, где поместились большая бутылка бальзама Кахара, ворох одежды (леди Мерилин понравилось ходить по магазинам) и моя зачарованная подушка, «затычка в щели между мирами», — по выражению сэра Мабы Калоха, величайшего из моих благодетелей. Что бы там ни случилось, а отправиться невесть куда без единственной чудесной возможности заполучить нормальную сигарету — это не по мне!

Сэр Джуффин Халли оживленно беседовал с каким-то загорелым блондином средних лет в ярком сине-белом лоохи. У парня был вид типичного спортивного тренера: мускулистые руки, свежий румянец и суровый, неулыбчивый рот. Не решаясь вмешиваться в их беседу, я послал зов своему шефу.

«Вы заняты, Джуффин? Мне подождать в приемной?»

— Ну что ты, леди Мерилин, — приветливо улыбнулся Джуффин. — Решил, что у меня посетитель, Макс? А кто говорил, что с внешностью сэра Шурфа у нас будут проблемы? Могу вас поздравить, ребята, вы — отличная парочка!

— Ты прекрасно выглядишь, Мерилин, — вежливо сказал неузнаваемый Лонли-Локли, поднимаясь с места и (о грешные Магистры!) заботливо помогая мне сесть. — Должен заранее попросить у вас прощения, Макс, но в дальнейшем я буду вынужден обращаться к вам на «ты», поскольку так принято между мужьями и женами.

— Вы можете говорить мне «ты» и в менее экстремальных ситуациях, Шурф.

— Теперь меня зовут сэр Гламма Эралга, Мерилин. Разумеется, ты должна называть меня просто «Гламма», дорогая.

— Может быть, пока мы можем поговорить нормально? — взмолился я. — Так и свихнуться можно.

— Сэр Шурф абсолютно прав, — заметил Джуффин. — Чем скорее ты привыкнешь к вашим новым именам, тем лучше. Потом у тебя будут и другие заботы.

Хотел бы я знать, какие такие заботы он имел в виду?!

Я с любопытством уставился на руки Лонли-Локли. Впервые я видел его без грубых защитных рукавиц и без смертоносных когтистых перчаток, которые привык считать его настоящими руками. Теоретически я знал, конечно, что это не так, но сердце, которое сильнее рассудка, было твердо уверено, что эти сияющие смертоносные руки — и есть настоящие.

— Грешные Магистры, что у вас с руками, Шурф... Гламма?

— Ничего особенного. Если ты имеешь в виду перчатки, то они со мной, в ларце. Не думаешь же ты, дорогая Мерилин, что такого рода перчатки есть у всех горожан?

— Не думаю, конечно... Просто я никогда раньше не видел вас... тебя без них.

— Разумеется. Только ты должна говорить «не видела».

— Да, конечно. Извини, милый, — усмехнулся я. — А что у тебя с ногтями?

— А... Это первые буквы слов одного древнего заклинания. Без них перчатки убили бы меня самого. Боюсь, что теперь мне придётся носить вот это. — Лонли-Локли показал мне шикарные перчатки из тончайшей синей кожи. — В дороге они не помешают, но когда я буду в них обедать, это может вызвать некоторые подозрения.

— Ничего страшного. У всякого человека могут быть причуды. Пусть думают, что ты брезглив или боишься заразы.

— Привет, красотка! — в кабинет ворвался Мелифаро. — Ну как, не надумал остаться девчонкой и принять мое предложение?.. Мама была бы просто в восторге, — он взгромоздился на ручку моего кресла. — Наш Локилонки, конечно, здорово похорошел, но я все равно лучше.

— Сэр Мелифаро, не приставай к моей жене, — невозмутимо сказал преображенный Лонли-Локли. — И будь так любезен выучить мою фамилию хотя бы к нашему возвращению, мы все-таки не первый год знакомы.

— Съел? — ехидно спросил я. — Не такая уж я беззащитная барышня!

Больше всего удовольствия от нашей бредовой беседы получал Джуффин. Все правильно, он — начальник, ему положено.

— Джуффин, я надеюсь, вы не станете возражать? — сэр Кофа Йох, несравненный Мастер Слышащий и по совместительству мой личный косметолог-визажист, зашел в кабинет, бережно прижимая к груди объемистый сверток. — Вы еще успеете объяснить этим несчастным мальчикам, в какое пекло они отправляются, у вас вся ночь впереди, а у меня с собой такая вкуснятина!

— Дырку над вами в небе, Кофа, когда это я возражал против вечеринок? — отозвался Джуффин. — Только зачем вы все это тащили? Можно было послать курьера.

— Нет уж. Такие вещи я никому не доверяю. Шутта Вах, один из лучших виртуозов старой кухни, сейчас отошел от дел и готовит только для себя, но когда я заказал ему семь пирогов Чакката, он просто не смог мне отказать. Нам повезло — кажется, кроме него, этого уже никто толком не умеет.

— Вы это серьезно, Кофа? — Джуффин не на шутку разволновался.

— Еще бы. Такими вещами не шутят. Девочка, иди к нам, пока я не передумал!

Меламори не заставила сэра Кофу повторять приглашение.

— Хороший вечер, Мерилин, — улыбнулась она, положив руку мне на плечо. — Жаль, что ты завтра уезжаешь.

— Если бы мы не уезжали, не было бы пирога Чакkatta, — философски заметил я. — За все надо платить.

— А про сэра Луукфи, беднягу, забыли, — с упреком сказала Меламори. — Надо бы его позвать.

— Обижаешь, леди. Я уже послал ему зов, но сперва он должен вежливо попрощаться с доброй сотней буривухов. Доставайте свои сокровища, Кофа, нет никаких сил его ждать.

Глухой стук упавшего стула свидетельствовал, что Мастер Хранитель Знаний уже тут как тут.

— Хороший вечер, господа. Так мило с вашей стороны, что вы обо мне не забыли... Сэр Кофа, вы очень добрый человек. Устроить нам всем такой праздник! Хороший вечер, сэр Макс, давно вас не видел, что это у вас с прической? Так теперь модно?

Мелифаро чуть не свалился с ручки моего кресла, мы с Меламори изумленно переглянулись, сэр Кофа, кажется, крякнул от досады. Грешные Магистры, а как же мое новое обличье, прекрасная леди Мерилин?! Неужели меня все-таки можно узнать?

— Не переживай, Макс. — Джуффин вовремя пришел мне на помощь. — А вам, Кофа, и вовсе грех удивляться. Сами знаете, наш сэр Луукфи видит вещи такими, какие они есть, а не какими они кажутся. А как бы иначе он мог различать своих буривухов?

— Сэр Луукфи действительно довольно проницательный человек, я это уже не раз говорил, — вмешался Куруш. Джуффин покивал, соглашаясь с мудрой птицей.

— Все равно обидно. Я считал эту девочку своим шедевром, — проворчал сэр Кофа Йох. — Думал, что и Луукфи можно обмануть.

— Джуффин, а вы уверены, что среди любителей кеттарийских ковров не окажется такого же проницательного парня? — встревожился я.

— Ага, размечтался. Лично я знаю еще одно такое чудо природы, он — шериф острова Муримах, самая важная персона на этом клочке суши. Считает шерстинки тамошних Королевских хорьков, я полагаю. Посему можешь расслабиться. — Джуффин повернулся к Луукфи. — Ты так до сих пор и не заметил, что наш сэр Макс временно стал девушкой?

— А, то-то я смотрю, у вас волосы длинные, — с облегчением сказал сэр Луукфи Пэнц. — Хорошо, что это не новая мода, мне такие прически не идут, да и хлопотно с ними.

Импровизированный праздник удался на славу. Знал бы, что нас с Лонли-Локли так будут провожать, каждый день куда-нибудь уезжал бы.

Наконец мы остались втроем.

Сэр Джуффин Халли угробил большую часть ночи на то, чтобы рассказать нам с Лонли-Локли вымышленную историю нашей совместной жизни. Нам вполне могли попасться любопытные попутчики, склонные поболтать за ужином. Признаться, я слушал вполуха: со мной будет Лонли-Локли, надежный как скала, уж он-то не забудет ни буквы из занудной биографии сэра Гламмы Эралги и леди Мерилин Монро.

— Все это хорошо, Джуффин, — сказал я, задумчиво глядя на розовеющее небо. — Но я, признаться, так до сих пор и не понял: зачем мы все-таки едем в Кеттари?

— Именно затем, чтобы на месте понять, зачем вы туда приехали. Могу сказать тебе честно, Макс, когда я отправлял тебя на свидание с призраком Холоми, я действительно пожадничал, попридержал некоторые факты до тех пор, пока ты не задал мне хороший вопрос, которого я терпеливо дожидался. Но на сей раз все иначе. Ты действительно знаешь все, что знаю я. Для того я и посылаю тебя в Кеттари, чтобы ты ответил на вопросы, которых у меня полным-полно. Если тебе нужен дельный совет, пожалуйста: когда вы туда приедете, выжди несколько дней, ничего не предпринимай. Гуляйте с Шурфом по городу, покупайте ковры, развлекайтесь по своему усмотрению. Может быть, тайна сама тебя найдет, ты же у нас везучий. Ну а если ничего не произойдет — что ж, тогда попробуйте сами, без каравана и сопровождающего, уехать из города, а потом вернуться обратно. Только не спешите, ладно? Почему-то мне кажется, что это будет не самый разумный поступок... Вам пора, ребята. Караван в Кеттари отправляется через час. Можете сделать по глоточку.

Джуффин протянул мне свою знаменитую невидимую бутылку с бальзамом Кахара, по моей милости уже почти пустую. Я с удовольствием сделал глоток вкусного напитка, способного излечить не только от утренней сонливости, но и от куда более серьезных неприятностей.

— Держи, милый, тут еще осталось, — я протянул бутылку Лонли-Локли.

— Спасибо, Мерилин, но я этого не пью, — вежливо отказался мой «официальный друг» и временный «муж».

— Как хочешь. Нам же целый день ехать.

— Существуют специальные дыхательные упражнения, которые прогоняют усталость быстрее и эффективнее, чем эти ваши снадобья, — отмахнулся Лонли-Локли.

— Научишь? — завистливо спросил я.

— Научу. После того как ты окончательно усвоишь то, что я показывал тебе раньше.

— А я уже...

— Тебе только кажется, что «уже». Лет через сорок поймешь, что я имею в виду.

— Ох!.. Как любит говорить Великий Магистр Нуфлин, хорошо, что я не доживу до этого дня! Ладно уж, пошли, любимый.

— Давайте-давайте, — кивнул Джуффин. — Что-что, а наговориться вы еще успеете, дорога долгая. Да, и не забудьте привезти мне какой-нибудь сувенир с родины!

Сэр Лонли-Локли решительно сел за рычаг амобилера.

— Может быть, поменяемся местами? — предложил я.

— Ты хочешь управлять амобилером сразу после порции бальзама Кахара? Так нельзя, я это уже однажды говорил. Потом, в дороге, тебе, конечно, придется иногда сменять меня, Мерилин. Но ты уверена, что сможешь ехать, как все нормальные люди? Если наш амобилер ни с того ни с сего обгонит всех остальных, мы останемся без Мастера Предводителя Каравана. Я уже не говорю о том, что наши спутники будут несколько удивлены.

— Ничего, — успокоил его я. — Леди Мерилин, в отличие от нашего общего приятеля Макса, дама осторожная. Все будет в порядке. Наступлю на горло своей песне.

— Это что, какой-то тайный ритуал? — вежливо поинтересовался Лонли-Локли.

— Ага. Могу научить. Но учти, это отнимет лет сорок-пятьдесят, — леди Мерилин оказалась не менее ехидной особой, чем мой старый знакомый сэр Макс.

Впрочем, через несколько секунд я решил, что эта шутка может привести к самым непредсказуемым последствиям, и виновато улыбнулся своему спутнику.

— Я пошутил, Гламма. На самом деле «наступить на горло собственной песне» — это просто такое выражение.

— Да, я так и подумал. Но следует говорить «пошутила», а не «пошутил». Через несколько минут мы будем не одни, так что я порекомендовал бы тебе, Мерилин, внимательно следить за своей речью.

— Ты прав. Больше не буду.

Я начал думать, что путешествие в обществе сэра Лонли-Локли закалит мой характер куда лучше, чем суровая педагогическая система древней Спарты.

Вид доброй дюжины амобилеров и группы людей в нарядных дорожных костюмах окончательно поднял мне настроение. В детстве я любил ходить на железнодорожный вокзал и смотреть на уезжающие поезда. Мне казалось, что они едут куда-то, где все совсем не так, как здесь. Поезда ехали туда, они уезжали отсюда, и я смертельно завидовал пассажирам, устало распихивающим свои сумки по багажным отсекам, — это чарующее зрелище можно было увидеть в освещенных окнах вагонов. На поезда, приезжающие из прекрасного оттуда в тоскливое сюда, я предпочитал не обращать внимания.

Теперь я испытал то же самое чувство, только оно было гораздо острее. Не мечта о несуществующем чуде, а уверенность в нем. Я даже временно позабыл, что Ехо — вовсе не то место, откуда мне хотелось бы уехать. Надежно укутанный в изящное тело леди Мерилин, я решительно нырнул в маленький людской водоворот, сэр Шурф Лонли-Локли последовал за мной.

Через несколько минут леди Мерилин и ее заботливый спутник по имени Гламма уже познакомились с господином Аборой Вала, Мастером Предводителем Каравана, невысоким, седым, но еще не старым кеттарийцем, невероятно обаятельным, несмотря на хитрющие маленькие глазки. Мы сразу же выложили восемь корон — половину платы за его услуги. С остальными деньгами мы должны были расстаться на центральной площади города Кеттари, по окончании путешествия. Обратно, в Ехо, нас обещали проводить бесплатно.

Еще полчаса вежливого взаимного принюхивания к будущим спутникам, обмен именами, из которых я в суете не запомнил ни одного. Моя леди Мерилин вела себя прекрасно, ни разу не перепутала окончания вредных глаголов и с готовностью откликалась на свое имя. Наконец господин Вала попросил внимания.

— Думаю, что больше никто не придет, господа. Так что можем отправляться. Я поеду впереди. Надеюсь, что вы одобрите мой выбор мест, где можно хорошо поесть и отдохнуть: у меня большой опыт в этом деле, можете мне поверить. Если у вас появятся проблемы, просто пошлите мне зов. Да, не рекомендую вам отставать от каравана, а если уж отстанете, не приходите потом ко мне за своими деньгами. Впрочем, надеюсь, что наше путешествие пройдет без неприятных осложнений. Хорошего пути, господа.

Мы расселись по амобилерам. Признаться, я был даже рад, что Лонли-Локли пока не пускал меня на место возницы, — можно спокойно полюбоваться мозаичными мостовыми и невысокими домами Ехо. Я успел полюбить этот город так сильно, что предстоящий отъезд даже радовал меня: я заранее предвкушал, как здорово будет вернуться.

Потом начались бесконечные сады окраин, они сменились полями и рощами. Голова кружилась от новых впечатлений. Сэр Шурф молча смотрел на дорогу. Даже превратившись в господина Гламму Эралгу, он оставался бесстрастнейшим из смертных. Я подумал, что наше совместное путешествие — не худший повод удовлетворить давно терзавшее меня любопытство.

— Гламма, ты очень дорожишь возможностью помолчать, или поболтаем? — осторожно спросил я.

— Я всегда получаю удовольствие от бесед с тобой, Мерилин, равно как и от бесед с моим другом, сэром Максом, — спокойно сказал Лонли-Локли.

Грешные Магистры! В его голосе мне почудились теплые нотки. Одно из двух, — решил я, — или померещилось, или же сэр Гламма, новая личина Мастера Пресекающего ненужные жизни, немного отличается от своего хозяина.

— Если не захочешь отвечать на мой вопрос, так и скажи, ладно?

— Разумеется, я так и скажу. А что еще можно сделать в подобном случае?

Железная логика Лонли-Локли прибавила мне уверенности.

— Ладно. Кажется, я все-таки решусь... Тем более что речь пойдет не совсем о тебе, Гламма, а о моем друге, Шурфе Лонли-Локли.

— Не могу не отдать должное твоему чувству времени, — одобрительно сказал мой спутник. — Все вещи следует делать своевременно, в том числе и задавать вопросы. Спрашивай. Думаю, что я смогу удовлетворить твое любопытство.

— Хорошо бы! Так вот, однажды имя сэра Шурфа Лонли-Локли было упомянуто в беседе с одним старым магистром, другом Джуффина. Услышав это имя, тот сказал: «А, безумный Рыбник!» Джуффин кивнул, а некий сэр Макс остался в полном недоумении. Что-что, но только не безумие свойственно моему другу Шурфу.

— Мы не так уж долго знакомы, в этом причина твоего удивления. Если тебе интересно прошлое того человека, которым я был когда-то в юности... Что ж, это не тайна, в отличие от истории самого сэра Макса.

— А разве?.. — растерянно начал я.

Признаться, последняя фраза Шурфа или Гламмы, как бы там его сейчас ни звали, повергла меня почти в панику. Меламори, сэр Кофа, а теперь и Лонли-Локли — все они чуют, что со мной что-то не так. Впрочем, на то они и Тайные сыщики, не правда ли?.. Ох, в конце концов это проблемы Джуффина. Пусть теперь сам объясняет им, что хочет, или пошлет всех подальше, благо имеет на то полное право.

— Я не собираюсь задавать вопросов, поскольку чувствую, что время пока не пришло, — примирительно сказал Лонли-Локли. — Тебе следует научиться контролировать выражение своего лица. Впрочем, если ты не будешь забывать ежедневно проделывать те упражнения, которые я тебе показал, это умение придет само собой.

— Лет через сорок? — жалобно спросил я.

— Не могу сказать определенно. Возможно, даже раньше.

— Ладно, Гламма, Магистры с ним, с выражением моего лица. Давай свою историю, если уж это не тайна.

— Разумеется, нет. Ровно семнадцать дюжин лет назад некий юноша по имени Шурф стал послушником в Ордене Дырявой Чаши, с которым его семья была связана тесными узами, так что особого выбора у молодого человека не было. Впрочем, по тем временам это была более чем завидная участь. Не прошло и шести дюжин лет, как этот юноша стал Младшим Магистром и Мастером Рыбником — то есть смотрителем дырявых аквариумов Ордена. Насколько я помню, сэр Джуффин однажды рассказывал тебе некоторые подробности о путях Ордена Дырявой Чаши, так что я не стану повторяться.

— Члены Ордена питались рыбой, которая жила в дырявых аквариумах, и пили из дырявой посуды, такой, как твоя знаменитая чашка, верно?

— Чрезвычайно примитивное, но в общем, верное описание. Итак, несколько лет Младший Магистр Шурф Лонли-Локли блестяще справлялся со своими обязанностями...

— О, я не сомневаюсь!

— Совершенно напрасно, поскольку человек, о котором идет речь, совершенно тебе незнаком. Это был один из самых невоздержанных, капризных и эмоциональных людей, каких я когда-либо встречал. Можешь мне поверить, я скорее преуменьшаю, чем преувеличиваю. Тот путь, на котором искали силу члены Ордена Дырявой Чаши, не способствовал обузданию собственных пороков. Впрочем, это высказывание не менее справедливо по отношению ко многим другим древним Орденам.

Я кивнул.

— Да, Джуффин мне об этом говорил. Хотелось бы хоть краем глаза взглянуть, что творилось в эту знаменитую Эпоху Орденов!

— Могу порекомендовать тебе беседу с сэром Кофой Йохом. Он весьма талантливый рассказчик, в отличие от меня.

— Какая ерунда, — отмахнулся я. — Ты отличный рассказчик, Гламма. Продолжай, пожалуйста.

— Я — отвратительный рассказчик, поскольку должен быть таковым. Просто предмет разговора тебе интересен, — равнодушно констатировал Лонли-Локли. — Я упомянул о необузданности молодого человека, которым когда-то был, ибо именно это свойство характера объясняет его безрассудный поступок.

Он нахмурился и умолк.

— Что за безрассудный поступок? — я сгорал от нетерпения.

— Он захотел получить силу. Много силы и очень быстро. Поэтому однажды выпил воду из всех аквариумов, за которыми должен был присматривать.

Я не смог сдержать смех. Это фантастическое зрелище так и стояло у меня перед глазами: наш сэр Шурф, осушающий огромные аквариумы, один за другим. Грешные Магистры, интересно, как все это в него поместилось?!

— Прости, Гламма. Но это действительно очень смешно, — виновато сказал я через несколько минут.

— Да, наверное. Рыбы, обитавшие в аквариумах, разумеется, погибли, а неосторожный молодой человек обрел огромную силу. Вот только он был не в состоянии с ней справиться: эту науку следует изучать на протяжении столетий. Поэтому подробно описать дальнейшие события я затрудняюсь. Моя память пока не способна восстановить большую часть того, что этот глупый юноша делал после того, как спешно покинул резиденцию своего Ордена. Но в городе меня прозвали Безумным Рыбником, а чтобы человека сочли безумным в Эпоху Орденов, нужно было хорошо постараться. Помню, что никто из горожан не смел мне отказать, чего бы я ни потребовал. Было много перепуганных женщин, много слуг, много денег и прочих вещей, каковые грубые люди считают развлечениями, но все это быстро надоело. Я стал одержимым. В те дни мне нравилось пугать людей, а еще больше нравилось их убивать. Но убивать обыкновенных обывателей казалось унизительным. Я мечтал напиться крови Великих Магистров. Я появлялся там, где считал нужным, и исчезал неизвестно куда. Слишком много пустых чудес, непонятных мне самому, удавалось совершать в то время, но глотки Великих Магистров все еще были не для моих зубов.

— Грешные Магистры, Шурф! Неужели такое возможно?!

Я понимал, что наш сэр Лонли-Локли — не самый крутой враль в Соединенном Королевстве, но все же не мог поверить его рассказу.

— Называй меня «Гламма», ты опять забыла, Мерилин, — менторский тон моего спутника положил конец сомнениям.

— Люди меняются, да? — тихо спросил я.

— Не все. Но порой такое случается, — бесстрастно сказал Лонли-Локли. — Впрочем, это еще не вся история.

— Догадываюсь.

— Мне хотелось получить еще больше силы. Больше, чем у знаменитых Магистров, о чьей крови я в ту пору мечтал. И однажды Безумный Рыбник появился в резиденции Ордена Ледяной Руки, чтобы забрать себе одну из их могущественных рук.

— Ваши... Твои перчатки?

— Да. Вернее, моя левая перчатка. Правую я заполучил, когда дрался с младшим Магистром этого Ордена. Парень пытался меня остановить. Я откусил его правую руку — и поминай как звали.

— Откусил?!

— Разумеется. Что в этом невероятного? По сравнению с большинством моих тогдашних выходок, эта — далеко не самая эксцентричная.

— Джуффин говорил мне, что в Ордене Ледяной Руки состояли очень могущественные маги. Неужели они...

— Видишь ли, осушив все двадцать дюжин аквариумов, я получил силу, предназначенную для шестисот членов моего Ордена. Так что остановить меня действительно было очень сложно. Но меня все-таки остановили.

— Кто? Неужели Джуффин?

— Нет, сэр Джуффин Халли вошел в мою жизнь несколько позже. Безумного Рыбника остановили два мертвеца, хозяева присвоенных мною рук. В первую же ночь они пришли в мой сон. В ту пору я становился беззащитным, когда спал. Эти мертвецы пришли, чтобы забрать меня с собой. Они собирались поместить меня где-то между жизнью и смертью, в область бесконечного мучительного умирания. Я не слишком силен в такого рода материях, так что будет лучше, если твое воображение подскажет тебе, что именно мне грозило.

— Ну его к Магистрам, мое воображение, — проворчал я. — Я же заснуть не смогу!

— Твои слова убеждают меня, что ты близка к пониманию описанной мной проблемы, Мерилин, — кивнул Лонли-Локли. — Однако в ту ночь мне чрезвычайно повезло: я внезапно проснулся от резкой боли, поскольку старый дом, где я спал, начал разрушаться, и один из камней ударил меня в лоб. Тебе, наверное, интересно, почему начал рушиться этот дом? Сэр Джуффин Халли может изложить тебе подробности своей неудачной охоты на Безумного Рыбника. Тайного Сыска в то время еще не было, но сэр Джуффин уже тогда выполнял особые поручения Короля и Семилистника. О нем шла ужасная слава, совершенно заслуженная, я полагаю, но мою жизнь Кеттарийский Охотник, как тогда называли сэра Почтеннейшего Начальника, случайно спас. Я успел покинуть разрушающийся дом, даже не попытавшись разобраться, что произошло. В то время меня беспокоило совсем другое. Было ясно, что следующий сон окажется последним. Тогда я решил бодрствовать столько, сколько смогу, а потом убить себя, чтобы ускользнуть от мести мертвых Магистров. Мне удалось прожить без сна около двух лет.

— Что?!

Каждая новая фраза Лонли-Локли повергала меня все в большее изумление.

— Да, около двух лет, — подтвердил сэр Шурф. — Именно так. Разумеется, это не могло продолжаться бесконечно. Я и без того был безумен, а два года бессонницы превратили меня невесть во что. Сэр Джуффин Халли следил за каждым моим шагом, как я понял позже. Он выжидал подходящего момента...

— Чтобы?..

— Нет, Мерилин. Уже не для того, чтобы убить меня. Видишь ли, в ту ночь, когда он обрушил мой дом и спас жизнь, которую собирался отнять, его намерения изменились. Это стало из ряда вон выходящим событием. Кеттариец редко попадал впросак. И он сделал вывод, что судьба указывает ему на меня. Поэтому вместо того, чтобы убивать Безумного Рыбника, сэр Джуффин решил спасти запутавшегося в собственных чудесах Шурфа Лонли-Локли.

— Грешные Магистры, как это все романтично, — вздохнул я.

— Да, наверное. Разумеется, у сэра Джуффина безупречное чувство времени. Он появился рядом именно в тот момент, когда я понял, что время бессонницы подошло к концу, а вместе с ним подошло к концу и время моей жизни. Я был рад умереть, смерть казалась мне надежным способом избежать гораздо худшей участи. И когда меня настиг знаменитый Кеттарийский Охотник, я испытал ни с чем не сравнимую радость: мне предстояло умереть в схватке, а это куда веселее, чем самоубийство.

— Как ты сказал? «Веселее»?! — я решил, что ослышался.

— Да, разумеется. В отличие от нынешнего Лонли-Локли, Безумный Рыбник любил повеселиться. Но битвы не вышло. Вместо того чтобы убивать, сэр Джуффин меня усыпил. Полагаю, это не стоило ему особого труда — я был одержим мечтой о сне. Джуффин швырнул меня в объятия мертвецов, истосковавшихся по мести. А потом была целая вечность слабости и боли... Ты зря так переживаешь, Мерилин. Это случилось давно и, можно сказать, не со мной. К тому же Кеттариец вытащил меня из этого кошмара. Разбудил, привел в чувство и объяснил, что у меня есть только один выход из создавшейся ситуации.

— Какой выход?

Я не так уж много понимал в местных чудесах, но чудовищную власть кошмарных снов этого Мира мне довелось испытать на собственной шкуре.

— Все очень просто. Эти двое искали Безумного Рыбника. Мне нужно было стать кем-то другим. Разумеется, обыкновенное переодевание, подобное тому, что пришлось совершить нам с тобой перед этой поездкой, помочь не могло. Мертвых Магистров так легко не обманешь. Кого-кого, но не их. Поэтому сэр Джуффин поместил меня в некоторое удивительное место, дал несколько советов и исчез.

— Что за «удивительное место»? — с замирающим сердцем спросил я.

— Не знаю. Вернее, не помню. Вещи, выходящие за пределы понимания, невозможно хранить в памяти.

— А что это были за советы? Извини за назойливость, но я хочу понять: какие советы можно дать человеку, с которым стряслось подобное несчастье?!

— Ничего особенного. Он объяснил, что и зачем я должен делать; показал мне несколько дыхательных упражнений, вроде тех, что я показал тебе. Не забывай, что в то время я обладал огромной силой. Она была способна совершать любые чудеса. Джуффин лишь создал идеальные условия для ее проявления. Помню, что в том странном месте я не мог заниматься ничем, кроме этих упражнений. Даже есть, спать или думать там было невозможно. Да и времени в привычном понимании там не существовало, моя личная вечность уместилась в одно мгновение, иначе не скажешь. Я и сам не заметил, как умер Безумный Рыбник. Исчез и тот молодой человек, которым я был прежде. А потом пришел тот, кто известен тебе под именем Шурфа Лонли-Локли. У меня нет никаких претензий к своей новой личности. Она не мешает сосредоточиться на действительно важных вещах и вообще не мешает.

— Это невероятно, — прошептал я. — Грешные Магистры, кто бы мог подумать!

— Да, это и правда довольно невероятно, — флегматично согласился сэр Шурф. — А однажды я смог покинуть странное пустое место и вернуться в Ехо. Сэр Джуффин Халли подыскал мне неплохую работу. В конце Смутных Времен человек вроде меня мог не бояться засидеться без дела. Так что мне все-таки довелось узнать вкус крови Великих Магистров. Но тогда это был уже вопрос долга, а не желания, поскольку моей новой личности стало абсолютно все равно, убивать или нет. Думаю, ни одно из убийств, которые мне приходится совершать, действительно не имеет особого значения ни для меня, ни для прочих... Извини, Мерилин, я никогда не был хорошим философом.

Я ошеломленно молчал. Мой собственный мир, в котором я так уютно обжился, рушился на глазах. Непогрешимый сэр Шурф, надежный, как скала, невозмутимый и педантичный, напрочь лишенный чувства юмора и простых человеческих слабостей, где вы, отзовитесь! А мои остальные коллеги во главе с сэром Джуффином Халли, который оказался остепенившимся Кеттарийским Охотником? Что я, собственно, знал о них? Что они — славные ребята и мне хорошо в их обществе? Какие еще сюрпризы они мне приготовили?

— Тебе следует вспомнить те самые дыхательные упражнения, которым я учил сэра Макса, Мерилин, — посоветовал мой спутник. — Не следует так волноваться из-за вещей, которые случились давно и не с нами.

— Святые слова, — согласился я и дисциплинированно принялся за знаменитую дыхательную гимнастику Лонли-Локли.

Минут через десять я уже был абсолютно спокоен. Тайны нового восхитительного Мира раскрывались постепенно, и это было величайшим из благ. Я еще должен благодарить судьбу, что чудесные откровения всех моих коллег не обрушились на меня одновременно.

— Господин Абора Вала только что прислал мне зов, — сообщил Лонли-Локли. — Сейчас караван остановится, чтобы пообедать. Утром ты вела себя безупречно, Мерилин, постарайся продолжать в том же духе. Кстати, я давно хотел заметить, что, выполняя дыхательные упражнения, сэр Макс дышит так же неровно и резко, как разговаривает. Постарайся изменить этот прискорбный факт, Мерилин.

— Ладно уж, постараюсь, — проворчал я. — Слушай, неужели я действительно так ужасно говорю?

— Да, разумеется. Но со временем это пройдет. Останавливаемся, Мерилин. Приготовься сменить тему беседы, хорошо?

— Хорошо. Кстати, у нашего Мастера Предводителя Каравана тоже неплохое чувство времени. Я как раз проголодался.

— Нужно говорить «проголодалась», Мерилин. А у господина Вала вовсе нет никакого чувства времени. Наш караванщик просто останавливается возле тех трактиров, хозяева которых платят ему за то, что он привозит клиентов.

Я рассмеялся.

— Откуда ты знаешь, Гламма?

— Я посмотрел ему в глаза, когда мы знакомились.

— Тогда конечно!.. Все равно он остановился вовремя. Есть хочется ужасно.

— Ну, пошли, — и он галантно помог мне выйти из амобилера.

Обед был не ахти. Во всяком случае, не мне, начинающему гурману и любимому воспитаннику сэра Кофы Йоха, восторгаться простой деревенской пищей. А наши спутники, увы, оказались обыкновенными занудными обывателями. Я с изумлением понял, что обожаемый мной прекрасный новый Мир не так уж совершенен. Думаю, обыватели всех Миров довольно утомительны. От продолжительного общения с большим количеством этих простых милых людей у меня, прямо скажем, голова кругом от восторга не пошла. Но путешествие есть путешествие, и даже такие досадные мелочи, как плохая кухня и доставучие попутчики, обладали совершенно особым шармом.

После обеда мне удалось убедить Лонли-Локли, что меня можно пустить за рычаг амобилера. Он очень не хотел рисковать. Сэр Шурф никогда не верил в мое здравомыслие. Но леди Мерилин так ныла!

Через час черепашьей езды я был вознагражден.

— Я даже не мог предположить, что ты обладаешь такой выдержкой, — одобрительно сказал мой суровый спутник.

Я подумал, что это самый крутой комплемент из всех, когда-либо достававшихся на мою долю.

— Чему ты так удивляешься, Гламма? — я пожал изящными плечиками леди Мерилин. — Если мне говорят «нельзя», я вполне способен понять, что это действительно нельзя.

— Дело не в понимании. Амобилер едет с той скоростью, с какой хочет ехать возница, а наши желания далеко не всегда находятся в гармонии с необходимостью.

— Что?! Ты это серьезно? Ничего себе новость.

— А ты не знал? — вежливо удивился Лонли-Локли. — Я был уверен, что ты намеренно используешь свою детскую мечту о большой скорости во время поездок.

— До настоящего момента мне казалось, что я просто не так осторожен, как прочие возницы, поэтому и развиваю максимально возможную скорость.

— Разумеется. Что-то в этом роде я и имел в виду, когда не хотел пускать тебя за рычаг. Только никакой «максимально возможной скорости» не существует, все решает желание возницы. Но я недооценил твой самоконтроль. Думаю, мне следует извиниться.

— Прекрати, Гламма, какие могут быть извинения? Так что, все это время я управлял этой штуковиной, не зная, как она действует?

Я вздохнул и вытер вспотевший лоб. Слишком много странных новостей для одного дня!

— Главное, что ты умеешь это делать. Кстати, надо было сказать «управляла», а не «управлял», ты все время забываешь.

До наступления ночи мы ехали молча. Лонли-Локли, наверное, и так уже исчерпал трехлетний лимит слов, а я больше всего на свете боялся ненароком задать еще какой-нибудь интересный вопрос. Чудесных открытий на сегодня было вполне достаточно.

Ночь мы провели в большой придорожной гостинице. Наш проводник тут же засел в маленьком баре, где играли в крак. Некоторые из путешественников с удовольствием к нему присоединились.

— Вот это и есть настоящий бизнес, — заметил Лонли-Локли. — Две ночи по дороге в Кеттари, две ночи на обратном пути... Этот Мастер Предводитель Каравана весьма богатый человек, я полагаю.

— Что, он еще и шулер?

— Нет, не думаю. Просто кеттарийцы очень хорошо играют в карты, это их национальный талант. Так что обчистить самого везучего столичного жителя не составляет для них никакого труда. Впрочем, Магистры с ними. Нам следует хорошо поспать, завтра нелегкий день.

— Да, конечно, — я ответил не слишком уверенно. Вряд ли мне удастся заснуть в такую рань, даже после тяжелого дня.

— Знаешь, леди Мерилин, — сказал Лонли-Локли, забираясь под пушистое одеяло, — если ты не сможешь заснуть... В общем, я не думаю, что тебе стоит выходить из нашей комнаты. Это будет выглядеть не совсем правдоподобно. Красивые замужние женщины обычно не сидят в баре до рассвета после тяжелого дня, проведенного в пути. Люди могут решить, что с нами что-то не так.

— Да мне и в голову не приходило. Никаких ночных прогулок, ты что. Если к леди Мерилин начнут приставать подвыпившие постояльцы, мне придется в них плюнуть, а это не отвечает моим скромным представлениям о конспирации.

— В таком случае прошу прощения. Хорошей ночи, Мерилин.

Мой спутник задремал, а я залез под свое одеяло и задумался. Сегодня мне было о чем подумать! Заодно можно было воспользоваться досугом и извлечь из-под моей волшебной подушки несколько сигарет.

Заснуть мне удалось только на рассвете, а уже через час безукоризненно одетый сэр Шурф совал мне в лицо поднос с камрой и бутербродами.

— Весьма сожалею, но через полчаса мы отправляемся. Думаю, тебе стоит воспользоваться своими запасами бальзама Кахара.

— Нет уж, лучше посплю в амобилере, — я с трудом оторвал от подушки пудовую голову. — Спасибо за заботу, Гламма. Твоя жена — я имею в виду настоящую жену сэра Лонли-Локли — она счастливейшая из женщин, я полагаю.

— Надеюсь, что так, — спокойно согласился сэр Шурф. — У меня странная судьба, Мерилин. Настоящая жена или ненастоящая, а камру в постель ей подаю я, а не наоборот.

— Грешные Магистры, это что, неужели шутка?

— Это констатация факта. Если хочешь умыться, тебе следует поторопиться.

— Разумеется, хочу, — я залпом прикончил камру. На еду даже смотреть было тошно.

Нет худа без добра. Я устроился на заднем сиденье амобилера и заснул так крепко, что унылые однообразные равнины, простирающиеся на западе Угуланда, господа путешественники созерцали без моего участия. Сэр Лонли-Локли совершенно безрезультатно уговаривал меня выйти пообедать. Я сердито буркнул: «Объяснишь этим господам, что даму укачало!» — и снова с головой нырнул в сладчайший из снов. Проснулся я незадолго до заката. Таким счастливым, спокойным и голодным одновременно я не был уже давно.

Лонли-Локли спиной почувствовал мое пробуждение.

— Я взял несколько бутербродов из трактира, где мы обедали, — сообщил он. — Думаю, что это было правильное решение.

— Еще бы не правильное, ясновидец ты этакий, — благодарно сказал я. — Небось опять какая-нибудь гадость?

— Местная кухня отличается от столичной, это естественно, — заметил сэр Шурф. — Но не следует недооценивать возможность несколько разнообразить свою жизнь.

— А я — консерватор, — с набитым ртом сообщил я. — Может быть, сменить тебя, Гламма? Надеюсь, ты мне уже доверяешь?

— Да, разумеется. Если хочешь, можешь сесть за рычаг, хотя я пока не могу пожаловаться на усталость.

— Не следует недооценивать возможность несколько разнообразить свою жизнь. Это я тебя цитирую, между прочим.

— Да, я так и понял.

Моя леди Мерилин устроилась поудобнее, взялась за рычаг и лихо закурила сигарету — я сгорал от желания воспользоваться плодами своей ночной работы. Лонли-Локли забеспокоился.

— Я не знаю, откуда берутся эти странные курительные принадлежности, но их следует скрывать от посторонних глаз. Что позволено сэру Максу, не к лицу простой горожанке леди Мерилин.

— Во-первых, я иностранка, если ты помнишь. А во-вторых, вряд ли кто-то сейчас за нами наблюдает.

— Сейчас нет. Но во время остановки...

— Ну, я же не полный идиот, — обиделся я. — Неужели вы думаете, что я начну курить прилюдно?

— Всегда лучше предупредить. Кроме того, ты наверняка не подумала о том, что окурки следует не выбрасывать, а сжигать, — пожал плечами мой суровый опекун. — Не нужно обижаться. И не забывай, что ко мне следует обращаться на «ты». Кроме того, ты не «идиот», а «идиотка». Об этом тоже важно помнить.

Я рассмеялся. Наш диалог действительно удался на славу. Отсмеявшись, я тщательно сжег окурок. Сэр Лонли-Локли — мудрейший из смертных, а я — легкомысленный болван, не смыслящий в конспирации.

Ночевали мы уже в графстве Шимара. Наш героический Мастер Предводитель Каравана снова засел за карты, а мы поужинали чем-то экзотическим, на мой вкус слишком жирным и острым, и отправились на ночлег.

Вот тут-то я с изумлением понял, что огромные жилые помещения существуют не на всей территории Соединенного Королевства. Наша комната была ненамного больше заурядного гостиничного номера на моей родине, а кровать оказалась обыкновенной двуспальной кроватью. Я растерянно посмотрел на Лонли-Локли.

— Вот это да! Кажется, нам придется спать в обнимку, милый.

— В этом есть некоторое неудобство, — согласился сэр Шурф. — Впрочем, если уж так вышло, я могу предложить тебе воспользоваться моим сном. Когда люди спят рядом, это довольно легко сделать.

— Это как? — с изумлением спросил я. — Я буду видеть ваш... твой сон? Впрочем, все равно ничего не выйдет — леди Мерилин дрыхла до заката.

— Когда один человек делит с другим свой сон, они засыпают одновременно, — объяснил Шурф. — Это означает, что я усыплю тебя, а потом разбужу. Но не могу сказать заранее, чей сон мы будем смотреть — мой, твой или оба одновременно. Это зависит не от нашего решения. Впрочем, я в любом случае уверен, что такой выход из положения будет наиболее разумным. Завтра после обеда мы приедем в Кеттари, поэтому тебе желательно бодрствовать весь день. Насколько я понял, сэр Джуффин хотел, чтобы мы оба уделили должное внимание дороге, ведущей в этот город.

— И то верно, — согласился я. — А тебе снятся хорошие сны, Гламма? После рассказа о некоторых снах сэра Лонли-Локли...

— Я никогда не стал бы предлагать тебе разделить мои кошмары. К счастью, они давно оставили меня.

— А вот за свои сны я не могу поручиться, — вздохнул я. — Иногда такое приснится, что хоть волком вой... Ты рисковый парень, Гламма?

— Тут нет никакого риска, поскольку возможность проснуться всегда остается при мне. Ложись, Мерилин, нам действительно не следует терять драгоценное время.

Я быстро разделся, в очередной раз поразился тому, что мое тело осталось прежним, невзирая на иллюзорную, но такую правдоподобную леди Мерилин. «Вот и пришло время поспать в пижаме, — весело подумал я. — Не станешь же ты гулять голышом по сновидениям своего друга Шурфа? Пожалуй, это будет невежливо».

— Лучше всего, если наши головы будут соприкасаться, — деловито сообщил Лонли-Локли. — Я ведь далеко не мастер в делах такого рода.

— Ага, — я послушно переместил свою голову. — Тем более что усыпить такого бодрого человека, как я... — Не договорив, я сладко зевнул и отключился, приготовившись заглянуть в святая святых своего спутника — в его сновидения.

Но вышло так, что «киномехаником» в маленьком кинотеатре на двоих стал я. Самые любимые из моих снов были к нашим услугам в эту ночь. Город в горах, где единственным видом муниципального транспорта была канатная дорога; дивный английский парк, где всегда безлюдно; череда песчаных пляжей на побережье угрюмого, темного моря...

Я бродил по этим восхитительным местам, то и дело восторженно восклицая: «Правда, здорово?» — «Здорово!» — соглашался мой спутник, изумительный парень, совершенно не похожий ни на моего хорошего друга сэра Шурфа Лонли-Локли, ни на Безумного Рыбника, когда-то переполошившего весь Ехо, ни на сэра Гламму Эралгу, фиктивного супруга фиктивной леди Мерилин.

Я проснулся на рассвете, все еще счастливый и бесконечно умиротворенный.

— Спасибо за прогулку, — улыбнулся я Лонли-Локли, который уже натягивал синюю скабу сэра Гламмы.

— Это я должен благодарить тебя, поскольку наши сновидения принадлежали сэру Максу. Мне никогда прежде не доводилось бывать в подобных местах. Вне всяких сомнений, они прекрасны. Я не ожидал ничего подобного даже от вас, сэр Макс.

— Меня зовут Мерилин, — рассмеялся я. — Грешные Магистры, Шурф, неужели и вы способны ошибаться?

— Иногда следует ошибиться для того, чтобы быть правильно понятым, — туманно объяснил Лонли-Локли и пошел умываться.

— Все равно без твоей помощи ничего бы не вышло. Я не умею попадать туда по собственному желанию, — крикнул я ему вслед.

А потом послал зов на кухню. Не все же бедняге Лонли-Локли хлопотать с подносами.

Великолепие сумрачного весеннего утра, бесконечные зеленые рощи, утомительно долгий обед в захолустном трактире — пять перемен одинаково безвкусных блюд, монотонное лопотание попутчиков... Кажется, за весь день я сказал не больше десятка слов. Мне было слишком хорошо и спокойно, так что засорять тишину какими-то звуками представлялось весьма бессмысленным занятием.

— Когда мы прибываем в Кеттари? — спросил Лонли-Локли у нашего Мастера Предводителя Каравана после того, как мы наконец покончили с едой. Господин Абора Вала задумчиво пожал плечами.

— Трудно сказать точно. Полагаю, часа через полтора-два. Но, видите ли, в этой части графства Шимара не все в порядке с дорогами. Возможно, нам придется отправиться в объезд. В общем, поживем — увидим.

— Очень компетентный ответ, — проворчал я, усаживаясь за рычаг амобилера. — «Поживем — увидим!» Какая прелесть. В жизни не получал более исчерпывающей информации.

— «Не получала», — машинально поправил меня Лонли-Локли. — Ты нервничаешь?

— Я?! С чего ты взял?.. Вообще-то я всегда нервничаю, это мое нормальное состояние, но как раз сегодня я в полном порядке — в кои-то веки.

— А я нервничаю, — неожиданно признался он.

— Грешные Магистры! Я думал, это невозможно.

— Я тоже думал, что это невозможно, однако...

— Мы, люди, — странные штуки, — констатировал я. — Никогда не знаешь заранее, чего от себя ждать.

— Твоя правда, Мерилин, — важно кивнул сэр Шурф.

Я в очередной раз хмыкнул, услышав свое замечательное имечко, и мы поехали дальше. Амобилером управлял Лонли-Локли, так что я получил превосходную возможность глазеть по сторонам, облизываясь в предвкушении тайны.

Пейзаж был настолько обычен, насколько может быть обычен пейзаж, который вы видите впервые в жизни. Часа через полтора я окончательно заскучал, и моя бдительность попыталась подать в отставку. Но тут наш караван свернул с главной дороги на какую-то подозрительную узкую тропинку, пропускная способность которой вызывала изрядные сомнения.

Несколько минут беспощадной тряски, и мы еще раз свернули. Новая дорога оказалась довольно сносной. Немного попетляв среди предгорий, она неожиданно взмыла вверх под довольно опасным углом. Справа от дороги топорщилась вертикальная скала, поросшая пыльной синеватой травой, слева весело скалилась небесная пустота пропасти. Сейчас я не согласился бы сменить Лонли-Локли за рычагом амобилера ни за какие коврижки. Черт, я ведь действительно панически боюсь высоты!..

Я вспомнил о пресловутых дыхательных упражнениях и старательно засопел. Сэр Шурф покосился на меня с некоторым недоумением, но промолчал. Через полчаса мои страдания закончились, теперь дорога петляла между двух одинаково угрюмых скал, что казалось мне своего рода гарантией безопасности.

— Только что я отправил зов господину Вале. Он заявил, что до Кеттари еще часа полтора-два, — невозмутимо сообщил Лонли-Локли.

— То же самое он говорил после обеда, — буркнул я.

— Ничего особенного, но в то же время... Немного странно, да?

— Грешные Магистры, это не немного, а очень странно! Насколько я понимаю, парень проделывает этот путь по несколько раз в год. За это время он вполне мог бы понять, сколько времени занимает путешествие.

— Вот и я так думаю.

— «Поживем — увидим», — усмехнулся я. — Может быть, это девиз, начертанный на гербе Кеттари? Глядя на Джуффина, никогда так не подумаешь, но... А кстати, пошлю-ка я ему зов. Хвастаться пока особенно нечем, так хоть на земляка наябедничаю.

И я послал зов сэру Джуффину Халли. К моему величайшему изумлению, из этой затеи ничегошеньки не вышло. Совсем как в те дни, когда я был неопытным новичком в этом Мире и владел Безмолвной речью не лучше, чем ленивый первоклассник таблицей умножения. Я ошалело помотал головой и попробовал снова. После шестой попытки я окончательно перепугался и отправил зов Лонли-Локли просто для того, чтобы убедиться, что я по-прежнему способен это сделать.

«Ты меня слышишь, Шурф, Гламма или как там тебя зовут, любимый?»

— Развлекаешься, Мерилин? Ты бы лучше все-таки...

— Я не могу связаться с Джуффином, — уже вслух сказал я. — Представляешь?

— Нет, не представляю. Надеюсь, это не очередная шутка?

— Магистры с тобой. Делать мне больше нечего — так шутить. Попробуй сам. Может быть, это со мной что-то не в порядке?

— Ладно, садись за рычаг. Я и правда обязан выяснить, в чем дело.

— Еще бы! — мрачно кивнул я, перебираясь на место возницы.

Ироничный оскал пустоты снова замаячил, теперь уже справа от нас, не так уж близко, если разобраться, но все равно страшно... Я взял себя в руки и вцепился в рычаг. Сообщать сэру Шурфу Лонли-Локли, что я боюсь высоты... Нет уж, лучше я угроблю нас обоих.

Мой спутник умолк минут на десять. Я терпеливо ждал. «Возможно, он беседует с Джуффином, — думал я. — Конечно, он просто беседует с Джуффином, долго и обстоятельно, как это и заведено у сэра Лонли-Локли, так что все в порядке. Это просто у меня что-то заело, со мной еще и не такое бывает».

— Тишина, — наконец констатировал Лонли-Локли. — Я пытался связаться не только с сэром Джуффином. Кроме него молчат моя жена, сэр Кофа Йох, Мелифаро, Меламори и капитан полиции Шихола. В то же время связаться с нашим Мастером Предводителем каравана не составило никакого труда. Кстати, он по-прежнему утверждает, что в Кеттари мы окажемся часа через полтора-два. Полагаю, мне все же следует продолжить свои попытки связаться с кем-нибудь в Ехо. Позволю себе заметить, что это одно из самых странных происшествий в моей жизни.

— Черт! — только и сказал я.

По счастью, Лонли-Локли не обратил никакого внимания на это экзотическое ругательство. Меньше всего на свете мне сейчас хотелось в очередной раз объяснять, кто такой этот самый «черт».

Еще несколько томительных минут. Я и думать забыл о пропасти справа от дороги. Вероятно, мой страх высоты был чем-то вроде дурной привычки. Избавиться от него оказалось проще простого. Стоило лишь озадачиться проблемой посерьезнее.

— Я попробовал еще несколько вариантов. Все молчат, но вот сэр Луукфи Пэнц отозвался сразу же, — вдруг сообщил Лонли-Локли. Он был так спокоен, словно речь шла о меню уже съеденного обеда. — В Доме у Моста все в полном порядке. Вероятно, нечто странное происходит именно с нами. Можешь пообщаться с сэром Луукфи. Думаю, сэр Джуффин уже сидит рядом с ним.

— Эта игра называется «испорченный телефон», — я с облегчением рассмеялся.

— Что? Какая игра? Испорченный... «телефон»? Что ты имеешь в виду?

— Не обращай внимания. Садись за рычаг, дружище. Какой же ты молодец!

Мы снова поменялись местами, и я не без внутреннего содрогания послал зов Луукфи. Но на этот раз все действительно было в порядке.

«Хороший день, Луукфи. Сэр Джуффин уже рядом с вами?»

«Хороший день, сэр Макс. Передать не могу, как я рад вас слышать. Сэр Шурф объяснил мне, что вам обоим не удается послать зов никому, кроме меня. Вы не находите, что это немного странно?»

«Находим, — я не сдержал улыбку. — Мне очень жаль, что мы причиняем вам столько неудобств, Луукфи, но вам придется пересказывать сэру Джуффину каждое мое слово, а потом наоборот. Справитесь?»

«Разумеется, сэр Макс. И не беспокойтесь обо мне, никаких неудобств, напротив, это крайне лестно и любопытно. Я имею в виду — принимать участие в вашей с сэром Джуффином беседе.

«Отлично, Луукфи».

Я начал было рассказывать о поездке, но Луукфи почти сразу меня перебил:

«Сэр Джуффин просит вас описать путь, по которому вы едете с тех пор, как свернули с большой дороги».

Я подробнейшим образом описал узкую, почти непроезжую тропинку и извилистую горную дорогу, унылые скалы, заросшие синеватой травой, бездонные провалы, открывающиеся то справа, то слева от нашего пути. Немного подумав, еще раз упомянул неуверенные ответы проводника на самый простой и резонный из вопросов: когда, черт побери, мы все-таки приедем в его грешный городишко?

«Сэр Джуффин просил передать вам, сэр Макс, что он четыреста с лишним лет жил в Кеттари, переловил не одну дюжину разбойников в окрестных лесах и чуть ли не все свободные дни проводил за городом, так что знает каждую травинку в окрестностях. Но он никогда не видел там ничего похожего на описанные вами пейзажи, — ответствовал Луукфи. — И еще сэр Джуффин говорит, что... Ох, грешные Магистры, но это же невозможно!..» — И голос сэра Луукфи Пэнца бесследно исчез из моего сознания.

Без особой надежды на успех я попытался послать ему зов. Ничего, как и следовало ожидать.

— Теперь и Луукфи замолчал, — угрюмо сообщил я Лонли-Локли. — Сэр Джуффин успел выслушать историю нашего дурацкого послеобеденного путешествия и заявить, что в окрестностях Кеттари нет ничего похожего на местность, по которой мы сейчас проезжаем. А потом он попросил Луукфи передать еще что-то. Парень успел выслушать слова нашего шефа, сообщить мне, что «это невозможно», а потом он умолк. Хотел бы я знать, что именно собирался сказать Джуффин?

Лонли-Локли молча пожал плечами. Кажется, ему все это здорово не нравилось.

— Так, — сказал я. — Будем думать. Не забывай, друг мой, что леди Мерилин — простая малообразованная провинциалка. Об этом бедняге сэре Максе уже и говорить не хочу. Большинство элементарных вещей нам просто неизвестны. Но полагаю, что они известны сэру Гламме, а уж Шурфу Лонли-Локли и подавно.

— Ты не можешь выражаться яснее? Что именно ты имеешь в виду?

— Ничего себе! Всю жизнь был уверен, будто единственное, что мне по-настоящему удается, так это ясно выражаться... Ладно уж, не буду выпендриваться, а просто задам несколько идиотских вопросов.

— Это самое разумное решение. Спрашивай. Может быть, ты сможешь лучше распорядиться информацией, которая представляется мне бесполезной.

— Хорошо. Во-первых, насколько я понимаю, когда посылаешь кому-то зов, расстояние не имеет значения. Это так или?..

— Совершенно верно. Главное — знать человека, к которому обращаешься. А достать его можно хоть в Арварохе, это не проблема.

— Отлично, пошли дальше. Где-нибудь в Мире есть такие места, где Безмолвная речь не работает?

— В Холоми, разумеется. Но это ты и без меня знаешь. А больше ничего не приходит в голову. Конечно, есть люди, которые просто не умеют пользоваться Безмолвной речью, но это не наш с тобой случай.

— Ладно. Скажи мне, может быть, ты все-таки слышал о чем-то подобном? Не обязательно правдивую историю, а хотя бы легенду, миф? На худой конец, шутку?

— У нас в Ордене было принято говорить: «Хороший колдун и на тот свет докричится». Разумеется, это скорее шутка, чем правда, на тот свет зов не пошлешь. К счастью, у нас есть веские доказательства того, что все наши коллеги живы.

— А как насчет нас самих? — брякнул я.

— Я привык доверять своим ощущениям. А мои ощущения говорят, что я абсолютно жив.

— Грешные Магистры, разумеется, ты жив. И я тоже, надеюсь. Но... Черт с ними, с моими тайнами, ты — лучшая гробница для всех тайн, своих и чужих. Мы, кажется, влипли. А понять, во что именно мы влипли, вдвоем будет полегче, я полагаю... В общем, «тот свет» — вовсе не обязательно должен быть местом, где обитают покойники. Есть много разных Миров, Шурф, и я — самое веское тому доказательство. Моя родина — тоже своего рода «тот свет».

— Я знаю, — спокойно сказал Лонли-Локли.

— Ты знаешь? Вурдалака тебе под одеяло, откуда? Что, Джуффин проводил с тобой рабочее собеседование? На тему «Сэр Макс — величайшая загадка природы»?

— Все гораздо проще. История насчет Пустых Земель была вполне хороша, так что некоторое время я не сомневался в ее достоверности. Но достаточно было некоторое время понаблюдать, как ты дышишь, чтобы призадуматься на твой счет. И внимательно послушать рассуждения сэра Джуффина Халли касательно того, что наша магия действует на тебя иначе, чем на прочих. А потом, цвет твоих глаз. Ты сам-то знаешь, что он постоянно меняется?

— Знаю, — буркнул я. — Меламори мне как-то сообщила.

— Никогда не думал, что она столь наблюдательна. Впрочем, случай был особый... Не переживай, обычно люди не обращают внимание на подобные мелочи. Да и сам я ни в чем не был уверен окончательно, пока не попутешествовал сегодня по твоим снам. Ты, знаешь ли, был куда более разговорчив, чем обычно. Но речь сейчас не о тебе. Объясни, что ты имел в виду, когда затеял этот разговор?

— Ладно, — проворчал я. — Будем надеяться, что профессор Лонли-Локли действительно единственный и неповторимый специалист по вопросам дыхания существ из иного Мира. Я завел этот разговор только для того, чтобы сообщить тебе, что вряд ли смог бы послать зов своей мамочке, даже если бы мне здорово приспичило. Я ясно выражаюсь?

— Вполне. Но, по-моему, путешествие между Мирами — из ряда вон выходящее событие. А ничего выходящего за рамки моих представлений об обычном с нами не происходит. Поездка как поездка.

— Да что с тобой, дружище?! Вот уже несколько часов мы едем по местности, которой, по утверждению сэра Джуффина, просто не существует; местный уроженец не может внятно ответить, когда мы окажемся в Кеттари... Черт, вообще-то я могу тебя понять, мне бы самому ничего подобного в голову не пришло, если бы я не попутешествовал между Мирами на обыкновенном трамвае. У меня на родине это такое же банальное средство передвижения, как амобилер, так что...

— Ладно, тебе виднее, — неохотно согласился Лонли-Локли. — Давай пока оставим эту тему. Сэр Гламма будет считать, что он просто едет в город Кеттари, а леди Мерилин может оставаться при своем мнении. Думаю, что это будет довольно разумным решением: смотреть на сложившуюся ситуацию с разных точек зрения.

— Ага, — кивнул я. — Как выражается наш глубокоуважаемый Мастер Предводитель каравана, поживем — увидим.

— Что-то в этом роде я и хотел сказать, — кивнул Лонли-Локли. — Тебе не кажется, что мы наконец приближаемся к Кеттари?

— Да, дорога стала вполне приличной. Хотя местность по-прежнему выглядит не слишком обжитой... Погоди-ка! Что это там виднеется? Неужели городская стена?

— Именно это я и имел в виду. Это сооружение не может быть ничем иным.

— Сейчас мы увидим семь деревьев вахари у городских ворот. И сами ворота, на которых еще сохранились остатки резьбы старого Квави Улона, — мечтательно сказал я. — Представь себе, я так волнуюсь, словно это мой родной город, а не Джуффина. Хотя что я несу?! Если бы это был мой родной город... Фу, какая скука!

— Одиннадцать, — бесстрастно заметил Лонли-Локли.

— Что — «одиннадцать»?

— Одиннадцать деревьев вахари. Можешь пересчитать.

Я внимательно уставился на приближающийся пейзаж.

— Смотри-ка, действительно одиннадцать. А Джуффин говорил, семь.

— Мало ли что было раньше, — пожал плечами Лонли-Локли.

— А ты разбираешься в ботанике, Гламма?

— Отчасти, а что?

— Тебе не кажется, что эти деревья примерно одного возраста?

— Да, верно. И они очень старые, потому что ствол вахари становится таким узловатым только на пятисотом году жизни.

— Ого! — уважительно присвистнул я. — Ну, вот видишь? Значит и при Джуффине их должно было быть одиннадцать. Если бы деревьев стало меньше, это было бы объяснимо, а так...

А вот и городские ворота — новехонькие! Никаких там древних развалин, украшенных давно почившим Кваки Улоном. Простенько и со вкусом. Поздравляю, дорогой, вот мы и в Кеттари! Даже не верится.

Лонли-Локли пожал плечами.

— Рано или поздно это должно было случиться. По какому поводу ты так радуешься?

— Не знаю, — честно сказал я, с восторгом разглядывая небольшие нарядные домики.

Любой составитель икебаны пришел бы в ужас, созерцая аляповатые букеты, обильно украшающие окна, но мне они пришлись по сердцу. Мелкие камешки мостовых всех оттенков золотисто-желтой гаммы причудливыми узорами разбегались в разные стороны по узким улочкам. Воздух был чист и пронзительно холоден, несмотря на горячие лучи закатного солнца. Но я не замерз, а почувствовал себя словно бы умытым изнутри. Голова сладко кружилась, в ушах звенело.

— Да что с тобой? — спросил Лонли-Локли.

— Леди Мерилин влюбилась, — улыбнулся я. — Мы с ней без ума от Кеттари. Посмотри только на этот домик... и на тот, узкий, трехэтажный! Какая-то сумасшедшая вьющаяся штука оплела его так, что флюгер не вертится! А воздух — его же ложкой есть можно! Ты чувствуешь разницу? Когда мы ехали через горы, ветер не был таким пронзительно чистым. Ох, кто бы мог подумать, что в Мире есть такое... такой... Слов нет!

— А мне здесь не нравится.

— Не нравится? — изумленно спросил я. — Но это невозможно! Гламма, дружище, ты болен или просто устал за последнюю сотню лет. Тебе просто нужно расслабиться. Хочешь — смотри мои сны хоть каждую ночь. Они же тебе понравились?

— Да, это действительно было великолепно. Должен заметить, что твое предложение кажется мне весьма великодушным. Даже слишком.

— Так уж и слишком... Готовь деньги, Гламма, грядет час расплаты. Вот она, базарная площадь! Где мы с тобой поселимся, как ты полагаешь? Хорошо бы подальше от наших милых попутчиков. Пусть себе думают что хотят, все равно мы уже на месте, а после нас хоть потоп!

— Ты знаешь это выражение? Откуда?

— А что тут особенного? — удивился я.

— Этот девиз был начертан над входом в резиденцию Ордена Водяной Вороны. Для тебя это новость?

— Какие душевные люди! — усмехнулся я. — Что мне не удается, так это вообразить себе их могущество. При таком-то названии!

— Порой ты меня по-настоящему удивляешь. Чем тебе не угодило название?

— Пожалуй, нам стоит расплатиться с господином Аборой и прокатиться по городу, — сказал я, не рискуя брать на себя труд разъяснить Шурфу Лонли-Локли, почему словосочетание «водяная ворона» кажется мне смешным. — Не будем жить в гостинице, где полным-полно приезжих из столицы. Если хочешь узнать город, нужно обзавестись чем-то вроде настоящего жилья. Да и спокойнее будет без свидетелей.

— Это весьма разумное решение, — кивнул Лонли-Локли. — Думаю, что этот пройдоха, Мастер Предводитель каравана может дать нам неплохой совет. Уверен, что подобные капризы приезжих — еще одна статья его дохода.

— Хрен он на мне еще что-то заработает, — ухмыльнулся я. — Поехали, Гламма! У меня роман с этим городом. Поверь, через час я найду жилье лучше и дешевле, чем присоветует этот хитрюга. Думаю, что на досуге господин Вала врет сам себе, просто по привычке. И его счастье, что он никому не верит.

— Как скажешь, — пожал плечами Лонли-Локли. — Ищи жилье сама, Мерилин. Но тут я тебе не помощник. Что я могу, так это доставать деньги из сумки.

— Ну да, ты же в перчатках. Отдай этому чуду природы, что ему причитается, а потом сворачивай вон в тот переулок. Кажется, там что-то поблескивает. Очень надеюсь, что это вода. Для полного счастья мне просто необходима квартира на берегу реки.

Лонли-Локли неторопливо вышел из амобилера, расплатился с нашим проводником, вернулся и внимательно осмотрел меня с ног до головы. У него были внушающие доверие глаза хорошего психиатра. Я смущенно пожал плечами, сэр Шурф молча взялся за рычаг, и мы свернули в облюбованный мной переулочек. Минута — и мы действительно выехали на набережную. Маленькие, хрупкие мостики и грациозно тяжеловесные мосты, совершенно не похожие друг на друга, но прекрасно сочетающиеся, изящно перечеркивали темную морщину узкой, но глубокой реки.

— Ох, — тихо вздохнул я. — Неужели тебе и это не нравится, ворчун ты этакий? Посмотри на эти мосты. Ты только посмотри! Грешные Магистры, как называется эта речка, ты, часом, не в курсе?

— Понятия не имею, — с некоторым смущением пожал плечами Лонли-Локли. — Надо посмотреть на карте.

— Вот где-то здесь мы и поселимся, — мечтательно сказал я. — А потом уедем домой, и мое бедное сердце еще раз будет разбито.

— «Еще раз»? — переспросил Лонли-Локли. — Извини, но сэр Макс не производит впечатление человека с разбитым сердцем.

Я весело кивнул.

— Одно из мерзейших свойств моего организма. Чем хуже идут дела, тем лучше я выгляжу. У меня не раз возникали проблемы, когда в свои самые черные дни я пытался одолжить денег у знакомых с такой счастливой рожей, словно только что выиграл большой приз в лотерее. Моим правдивым рассказам о целой неделе, проведенной на хлебе и несладком чае, верили с ясно слышимым скрипом.

— А ты знавал и такие времена?

Общение со мной явно способствовало развитию подвижности лицевых мускулов сэра Шурфа. Теперь на его каменной физиономии имело место неумело, но четко написанное удивление.

— Подумаешь. Еще и не такое было, поверь уж на слово. К счастью, все меняется. Иногда.

— Это многое объясняет, — задумчиво кивнул Лонли-Локли. — Потому-то с тобой так легко иметь дело, невзирая на твое безумие.

— Что? Ну и комплимент!

— Это не комплимент, а констатация факта. Возможно, ты несколько иначе понимаешь термин?

Я вздохнул. Кто бы уж говорил о терминологии. Мне и так было ясно, что хвалить меня Лонли-Локли на этот раз не пытался.

— Ничего обидного я тоже не имел в виду, — примирительно сказал сэр Шурф. — Абсолютно нормальный человек попросту не подходит для нашей работы. У нас в Ордене говорили: «Хороший колдун не боится никого, кроме помешанных». Некоторое преувеличение, конечно, но думаю, что сэр Джуффин Халли отчасти руководствуется этим принципом при подборе сотрудников.

— Ладно уж, — я махнул рукой. — Я это я, и каким словом меня ни назови, это ничего не изменит. Останавливаемся, Гламма. Я собираюсь прогуляться по набережной и пообщаться с местным населением. Сердцем чую, оно изнывает от желания приютить двух богатых столичных бездельников. Не переживай, я помню, что меня зовут Мерилин, поэтому собираюсь пощебетать с какими-нибудь милыми старушками.

— Поступай, как считаешь нужным, — пожал плечами Лонли-Локли. — В конце концов нам обоим не следует забывать, что сэр Макс — мой начальник.

— Скажешь тоже, — я не удержался от нервного смешка. — Ладно, я скоро вернусь.

Мои ноги пришли в восторг от возможности ступить на янтарный тротуар набережной. Сквозь тонкую подошву сапожек я ощущал нежное тепло этих желтых камней. Тело стало легким и счастливым, словно вдруг пришло время учиться летать. Кеттари был прекрасен, как мой любимый сон, да и сам я сейчас чувствовал себя скорее сновидцем, чем бодрствующим человеком.

Легкой походкой леди Мерилин я пересек улицу и медленно пошел по тротуару, восхищенно разглядывая маленькие старинные домики. «Старая Набережная», — вслух прочитал я название на табличке. Что ж, мне и это нравилось.

«Ох, Джуффин, — подумал я. — Если бы я мог сейчас до вас докричаться, я бы непременно сказал, что такой изумительный дядька, как вы, мог родиться только в таком волшебном месте!

Вряд ли мне захочется говорить это, когда мы встретимся, так что просто примите к сведению, ладно?»

Я так размечтался о возможности поболтать с шефом, что чуть не сбил с ног невысокую худенькую старую леди. К счастью, маневренность ее хрупкого тела оказалась превыше всяких похвал: в последнюю секунду бабушка резко метнулась в сторону и ухватилась за резную ручку маленькой садовой калитки. Она укоризненно посмотрела на меня.

— Что с тобой, детка? Где ты оставила свои прекрасные глазки? В табакерке своего мужа?

— Простите, — смущенно сказала моя леди Мерилин. — Всего полчаса назад я приехала в город, о котором слышала с детства. Мне в голову не приходило, что он так прекрасен. Поэтому я немного сошла с ума, но это скоро пройдет, как вы думаете?

— Ой, и откуда же ты приехала, милая? — растрогалась старушка.

— Из Ехо. — Я виновато развел руками.

Когда признаешься обитателю милого провинциального городка в своем столичном происхождении, непременно испытываешь какую-то неловкость, словно только что стащил серебряную ложку из буфета собеседника.

— А говор-то у тебя не столичный, — заметила наблюдательная старушка. — Да и не наш. Откуда ты родом, девочка?

Мы с леди Мерилин начали вдохновенно врать.

— Я родилась аж в графстве Вук. Мои родители уехали туда еще в Смутные Времена и очень неплохо там обжились. А я вышла замуж за мужчину из Ехо, всего несколько лет назад. Но моя прабабка родом из Кеттари, поэтому... Словом, когда я говорила моему мужу: «Гламма, я хочу хороший кеттарийский ковер», я имела в виду нечто совсем другое. Я хотела...

— Ты хотела попасть в страну сказок, которых наслушалась в детстве, — кивнула старушка. — И я вижу, тебе здесь действительно понравилось!

— Не то слово. Кстати, вы не расскажете мне, какие порядки в вашем городе? Мне хотелось бы найти жилье на пару дюжин дней. Не гостиницу, а нормальное человеческое жилье. Это у вас практикуется?

— И еще как практикуется, — с энтузиазмом сказала старушка. — Можете снять один этаж или целый дом. Но целый дом — это довольно дорого, даже на короткий срок.

— Ой, — весело сказал я, — мне бы только найти человека, у которого на примете есть что-нибудь подходящее, а дорого или недорого, это мы с ним обсудим.

И я дважды стукнул указательным пальцем правой руки по кончику собственного носа.

— Добро пожаловать, девочка! — рассмеялась моя собеседница. — Ты действительно заслуживаешь небольшой скидки. Представь себе, милая, я возвращаюсь домой от своей подруги. Мы с нею как раз говорили о том, что вполне могли бы поселиться в одном доме, поскольку все равно с утра до вечера ходим друг другу в гости. А второй дом можно было бы сдать жильцам, чтобы позволить себе некоторые приятные излишества. Мы обсуждаем этот план уже чуть ли не дюжину лет, и все не можем решиться. Пара дюжин дней — это именно то, что нам нужно для начала. За это время мы с Рэрой успеем понять, способны ли мы ужиться под одной крышей. Мой дом здесь неподалеку. Это обойдется вам в десять корон за дюжину дней.

— Ого! Цены-то выше столичных.

— Ладно, восемь, но вы с мужем поможете мне перевезти к Рэре свои самые необходимые вещи, — решительно сказала старушка. — Их не так уж много, а в твоем распоряжении амобилер и большой мужчина, так что это не составит труда.

«Самых необходимых» вещей оказалось столько, что перевозка проходила в шесть этапов. Впрочем, мы провели время с немалой пользой: леди Харая, как звали нашу квартирную хозяйку, успела показать нам трактиры, где можно заказать хороший завтрак, и места, где стоит ужинать по вечерам. Кроме того, она раз триста предупредила нас, чтобы мы не вздумали играть в карты с местными жителями. Очень мило с ее стороны.

После того как мы заплатили за две дюжины дней вперед, счастливая старушка пожелала нам хорошей ночи и скрылась за дверью дома своей подруги.

— Похоже, старые леди будут кутить этой ночью, — одобрительно сказал я. — Поехали домой, сэр Шурф. Не сердись, но мне ужасно надоело называть тебя Гламмой.

— Поступай как знаешь. Но я предпочитаю вести себя максимально осторожно. Какая разница, как называть человека? Что действительно важно, так это не допустить промаха при посторонних.

— При каких «посторонних»?! Наши спутники благополучно дрыхнут в каком-нибудь паршивом притоне. Полагаю, что за эту восхитительную возможность с них содрали побольше, чем с нас. Ты в восторге от моего везения, дружище?

— Разумеется, — спокойно кивнул Лонли-Локли. — Но я с самого начала ожидал чего-то в этом роде, посему не удивляюсь. Надеюсь, что подобная реакция не вызывает у тебя разочарования?

— Ну, что ты. Она вызывает у меня прекрасное ощущение, что все в Мире находится на своих местах. Твоя невозмутимость, сэр Шурф, — единственный оплот моего душевного равновесия, так что оставайся таким, какой есть, ладно? Поехали домой, умоемся, переоденемся, потом — ужинать, а там поглядим. Джуффин, насколько я помню, дал нам изумительную инструкцию: наслаждаться жизнью и ждать, пока чудо само нас найдет.

— Эту инструкцию сэр Джуффин дал не нам, а тебе. Мне он поручил просто охранять тебя от возможных неприятностей.

— Мое сердце совершенно уверенно, что в Кеттари у меня не может быть неприятностей. Никаких.

— Посмотрим, — пожал плечами Лонли-Локли. — Стой, куда тебя несет, вот же наш дом. Двадцать четвертый по Старой Набережной, разве ты не помнишь?

— Да, действительно. Как любит говорить сэр Луукфи, люди такие рассеянные.

Ванная комната располагалась в подвале. Очевидно, по этому вопросу жители всех провинций Соединенного Королевства пришли к полному консенсусу. Вот только никаких излишеств нам не было предложено: одна-единственная ванная, чуть побольше, чем это принято на моей исторической родине, но в общем-то почти точно такая же. Сэр Шурф брезгливо поморщился.

— После нескольких дней в дороге я, признаться, рассчитывал хотя бы на три-четыре бассейна.

Я сочувственно вздохнул.

— Уверен, у тебя дома их не меньше дюжины. Ничего не попишешь, придется тебе привыкать к простой и суровой жизни.

— У меня дома их восемнадцать, — с ощутимой тоской в голосе сказал Лонли-Локли. — И я думаю, что это — неплохое число.

— Ого! — я уважительно покачал головой. — Хотел бы я знать, есть ли среди них парочка дырявых?

— Увы, такой привилегии я не имею, — вздохнул мой друг. — Можешь мыться, леди Мерилин, я подожду в гостиной.

Когда через четверть часа я поднялся наверх, мой друг вопросительно приподнял брови.

— Не стоило так торопиться, я мог бы подождать и дольше. Или ты всегда так быстро моешься?

— Почти, — улыбнулся я. — Жуткое свинство, правда?

— У всех свои предпочтения, — утешил меня Лонли-Локли. — Но я заранее приношу извинения за то, что не смогу привести себя в порядок столь же поспешно.

— Какая ерунда, — отмахнулся я. — У меня как раз есть одно дельце.

Оставшись один, я тут же потянулся за своей подушкой, нетерпеливо засунул под нее руку и начал ждать. Не прошло и нескольких минут, как в моем распоряжении была первая сигарета, скуренная всего лишь наполовину. Аккуратно погасив окурок, я спрятал его в маленькую шкатулку, специально предназначенную для хранения моих трофеев, своего рода «портсигар», с двумя отделениями: для «бычков» и для целых сигарет, попадающих ко мне так редко, что я постепенно начал отвыкать от их вкуса. Впрочем, грех жаловаться, это было куда лучше, чем ничего. Несколько месяцев, в течение которых я пытался привыкнуть к местному табаку, казались мне теперь героическим, но воистину скорбным временем.

Часа через два сэр Шурф наконец соизволил покинуть ванную комнату. У меня к этому времени уже скопилось четыре окурка, один другого длиннее — это была на редкость удачная охота. Моя правая рука вот уже двадцать минут неподвижно покоилась под подушкой, и я не собирался прерывать этот процесс. Да и зачем? Лонли-Локли и без того знал обо мне слишком много. Какие уж тут тайны.

— Могу ли я узнать, что ты делаешь? — вежливо поинтересовался он.

— Да вот, колдую, как могу. Добываю те самые загадочные «курительные принадлежности»... Отнимает кучу времени, зато совершенно бесплатно. Привычка — страшная сила.

— Это из твоего... с твоей родины? — осведомился Лонли-Локли.

Я молча кивнул и попытался сосредоточиться. Сэр Шурф с недоверчивым любопытством рассматривал окурки.

— Можешь попробовать, — великодушно предложил я. — Это гораздо лучше вашего табака. Боюсь, тебе так понравится, что мне придется оставить службу, чтобы добывать сигареты для нас двоих.

— Можно попробовать? Спасибо, это более чем великодушное предложение. — Лонли-Локли вежливо выбрал «бычок» покороче и закурил.

— Ну как? — завистливо спросил я.

Моя правая рука все еще оставалась пустой, а я дал себе честное слово, что закурю не раньше, чем покончу с этой нудной работой.

— Табак довольно крепкий, но действительно гораздо лучше того, к которому я привык, — одобрительно заметил Лонли-Локли. — Теперь я понимаю, почему у тебя было такое скорбное выражение лица всякий раз, когда ты раскуривал трубку.

— А оно было скорбное? — рассмеялся я. — Ох, вот она, моя дорогая, пошло дело... Опаньки! — Я быстро извлек руку из-под подушки и внимательно изучил добычу. — Грешные Магистры, только этого мне не хватало!

У меня в руке оказалась самокрутка с марихуаной, в этом не было никаких сомнений. Я отлично знал, как выглядят и пахнут подобные штуки.

— Черт, — обиженно сказал я. — Столько стараний коту под хвост!

— А в чем дело? — поинтересовался Лонли-Локли. — Этот сорт табака тебе не нравится?

— Что-то в этом роде. Даже хуже. Большинство моих соотечественников курят эту траву, чтобы как следует расслабиться, а у меня от нее только голова болит. Наверное, я действительно ненормальный. Хочешь расслабиться, сэр Шурф? Можем поменяться.

— Любопытно, — задумчиво сказал Лонли-Локли. — Я никогда не отказывался от возможности получить новый опыт.

— Будешь пробовать? — я просиял. — Вот и славно, мои старания не пойдут прахом. А потом, кто тебя знает, может быть, и правда расслабишься? От души тебе этого желаю — если уж тебе не понравился Кеттари.

Я протянул ему самокрутку, а сам с удовольствием докурил остатки его сигареты. Очень хотелось еще, но я строго сказал себе: «У тебя осталось всего три штуки, дорогуша, а впереди — целый вечер. И как ты будешь выкручиваться?» Внушение подействовало. Я вздохнул и обернулся к Лонли-Локли.

— Ну что, ты расслабился, дружище? Идем ужинать.

Тут моя нижняя челюсть со стуком упала на грудь. У меня до сих пор нет слов, чтобы описать мое тогдашнее изумление. Сэр Шурф Лонли-Локли улыбался до ушей. Чье бы там лицо он ни напялил, это было совершенно невозможно. Я судорожно вздохнул.

— Эта смешная курительная палочка — отличная штука! — подмигнул мне Лонли-Локли и вдруг глупо хихикнул. — Если бы ты знал, Макс, как смешно говорить с тобой, глядя на эту рыжую девчонку!

Хихиканье перешло в настоящий смех, а я почувствовал непреодолимое желание перекреститься, но так и не вспомнил, какой рукой и в какую сторону это нужно делать.

— С тобой все в порядке, Шурф? — осторожно спросил я.

— Да что ты на меня так пялишься? Зануда, которым я довольно долго был, пошел погулять, а мы с тобой сейчас отправимся ужинать, только... — он снова расхохотался, — только сначала попробуй закрыть рот, иначе из него все будет вываливаться, и ты... ты не сможешь ничего проглотить! Ты сумеешь закрыть рот, если очень постараешься?

— Какая прелесть, — вздохнул я. — А я-то надеялся отдохнуть от Мелифаро. Ладно уж, пошли, только не забывай, что меня зовут Мерилин, а тебя...

— Ты всерьез уверен, что все жители Кеттари придут подслушивать нашу беседу? — ехидно спросил Лонли-Локли. — Бросят все свои дела и встанут под окнами трактира, чтобы выяснить, какими именами мы называем друг друга, — он снова расхохотался. — Грешные Магистры, Макс, им же будет тесно! Сколько жителей в этом паршивом городке?

— Понятия не имею.

— А, сколько бы их ни было, все равно им будет тесно. — Лонли-Локли ржал, как породистый конь. — Пошли, я еще никогда в жизни не был таким голодным! И не нужно так вертеть задницей, сэр Макс, а то у тебя будут проблемы с мужским населением. Или ты не против проблем такого рода?

— Я против любых проблем, — сердито сказал я. — Пошли уж, чудо.

— Это я «чудо»? Ты на себя посмотри! — Лонли-Локли уже стонал от смеха. Но из дома мы все-таки вышли.

По дороге сэр Шурф хохотал без остановки. Его смешило все: моя походка, лица редких прохожих, шедевры местной архитектуры. Парня можно было понять. По моим подсчетам, он даже не улыбался лет двести, а тут такой шанс. Он был похож на бедуина, внезапно оказавшегося в плавательном бассейне. Приятно было смотреть, как он наслаждается, лишь бы не захлебнулся на радостях. Что я сделал — доброе дело или величайшую глупость в своей жизни, пока было трудно понять.

— Что мы будем есть? — бодро спросил я, усаживаясь за столик в «Деревенском Доме», старинном трактире, название которого запомнил со слов леди Сотофы.

— Что бы мы ни заказали, мы будем есть дерьмо, это однозначно! — Лонли-Локли в очередной раз расхохотался.

— В таком случае поступим просто, — я закрыл глаза и наугад ткнул пальцем в солидных размеров обеденную карту. — Номер восемь. Со мной уже все ясно, а с тобой?

— Отличный способ принимать решения. — Шурф зажмурился и тоже ткнул пальцем. Как и следовало ожидать, он промахнулся. Мой стакан полетел на пол, Лонли-Локли снова расхохотался, я вздохнул. А ведь предполагалось, что именно этот парень будет оберегать меня от возможных неприятностей.

— Придется повторить, — отсмеявшись сказал Лонли-Локли.

На сей раз я был начеку и вовремя подставил картонку. Указательный палец сэра Шурфа насквозь продырявил меню в районе тринадцатого номера, владелец грозного оружия опять взорвался хохотом.

— Экий ты голодный, — усмехнулся я. — Думаю, что дырка означает двойную порцию... От души надеюсь, что это что-нибудь приличное.

— И не надейся. Это будет какое-нибудь дерьмовое дерьмо, — жизнерадостно заявил Лонли-Локли и рявкнул на робко приближающегося хозяина. — Дерьмо номер восемь и двойное дерьмо номер тринадцать. Живо!

— Грозен ты, братец, как я погляжу, — сказал я, глядя на сутулую спину поспешно удаляющегося хозяина. — Могу себе представить...

— Нет. Не можешь. Ничегошеньки ты себе не можешь представить, да оно и к лучшему... Ага, сейчас мы будем набивать брюхо. Посмотри, как он косолапит, этот парень, умора!.. Кстати, твой способ выбирать еду — это нечто. Видишь, что нам несут?

— Вижу, — растерянно кивнул я.

Перед Лонли-Локли поставили две крошечные стеклянные вазочки, в которых лежало по ломтику чего-то белесого, пахнущего плесенью, медом и ромом одновременно. Мне же достался огромный горшок, доверху наполненный мясом и овощами.

— Немедленно принесите мне то же самое! — потребовал Лонли-Локли. — А то перед дамой неловко. И заберите назад этот тринадцатый номер, мы уже понюхали, с нас хватит.

— Один можете оставить, — вмешался я. — Мне ужасно интересно, что за мерзость ты выбрал.

— Интересно, так пробуй, — пожал плечами Лонли-Локли. — Лично я не собираюсь рисковать жизнью по столь пустяковому поводу... Грешные Магистры, сэр Макс, какой же ты смешной!

Хозяин посмотрел на нас с немым изумлением и удалился, унося с собой одну из злополучных вазочек. Я с брезгливым интересом ковырнул белесую субстанцию, еще раз понюхал и осторожно попробовал крошечный кусочек. Кажется, это была адская смесь сала и пикантного сыра, пропитанная какой-то гремучей разновидностью местного рома.

— Ужас какой! — уважительно сказал я. — Вот что надо привезти в подарок Джуффину. Лучшее средство от ностальгии, каковой он и без того не страдает.

— Если мы еще когда-нибудь увидим этого старого хитреца, — усмехнулся Лонли-Локли. — Впрочем, у тебя большой опыт путешествий между Мирами, не так ли?

— Не слишком, — я виновато пожал плечами. — А ты изменил свое мнение, как я погляжу. Раньше тебе не слишком нравились мои разговоры о другом Мире.

— Да не мнение я изменил, а себя. Экий ты бестолковый! Видишь ли, этот зануда сэр Лонли-Локли, с которым ты привык иметь дело, просто не мог сразу согласиться со столь фантастической версией, хотя она была единственным логичным объяснением происходящего. Но я не такой идиот, чтобы отрицать очевидное. Думаю, этот невыносимый парень, которым мне приходится быть, тоже с тобой согласится — со временем. Впрочем, это не важно. Правильно?

— Наверное, — вздохнул я. — А вот и твоя порция. Приятного аппетита, Гламма.

— Какое смешное имя! — расхохотался Шурф. — Это же надо было придумать!

Свой горшок с едой он опустошил с невероятной скоростью и потребовал еще. Я принялся за камру, которую здесь готовили не хуже, чем в Ехо, какие бы там гадости ни говорила о ней все та же леди Сотофа.

— А ты не такой уж безумец, сэр Макс, — лукаво подмигнул Лонли-Локли. — Я-то думал, что с тебя глаз нельзя спускать, чтобы не натворил чего, да еще в таком виде, — он в очередной раз прыснул, покосившись на фальшивые кудряшки леди Мерилин. — А стоило дяденьке Шурфу пойти вразнос, у тебя сразу ушки на макушке. Ты — хитрющая тварь! Что бы там ни случилось, а с тобой всегда все будет в порядке. Самая живучая порода!

— Никогда бы не подумал, но тебе виднее.

— Это — комплимент, — пояснил Лонли-Локли. — Такие, как ты, весьма преуспевали в Эпоху Орденов, поверь мне на слово. Уж не знаю, откуда ты взялся, но... Ладно, это скучный разговор, а мне нужно ловить за хвост свою удачу.

— Что ты имеешь в виду?

— Ничего особенного. Спать мне пока нельзя, так что пойду поищу развлечений. Когда еще выпадет возможность с легким сердцем пренебречь долгом?

Я изумленно поднял брови и быстренько проанализировал сложившуюся ситуацию. В принципе у меня в арсенале был отличный выход из этого рискованного положения. Неуловимый жест левой рукой, и крошечный Лонли-Локли получит отличную возможность прийти в себя, покоясь между моими большим и указательным пальцами. С другой стороны, кто я такой, чтобы лишать его заслуженного отдыха? В конце концов он взрослый человек, на пару столетий старше меня, пусть себе творит что хочет. И самое главное — ему, пожалуй, действительно не стоит засыпать. Если ограбленные покойники продолжают искать Безумного Рыбника, у них появился шанс его обнаружить.

— Развлекайся, Шурф, — улыбнулся я. — А мы с леди Мерилин пойдем понюхаем, не пахнет ли откуда-нибудь чудом. Вдруг повезет.

— Ты очень мудро поступил, Макс. — Лонли-Локли разглядывал меня с каким-то новым, уважительным интересом. — Описать невозможно, насколько.

— А что, этот фокус с левой рукой мог не сработать?

Я уже привык постоянно иметь дело с людьми, читающими мои мысли, поэтому сразу понял, что он имеет в виду.

— Он не просто «мог не сработать». Ты даже не представляешь, что бы я натворил в ответ!

— Ну, почему же? У меня богатое воображение. Чего я действительно не могу представить — так это что бы натворил я сам.

— Молодец! — обрадовался Лонли-Локли. — Так и надо отвечать всяким зарвавшимся сумасшедшим Магистрам. Экий ты грозный, однако! — он снова рассмеялся.

— С кем поведешься. Хорошей ночи, дружище, — я поднялся со стула.

— Прощай, сэр Макс. Передай этому зануде сэру Лонли-Локли, чтобы не выпендривался. Он хороший мужик, но порой перегибает палку.

— Полностью с тобой согласен. Пошли мне зов, если нарвешься на неприятности.

— Я?! Никогда. Вот разве кто-нибудь другой нарвется.

— Тоже верно.

Я помахал ему с порога и отправился восвояси.

Первым делом я вернулся в дом леди Хараи, который волей случая превратился в кеттарийский филиал столичного Тайного Сыска, устроился поудобнее в цветастом кресле-качалке и закурил. Подмигнул своему отражению в большом тусклом старинном зеркале: «Леди Мерилин, кажется, нас с тобой бросил муж. Надеюсь, ты в восторге, дорогая?» Леди Мерилин была в восторге. Она очень хотела немедленно прогуляться по городу — а вдруг удастся найти еще пару-тройку приключений на мою задницу?

Я вспомнил метаморфозу Лонли-Локли и расхохотался. Уж не знаю, чем это закончится, но за такие чудеса можно и заплатить! Лишь бы парень не влип в неприятности. С другой стороны, влипнет такой, как же! Я пожал плечами и твердо решил выкинуть из головы эту проблему. Сделанного не воротишь, будь что будет.

А сейчас нам с леди Мерилин предстояло решить одну маленькую головоломку. Мне было необходимо прогуляться по Кеттари, но вот стоит ли этой симпатичной девчонке шляться ночью по незнакомому городу?

— У меня есть отличная идея, голубушка, — сообщил я своему отражению. — Почему бы тебе не переодеться в мужчину? Это конечно чистой воды безумие. А что делать? Надеюсь, у Шурфа найдется запасной тюрбан.

Я устроил бурный досмотр багажа своего коллеги, обнаружил искомый тюрбан и даже булавку для лоохи. А больше ничего и не требовалось. Вот только что делать с иллюзорной фигурой леди Мерилин? Сэр Кофа несколько перестарался, создавая мой новый облик, мог бы обойтись простым накладным бюстом. Я горько вздохнул и взялся за следующую сигарету.

Через несколько минут мне пришла в голову абсурдная на первый взгляд идея: скрыть несуществующую фигуру, как могла бы замаскировать свое настоящее тело обыкновенная взаправдашняя женщина. Туго забинтовать иллюзорный бюст, соорудить накладные бока, чтобы скрыть разницу в объеме талии и бедер, немного тряпья в районе плеч... Черт, стоит хотя бы попробовать! Я вовсе не был уверен, что прогулка одинокой девушки по ночному Кеттари — такое уж опасное мероприятие, но решил, что, став фальшивым мужчиной, буду чувствовать себя несколько более уверенно, чем оставаясь фальшивой женщиной... Ох, я совсем запутался.

Через полчаса я опасливо глянул в зеркало. Получилось совсем неплохо. Гораздо лучше, чем я смел надеяться. Разумеется, юноша в зеркале совершенно не напоминал моего хорошего знакомого Макса, тем не менее пол этого существа не вызывал особых сомнений. Мальчик — он и есть мальчик. Натуральный.

Внезапно мне вспомнился рассказ леди Сотофы о зелье, которым она меня напоила. «Чудная половина» или «дивная»...

что-то в таком роде. «Ты останешься тем, кто ты есть, а людям будет казаться совершенно другое», — вот что она сказала. Уж не значит ли это, что я просто и легко могу казаться тем, кем хочу казаться? По всему выходило, что так. Что ж, тем лучше. Значит, никаких особых недоразумений не предвидится.

Перед тем как выйти из дома, я засунул руку под свою волшебную подушку. Один окурок — слишком жалкая порция на долгую, полную впечатлений ночь. Через несколько минут я потрясенно разглядывал полупустую пачку с изображением симпатичного верблюда. Целых шесть сигарет «Кэмел». Целехоньких! Я благодарно поднял глаза к потолку.

— Дорогой Бог! — торжественно сказал я. — Во-первых, ты все-таки есть. А во-вторых, ты — отличный парень. И мой лучший друг.

А потом я вышел из дома и нырнул в черный ментоловый ветер кеттарийской ночи. Ноги сами понесли меня на другой берег по крошечному каменному мостику с мордами причудливых драконоподобных зверюг на перилах. Честно говоря, я даже не пытался сделать вид, будто занимаюсь делом, а просто гулял и наслаждался. Чудо должно было найти меня само, по словам сэра Джуффина Халли. «Вот пусть оно ищет, — думал я, — а я тем временем немного поброжу по городу».

У меня нет слов, чтобы описать эту ничем не примечательную, но невыразимо чудесную прогулку. Мой болтливый язык совершенно не способен говорить о по-настоящему важных вещах. Я обошел десятки улиц, выпил не один кувшин камры и несколько стаканов разных странных напитков, горячительных и не слишком, в крошечных забегаловках, открытых по ночам. Эти заведения напоминали мне наши бистро: в отличие от столичных ночных трактиров, здесь не подавали горячих блюд, только напитки, бутерброды и прочий мелкий съестной мусор.

Я бесшумно открывал садовые калитки, заходил в темные дворики и курил там, глядя на огромную зеленоватую луну, сиявшую в пронзительно черном небе. В одном дворике я напился из маленького фонтанчика, в другом сорвал несколько крупных кисло-сладких ягод с какого-то пышного низкорослого кустика. Рассвет застал меня на том же самом мостике, с которого началась прогулка. Я был готов расцеловать смешную драконью морду, тупо глазевшую на меня с перил, но решил, что это будет чересчур. Посему просто вернулся домой, разделся и сладко заснул прямо в гостиной, свернувшись клубочком на низеньком коротком диванчике.

Проснулся я довольно рано. Насколько можно было верить солнцу, приближался полдень. Чувствовал я себя так, словно мне сделали хорошую клизму из бальзама Кахара. Лонли-Локли, разумеется, не было. «Интересно, сколько же это будет продолжаться? — изумился я. — День? Год?» После некоторых колебаний я послал ему зов.

«У тебя все в порядке, Шурф?»

«Да, только я немного занят, так что поговорим позже. Ты уж не обижайся».

— Занят он, видите ли. Хотел бы я знать чем... — ворчливо сообщил я потолку. Впрочем, любопытство — чувство куда более приятное, чем беспокойство.

Избавившись от главной заботы, я решил, что мне срочно требуется позавтракать. Мой аппетит значительно превосходил свои обычные скромные утренние возможности. Немного подумав, я решил, что при свете дня по Кеттари может погулять и леди Мерилин — к чему мне лишние хлопоты с переодеванием? Так что вскоре эта милая девушка до глубины души потрясла хозяйку маленького ресторанчика «Старый стол», быстренько умяв порцию, отвечающую представлениям оголодавшего сэра Макса о хорошем обеде.

А потом леди Мерилин отправилась по магазинам. Магистры с ними, с коврами, но мне требовалась карта Кеттари. Во-первых, она вполне могла понадобиться для дела, а во-вторых, я не мог сделать себе лучшего подарка.

Я купил маленькую толстую картонку с изумительно нарисованным планом Кеттари, уселся за столик крошечного безымянного трактира, потребовал камры и с удовольствием принялся рассматривать свое приобретение. Разумеется, прежде всего я разыскал собственный дом, полюбившийся мне мостик с драконьими мордами, трактир «Деревенский Дом» на Веселой площади — ха, это местечко вполне оправдывало свое название, если вспомнить, как там резвился Лонли-Локли!

Покончив с камрой, я отправился дальше. Я был влюблен в мосты Кеттари и собирался пересечь Миер — так, оказывается, называлась эта темная речка — раз двести.

На этот раз я перешел на другой берег по большому каменному мосту, напоминавшему скорее крышу какой-то подводной крепости. Покружил немного по городу, пытаясь отыскать места, приглянувшиеся мне ночью. В очередной раз понял, что темнота полностью преображает мир: мне не удалось узнать ни одной улочки. Подумав об этом, зашел в крошечную лавку, купил тонкий, почти игрушечный карандаш и тут же отметил на новенькой карте свой маршрут. Решил, что неплохо будет повторить этот путь в темноте.

Покончив с делом, я огляделся. Лавчонка была битком набита прекрасными бесполезными вещицами, близкими родственниками антикварных безделушек, приобретая которые, я без особых усилий пускал на ветер бо́льшую часть неправдоподобных сумм, причитавшихся мне за удовольствие находиться на Королевской службе. Я мечтательно пошарил по карманам.

Увы, я был не так уж богат. Почти все наши деньги находились в мешочке, который был накрепко приторочен к поясу Лонли-Локли. Еще вчера это казалось самым надежным местом для их хранения. А у меня в лоохи была какая-то мелочь, с десяток корон, не больше. Вообще-то любой столичный обыватель счел бы это целым состоянием, но только не такой зарвавшийся нувориш, как я. Почти тридцать лет скромной жизни не пошли мне на пользу, и сейчас я переживал затяжной период патологического мотовства. Пожав плечами, я растерянно огляделся. Уйти из такой дивной лавки без единого сувенира было просто невозможно! Тем более что мне на глаза попалась еще одна карта Кеттари, вышитая на тонком кусочке кожи.

— Сколько стоит эта ерундовина? — небрежно спросил я у внимательно наблюдавшего за мной хозяина.

— Всего три короны, леди, — нахально заявил тот.

Цена неслыханная. Вещи, сделанные в Эпоху Кодекса, даже в столице обычно дешевле.

— Ой, можно подумать! — прищурился я. — А мне почему-то кажется, что и одной будет многовато. Но одну я, пожалуй, заплачу. Я еще и не такие глупости иногда делаю.

Хозяин изумленно посмотрел на меня. Я весело подмигнул ему и продемонстрировал их фирменный кеттарийский знак: два удара по кончику носа указательным пальцем правой руки. Похоже, здесь это был наилучший выход из любого положения. Дело тут же уладилось.

Через несколько минут я уже сидел в очередной забегаловке, пытался побороть новую порцию камры и разглядывал свою покупку.

Я никогда не отличался особой наблюдательностью, скорее, наоборот. Если бы не привычка начинать изучение карты незнакомого города с попытки найти собственное жилье, я бы наверняка ничего не заметил. Мне ужасно повезло с идиотскими привычками — некоторые из них приносят немалую пользу.

На этой карте вовсе не было Старой Набережной. Зато имелась Прохладная Набережная, каковой, кажется, не было на той картонке, которую я приобрел полчаса назад. Я положил две карты рядышком и внимательно присмотрелся. Похожи, очень похожи, но... Помимо названия полюбившейся мне набережной, было еще несколько различий. Я изумленно покачал головой. Судя по всему, правильной была именно первая карта — все же я сверял с ней свой маршрут.

Я допил камру и вышел на улицу. Внимательно прочитал табличку. «Круглый переулок». Отлично, посмотрим. Я уткнулся носом в свои покупки. На этот раз с кусочком кожи все было в полном порядке, Круглый переулок там присутствовал. А вот картонка сообщала, что на этом месте должна находиться улица Семи Трав. Очень мило.

«Кажется, эта чертова тайна уже встала на мой след, — удрученно подумал я. — Грешные Магистры, подобная топографическая путаница не для такого растяпы, как я! Это для какого-нибудь обнюхавшегося кокаина мистера Шерлока Холмса. Он из книжки, он все может, а я живой и глупый. На худой конец, эта задачка по силам зануде Лонли-Локли, который, увы, обожает курить марихуану и бессовестно прокучивать казенные деньги в каких-то ужасных туземных притонах».

Всемогущим небесам, разумеется, мои возражения были до задницы. И их можно понять.

Я отправился дальше. Теперь меня интересовали исключительно книжные лавки и магазинчики, торгующие сувенирами. Покупать карты города всяко проще и приятней, чем в них разбираться.

На закате я понял, что чертовски устал и зверски проголодался. Оглядевшись, обнаружил, что стою перед вывеской «Сельская кухня». Трактир располагался на углу Высокой улицы и улицы Рыбьих Глаз (за этот день я успел стать большим педантом во всем, что касалось кеттарийской топонимики), так что входов в него тоже было два. Дверь за углом явно считалась парадным входом — ее украшало красочное изображение старой леди богатырского сложения, вооруженной устрашающей шумовкой. Та дверь, перед которой я остановился, понравилась мне куда больше. Это была обыкновенная деревянная дверь, увитая какой-то местной разновидностью дикого винограда. Я решительно потянул дверь на себя. Она не поддавалась. «Придется проходить мимо той людоедки!» — огорчился я. Но через несколько секунд до меня дошло, что облюбованная мною дверь просто открывается в другую сторону. Это одно из самых дурацких свойств моего организма: всегда мучаюсь с незнакомыми (а порой и с хорошо знакомыми) дверьми.

Справившись с дверью, я вошел в почти пустой обеденный зал, быстренько выбрал самый дальний столик и с удовольствием плюхнулся в мягкое кресло, здорово напоминавшее мое собственное кресло в Доме у Моста.

Жизнерадостная полная леди тут же появилась откуда-то из-за моей спины и наградила меня увесистым талмудом. Я уважительно покачал головой: такое объемистое меню водилось далеко не в каждом столичном ресторане!

— Принесите мне кувшин камры, — попросил я. — Думаю, мне предстоит провести немало времени за чтением этой прекрасной книги.

— Непременно принесу, — приветливо улыбнулась хозяйка. — Камры и еще чего-нибудь покрепче, как вы полагаете, леди?

— Если я выпью что-нибудь покрепче, я засну в этом кресле, не дожидаясь ужина. Мне бы чего-нибудь бодрящего.

Бутылка с бальзамом Кахара благополучно покоилась в моей дорожной сумке, в доме номер двадцать четыре по Старой Набережной, которую я обнаружил только на шести из одиннадцати приобретенных мной карт Кеттари. Это не внушало особого оптимизма.

— Очень рекомендую бальзам Кахара, — оживилась хозяйка. — С тех пор как в столице вышло послабление для поваров, мы закупаем там этот волшебный напиток. Знаете, каковы его свойства?

— Еще бы.

В самом деле, кому и знать, как не мне. Что ж, кажется, я обнаружил лучшую «паршивую забегаловку в этом сумасшедшем городке», как сказал бы сэр Джуффин Халли. Мне здорово повезло.

Хозяйка удалилась, я уткнулся носом в меню. Через несколько минут понял, что названия блюд не содержат абсолютно никакой полезной информации. Сплошная абстрактная поэзия, вурдалаков им всем под одеяло! Поэтому я дождался возвращения хозяйки и объявил, что мне требуется большая порция чего-нибудь вкусного. После долгой беседы мы выяснили, что мне требуется порция «поцелуев ветра». Возражать против такого заявления я не решился даже после того, как мне сообщили, что искомое блюдо будет готово не раньше, чем через полчаса. Со мною вообще очень легко договориться.

Я перевел дух, выпил чашку камры, бережно пригубил бальзам Кахара, воспрянул духом и огляделся. Мне ужасно хотелось закурить. Оставалось понять, насколько это реально. Наблюдения показали, что небеса по-прежнему на моей стороне.

Зал был почти пуст. Если быть точным, кроме меня там находился еще один посетитель. Он сидел за столиком у окна с видом на диковинный фонтан с разноцветными струйками, задумчиво ссутулившись над местным вариантом шахматной доски. Я никогда не умел играть в шахматы, но разница была очевидна даже для меня: фигур раза в два больше, а доска расчерчена на треугольники и раскрашена в три цвета. Похоже, этот дядя так углубился в свои интеллектуальные проблемы, что в его присутствии можно было не только выкурить сигарету из другого Мира, но и устроить продолжительный сеанс стриптиза. Так что я махнул рукой и закурил. Даже безупречный сэр Лонли-Локли расслабился в дивном городе Кеттари, а я чем хуже?

После великолепного ужина («поцелуи ветра» оказались крошечными котлетками из какого-то нежного мяса) я позволил себе допить остатки благословенного бальзама и разложил на столе свои трофеи. Еще раз внимательно изучил все одиннадцать вариантов Кеттари. К моему величайшему изумлению, и Высокая улица, и улица Рыбьих Глаз, и сама «Сельская кухня» обнаружились на всех одиннадцати картах. Это совпадение изумило меня еще больше, чем огромное количество несоответствий, обнаруженных прежде. Не имея особенного доверия к собственной внимательности, я снова уткнулся носом в крошечные буковки. Может быть, все с самого начала было в порядке, и это просто я такой идиот? Но нет, найденные мною ляпы по-прежнему имели место... Я вздохнул. Все-таки лучше дождаться возвращения блудного Лонли-Локли и свалить эту проблему на его могучие плечи.

— Да не мучайся ты так, сэр Макс. Это не имеет никакого значения. И кстати, ты раздобыл далеко не все варианты.

От неожиданности я подавился остатками камры и позорно раскашлялся. «Шахматист», о ненавязчивом присутствии которого я успел позабыть, смотрел на меня с самым дружелюбным сочувствием.

— Это все проклятые мосты, — добавил он таким тоном, словно делился со мной маленькой семейной неприятностью. — Никак не могу привести их в порядок!

Я молча уставился на этого общительного господина. Кажется, он сказал «сэр Макс»? Да нет, мне послышалось. Разумеется, мне послышалось! Моя леди Мерилин была самой безупречной иллюзией, лучшим творением сэра Кофы Йоха, нашей общей гордостью.

«Шахматист» лукаво улыбнулся в рыжеватые усы, поднялся со стула и направился к моему столику. У него были удивительно легкая походка и удивительно непримечательное лицо, которое я так и не смог запомнить. Зато эту походку я наверняка узнаю и через тысячу лет.

— Меня зовут Махи Аинти, — мягко сказал он, усаживаясь в соседнее кресло. — Сэр Махи Аинти, старый шериф Кеттари. Дошло?

Мое сердце бухнулось об ребра и пошло по своим делам куда-то в направлении пяток. Я молча кивнул. Ручка моего кресла жалобно хрустнула под впившимися в нее пальцами.

— Не нужно так волноваться, — улыбнулся сэр Махи Аинти. — Ты не поверишь, сэр Макс, если узнаешь, как долго я ждал этой встречи!

— Долго? — изумленно спросил я.

— Да, довольно долго. Но это не имеет особого значения. Я очень рад тебя видеть. Ты представить себе не можешь, насколько я рад!

— Вы рады?

Я ничего не понимал. Меня ждали, мне рады... Как это может быть, откуда он вообще обо мне знает? Насколько мне известно, сэр Джуффин Халли не вел трогательную переписку со своим первым учителем.

— Ладно, если ты вбил себе в голову, что тебе необходимо поудивляться, я, пожалуй, вернусь к своей доске, — сказал сэр Махи Аинти. — Когда покончишь с удивлением, позовешь.

— Да не стоит вам ходить туда-сюда, я все делаю быстро, — смущенно улыбнулся я. — Разумеется, человек, который в свое время учил уму-разуму сэра Джуффина Халли, должен быть в курсе всего на свете, в том числе и...

— Молодец, соображаешь. Знаешь, мы с Мабой поспорили...

— А разве сэр Маба Калох здесь?

— Ну, как тебе сказать. В данный момент, кажется, нет. Впрочем, с Мабой никогда нельзя ничего сказать наверняка... Да, так мы с ним поспорили насчет тебя, и оба не угадали. Я вообще не был уверен, что ты сюда когда-нибудь зайдешь, а потому собирался сам нанести тебе визит. А Маба меня отговаривал. Он считал, что через дюжину-другую дней ты все-таки доберешься до «Сельской кухни». Но так скоро мы тебя не ждали, это точно. Ты хоть сам-то знаешь, какой ты везучий?

— Сэр Джуффин регулярно мне об этом сообщает. Правда, у меня есть целый ряд контраргументов, но они не в счет, я полагаю?

— Правильно полагаешь. Вы, счастливчики, все такие. Ты и родился-то чудом, ты в курсе?

Я удивленно помотал головой. До сих пор мне казалось, что история моего зачатия — весьма банальная штука.

— Подробности тебе ни к чему, но можешь принять к сведению. Ладно, все это пустяки. А ты, похоже, хочешь закурить?

Я кивнул. Проблема состояла в том, что моя шкатулка опустела, а чудесная подушка находилась дома.

— Маба оставил тебе подарок. Он просил передать, что ты очень быстро учишься, так что это скорее не подарок, а заслуженная награда.

Махи протянул мне целую пачку моих самых любимых сигарет, с тремя золотыми пятерками на желтом фоне.

— Суперприз! — воскликнул я. — Вы были абсолютно правы, сэр Махи, я действительно самый везучий человек во Вселенной.

— Почти, — рассеянно кивнул мой собеседник. — Чем бы мне тебя еще угостить? Думаю, что хорошая порция чего-нибудь ностальгического... Геллика!

Улыбчивая хозяйка снова появилась откуда-то из-за моей спины, молча поставила на наш стол поднос с чашками и исчезла, быстро и бесшумно, как тень.

— Она и есть тень, — согласился с моими мыслями сэр Махи. — Но очень милая тень... Ну как, ты рад?

Я молча смотрел на чашку. Этот запах... Камра, конечно, отличная вещь, я могу выпить несколько кувшинов кряду, и все такое, но запах хорошего кофе...

— Я сейчас запла́чу, — доверительно сообщил я. — Всю жизнь был уверен, что никогда не буду тосковать по родине, но кофе... Сэр Махи, я ваш вечный должник.

— Ну уж и должник! Никогда не бросайся такими словами. Это весьма опасно, особенно в твоем случае. Твои слова иногда обладают особой силой, и некоторые желания тоже. Они сбываются, знаешь ли. Думаю, этому Миру предстоят веселенькие времена, если в ближайшее время ты срочно не станешь старым и мудрым. Впрочем, ни первое, ни второе тебе пока не грозит, в этом я уверен.

— Грешные Магистры, сэр Махи, вы всегда говорите загадками?

— Иногда. В остальное время я вообще молчу. Так что терпи.

— Запросто, — кивнул я, жадно отпив хороший глоток кофе. — Сейчас я еще закурю. И делайте со мной, что хотите, я на все согласен.

— Так уж и на все. Кстати, у тебя не слишком развито чувство долга, я полагаю. Джуффин на твоем месте уже успел бы задать мне дюжину вопросов, сделать пару миллионов выводов, ну и так далее. Ты не собираешься подвергать меня допросу, дабы уяснить таинственную судьбу Кеттари?

Я пожал плечами.

— Я знаю, что в данный момент у меня глупые глаза красивой девушки. Отчасти это соответствует действительности, но все же я не такой идиот, чтобы вас допрашивать. Все равно вы расскажете только то, что считаете нужным. А это вы расскажете и без всяких расспросов. Кроме того, я скорее всего ничего не пойму из ваших мудрых объяснений, так что...

— Молодец! — обрадовался сэр Махи. — Джуффину можно только позавидовать. С тобой удивительно легко иметь дело.

— Мне тоже так кажется, — согласился я. — Но раньше я таким не был. Много хорошей еды и шуточки сэра Джуффина Халли кого угодно сделают ангелом.

— Шуточки Джуффина? Забавно. В свое время он был самым угрюмым парнем в Кеттари. Я угробил лет двести на то, чтобы научить его хотя бы улыбаться.

Я недоверчиво уставился на сэра Махи.

— Делать мне больше нечего — сидеть тут с тобой и врать. Ты думал, он так и родился старым, мудрым, веселым да еще и с золотой ложкой во рту в придачу? Это мы с тобой счастливчики — о моей юности сплетничать уже некому, а ты взрослеешь так быстро, что твои глупости просто не успеют надолго запечатлеться в чьей-нибудь памяти. Ладно, пей эту свою странную жидкость. Можешь не экономить, если захочешь добавки, будет тебе и добавка. Сегодня твой день. Я должен загладить свою вину: по моей милости ты чуть не рехнулся с этими картами Кеттари. Никогда бы не подумал, что ты можешь заметить.

— Случайно. Дурацкая привычка отыскивать на карте собственный дом.

— Все равно молодец. Вот только зачем было так нервничать? Еще одна дурацкая привычка?

— Ага! Кстати, вы обещали добавку.

— Ты все делаешь так быстро, парень?

— Нет. В уборной я, как правило, сижу подолгу.

— И то хлеб. Хоть что-то ты делаешь вдумчиво и со вкусом, — сэр Махи лениво спрятал улыбку в рыжеватых усах.

Я снова не понял, откуда появилась хозяйка с новым подносом. Впрочем, тень — она и есть тень.

— Ладно, — сказал я, с удовольствием приступая к новой порции, — кажется, традиции требуют, чтобы я все-таки задал очевидный вопрос: что происходит с Кеттари?

— У тебя самого была отличная версия. — Махи взял мою чашку, пригубил кофе и с отвращением вернул ее на место. — Ты уверен, что это действительно можно пить? Ты не заболеешь?

Я помотал головой. И с любопытством спросил:

— Вы имеете в виду то, что я рассказал Лонли-Локли? Ну, насчет «того света» и что кроме этого существуют и другие Миры, да?

— Разумеется. У меня нет никаких принципиальных возражений. Кеттари действительно больше не существует. Вернее, существует, конечно, как ты сам можешь убедиться, но не там, где ему положено, и не совсем так, как это принято.

— А местные жители? Они показались мне довольно обычными людьми.

— Они и есть «довольно обычные люди», как ты выражаешься. Правда, им в свое время довелось умереть, но ненадолго и... «понарошку», да? У тебя в арсенале есть отличное словечко, надо будет запомнить!.. В общем, горожане не в курсе. Они уверены, что по-прежнему живут в Соединенном Королевстве, и у них нет особых поводов для сомнений. Видишь ли, они всегда могут поехать куда захотят. Они могут даже приглашать к себе родственников. Вот только все знают, что лучше выехать навстречу гостю, чтобы он не заблудился. Есть такое небольшое неудобство, поскольку дороги вокруг Кеттари находятся в ужасном состоянии со времен Великой битвы за Кодекс, — ну и так далее. Поэтому, выезжая из Кеттари, необходимо иметь при себе хороший охранный амулет. Разумеется, никакой это не амулет, а своего рода «проводник», ключ от Двери между Мирами. Думаю, тебе нравятся подобные метафоры?

— Нравятся, — согласился я. — Так что, я угадал? Кеттари — это уже совсем другой Мир, как моя «историческая родина»?

— Ну, не совсем как твоя родина. Ты-то родился в настоящем месте. В довольно странном, но совершенно настоящем. А Кеттари... Как бы тебе объяснить? Кеттари — это начало нового Мира, который когда-нибудь станет настоящим. Начало — всегда странная штука. Кстати, можешь попробовать выйти погулять за городские ворота. Очень рекомендую. Для тебя эта прогулка совершенно безопасна, а когда еще представится возможность заглянуть в настоящую пустоту.

— Вы это серьезно?

— Еще бы не серьезно. Непременно прогуляйся. Только один, ладно?

— А я сейчас как раз один. Меня вероломно бросили.

Сэр Махи улыбнулся, кажется, довольно ехидно.

— Сам виноват. Тебе еще повезло, что твой друг такой крепкий парень. Наркотические вещества одного Мира порой оказывают самое неожиданное воздействие на обитателей других Миров. По своему опыту мог бы понять, между прочим. Что с тобой творилось после того, как ты съел всего-то полтарелки безобиднейшего супа Отдохновения?.. Впрочем, он скоро будет в порядке, можешь не переживать.

— Да я и не переживаю. А почему вы обо мне столько всего знаете, сэр Махи? Нет, я понимаю, что для вас это — плевое дело, но зачем?..

— Как это — «зачем»? В конце концов ты случился в жизни Джуффина. Ты его ученик, так что для меня ты что-то вроде внука, извини уж за терминологию. Но это действительно похоже на семейные отношения, только не так противоестественно.

Я понимающе улыбнулся.

— Ладно. На сегодня хватит, — неожиданно решил сэр Махи. — Сперва прогуляйся за городом, а потом возвращайся сюда, продолжим нашу милую семейную вечеринку. А не то я, чего доброго, расскажу больше, чем способна вместить твоя горемычная голова.

— Тоже верно.

Я не знал, радоваться мне или огорчаться внезапному окончанию беседы. Но, пожалуй, мне действительно был необходим небольшой тайм-аут.

— Только объясните ради Магистров: как мне вернуться домой? Я имею в виду, какая из этих грешных карт все-таки не врет?

— Они все не врут, — пожал плечами Махи. — Дело в том, что у меня до сих пор не дошли руки до того, чтобы привести в порядок этот городок. Я никак не мог точно вспомнить, каким Кеттари был в действительности, поэтому их до сих пор несколько, а мосты соединяют эти обрывки моих воспоминаний. Видишь ли, мне пришлось создавать Кеттари заново, поскольку настоящий действительно был разрушен. Это печальная история, свидетелей которой не осталось среди живых.

— Какой-нибудь мятежный Магистр? — понимающе спросил я.

— Разумеется. И не «какой-нибудь», а лучший из лучших. Лойсо Пондохва, Великий Магистр Ордена...

— Водяной Вороны! — закончил я, не сдержав улыбку.

— Посмотрел бы я, как бы ты улыбался при встрече с Лойсо. Хотя... Возможно, ты действительно мог бы продолжать улыбаться. — Сэр Махи пожал плечами. — Лойсо Пондохва был тот еще экземпляр! До сих пор поражаюсь, как Джуффину удалось убить это чудо из чудес? Или я просто привык считать его молодым и глупым? Наверное, с учениками всегда так. Полагаю, что с детьми тоже... Ладно, что касается твоего на редкость практичного вопроса, тут все очень просто. «Сельская кухня» есть на всех картах, так?

— Так.

— Еще бы! Это был мой любимый трактир на протяжении прекрасных спокойных столетий. Можно было бы сказать, что здесь прошли лучшие годы моей жизни, но настоящее всегда представляется мне более привлекательным, чем прошлое. Так что отсюда ты без проблем можешь добраться куда хочешь. Просто воспользуйся любой картой, на которой есть твой дом, — и вперед! Мосты сами приведут тебя куда надо.

— Здорово, — сказал я. — Ох, чует мое сердце, придется мне все-таки разыскать Лонли-Локли. Вдруг он...

— Не волнуйся, твой друг не пересекал ни одного моста. Боле того, он даже не покидал «Деревенский Дом».

— Ничего себе. Это у него называется «развлекаться»? Что же он там делает все это время? Ест?!

— Он тебе сам расскажет. Не занимайся ерундой, Макс.

— Заниматься ерундой — это как раз то, что я очень хорошо умею делать, — улыбнулся я. — Я крупный специалист в этом вопросе, могу дать платную консультацию всем желающим. Спасибо, сэр Махи! Вам за кофе, сэру Мабе — за сигареты. Я и надеяться не смел на такой прием.

— Мы тут ни при чем, — пожал плечами сэр Махи Аинти, — все дело в тебе. Ты всегда получаешь все что хочешь — рано или поздно, так или иначе. Между прочим, это очень опасное свойство. Ну да ничего, выкрутишься.

— Вообще все? — изумленно спросил я.

— Вот именно. Но не забывай: рано или поздно, так или иначе. Это меняет дело, правда?

— Правда, — вздохнул я. — Как я понимаю, я могу прийти сюда в любое время?

— Ты? Ты можешь, это точно, — уверенно сказал сэр Махи. — Доброй ночи, леди Мерилин.

— Что? — изумился я. — Ах, ну да, конечно. Спасибо, что напомнили. Хорошей ночи, сэр Махи.

Я вышел на улицу и растерянно огляделся по сторонам. А потом вооружился первой попавшейся картой и отправился домой. Мне было необходимо собраться с мыслями, а главное — убедиться, что мой дом действительно существует.

Разумеется, никаких проблем не возникло. Мосты сами сделали свое дело, как и обещал сэр Махи Аинти, который, судя по всему, не имел дурной привычки бросать слова на ветер.

Устроившись поудобнее в полюбившемся мне кресле-качалке, я закурил — неожиданное богатство сделало меня расточительным. Смысл всего сказанного сэром Махи постепенно доходил до меня. Пожалуй, слишком медленно, но сейчас я предпочел бы быть еще более тупым. Голова шла кругом, в ушах противно звенело, мир состоял из миллиона крошечных светящихся точек, а мысли... ох, о моих тогдашних мыслях лучше просто умолчать.

«Макс, — серьезно сказал я себе, — я тебя очень люблю, я просто жить без тебя не могу, поэтому держи себя в руках, ладно? Что бы ни творили всякие там могущественные создатели Миров, это не повод сходить с ума, ясно?»

Ужасно глупо говорить с собой вслух, но это помогло, как не раз помогало и раньше. Я взял себя за шиворот и повел умываться. Литров двадцать холодной воды на слишком разгоряченную голову — вот моя старая проверенная панацея от всех бед.

Вернувшись в кресло-качалку, я снова закурил и с удовольствием отметил, что гостиная выглядит так, как ей положено выглядеть. Никаких дурацких светящихся точек, нормальные человеческие пол, потолок и четыре стены.

— О'кей, — весело сказал я вслух, — теперь тебя можно отпускать куда угодно, дорогуша. Хоть в «Деревенский Дом» на поиски заблудшего Лонли-Локли, хоть за городские ворота, созерцать «абсолютную пустоту» или что там еще я должен обнаружить. Подозреваю, что тебя гораздо более привлекает первый маршрут, но сэр Махи весьма настаивал на втором, так что...

Я заткнулся, поскольку в этом монологе был ощутимый привкус безумия, примирительно улыбнулся отражению леди Мерилин, уставившемуся на меня из большого старинного зеркала, а потом решительно поднялся с места и вышел из дома. Ноги сами понесли меня куда-то в неизвестном направлении, от невероятных мостов и узкой темной морщинки Миера к городским воротам — разумеется, куда же еще могли так спешить эти вконец рехнувшиеся конечности? По всему выходило, что мне больше ничего не оставалось.

Минут через сорок я уже шагал вдоль старинной городской стены, такой высокой, словно жители Кеттари пытались перегородить небо и только после многих столетий упорного труда оставили наконец это безнадежное занятие. Ворота я нашел быстро. Слишком быстро на мой вкус, поскольку страх был куда сильнее любопытства, и только чувство обреченности толкало меня на эту экскурсию.

Так что я вышел за ворота, как когда-то нырял вниз головой в море с высоченной скалы — просто потому, что так надо. Но вместо ожидаемого оскала пустоты с облегчением обнаружил там массивные силуэты знаменитых деревьев вахари, еще более черные, чем небо. Я благодарно посмотрел на зеленый диск луны, почти идеально круглый, — он поможет мне в этой прогулке, вовсе не такой страшной, как я предполагал.

Я шел по широкой дороге. Вне всяких сомнений, это была та самая дорога, по которой наш караван вчера ехал в Кеттари. Я просто шел вперед, с удовольствием осознавая, что мое настроение становится все лучше, а глупые детские страхи шустрыми мышатами разбегаются по темным норкам дурацкого подсознания. До поры до времени, конечно, но и это неплохо.

Черт его знает, как долго продолжалась эта восхитительная тренировка по спортивной ходьбе и удалось ли мне поставить какой-нибудь олимпийский рекорд, но внезапно я понял, что уже светает, резко притормозил и ошеломленно уставился на небо. Вряд ли было больше полуночи, когда я вышел из дома, хотя... «Ты всерьез веришь, что с твоим чувством времени все в порядке, дорогуша? — весело спросил я себя. — После поучительной беседы с сэром Махи Аинти и твоих жалких попыток не рехнуться под грузом всей этой бесценной информации? Молчи уж, горе мое».

Я огляделся, и сердце снова отчаянно громыхнуло о ребра — скорее от радости, чем от ужаса, хотя было тут и то и другое. В нескольких метрах от меня маячила посадочная площадка канатной дороги, а впереди... Город в горах, дивный, почти безлюдный город из моих снов. Это были силуэты его массивных домов и хрупких, почти игрушечных башенок. И знакомый мне белый кирпичный дом на окраине, на крыше которого даже в безветренную погоду крутился флюгер в форме попугая. Этот фантастический город вдруг оказался совсем близко, и можно было воспользоваться канатной дорогой, единственным средством муниципального транспорта, как я отлично помнил. А еще я помнил, что никогда не боялся высоты, сидя в не внушающей особого доверия хрупкой кабинке.

Я с облегчением рассмеялся, забрался в медленно проплывающую мимо меня кабинку, а через десять минут уже стоял на узенькой кривой улочке, отлично знакомой мне с детства. «Меламори, — грустно подумал я, — вот бы где нам с тобой погулять напоследок. Такое чудо — и мне одному. Я же лопну. Это слишком много для меня!»

Но я не лопнул, разумеется.

Я знал этот город лучше, чем тот, в котором родился. И лучше, чем Ехо, еще один город из снов, который теперь стал моим, уютным и бесконечно любимым. Но только теперь я чувствовал, что вернулся домой. Наконец-то вернулся сюда не во сне, а наяву. По-настоящему.

Я не слишком хорошо помню подробности этой головокружительной прогулки. Кажется, я добросовестно обошел весь город, название которого так и осталось для меня загадкой. Он не был безлюдным, мне навстречу то и дело попадались прохожие. Их лица казались знакомыми, некоторые приветливо здоровались со мной странными гортанными голосами, а я ничему не удивлялся.

Помню, как, не чуя под собой ног от усталости, уселся за столик какого-то уличного кафе, и мне принесли крошечную чашечку крепкого турецкого кофе, в нескольких сантиметрах над которой парило облачко сливок. Их можно было есть, а можно было оставить и любоваться. Я достал сигарету и машинально щелкнул пальцами. Аккуратный зеленоватый огонек вспыхнул вблизи от моего лица, сигарета задымилась, я пожал плечами. Привыкнуть к чудесам — плевое дело, просто они должны случаться так же часто, как и прочие события.

А потом я отправился дальше, пересек пустынный английский парк («Грешные Магистры, это местечко уже из совсем другого сна!» — равнодушно изумился я) и вскоре увидел одиннадцать деревьев вахари у городских ворот. Крошечный розовый мячик солнца аккуратно покоился на линии горизонта. «Но ведь рассвело так давно», — подумал я. Попытался удивиться по этому поводу, но у меня ничего не вышло. Я так устал, словно моя прогулка длилась несколько дней, а не... Черт, а действительно, сколько я шлялся? Впрочем, сейчас мне было абсолютно все равно. Домой и спать, спать, спать, гори оно все огнем!

В гостиной меня ждал сэр Шурф Лонли-Локли, строгий и печальный.

— Я очень рад видеть тебя живым и здоровым, — искренне сказал он. — Когда я вернулся домой, твое отсутствие не показалось мне странным: в конце концов мы приехали сюда заниматься делом. Но на следующий день...

— Что? — изумленно переспросил я. — «На следующий день»? Грешные Магистры, сколько же меня не было?

— Это зависит от того, когда ты ушел. Я жду тебя уже четыре дня, но я сам некоторое время отсутствовал.

— Все ясно, — жалобно сказал я. — Какой уж тут сон! Сначала надо разобраться. Где моя единственная радость в этой жизни? Где моя милая маленькая бутылочка?

— В твоей дорожной сумке, я полагаю, — пожал плечами Лонли-Локли. — А твою дорожную сумку я после некоторых размышлений убрал в стенной шкаф, поскольку ты умудрился оставить ее точно в центре гостиной. Сперва я решил, будто ты специально измерил комнату, чтобы найти подходящее место для своей сумки, но потом вспомнил, что это не в твоих привычках, и позволил себе навести некоторый порядок.

— Сэр Шурф, какая прелесть! — я сделал хороший глоток бальзама Кахара. Усталость как рукой сняло. — Старый добрый сэр Шурф, который не называет меня «леди Мерилин» и не ржет, как сумасшедшая лошадь, но тем не менее продолжает обращаться ко мне на «ты». Наверное, я просто умер и попал в рай.

— Думаю, что называть тебя «леди Мерилин» уже бессмысленно. Равно как бессмысленно обращаться на «вы» к человеку, которому пришлось познакомиться с...

— С очень милым вариантом Шурфа Лонли-Локли, — рассмеялся я. — Все к лучшему, эти «выканья» всегда доставали меня бесконечно. Но что ты сказал насчет леди Мерилин?

— Посмотри на себя в зеркало, Макс. В Кеттари, хвала Магистрам, не так уж много людей, знающих тебя в лицо. Но думаю, выбираться отсюда нам придется без каравана.

Я изумленно уставился в зеркало. Оттуда выглядывала чья-то растрепанная и ужасно усталая физиономия. Ох, да не «чья-то», а моя собственная! Кажется, я уже начал забывать, как выглядел раньше. К тому же чересчур долгая прогулка, мягко говоря, не улучшила мой цвет лица.

— Ужас, — честно сказал я. — На кого я похож! Всю жизнь был уверен, что такой симпатичный, а тут... Но где же я потерял мордашку леди Мерилин?.. Впрочем, чего гадать — кроме меня это вряд ли кто-то знает, а я понятия не имею. Скажи лучше, сэр Шурф, ты, наверное, провел эти дни не самым лучшим образом? Я, конечно, должен был послать тебе зов, но я был уверен, что отсутствовал всего лишь одну ночь.

Лонли-Локли равнодушно пожал плечами.

— Не знаю, где ты был, но я несколько раз пытался с тобой связаться, и...

— И?

— Абсолютно безуспешно, как ты сам, наверное, догадываешься. Но я знал, что ты жив, поскольку, видишь ли, встал на твой след. Я делаю это не так хорошо, как леди Меламори, но все же умею. След живого человека весьма отличается от следа мертвеца, так что за твою жизнь я был вполне спокоен. Долг вынудил меня пройти по твоему следу, хотя с самого начала я догадывался, что не должен вмешиваться в твои дела. След привел меня к городским воротам, а потом я был вынужден вернуться домой, поскольку почувствовал, что не могу идти за тобой дальше. Очень неприятное ощущение, не хотел бы я еще раз его испытать. Но по крайней мере я был более-менее уверен, что с тобой все в порядке.

— Мне очень жаль, Шурф, — искренне сказал я. — Знаешь, где я был? Мой сон, этот город в горах, канатная дорога, помнишь?

Лонли-Локли флегматично кивнул.

— Не надо ничего рассказывать, Макс. У меня такое чувство, что это не твоя тайна. Так что лучше помолчи, ладно?

— Ладно, — я изумленно уставился на него. — Что, опять это неприятное чувство, как у городских ворот?

Лонли-Локли молча кивнул.

— Тогда я уже заткнулся. Знаешь, я, пожалуй, немного вздремну; после этого зелья будет вполне достаточно двух-трех часов, а потом ты мне расскажешь... Нет, лучше скажи сейчас, а то я умру от любопытства. Что ты делал все это время? То есть не ты, а тот веселый парень. Как он развлекался?

Лонли-Локли нахмурился.

— Это не очень хорошая новость, Макс. Он, то есть я... Я играл в карты. Это было приятно и занимательно. И я как раз хотел спросить: когда мы с тобой расстались, у тебя были с собой какие-нибудь деньги? Потому что у меня ничего не осталось.

— Ты все продул? — я расхохотался так, что мне пришлось опуститься на стул. В довершение всех бед я промахнулся и уселся прямо на пол. — Все?! Сколько же ты играл? Год? Два?

— Два дня и две ночи, — смущенно сказал Лонли-Локли. — Но партия в крак редко занимает больше дюжины минут, так что...

— А, тогда ясно. Что касается меня, то у меня осталось три короны и какая-то мелочь. Ничего, жить можно. У меня большой опыт экономного существования. В крайнем случае просто убьем кого-нибудь, и вся недолга. Или пойдем воровать. Ты умеешь воровать, сэр Шурф? Уверен, что умеешь!

— Да, не слишком сложный фокус, — важно кивнул Лонли-Локли. — Но не думаю, что это будет правильно. Мы ведь служим закону, если ты не забыл.

— Ах, ну да, закону. Спасибо, что напомнил! — снова расхохотался я. — Ты — прелесть, сэр Шурф. Просто молодец! А я-то уже собрался ограбить ближайшую ювелирную лавку... Ладно, будем жить скромно. У честной бедности есть свои преимущества. Во всяком случае, я прочитал кучу книг, где так говорилось.

— Ты очень великодушный человек, Макс, — сказал Лонли-Локли. — Я полагал, что у тебя есть серьезный повод быть недовольным моим поведением.

— Я вовсе не великодушный. Просто у меня полно проблем поважнее. А кроме того, я сам виноват. Какой вурдалак меня дернул угощать тебя неизвестно чем?

— Твое угощение доставило мне огромное удовольствие, — заметил этот изумительный парень. — Человеку моего склада совершенно необходимо отдыхать от самого себя, хотя бы время от времени. Насколько я понял, ты не можешь доставать это изумительное средство, когда пожелаешь?

— Увы, не могу. Ты же помнишь, как я сам тогда удивился.

— Понимаю. Но если когда-нибудь... Словом, не выбрасывай эту штуку, а припрячь для меня. Возможно, когда-нибудь, через несколько дюжин лет...

— Ну, через несколько дюжин лет я смогу раздобыть вообще все что угодно, — самоуверенно заявил я. — А ты не захочешь повеселиться раньше?

— Магистры с тобой, сэр Макс. Человек не должен пренебрегать возможностью отдохновения, но недопустимо прибегать к нему слишком часто.

— Какой ты мудрый, сэр Шурф, — вздохнул я, — с ума сойти можно. Ничего, если я посплю прямо на этом диване? Я к нему уже как-то привык, а в спальню так ни разу и не поднялся. Нет у меня сил обживать еще одно новое место... Разбуди меня часа через два-три. Думаю, что после такой порции бальзама этого будет вполне достаточно, а у меня, кажется, куча дел... Или нет?..

На этих словах я закрыл глаза и распрощался со всеми Мирами: никаких сновидений, только один бесконечно длинный миг полного покоя.

Когда я проснулся, в гостиной было почти темно. Окна серели скаредным сумеречным светом, круглая зеленоватая луна уже начала свое триумфальное восхождение над горизонтом. Я ошеломленно огляделся. Лонли-Локли неподвижно замер в кресле-качалке. Кажется, он был занят своей знаменитой дыхательной гимнастикой.

— Что же ты, сэр Шурф? — растерянно спросил я. — Я же просил меня разбудить. Неужели ты научился быть рассеянным?

— А я тебя будил, — отозвался Лонли-Локли, — через три часа, как ты и просил. Никогда не предполагал, что ты умеешь так изощренно ругаться. Признаться, я не понял более половины слов, но я их записал. И был бы весьма тебе обязан, если бы ты разъяснил мне их значение.

— Записал?! Грешные Магистры, что же я нес? Даже любопытно... Ну-ка, давай твой список.

— В комнате довольно темно, — с сомнением сказал Шурф. — А у тебя, как я заметил, не слишком острое зрение. Наверное, нам следует зажечь лампу.

— Не нужно, разберу. Я еще не настолько проснулся, чтобы спокойно реагировать на яркий свет.

Я с любопытством взял аккуратную маленькую картонку, где изумительно ровным крупным почерком Лонли-Локли было написано... Мне стало не по себе. Надо же! Вот уж не ожидал от себя. Некоторые словечки я не употреблял и в худшие минуты своей дурацкой жизни.

— Ох, Шурф, мне ужасно стыдно. Надеюсь, ты понимаешь, что на самом деле я так не думаю?

— Тебе не стоит утруждать себя извинениями, Макс. Я прекрасно знаю, что спящий человек может сказать все, что угодно, и это ничего не значит. Но мне интересно, что означают эти выражения.

— Ладно, — вздохнул я, — сейчас быстренько умоюсь, мы пойдем куда-нибудь поужинать, и тогда я постараюсь удовлетворить твое любопытство. Честное слово, мне просто необходимо выпить для храбрости, если ты хочешь услышать настоящий перевод, а не жалкие попытки припудрить кошмарную правду.

— Это весьма разумное предложение, — кивнул Шурф. — Признаться, я весьма голоден.

— А наши последние гроши у меня в кармане. Какое свинство с моей стороны! Ничего, сейчас мы это исправим.

Через полчаса мы сидели в «Старом Столе», где я не так давно отлично позавтракал. Оказалось, что вечером это место становится еще более милым и уютным. В любом случае в «Деревенском Доме» кое-кто уже насиделся на всю оставшуюся жизнь, а больше ничего приличного поблизости от дома, если верить рекомендациям нашей квартирной хозяйки, не имелось. Что касается «Сельской кухни», туда я пойду попозже. И один. В эту игру я был должен играть без Шурфа, по крайней мере пока.

Я начал свое утро с кувшина камры и рюмки чего-то менее безобидного (что сталось с моими привычками?!) Впрочем, сейчас мне все шло на пользу, даже крепкая выпивка в начале дня. К тому же мне было просто необходимо как-то отпраздновать возвращение своего горячо любимого облика. Ну и прочитать небольшую, но занимательную лекцию для любителя новых знаний, сэра Шурфа Лонли-Локли.

Я вздохнул и взял в руки картонку. Шурф с интересом придвинулся поближе.

— Так, ну это ничего особенного. Просто собака женского пола. А вот это... ох, как бы тебе сказать. Не заслуживающий всеобщего уважения мужчина, у которого существует ряд серьезных проблем с задним проходом. Так, этим словом обычно называют глупых людей, хотя, корень слова имеет непосредственное отношение к процессу размножения...

— О, да это целая наука, — уважительно вздохнул Лонли-Локли. — По-моему, это слишком сложно для понимания.

— Разве? По-моему, это довольно просто... Ну что, продолжать?

— Да, разумеется.

— Ладно. Это выражение заменяет простое человеческое слово «уходи», а это заставляет собеседника усомниться в собственной пригодности к размножению. А это... ох, как бы тебе объяснить? Понимаешь, это такое животное и в то же время — все тот же не заслуживающий уважения мужчина, у которого проблемы с задним проходом.

— А какого рода проблемы беспокоят этого несчастного человека? — осторожно спросил Лонли-Локли.

— Сложно сказать, — растерялся я. — Понимаешь, Шурф, со мной, хвала Магистрам, никогда не происходило ничего подобного...

Я до сих пор не знал, существует ли в Мире проблема гомосексуализма, так что не рискнул затрагивать эту небезопасную тему.

Примерно через четверть часа мы покончили со списком. Кажется, я был близок к тому, чтобы покраснеть, но сэр Лонли-Локли остался доволен, а это главное.

Ужин был очень даже ничего, хотя свое блюдо я снова выбирал наугад. Шурф с удовольствием уплетал «поцелуи ветра», мной в свое время опробованные и посему отрекомендованные.

— Я, пожалуй, отправлюсь спать, если у тебя нет каких-нибудь планов на эту ночь, — сказал Лонли-Локли.

Мы только что покинули уютный трактирчик, и я как раз судорожно соображал, как бы мне этак непринужденно смыться. Визит в «Сельскую кухню» на предмет беседы с сэром Махи Аинти — именно то, что мне сейчас позарез требовалось. У меня как раз образовался десяток хороших вопросов.

— Конечно, Шурф, — с облегчением сказал я. — У меня есть планы на эту ночь, но...

— Я понимаю, — равнодушно сказал Лонли-Локли. — Да это и к лучшему. После того как я пришел в себя от твоего странного зелья, мне все время хочется спать. Сейчас уже меньше, а поначалу с этим было весьма затруднительно справляться.

— Тем лучше. Сладкий сон — отличная штука, по себе знаю. Надеюсь, тебя не очень шокировали все эти мои ругательства?

— Почему тебя это так беспокоит, Макс? — удивился Лонли-Локли. — Слова — это всего лишь слова. Даже если бы ты сказал их, пребывая в сознательном состоянии, я счел бы это происшествие скорее забавным, чем огорчительным.

— Ты снял камень с моего сердца, — улыбнулся я. — Ладно, в таком случае хорошей ночи. Очень надеюсь, что на этот раз я вернусь раньше, чем через четыре дня, но всякое может случиться. После нашего ужина у меня осталось чуть больше двух корон, возьми одну. По крайней мере не умрешь с голода.

— Я тоже надеюсь увидеть тебя утром, — серьезно кивнул Лонли-Локли. — Спасибо, Макс. Ты проявляешь завидную предусмотрительность.

Мне даже не понадобилось сверяться с картой, я запомнил дорогу к «Сельской кухне», хотя в незнакомых городах со мной такое нечасто случается. Вскоре я уже был там, где Высокая улица пересекается с улицей Рыбьих глаз и где бьет маленький фонтан, даже в темноте было видно, что каждая струйка воды переливается своим, отличным от прочих цветом. Более того, я даже сразу вспомнил, что маленькую деревянную дверь нужно толкать, а не тянуть на себя, а для меня это просто невероятное достижение.

Разумеется, сэр Махи Аинти сидел на своем месте, ссутулившись над причудливым подобием шахматной доски. И разумеется, кроме него в зале никого не было.

— Добро пожаловать, коллега, — весело сказал он, оборачиваясь ко мне. — Должен заметить, что не ожидал от тебя такой прыти.

— В смысле? — Я немного растерялся.

— Не прикидывайся, коллега. Ну ладно, ладно, я просто хочу сказать, что ты не дурак стряпать Миры, парень! Хотелось бы мне проделывать это с такой же легкостью. Правда, ты не слишком соображал, что творил, а посему лишился львиной доли удовольствия. Но это уже твои проблемы.

— Вы хотите сказать... — тихо ахнул я. — Этот город из моих снов — его там раньше не было? Это я?..

— Нет, Макс, ты тут совершенно ни при чем. Это все натворила моя покойная бабушка... Ладно, сядь, отдышись. Кажется, в твоем арсенале есть несколько примитивных, но весьма эффективных способов быстренько успокоиться? Вот и займись этим полезным делом. Геллика!

Улыбчивая хозяйка снова возникла откуда-то из-за моей спины. Почему-то вместо того чтобы просто усесться рядом с сэром Махи, я поперся на свое прежнее место. Он поднялся со стула и присоединился ко мне. Судя по выражению его лица, я поступил правильно.

— Геллика, милая, этому мальчику требуется то же самое, что и в прошлый раз, а мне... Мне, как всегда, ничего не требуется, к моему величайшему сожалению.

Приветливая тень исчезла. На этот раз я действительно заметил, что она просто исчезла. Я пожал плечами — ну, еще одно чудо, подумаешь.

— Сэр Махи, объясните, как я...

— Ишь чего захотел. Не буду я тебе ничего объяснять. Не потому что я такой вредный, а потому что в мире полно абсолютно необъяснимых вещей. Могу сказать только одно: я с самого начала рассчитывал на что-то подобное, поэтому и предложил тебе прогулку за город. И не прогадал. Раньше Кеттари окружала пустота, а теперь по соседству с нами вырос чудесный город. Очень странный, но вполне в моем вкусе. Да еще и роскошный парк в придачу. Ты — гений, парень.

И перестань говорить мне «сэр», коллега. Это уже ни в какие ворота... А вот и твоя отрава, ты ее честно заслужил.

— А куда делась леди Мерилин? — с любопытством спросил я, сделав хороший глоток кофе. — Хоть это вы мне можете сказать? Сэр Кофа колдовал всерьез и надолго. Я должен был ходить с этой милой мордашкой еще пару дюжин дней, если не больше...

— Это странная история, — пожал плечами сэр Махи. — Никогда не видел ничего подобного. Эта девочка так понравилась парку...

— Кому она понравилась? — изумленно переспросил я.

— Парку. Тебе не послышалось. Видишь ли, этот твой парк — удивительное существо. Мне еще предстоит попотеть, чтобы понять, что он такое. А теперь там бродит очень симпатичое привидение. Совершенно безобидное, так что не переживай.

— Ох, это уж как-то чересчур, — вздохнул я. — Всю жизнь был уверен, что создатель чего бы то ни было должен хорошо разбираться в том, что натворил.

— А теперь ты знаешь, что это не так. Собственный опыт — не худший способ получать достоверную информацию, ты не находишь? Пей свою смолу, а то остынет и станет еще гаже, если это возможно.

— К вкусу кофе просто надо привыкнуть, — улыбнулся я. — Когда я попробовал его впервые, вообще плевался.

— Вот в это охотно верю. Ладно уж, еще напробуюсь. В этом смешном городке, порожденном твоей нежностью и одиночеством, — там ведь все пьют эту дрянь?

— Думаю, что так, — улыбнулся я. — А почему вы сказали про нежность и одиночество? Это — способ говорить или?..

— Всего лишь привычка называть вещи своими именами. Когда-нибудь ты поймешь, что именно эти чувства руководили тобой, когда ты впервые увидел очертания этого места, которое нигде не существовало, пока ты не взялся за дело... Не спеши, Макс, у тебя еще будет бесконечно много времени, чтобы разобраться в собственных выходках. Главное, что они тебе удаются, да еще так легко. Слишком легко, на мой вкус, ну да меня никто не спрашивает. Ладно, что тебя зря хвалить. Да тут и хвалить-то не за что: каждый делает что может, хочет он того или нет. Ты еще о чем-то собирался спросить, Макс?

Все заранее приготовленные вопросы вылетели из моей бедной головы под его натиском. Да и Магистры с ними. Я с удовольствием закурил и с посмотрел на своего собеседника.

— А вы можете объяснить мне, зачем вы — ну, или мы с вами — все это делаем? Я имею в виду, зачем нужно создавать какие-то новые Миры? Подозреваю, что их и без нас почти бесконечно много.

— Терпеть не могу это дурацкое слово — «зачем»! — резко сказал сэр Махи. — А поэтому не знаю.

Он пожал плечами и бережно раскурил короткую трубку причудливой формы. Потом улыбнулся в усы и продолжил, уже гораздо мягче:

— Надо же чем-то заниматься, верно? А это занятие несколько интересней, чем все остальные. И потом, кто знает — может быть, у нас получится лучше, чем выходило до сих пор? Тоже ничего себе резон, если разобраться. Но вообще лучше спроси у Джуффина, он никогда не испытывал особого отвращения к слову «зачем». Кроме того, вам проще понять друг друга, все-таки вы почти ровесники...

— Что?!

— По сравнению со мной, конечно. Я-то уже и не помню, как долго шляюсь по свету. И откуда вообще взялся? Кажется, в какой-то момент я просто заблудился в этом Мире, а потом решил остаться — от добра добра не ищут. Но не уверен, что все было именно так.

Я изумленно покрутил головой.

— Всю жизнь мечтал жить вечно. Думал: «Пусть другие себе умирают, а я уж как-нибудь выкручусь!» И теперь вы дарите мне надежду.

— Надежда — глупое чувство, — покачал головой сэр Махи, — лучше вообще ни на что не надейся, мой тебе совет. Ладно, давай покончим с серьезными материями. У меня к тебе, как ни странно, еще одно дело.

— А что в этом странного? — улыбнулся я. — Это как раз вполне нормально.

— Ну, не сказал бы. Тем не менее... Насколько я знаю, твой спутник не в курсе происходящего?

— Да, я как раз хотел спросить об этом. Бедняга Лонли-Локли не смог даже выйти за ворота. А потом его скрутило, когда я начал рассказывать про свой город в горах. А ведь он однажды видел этот мой сон. Почему нужно скрывать что-то от Шурфа? Он — наилучшая могила для любой тайны, а кроме того...

— Такие вопросы нужно задавать не мне, а этому городу, — улыбнулся сэр Махи. — Новорожденный Мир очень капризен, у него свои причуды. Джуффина, например, он вообще не хочет близко к себе подпускать, а почему, спрашивается? Лично я понятия не имею. Хотя, по идее, кому бы и знать, как не мне? Одним словом, я тут далеко не все решаю. Возможно, позже, дома, твой друг сможет выслушать тебя, не поморщившись. Как бы там ни было, но моя просьба касается скорее твоего коллеги, чем тебя, а пригласить его сюда, похоже, не получится.

— Просьба? — изумился я. — У вас? К нам с Лонли-Локли?

— Да. А тебя это удивляет?

— Конечно. Неужели существует что-то такое, с чем вы не можете справиться?

— Не «не могу», а не слишком хочу. Мне лень и неинтересно. Зато твоему коллеге это дело покажется чрезвычайно важным, увидишь. Вот, кстати, насчет капризов новорожденного Мира — кого он всегда готов приголубить, так это всяческую нечисть. Беспокойные мертвецы, овеществившиеся наваждения и прочие причудливые твари слетаются сюда как мухи на мед. И совсем недавно здесь появился один тип. Он мне здорово не нравится. Не то что бы по-настоящему опасен, но мне очень неприятно постоянно осознавать его присутствие.

— Опять небось какой-нибудь мятежный Магистр? — привычно поинтересовался я.

— Хуже, Макс. Мертвый Магистр. Поверь мне, что нет нечисти беспокойнее, чем какой-нибудь неправильно убитый

Великий Магистр. А твой друг — крупный специалист в делах такого рода, как я понимаю.

— Правильно понимаете, — улыбнулся я, — он его быстренько сделает.

— Ну насчет «быстренько» ты загнул, но он наверняка справится. Просто скажи своему коллеге, что здесь ошивается Киба Аццах. Этого вполне достаточно, сам увидишь.

— Ладно, скажу. И все?

— Ну, на всякий случай объясни ему, что это большая проблема. Что с Кеттари, дескать, все было бы в полном порядке, если бы не этот поганец. Кстати, в этом утверждении есть известная доля правды. А человек всегда должен быть уверен, что занят важным делом. Так приятней, да и работа лучше идет... Ладно, хватит с тебя на сегодня моего общества. В прошлый раз у нас был небольшой перебор, ты не находишь? Долго в себя приходил?

— Не очень. Двадцать литров холодной воды на сумасшедшую голову, и все как рукой сняло. Фирменный рецепт сэра Макса из Ехо, или Магистры меня знают, откуда я на самом деле. Пользуйтесь на здоровье, пока я жив... Впрочем, я тогда действительно чуть не рехнулся. Может быть, у вас есть более надежный рецепт?

— Долгая прогулка. А еще лучше займись какой-нибудь ерундой, все равно чем. Да хоть книжку почитай или в картишки с кем-то перекинься. Главное — не сидеть на месте и не пытаться понять, что происходит. Все равно у тебя пока ничего не выйдет. Ясно?

— Ясно, — кивнул я. — Ладно, придумаю что-нибудь. Кстати, а вы не знаете, как называется этот город? Мой город в горах, я имею в виду.

— Понятия не имею. Нужно было спросить у местных жителей. Доброй ночи, коллега!

— Хорошей ночи, Махи. Пойду заниматься ерундой, по вашему совету. Я вам уже говорил, что ерунда — именно то, что я действительно умею делать?

Я покинул «Сельскую кухню» с готовым планом на предстоящую ночь. Во-первых, мне очень не хотелось сходить с ума, а во-вторых, брошенное между делом предложение сэра Махи: «в картишки с кем-то перекинься» навело меня на мысль, что можно не только приятно провести время, но и несколько поправить наши с Шурфом финансовые дела.

Это было довольно самоуверенное предположение, но не совсем безосновательное. Я отлично играю в крак. К тому же мне обычно отчаянно везет в игре.

Этому способу убивать время меня научил все тот же сэр Джуффин Халли, самый ловкий и везучий игрок в Соединенном Королевстве. Лет сто с лишним назад покойный Гуриг VII специальным указом запретил сэру Джуффину играть в крак в общественных местах. Старый король был вынужден это сделать после того, как состояние нескольких десятков его придворных перекочевало в карманы азартного начальника Тайного Сыска.

Джуффин, собственно, не возражал: желающих составить ему компанию за карточным столом и без того не осталось, а столь беспрецедентный Королевский Указ льстил ему безмерно.

Со мной Джуффин, разумеется, играл «на интерес», поскольку дело было в те благословенные времена, когда я и без того сидел на его шее. Так вот в первый же день, после дюжины позорных поражений, я два раза выиграл у сэра Джуффина Халли! Он глазам своим поверить не мог. Моему шефу стало по-настоящему интересно, поэтому на следующий вечер мы продолжили игру. И играли с переменным успехом. Все-таки проигрывал я несколько чаще, чем мой опытный учитель, но, по словам сэра Джуффина, это все равно было невероятно.

Сам-то я ничего невероятного в этом не видел. Еще в юности я понял, что очень многое зависит от того, кто именно научил тебя играть в ту или иную игру. Дело вовсе не в педагогическом таланте, просто учиться надо у по-настоящему везучего игрока. Тогда, кроме полезных сведений о правилах игры, тебе перепадет и кусочек удачи учителя.

Благодарить за это открытие я должен свою богатую ночным досугом непутевую жизнь и огромное количество приятелей, везучих и не слишком, успевших обучить меня чуть ли не всем карточным играм, изобретенным за долгую историю человечества. Поэтому у меня была возможность сравнивать и делать выводы. Когда я гордо изложил сэру Джуффину собственную формулировку этого закона природы, он задумчиво пожал плечами, что вполне могло сойти за согласие.

Так или иначе, терять мне было нечего, кроме одной короны и нескольких горстей, моей доли нашего с Лонли-Локли жалкого состояния. Проиграю — невелика потеря. Все равно, недавно, но навсегда проснувшийся во мне транжир просадил бы это богатство в первой попавшейся забегаловке. Причем не на еду, а на какую-нибудь чепуху, вроде камры с местными ликерами, на которые мне, честно говоря, и смотреть-то уже было тошно. Поэтому я пошел в направлении Веселой площади. У меня не было сомнений насчет того, чем именно занимаются посетители «Деревенского Дома» в просторном баре позади обеденного зала. Имелся надежный свидетель — в пух и прах продувшийся Лонли-Локли!

Была во всей этой истории только одна загвоздка: я ужасно не люблю общаться с незнакомыми людьми. Стыдно сказать, но кажется, я просто стесняюсь. Но уж тут мне никто не мог помочь. «Ладно, — подумал я, — как бы там ни было, все лучше, чем сидеть в гостиной и с интересом наблюдать, как именно этот бедняга Макс будет сходить с ума. Побольше дурацких проблем, голубчик, и ты забудешь о своей единственной настоящей проблеме». Так что я решительно пересек ярко освещенный, загроможденный смешными букетиками обеденный зал «Деревенского Дома» и отправился прямехонько в полутемный бар, где, по моим предположениям, находился эпицентр кеттарийского игорного бизнеса.

Для начала я уселся за стойкой и, не долго думая, заказал стакан джубатыкской пьяни. Проверенная штука, после такой порции я не то что стесняться перестану, я даже в стеклянной уборной на центральной площади не откажусь задумчиво посидеть, если таковая тут найдется.

Некоторое время я сомневался: закурить сигарету, не покидая свое место в центре зала, это как — не слишком? Лонли-Локли, хвала Магистрам, дрыхнет дома, так что останавливать меня некому. Немного подумав, я решил: чем больше экзотики, тем лучше. Чем раньше местная публика поймёт, что я — простой чужеземный лох, тем больше у меня шансов получить приглашение присоединиться к их порочному времяпровождению. Хороший глоток джубатыкской пьяни укрепил меня в этом легкомысленном, но, по сути, верном решении. Так что я махнул на все рукой и закурил. Видел бы меня сейчас бедный сэр Кофа, непревзойдённый мастер маскировки! После всех его стараний, я сижу в центре Кеттари при своей собственной, хоть и изрядно потрёпанной роже, курю то, чего в этом Мире попросту не существует, планирую напиться для храбрости и пообщаться с местным населением — это с моим-то знаменитым на весь Ехо жутким акцентом. Ужас!

«А от кого, собственно, мне таиться в несуществующем городе, в этом сердце нового Мира, который я к тому же, кажется, помогаю создавать?» — весело подумал я.

Безумно, но резонно. Я с удовольствием докурил сигарету, сделал несколько глотков из своего массивного стакана и снова демонстративно потянулся за золотисто-жёлтой, уже полупустой пачкой.

— Ой, а вы, кажется, немного заскучали, сэр? — приветливо спросил кто-то за моей спиной.

Я печально вздохнул.

— Я вам передать не могу, как я заскучал. Моя жизнь с момента приезда в Кеттари — тоска смертная!

Я чуть не расхохотался нелепости собственного утверждения и с любопытством повернулся к своему собеседнику. Кто бы мог подумать, старый знакомец! Господин Абора Вала, наш Мастер Предводитель каравана, собственной персоной. Разумеется, он-то не считал меня старым знакомцем — с караваном, помнится, путешествовала леди Мерилин, любимейшая из фиктивных жён не в меру азартного сэра Лонли-Локли. Так что теперь Абора Вала с интересом разглядывал мою физиономию.

— И давно вы скучаете в Кеттари? — непринуждённо спросил он.

— Дней пять. А что?

— Да нет, ничего особенного. Я, видите ли, неплохо знаю в лицо многих приезжих, а вы мне, кажется, незнакомы.

Я пожал плечами.

— Было бы странно, если бы я показался вам знакомым. Я, знаете ли, приехал сюда к своей сумасшедшей, но весьма гостеприимной тетушке, пять дней назад, как я уже сказал. И она только полчаса назад сочла возможным закончить торжественный обед по случаю моего визита. Отправилась отсыпаться, а потом, я полагаю, будет готовить новый торжественный обед, по случаю моего предстоящего отъезда. Поэтому я только что вышел на улицу, впервые за эти грешные пять дней.

Мысленно я поставил себе пятерку за находчивость, немного подумал и решительно прибавил к ней плюс.

— А, тогда понятно, — кивнул мой новый старый приятель. — Я, видите ли, знаком с теми, кто приезжает в Кеттари с моим караваном. А ваша тетушка, полагаю, встретила вас сама?

— Да, — рассеянно кивнул я, — прислала за мной своего младшего сыночка в какой-то придорожный трактир. Болвану уже под двести, а он все еще «младший сыночек». Представляете?

— Да, так бывает, — вежливо согласился этот седой господин. — Вижу, вам изрядно поднадоели ваши родственники?

Я скорбно кивнул. К этому моменту я уже так вошел в роль, что начал совершенно искренне ненавидеть свою гипотетическую придурочную тетку и ее гипотетического же слабоумного сынульку, моего, стало быть, кузена.

— Хотите поразвлечься? — невинно предложил этот милый человек. — Извините, что я обращаюсь к вам так запросто, но у нас это принято. К тому же мне как раз не хватает партнера для хорошей партии в крак. Мои приятели уже час развлекаются, а я сегодня остался в одиночестве. Мы играем по маленькой, так что вы совершенно не рискуете вашим состоянием.

«Конечно, не рискую, — ехидно подумал я. — Моим состоянием уже рискнул один не в меру веселый парень».

— Меня зовут Равелло, — (как же, голубчик, тебя зовут Абора Вала, уж я-то помню!), — не стесняйтесь, сэр, — приветливо щебетал этот враль. — У нас в Кеттари принято знакомиться без особых церемоний, особенно если два джентльмена имеют шанс приятно скоротать вечер за партией в крак... А что вы такое курите, позвольте вас спросить?

— А, это... — я небрежно махнул рукой. — Друг привез откуда-то. Кажется, из Кумона, столицы Куманского Халифата.

Я не был уверен, что такое место вообще существует, но очень надеялся, что не ошибся.

— Парень то ли купец, то ли пират, — тараторил я, — с этими моряками никогда точно не знаешь... А вы что, раньше таких не видели?

— Никогда.

У меня были все шансы предполагать, что на этот раз «Равелло» сказал чистую правду.

— А вы сами откуда приехали? — поинтересовался он.

— Из графства Вук, с самой границы. А что, это незаметно по моей манере говорить? — нахально спросил я. — Ладно уж, давайте и вправду сыграем, если вы не передумали. Но только по маленькой!

— Корона за партию? — невинно предложил мой искуситель.

Я присвистнул. Ничего себе «по маленькой»! Скорость, с которой Лонли-Локли облегчил наш кошелек, больше не казалась мне фантастической.

— Полкороны! — решительно сказал я. — Не такой уж я богач, особенно сегодня вечером.

Мой собеседник понимающе кивнул. Я думаю: полкороны за партию — тоже ничего себе прибыль. Мне же оставалось только уповать на удачу сэра Джуффина Халли: две проигранные партии и я могу начинать раздеваться или идти домой, что пока не входило в мои планы.

Мы наконец перекочевали за маленький столик в дальнем углу бара. Несколько пар хитрющих кеттарийских глаз уставилось на меня из-за соседних столов. Я поежился: похоже, сейчас меня облапошат. Не знаю как, но облапошат, к гадалке не ходи.

— Позвольте узнать ваше имя, сэр, — осторожно сказал господин Равелло. — Возможно, у вас есть причины не представляться, но должен же я хоть как-то к вам обращаться.

— Мое имя? Тоже мне тайна, — я на секунду задумался и чуть не расхохотался. — Сэр Марлон Брандо, к вашим услугам!

«Все правильно, кто же еще может прийти на смену леди Мерилин? Только Марлон Брандо», — одобрительно сказал я себе. Мне всегда нравились шутки, понять которые не может никто, кроме меня, и это была одна из лучших. Равелло удивился ничуть не больше, чем сэр Джуффин, услышав имя Мерилин Монро. Такова бренная земная слава: будь ты хоть суперзвездой, а во всех прочих Мирах плевать на тебя хотели с высокой башни.

— Можете называть меня просто Брандо, — добавил я после некоторых раздумий. Если этот парень станет называть меня полным именем, я начну ржать, это точно.

Две первые партии я выиграл легко и быстро, к величайшему своему облегчению. Теперь у меня был какой-никакой запас — в худшем случае, еще на четыре захода. А к тому времени моя истерзанная непостижимыми откровениями голова будет в полном порядке. Во всяком случае, я весьма на это надеялся.

Третью партию я позорно продул — кажется, просто по глупости. Господин Абора Вала, он же Равелло, перестал нервничать. Убедился, что я именно такой провинциальный лох, каким показался ему с самого начала, просто мне случайно повезло. Я принял это к сведению: если будет везти и дальше, время от времени нужно заставлять себя проигрывать. А то моему новому приятелю быстро станет скучно.

Потом я выиграл четыре раза подряд. Господин Равелло начал беспокоиться. Я понял, что нужно временно прекратить делать успехи. Но посмотрел в карты и обнаружил, что проиграть не получится. Моих жалких умственных способностей просто не хватит, чтобы проиграть с такими козырями! Пришлось выиграть и эту партию.

На моего партнера было больно смотреть. Вор, которого обокрали, — жалкое зрелище. Я извлек из кармана сигареты.

— Хотите попробовать, Равелло? Уж чем богаты жители этого дурацкого Халифата, так хорошим табаком.

— Правда? — рассеянно спросил бедняга.

Его хитрющие глазки подозрительно уставились на меня. Кажется, «сэра Марлона Брандо» начали принимать за хорошо замаскировавшегося местного шулера. Но мой странный говор и экзотический вкус сигареты свидетельствовали против этой версии, так что мы приступили к следующей партии.

После долгих напряженных усилий мне удалось не только продуть, но и наглядно продемонстрировать свое беспросветное слабоумие. Это было мне на руку, я собирался поднимать ставки.

— Теперь я, хвала Магистрам, стал богаче, — задумчиво сказал я. — А через час мне, наверное, захочется спать. Можем сыграть и по короне за партию, как думаете?

На господина Равелло было приятно посмотреть. Борьба жадности и осторожности на таком выразительном лице — отличный спектакль. Я прекрасно понимал его проблему: с одной стороны, я был слишком везучим, а с другой — полным идиотом. К тому же, если поднять ставки, за оставшийся час он успеет хотя бы отыграться, а там — кто знает?

Разумеется, Равелло согласился. Мужик был и хитер, и азартен — в самый раз, чтобы слопать такую наживку.

Потом я выиграл шесть партий — так легко, что сам удивился. Теория, что можно оттяпать хороший кусок удачи своего карточного наставника, подтверждалась так, что любо-дорого смотреть. Даже немного слишком. Наверное, у сэра Джуффина этой грешной удачи действительно было в избытке.

— Не везет тебе сегодня, Равелло? — с подчеркнутым равнодушием спросил один из игроков за соседним столиком. До сих пор ребята не проявляли никакого интереса к нашей игре.

«Наверное, местный чемпион, — весело подумал я. — Что-то вроде службы спасения. Сейчас он со мной разберется!»

На радостях я заказал еще порцию джубатыкской пьяни. Никогда бы не подумал, что так разойдусь.

— Не везет, — печально согласился мой партнер.

— Когда не везет, лучше идти домой и ложиться спать, — сочувственно посоветовал наш новый собеседник. — Это все луна, сегодня ты ей не приглянулся.

— Ты прав, Тарра, — вздохнула моя несчастная жертва, — сегодня мне только с подушкой светит удача. Но господин Брандо, кажется, еще не устал? — Он вопросительно посмотрел на меня.

«Точно! — внутренне ухмыльнулся я. — Предполагается, что сейчас этот местный ас возьмется за дело. Ну-ну, посмотрим, даже любопытно...»

— Я-то только вошел во вкус. Но если вы хотите прекратить игру, не смею настаивать.

— Моего друга зовут господин Тарра. Насколько я знаю, его партнера, господина Линулена, в это время всегда ждут дома. Ну а Тарра — человек одинокий. Может быть, вы захотите составить ему компанию? — спросил «Равелло».

Я должен был клюнуть на его удочку, и я с радостью клюнул. Господин Тарра оказался удивительно похож на своего предшественника, даже такие же не то седые, не то серые волосы вокруг неопределенного возраста длинноносой физиономии. «Может быть, это просто распространенный кеттарийский тип? — предположил я. — Или еще проще, они братишки? И у них семейный бизнес?»

Не слишком налегая на светскую беседу, мы с господином Таррой приступили к делу. Замечу, что у так называемого «Равелло» хватило наглости никуда не уходить, а просто пересесть за дальний столик. Я сделал вид, что ничего не заметил.

Первую партию я продул без особого труда. Видимо, мой новый партнер действительно был асом. Но вторую я выиграл, поскольку моя удача, кажется, только начала набирать обороты.

— Две? — весело спросил я.

— Две короны за партию? — задумчиво протянул Тарра. — А, Магистры с вами, Брандо, рисковый вы мужик, как я погляжу! Три?

— Три так три. — Я очень старался выглядеть идиотом, с которым все-таки можно иметь дело.

Потом я выиграл шесть партий кряду. Понял, что сейчас господин Тарра тоже запросится спать, и быстренько проиграл две. Мой новый партнер играл так хорошо, что продуть ему мне удавалось без особых усилий.

— Шесть! — решительно сказал он, одержав вторую победу. Я кивнул, после чего быстренько выиграл чуть ли не дюжину партий. Тарра и заметить не успел, как это случилось.

— Хорошего утра, господа. Кажется, уже светает. — Я устало потянулся, поднимаясь из-за стола.

— Вы уже уходите, Брандо? — спросил Тарра. Кажется, он только сейчас осознал, что со мной уйдут и его деньги. — Вы могли бы дать мне шанс отыграться.

— Не советую, — весело сказал я. — Только еще больше продуетесь. Не огорчайтесь, дружище, будет и на вашей улице праздник. Проблема в том, что ваша луна без ума от меня.

— Луна? Ну и ну... — растерянно протянул мой партнер. — У кого вы учились играть в крак, сэр?

— У своей тетушки. Ваше счастье, что она уже триста лет не выходит из дома! Не горюйте, Тарра, таких приезжих, как я, на вашем веку больше не предвидится. А вы действительно классно играете. Мне почти не приходилось прикладывать усилий, чтобы время от времени вам поддаваться.

— «Поддаваться»? Вы что, издеваетесь?

— Разумеется, иногда мне приходилось поддаваться, — примирительно сказал я. — Но это не такой уж большой урон для вашего бизнеса, правда? Так что хорошего вам утра, я действительно хочу спать.

Я покинул бар «Деревенского Дома», от души надеясь, что мне не придется стать главным героем большой драки. Ничего, обошлось.

Дома я аккуратно сосчитал добычу. Восемьдесят одна корона и еще какая-то мелочь, целая пригоршня. Все-таки гораздо меньше, чем было в кошельке у Шурфа в самом начале его феерического загула. Но теперь можно жить по-человечески.

Я огляделся. Лонли-Локли наверняка лег наверху, поскольку спать полагается в спальне — разве не так? Я решил, что тоже могу вздремнуть. Прямо здесь, на полюбившемся мне коротком диванчике. Слишком коротком, если разобраться, но я — человек привычки.

После недолгих размышлений я написал записку: «Будить в полдень, несмотря ни на что!» и водрузил ее над своим изголовьем. На сегодня у нас намечались дела.

Поэтому в полдень меня грубо растолкали — сэр Шурф парень дисциплинированный. И сообразительный: бутылку с бальзамом Кахара он приготовил заранее, так что мои утренние страдания продолжались всего несколько секунд.

— Спасибо, Шурф! — Я уже был в состоянии улыбаться не только своему мучителю, но и патологически яркому полуденному солнышку. — У меня две хорошие новости. Во-первых, мы богаты.

— Макс, я надеюсь, ты не сделал ничего такого, о чем...

— О чем я не рискнул бы поведать генералу Полиции, великолепному Бубуте? Можешь быть спокоен, я просто решил выяснить, что такого интересного ты нашел в местных азартных играх. Полностью с тобой согласен, это было здорово!

— Ты хочешь сказать, что играл в карты с местными жителями? Вот уж не подозревал, что ты можешь оказаться хорошим шулером.

— Шулером? Обижаешь. Я — очень честный игрок. Просто еще более везучий, чем они. Так что...

— Сколько же ты выиграл?

— Посчитай, — гордо сказал я. — Одну корону и мелочь сразу можешь вычесть, они были у меня с самого начала. А я пока умоюсь.

Когда я вернулся в гостиную, Лонли-Локли взирал на меня с почти суеверным восхищением.

— Твои таланты воистину неисчерпаемы, — торжественно заявил он.

— Исчерпаемы, исчерпаемы, можешь мне поверить! Я не умею петь, летать, готовить пирог «Чаккатта» и еще кучу вещей. Идем завтракать, Шурф. Грешные Магистры, как же хорошо, что можно не смотреть на цены!

Завтракали мы в «Старом столе» — там же, где вчера. Во мне разбушевался махровый консерватор, который упрямо утверждал, что от добра добра не ищут. Приветливая хозяйка нас узнала, это было приятно. Но мой аппетит все еще где-то шлялся и обещал навестить меня попозже. Зато Лонли-Локли ел за двоих. Я чувствовал себя кем-то вроде заботливого отца семейства и единственного кормильца. Удивительное ощущение!

— А что «во-вторых»? — неожиданно спросил Шурф, не прекращая жевать.

— В каких «вторых»?

— Утром ты сказал, что у тебя две хорошие новости. Во-первых, мы разбогатели. Но ты так и не сказал, что же «во-вторых». Или это?..

— Что? Тайна? Нет, Шурф, это новость специально для тебя. Небольшая работенка для твоих умелых ручек, после чего мы с чистой совестью можем проваливать из этого сумасшедшего городка. Видишь ли, по Кеттари бродит некий сэр Киба Аццах, если я не ошибаюсь насчет его грешного имени...

— Ты не ошибаешься.

— Ну вот и отлично, тебе его имя действительно что-то говорит. Насколько я понял, с Кеттари, в общем-то все в полном порядке, но присутствие этого господина несколько омрачает обстановку.

— Понимаю, — сдержанно сказал Лонли-Локли. — С Кеттари все в полном порядке. Что ж, неплохо, если ты действительно в этом уверен.

— Шурф, поверь мне на слово, с Кеттари действительно все в порядке. Здесь, конечно, случилась одна очень странная история, но скорее хорошая. По крайней мере мне она нравится. И Джуффину понравится, насколько я могу судить. Но с этим господином Кибой Аццахом, насколько я понял, необходимо покончить... Я что, испортил тебе аппетит?

— Ты тут ни при чем. Ты знаешь, что человек, чье имя ты назвал, умер довольно давно?

— Знаю, — сказал я. — И кажется, это только ухудшает дело.

— Разумеется, ухудшает. С мертвым Магистром всегда гораздо труднее справиться, чем с живым. Что еще тебе известно, Макс?

— Это все. — Я развел руками. — Думал, остальное ты и сам знаешь. Как его найти и все такое.

— Найти его будет несложно. Мне любопытно, что еще ты знаешь про Кибу Аццаха.

— Ничего. Только, что он — мертвый Магистр и чем-то напакостил в Кеттари. Или собирается напакостить, я, честно говоря, так и не понял... Ах, да. Еще он — «неправильно убитый Великий Магистр». Странное выражение, да?

— Почему странное? Так оно и есть. Когда я убивал его, я еще не знал, как это делается. Более того, я даже не был в курсе, что я его убиваю.

— Ты убивал его? — я наконец начал что-то понимать. — Это, часом, не бывший хозяин твоих перчаток?

— Левой перчатки, если быть точным. Хозяин правой — один из младших Магистров Ордена Ледяной Руки. С ним было бы гораздо меньше хлопот.

— Послушай, Шурф, — я всерьез забеспокоился. — Мне в голову не приходило, что... Слушай, я не думаю, что нам так уж обязательно разбираться с этим мертвым Магистром. Пусть себе...

— Ты не понял, Макс. Я не боюсь этой встречи. Скорее, я просто не могу поверить в свою удачу.

— «В удачу»? Ничего не понимаю.

— Разумеется, это невероятная удача. Встретить Кибу Аццаха не во сне, когда я весьма уязвим, а наяву, когда я вполне могу с ним сразиться... Надеюсь, уж ты-то способен понять, насколько мне повезло.

— Глядя на выражение твоего лица, не скажешь, — проворчал я.

— Разумеется. Но это естественно. Мне необходимо обдумать сложившуюся ситуацию и понять, каким образом я должен действовать. Видишь ли, человеку не каждый день предоставляется шанс избавиться от такого тяжелого груза. И я не имею права допустить ошибку. Думаю, что мне следует начинать действовать немедленно.

— Нам, — твердо сказал я. — Из меня хреновый драчун, Шурф. Да и колдун не очень-то, разве что за карточным столом, или ежели ядом в кого плюнуть — это всегда пожалуйста. Но я очень любопытный. Неужели ты думаешь, что меня удовлетворит краткое изложение этой битвы титанов? Не обижайся, Шурф, но на мой вкус, ты обычно не в меру лаконичен. К тому же, мне здорово везет здесь, в Кеттари. Так что возьми меня просто в качестве охранного амулета.

— Ладно, — пожал плечами Лонли-Локли. — Возможно, твоя удача окажется гораздо полезнее, чем мое умение. И в конце концов я должен выполнять твои приказы.

— Грешные Магистры, а я-то и забыл, — рассмеялся я. — Приказ номер один: старательно делать вид, что ничего не замечаешь.

Лонли-Локли изумленно посмотрел на меня. Я достал из кармана предпоследнюю сигарету. Вообще-то сэр Маба Калох мог бы расщедриться и на несколько пачек. Нет у меня времени сидеть над этой грешной подушкой! То Миры создаю, то в картишки режусь. Я усмехнулся и закурил.

— Макс, тебе не кажется, что это слишком? — сурово спросил Лонли-Локли.

— Нет, — честно сказал я. — Как-нибудь потом объясню почему, если захочешь. А пока просто выполняй приказ, если уж я такой великий начальник. И кстати, приказ номер два: выкинуть из головы всю эту ерунду насчет выполнения моих приказов. Ничего путного я тебе все равно не присоветую. Жуй, сэр Шурф, пошли все куда подальше, ни одна неприятность не стоит испорченного аппетита.

— Этот совет вполне можно отнести к разряду мудрых, — спокойно кивнул Лонли-Локли.

Я подозрительно покосился на него — неужели снова начал шутить? Да нет, померещилось. Нервы у меня всю жизнь были ни к черту.

— Ну что, пошли искать твоего приятеля, — предложил я после того, как тарелка Шурфа окончательно опустела. — Кстати, как мы будем это делать? Встанешь на его след?

— Иногда ты говоришь удивительные вещи, — пожал плечами Лонли-Локли. — Как, интересно, ты собираешься встать на след мертвеца?

— Я?! Я вообще не собираюсь становиться ни на чей след. Это — не моя специальность. Неужели я похож на Меламори?

— Тут ты как раз ошибаешься. У тебя получится, стоит только попробовать. Впрочем, сейчас это — не предмет для обсуждения.

— Как это — не предмет? — возмутился я. — Мне и в голову не приходило, что из меня может получиться Мастер Преследования. Здорово! Научишь меня вставать на след, Шурф?

— Сэр Джуффин не велел. Он не уверен насчет последствий. Можешь спросить у него самого, когда вернемся.

— Ладно, Магистры с тобой. Экие вы все заговорщики... А как мы будем разыскивать твоего милого мертвого приятеля? Пойдем на запах мертвечинки, или...

— Не говори глупости, — холодно сказал Лонли-Локли. — Идем домой.

— Домой?

— Разумеется. Мне нужны перчатки.

— Да, конечно. Видишь, какой я идиот? А ты-то хорош, собирался выполнять мои приказы, — рассмеялся я. — А потом?

— А потом все будет очень просто. Проще простого, — задумчиво сказал Лонли-Локли. — А, ты, наверное, так и не понял. Мне сейчас нужна левая перчатка, но не для того, чтобы сражаться. Она никогда не причинит вреда своему бывшему хозяину, скорее уж наоборот. Зато найти его будет легче легкого.

— Подожди, — забеспокоился я. — А как же ты собираешься с ним драться?

— Посмотрим, — пожал плечами Лонли-Локли. — Надеюсь, ты не думаешь, что без перчаток я ничего не могу?

— Разумеется, не думаю, но... Лучше бы они были на нашей стороне, твои «умелые ручки».

— Конечно лучше, — равнодушно сказал этот изумительный парень. — Пошли, Макс. Понадобится какое-то время на подготовку, а мне хотелось бы встретиться с Кибой до восхода луны.

— А что, луна дает силу таким существам? — испуганно спросил я, поспешно отрывая свой зад от мягкого стула.

— Нет. Просто когда Киба Аццах и его помощник приходили за мной в мой сон, там светила луна. И мне очень не понравилось это зрелище.

— Я понимаю, — кивнул я, — честное слово, понимаю.

— Не сомневаюсь. Кому и понимать такие вещи, как не тебе.

Дома Лонли-Локли отправился в спальню. Уже на лестнице обернулся ко мне.

— Не поднимайся наверх, пока я там, Макс. Есть вещи, которые нужно делать без свидетелей, сам знаешь.

— Делать мне больше нечего — по лестницам скакать! Мне, между прочим, тоже нужно подготовиться к вашей эпохальной битве. Сегодня вечером я буду волноваться, а значит, много курить. А курить мне уже нечего. Так что я тоже пошел колдовать. Может, и на твою долю что-то достанется.

Последнюю фразу я сообщил уже захлопнувшейся двери.

— Страсти какие! — вслух сказал я, усаживаясь поудобнее возле любимой подушки, которая по милости сэра Мабы Калоха уже давно перестала быть подушкой. Ее изрядно повысили в ранге, назначив на должность «затычки в щели между Мирами», по собственному выражению этого не по годам эксцентричного чернокнижника.

Я засунул руку под подушку и приготовился терпеливо ждать свою добычу. Рука онемела почти сразу же. Я извлек ее на свет божий и растерянно воззрился на добычу. Мне досталась целая коробка шоколадных конфет. Очень мило, конечно. Что это такое со мной случилось? Я пожал плечами и опять сунул руку под подушку. Скорость, с которой она снова «провалилась» в неизвестность, потрясала, а толку-то!

Через полчаса я был счастливым владельцем нескольких пачек печенья, связки ключей, четырех серебряных ложечек и коробки гаванских сигар, курить которые в свое время так и не научился, поскольку хорошие сигары стоят целое состояние, а как следует разбогатеть мне удалось только в Ехо.

Я изумленно разглядывал эти сокровища. Что происходит?! Раньше мне удавалось добывать только сигареты, и меня это совершенно устраивало. Не слишком соображая, что делаю, я послал зов сэру Мабе Калоху.

«Что со мной творится, сэр Маба? Вы же учили меня доставать сигареты, а не весь этот мусор».

«А я-то тут при чем? Ты учишься чудесам совершенно самостоятельно. Теперь ты умеешь больше, чем раньше. Что в этом плохого?»

«Это просто прекрасно, — жалобно сказал я, — но местный табак такой противный!»

«Дело вкуса, конечно. Лично мне нравится. Ладно, подскажу. Не цепляйся за эту грешную подушку. Попробуй с другими предметами. Главное — не видеть, что происходит с твоей рукой, вот и все. У тебя, насколько я знаю, как раз выдалась свободная минутка, так что упражняйся. И не дергай меня больше по пустякам, ясно?»

Сэр Маба Калох исчез из моего сознания. И только теперь до меня наконец начало доходить. Я легко и просто послал зов сэру Мабе, который, скорее всего, сидит себе в Ехо. Может быть, я смогу докричаться и до Джуффина?

Уже после первой попытки я понял, что можно не продолжать. Мертвая тишина, как и прежде. Для очистки совести я попробовал еще разок. Ничего!

— Уж не значит ли это, что сэр Маба тоже прибыл в Кеттари? Модное местечко, как я погляжу, — сказал я своему отражению. И снова взялся за дело.

Это было весьма увлекательно, что правда, то правда. Из-под моего любимого дивана, оказывается, можно было добывать пиццу. После третьей пиццы кряду я понял, что этим возможности дивана и ограничиваются. Я сунул руку под кресло-качалку. Бутылка граппы, потом банка бельгийского пива... Так, с этим тоже все ясно: здесь у нас хранятся напитки.

Я понял, что пора закурить. У меня оставалась еще одна сигарета, а там поживем — увидим. Я сунул руку в карман лоохи. К моему величайшему изумлению, она сразу же онемела. Я поспешно вытащил руку из кармана и не веря своим глазам уставился на золотистую коробочку. Полная пачка моих любимых сигарет, дырку над всем в небе! Полнехонькая! Логично — откуда же и добывать сигареты, как не из собственного кармана?

Я снова полез в карман и извлек почти пустую измятую пачку, на которую рассчитывал с самого начала. Голова шла кругом от собственного могущества, нужно было срочно покурить и успокоиться. И постараться взять себя в руки. Чудеса — отличная штука, но надо бы как-то начинать брать ситуацию под контроль.

— Что это, Макс? — изумленно спросил Лонли-Локли.

Я и не услышал, как он спустился.

— Еда из другого Мира, — вздохнул я, — кажется, я сегодня в ударе. Сам поражаюсь. Ты еще не проголодался? Может быть, тебе это сейчас полезно? Я имею в виду — может быть, это волшебная еда?

— Может быть, — осторожно сказал Лонли-Локли, недоверчиво принюхиваясь к пицце. — Во всяком случае, это, кажется, действительно можно есть.

Он отломил кусочек, пожевал и пожал плечами:

— Знаешь, мне не нравится!

— Мне тоже не очень. Лучше попробуй конфету. А выпить тебе, часом, не хочется? Для храбрости? Твоя дырявая посудина при тебе?

Лонли-Локли заинтересованно кивнул и извлек из-под лоохи хорошо знакомую мне чашку без дна.

— В любом случае я собирался прибегнуть к этому средству, поскольку мне необходимо использовать все возможности... — сказал он. — А напиток из другого Мира может только увеличить мои шансы на победу.

— Значит, я не зря старался.

Откупорить бутылку было минутным делом, я щедро плеснул граппы в дырявую чашку. Спросил:

— А можно и мне попробовать? Я имею в виду — выпить из твоего сумасшедшего сосуда?

Лонли-Локли с сомнением уставился на меня.

— Ну попробуй, если сможешь.

И протянул чашку. Я налил немного граппы в этот воистину бездонный предмет и решительно выпил. Вообще-то граппа мне совсем не нравится, но, дорвавшись до удивительной чашки Лонли-Локли, я был готов и не на такие подвиги.

— Спасибо. А что я теперь должен чувствовать?

— Ты? Понятия не имею. — Мой друг, кажется, по-настоящему растерялся. — Я был почти уверен, что это твое странное крепкое вино просто прольется, как ему и положено. Ты же не проходил подготовку в нашем Ордене. Скажи, Макс, ты знал, что можешь это делать?

— Я даже не знал, что могут возникнуть какие-то проблемы, — жалобно сказал я. — Думал, все дело в твоей волшебной чашке...

— Чашка самая обыкновенная. Просто старая дырявая чашка. Все дело в том, кто из нее пьет... Знаешь, Макс, все-таки ты — очень странное существо.

— Я тоже так думаю, особенно в последнее время, — вздохнул я. — Ладно, пошли поищем твоего приятеля. Кстати, так превосходно я себя не чувствовал даже после хорошей порции бальзама Кахара.

Я встал с дивана и пошел к дверям. На пороге обернулся. Лонли-Локли так и не двинулся с места.

— Ты еще что-то должен сделать? Я рано вскочил?

— Макс, — осторожно сказал сэр Шурф, — скажи, пожалуйста: ты всегда ходишь, не касаясь земли, или...

— Только в Кеттари. Погоди, что ты этим хочешь сказать?

Я растерянно посмотрел себе под ноги. Между подошвами моих сапог и полом действительно было небольшое расстояние. Почти незаметное, но все же...

— Черт с ним, — решительно вздохнул я. — Нет у меня больше сил удивляться. Надеюсь, делу это не помешает, так что пошли, пока зеленая дурища луна не начала карабкаться на небо. Знаешь, я, кажется, очень хочу напиться крови Магистра Кибы Аццаха. Это нормальное состояние после пользования твоей посудой?

— Вполне, — сухо кивнул Лонли-Локли. — Только держи себя в руках, пожалуйста. И постарайся не перепутать свою настоящую силу с иллюзорным ощущением могущества.

— Постараюсь. Вынужден заметить, что никогда в жизни не получал настолько своевременных советов.

— Просто мне хорошо знакомо твое нынешнее состояние. Ладно, насколько я помню, ты прекрасно контролируешь свое поведение, если очень захочешь.

Пришлось собраться и взять себя в руки. Такой увесистый комплимент обязывает.

На улице Лонли-Локли осторожно снял левую рукавицу, помедлил несколько секунд и решительно зашагал по направлению к одному из мостов.

— Он близко? — спросил я. Пятки, внезапно оторвавшиеся от земли, зудели, как сумасшедшие.

— Не слишком. Придется идти около получаса, что дает возможность обсудить некоторые подробности предстоящего дела. Я собирался просить тебя не вмешиваться в мою драку и вообще держаться подальше от Кибы Аццаха, но...

— Передумал? — весело спросил я.

Шурф серьезно кивнул.

— Да, ты преподал мне хороший урок. Недооценивать врага — непростительная оплошность, но недооценивать союзника еще опаснее. Так что вмешивайся, если сочтешь нужным.

— Вот и ладненько, — растерянно сказал я. — А как убивают мертвых Магистров? До сих пор я знал только один способ — твою знаменитую левую руку. Отличная вещь! Но, как я понял, нам это не светит?

— Нет. И думать забудь. Если бы речь шла о любом другом существе, никаких проблем. Но моя перчатка когда-то была рукой Кибы Аццаха, и в этом деле она нам не помощник. Я могу еще кое-что — возможно, этого будет достаточно. Посмотрим. А вообще у каждого должен быть свой собственный наилучший способ убить Великого Магистра, живого или мертвого. И у тебя как раз появился шанс выяснить, каков твой.

Лонли-Локли задумчиво умолк. Я не стал докучать ему разговорами. Только моих проблем бедняге не хватало.

Между тем мы все шли по улицам Кеттари. Я наслаждался прогулкой. Приятный зуд в оторвавшихся от земли ступнях с каждым шагом отзывался во всем теле.

— А почему я летаю, Шурф? С тобой когда-нибудь случалось что-то подобное?

— Да, конечно. После того как я осушил все аквариумы Ордена, я несколько лет не прикасался к земле. Это происходит от переизбытка силы и неумения ее правильно использовать. Впрочем, с тобой это стряслось после совсем небольшой порции. Поэтому твой случай может отличаться от моего... Должен заметить, что Киба Аццах очень близко. Еще немного, и мне придется снять перчатку — она жжет мою руку.

— Ничего себе, — сочувственно сказал я. И снова заткнулся. Что тут говорить, когда такое творится!

— Все, Макс, я снимаю перчатку, — сказал сэр Шурф. — Придется отдать ее тебе. Вместе с защитной рукавицей, разумеется. Ты — никто в этом старом споре, так что вполне сможешь ее удержать.

— Может быть, мне стоит ее уменьшить и спрятать? Это не опасно?

— Да, конечно, так и сделай. Возьми ее и иди за мной.

Опасная перчатка послушно поместилась между большим и указательным пальцами моей левой руки. Чему я действительно успел научиться, так это самому практичному на свете способу транспортировки громоздких физических тел.

— В любом случае постарайся остаться живым, — вдруг сказал Лонли-Локли. — Смерть — омерзительная штука, когда имеешь дело с Кибой, уж я-то знаю.

— У меня длинная линия жизни, — усмехнулся я, украдкой покосившись на свою правую ладонь. — А у тебя?

— Не понимаю, о чем ты говоришь. Потом, Макс. Он находится вон в том доме, так что идем.

Дом, на который указал Лонли-Локли, был маленьким двухэтажным строением с вывеской «Старый приют» на фасаде.

— Гостиница? — удивленно спросил я. — Общежитие для мертвых Магистров, комната и стол за умеренную плату?

— Думаю, перед нами действительно что-то вроде гостиницы. Ты всерьез полагаешь, будто это важно?

— Да нет, просто забавно. Мертвец живет в гостинице. Где он берет деньги, хотел бы я знать? Или у него еще при жизни был счет в местном банке?

— Какая разница. Должен же он хоть где-то находиться, — буркнул Лонли-Локли. Я распахнул перед ним тяжелую лакированную дверь.

— Прошу.

Древние ступеньки заскрипели под тяжестью его шагов.

— Пришли, — констатировал Лонли-Локли, останавливаясь перед ничем не примечательной белой дверью с жалкими остатками позолоченного номера 6, разглядеть которые можно было только при моей дурацкой привычке обращать пристальное внимание на всякую ерунду. — Открывай, Макс, не тяни.

Давным-давно в одном из множества проглоченных мною журналов я вычитал, что у Наполеона спросили, в чем секрет его побед. И получили ответ: «Главное — ввязаться в заварушку, а там — по обстоятельствам». Хороший он был парень — Наполеон. Да вот кончил как-то не очень.

Меня это, впрочем, никогда не останавливало.

И я толкнул белую дверь.

У окна спиной к нам сидел совершенно лысый худой человек в светлом лоохи. Я еще успел подумать: «Отлично, теперь мы ловим Фантомаса!» А потом белоснежная шаровая молния вылетела из-под лоохи Лонли-Локли. Ударила лысого между лопаток, он вспыхнул каким-то неприятным бледным светом, но миг спустя все встало на свои места. Похоже, атака Шурфа не причинила противнику никакого вреда.

— Привет, Рыбник, — проворчал сэр Киба Аццах, бывший Великий Магистр Ордена Ледяной Руки, он же «неправильно убитый мертвый Магистр», он же Фантомас.

Самое ужасное, что Киба Аццах был довольно сильно похож на самого Лонли-Локли. Не зря Джуффин говорил, что у нашего Шурфа внешность самая неприметная, таких ребят полный город. А я-то, дурак, не верил. Вот только долгие годы, проведенные в неживом состоянии, не пошли Магистру на пользу. У бедняги начались серьезные проблемы с кожей. Синюшная, пористая, неестественно блестящая, она здорово портила впечатление. Белки его глаз были темными, почти коричневыми, а сами глаза — светло-голубыми. Это выглядело весьма эффектно, но обаяния, мягко говоря, не прибавляло.

Внешность Кибы Аццаха показалась мне настолько противоестественной, что я даже успокоился. Не может такое жалкое существо причинить вред грозному Лонли-Локли.

Ох как я ошибался.

Не обращая никакого внимания на еще одну шаровую молнию, на этот раз ударившую его в грудь, Киба Аццах продолжал говорить:

— Ты хорошо спрятался от меня, Рыбник. Просто отлично спрятался. Но тебе не хватило ума оставаться подальше от таких мест, как это. Ты не знал, что новорожденный Мир похож на сон? Здесь твоя сила не имеет никакого значения. Ты еще не убедился в этом?

Я обернулся к Лонли-Локли. Мне по-прежнему казалось, что мы в полной безопасности. Этот мрачный мертвец еще немного нас попугает, а потом Шурф его быстренько сделает, как и положено по законам жанра. Но выражение лица сэра Шурфа мне совсем не понравилось. «Грешные Магистры, что это с ним творится? — в панике подумал я. — Парень, кажется, по-настоящему боится и... Ну точно, он засыпает!»

Дребезжащий голос Кибы Аццаха вернул меня к действительности.

— У меня нет к тебе никаких претензий, мальчик. Можешь уходить. Не вмешивайся, у нас старые счеты. — Мертвый Магистр покачал перед моим носом обрубком левой руки. — Он украл мою руку, как тебе это нравится?

Холодный комок паники подступил к моему горлу. До сих пор я был уверен, что могу спокойно взирать на полный опасностей мир из-за плеча неуязвимого Лонли-Локли. «И на старуху бывает проруха, — подумал я с каким-то дебильным восторгом. — А сегодня нам здорово повезло с прорухой. Можем поделиться с вдовами и сиротами, совершенно бесплатно!»

А потом я наконец-то перестал думать и взялся за дело. Для начала просто плюнул в неопрятную физиономию сэра мертвого Магистра, не слишком рассчитывая, что это поможет делу. Просто не смог придумать ничего более оригинального.

К моему собственному изумлению, плевок несколько улучшил ситуацию. Он, разумеется, не убил моего противника — тот и так был мертвехонек. Но мой яд, как выяснилось, продырявливает покойников точно так же, как продырявил однажды ковер в моей спальне. На дряблой щеке Кибы Аццаха появилась отвратительная неаккуратная дыра. Он, кажется, здорово удивился. Настолько, что наконец-то отвлекся от Лонли-Локли.

Не знаю уж, что мертвый Магистр с ним делал, но теперь я спиной почувствовал, что Шурф начал приходить в себя. Нужно было еще немного потянуть паузу, и я рванул с места. Решил плюнуть прямо в неподвижный глаз мертвеца — глаза кажутся такими уязвимыми. Но я никогда не отличался меткостью. Вот и на этот раз промазал, яд угодил Магистру в лоб. Тоже мне снайпер! Я нервно хихикнул и плюнул снова. Остался доволен — на сей раз новая дыра появилась на месте правого глаза.

Киба Аццах попятился к окну.

— Ты мертвый? — спросил он с таким интересом, словно не было на свете ничего важнее, чем информация о состоянии моего организма. — В этом городе живые не могут спорить с мертвыми, значит, ты мертвый. Почему ты на его стороне?

— Работа у меня такая — быть на его стороне, — весело сказал я.

И наконец получил то, чего заслуживал. Правая рука Кибы Аццаха легла мне на грудь. Я только и успел подумать: «Идиот, зачем было подходить так близко?»

А потом мне стало холодно и спокойно. Больше не хотелось ни с кем драться. Нужно было прилечь и немного отдохнуть. Колдовство мертвого Магистра действовало, как примитивный наркоз. Осознав это, я разозлился. Гнев пошел мне на пользу, вместо того чтобы окончательно отрубиться, я снова плюнул в порядком изуродованное лицо мертвого Магистра и заорал:

— Шурф, прячь его, быстро! Между пальцами, как я твою перчатку, давай! — И грохнулся на пол, чтобы меня самого не уменьшили за компанию.

Оставалось надеяться, что Шурф уже настолько в порядке, что сможет последовать моему совету. Ну или сам придумает что-то получше. Я в любом случае сделал все, что мог.

Не то секунду, не то вечность спустя я с облегчением обнаружил, что Магистра Кибы Аццаха больше нет рядом с нами. Обернулся. Лонли-Локли молча показал мне свою левую руку. Большой и указательный пальцы сложены на особый манер. Получилось!

Мы вышли из этой неуютной комнаты и пошли вниз. Меня трясло. Сэр Шурф по-прежнему молчал. Думаю, ему тоже требовалось время, чтобы прийти в себя после... Мне и думать-то не хотелось, после чего именно.

На улице было хорошо. Холодный ветер и мягкий сумеречный свет, мы были живы и шли прочь от маленького двухэтажного домика. Напоследок я оглянулся и замер на месте.

— Смотри, Шурф! Там нет никакого дома.

Лонли-Локли равнодушно пожал плечами. «Нет так нет», — говорило выражение его лица. Я понял, что мне это тоже не слишком интересно. Мы пошли дальше. Все бы ничего, но я не мог справиться с бившей меня дрожью, даже зубы стучали.

— Попробуй мою дыхательную гимнастику, — внезапно сказал Шурф. — По крайней мере мне она вроде бы помогает.

Я попробовал. Поэтому минут через десять, когда мы зашли в какой-то крошечный пустой трактир, я уже мог взять в руку стакан, не рискуя немедленно взбить коктейль, а затем и расколотить посуду.

— Здорово, — уважительно сказал я, — действительно помогает.

— А зачем она была бы нужна, если бы не помогала? — пожал плечами Лонли-Локли.

— Что мы будем делать с этим красавцем? — весело спросил я. — Или хочешь оставить его себе на память?

— Не думаю, что он мне зачем-нибудь понадобится, — задумчиво сказал Шурф. — Но в любом случае должен отметить, что твоя идея была выше всяких похвал. Так просто и в то же время... Ты знаешь, что спас гораздо больше, чем мою жизнь, Макс?

— Догадываюсь. Я очень впечатлительный. Твой рассказ о снах Безумного Рыбника до сих пор звучит у меня в ушах. Что, мертвый Магистр опять проделал то же самое? Он успел сообщить мне, что встречаться с ним в Кеттари — не самая разумная идея. Здесь, дескать, расстановка сил не лучше, чем в твоих снах.

— Так оно и есть, — спокойно согласился Лонли-Локли. — Знаешь, Макс, нам все-таки надо его убить. То есть убить окончательно. Эти твои таинственные приятели — я имею в виду тех, кто рассказал тебе про Кибу Аццаха, — они нам помогут?

Я пожал плечами.

— А Магистры их знают. Можно попробовать, конечно. Давай еще выпьем, Шурф. Твои дыхательные упражнения — просто прелесть, но лучше осуществлять все оздоровительные мероприятия в комплексе, ты не находишь?

— Ты прав, — кивнул Лонли-Локли.

Потом мы молча пили какое-то темное, почти черное, терпкое вино. Мне было как-то удивительно хорошо — легко и печально. И наконец-то никаких мыслей. Меня абсолютно не волновало, что мы будем делать дальше. Вернее, я уже знал что.

Шурф вопросительно посмотрел на меня.

— Пошли, — сказал я, — пройдемся.

И встал из-за стола. К тому моменту мне было совершенно ясно, куда мы пойдем, хотя до сих пор не понимаю, каким образом умудрился принять какое-то решение. Меня просто несло, а я не сопротивлялся.

Лонли-Локли не стал меня расспрашивать. Похоже, теперь его доверие ко мне стало безграничным.

Оно и правильно.

Мы шли к городским воротам. Несколько дней назад Шурф не смог выйти из города, но я почему-то ни на секунду не сомневался, что сейчас все получится. В случае чего просто скажу: «Он со мной», — и все будет в порядке.

Но и этого не понадобилось. Мы покинули Кеттари так легко, словно действительно просто вышли за городские ворота, чтобы полюбоваться на знаменитую рощицу деревьев вахари и прочие сельские пейзажи.

Мы шли по дороге, мои ноги все еще не касались земли. Или касались? Не знаю, мне было не до того. Изумительное чувство собственного могущества теплой волной накрыло меня по самую макушку. Кажется, во время этой прогулки я действительно мог совершить что угодно, но мне и в голову не приходило ничего такого совершать. Я просто очень хотел, чтобы Шурф прокатился на моей любимой канатной дороге, а там — будь что будет.

— Что это, Макс? — изумленно спросил Лонли-Локли. Впереди виднелась посадочная площадка канатной дороги, а еще дальше — хрупкие башенки моего города в горах, белый кирпичный дом с беспокойным флюгером-попугаем. Я весело посмотрел на своего спутника.

— Не узнаешь? Ты здесь уже бывал. Не так давно, между прочим.

— Город из твоего сна?

— Ага. И из твоего тоже. Пошли покатаемся.

Кабинка канатной дороги как раз была рассчитана на двоих, так что мы отлично поместились. Сэр Шурф зачарованно пялился то вперед, то вниз. Теперь его молчание было не таким уж отрешенным. Скорее восторженным. Я чувствовал себя так, будто мне вручали Нобелевскую премию. Во всяком случае, мои выдающиеся заслуги перед человечеством, кажется, были оценены по достоинству. Восторг самого сэра Лонли-Локли дорогого стоит. Я рассмеялся с таким облегчением, словно мне наконец выдали вожделенную справку с двенадцатью печатями, в которой говорится, что «обладатель сего документа абсолютно бессмертен и волен делать, что хочет, ныне и во веки веков».

— А теперь действуй, — сказал я, отсмеявшись. — Выбрасывай своего грешного покойника в эту изумительную пропасть, чтобы не мешал нам наслаждаться пейзажем. Кажется, это и есть мой любимый способ убивать мертвых Магистров, весьма рекомендую.

На миг в глазах Лонли-Локли появилась тень сомнения, но он снова окинул взглядом простиравшийся далеко внизу призрачный пейзаж, серьезно кивнул и встряхнул левой рукой.

Киба Аццах падал вниз молча. Он совсем не удивился такому исходу. Видимо, заранее знал, что я могу устроить, — мертвые все знают. Мне казалось, что сэр Киба совсем не возражал против такого финала своего долгого утомительного существования за пределами здравого смысла. Наш эксцентричный поступок был ему скорее на руку, поскольку быть мертвым Магистром — тяжелая и неблагодарная работа.

Наконец Киба Аццах исчез. Просто исчез, так и не достигнув земли, которой, собственно говоря, под нами и не было.

Я снова рассмеялся. Поднял глаза к небу и спросил, заикаясь от смеха:

— Вам понравилось, Маба? Вам просто не могло не понравиться!

«Понравилось, понравилось, теперь ты доволен? — Ворчливая Безмолвная речь сэра Мабы Калоха настигла меня так неожиданно, что я вздрогнул. — Только завязывай с этой дурацкой привычкой принародно обращаться ко мне вслух. Постараешься?»

«Постараюсь», — виновато вздохнул я, на этот раз не открывая рта.

— Здорово! — сказал Лонли-Локли, веселый и помолодевший. Теперь в его веселости не было ничего противоестественного. Точно такой же парень уже гулял здесь со мной совсем недавно, когда город в горах еще был просто одним из моих любимых снов.

— А ты был уверен? — с любопытством спросил он.

— Да. Только не спрашивай почему. Понятия не имею. Но я действительно был абсолютно уверен, что именно так все и будет... Смотри-ка, Шурф, мы уже почти приехали. И держи свою варежку. Думаю, ты уже можешь снова с ней подружиться.

Я встряхнул рукой и вернул Лонли-Локли его сияющую белизной когтистую перчатку, у которой теперь, хвала Магистрам, был только один хозяин.

Город был рад нам обоим, никаких сомнений. Почти пустынные улицы, редкие приветливые прохожие, теплый ветерок разносил по уличным кафе слабые ароматы моих любимых воспоминаний. Ничего особенного, а все же не было для меня места лучше ни в одном из Миров. Хотя мне и в голову не приходило попробовать здесь остаться. Я откуда-то знал, что это невозможно. По крайней мере пока.

В одном из уличных кафе мы решили сделать привал. Шурфу совершенно не понравился кофе, зато ему пришлись по вкусу парящие над чашками облачка сливок, так что мы отлично разделили свои порции. Было вкусно и почему-то смешно. Помню, что Лонли-Локли тут же продырявил свою ложку — просто посмотрел сквозь нее на солнце, и дырка появилась сама собой. Он подмигнул мне и принялся уплетать облачко сливок над моей чашкой. Высокая тоненькая девушка, хлопотавшая с нашими заказами, чмокнула меня в щеку на прощание, это было неожиданно, но приятно. И мы пошли дальше.

После долгих часов стремительного полета с одной городской окраины на другую мы пересекли тенистый английский парк. Если верить сэру Махи Аинти, где-то здесь бродила моя леди Мерилин, но ее мы так и не встретили.

— Ох, — вздохнул я, — опять забыл. Я же собирался узнать, как называется этот город. Надо было спросить — например, ту девчонку в кафе.

— Ерунда, Макс, — махнул рукой Лонли-Локли. — Главное, что он есть, твой город. Какая тебе разница?

— Ну, интересно же. Ладно, чего уж теперь локти кусать.

Когда вдалеке показались городские ворота Кеттари, на меня навалилась неописуемая усталость. Заснул я, кажется, еще по дороге домой. Но великодушный сэр Шурф не бросил меня на улице.

Утром все снова было нормально. Может быть, даже чересчур нормально, но я не возражал. Мои ноги твердо стояли на земле, никаких сверхъестественных фокусов я больше не проделывал, только извлек банку кока-колы из-под кресла-качалки. Тоже мне, великое чудо.

Наконец-то стало возможным просто поскучать за завтраком. Лонли-Локли казался все таким же сдержанным и невозмутимым человеком, к которому я привык. Но появилась в нем какая-то почти неуловимая легкость — словно бы всю жизнь я был знаком со слегка простуженным человеком, а теперь он наконец выздоровел.

— У нас больше нет дел в Кеттари, я полагаю? — спросил Шурф, принимаясь за камру, которую нам принесли из соседнего трактирчика: мне лень было переться куда-то с утра пораньше, даже завтракать.

Это были его первые слова за все утро. Похоже, парень решил, что хорошенького понемножку.

— Посмотрим. Думаю, что нет, но... Посмотрим. Я собираюсь на свидание. Если хочешь, можем пойти туда вместе. Почему бы и нет? В «Сельской кухне» отлично кормят.

— Ладно, — флегматично кивнул Лонли-Локли, — как скажешь. Но я собираюсь сперва привести себя в порядок, поэтому тебе не стоит меня дожидаться. Иди на свое свидание, а я приду туда позже.

— Ладно, — эхом откликнулся я, — как скажешь.

Кажется, все и правда становилось на свои места: я кривлялся, Шурф этого не замечал. Жизнь наша, таким образом, налаживалась.

На свидание с сэром Махи Аинти я отправился не откладывая. Мне вдруг так захотелось домой, в Ехо! Я был совершенно уверен, что мы можем валить куда подальше, не терзаясь сомнениями, хоть сейчас. Но глупо было бы уехать, не повидавшись с Махи. Да и как отсюда выбираться? Тоже хороший вопрос.

Деревянная дверь «Сельской кухни» открылась с тихим скрипом. Кажется, раньше она не скрипела или я просто не обращал внимания?

— Привет, коллега! — Махи приветливо улыбался в рыжеватые усы. — Ты доволен своими приключениями?

— А вы? — спросил я, усаживаясь в кресло, которое уже начал считать своим. Да оно и было моим и только моим креслом. Голову мог дать на отсечение, что кроме меня, там никогда никто не сидел. — Вы довольны моими приключениями?

— Я? Очень доволен. Передать тебе не могу, как я доволен. Не ожидал ничего подобного. Думаю, может, не отпускать тебя к Джуффину? Здесь для тебя найдется немало работы... Да шучу я, шучу! Чего ты испугался, Макс? Я что, похож на похитителя младенцев? Между прочим, у тебя очень выразительное лицо, но это скорее плюс: собеседник получает больше удовольствия. А скрывать свои чувства — пустое дело, их лучше просто не иметь. У тебя много вопросов, я полагаю?

Я помотал головой.

— Больше никаких вопросов. От ваших ответов мне только дурно делается. Я же смогу прислать вам зов, потом, когда буду готов спрашивать?

— Не знаю, Макс. Попробуй. Почему бы и нет? У тебя все получается. Рано или поздно, так или иначе. — Он неожиданно подмигнул мне и рассмеялся.

Впервые я услышал смех сэра Махи Аинти, прежде он только улыбался в усы. Мне не понравилось, как он смеялся. Ничего особенного, но у меня мурашки по спине поползли. Слишком холодно, слишком... Не знаю.

— Ты сам тоже так смеешься иногда. И тоже пугаешь ни в чем не повинных людей, — заметил сэр Махи. — Но сейчас у тебя есть более важная проблема. Ты хочешь домой, и вам совершенно не с руки дожидаться каравана, верно? Вот возьми. — Он протянул мне маленький зеленоватый камешек, удивительно тяжелый для вещицы таких ничтожных размеров.

— Это проводник? «Ключ от двери между Мирами»? Такой же, как у всех жителей Кеттари?

— Зачем «такой же»? Лучше. Человек, который помогал мне создавать новый Мир, имеет право на некоторые привилегии. Впрочем, шучу. Просто обыкновенный «ключ» подходит только самим кеттарийцам. Что годится для них, не подойдет существу из иного мира. В общем, твой ключ — только для тебя. Если ты одолжишь его кому-то из своих приятелей, я не ручаюсь за последствия. Уразумел?

— Ага. Могли бы и не предупреждать, я очень жадный.

— Это хорошо. Джуффину тоже не давай. Ему — в первую очередь. Впрочем, он и сам не возьмет. Я все забываю, что Джуффин уже старый и мудрый! Забавно... Кстати, я очень рад, что твой друг так легко избавился от своей главной проблемы. Он в высшей степени приятный человек. И весьма занимательный. Мне по-настоящему жаль, что он не может меня навестить. Когда вы уезжаете?

— Не знаю. Наверное, скоро. Завтра или даже сегодня. Посмотрим... А почему вы говорите, что Шурф не может вас навестить? Я-то предложил ему здесь пообедать. Это большая глупость с моей стороны?

— Да нет, что ты. Все в порядке. Он уже сидит в соседнем зале, поскольку... Ладно, сам поймешь.

Сэр Махи Аинти встал со своего места и направился к выходу. В дверях он обернулся.

— Этот камень, твой ключ — он открывает всего одну дверь между Мирами, Макс. Зато с обеих сторон. Я понятно выражаюсь?

— Вы имеете в виду, что я могу сюда вернуться?

— Разумеется. Когда захочешь. Вернуться и снова уехать. Не думаю, что в ближайшие годы у тебя будет время путешествовать для удовольствия, но кто тебя знает? Да, и учти, вместе с тобой сюда может пройти далеко не любой человек, так что не рискуй понапрасну. И не вздумай переквалифицироваться в предводителя каравана, не отбивай хлеб у моих земляков. Договорились?

Я улыбнулся и стукнул себя по носу указательным пальцем правой руки — раз и еще раз. Сэр Махи тоже улыбнулся в рыжеватые усы и вышел на улицу.

Дверь со скрипом захлопнулась, я остался один. Спрятал зеленоватый камешек в карман. Как бы его не посеять, интересно? Кольцо, что ли, заказать? Не люблю я побрякушки, но так, пожалуй, будет надежнее. Я посмотрел в окно. Разноцветные струйки фонтана переливались на солнце. Улица была совершенно пустынна, наверное, Махи успел завернуть за угол.

«Успел, как же! Прекрати прикидываться дурачком, сэр Макс», — устало сказал я себе. Вылез из уютного кресла и отправился в соседний зал, где, по идее, должен был болтаться Лонли-Локли.

Сэр Шурф и правда уже устроился за столиком у окна. Он вдумчиво изучал меню, так что я подкрался вполне неожиданно.

— Откуда ты вошел, Макс? Ты уже успел побывать на кухне? Но зачем?

— Куда уж мне добраться до кухни. Просто сидел в соседнем зале.

— В каком соседнем зале? Ты уверен, что в этом заведении два зала?

— Я только что оттуда вышел, — я обернулся к двери, которой, разумеется, уже не было и в помине. — Ох, Шурф, это опять какая-то местная экзотика. Жители Кеттари весьма эксцентричны, ты не находишь? Давай просто пообедаем. Дырку в небе над этим дивным городком, кажется, я все-таки пламенный патриот Ехо, куда мы, к слову сказать, можем катиться хоть сейчас. Тебе нравится такая идея?

— Разумеется. Мы можем ехать, не дожидаясь каравана, я правильно понимаю?

— Правильно. Без каравана. И без остановок, поскольку я собираюсь сесть за рычаг амобилера. Ты же не возражаешь против быстрой езды? Мы поставим рекорд и войдем в историю самым незамысловатым, но надежным способом. Но сперва ты просто обязан купить домой какой-нибудь грешный кеттарийский ковер. Мы же сюда за тем и приехали, если разобраться.

Лонли-Локли пожал плечами.

— Да я и собирался. А ты что, намереваешься провести за рычагом амобилера всю дорогу?

— Ты даже представить себе не можешь, как быстро мы доберемся, — мечтательно сказал я. — После того что ты мне рассказал о принципах действия амобилера... Знаешь, теперь я думаю, что до сих пор ездил так медленно, потому как в глубине души был уверен, что быстрее на этой развалюхе просто не получится.

— А до сих пор ты ездил медленно? — переспросил Лонли-Локли. — Да, в таком случае мы действительно очень скоро будем дома.

Когда мы покончили с едой и вышли на улицу, я свернул за угол, туда, где бил разноцветный фонтан.

— Я всегда заходил сюда через эту деревянную дверь.

— Разумеется, ты заходил, Макс. Я не сомневаюсь. Но вообще-то это не настоящая дверь. Так, бутафория.

— Как любит говорить сэр Луукфи Пэнц, «люди такие рассеянные», — вздохнул я. — Ну и что я, спрашивается, должен теперь делать? Удивляться? Обойдетесь, господа. С меня хватит.

Конец дня мы провели как настоящие туристы. Шурф отправился покупать ковер, а я поперся с ним за компанию. Дело кончилось тем, что я и сам не устоял перед темным шелковистым ворсом огромного ковра. Решил, что он будет отлично сочетаться с мехом моих котят. Наверное, я был первым покупателем, который подбирал ковер под цвет кошачьей шерсти.

Мы погрузили ковры в амобилер и пошли домой собираться. У Лонли-Локли на сборы ушло секунд десять. Зато я собирался дотемна. Как и когда я успел равномерно раскидать свои шмотки по всем комнатам этого просторного дома, оставалось полной загадкой. Напоследок я оказался перед кучей хлама, которую не далее как вчера извлек из-под собственной волшебной подушки. Коробка конфет уже почти опустела, но оставались несколько пачек печенья, связка ключей, четыре серебряные ложечки и коробка гаванских сигар. Я немного подумал, а потом решительно сунул это богатство в свою дорожную сумку — глядишь, пригодится.

Уже на улице меня осенила забавная идея, так что отъезд пришлось отложить еще на полчаса — мне понадобилось сбегать в «Деревенский Дом». Правда, на этот раз я не стал играть там в карты.

Устроившись поудобнее за рычагом амобилера, я с удовольствием закурил, и машина сорвалась с места. До городских ворот я ехал довольно медленно, но когда мы миновали одиннадцать деревьев вахари, я дал себе волю. Миль сто в час, не меньше! Я не мог поверить, но мне действительно удалось разогнать смешную неуклюжую повозку. И это было только начало.

Шурф неподвижно застыл на заднем сиденье. Я не мог обернуться, чтобы посмотреть на выражение его лица, но могу поклясться, он даже дышал восхищенно. Это было так приятно — описать не могу.

Мы летели сквозь темноту по незнакомой дороге. Не было никаких серых скал, никаких бездонных провалов, мимо которых мы ехали в Кеттари. Не было и канатной дороги на окраине моего безымянного города, ни самого города, ни даже окружающих его гор, только темнота и холодный ментоловый ветер Кеттари. А потом ветер утих. Я так и не заметил, в какой момент это случилось.

— Я только что связался с сэром Джуффином, — вдруг сообщил Лонли-Локли. Я изумленно поднял брови.

— Хорошая новость, Шурф. Скажи ему, что... В общем, расскажи ему свою часть истории о Кеттари. Я не могу отвлекаться на болтовню на такой скорости, а ехать медленнее — выше моих сил. Скажи Джуффину и это, ладно?

— Конечно. Я знаю, что ты не слишком любишь пользоваться Безмолвной речью. В любом случае, по моим подсчетам, мы очень скоро будем в Ехо, не позже завтрашнего полудня, если ты не устанешь.

— А бальзам Кахара на что? Помню, помню, что возние не положено, но пока я такой большой начальник... Думаю, мне можно.

— Да, Макс, тебе можно, — неожиданно согласился Лонли-Локли.

И надолго замолчал. Им с Джуффином явно было о чем потрепаться после долгой разлуки. Я им не завидовал — уж кто сейчас наслаждался жизнью, так это я. Завтра наговорюсь. Ох, бедный Джуффин, ему еще тошно станет от моей болтовни!

Часа через два Лонли-Локли осторожно прикоснулся к моему плечу. Я вздрогнул от неожиданности: головокружительная скорость, с которой мы неслись, заставила меня забыть обо всем на свете, в том числе и о притихшем пассажире.

— Что? — не оборачиваясь, спросил я.

— Мы с сэром Джуффином закончили беседовать. Кроме того, я проголодался. Хорошо бы остановиться у какого-нибудь трактира.

— Поройся пока в моей сумке, там должно быть печенье. Съедобное, надеюсь. И мне дай пачку, я тоже жрать хочу ужасно.

Лонли-Локли некоторое время пошуршал, потроша мою сумку, потом протянул мне пачку печенья и сам аппетитно захрустел.

— Это тоже из другого Мира?

— Наверное. Ох, Шурф, у меня отличная идея. Подожди-ка минутку!

Я остановил амобилер и засунул руку под сиденье. Подождал минуты две. Ага, вот оно! Вытащив свою добычу, я рассмеялся.

— Что случилось, Макс? — встревоженно поинтересовался Лонли-Локли.

— Ничего особенного. Просто когда вчера я пытался добыть сигареты, все время доставал какую-то непонятную пищу. А теперь решил раздобыть нам хороший ужин, и вот пожалуйста! — Я торжественно помахал перед его носом картонной коробкой. — Здесь целых десять пачек, Шурф. Да еще мой любимый сорт, три пятерочки Ну и везет же мне!

«Привет, Макс!» — Зов сэра Махи Аинти настиг меня так внезапно, что я даже охнул, вжимаясь в кресло. Ощущение было не из приятных, словно бы на меня наехал самосвал. Не настоящий, конечно, но каким-то образом все же существующий. Ничего себе, поздоровались. Счастье, что я в этот момент не управлял амобилером!

«Должен же я сказать тебе спасибо. — Безмолвная речь Махи звучала довольно виновато. Наверное, он приблизительно представлял себе, что я испытываю. — Может быть, я слишком практичен, но мне показалось, что ты будешь рад. Прощай, со мной долго не поболтаешь, сам видишь, как это непросто».

«Спасибо, — я постарался, чтобы моя Безмолвная речь звучала спокойно и внятно. — Вы себе представить не можете...»

«Могу».

И сэр Махи исчез из моего сознания. Я облегченно перевел дух. Он оказался очень тяжелым человеком. Просто невыносимым, при всей моей к нему нежности.

— Это подарок? — спросил Лонли-Локли. — Думаю, ты его заслужил, Макс. Ты оставил в том Мире лучшее, что имел.

— Ты слышал наш разговор? — удивился я.

— Каким-то образом. Похоже, теперь, когда мне не приходится тратить столько сил на защиту от Кибы, я могу использовать их несколько иначе. Конечно, это потребует времени, но некоторые простые вещи получаются сами собой. А следить за тем, что с тобой происходит, очень легко. В этом отношении ты гораздо уязвимей, чем другие люди. У тебя не только лицо выразительное.

— Ну уж, какой есть, — я равнодушно пожал плечами. — Попробую-ка еще раз. Может быть, мы все-таки поужинаем.

Через полчаса, обзаведясь несколькими бутылками минеральной воды и целой пригоршней жетонов для игровых автоматов («Именно то, чего мне всю жизнь не хватало!» — ворчал я), мы с Шурфом стали счастливыми обладателями огромного вишневого пирога. Съев здоровенный кусок, я тронулся с места. Амобилер снова жадно пожирал мили, таким лихачом я и прежде-то никогда не был.

— Слушай, Шурф, — сказал я, — а ты случайно не спросил у Джуффина, что у них тогда произошло? Я имею в виду, когда мы вели переговоры с Луукфи, поскольку никто больше не отзывался. Почему Луукфи тоже замолчал?

— Я не спрашивал, сэр Джуффин сам об этом заговорил. Он был уверен, что тебе не терпится об этом узнать. Ты, конечно, был совершенно прав, когда высказал предположение насчет другого Мира. Но сэр Луукфи Пэнц — настолько рассеянный человек, что попросту не заметил, что мой зов настигает его оттуда, откуда ничей зов никого настигнуть не может. В данном случае его рассеянность сослужила хорошую службу. А потом произошло то, что может тебя насмешить. Сэр Джуффин сразу понял, куда мы с тобой попали, и решил это нам объяснить. Луукфи спокойно выслушал его рассуждения насчет другого Мира, начал говорить с тобой, а потом до него дошел смысл сказанного. Парень понял, что происходит невозможное, на этом все и закончилось. Почему ты не смеешься, Макс?

— Не знаю, — я пожал плечами. — Наверное, просто пытаюсь понять — хоть что-то! Но вообще ты угадал, обычно такие вещи кажутся мне смешными... Ты очень изменился в Кеттари, Шурф. Ты знаешь?

— Это закономерно, поскольку... — Лонли-Локли задумался. Формулировал, наверное.

— Ну да, сначала лицо Гламмы Эралги, потом такая женушка, как леди Мерилин, светлая ей память, путешествие по другому Миру, сигарета с марихуаной и сэр Киба Аццах на сладкое. Бедная твоя головушка, сэр Шурф. А я-то, скотина бесчувственная, все больше по своей собственной плакал.

— Отлично излагаешь, — в голосе Лонли-Локли мне почудилось что-то странное, так что я обернулся.

Шурф улыбался. Совсем чуть-чуть, уголками губ, но улыбался, честное слово!

— Не разгоняйся, парень, — подмигнул я. — Есть ведь еще и второй мертвец. Как его зовут, кстати?

— Йук Йуггари. Но он гораздо менее опасен. Впрочем, я и сам не собираюсь отказываться от своей личности, Макс. Как я уже говорил, она не мешает сосредоточиться на действительно важных вещах. И вообще не мешает, а это главное.

— Все равно, если этот дохлый парень начнет тебе докучать, можешь на меня рассчитывать, — легкомысленно заявил я. — Я ему сам приснюсь, он у меня еще попляшет!..

— Магистры с тобой, Макс, мертвые не видят снов.

— Да? Тем лучше. Значит, я точно живой. А то этот твой дружок высказал предположение, что я тоже... того. Помер, сам того не заметив.

— Мертвые Магистры редко говорят что-то путное, — пожал плечами Шурф. — Насколько я понимаю, большую часть времени они пребывают в помраченном состоянии рассудка.

— А вот это уже настораживает, — усмехнулся я. — Что-то уж больно знакомое состояние.

И я еще прибавил скорости, так что нам стало не до разговоров.

В Ехо мы въезжали на рассвете. Самые смелые прогнозы Шурфа оказались слишком осторожными. Какой там полдень! Мы были в Ехо, а толстое симпатичное солнышко только-только начало выглядывать из-за горизонта, пытаясь разобраться, что успели натворить люди за время его недолгого отсутствия.

Я помахал рукой пухлощекому светилу и свернул в переулок Северных троп. Красивое название, никогда прежде его не слышал.

Пришлось порядком сбавить скорость, но спешить было некуда, а утренний Ехо казался мне самым прекрасным городом в Мире. В этом Мире, во всяком случае. В других Мирах у него имелась парочка серьезных конкурентов. Но сейчас Ехо был наилучшим городом во Вселенной, потому что я вернулся домой. Мое сердце любит то, что видит, не слишком сожалея об упущенных возможностях.

— Так ты совсем заблудишься, — сказал Лонли-Локли, — ты что, не знаешь эту часть города?

Я помотал головой, и Шурф взял бразды правления в свои руки. После доброго десятка его ценных указаний я с изумлением обнаружил, что мы уже едем по улице Медных горшков, приближаясь к Дому у Моста.

— Приехали? — Я задохнулся от восторга и нежности.

— Приехали. Я бы хотел отправиться домой, но полагаю, жена еще спит. Сейчас ее даже я не обрадую. Тем более что на себя я пока не похож. Ей совсем не понравилось лицо сэра Гламмы Эралги, хотя я был уверен, что...

— Хорошо, если сэр Кофа сейчас вместо меня дежурит. Он бы тебя быстренько расколдовал.

Я остановил амобилер у Тайного входа в Управление Полного Порядка и обомлел: машина тут же начала рассыпаться. Реакция Лонли-Локли была молниеносной. Его руки взмыли вверх, потом немного опустились в стороны, и мелкие осколки дерева и металла неподвижно застыли в воздухе.

— Выскакивай, Макс, — рявкнул он.

Я не заставил его просить меня дважды, пулей вылетел из амобилера. Когда я успел схватить коробку с сигаретами, до сих пор остается для меня загадкой.

Уже в холле я обернулся. Шурф задумчиво вытаскивал наши дорожные сумки из-под обломков амобилера.

— Помогай, чего смотришь? — на этот раз он усмехнулся так естественно, словно последние сто лет только этим и занимался. — Ты действительно фантастический гонщик, Макс. Даже слишком. Никогда не видел ничего подобного.

— О, на что этот парень действительно способен, так это как следует перегнуть палку, — раздался из-за моей спины знакомый голос. — Впрочем, иногда это отлично работает.

Я обернулся и с восхищением уставился на сэра Джуффина Халли.

— Вы мне не поверите, Джуффин, если узнаете, как долго я ждал этой встречи, — сказал я вкрадчивым голосом сэра Махи Аинти, и сам рассмеялся от неожиданности.

— Отстань, Махи, — весело огрызнулся Джуффин. — У меня сил нет тебя слушать. Попробуй еще раз, Макс.

— Ох, Джуффин, что я такое несу!

— Теперь уже лучше. Хорошего утра, Шурф. Этот парень все-таки угробил амобилер, как я и предсказывал. Да еще и казенный, если не ошибаюсь.

— Он — потрясающий гонщик, — твердо сказал Шурф, извлекая свой драгоценный ковер из-под обломков. — Макс, может быть, ты мне все-таки поможешь?

Я быстренько подхватил сумки, предоставив ему разбираться с коврами. И мы отправились в кабинет Джуффина, пить камру и чесать языки.

Меня, конечно, понесло. Я говорил без умолку часа четыре. За это время Джуффин каким-то неуловимым жестом успел вернуть Шурфу его обычную внешность. («Ломать — не строить, мальчики, зачем нам ждать сэра Кофу?») Я даже оробел поначалу — совершенно забыл, как на самом деле выглядит этот парень.

— Вот как, оказывается, все было, — задумчиво протянул Лонли-Локли, когда я наконец заткнулся.

В ушах у меня уже звенело — не то от усталости, не то от собственной болтовни. Шурф тем временем поднялся из-за стола.

— Я поеду домой, если вы не возражаете, господа.

— Разумеется, поезжай, — кивнул Джуффин, — давно мог бы, между прочим. Понимаю, понимаю! Уж ты-то имел право выслушать эту историю от начала до конца. И я очень рад за тебя, сэр Шурф. Я имею в виду приключение с Кибой Аццахом. Думаю, теперь ты должен Максу еще одну серенаду.

Мы с Шурфом переглянулись. Я улыбался до ушей, а он — уголками губ, но это была самая настоящая улыбка, дырку над ним в небе!

Джуффин с удовольствием созерцал сие редкостное зрелище. Сам-то он тоже улыбался до ушей, так что в нашем кабинете воцарилась такая идиллия, что никаких вселенских запасов розовой краски не хватит на описание этого, без сомнения, самого выдающегося эпизода за всю историю Тайного Сыска.

А потом мы с Джуффином остались вдвоем.

— А где же любопытный нос Мелифаро? — спросил я. — И вообще где все?

— Я не велел никому нас беспокоить. Потом еще наобнимаетесь, успеется. Не хочу, чтобы еще кто-то выслушивал твой отчет о событиях в Кеттари. Это ведь тайна, Макс. Надеюсь, ты понимаешь? Такая тайна, что... Всю жизнь ожидал от Махи чего-то в этом роде, но не настолько же! Хотя... — Шеф был на редкость задумчив. — Даже теперь не могу похвастаться, что мне все ясно. Но это как раз нормально... Покажи-ка мне еще раз все карты Кеттари, Макс.

— Хотите, я вам их подарю?

— Не хочу. Оставь себе, может, еще пригодятся. Похоже, Махи всерьез рассчитывает еще на пару-тройку твоих визитов. Кстати, тебе не приходило в голову, что теперь ты должен быть очень осторожен? Это — самая опасная переделка из всех, в которые ты попадал. Хотя в то же время самая полезная.

— А мне понравилось, — мечтательно сказал я. — Что вы имеете в виду, Джуффин? Почему вдруг опасная?

— Потому что ты учишься слишком быстро. И демонстрируешь свое могущество с такой наивной наглядностью... Махи — великий хитрец, но и он не всегда сможет прийти к тебе на помощь в случае чего. Впрочем, он вообще любит предоставлять каждого своей судьбе, а там — будь, что будет. Знаешь, во Вселенной существует немало охотников за такими ребятами, как ты. По сравнению с некоторыми из них мертвый Киба

Аццах тебе сладким сном покажется. И кстати, о снах. Надеюсь, ты еще не посеял головную повязку Великого Магистра Ордена Потаенной Травы? Настоятельно рекомендую, больше без нее не засыпай, что бы ни случилось. Никогда. Ясно?

— Ясно, — растерянно кивнул я. — А что...

— Не знаю! — резко сказал Джуффин. — Может быть, вообще ничего не случится, ты везучий. Просто я хочу быть уверен, что какой бы сон тебе ни привиделся, ты сможешь проснуться. Это все. Теперь можем поговорить о более приятных вещах. Например, могу тебя похвалить. Хочешь? Ты действительно превзошел не только свои, но и мои представления о твоих возможностях.

— Да, наверное, — я пожал плечами. — Только мне почему-то все равно. Может быть, я просто устал?

— И это тоже. Тебе надо хорошо отдохнуть. Походить на службу каждый вечер, и все такое... Наше понимание того, каким должен быть нормальный отдых, совпадает, правда?

— Правда. — Я улыбнулся. — Сегодня же и начнем, я только посплю пару часов дома. Или не посплю...

— Лучше хлебни своего бальзама и посиди здесь до вечера. Сегодня ты ночуешь у меня. Хочу разобраться, что именно с тобой случилось в Кеттари. Так что ты будешь дрыхнуть, а я удовлетворять свое разгоряченное любопытство.

— Здорово, — сказал я. — Ночевать у вас, как в самом начале моей здешней жизни... Все правильно, я опять приперся сюда из другого Мира. Хороший повод повидаться с Хуфом.

— Он тебя с ног до головы обслюнявит, — сочувственно вздохнул сэр Джуффин. — Мне бы твои заботы, парень. А теперь помолчи минуту. Лучше всего, просто съешь что-нибудь. Я хочу разобраться с этими грешными картами.

Разбирался он не «минуту», а добрых полчаса.

— Теперь мне ясно, почему Махи не пускает меня в Кеттари, — наконец ухмыльнулся мой шеф.

— Но Махи говорил, что...

— Мало ли что он тебе говорил. Похоже, старик уверен, что я до сих пор не слишком резво соображаю. Не пускает меня именно он, кто же еще! Видишь ли, я слишком хорошо помню, каким был Кеттари на самом деле. А когда достоверные воспоминания таких колдунов, как мы с Махи, противоречат друг другу... Тут любой Мир рискует разлететься на кусочки, а не только новорожденный.

— То есть меня водили за нос, — вздохнул я. — И Шурфа он не пустил по моему следу, а вовсе не...

— И очень хорошо, что не пустил. В это время ты был очень занят. Создавал новый Мир, как я понимаю. Это нормально, Макс. Разумеется, тебя немножко водили за нос, но это делалось по большей части, чтобы провести меня, так что не переживай. Кроме того, Махи сам далеко не всегда знает, что правда, а что — нет. Уж если у него набралось больше дюжины вариантов Кеттари... Жаль, конечно, что тебе удалось скупить не все существующие карты моего милого города.

Я виновато пожал плечами.

— А у вас нет настроения рассказать мне побольше о сэре Махи Аинти? Никак не могу понять, что он за существо? Он мне говорил, что живет неизвестно сколько и приперся в этот Мир сам не помнит откуда. Причем я ему охотно верю. Этой ночью он послал мне зов. Дружеский привет, последнее «спасибо», всего несколько слов. Но я это еле пережил, честное слово. А что со мной творилось после нашей первой встречи! Ну, я же вам рассказывал.

— Представь себе, Макс, тут я тебе ничем не могу помочь, — улыбнулся Джуффин. — Я провел рядом с Махи куда больше, чем дюжину дюжин лет, но так его и не раскусил. Наверное, это моя судьба — все время жить бок о бок с непостижимыми существами, вроде вас с Махи. Будешь смеяться, но вы с ним — два сапога пара, только ты молодой и глупый, а он — в своем роде совершенство. Махи и на моей памяти был таким, ни одна человеческая слабость не была ему присуща. Я до сих пор не уверен, ходил ли он в уборную. Клянусь Миром, ни разу не застукал его за этим занятием! Не сомневаюсь, что тебе будет гораздо легче найти с ним общий язык, чем мне в свое время. Да вы уже отлично спелись. Ох и везет тебе, парень!

— Ага, везет. Вот только вы не советуете мне засыпать без вашей охранной тряпочки, поскольку все монстры Вселенной уже вышли на охоту. А так все в порядке.

— А чего ты, собственно, хочешь, Макс? — Шеф нахмурил брови. — Спокойной жизни? Домик с садиком, где можно встретить приближающуюся старость в компании любящей жены и оравы внучат? Королевскую пенсию за «выдающиеся заслуги»? Могу тебя успокоить, этого не будет. Никогда. Зато все остальные радости жизни к твоим услугам. В том числе и «монстры Вселенной», как ты выражаешься.

— Меня это вполне устраивает. Лучше уж монстры, чем орава внучат. Здоровы вы, Джуффин, людей пугать, вот что я вам скажу.

Потом шеф выпустил меня из кабинета, так что на моей шее успели перевисеть все желающие — начиная с Мелифаро, который помял меня первым, поскольку, судя по всему, занял очередь еще с вечера, и включая застенчивого сэра Луукфи и сэра Кофу Йоха, слишком тяжелого для таких упражнений. Даже Мелáмори покончила со сдержанностью, которой сопровождалось в последнее время наше не в меру деловое общение. Похоже, леди Мерилин сумела нас снова подружить. Не так уж мало, поскольку кроме дружбы нам все равно ничего не светило. Я уже привык жить с этой мыслью, да и она тоже. Во всяком случае, мне больше не было больно. Мне было весело смотреть на Мелáмори и на всех остальных. Да и ребята явно обрадовались появлению моей физиономии. Меня здесь любили. Черт, это дорогого стоит, если хоть в каком-то из Миров есть место, где тебя любят как минимум пять человек. А ведь был еще Лонли-Локли, который в данный момент дрых дома, и могущественная леди Сотофа, которая столь искренне радовалась моим редким визитам. И еще парочка непостижимых ребят, которые, кажется, тоже испытывали ко мне некоторую слабость — по-своему, конечно.

— Ребята, — сказал я, когда мы принялись за совместное распитие невесть какого по счету кувшина камры из «Обжоры Бунбы». — Знаете что? Кажется, я счастлив.

Черт его знает, почему мои коллеги так хохотали — они же никогда не видели мультфильм про флегматичного песика Друппи.

Вечером я стал еще счастливее, поскольку пообщался с Хуфом. И он действительно облизал меня с ног до головы. Я не возражал. А потом начал клевать носом. Околдовали меня, что ли? Впрочем, какое уж тут колдовство, когда человек не спал двое суток.

Среди ночи я проснулся, совершенно не соображая, что происходит. Оглядевшись, понял, что лежу в личной спальне сэра Джуффина, а сам он сидит у дальней стены. Кажется, его глаза мерцали в темноте, хотя чего только со сна не померещится. Во всяком случае, у меня мороз по коже пошел от этого зрелища.

— Спи, Макс. Не мешай, — сухо сказал мой шеф, и я отрубился, как миленький.

Утром Джуффин выглядел усталым, но довольным.

— Отправляйся домой, сэр Макс. А я, пожалуй, посплю немного. Приходи в Управление после обеда или позже. Словом, приходи хоть когда-нибудь. И не забудь про головную повязку, если захочешь вздремнуть. Обещаешь? Тебе действительно надо к ней привыкать.

— Ладно, если вы так говорите. А что вы обо мне узнали?

— Массу вещей, тебе неинтересных. Брысь, чудовище. Дай поспать усталому старику.

Дома на меня с громким мявом набросилась Элла, еще более толстая, чем накануне моего отъезда. Армстронг, в свою очередь, продемонстрировал блестящую логику: вдумчиво посмотрел на меня и лениво направился к своей миске. Что ж, все правильно.

— Соскучились? — весело спросил я. — Можете не прикидываться, знаю, что не соскучились. И вообще я вам только мешаю. Хожу тут, шуршу... Ничего, сейчас будем питаться.

Накормив своих зверюг, я принялся разбирать сумку. Вряд ли кому-то удавалось возвращаться из далекой поездки в другой Мир с такой кучей абсолютно бесполезных вещей.

Наряды и побрякушки леди Мерилин, бессмысленные вещицы, нечаянно извлеченные мной из щели между Мирами, в том числе коробка гаванских сигар. «Надо взять ее в Управление, — подумал я, — может, найдется любитель». Одиннадцать карт Кеттари — я с удовольствием повесил бы их в гостиной, но сэр Джуффин строго-настрого предупредил, что эти сувениры должны быть надежно спрятаны от посторонних глаз. Поэтому карты Кеттари пришлось спрятать подальше.

Наконец я извлек из сумки маленький измятый сверток. Грешные Магистры, совсем забыл! Мой единственный и неповторимый сюрприз для сэра Джуффина Халли, блюдо № 13 из вечернего меню трактира «Деревенский Дом», кеттарийский деликатес, он же вонючее сало, вершина моей неописуемой гнусности, лучшая в мире таблетка от ностальгии. Ничего, угощу шефа сегодня, лучше поздно, чем никогда.

На службу я отправился чуть ли не сразу после полудня. Черно-золотая Мантия Смерти казалась мне сейчас лучшим из нарядов. Наверное, я действительно здорово соскучился.

Сэр Джуффин все еще отсутствовал, как и грозился, зато в Зале Общей работы уже восседал Лонли-Локли, весь в белом, руки в узорчатых рукавицах скрещены на груди. Это зрелище вполне отвечало моим эстетическим потребностям, так что я расплылся в улыбке.

— Пробежимся до «Обжоры» и обратно, Шурф? Или будешь притворяться, что занят по горло?

— Не буду, — задумчиво отозвался он, — «Обжора Бунба» — именно то место, о котором я тосковал даже в «Деревенском Доме».

— Даже в задней комнате «Деревенского Дома», где седые строгие мужчины вяло перекидываются в картишки «по маленькой», чтобы скоротать вечер? Не верю!

— Правильно делаешь. Там я не тосковал ни о чем. Ладно, пошли, пока я не передумал. Сэр Мелифаро, прими во внимание, что я покидаю это помещение.

— Что-то уже стряслось в темных переулках нашей многострадальной столицы, господа убийцы? — любопытная физиономия Мелифаро тут же высунулась из кабинета. — Чью кровь пить собираетесь? Нет, правда, что случилось?

— Ничего, — пожал плечами Лонли-Локли. — Просто нам кажется, что одной твоей задницы с избытком достаточно, чтобы протереть от пыли все стулья на нашей половине Управления. А мы с Максом займемся примерно тем же самым, но в другом месте. Весьма сожалею, что ряд служебных инструкций препятствует твоему присутствию в «Обжоре» в данное время суток. — Он повернулся ко мне. — Пошли скорее, Макс, пока ничего не стряслось. Ты слишком везучий на приключения.

Челюсть Мелифаро со стуком бухнулась на грудь. Легкомысленный монолог железного Лонли-Локли, последнего несокрушимого бастиона серьезности нашей маленькой безумной организации, — это было слишком даже для Мелифаро.

— Где наш старый добрый Локилонки? Что ты с ним сотворил на этом курорте, Макс? Заколдовал? Признавайся, чудовище!

— Ничего особенного. Просто пару раз как следует выругался. Крыл его на чем свет стоит. Правда, Шурф? — Я подмигнул Лонли-Локли. — Надо будет как-нибудь устроить то же самое для этого парня, кто знает, какие метаморфозы...

— Да, это был высший пилотаж, — ностальгически вздохнул мой потрясающий друг. — Что же касается сэра Мелифаро, думаю, тебе следует попробовать. Возможно, после этого он все-таки разучит мою фамилию. Это просто необходимо сделать в ближайшее время. В интересах гражданского мира и общественного спокойствия.

И мы гордо удалились, два самых грозных человека в Соединенном Королевстве, я в черной Мантии Смерти и Шурф в белых одеждах Истины, этакая палка о двух концах. Зрелище было то еще, я полагаю.

Через час мы вернулись в Дом у Моста, и мне пришлось повторить тот же тур с Мелифаро — справедливость превыше всего!

— Нет, действительно, что ты сделал с Локилонки, Ночной Кошмар?

Бедняга Мелифаро, лучший из детективов этого Мира, упорно пытался разгадать самую загадочную тайну в своей жизни. Мне даже жаль его стало, но у меня давным-давно не было собственных секретов, только чужие.

— Я сказал тебе чистую правду. Шурф пытался меня разбудить, а я его поливал. Потом от стыда чуть не сгорел. Но все обошлось, как видишь. Может быть, мои ругательства сработали, как заклинание?

— А что именно ты ему говорил?

— Не помню. Можешь спросить у него самого. Бедняга законспектировал мое выступление, а потом весь вечер требовал, чтобы я расшифровал значение некоторых, особо экзотических словечек.

— Законспектировал? Ты меня успокоил. Не так все страшно. Только старый добрый сэр Шурф способен добросовестно записать все гадости, которые ему говорят, — для расширения кругозора. Значит, с ним все в порядке.

Когда я снова вернулся в Дом у Моста, Джуффин уже поджидал меня в кабинете.

— Вот! — торжественно провозгласил я с порога. — Совсем запамятовал. Вы же просили меня привезти сувенир с вашей родины.

Я извлек из кармана Мантии Смерти многострадальный сверточек.

— Я решил доставить вам ту самую вещь, которая потрясла меня куда больше, чем все прочие кеттарийские чудеса, вместе взятые. Вы уж не обижайтесь.

— Обижаться? Но почему я должен на тебя обижаться, Макс?

Шеф принюхивался к невыносимому запашку тухлого сыра с какой-то удивительной нежностью.

— А, понимаю, — ухмыльнулся он. — Ты ничего не смыслишь в настоящих деликатесах. — Джуффин бережно развернул пакет и с наслаждением откусил кусочек. — Хотел подшутить над стариком, да? Ты и представить не можешь, какое удовольствие мне доставил!

В глубине души я вовсе не такой злодей, каким кажусь, поэтому не испытал особого разочарования. Если сэр Джуффин

Халли считает эту дрянь восхитительным деликатесом, — что ж, тем лучше.

— Отлично, — улыбнулся я. — Тем больше у меня шансов уйти живым из лап знаменитого Кеттарийского Охотника.

— Ну, на твоем месте я бы не стал ни прибедняться, ни особенно надеяться в то же время... Кстати, разве Махи тебе не говорил, что надежда — глупое чувство?

— Так вы все-таки были рядом, Джуффин? Так и знал.

— Не говори ерунду, Макс. Я был здесь, в Ехо, и занимался куда более важными делами, чем...

При этом улыбка сэра Джуффина Халли была такой лукавой!

— Когда в следующий раз будете созерцать мои сногсшибательные приключения, не сочтите за труд немного поаплодировать моим скромным победам. Пустячок, а приятно. Ладно? — И я с огромным удовольствием продемонстрировал Джуффину их знаменитый кеттарийский жест, два коротких удара по носу указательным пальцем правой руки. Длительная практика, кажется, пошла мне на пользу: я сделал это почти машинально.

— Ну просто чудо какое-то! — вздохнул Джуффин. — Иногда, Макс, ты способен меня растрогать. Ладно, теперь тебе предстоит кружечка камры с Меламори, чем она хуже прочих? Сэр Кофа сграбастает тебя ночью, тут можно не сомневаться, а Луукфи непременно навестит на закате, перед тем как отправиться домой. Тебе нравится такой напряженный график работы? Не лопнешь?

— Лопну, наверное. А вы, Джуффин? С вас уже хватит?

— Вполне. Я вообще собираюсь домой. Делайте что хотите, я устал за последние дни. Только сперва заеду в Холоми, один из тамошних долгожителей недавно вознамерился удрать, представляешь? Теперь ребята пытаются отскрести его останки со стен камеры, а я обязан при этом присутствовать, поскольку кому-то там кажется, что дело серьезное. Тоже мне «серьезное дело»! — Джуффин комично пожал плечами и поднялся с кресла, в которое я тут же нахально плюхнулся.

Дальше все происходило в строгом соответствии с расписанием, составленным сэром Джуффином Халли. Была даже предсказанная им камра в обществе Меламори, на которую я, признаться, не так уж и рассчитывал. Но мы болтали, как старые добрые друзья, что правда, то правда.

И вообще моя жизнь приходила в порядок — в какое-то подобие порядка, а на большее я и рассчитывать не смел.

Дня три я посвятил тому, чтобы окончательно убедиться, что никто из моих коллег действительно не любит сигары. Только леди Меламори мужественно осилила одну — чистой воды бравада. На ее лице не было ни следа удовольствия, одно натужное упрямство. Я засунул коробку в ящик стола. У меня оставалась смутная надежда — вот выздоровеет генерал Бубута! Должен же он хоть на что-то сгодиться. С сигарой в зубах Бубута будет чудо как хорош.

Более тяжелых забот у меня, хвала Магистрам, пока не намечалось.

— Ты еще не затосковал без чудес? — невинно спросил сэр Джуффин Халли, день этак на четвертый после моего возвращения.

— Нет! — решительно сказал я. И тут же с любопытством спросил: — А что случилось?

— Чудеса затосковали без тебя, — ухмыльнулся Джуффин. — Я собираюсь навестить Мабу. Не составишь ли ты мне компанию?

— И вы еще спрашиваете!

На этот раз сэр Маба Калох встретил нас в холле.

— Думаю, сегодня мы можем посидеть в другой комнате, — заметил он. — Вы же не против некоторого разнообразия?

Немного поплутав по коридору (создавалось впечатление, что сэр Маба сам не слишком-то хорошо представляет, какая дверь ведет в нужное помещение), мы наконец удобно устроились в небольшой комнате, больше походившей на спальню, чем на гостиную. Правда, кровати я там не заметил.

— Махи балует тебя, Макс, — сказал наш гостеприимный хозяин, извлекая из-под маленького столика поднос с какой-то странной посудой. — Он обеспечил тебя этими грешными курительными палочками чуть ли не на всю оставшуюся жизнь. Ты же, наверное, совсем перестал практиковаться?

— Ну почему, — улыбнулся я. — Такой отличный способ экономить на еде. Никаких покупок, просто засовываю руку куда-нибудь — и готово! Не один вы любите деньги. Знаете, какой я жадный?

— Будем надеяться, — вздохнул сэр Маба. — Это правда, Джуффин?

— Еще бы! Знаешь, что он иногда добывает? Какие-то странные маленькие колбаски, спрятанные внутри здоровенной булки. Гадость жуткая, а он ест.

— Всю жизнь обожал хот-доги, — я уже устал спорить на эту тему. — Последствия голодной юности. Сами-то хороши! Этот ваш кеттарийский «деликатес»...

— С вами все ясно, — фыркнул Маба. — Как вы иногда похожи, с ума сойти можно. Знаешь, Макс, Джуффин считает, что ты раскусил нашу с ним маленькую уловку, так что... Одним словом, сейчас тебе предстоит немного на нас обидеться.

— Ни за что, — решительно сказал я. — Делать мне больше нечего — обижаться! Я уже привык к постоянным издевательствам, не переживайте.

Сэр Маба встал с места и подошел к окну.

— Да мы и не переживаем. Иди-ка сюда.

Я подошел к окну и обмер. Оно выходило не в сад, а на хорошо знакомую мне улицу. Я ошеломленно уставился на желтые камни мостовой, потом поднял глаза. Маленький фонтанчик весело звенел, пуская в небо разноцветные струйки.

— Высокая улица? — хрипло спросил я. — Это Кеттари?

— Ну, уж по крайней мере не окраины графства Вук. — Джуффин вовсю веселился за моей спиной.

— Только не рассказывай об этом окошке своему дружку, старому Махи. Ладно? — подмигнул мне сэр Маба Калох. — Впрочем, он может быть спокоен, грозный Джуффин не собирается вылезать через форточку.

И сэр Маба легонько стукнул себя по носу указательным пальцем правой руки — раз, другой.

Два хороших человека действительно всегда могут договориться, что правда, то правда.

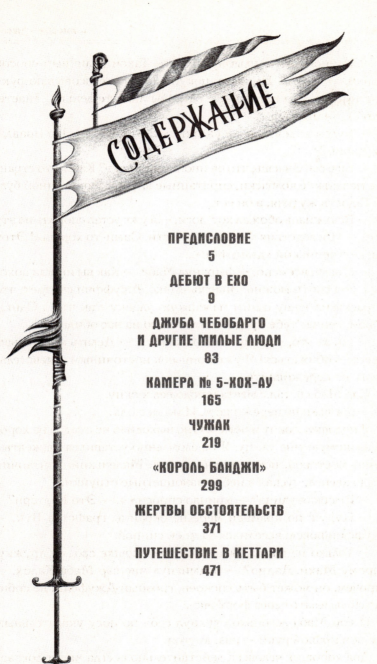

СОДЕРЖАНИЕ

ПРЕДИСЛОВИЕ
5

ДЕБЮТ В ЕХО
9

**ДЖУБА ЧЕБОБАРГО
И ДРУГИЕ МИЛЫЕ ЛЮДИ**
83

КАМЕРА № 5-ХОХ-АУ
165

ЧУЖАК
219

«КОРОЛЬ БАНДЖИ»
299

ЖЕРТВЫ ОБСТОЯТЕЛЬСТВ
371

ПУТЕШЕСТВИЕ В КЕТТАРИ
471

Литературно-художественное издание
Әдеби-көркем басылым

ЛАБИРИНТЫ ЕХО

Макс Фрай
ЧУЖАК

Руководитель проекта *И. Данишевский*
Отв. редактор *А. Минина*
Художественное оформление *О. Закис*
Корректор *В. Авдеева*
Технический редактор *Т. Тимошина*
Верстка *А. Копай-Гора*

Подписано в печать 17.01.2020 Формат 60×90/16.
Печать офсетная. Гарнитура NewJournal.
Бумага типографская. Усл. печ. л. 28,56.
Тираж 7000 экз. Заказ № 560.

Произведено в Российской Федерации
Изготовлено в 2019 г.
Изготовитель: ООО «Издательство АСТ».
129085, Российская Федерация, г. Москва, Звездный бульвар,
д. 21, стр. 1, комн. 705, пом. I, этаж 7
Наш электронный адрес: WWW.AST.RU
Интернет-магазин: book24.ru

Общероссийский классификатор продукции
ОК-034-2014 (КПЕС 2008);
58.11.1 — книги, брошюры печатные

Өндіруші: ЖШҚ «АСТ баспасы»
129085, г. Мәскеу, Звёздный бульвары, д. 21, 1 құрылым,
705 бөлме, пом. 1, 7-қабат
Біздін электрондық мекенжайымыз: www.ast.ru
Интернет-магазин: www.book24.kz
Интернет-дүкен: www.book24.kz
Импортер в Республику Казахстан и Представитель по приему
претензий в Республике Казахстан — ТОО РДЦ Алматы,
г. Алматы. Қазақстан Республикасына импорттаушы және
Қазақстан Республикасында наразылықтарды қабылдау
бойынша өкіл — «РДЦ-Алматы» ЖШС, Алматы қ.,
Домбровский көш., 3«а», Б литері офис 1.
Тел.: 8(727) 2 51 59 90,91,
факс: 8 (727) 251 59 92 ішкі 107;
E-mail: RDC-Almaty@eksmo.kz , www.book24.kz
Тауар белгісі: «АСТ» Өндірілген жылы: 2020
Өнімнін жарамдылық; мерзімі шектелмеген.
Өндірген мемлекет: Ресей

Отпечатано с готовых файлов заказчика
в АО «Первая Образцовая типография»,
филиал «УЛЬЯНОВСКИЙ ДОМ ПЕЧАТИ»,
432980, Россия, г. Ульяновск, ул. Гончарова, 14